HEYNE
BÜCHER

D1471455

UTTA DANELLA

# ALLE STERNE VOM HIMMEL

*Roman*

WILHELM HEYNE VERLAG
MÜNCHEN

HEYNE-BUCH Nr. 5169
im Wilhelm Heyne Verlag, München

2. Auflage

Genehmigte, ungekürzte Taschenbuchausgabe
Copyright © 1956 by Franz Schneekluth Verlag KG, München
Printed in Germany 1975
Umschlagfoto: Gilles Lagarde, Paris
Umschlaggestaltung: Atelier Heinrichs, München
Druck: Presse-Druck Augsburg

ISBN 3-453-00519-8

FÜR C.

## Das Haus der tausend Töne

Der Abschied fiel Katarin leicht. Ihre neuen Schuhe mit den hohen Absätzen klapperten ungeduldig über das Kopfsteinpflaster des Marktplatzes. Sie übersah ihren Freund, den alten Apotheker, der vor der Apotheke mit ihrer mittelalterlichen Fachwerkfassade stand und ihr zuwinkte. Sie sah nicht, wie freundlich und anheimelnd die alten winkligen Häuser unter dem wolkenlosen tiefblauen Himmel standen, wie vertraut und heimatlich alles war, bereit, ihr Schutz zu gewähren. Sie wollte nur fort, endlich fort, sonst kam am Ende noch etwas dazwischen.

Die Septembersonne wärmte wie im Hochsommer. Zu Hause im Garten blühte es in leuchtenden Farben. Gestern hatte sie einen ganzen Arm voll Blumen gepflückt und war damit hinausgegangen zum Fluß. Hoch von der Brücke hatte sie die ganze Pracht ins Wasser geworfen und dann den Blumen nachgesehen, die kleiner und kleiner wurden, weggetragen von der Strömung, und schließlich als bunter Farbfleck in der Ferne verschwanden. Sie gab dem Spiel eine symbolhafte Bedeutung und geriet in ein Hochgefühl, das sie zu Tränen erregte. So wie die Blumen fortglitten ins Unbekannte, so würde auch sie in eine fremde Welt gehen, in das wirkliche Leben, wie sie es nannte. Daran dachte sie nicht, daß Enttäuschung und Schmerz sie erwarten könnten, daß sie die sorglose Unschuld ihrer Kindheit in den Strom warf und noch nicht wußte, was sie dafür eintauschen würde.

Sie wußte nur, daß sie es haben wollte, dieses unbekannte Leben, sei es nun freundlich oder feindlich. Alles, dachte sie leidenschaftlich, alles will ich haben! Das Ganze, ohne Einschränkung!

Auf dem Bahnsteig, ehe der Zug kam, begann die Mutter noch einmal mit ihren Ermahnungen. Katarin hörte nicht zu. Mitleidig betrachtete sie ihre beiden Schwestern. Die ältere, die verheiratet war und zwei Kinder hatte und deren Gesicht schon heute den Ausdruck der selbstzufriedenen, satten Spießerin trug; daneben die kleine, erst achtzehn Jahre alt, doch bereits verlobt und hoch zufrieden mit ihrem Postsekretär und der engen Zukunft.

Endlich kam der Zug, der nur wenige Minuten an der kleinen Station hielt. Blaß, die Augen tiefdunkel vor Erregung, stand Katarin am Fenster. Die Schwestern sprachen gleichzeitig auf sie ein, die Mutter schwieg jetzt und hatte Tränen in den Augen.

Erst als die Räder anrollten und die Lokomotive eine fette Dampfwolke ausstieß, sagte sie noch einmal: „Du bist viel zu jung, um so weit wegzufahren. Bleib brav, Käte! Hörst du?"

Aber Katarin hörte es nicht mehr. Sie beugte sich aus dem Fenster, lächelte, winkte, bis niemand mehr zu sehen war. – Ich fahre, dachte sie, ich fahre. Es ist wahr geworden, ich fahre, ich bin frei.

Draußen glitt die vertraute Gegend vorbei, die alten Häuser, die engen Straßen, am Stadtrand auf einer Anhöhe die pompöse Villa der Niemanns. Dann die sanften Hügel, die Felder, der breite Fluß, und über allem der samtene Herbsthimmel.

Seit drei Jahren war Katarin jede Woche einmal vom Karlsburger Bahnhof abgefahren, aber nur mit dem Personenzug in die nächste Kreisstadt, um die Musikschule zu besuchen. Alle waren der Meinung gewesen, dies sei eine feine Sache und genüge vollauf, um auch der größten Musikbegeisterung gerecht zu werden. Darum tat man es zunächst als kindisches Geschwätz ab, als Katarin davon anfing, sie wolle Musik studieren, nicht nur so zum Vergnügen, sondern ernsthaft, als Beruf. Und dazu müsse sie nach Berlin an die Musikhochschule. Zu Ludwig Anger, bei ihm und keinem anderen wolle sie lernen.

Was sie denn um Himmels willen noch lernen wolle, hatte der Vater gefragt, sie spiele doch ausgezeichnet Klavier.

„Nichts kann ich, gar nichts", hatte sie leidenschaftlich erklärt. „Das ist Stümperei, Dilettantismus. Aber ich werde es lernen. Ich habe Talent. Herr Jong sagt es auch."

Herr Jong aus der Musikschule, der zierliche weißköpfige Herr Jong, war der wichtigste Mensch in ihrem jungen Dasein. Und er sagte, Katarin sei talentiert genug, die Künstlerlaufbahn einzuschlagen. Daher genüge es nicht mehr, was sie bei ihm lernen könnte. Ja, Herr Jong, der in seiner Jugend von einer großen Karriere als Pianist geträumt hatte – ein Traum, der durch verschiedene mißliche Umstände und vor allem durch ein leicht entzündliches Handgelenk nicht Wirklichkeit werden konnte –, setzte nun alle Hoffnung und allen längst begrabenen Ehrgeiz auf diese junge Schülerin, die eines Tages als langbeiniger, schlaksiger Backfisch in sein geruhsames Lehrzimmer geschneit war. Der Himmel mochte wissen, woher das Mädchen das verblüffende musikalische Talent hatte! In ihrer ganzen Familie konnte kein Mensch Dur- und Molltonart unterscheiden.

Ohne Zweifel, Herr Jong war nicht ganz schuldlos an Katarins plötzlichem Entschluß, eine große Pianistin zu werden. Und ganz bestimmt war es seine Schuld, daß sie sich gerade Berlin in den Kopf gesetzt hatte.

Herr Jong hatte auch in Berlin studiert. Für ihn, der nun seit Jahren und Jahren in der gemütlichen fränkischen Provinzstadt lebte und lehrte, war die Stadt Berlin zu einem Idol geworden. Und den Pianisten Ludwig Anger nannte er den bedeutendsten deutschen Klavierinterpreten.

Es war nicht schwer gewesen, Katarin zu entflammen. Als sie keine Ruhe mehr gab, setzte sich ihr Vater in den Zug und besuchte Herrn Jong. Der verfocht seinen Standpunkt mit Nachdruck und sagte am Ende, daß es ein großes Unrecht sein würde, solch ein Talent der Kunst und der Welt vorzuenthalten. Ein Vater sei verpflichtet, die Entwicklung seiner Kinder zu fördern und ihnen beim Aufbau eines Lebens zu helfen, das ihrer Bestimmung entsprach.

Herr Jong wählte absichtlich so feierliche Worte, denn er kannte die Menschen und schätzte daher Katarins Vater ganz richtig ein. Im Leben dieses Mannes war „Pflicht" immer ein großes und wichtiges Wort gewesen.

Nachdenklich kam der Vater von diesem Besuch zurück. Wenn das Mädel so begabt war, so war es vielleicht wirklich seine Pflicht, ihrem Wunsch nicht länger zu widerstehen.

Er besprach sich mit seiner Frau, die teils dagegen war, teils aber auch wieder stolz auf die begabte Tochter. Sie hatte es stets mit mütterlicher Eitelkeit genossen, wenn Katarin die Leute mit ihrem Talent verblüffte. Natürlich lag ihr der Gedanke fern, aus dem hübschen Klavierspiel der Kleinen könne ein Beruf werden.

Übrigens hatte sich Katarin seit langem geweigert, vor Publikum zu spielen. Früher tat sie es oft und gern. In der Kleinstadt bot sich immer eine Menge Gelegenheiten, Schulfeiern, Jubiläen, Einladungen, Festlichkeiten. Eines Tages hatte sie mit verächtlich herabgezogenem Mundwinkel erklärt, diese halboffizielle Klimperei sei dilettantisch und komme für sie nicht mehr in Frage.

Ihre Haltung hatte einen bestimmten Grund. Das letzte Mal spielte sie bei einem Fest, das der Fabrikbesitzer Niemann, der reichste Mann im Städtchen, anläßlich des Geburtstages seiner Frau veranstaltet hatte.

Katarin spielte die Sonate Pathétique und war mit Hingabe bei der Sache. Plötzlich wurde sie aus ihrer Konzentration gerissen, sie hörte, wie die Gäste sich unterhielten, hier klirrte ein Glas, dort klang ein Lachen auf. Am liebsten hätte sie mitten im Stück aufgehört. Unaufmerksam und lieblos spielte sie zu Ende. Mit spöttischem Lächeln nahm sie das überschwengliche Lob entgegen. Diese Spießer! Diese Banausen!

„Wenn ich wieder vor Publikum spielen werde", erklärte sie später ihrer Mutter temperamentvoll, „wird man sich nicht im Hintergrund den neuesten Klatsch erzählen, das kannst du mir glauben."

Es war auch kein Trost gewesen, daß Theo Niemann, der einzige Sohn des Hauses, ihr weltmännisch die Hand geküßt hatte, was die anderen jungen Damen mit Neid erfüllte.

Dann und wann hatte sie sich schon mit dem jungen Niemann getroffen, auf der Eisbahn oder im Sommer beim Baden. Er hatte das bemerkenswerte Mädchen ein wenig gönnerhaft mit seiner Aufmerksamkeit bedacht. Katarin jedoch gab deutlich zu verstehen, daß sie sich nichts daraus mache. Sehr zum Leidwesen ihrer Mutter, die daran schon eine tollkühne Hoffnung geknüpft hatte. Welch eine Partie! Aber die Tochter tat den reichen Erben mit einem Schulterzucken ab, sie hatte andere Ziele im Kopf.

Nun lag das alles hinter ihr. Ein neues Leben begann. Berlin! Vorerst mal für ein Jahr, hatte der Vater gesagt. Man mußte abwarten, ob das Urteil der Berliner Musikhochschule auch so günstig wie das des Herrn Jong ausfallen würde.

Katarin stand noch immer am Zugfenster und horchte auf den Rhythmus der Räder, nur fort, sangen sie, nur fort.

Sie hatte den Hut abgenommen, der Wind blies ihr das Haar aus der Stirn. Der Hut war zwar neu, Mutter und Schwestern fanden ihn höchst elegant. Doch ein sicheres Gefühl sagte ihr, daß er unkleidsam sei, viel zu rund und niedlich thronte er über ihrem sonnverbranntem, eigenwilligen Gesicht.

Gegen Abend kam sie in Berlin an. Verwirrt stand sie vor dem Bahnhof und schaute erschrocken in den brausenden Verkehr. So groß hatte sie sich die Stadt nicht vorgestellt, so laut, so erregend. Ängstlich blickte sie auf ihre beiden Koffer, die sie sich ohne Hilfe herausgeschleppt hatte. Dann kramte sie in ihrem Täschchen nach dem Zettel mit der Adresse der von Herrn Jong empfohlenen Pension. Die vielen Ratschläge, die er ihr außerdem gegeben hatte, wirbelten in ihrem Kopf durcheinander.

„Nimm dir ein Taxi", hatte er gesagt, „das ist in Berlin nicht teuer. Du findest dich sonst nicht zurecht. Mit der U-Bahn muß man erst vertraut werden."

Da standen Taxis. Also los! Sie nahm ihre Koffer und steuerte auf die Autos zu.

Einer der Chauffeure kam ihr entgegen und lachte sie freundlich an.

„Taxi, Frollein? Wo soll's denn hinjehn?"

„In die Rankestraße. Pension Günther."

„Is jut."

Verschüchtert saß sie in den Polstern, kaum daß sie etwas von den Straßen sah, durch die sie in raschem Tempo fuhren. Zum fünfundzwanzigsten Male sah sie nach, ob ihr Geld auch noch sicher in der Tasche steckte.

„Se sin woll det erste Mal in Balin, Frollein?" fragte der Fahrer plötzlich über die Schulter, in jenem zutraulichen, freundschaftlichen Ton, der Berliner Taxichauffeuren eigen ist.

„Ja", gab Katarin zu und ärgerte sich ein wenig, daß man ihr das ansah.

„Wo komm' Se denn her?"

„Aus Karlsburg."

„Aha." Er überlegte, wich in elegantem Bogen einem Radfahrer aus und fragte dann: „Wo liegt'n det?"

„In Franken. Am Main."

„Aha. Hübsche Jejend, wa? Det is doch Bayern, nich?"

„Ja."

„Bayern ham wa jerne hier. Sin nette Leute. So ulkig."

Das schien ihr ein etwas zweifelhaftes Kompliment zu sein. Auf alle Fälle sagte sie: „So richtige Bayern sind wir nicht. Eben Franken. Das ist ein kleiner Unterschied."

„Aha." Plötzlich kam ihm ein Einfall. „Is det die Jejend, wo't den juten Wein jibt?"

„So ungefähr."

Das veranlaßte ihn zu einem logischen Schluß. „Nu ja, wat richtje Bayern sin, die trinken ja ooch nur Bier, nich?"

„Jedenfalls meist", erwiderte Katarin etwas unsicher.

Sie waren angelangt. Er hielt den Wagen an, drehte sich um, lachte über das ganze Gesicht und meinte: „Na, hoffentlich jefällt et Ihnen bei uns, Frollein."

„Das hoffe ich auch", sagte Katarin und lächelte zurück. Die Verständigung mit dem ersten Berliner war ganz gut gelungen.

„Soll ick Ihnen die Koffer noch rufftragen?"

„Das wäre nett."

Sie bekam ein großes, vornehm eingerichtetes Zimmer. Sicher ist es sehr teuer, dachte sie ängstlich, doch sie wagte nicht, nach dem Preis zu fragen.

Endlich war sie allein. Und auf einmal hatte sie Angst. Von zu Hause aus hatte alles so einfach ausgesehen. Doch nun wurde es Ernst. Worauf hatte sie sich nur eingelassen?

Am nächsten Morgen sah alles hoffnungsvoller aus. Nach dem Frühstück verließ sie das Haus, in der Hand die Skizze, die Herr Jong mit größter Genauigkeit angefertigt hatte.

Eine Weile bestaunte sie die verkehrsumspülte Gedächtniskirche. Vielleicht nicht gerade eine der bedeutendsten Kirchen der Welt, hatte Herr Jong gesagt, aber für jeden Berliner etwas ganz Besonderes, das Wahrzeichen des Berliner Westens, wo man den Pulsschlag der großen Welt spürt.

Hier stand sie nun, Katarin Brugge aus Karlsburg. Das war schon was.

Sie studierte die Skizze in ihrer Hand. Das links war wohl der Kurfürstendamm, der weltberühmte Kurfürstendamm, und rechts, das mußte die Tauentzienstraße sein. Sie mußte geradeswegs hinüber zum Zoo. Das war leichter gedacht als getan. Es dauerte eine Weile, bis sie die Straßen überquert hatte. Dann gönnte sie sich keinen Aufenthalt mehr und bog kurz darauf in die Fasanenstraße ein, in der die Hochschule lag. Ein langgestrecktes helles Gebäude, sie betrachtete es mit Andacht.

Herzklopfend trat sie durch das hohe Portal. In dem weiten Vestibül war es kühl und still. Noch waren ja Semesterferien und das Haus der tausend Töne schwieg. Der Pförtner wies sie zum Sekretariat. Hier bekam sie die Anmeldeformulare, und man teilte ihr den Termin der Aufnahmeprüfung mit.

Bald darauf stand sie wieder auf der Straße. Es war alles ganz einfach gegangen. Jedenfalls bis jetzt.

Links von ihr schimmerte es grün. Das mußte der Tiergarten sein, von dem Herr Jong auch erzählt hatte.

Sorglos schlenderte sie in den Park hinein. Den dummen Hut trug sie in der Hand, die Herbstsonne lag warm auf ihrem Haar. Nun mußte sorgfältig überlegt werden. Zunächst brauchte sie ein Zimmer, die Pension war zu teuer.

Entschlossen kehrte sie um. Aber sie mußte mehrmals fragen, bis sie zum Zoo zurückfand, denn in Gedanken war sie planlos in den tiefen Park hineingelaufen.

Nach wenigen Tagen hatte sie ein geeignetes Zimmer mit Klavier gefunden, so daß sie gleich anfangen konnte, zu üben. Wenn sie nicht vor den Tasten saß, bummelte sie in der Stadt herum. Den größten Spaß machte ihr die U-Bahn. Manchmal fuhr sie von einer Endstation zur anderen, aus reinem Vergnügen an dem raschen Dahinsausen. Das war eine Sache. Die Karlsburger müßten das mal sehen. Und wie schnell das ging, da gab es kein langes Warten; hinaus und hinein, und schon brauste man wieder davon. Alles schien hier so zu sein, auch die Menschen, Rede und Gegenrede. Es gefiel ihr. Wie langweilig war dagegen das geruhsame Tempo ihres Heimatstädtchens!

Trotzdem hatte sie ein bißchen Heimweh. Nicht nach Karlsburg, nicht nach der Familie, nur nach ein wenig Geborgenheit. Sie war so allein in der großen Stadt, einsam wie in einer Wüste. Kein Mensch war da, mit dem sie reden konnte. Zu Hause hatte sie immer viele Leute um sich gehabt, die Familie, Freundinnen, Bekannte. Fast jeden kannte sie. Und jeder kannte sie. Sie galt als hübsches Mädchen, durch ihr Talent und ihr besonderes Wesen stand sie stets im Mittelpunkt des Interesses. Hier drehte sich kein Mensch nach ihr um, sie schien nicht die flüchtigste Aufmerksamkeit zu erregen. Das machte sie ein wenig unsicher. War sie wirklich so ein unscheinbares kleines Etwas, das in der Masse unterging? Insgeheim hatte sie sich immer als etwas Besonderes gefühlt, als Persönlichkeit.

Jedoch erkannte sie bald, daß ihre äußere Erscheinung nicht dazu geeignet war, auf sich aufmerksam zu machen. Sie sah so viele elegante Frauen, anmutige Mädchen, bemerkte die Gewandtheit und Lebhaftigkeit der Berlinerin und kam sich daneben plump und linkisch vor. Und dann ihre Garderobe! Alles war provinziell und ohne Schick. Aber das konnte man ja ändern.

In Berlin einzukaufen war schon eine andere Sache! Mitleidig dachte sie an die Karlsburger Läden. Im Kaufhaus des Westens erstand sie eine einfache dunkelblaue Jacke und eine glatte weiße Bluse. Zu albern diese Dinger mit den Rüschchen und Schleifen, die man ihr mitgegeben hatte! Zusammen mit ihrem grauen Faltenrock ergab es bereits ein wesentlich verändertes Bild. Dann kaufte sie einen Lippenstift, Puder und dünne Strümpfe. Schließlich ging sie zum Friseur und ließ die aufgedrehten, zierlichen Löckchen in eine glatte offene Mähne verwandeln. Erstaunt betrachtete sie sich danach im Spiegel. Nicht schlecht. Ihr Gesicht war auf einmal großflächiger, die Augen größer, der Mund ausdrucksvoller.

Am Nachmittag spazierte sie über den Kurfürstendamm. Auch sie konnte sich, wie alle, die nach Berlin kamen, der Faszination dieser lebendigen, vergnüglichen und vielseitigen Straße nicht entziehen, die breiten Gehsteige, die eleganten Geschäfte, die vielen Lokale und Cafés, vor denen die Leute in der Sonne saßen, als hätten sie den ganzen Tag nichts anderes zu tun.

Heute hatte sie das erstemal das Gefühl, richtig dazuzugehören. Das Faltenröckchen schwang um ihre Knie, das dunkelbraune Haar schmiegte sich glatt und glänzend um ihren Kopf, sie war so froh, so glücklich. Schließlich setzte sie sich in den Vorgarten bei Kranzler, bestellte Kaffee und zündete sich, ein wenig ungeschickt, eine Zigarette an. Bisher hatte sie selten geraucht, gelegentlich in Gesellschaft, genaugenommen hatte der Vater es verboten. Heute hatte sie sich zum erstenmal eine eigene Schachtel Zigaretten gekauft, ganz erwachsen und weltstädtisch.

Am Abend ging sie in einen der Filmpaläste am Zoo. Als es nach der Wochenschau hell wurde und sie sich ein wenig umsah, traf sich ihr Blick mit dem eines jungen, gutaussehenden Mannes, der schräg hinter ihr saß. Er lächelte ihr vergnügt zu.

Nach der Vorstellung, mitten im Strom der Menschen, war er plötzlich neben ihr.

Wieder lächelte er jungenhaft und sagte: „Ziemlich blöder Film, nicht?"

Sie antwortete nicht. Das schien ihn aber nicht zu stören, denn er fuhr fort: „Ist ja auch schade, an so einem schönen Tag ins Kino zu gehen, nicht? Wenn wir uns vorher getroffen hätten, wäre uns sicher was Besseres eingefallen."

Und da sie noch immer schwieg, fragte er mit entwaffnender Harmlosigkeit: „Haben Sie was gegen mich?"

Sie mußte lachen und schüttelte den Kopf.

„Das beruhigt mich", sagte er befriedigt.

Am Ausgang blieb er stehen, unwillkürlich stoppte sie auch.

„Also was machen wir nun?" fragte er. „Trinken wir noch eine Tasse Kaffee zusammen, gnädiges Fräulein?"

Katarin zögerte einen Moment, dann meinte sie entschlossen: „Warum nicht?"

„Prima", freute er sich, „ich dachte schon, dieser alberne Film hat Ihnen die Sprache verschlagen. Gestatten Sie übrigens: Fred Wolter."

Wenig später saßen sie im Trumpf und unterhielten sich aufs beste. Herr Wolter war hell begeistert, als er erfuhr, wie neu ihre Bekanntschaft mit Berlin war. Er werde ihr alles zeigen, erklärte er, was es hier Besonderes zu sehen gebe. Im übrigen sei er Innenarchitekt, habe kürzlich mit einem Freund zusammen einen eigenen

14

Betrieb aufgemacht. Sie solle nicht versäumen, auf ihn zurückzukommen, falls sie sich eine Wohnung einrichten würde.

Katarin erzählte von ihren Plänen. Es tat ihr wohl, wieder einmal mit einem Menschen zu sprechen, sie wurde lebhaft und bekam glänzende Augen. Der Abend war so nett, daß sie nicht lange überlegte, als er sie beim Abschied um ein Wiedersehen bat.

Leise vor sich hinsummend, kam sie in ihr Zimmer und drehte sich zufrieden vor dem Spiegel.

„Kätchen, du veränderst dir", erzählte sie lachend ihrem Spiegelbild. „Kätchen ist tot. Es lebe Katarin, die Berlinerin."

Ohne Schwierigkeiten bestand sie die Aufnahmeprüfung. Selbstsicher kam sie aufs Podium und spielte in guter Form. Professor Anger nickte zustimmend, als sie erklärte, daß sie seine Schülerin werden wolle.

Ein großer Teil der Prüflinge fiel durch. Besonders ein junges Mädchen tat Katarin leid, ein zartes, blondes Ding. Sie fing fassungslos an zu weinen, als sie hörte, daß sie nicht bestanden hatte.

„Was soll ich jetzt bloß machen?" jammerte sie. „Ich habe meine Stellung gekündigt und allen erzählt, daß ich nach Berlin gehe und studiere. Ich kann doch jetzt nicht zurückkommen. Die Blamage! Und mein Klavierlehrer meinte, ich solle es ruhig versuchen."

Katarin versuchte sie zu trösten. Die Blonde kam aus Lübeck, sie hatte im Büro gearbeitet und nebenbei Klavierstunden genommen.

„Und ich gehe nicht zurück!" schluchzte sie. „Alle würden mich auslachen."

Als sie sich etwas beruhigt hatte, gingen die beiden Mädchen zusammen fort. Mit liebevollem Blick umfing Katarin das Gebäude der Hochschule. Nun gehörte sie dazu.

Sie aßen zusamen in einem kleinen Lokal. Beide wählten sie das billigste Menü.

„Es ist traurig, wenn man kein Geld hat!" seufzte die kleine Lübeckerin. „Wer es hat, weiß gar nicht, wie gut es das Leben mit ihm meint."

„Es sind aber nicht viele, mit denen es das Leben von vornherein gut meint", bemerkte Katarin weise. „Meist muß man ihm erst selber zu dieser guten Meinung verhelfen."

„Sie werden es bestimmt schaffen. Leute, die so sicher auftreten, setzen sich durch."

Katarin lächelte geschmeichelt und war mit sich selbst sehr zufrieden. „Wir wollen es hoffen", sagte sie würdevoll.

Helga, die Lübeckerin, war fest entschlossen, nicht nach Hause zurückzufahren. „Ich werde mir hier eine Stellung suchen", sagte sie. „Nebenbei nehme ich wieder Stunden und nächstes Jahr versuche ich es noch einmal."

Am Abend traf Katarin ihren neuen Bekannten. Strahlend erzählte sie von der bestandenen Prüfung. Fred Wolter beglückwünschte sie und schlug vor, das Ereignis gebührend zu feiern. Sie gingen zu Kempinski, wo Fred langwierig mit dem Ober über Essen und Wein verhandelte, um dem Mädchen aus Karlsburg gehörig zu imponieren. Katarin war auch sichtlich beeindruckt von Fred und von dem schönen Lokal.

Sie aßen ausgezeichnet, tranken außer dem Wein noch einen Kognak nach dem Essen, und Katarin meinte: „Jetzt ist aber Schluß, sonst kriege ich einen Schwips."

„Das macht doch nichts", sagte Fred, „eine bestandene Prüfung und danach keinen Schwips haben, das wäre direkt unanständig. Wo gehen wir jetzt hin?"

„Nach Hause natürlich. Es ist schon spät."

„Ich höre wohl nicht richtig. Es ist gerade 11 Uhr vorbei. In Berlin fängt jetzt der Tag erst richtig an. Ich würde vorschlagen, wir gehen in eine nette kleine Bar und tanzen noch ein bißchen. Oder tanzen Sie nicht gern?"

„O ja, schon! Aber – das geht doch nicht."

„Das geht nicht! Wenn ich so was höre. Alles geht, und wenn's nicht geht, dann fahrn wir's eben, sagen die Berliner."

Arm in Arm bummelten sie den nächtlich belebten Kurfürstendamm entlang. Und Katarin widersprach nicht, als Fred vor der bunten Leuchtreklame einer kleinen Tür stehenblieb.

„Hier hinein", sagte er.

Aber drinnen in dem kleinen, exotisch eingerichteten Raum zupfte sie ihn am Ärmel.

„Es geht wirklich nicht", flüsterte sie, „hier können wir nicht bleiben. Ich bin dazu nicht richtig angezogen."

„Unsinn. Bei einem hübschen Mädchen ist es doch egal, was es anhat. Nur die Miesen müssen sich richtig aufzäumen."

Auf einer winzigen Tanzfläche drehten sich mit ernstem Gesicht zwei Paare. Ein würdevoller Ober geleitete sie zu einem kleinen Tisch.

„Was ist das?" fragte Katarin und betrachtete mißtrauisch das Glas mit der rötlichen Flüssigkeit, das man vor sie hinstellte.

„Martini", sagte Fred. „Nur für den Anfang."

Sie nippte. „Schmeckt gut." Neugierig sah sie sich um. „Es ist aber hübsch hier. Ich war nämlich noch nie in einer Bar." Und wie sie das

Wort Bar aussprach, konnte man leicht daraus entnehmen, daß sie sich etwas höchst Verruchtes darunter vorstellte.

„Wahrhaftig?" staunte Fred pflichtgemäß. „Soll bloß noch einer sagen, ich hätte Ihnen nichts zu bieten. Wissen Sie, was wir jetzt machen?"

„Was denn?"

„Wir trinken eine Flasche Sekt, zur Feier der bestandenen Prüfung."

Als sie sich endlich auf den Heimweg machten, war Katarin wirklich ein wenig beschwipst. Sie kicherte albern vor sich hin. „Wie kann man nur so bummeln. Ich bin gar nicht zufrieden mit mir."

„Ich um so mehr", sagte Fred und legte den Arm um sie.

„Jetzt habe ich das Berliner Nachtleben kennengelernt. Bin ich jetzt akklimatisiert?"

„Weitgehend. Weißt du übrigens, daß du reizend bist, Katarin?"

Er zog sie an sich und küßte sie. Katarin machte nur einen schwachen Abwehrversuch. Es war sehr nett, geküßt zu werden. Schließlich war es ja nicht ihr erster Kuß. Und soviel anders als Karlsburger Küsse waren Berliner Küsse auch nicht.

Es zeigte sich, daß Fred für den weiteren Verlauf der Nacht ganz bestimmte Erwartungen hegte. Doch er mußte die Entdeckung machen, daß die kleine Provinzlerin recht energisch werden konnte. Trotz Schwips und guter Stimmung. So landeten sie schließlich doch vor Katarins Haustür, und Fred mußte allein den Heimweg antreten.

Pünktlich fand sich Katarin zu Semesterbeginn in der Hochschule ein. Sie bekam ihren Stundenplan und meldete sich bei Professor Anger. Sie lernte einige ihrer Mitschüler kennen, stand planlos in den Gängen und ging dann ein wenig enttäuscht nach Hause. Niemand hatte sich um sie gekümmert. Sie kam sich reichlich überflüssig vor. Nachmittags traf sie sich mit Helga, die erzählte, sie habe eine Stellung gefunden und noch nichts von ihrem Mißerfolg nach Hause geschrieben. Sie hatten gerade beschlossen, ins Kino zu gehen, als Fred anrief. Was Katarin davon halte, an diesem schönen Abend mit ihm zum Abendessen nach Potsdam zu fahren. Sie halte eine ganze Menge davon, sagte Katarin, aber sie habe Besuch, eine Freundin. Ob die Freundin hübsch sei, wollte Fred wissen. Und als Katarin die Frage bejahte, erklärte er, das passe großartig. Sein Freund und Kompagnon wisse auch noch nicht, wie er den heutigen Abend verbringen solle. Sie würden dann eben zu viert fahren.

Der Kompagnon hieß Richard und war ein großer, ruhiger junger

Mann, der einen recht vertrauenerweckenden Eindruck machte. Doch hatte er eine seltsam eindringliche Art, einem Mädchen in die Augen zu sehen.

„Nehmt euch vor ihm in acht", warnte Fred. „Er ist ein verkappter Don Juan, die Frauen merken es immer erst zu spät, weil er den Harmlosen mimt."

Es wurde ein vergnügter Abend. Sie fuhren in dem kleinen klapprigen Auto der Freunde nach Potsdam hinaus, aßen vorzüglich zu Abend, wobei ihnen nicht eine Minute lang der Gesprächsstoff ausging. Helga bekam rote Wangen. Zum erstenmal wieder, seit dem Fiasko mit der Prüfung, lachte sie unbeschwert, was ihr außerordentlich gut stand.

Bald nach zehn Uhr fuhren sie wieder nach Berlin zurück, und die beiden jungen Männer waren keinesfalls dafür, den vergnügten Abend schon jetzt abzubrechen. Sie sollten endlich diese kleinstädtische Manier ablegen, mit den Hühnern ins Bett zu gehen, meinte Fred, man könne nicht nach Hause gehen, wenn es gerade nett zu werden beginne. Dann seien ja die Kosten, die der Abend verursacht habe, 'rausgeworfenes Geld. Gegen dieses Argument ließ sich nicht viel einwenden. Richard schlug vor, sie sollten mit zu ihnen in die Wohnung kommen und die Räume anschauen, die sie sich eingerichtet hatten.

Die beiden Mädchen sahen sich an. Sowohl nach Lübecker als auch nach Karlsburger Maßstäben schien dieses Angebot nicht akzeptabel. Aber man war in Berlin. Und sie waren schließlich zu zweit.

Die Wohnung lag im fünften Stock eines Hauses am Lehniner Platz und war das Modernste und Originellste an Wohnung, was man sich vorstellen konnte. Eine wirkungsvolle Reklame für die beiden Innenarchitekten. Die Mädchen kamen aus dem Staunen nicht heraus.

„Das ist ja hinreißend", sagte Katarin. „So eine Wohnung möchte ich mal haben, das wäre mein Traum."

„Kannst du haben", sagte Fred. „Wir machen es für dich zum Vorzugspreis."

Es wurde ein langer Abend. Sie tranken, tanzten nach neuesten Schallplatten und saßen wohl auch zwischendurch ein wenig zu eng mit ihren Gastgebern zusammen. Katarin hatte am nächsten Tag die unklare Erinnerung, daß Freds Küsse und Hände recht unverschämt gewesen waren.

Die Erinnerung machte ihr Kopfzerbrechen. Nein, man durfte so etwas gar nicht erst anfangen. Wenn man es nicht besser verstand, sich einen Mann vom Halse zu halten, sollte man sich gar nicht in Gefahr begeben. Komisch nur, daß es ihr gestern keineswegs unangenehm gewesen war. Immerhin hatte sie dann zum Aufbruch gedrängt und war sogar recht unfreundlich zu Fred geworden, als er sie nicht gehen lassen wollte. Am Ende war er beleidigt. Nun, sollte er! Sie hatte auch Helga mitgenommen, die in den Armen des großen Richard beinahe verschwand. Und Richard benahm sich eigentlich besser als Fred. Sofort ließ er das Mädchen los und wies seinen Freund energisch zurecht.

Verflixt, man sollte so etwas doch nicht tun, dachte Katarin am nächsten Morgen in ihrem Bett. Eines Tages geht man zu weit und dann... Nun ja, einmal mußte es sein. Aber Fred? Im Grunde machte sie sich nicht das geringste aus ihm.

Sie war verkatert. Und ausgerechnet heute hatte sie die erste Unterrichtsstunde, eine Vorlesung in Musikgeschichte. Ein wenig blaß saß sie im Hörsaal mit den aufsteigenden Bänken zwischen ihren neuen Kollegen und versuchte, sich auf den Vortrag des Professors zu konzentrieren. Er sprach über Mozart.

Neben Katarin saß ein hübsches, zierliches Mädchen. Ihr Gesicht war von klassischem Ebenmaß, ihr Haar tiefschwarz, sie trug es in einem vollen Knoten. Am Schluß der Vorlesung, nachdem der Professor noch eine Gesangsplatte aus dem „Figaro" vorgespielt hatte, wandte sie sich zu Katarin, die überrascht in ein Paar leuchtend blaue Augen blickte.

„Kann es etwas Zauberhafteres geben als Mozart?" fragte sie und lächelte Katarin zu. „Es hört sich so leicht an, und dabei ist es so schwer, ihn gut zu singen."

„Sie sind Sängerin?" fragte Katarin nicht eben geistreich.

„Ja, natürlich. Sie nicht?"

„Nein. Klavier."

„Oh. Ich glaubte, Sie seien eine neue Kollegin. Erstes Semester, nicht wahr?"

„Ja. Sieht man mir das an?"

„Natürlich. Und außerdem kennt man die Gesichter. Heute sind wieder viele Neue da. Bei wem arbeiten Sie?"

„Bei Professor Anger."

„Oh. Da sind Sie in den besten Händen. Er ist charmant, nicht?"

Ein schlanker junger Mann tauchte plötzlich bei ihnen auf und ergriff die reizende Nachbarin bei der Hand. „Luisa, komm. Ich warte schon die ganze Zeit." Luisa nickte Katarin freundlich zu und verschwand. Katarin unterhielt sich noch ein wenig mit einigen ihrer Prüfungskollegen, die genau wie sie fremd und vereinsamt in den Gängen herumstanden. Hochmütig übersahen die alten Semester ihre frischgebackenen Kollegen.

Am nächsten Tag kam die erste Stunde bei Anger, der Katarin mit Herzklopfen entgegensah.

Ludwig Anger war wirklich charmant, da hatte die kleine Sängerin recht gehabt. Er war ungefähr Mitte fünfzig, vielleicht auch schon älter, jedenfalls sah er gut aus mit seinem rassigen Künstlerkopf und den grauen Schläfen. Man konnte schon verstehen, daß sich manche seiner Schülerinnen in ihn verliebten. Er behandelte sie ausgesprochen höflich, ja galant, und schien mehr ein Freund und Berater zu sein als ein strenger Lehrer. Aber die jungen Damen durften sich nicht täuschen, er war unbestechlich, wenn es um die Kunst ging. Er wußte wohl, daß seine Schülerinnen für ihn schwärmten, und es freute ihn, wenn sie hübsch waren, denn als weitgereister, stets von den Frauen verwöhnter Mann hatte er einen Blick für den Reiz einer Frau. Gern erwiderte er ein Lächeln und sparte nicht mit Komplimenten. Doch niemals ließ er sich von diesen Dingen über mangelnde Begabung oder fehlenden Fleiß hinwegtäuschen.

Mit einiger Neugier erwartete er diese junge Dame aus Franken, die ihm während der Prüfung einen guten Eindruck gemacht hatte. Er kam ihr entgegen, als Katarin das geräumige Zimmer betrat, in dem zwei Konzertflügel standen, gab ihr die Hand, bot ihr Platz an und fragte zunächst in freundlichem Plauderton nach ihrem Woher und Wohin, nach ihren bisherigen Studien und nach ihren Plänen, ob es ihr Ernst sei mit einem wirklichen Studium und ob sie sich zutraue, durchzuhalten. Katarin gab aufmerksam Antwort, erzählte von Herrn Jong und den Schwierigkeiten zu Hause. Er lächelte ohne Spott.

„Das ist verständlich", sagte er. „Wenn in Ihrer Familie die künstlerische Arbeit neu ist, kann ich den Widerstand Ihrer Eltern schon verstehen. Und erst recht, wenn man ein so junges Kind allein nach Berlin lassen soll. Sie sind allein hier?"

„Ganz allein."

„Keine Verwandten, keine Bekannten?"

„Nein, niemand."

„Und? Wie fühlen Sie sich dabei?"

„Manchmal ein wenig einsam", gestand Katarin. „Aber das ist nicht so schlimm. Ich freue mich vor allem, daß ich es geschafft habe."

„Ich nehme an, ich brauche Ihnen über die Gefahren der Großstadt nichts weiter zu erzählen, das werden Ihre Eltern schon getan haben. Das Leben in Berlin ist gewiß amüsant. Und wenn man jung ist, mag es verlockend sein, möglichst viel davon zu erleben. Doch lassen Sie sich nicht zu sehr von der Großstadt imponieren. Das Wichtigste ist Ihre Arbeit. Natürlich sollen Sie sich nicht abschließen, Sie sollen sich des Lebens und Ihrer Jugend freuen. Aber behalten Sie sich in der Hand. Man kann nur eines, ernsthaft arbeiten oder sich amüsieren. Wenn man Künstler ist, beziehungsweise Künstler werden will, gibt es nur einen Weg. In diesem Sinne lege ich Wert darauf, daß meine Schüler und Schülerinnen nicht unnütz ihre Nerven verbrauchen, um ihre Kraft und Gesundheit der Arbeit zu erhalten. Sind Sie in diesen Dingen meiner Meinung, ja?"

„Ja", nickte Katarin eifrig und dachte mit schlechtem Gewissen an die Abende mit Fred.

„Wie alt sind Sie?"

„Neunzehn."

„Neunzehn", wiederholte Anger ein wenig versonnen. „Na ja."
Es entstand eine kleine Pause, in der er sie nicht ohne Wohlgefallen musterte.

„Schön", sagte er dann, „beherzigen Sie, was ich sagte. Haben Sie Vertrauen zu mir. Wenn Sie einmal Sorgen haben oder mit etwas nicht fertig werden, so sprechen Sie ruhig mit mir. Auch wenn es nicht Ihre Arbeit betrifft. Ich bin der Meinung, daß bei einer künstlerischen Entwicklung der ganze Mensch beteiligt sein muß, mich kümmert daher auch, was Sie tun, wenn Sie dieses Zimmer verlassen haben." Katarin nickte wieder. Sie war befangen wie ein Schulmädel.

„Jetzt werden Sie mir detaillieren, was Sie bereits gearbeitet haben. Und dann werde ich mir einiges davon anhören. Von der nächsten Stunde an werden wir das alles zunächst beiseite legen. In den kommenden Wochen sollen Sie nur Etüden und Übungen machen, und zwar genauso viel und genauso oft, wie ich Ihnen sage. Wir wollen erst ein festes handwerkliches Fundament legen. Das Vergnügen kommt später. Kunst kommt von Können. Was spielen Sie besonders gern?"

„Chopin."

„Natürlich. Wie jeder Novize."

„Und Beethoven", fügte Katarin eilig hinzu. Sie wollte nicht sein wie jeder.

„Ich glaube, wir werden uns beträchtliche Zeit mit Bach beschäftigen", fuhr Anger fort. „Das macht den Kopf klar und die Finger aufmerksam. Nun los. Spielen Sie mir etwas von Ihrem geliebten Chopin."

Begeistert ging Katarin von der ersten Klavierstunde nach Hause. Was für ein Mann! Herr Jong hatte recht gehabt. Schade, daß die in Karlsburg Ludwig Anger nicht sehen konnten, denn in ihrem begrenzten Dasein wußten sie überhaupt nichts von der Existenz solcher Menschen. Im übrigen würde sie jedes Wort befolgen, das er gesagt hatte. Auch das vom ernsthaften Arbeiten, mit dem sich Flirt und Bummeln nicht vertrugen. Und wenn der gute Fred sich einbildete, es könne aus ihnen etwas werden, dann täuschte er sich. Was konnte ihr auch ein Mann wie Fred Wolter jemals bedeuten, nachdem sie Ludwig Anger kennengelernt hatte?

Luisa, die schlanke hübsche Sängerin, hatte viele Verehrer unter ihren Kollegen. Kein Wunder, ihre schlanke grazile Schönheit mußte auf jeden Mann anziehend wirken, außerdem flirtete sie gern. Trotzdem war sie außergewöhnlich fleißig. Im Dezember hörte Katarin sie einmal an einem Vortragsabend der Hochschule singen und war von der Leichtigkeit und Süße dieser Koloraturstimme entzückt. Leider hatte sich seit der Begegnung im Hörsaal kein weiteres Gespräch ergeben. Luisa grüßte zwar immer sehr freundlich, doch sie blieb nicht stehen. Und Katarin wagte nicht, sie anzusprechen. Noch gehörte sie ja zum ersten Semester, das die Älteren geflissentlich ignorierten. Insgeheim war Katarin enttäuscht. Sie hatte erwartet, daß man sie mit offenen Armen aufnehmen, daß man sich mit ihr beschäftigen, daß man ihr Talent bewundern werde.

In Luisas Gesellschaft hielten sich zwei besonders treue Begleiter. Der eine war ein junger Österreicher, ein Tenor mit bemerkenswert schöner Stimme, von Gestalt ziemlich klein und zur Korpulenz neigend. Der andere aber schien Luisas Günstling zu sein. Es war der hübsche Bursche, der sie damals von Katarins Seite weggeholt hatte. Er war eines der beliebtesten Mitglieder der Hochschule, jedermann als „der Peter" bekannt, ein Windhund und Don Juan, immer strahlender Laune, immer zu Streichen aufgelegt, dabei sehr elegant gekleidet und dank seinem vermögenden Vater stets bei Kasse. Bei den Professoren machte sich Peter weniger beliebt. Er war zwar sehr begabt, enorm musikalisch, besaß das absolute Gehör und verstand fast jedes Instrument zu spielen. Aber meist spielte er nicht das, was er sollte. Seine Neigung gehörte der Unterhaltungsmusik, und er sagte jedem, ob er es hören wollte oder nicht, daß er später mal ein Tanzorchester gründen und nur mehr Film- und Schlagermusik komponieren und spielen werde. Das hörten seine Lehrer nicht gern. Professor Merten, der Leiter der Dirigentenklasse, verzog sein Gesicht, als habe er Zahnweh, wenn er Peter ans Pult lassen mußte und seinen geliebten Beethoven zwar technisch vollendet, aber mit oberflächlicher Gewandtheit vorgesetzt bekam.

Katarins ganze Aufmerksamkeit erregte ein anderer Mann, der seltsamerweise Peters bester Freund war. Seltsam deshalb, weil sich kaum größere Gegensätze denken ließen als die beiden. Peters Freund war älter als die meisten Studenten, er war, wie es Katarin bei sich nannte, schon ein richtiger Mann. Selten sah man ihn bei den anderen im Vestibül der Hochschule herumstehen, man sah ihn nicht mit Mädchen flirten und überhaupt war er außerhalb der Unterrichtsstunden kaum anzutreffen. Aber die Professoren sprachen zu ihm wie zu einem gleichberechtigten Kollegen, und Professor Merten schloß genießerisch die Augen, wenn sein Lieblingsschüler dirigierte.

„Er ist das Paradepferd des Hauses", hatte einmal einer von Katarins Bekannten geäußert.

Doch Johannes Carsten, wie er hieß, machte sich weder aus Worten des Lobes noch aus solchen bissigen Bemerkungen das geringste, sprach wenig, war bescheiden und zurückhaltend, immer sehr ernst. Seine Persönlichkeit war jedoch so ausgeprägt und faszinierend, daß jeder ihn beachten mußte und daß er unwillkürlich eine Sonderstellung einnahm. Er war groß und sehr schlank, fast mager, mit blondem Haar und sehr hellen grauen Augen, Augen, die über alles, was sie nicht interessierten, achtlos hinwegsahen. Aber an diesem Menschen schien nichts von Pose, nichts von Hochmut zu sein. Katarin beobachtete ihn manchmal verstohlen während einer Vorlesung, den ernsten, gesammelten Ausdruck des Gesichts, das dann seine Schwermut verlor, die sonst darüber lag. Er gefiel ihr, sie fühlte sich zu ihm hingezogen, obwohl sie nicht zu sagen wußte, wieso. Denn sie hatte noch kein Wort mit ihm gesprochen.

Eines Tages erlebte sie ihn auf einer Orchesterprobe. Schon öfters hatte sie gehört, daß zu bestimmten Stunden im Konzertsaal die Orchesterlektionen stattfanden, und eines Tages ging sie mit ein paar Bekannten aus dem ersten Semester zu einer solchen Probe.

Der große Saal war leer und halbdunkel, nur hier und da verstreut saßen einige Studenten, meist mit großen Partituren bewaffnet. Niemand sprach. Professor Merten konnte die müßigen Zuhörer nicht leiden, und wer sich störend bemerkbar machte, flog hinaus.

Katarin hatte in Karlsburg keine Gelegenheit gehabt, Konzerte zu besuchen. Nur zweimal hatte Jong sie mitgenommen, als sie bei ihm in der Stadt war, doch war es stets mit Schwierigkeiten verbunden gewesen, zu Hause die Erlaubnis zu erhalten. Blieb das Radio. Doch wenn sie die Übertragung eines Konzertes hören wollte, protestierten ihre Schwestern. So war ihr eigentlich nur die Klavierliteratur vertraut. Nun endlich hatte sie Gelegenheit, all die Orchesterwerke zu hören, die sie bis jetzt nur dem Namen nach kannte. Freilich war es eine Geldfrage, denn die Konzerte der Philharmoniker waren nicht nur meist ausverkauft, die Karten waren auch reichlich teuer. Zwar bekamen die Studenten verbilligte Karten, doch Katarin als ungeübter Neuling kam bei der Verteilung meist zu kurz.

Nun hier, bei den Orchesterproben in der Hochschule, konnte sie endlich mit Ruhe all die großen Werke hören, fünf-, sechsmal hintereinander, wenn sie wollte. Dann erlebte sie, wie Carsten dirigierte. Hager und groß stand er vor dem Orchester, in seinem dunklen Anzug mit den glänzenden Nähten. Wenn er den Taktstock hob, ging es wie ein Ruck durch das große Instrument des Orchesters. Sogar in diesem Rahmen, vor diesem Orchester, das ja zum größten Teil aus Halbwüchsigen bestand, aus Lernenden, wirkte die Kraft seiner Persönlichkeit. Es ging etwas von ihm aus, etwas Unnennbares, Ungreifbares, das Fluidum eines wahren Künstlers, die Macht des Begnadeten. Katarin erlebte es zum erstenmal so unmittelbar. Das Orchester klang ganz anders unter seiner Leitung, es übte und exerzierte nicht mehr – es musizierte wirklich.

Katarin beschäftigte sich viel mit Hannes Carsten. Und sie wünschte, ihn näher kennenzulernen, doch war sie sicher, daß er bisher ihre Existenz noch nicht einmal wahrgenommen hatte. Überhaupt schien er sich nicht viel aus Frauen zu machen. Denn schließlich wirkte er nicht nur auf Katarin anziehend, sondern auch auf die anderen Mädchen, und manche hatten schon versucht, ihm näherzukommen, aber ohne jeden Erfolg.

Einmal wohnte Katarin einer Szene bei, die für ihn bezeichnend war. Es geschah vor einer Vorlesung. Der Professor ließ ausrichten, daß er erst etwas später kommen werde. Der Raum leerte sich teilweise wieder. Manche rauchten draußen im Korridor noch eine Zigarette, während sich drinnen kleine Gruppen zwischen den Bänken bildeten. Schräg vor Katarin saßen Carsten und Peter Holl, zwischen ihnen ein hübsches blondes Mädchen, eine Sängerin. Sie plänkelte zunächst mit Peter, doch es galt Carsten. Jeder wußte, daß sie sich schon lange um ihn bemühte. Auch heute funkelte sie ihn mit ihren Augen an und spitzte die Lippen. Der Dialog wurde lauter, so daß Katarin alles verstehen konnte. Schließlich setzte sich das Mädchen direkt vor Carsten auf das Pult und rief unmutig:

„Mein Gott, Carsten, was sind Sie für ein Fisch! Ich möchte es erleben, daß Sie einmal an etwas anderes denken als an Ihre Arbeit. Das Leben hat doch nicht nur ernste Seiten."

Peter grinste vergnügt. „Den Gefallen tut er dir nicht, Jenny. Auch dir zuliebe wird er die heiteren Seiten nicht in Erwägung ziehen. Du verschwendest deine schönen blauen Blicke ganz umsonst. Er hat nun mal für Mädchen nichts übrig."

„Ich glaube es nicht", sagte das Mädchen. „Er ist nicht der Typ, der sich auf die Dauer vor den Frauen retten kann. Ich glaube nicht einmal, daß er es wirklich will. Er tut nur so harmlos. Mein Gott – du willst mich doch nicht über die Männer belehren!"

„Ich wüßte nicht, was ich lieber täte", sagte Peter darauf.

Carsten lächelte, halb gutmütig, halb spöttisch. „Und haben Sie denn keine Angst vor mir, Jenny? Wenn Sie mich doch so gut kennen, Sie wissen doch, die stillen Wasser sind gefährlich tief."

„Ich liebe die Gefahr", sagte das Mädchen herausfordernd. Aber Katarin sah gleich darauf, daß ein kurzer Blick aus Carstens hellen Augen das Mädchen aller lächelnden Überlegenheit beraubte. Sie glitt vom Tisch herab und setzte sich wieder in die Bank.

„Wahrscheinlich kennt er die Frauen besser, als er uns erzählt", meinte Peter. „Sicher hat er schlechte Erfahrungen mit ihnen gemacht."

„Möglich", sagte Carsten kurz, und sein eben noch lächelndes Gesicht verschloß sich.

„Wie könnte man auch anders", brummte Peter und beendete das Gespräch, denn eben trat der Professor ein. –

Kurz vor den Weihnachtsferien, Katarin wollte gerade nach Hause gehen, stürzte Luisa in die Garderobe.

„Einen Pianisten!" rief sie. „Ich brauche sofort einen Pianisten!" Sie erblickte Katarin. „Sie sind doch Pianistin, nicht?"

„Ja", erwiderte Katarin verwundert.

„Gott sei Dank! Haben Sie etwas Zeit? Kommen Sie schnell mit. Wir müssen proben. Pitt und ich, wir singen morgen bei einer Weihnachtsfeier, und es ist kein Mensch mehr im Hause, der mit uns korrepetieren kann."

Eilig liefen die beiden die Treppen hinauf.

„Aber ich habe doch noch nie korrepetiert", wandte Katarin ein.

„Es wird schon gehen."

Pitt, der junge Österreicher mit dem schönen Tenor, wartete schon.

„Ich habe jemanden!" rief Luisa. „Das ist Fräulein... Fräulein..." – „Katarin Brugge."

„Also du hörst es. Das ist Peter Fischer, genannt Pitt. Los, fangen wir an." Luisa erklärte kurz, was Katarin beachten müsse. „Aber lassen Sie uns keinen Fehler durchgehen, gleich unterbrechen, ja? Und keine Verschleppung dulden. Pitt verschleppt gern. Er berauscht sich an seinen eigenen Tönen und kann sich nicht von ihnen trennen."

„Frecher Fratz!" murmelte Pitt.

Katarin war etwas nervös. Hoffentlich ging es, denn sie hatte noch niemals Sänger begleitet, und es war ihr ungewohnt, außer der Klavierstimme auch die Singstimme zu beachten.

Aber es ging gut. Katarin machte es Spaß. Und außerdem war es ein Genuß, die beiden schönen Stimmen zu hören, die Lieder und Duette sangen. Mit Luisa ging es besonders leicht, denn neben ihrer schönen Stimme war sie auch noch hochmusikalisch. Katarin geriet in Entzücken, als Luisa zum Schluß mit süßem Wohllaut das Wiegenlied von Reger sang. Anderthalb Stunden hatten sie eifrig gearbeitet, dann brach Luisa ab.

„Ich glaube, es langt. Klappt ja ganz gut."

„Jaja, es geht schon", sagte Pitt phlegmatisch, seiner Wirkung sicher. „Ich war nur leider etwas indisponiert."

„Quatsch", sagte Luisa kurz und bündig, „red dir keine Schwachheiten ein. Wie fanden Sie es, Fräulein Brugge?"

„Gut. Waren Sie mit meiner Begleitung einverstanden?"

„Ja, sehr. Wenn Sie wollen, können wir in Zukunft öfter zusammen arbeiten. Mein bisheriger Korrepetitor geht weg von Berlin. Ich brauche sowieso jemanden."

„Sehr gern!" rief Katarin überschwenglich und fand den Gedanken herrlich, öfter mit der reizenden Luisa zusammenzutreffen.

Im Vestibül saß, die Beine von sich gestreckt, eine Zigarette im Mundwinkel, der kecke Peter. „Ich hab' auf dich gewartet, Stern meines Lebens!" rief er Luisa entgegen. „Ich hörte, du bist noch im Hause. Ich vergehe vor Sehnsucht nach dir."

„Steht dir aber gut", stellte Luisa fest und ließ sich von ihm in ihren kostbaren Pelz helfen.

Zusammen verließen sie die Hochschule und trennten sich an der nächsten Straßenecke mit freundschaftlichem Händeschütteln.

Weihnachten verbrachte Katarin daheim. Obwohl sie erst ein Vierteljahr fort war, schien es ihr, als sei ein Vielfaches an Zeit verstrichen. Wie klein die Stadt war, wie eng das Leben hier!

Auch Katarin wirkte fremd auf ihre Familie. Die Gegensätze, die schon immer bestanden hatten, traten noch deutlicher hervor. Man kritisierte die lange glatte Mähne, die geschminkten Lippen, das saloppe Auftreten der Heimgekehrten.

„Du bist dünner geworden", sagte die Mutter tadelnd, „sicher ißt du zuwenig."

„Es steht mir doch gut", sagte die Tochter ungerührt. Die Schwestern sparten nicht mit anzüglichen Bemerkungen. Der ganze Ort nahm Anteil an Katarins Heimkehr, und viele fanden, der verderbliche Einfluß der Großstadt mache sich schon recht bemerkbar. Das Aufsehen, das Katarin überall erregte, machte ihr Spaß. Und sie malte sich aus, wie sie später einmal hierher zu Besuch kommen würde. Mit einem eleganten Pelzmantel und im eigenen Wagen. Ja, die Karlsburger würden noch staunen. Und alles aus eigener Kraft.

Letzteres dachte sie besonders im Hinblick auf Theo Niemann, den Fabrikantensohn, der sie, geschwellt vom Bewußtsein seiner bedeutenden Persönlichkeit, aufs neue mit seiner Huld beehrte. Am zweiten Weihnachtsfeiertag war sie bei seinen Eltern eingeladen. Anläßlich dieser Einladung gab es die erste ernsthafte Auseinandersetzung zu Hause. Die Mutter, stolz über die große Ehre, die ihrer Tochter widerfuhr, wollte sie so hübsch wie möglich sehen. Aus diesem Grunde beschwor sie die Jüngste, der Schwester das neue weinrote Seidenkleid mit Puffärmelchen und Schärpe für den festlichen Tag zu leihen. Friedchen maulte und wollte nicht, es bedurfte langer diplomatischer Verhandlungen, bis sie einwilligte. Katarin wußte von dem ganzen Glück nichts und wollte sich totlachen, als man ihr das gute Stück präsentierte.

„Ihr glaubt doch nicht im Ernst, daß ich in diesem Monstrum aus dem Hause gehe?" Das war unklug von ihr, denn die ganze Familie einschließlich der Hausschneiderin, die Katarin fortan nicht mehr grüßte, war stolz auf das Kleid.

„Was willst du denn anziehen?" fragte die Mutter.

„Dieses hier", antwortete Katarin und zog das tintenblaue Wollkleid aus dem Schrank, das sie sich kürzlich in Berlin gekauft hatte. Es war von raffinierter Einfachheit und aus gutem Material, Katarin hatte das halbe Monatsgeld darangesetzt.

„Dieses?" fragten Mutter und Schwester gedehnt. „Das ist ja aus Wollstoff."

„Ja sicher", sagte Katarin leicht gereizt, „was dachtet ihr denn?"

„Sie hat ja schon immer einen Knall gehabt", meinte die Jüngste und zog sich mit dem verschmähten Kleid beleidigt zurück. Die Mutter gab nicht so schnell nach. Es entspann sich ein Wortwechsel, in dessen Verlauf sich Katarin hinreißen ließ, den Preis des neuen Kleides zu nennen. Gleich darauf bereute sie es. Sie hatte sich zweimal extra Geld schicken lassen für notwendige Anschaffungen, Noten und Bücher, und nun mußte es einen schlechten Eindruck machen, daß so viel für ihre Garderobe verwendet worden war. Sie wußte gut genug, daß ihr Monatswechsel ohnedies ein Opfer für ihre Familie bedeutete.

Die Mutter war sprachlos auf einen Stuhl gesunken, dann regnete es Vorwürfe, Klagen und Ermahnungen. Der Vater kam dazu und sprach in seiner gemessenen Art auch einen Verweis aus.

Katarin wußte, daß die Eltern recht hatten. Aber zum Teufel, sie wollte doch auch einmal etwas Hübsches haben, man sah in Berlin so viele verführerische Dinge. Das schlechte Gewissen veranlaßte sie, heftig und gereizt zu antworten. Schließlich malte sie sich aus Wut die Lippen ganz rot, obwohl die Mutter sie gebeten hatte, es daheim zu unterlassen. Dann ging sie zu Niemanns. Ihre Wangen waren gerötet, ihre Augen blitzten noch von dem Streit. Sie sah sehr hübsch aus. Das fand auch Theo Niemann, und in Ermangelung einer besseren Bekanntschaft und vor allem, weil sie die anderen jungen Mädchen ärgern wollte, flirtete sie bereitwillig mit ihm. Sie hatte sich mittlerweile jungen Männern gegenüber einen anderen, salopperen Ton angewöhnt, und der junge Niemann fiel bald von seiner gönnerhaften Herablassung in eine atemlose Bereitschaft, sich in die veränderte Jugendfreundin zu verlieben.

Während der vierzehn Tage, die sie zu Hause blieb, traf sie ihn oft, beim Rendezvous in der Konditorei, bei Spaziergängen, und das ganze Städtchen klatschte darüber.

Endlich saß sie wieder im Zug. Sie konnte es kaum erwarten, bis sie wieder in Berlin sein würde. Sie würde wieder zu Anger gehen, Vorlesungen hören, arbeiten und – Hannes Carsten wiedersehen.

Im Januar bekam sie von der Studentenführung zwei kleine Klavierschüler zugewiesen. Das bedeutete einen Nebenverdienst, wenn es ihr auch schwerfiel, ihr unruhiges Temperament auf einen Stuhl zu zwingen und sich von ungeschickten Kinderfingern die empfindlichen Ohren vollklimpern zu lassen. Geduld war noch nie ihre starke Seite gewesen.

Erfreulich war, daß sich Luisa wieder an sie wandte und daß sie nun mit der jungen Sängerin regelmäßig korrepetieren konnte. Luisa bestand darauf, die Stunden zu bezahlen. Katarin lehnte es zunächst ab.

„Sei bloß nicht albern", sagte Luisa. „Du brauchst es doch. Oder nicht?"

„Schon", gab Katarin zögernd zu. „Aber nicht von dir. Erstens macht es mir Spaß und zweitens bin ich gar kein geübter Korrepetitor."

„Du machst deine Sache sehr gut. Und mir kommt es nicht darauf an. Ich kriege von meinem alten Herrn, was ich brauche. Ecco, sei kein Schaf."

Arbeit hatte sie nun genug. Denn bei alledem durfte sie ihr Studium nicht vernachlässigen und übte jeden Tag viele Stunden.

Anger war zufrieden mit ihr. Mehr noch, sie gefiel ihm. Sie war jung und hübsch, fand er, und hatte einen ganz besonderen Charme, wenn auch noch jugendlich unfertig, aber doch vielversprechend. Vor allem aber hatte sie eine glückliche Hand bei ihrer Arbeit. Es freute ihn, daß sie nicht nur begabt, sondern auch fleißig war. Eine erstaunliche Kraft wohnte in ihren schmalen Händen, und bei aller Sorgfalt, die sie an die technische Arbeit wandte, zeigte sie sich stets um eine persönliche Deutung ihrer Aufgabe bemüht. Manchmal hatte sie eine etwas eigenwillige Auffassung, und mit der Unbedenklichkeit der Jugend brachte sie es fertig, vom Herkömmlichen abzuweichen und ihre eigenen Maßstäbe anzulegen. Anger ließ sie gewähren, hörte aufmerksam zu und wollte dann hören, warum sie so und nicht anders gespielt hatte. Er wollte stets eine Begründung haben, mit sogenannten künstlerischen Eingebungen und vagen Stimmungen gab er sich nicht zufrieden.

Ihren zwiespältigen Charakter erkannte er wohl. Bei aller Tiefe und Ausdauer war ein gewisser Leichtsinn vorhanden, eine manchmal fast wilde Neigung, gegen Vernünftiges und Alltägliches anzurennen, und ein leidenschaftliches Herz, das sie nicht immer ganz beherrschte.

Katarin wäre stolz gewesen zu erfahren, daß der Professor in ihr das entdeckt hatte, was sie immer gewünscht hatte zu sein: eine Persönlichkeit. Noch unfertig, aber nicht mehr zu übersehen.

Mit Luisa war sie bald gut Freund und dadurch auch mit Peter und Pitt, aber Carsten kannte sie noch immer nicht. Man sah ihn überhaupt selten in der Hochschule.

Einmal hörte Katarin zufällig, wie einer der Studenten nach

einer Auseinandersetzung gehässig sagte: „Er hätte besser getan, in seinem Dorf zu bleiben, dieser Schulmeister."

Sie fragte Luisa, was das bedeuten solle, und erfuhr, daß Carsten wirklich Lehrer gewesen war, Dorfschullehrer, ehe er noch einmal von vorn angefangen hatte mit dem Musikstudium. Das imponierte ihr erst recht.

Bei Luisa war es nett. Sie bewohnte ein großes, behaglich eingerichtetes Zimmer in der Kaiserallee, keine billige Studentenbude. Wenn sie gearbeitet hatten, tranken sie Kaffee und unterhielten sich oft stundenlang.

Nicht selten war Peter dabei. Mit fast kindlichem Staunen gewahrte Katarin das zärtliche Verhältnis der beiden. Im geheimen beneidete sie die Sängerin. Nicht um Peter. Doch um die Zweisamkeit, um die Zärtlichkeit, die sie empfing und geben durfte.

Ein Vergnügen war es jedesmal, wenn Peter sich an den Flügel setzte und zu spielen begann. Nur Unterhaltungsmusik, Jazz, doch mit so verblüffendem Können und hinreißendem Schwung, wie Katarin es nie gehört hatte.

„Siehst du, Katarin", sagte er, „ich bin nun mal das schwarze Schaf der Dirigentenklasse. Merten stehen seine verbliebenen fünf Haare zu Berge, wenn er mich dirigieren lassen muß, was selten genug vorkommt. Der Mann begreift gar nicht, daß es nie mein Ehrgeiz war, ein zweiter Furtwängler zu werden. Das kann ich nicht, darüber war ich mir immer klar. Mein Interesse liegt nun mal auf anderem Gebiet. Hier, das da", er ließ eine verrückte Folge von Synkopen über die Tasten rasen, „Jazz, Schmiß und Schwung, das ist es. Aber das darf man bei uns ja nicht laut sagen. Die Herren haben Angst, die Beethovenbüste könnte vom Sockel fallen. Aber sagt mal selber, Kinder, muß es das nicht auch geben? Die Leute wollen doch nicht nur in Sinfoniekonzerte gehen. Alles zu seiner Zeit. Die Hauptsache ist doch, daß man gute Sachen bringt. Auch in der leichten Musik. Daß man was kann."

„Nun, du kannst etwas, Peter", sagte Katarin überzeugt, „ich hab' so was noch nie gehört."

„Das glaub' ich. Das gibt es ja bei uns auch nicht. Die Amerikaner haben da was los. Später geh' ich mal hinüber und studier's an der Quelle. Bei uns darf man nicht mal davon reden. Jazz – das ist Negermusik. Das frommt dem deutschen Wesen nicht. Wir spielen zackige Märsche, damit das treue deutsche Volk marschieren kann. Höchstens mal so ein schmalziges Gedudel von Lieb und Treu, das ist erlaubt. Kalter Kaffee. Ich hab' neue amerikanische Jazzplatten, die bring' ich euch mal mit, das ist eine Sache."

Peter führte manchmal so aufrührerische Reden, und Katarin hörte das ganz gern.

Einmal konnte sie sich die Frage nicht verkneifen: „Was sagt eigentlich dein Freund Carsten zu dieser Art Musik?"

Peter lachte. „Er leidet. Lange hat er versucht, mich zu bekehren. Wunderbare Predigten hat er mir gehalten. Jetzt hat er sich daran gewöhnt, daß ich nicht zu bessern bin. Jeder Mensch ist nun mal, wie er ist, nicht? Und jede Begabung ist anders."

Katarin hätte gern noch mehr über Carsten gehört. Aber eine eigentümliche Scheu hielt sie davon zurück, weitere Fragen zu stellen. Luisa hätte sicher gleich gemerkt, daß sie sich für den Einzelgänger interessierte.

Peters politische Bemerkungen gaben Katarin Stoff zum Nachdenken. Das war auch etwas Neues, früher hatte sie sich darüber kaum Gedanken gemacht. Vor fünf Jahren, als Kind noch, hatte sie den Beginn des nationalsozialistischen Regimes ohne besondere Erschütterungen erlebt. Obwohl gerade im kleinen, sich gern wichtignehmenden Karlsburg die Wogen hochgegangen waren. Leute, die vorher niemand beachtet hatte, traten in den Vordergrund und gebärdeten sich, als seien sie das Salz der Erde. Katarins Wesen war so veranlagt, daß ihr das nicht imponierte. Rein persönlich nicht, sie brauchte gar keine politischen Argumente dazu. Man legte ihr in der Schule nahe, in den BDM einzutreten, doch sie erklärte unverfroren, sie wolle nicht, sie sei ein Mädchen, es mache ihr keinen Spaß, auf den Straßen und in den Wäldern umherzutrampeln und alberne Lieder zu singen. Diese kecke Antwort nahm man übel. Sogar Katarins Vater mußte einen Verweis dafür einstecken. Dabei stand auch er, und zwar aus wohlerwogenen Gründen, der ganzen Sache ablehnend gegenüber. Er sprach fast nie davon, doch man merkte es ihm an. Er bekam ein eisig ablehnendes Gesicht, wenn er von alledem hörte, von Umwälzung, Erhebung, nationaler Revolution und was der schönen Worte mehr waren. Für ihn waren die neuen Herren Emporkömmlinge, Schreier und Großmäuler. In seinen Augen waren sie nicht berechtigt, das Volk zu regieren.

Wie gesagt, er sprach nicht davon. Er war Beamter und tat seine Pflicht. Er verhielt sich der neuen Regierung gegenüber loyal, trat sogar in die Partei ein, als man es von ihm verlangte. Und schließlich untersagte er seiner Tochter die losen Reden. Er konnte nun mal nicht anders.

Der einzige richtige Nazi in der Familie war Otto, der Mann von Katarins älterer Schwester. Schon als Lenchen ihn heiratete, zwei Jahre vor der sogenannten Machtübernahme, hing er der Partei an, ohne sich aber allzusehr hervorzutun, schließlich war auch er Beamter und nicht gerade von mutiger Wesensart. Je besser die Aussichten für seine Parteigenossen wurden, um so größer wurde auch seine nationale Begeisterung. Er trat der SA bei, vermied es aber, in der Uniform allein auszugehen, um einen eventuellen Zusammenstoß mit einem der drei Karlsburger Kommunisten zu vermeiden.

Im Jahre 1933 schoß er gewaltig ins Kraut. Er, der typische, engstirnige Kleinstadtspießer, fand endlich ein Feld, seinen Geltungsdrang und seine Herrschsucht zu betätigen. Jetzt stolzierte er, wann immer es möglich war, in der Uniform einher, wobei er den Bauch einzog und das Doppelkinn auf die Brust preßte. Sein Anblick und sein Gehaben trugen nicht dazu bei, Katarin eine gute Meinung von dieser Elitetruppe des Naziregimes beizubringen. Ja, wenn man es genau betrachtete, so war vielleicht der erste Anlaß für ihre Abneigung gegen die Nazis darin zu suchen, daß ihr Schwager Otto dazugehörte. Sie hatte ihn nie gemocht.

Elfriede, die jüngere Schwester, hatte sich ein ähnliches Exemplar als Zukünftigen ausgesucht und betrachtete es als besonders reizvoll, daß er aus Ottos Sturm war. Katarin fand so etwas idiotisch.

Hier nun, in Berlin, begann sie erstmals ernsthaft über diese Dinge nachzudenken. Peter beispielsweise machte kein Hehl aus seiner Abneigung gegen die herrschende Regierung, dazu war er viel zu sehr Individualist. Und Pitt konnte ganz entgegen seinem sonstigen Phlegma geradezu leidenschaftlich werden, wenn man auf ein politisches Thema kam. Überhaupt fand Katarin, waren die Leute in Berlin alle nicht so recht dafür. Es schien, der Nazismus entsprach ihrem Wesen nicht.

Katarins Wirtin, eine einfache Frau, schimpfte manchmal ganz ungeniert auf die „braune Brut", wie sie es nannte, und verbarg ihre Anhänglichkeit an die Sozialdemokratie keineswegs. Auch in der Hochschule fanden sich wenig Anhänger für die Regierung, zumal von vornherein das Interesse für diese Dinge bei den jungen Künstlern recht gering war. Zwar hielt der Studentenbund jede Woche eine Zusammenkunft ab. Auch Katarin war aufgefordert worden zu kommen. Am Anfang war sie zwei- oder dreimal dort gewesen. Als sie sah, es waren nur wenige, die kamen, und immer dieselben, blieb sie auch fort.

Zum Abschluß des Semesters bereitete man eine Aufführung der „Entführung aus dem Serail" vor. Luisa und Pitt sangen die Constanze und den Belmonte. Katarin hatte die Gesangspartien mit beiden einstudiert und wohnte daher fast allen Proben bei, um die schwachen Punkte der von ihr Betreuten noch rechtzeitig zu entdecken.

Nach der Hauptprobe war sie noch einmal in die Bibliothek gegangen, um ein Buch zu tauschen. Als sie ins Vestibül zurückkehrte, schien das Haus schon leer zu sein. Tiefe Stille. Sie wollte gerade gehen, da stockte sie. Sie hatte ein leises, fernes Tönen vernommen. Es mußte aus dem Konzertsaal kommen. Langsam ging sie den Gang hinunter, der zum Saal führte. Sie wußte eigentlich nicht, was sie dazu trieb. Lautlos öffnete sie eine Tür. Der große Raum war dunkel, nur vorn an der Orgel war Licht. Es lief Katarin kalt über den Rücken, als sie die mächtige Flut der Töne umfing. Welch eine Musik! Sie wurde davon eingehüllt und überflutet, willig gab sie sich hin. Sie war nur noch Gehör, nur noch Gefühl. Minutenlang, nachdem der Organist geendet hatte, blieb es still.

„Ist jemand hier?"

„Nur ich", sagte Katarin mit gepreßter Stimme.

Er rutschte vom Sitz und kam auf sie zu. Sie stand noch an der Tür gelehnt und rührte sich nicht. Die Sekunden, in denen er auf sie zukam, schienen eine Ewigkeit zu währen. Es war einer von den seltenen Augenblicken des Lebens, die man nie mehr vergißt. Er kam dicht heran und blickte sie forschend an. Er sah große dunkle Augen auf sich gerichtet, die eine tiefe Erschütterung spiegelten. Und Angst. Ja, Angst. Und wie sie voreinander standen, kam auch in sein Gesicht ein stummes Erstaunen, als dringe ihm der Blick dieser dunkelschimmernden Augen bis ins Herz, das vom Erlebnis der Musik noch aufgeschlossen und unbewehrt war. So standen sie sich eine Weile stumm gegenüber, dann riß er sich los. Lächelnd öffnete er die Tür.

„Nur ich? Das klingt ja recht bescheiden. Sie machen sonst gar nicht den Eindruck."

Auch Katarin hatte sich wieder gefaßt und hörte aus seinen Worten nur eines heraus. „Sonst? Haben Sie mich denn schon jemals bemerkt?"

„Natürlich", erwiderte er gleichmütig. „Gesichter, die man häufig sieht, kennt man doch."

Sie gingen nebeneinander den Gang entlang.

„Na und?" fragte Katarin herausfordernd. „Mache ich sonst einen unbescheidenen Eindruck?"

„Warum auch nicht? Man sollte gar nicht so bescheiden sein. Nicht sich selbst und nicht dem Leben gegenüber."

Sie waren in der Vorhalle angelangt.

„Sie können abschließen, Felsch!" rief Carsten zum Pförtner hinüber. „Ich höre auf für heute."

„Hoffentlich habe ich Sie nicht gestört", sagte Katarin.

„Keineswegs. Ich spiele schon seit einer Stunde."

In der Garderobe holten sie ihre Mäntel und gingen ganz selbstverständlich zusammen aus dem Haus.

Nach einer Weile sagte Katarin: „Ich glaube, ich bin es wirklich nicht."

„Was?" fragte er zurück. Er schien vergessen zu haben, worüber sie sprachen.

„Bescheiden. Dem Leben gegenüber und auch mir selbst gegenüber nicht. Ich glaube, ich bin überhaupt nicht bescheiden, nicht nur in diesem guten Sinne, wie Sie es gemeint haben. Nur solcher Musik gegenüber. Da komme ich mir klein und hilflos vor. Und so arm in meinem Können. Und so weit von jeder Vollendung und von jedem Ziel entfernt. Was kann ich schon gegen solche Vollkommenheit ausrichten?"

„Klein und hilflos? Ja, das sind wir diesem gegenüber immer. Aber Sie dürfen keine irdischen Maße anlegen und keine irdischen Ziele im Auge haben. Bach war der Musikant Gottes. Und alle Demut, die wir seiner Musik gegenüber empfinden, hat auch er empfunden. Für den Einen, für den er spielte. An den er in der Einfalt und Stärke seines Herzens noch glauben durfte. Wenn Sie dabei an sich und Ihre Arbeit denken, dann ist das wirklich unbescheiden, dann ist diese Musik noch nicht recht in Ihr Herz gedrungen. Denn sie spricht nur von dem und mit dem, was jenseits des Lebens ist. Man kann nicht an irdische Dinge denken bei dieser Musik."

Er brach ab. Sie waren an der Ecke Hardenbergstraße angelangt. Mit leichtem Lächeln sagte er in einem veränderten Tonfall: „Entschuldigen Sie die Belehrung. Ihre Freundin Luisa würde sagen: ‚Carsten doziert wieder mal.' " Überraschend gab er ihr die Hand. „Auf Wiedersehen."

Überrumpelt legte sie ihre Hand in die seine und sah dann, wie er sich mit raschen Schritten in Richtung Zoo entfernte.

Sie stand noch eine Weile reglos, den Klang seiner letzten Worte im Ohr. Erst als sie ein Windstoß traf, schauerte sie zusammen und erwachte.

Die Verzauberung wich, und Ärger stieg in ihr hoch. War das eine Art, sie hier an der Ecke stehenzulassen? Auf Wiedersehen und weg war er. Was für ein Benehmen! Bildete er sich ein, als angebliches Genie könne er sich alles erlauben? Erst warf er ihr vor, sie sei unbescheiden und dann diese Vorlesung über Bach und Religion. „Schulmeister!" murmelte sie zornig vor sich hin und lief mit großen Schritten die Fasanenstraße hinunter.

Die Mozartaufführung am letzten Tag des Semesters wurde ein großer Erfolg. Luisa war bezaubernd und sang wunderbar. Der Intendant einer guten Provinzbühne engagierte sie am nächsten Tag.

Das war natürlich eine Sensation. Luisa gab ein rauschendes Fest, zu dem auch Katarin eingeladen wurde. Carsten konnte leider nicht kommen, er war verreist.

Während der Semesterferien fuhr Katarin nicht nach Hause. So sparte sie das Reisegeld und verlor auch ihre Schüler nicht. Das schrieb sie jedenfalls auf den erstaunten Brief ihrer Mutter nach Hause.

Der Frühling in Berlin war wundervoll. Katarin hatte stets gemeint, man könne davon in der Großstadt nichts merken. Das Gegenteil war der Fall. Mehr noch als auf dem Lande, mehr als in der Kleinstadt genoß hier jeder den ersten warmen Sonnenstrahl, das erste Laub, die ersten Blumen. Die Schaufenster der Geschäfte überboten sich mit lockenden Angeboten. Katarin stand manchmal sehnsüchtig seufzend vor den Scheiben. Ach, einmal alles kaufen können, was man sich wünschte. Aber es war auch nett, das erstemal wieder in dem alten Kostüm spazierenzugehen, bei Sonnenschein über den Kurfürstendamm zu bummeln und noch leise fröstelnd in den Vorgärten der Cafés zu sitzen.

Sie entdeckte in diesen Wochen den Grunewald und war begeistert von dem ausgedehnten Wald nahe der Stadt, der leicht und mühelos mit der raschfahrenden S-Bahn erreicht werden konnte. Oft, wenn sie spazierenging, dachte sie an Carsten. All ihre Träume, die in einer vollkommenen Zukunft spielten, schlossen ihn mit ein. Sie würden zusammen auftreten, sie am Klavier, er auf dem Pult. Sie würden berühmt sein, und Carsten würde sie lieben.

Ein schöner Traum. Ein kindlicher Traum, sie wußte es gut. Denn Carsten machte sich nicht das geringste aus ihr. Unterdessen hatte sich Pitt immer enger an sie angeschlossen. Sie trafen sich oft, arbeiteten zusammen, saßen vor den Cafés und führten stundenlange Gespräche. Mit ihm gemeinsam erlebte sie die Aufregung um den österreichischen Anschluß. Die wenigen Tage, an denen es aussah, als käme es zu einem Krieg, versetzten Katarin in maßlose Erregung. Krieg! Es war nicht auszudenken. So etwas gab es doch heutzutage nicht mehr, das konnte man im Geschichtsbuch lesen, im Film sehen, aber in Wirklichkeit? —

Pitt war ein leidenschaftlicher Gegner der Nazis, er entwickelte in seinen Ausbrüchen gegen das Regime ein ungeahntes Temperament.

„Der wird die ganze Welt zerstören!" rief er aus. „Das ist ein Wahnsinniger, ein Besessener, so etwas gehört hinter Gitter, aber nicht an die Spitze einer Regierung." Katarin hörte staunend zu. Sie widersprach ihm nicht. Der Anschluß versetzte Pitt in maßlose Wut. Katarin hingegen konnte Hitler eine geheime Bewunderung nicht versagen. Nicht ungeschickt, wie er das gemacht hatte.

„Was willst du denn", sagte sie zu Pitt, als sie am Radio den Einzug Hitlers in Österreich hörten, „deine Landsleute sind ja voller Begeisterung!"

„Diese Hornochsen! Diese Idioten!" schimpfte Pitt. „Sie wollen mit an den Futternapf, das ist es. Es wird ihnen noch leid tun. Sie werden ihn mit ausfressen müssen, diesen gut gefüllten Napf, bis zum bitteren Ende. Und der Fraß wird ihnen im Halse steckenbleiben."

Doch der Frühling war stärker als die Politik. Die Aufregung war schnell vergessen, das bunte Leben, das die Stadt Berlin so abwechslungsreich und amüsant machte, lief sorglos weiter.

Als das Sommersemester begann, gehörte nun Katarin schon zu den älteren Semestern und konnte mit ihnen mitleidig auf die Neuen herabblicken, die verstört und ratlos in den Gängen herumstanden. Mit Begeisterung stürzte sie sich wieder in die Arbeit.

Einmal lobte Anger sie für die Fortschritte, die sie im letzten halben Jahr gemacht hatte. Sie sah ihn so strahlend und glücklich an, daß es ihn rührte.

„Meinen Sie, Herr Professor, daß aus mir etwas wird? Daß ich Karriere machen werde?"

Anger lächelte. „Wenn du so weiterarbeitest wie bisher, Katarin, und weiter so fleißig bist, glaube ich es sicher. Du hast eine Begabung, für die du nicht kannst, die dir angeboren ist. Die leidenschaftliche Seele, die Möglichkeit, dich ganz und gar hinzugeben an deine Arbeit. Vielleicht auch an einen Menschen, das weiß ich nicht. Du hast lebendiges Blut bis in die Fingerspitzen. Wenn du all das in deine Musik einströmen läßt, so wirst du deine Hörer gefangennehmen. Nur mußt du dich hüten, die Herrschaft über all das zu verlieren, sonst wird es dich davontragen."

Seine Worte berauschten sie. Nach der Stunde lief sie in schnellem Schritt in den Tiergarten hinein, das Herz zum Zerspringen voll. Herrgott, war das Leben schön.

Carsten kam erst spät, als das Semester schon lief. Man sah ihn selten. Katarin hörte, er sei jetzt ständig im Rundfunk beschäftigt.

Es war Mai, als er sich einmal im Hörsaal neben sie setzte. Das Herz klopfte ihr. Hatte er das absichtlich getan? Sie beobachtete ihn verstohlen von der Seite. Plötzlich drehte er den Kopf, ihre Blicke trafen sich. Sie errötete, ärgerte sich über ihr Erröten, was die Sache nur noch schlimmer machte. Er lächelte amüsiert. – Warum, zum Teufel, kommt er sich bloß immer so überlegen vor, dachte Katarin zornig.

„Nett, daß wir uns wieder mal getroffen haben", sagte er am Ende der Stunde, ganz einfach und natürlich, wie jeder andere junge Mann es auch gesagt hätte. Das gab ihr die verlorene Sicherheit zurück.

„Man sieht Sie jetzt so selten", sagte sie.

„Viel Arbeit." Er begrüßte Pitt, der auf Katarins andrer Seite saß. Zusammen verließen sie den Hörsaal. Carsten erzählte, daß er zur Zeit an einem Streichquartett arbeite, einer Komposition, die ihn sehr beschäftige. Sein Wesen erschien Katarin verändert, freier, irgendwie gelöster und jünger, nicht mehr so tiefernst und abgewandt. Ob man das Quartett mal zu hören bekomme, fragte sie.

Es bestehe die Absicht, es im Rahmen eines Vortragsabends uraufzuführen, erwiderte er. Dann verabschiedete er sich rasch.

„Er ist so verändert, nicht?" sagte sie zu Pitt.

„Das macht die Liebe", erwiderte Pitt, „die hat immer einen günstigen Einfluß auf kühle Jünglinge.

„Die Liebe?" fragte Katarin, und ihr Herz sank.

„Na ja, Carsten ist zur Zeit stark mit diesem Artikel beschäftigt. Wußtest du das nicht?"

„Nein. Das erste, was ich höre", erwiderte sie etwas zu lebhaft und lachte mit wehem Herzen.

„Tolle Geschichte. Hätte ich ihm nie zugetraut. Eine bekannte Schauspielerin. Sie hat ihn ganz und gar mit Beschlag belegt. Ich wundere mich, daß das Quartett überhaupt so weit gediehen ist."

„Nun, man sagt doch, die Liebe wirke sich fördernd auf das künstlerische Genie aus", meinte Katarin mokant. „So, eine Schauspielerin also."

„Carsten hat es faustdick hinter den Ohren. Ich habe mir das schon manchmal gedacht. Und daß er Wirkung auf Frauen hat, habe ich schon oft festgestellt."

Wem sagst du das, dachte Katarin.

Einige Tage später, sie fuhr gerade nach Halensee zu ihrem Lieblingsschüler Uli Lenning, sah sie zufällig Carsten mit dieser Frau. Als sie an einer Haltestelle aus dem Fenster blickte, erspähte sie ein großes auffallendes Kabriolett, das an der Bordkante parkte.

Carsten saß am Steuer und neben ihm die Frau. Katarin erkannte sie sofort, eine bekannte Darstellerin von Bühne und Film. Doch Carsten sah keineswegs vergnügt aus, er starrte finster vor sich hin. Sie haben Streit, konstatierte Katarin und freute sich darüber.

Als sie ihn am Tage darauf in der Garderobe traf, konnte sie ihren Mund nicht halten.

„Ich habe Sie gestern gesehen."

„So?"

„Ja. In einem tollen Wagen. Sie fahren selbst?"

„Ich lerne es gerade", sagte er, doch seine Miene war abweisend. Er nickte ihr zu und ging. Er ließ sie einfach stehen. Katarin biß sich ärgerlich auf die Lippen.

Doch schon eine Woche später traf sie ihn in der Oper. Sie war mit Pitt dort, wartete an der Kasse auf das erste Klingelzeichen, um etwas später nicht verkaufte Plätze auf den Studentenausweis zu bekommen. Carsten war auch da. Sie bekamen zu dritt eine Loge. Katarin war höchst zufrieden, daß sie in ihrem neuen Kleid erschienen war. Sie hatte es sich erst vor wenigen Tagen gekauft, nicht länger fähig, den Lockungen der Schaufenster zu widerstehen. Natürlich war das wieder weit über ihre Verhältnisse gegangen, dafür besaß sie nun ein ausnehmend hübsches Kleid, weiche zarte Seide, große zyklamenfarbene Blumen auf grauem Grund. Sie wußte, daß sie hübsch aussah, und hoffte, Carsten würde es bemerken.

Man spielte Aida. Pitt, der im Geist den Radames mitsang, hatte weder Auge noch Ohr für seine Begleiter. Die waren nicht so bei der Sache. Als Katarin einmal den Kopf wandte, sah sie Carstens Blick auf sich gerichtet. Sekundenlang blickten sie sich an. Unausgesprochenes schwang zwischen ihnen, zum erstenmal deutlich spürbar.

In der Pause lud Carsten sie zu einem Wermut ein. Er hatte in letzter Zeit beim Rundfunk ganz gut verdient. Katarin bemerkte, daß er einen neuen Anzug trug. Sie machte eine anerkennende Bemerkung darüber, und er gestand freimütig, daß es der erste Anzug war, den er sich leisten konnte, seit er mit dem Studium begonnen hatte.

Nach der Oper bummelten sie langsam zum Kurfürstendamm. Einmal, als sie eine Straße überquerten, legte Carsten seine Hand um Katarins bloßen Arm. Es war wohl nichts anderes als eine höfliche Geste, doch ihr bedeutete es mehr. Sie kannte seine Hände gut, feste, kräftige Hände, gut geformt, die sensiblen Hände eines Künstlers, doch auch die sichere Kraft der Bauern wohnte darin.

Der Kurfürstendamm war voller Menschen. In dieser warmen, mondhellen Nacht war jeder Stuhl in den Vorgärten der Lokale besetzt, sie mußten lange suchen, bis sie einen Tisch fanden.

Katarin löffelte langsam ihr Eis. Sie sprach nicht viel. Carsten saß dicht neben ihr. Er hatte den Arm um die Lehne ihres Stuhles gelegt, wenn sie sich zurücklegte, war sie an diesen Arm geschmiegt. Er nahm ihn nicht fort. Es war nicht viel, es war eigentlich gar nichts. Und doch wußten sie beide, daß es in ihrem Falle voller Bedeutung war.

Nach diesem Abend sahen sie sich öfter, wenn auch nie allein. Zu viert, zu fünft, mit Luisa, Peter und Pitt, gingen sie aus, in Theater, in Konzerte, oder einfach ein wenig bummeln. An einem Sonntag fuhren sie alle an den Wannsee zum Baden. Halb Berlin schien sich hier draußen versammelt zu haben, der endlose Sandstrand war dicht besät mit Menschen, die weite Wasserfläche voller Boote und weißer Segel.

Peter verkündete, daß er sich ein Segelboot kaufen werde. Das habe er schon immer vorgehabt. Luisa trauerte schon jetzt, daß sie im Herbst den Freundeskreis verlassen mußte.

Katarin und Carsten sprachen selten miteinander. Es schien, als hätten sie beide eine Scheu davor. Und besonders Carsten war es, der jeder Annäherung auswich. Katarin hingegen war ihm gegenüber befangen, ein Zustand, den sie sonst nicht kannte.

Im Juli wurde ihr plötzlich das Zimmer gekündigt, die Tochter ihrer Wirtin hatte ihre Heimkehr angemeldet. Das nächstliegende wäre es gewesen, für die zweieinhalb Monate Semesterferien nach Hause zu fahren. Die Eltern erwarteten sie, und Katarin sparte Geld dabei. Doch sie hatte dazu keine Lust.

Da trat ein Ereignis ein, das ihrem Aufenthalt in Berlin ein jähes Ende setzte.

Es war ein heller, warmer Sommernachmittag, eine Woche vor Semesterschluß. Sie hatte sich umgezogen und hübsch gemacht, denn sie war mit den Freunden verabredet. Eben stand sie vor dem Spiegel und bürstete ihr Haar, als es klingelte. Sie lauschte. Frau Lehmann schien nicht da zu sein.

Sie ging hinaus und öffnete. Ein Telegramm für sie war es, mit der kurzen trockenen Mitteilung, daß ihr Vater gestorben sei. An einem Schlaganfall.

Vollkommen fassungslos saß Katarin auf dem Bettrand, das Telegramm in der Hand, unfähig, das Gelesene zu erfassen. Der Vater tot? Wieso? Er war doch gar nicht krank gewesen. Und noch nicht alt. Und dann dachte sie: Was wird aus mir? Aus meinem Studium?

Gleich darauf schämte sie sich dieses Gedankens. Wie konnte man so herzlos sein. Konnte sie denn immer nur an sich denken? Der Vater war tot. Gestorben. Nicht mehr da.

Das Verhältnis zu ihm war nie sehr herzlich gewesen. Seine Welt war so eng begrenzt, so einförmig, es gab kaum gemeinsame Interessen zwischen ihnen. So jedenfalls war es Katarin immer vorgekommen. Aber er war immer freundlich und gerecht gewesen, sie entsann sich nicht, daß er sie je geschlagen oder ungerecht gescholten hätte. Doch eine Distanz war geblieben. Oft hatte sie gedacht, der Vater verstehe sie nicht. Hatte sie nicht gedankenlos geurteilt? Hatte er sie vielleicht besser verstanden, als sie annahm? Er war es schließlich, der ihr das Studium ermöglicht hatte. Sein Widerstand gegen ihre Berufswahl war nicht so wortreich und unsachlich gewesen wie der von Mutter und Schwestern, er nannte sie nie überspannt und eingebildet, wie es die anderen taten. Und nun war er tot.

Katarin stöhnte. Sie war so egoistisch gewesen, sie hatte als selbstverständlich entgegengenommen, was für ihn doch ein Opfer gewesen war. Nun war es zu spät, ihm dafür zu danken.

Sie saß noch immer reglos, bedrängt von tausend widerspruchsvollen Gedanken. Was sollte nun werden? Sie sah an sich herunter. Sie trug das neue teure Kleid. Sicher würde er den Kopf geschüttelt haben, wenn er erfahren hätte, wieviel sie wieder dafür ausgegeben hatte.

Ich werde es diesen Sommer nicht mehr tragen können, dachte sie. Wie schade.

Was für ein abscheulicher Gedanke! Wie konnte sie nur jetzt an so etwas denken! Sie begann zu weinen. Sie weinte vor Schreck und aus Angst vor dem Kommenden, aus Hilflosigkeit und aus Verlassenheit und ein wenig auch aus Trauer um den Vater.

So fand Carsten sie. Er war auf dem Weg zu dem vereinbarten Treffpunkt bei ihr vorbeigekommen und hatte die plötzliche Idee gehabt, sie abzuholen. Sie würde sich freuen, vermutete er, denn Katarins Zuneigung war ihm nicht entgangen.

Zufällig kam Frau Lehmann gerade vom Einkaufen und ließ ihn ein. Er klopfte an Katarins Zimmertür, und als keine Antwort kam, öffnete er nach einem kurzen Zögern die Tür, um zu sehen, ob sie schon gegangen sei.

Da lag Katarin in ihrem hübschen Kleid über das Bett geworfen, den Kopf in das Kissen vergraben und schluchzte verzweifelt. Er stand einen Moment betroffen, unschlüssig, ob er sich nicht besser zurückziehen solle. Doch dann trat er ein.

„Katarin! Was ist denn passiert?"

Sie fuhr auf. Sie hatte gar nicht gehört, daß jemand gekommen war. Doch Carstens überraschende Anwesenheit, sein besorgtes Gesicht, die Tatsache, daß sich überhaupt jemand um sie kümmerte, brachte ihre Tränen nur noch heftiger zum Fließen.

Carsten stand hilflos. Es war ein seltsamer Anblick, die sonst so muntere Katarin in dieser Verfassung zu sehen. Er setzte sich vorsichtig auf den Bettrand.

„Was hast du denn? Fehlt dir etwas? Kann ich dir helfen?"

Unvermutet, mit einem lauten Schluchzer, ließ sich Katarin an seine Brust fallen, so daß ihm nichts anderes übrigblieb, als sie zu umfassen und tröstende Worte zu murmeln. Wie ein unglückliches Kind schmiegte sie sich in seine Arme und beruhigte sich langsam unter seinem unbeholfenen Streicheln.

Schließlich öffnete sie ihre Hand, in der zusammengeknüllt das Telegramm steckte. Also darum weinte sie. Kein dummer Mädchenjammer war es, sie hatte wirklichen Grund zum Weinen.

„Wie kam das denn so plötzlich?" fragte er. „War dein Vater krank?"

„Nein. Überhaupt nicht. Ich verstehe es gar nicht."

Es fiel ihr gar nicht auf, daß Carsten sie auf einmal duzte. Sie war so erleichtert, daß er da war.

„Du mußt nun gleich nach Hause fahren", sagte er.

Katarin nickte, mit neuen Tränen kämpfend.

„Das Semester ist ja sowieso zu Ende", tröstete er, „da versäumst du nichts."

„Nein." Und mit einem neuen Tränenstrom stieß sie verzweifelt hervor: „Es wird sowieso mein letztes Semester gewesen sein. Ich werde überhaupt nicht mehr zurückkommen."

„Warum denn nicht?"

„Wovon soll ich denn jetzt studieren? Die Pension, die meine Mutter bekommt, wird knapp für sie zum Leben reichen. Sonst haben wir kein Geld."

Das war freilich schlimm. Ratlos schwiegen sie beide. Aber Katarin war lange nicht mehr so verzweifelt wie zuvor. Alles war nicht mehr so schlimm, seitdem er bei ihr war.

„Es wird schon werden", tröstete er. „Aufgeben darfst du nicht. So ein begabtes Mädchen wie du. Du wirst es schon schaffen."

„Meinst du?" fragte sie kindlich und blickte ihn voll Vertrauen an. Es rührte ihn. Wie jung sie noch war!

„Irgendwie wird es schon gehen", sagte er. „Es geht immer, wenn man nur richtig will."

Katarin besann sich plötzlich auf ihr Aussehen.

„Sieh mich nicht an", sagte sie und drehte den Kopf zur Seite, „ich muß furchtbar aussehen. Ganz verheult."

Sie waren sich so nah auf einmal, so vertraut. Katarin vergaß, worüber sie geweint hatte. Auch Carsten vergaß es. Es gab nur noch sie beide.

Auf ihrer Wange lag noch eine einsame Träne. Ehe er wußte, was er tat, küßte er sie fort, ganz sacht. Und dann küßte er Katarin auf den Mund. Es war ein ganz zarter, scheuer Kuß, doch er verwirrte sie beide tief.

Carsten besann sich zuerst. Er stand auf, beschämt über sein Verhalten.

„Entschuldige bitte", sagte er, „ich weiß gar nicht, was mir einfällt."

„Laß doch", sagte Katarin. Sie hatte Angst, er würde alles widerrufen, den Kuß, seine Zärtlichkeit, seine Nähe.

Sie legte ratlos eine Hand an die Wange. „Was soll ich denn jetzt ... Ich muß überlegen. Was muß ich denn nun zuerst tun?"

„Wann kannst du fahren?" fragte er sachlich.

„So gegen zehn Uhr geht ein Zug, glaub' ich. Da bin ich morgen früh da."

Sie verstummte. Es fiel ihr ein, daß sie in ein Haus kommen würde, in dem ein Toter lag. Sie hatte noch nie einen Toten gesehen. Angst ergriff sie. – Ich will überhaupt nicht hinfahren, dachte sie verzweifelt, ich will hierbleiben, bei Carsten.

Er blieb und half ihr packen. Später begleitete er sie zur Bahn, löste ihre Fahrkarte, gab die Koffer auf. Wie ein Kind lief sie neben ihm her und überließ ihm alles.

„Jetzt mußt du noch was essen", sagte er. „Soviel Zeit haben wir noch."

„Ich kann nichts essen", wehrte sie ab, „keinen Bissen."

„Du mußt. Du bist die ganze Nacht unterwegs. Und morgen wirst du deine Nerven brauchen."

Er schob seinen Arm unter ihren und führte sie die kurze Strecke zu Aschinger. Er bestellte für sie, und Katarin, trotz ihrer Behauptung, keinen Hunger zu haben, aß alles. Dann dachte er sogar daran, ihr mehrere belegte Brote für die lange Reise einpacken zu lassen.

Und dann war es soweit. Der Bahnhof, düster, mit trüben Lichtern, der Geschmack nach Ruß und Rauch in der Luft, der Abschied.

Katarin war müde, verwirrt und voller Angst. Doch sie hoffte so sehr, daß er sie noch einmal küssen würde. Aber er hielt nur ihre

Hand. Da hob sie sich auf die Fußspitzen und küßte ihn auf die Wange.

„Danke", flüsterte sie, „danke für alles. Und du weißt ja...", sie verstummte. Was sollte sie ihm noch sagen, jetzt, in diesem Augenblick? Daß sie ihn liebte? Aber er wußte es ja. Er mußte es wissen.

„Auf Wiedersehen", sagte sie, „auf Wiedersehen."

Sie sahen sich an, bis der Zug hinausrollte. Katarin sah ihn noch lange stehen, groß und schlank, sein blonder Kopf glänzte im Licht der trüben Bahnhofslampen.

Sie würde wiederkommen. Zu ihm und zu ihrer Arbeit. Beides gehörte zusammen. Sie hätte es ihm noch sagen müssen. Aber auch dies würde er nach diesem Abend wissen.

Katarin blieb fast drei Monate daheim, und oft kam es ihr vor, als sei sie niemals fort gewesen und alles, was sie im letzten Jahr erlebt hatte, sei nur ein Traum. Das Leben in der Kleinstadt verschluckte sie und versuchte, sie wieder in seine eintönige Form zu pressen.

Tag und Nacht grübelte sie darüber nach, wie sie den Weg zurück nach Berlin finden könnte. Ihre Familie zog diese Möglichkeit nicht mehr in Betracht, für sie war es selbstverständlich, daß Katarins Studium zu Ende war.

Als sie damals nach Hause kam, geriet sie in das ganze Durcheinander, das der Todesfall angerichtet hatte. Die Mutter war in Tränen aufgelöst und zu keinerlei Aktion fähig. Die jüngere Schwester schmiegte sich, so oft das möglich war, in die Arme des Verlobten und ließ sich umständlich trösten. Auch die Ältere, die Sachlichste von allen, konnte sich nicht um die vielerlei Formalitäten kümmern, da sie in Kürze ihr drittes Kind erwartete und von allen Aufregungen ferngehalten werden mußte.

So sah sich Katarin vor eine Menge praktischer Aufgaben gestellt. Man konnte nicht sagen, daß sie es gerne tat. Verhandlungen mit dem Beerdigungsinstitut, mit Druckereien, Behörden, Geschäften, all diese Dinge waren zu erledigen. Sie tat es sachlich, kühl und rasch. Das trug ihr den Ruf der Gefühlskälte und Herzlosigkeit ein. Vor allem, da sie nicht lamentierte und klagte wie Mutter und Schwestern.

Mit einem aus Grauen und Neugier gemischten Staunen hatte sie den toten Vater betrachtet, der einen Ausdruck hoheitsvoller Fremde in seinem Gesicht trug. Geradezu schön, ja bedeutend war dieses Alltagsgesicht im Tode geworden. Als Katarin hörte, daß der

Herzschlag ihn auf der Stelle getötet hatte, sagte sie, er sei um diesen schnellen, schmerzlosen Tod zu beneiden. Auch darüber entrüstete sich die Familie. Nun, sie war es gewohnt, daß ihre Ansichten und Aussprüche auf Widerspruch stießen.

Bei dem feierlichen Begräbnis wurde um den toten Herrn Brugge mehr Aufhebens gemacht als während seines ganzen Lebens. Sämtliche Frauen der Verwandtschaft zerflossen in Tränen, die Männer blickten würdevoll und ernsthaft drein.

Doch selbst bei dieser Gelegenheit stand Katarin, die Künstlerin aus Berlin, im Mittelpunkt des Interesses. Die Stadt konstatierte tadelnd, daß sie zur Beerdigung ihres Vaters nicht einmal einen Hut trug. Sie stand aufgerichtet und vergoß keine Träne. Sie konnte einfach nicht weinen, obwohl sie wußte, daß man auch dies übel vermerken würde. Es schien, als habe der Strom von Tränen, der tagelang in ihrer Umgebung geflossen war, ihr jede Fähigkeit genommen, selbst zu weinen. Mit verbindlichem Gesicht nahm sie all die überflüssigen Worte der mehr oder weniger bekannten Leute entgegen, die sich nach der Zeremonie um sie und ihre Familie drängten. Sie beobachtete, wie Mutter und Schwestern, obwohl noch immer in Tränen aufgelöst, genau registrierten, wer alles da war und was jeder sagte. Sie sah, wie ihr Schwager, das Gesicht in ernste Falten gelegt, das Doppelkinn nach unten gepreßt, sich würdevoll in die Rolle des Familienoberhauptes fand.

Noch schrecklicher wurde es dann zu Hause. Freunde, Bekannte und Verwandte mußten bewirtet werden, man sprach laut und lobend über den Toten, und jedem, der sprach, sah man an, daß er überzeugt war, später, nach seinem hoffentlich noch fernen Tode, auch nur lobende und anerkennende Worte zu verdienen.

Katarins Nerven vibrierten. Sie fühlte sich dem toten Vater näher verbunden als je zu seinen Lebzeiten. Die Gereiztheit, die in ihr wuchs, seit sie zu Hause war, erreichte ihren Höhepunkt. Sie haßte alle diese Menschen.

Die Mutter und die Schwestern erzählten immer wieder weitschweifig, wie das Ende gewesen war. Dann schluchzten sie verzweifelt, als bräche ihnen das Herz, um gleich darauf eine neue Tasse Kaffee und noch ein Stück Kuchen zu sich zu nehmen.

Trauer, dachte Katarin verächtlich, was wissen d i e von Trauer und Schmerz. Im Geist hörte sie Musik. Die dunklen Melodienbögen aus Tschaikowskijs Sechster Symphonie, die spröde Wehmut Schuberts, die süße Todessehnsucht in Mozarts Requiem. In dieser Musik war Trauer, war Leid, war die dunkle Majestät des Todes.

Sie rauchte eine Zigarette nach der anderen, was ihr viele tadelnde

Blicke eintrug. Einige Male ging sie hinaus in die Küche und nahm sich einen Kognak, denn man hatte vorsorglich eine Flasche angeschafft, falls es jemand schlecht werden sollte.

Und natürlich dachte sie an Carsten. Er hatte sie geküßt an dem Tage, als der Vater gestorben war. Sie hatte den Vater verloren und den Geliebten gefunden. Mußte man darin nicht ein ernsthaftes Zeichen sehen?

Leicht benebelt von dem rasch getrunkenen Kognak und der Erregung, in die sie sich hineingesteigert hatte, stand sie in der Küche und starrte in den Garten hinaus.

So fand sie Helene, ihre ältere Schwester.

„Was machst du denn hier? Möchtest du dich nicht auch um unsere Gäste kümmern? Schließlich gehörst du ja noch zur Familie, wenn du dir auch einbildest, etwas Besseres zu sein."

Dann sah sie die Flasche auf dem Tisch und das Glas in Katarins Hand.

„Was trinkst du denn da? Schämst du dich nicht? Heute!"

Katarin blickte die Schwester an wie eine Fremde, ihr leeres, unfreundliches Gesicht, die träge Gestalt. In ihr war alles das verkörpert, wovor sie davongelaufen war, der enge Kreis der Familie, die kleine Stadt, ihre ganze frühere Welt. Sie wollte nicht hierher zurück. Hier gehörte sie nicht mehr her. Sie hatte eine andere Welt kennengelernt, und sie würde sie sich ganz erobern. Ein jähes Glücksgefühl durchströmte sie, sie warf den Kopf zurück und lachte.

Lenchen trat entsetzt auf sie zu und schüttelte sie am Arm.

„Käte! Bist du verrückt geworden? Was fällt dir ein?" Lenchen nahm ihr das Glas aus der Hand. „Du bist ja betrunken", sagte sie scharf. „Daß du dich nicht schämst. Heute. Wenn Vater das wüßte! Aber ich habe ja immer gewußt, was du für eine bist. Hemmungslos und schamlos, ohne Moral. Berlin hat dir noch gefehlt, das hat dich vollends verdorben. Ein Glück, daß das jetzt zu Ende ist. In strenge Hände mußt du kommen, wenn überhaupt noch ein anständiger Mensch aus dir werden soll."

Katarin konnte sich nicht helfen, sie lachte der Schwester ins Gesicht. „Ein anständiger Mensch, gewiß. Was du so darunter verstehst. Ein Mensch ohne Gesicht und ohne Charakter, ohne Persönlichkeit und ohne eine Spur von Geist, verlogen und leer." Sie sah die Schwester mit spöttischen Augen an. „Du hast ja jetzt bald ein Vierteldutzend Kinder, die kannst du dann in diesem Sinne erziehen. Eine Zierde für dieses Nest! Für die Menschheit allerdings kaum ein Gewinn."

Helene war bleich geworden. „Du... du...", keuchte sie wütend, „du Person, du! Das ist ja schamlos, wie du dich benimmst."

„Gewiß, gewiß, du hast ganz recht", fuhr Katarin ungerührt fort. „Nun geh hinein und beruhige dich. Du weißt doch, du sollst dich nicht aufregen. Das schadet eures Führers Kinderzucht."

Sie ließ Helene stehen und ging in den Garten.

Natürlich kam der Vorfall wenige Tage später im Kreis der Familie zur Sprache. Es war ein neuer Grund für die Mutter, in Tränen auszubrechen. Helene eiferte mit zornvollen Augen und verkniffenem Mund.

Katarin saß mit unbeteiligter Miene dabei.

Was sie denn bitte mit dieser Bemerkung über des Führers Kinderzucht gemeint habe, fragte Otto mit gelbem Gesicht.

Sie habe nicht die Absicht, mit ihm darüber zu debattieren, erwiderte Katarin hoheitsvoll. Auf diesem Gebiet könne sie sich wohl kaum mit ihm verständigen. Die anderen starrten sie entsetzt an. Politische Momente hatten in Familiengesprächen noch nie eine Rolle gespielt.

Schwager Otto meinte, sie habe anscheinend feine Ansichten aus der Reichshauptstadt mitgebracht. Daraus könne man schließen, in welchen Kreisen sie dort verkehrt habe.

„Kann man auch", rief Katarin temperamentvoll und unüberlegt, „in Kreisen gebildeter und intelligenter Menschen gibt es in Berlin jedenfalls keine Nazis."

Die Familie war sprachlos. Otto stand auf. „Wenn das so ist, habe ich hier nichts mehr verloren."

Die Mutter beschwor ihn unter Tränen, doch nicht auf das kindische und törichte Geschwätz Katarins zu achten. „Sie ist doch noch viel zu jung und weiß nicht, was sie redet. Ich bitte dich, Otto, sei nicht beleidigt. Du bist der einzige, der mir helfen kann mit dem Mädel. Du mußt sie zu Vernunft bringen. Du bist doch jetzt der einzige Mann in der Familie."

Otto räusperte sich und streckte sich im Bewußtsein seiner Würde. Er war nun mal das Familienoberhaupt, er hatte Pflichten übernommen, das sah er ein.

„Schön", sprach er gemessen. „Ich will nicht weiter auf dein dummes Gerede eingehen, Käte. Du bist mir zu jung und zu dumm. Kein Mensch wird deine Ansichten ernst nehmen, obwohl ich dir raten würde, sie für dich zu behalten. Später einmal wirst du glücklich und dankbar sein, in einer so großen Zeit gelebt zu haben. Nun, lassen wir das. Hier stehen im Moment ganz andere Dinge zur

Diskussion. Eins wird dir wohl klar sein, mit deinem sogenannten Studium ist es zu Ende. Ich habe nie viel davon gehalten, das ist dir wohl bekannt."

„Allerdings", warf Katarin schnippisch ein, „es hat mich immer tief betrübt."

„Es ist keine Tätigkeit für eine Frau. Für eine Frau gibt es nur eine naturgewollte Bestimmung, sie muß heiraten und Kinder bekommen. Dazu ist sie auf der Welt, und darin findet sie ihr Glück. Früher oder später wirst du dies einsehen. Bis du heiratest, mußt du allerdings zusehen, deinen Lebensunterhalt selbst zu verdienen. Die Pension deiner Mutter reicht gerade für sie selbst. Friedchen wird bald heiraten, sie ist versorgt. Wir", er wies auf seine Frau und sich, „haben zwar unser Auskommen, sind aber nicht in der Lage, für deinen Unterhalt mit zu sorgen. Aber ich meine, daß es ein Mädchen von zwanzig Jahren fertigbringen kann, sich zu verdienen, was es zum Leben braucht. Das bedauerliche ist, daß du nie etwas Ordentliches gelernt hast. Doch das läßt sich nachholen. Ein bißchen Stenographie und Schreibmaschine wirst du ja bei deiner Intelligenz bald begriffen haben. Du kannst bei deiner Mutter wohnen und wirst sicher in Kürze eine Stellung finden. Es gibt genug Leute hier, die deinen Vater hochgeschätzt haben und die dir zweifellos gern behilflich sind. Ich werde auch in meinem Bekanntenkreis herumhören. Und wenn du dich bemühst, dein eigensinniges, unvernünftiges Wesen abzulegen, wirst du sicherlich über kurz oder lang einen Mann finden, der dich heiratet. Das wäre dann die beste Lösung."

Otto schloß mit einem erneuten Räuspern, selbst beeindruckt von seiner schwungvoll vorgetragenen, sichtlich vorbereiteten Rede. Die Frauen sahen ihn bewundernd an.

Katarin hatte ihm ernsthaft zugehört. Jetzt sagte sie mit deutlichem Spott: „Mein lieber Otto, deine Bemühungen und deine Gedankenakrobatik um mein Weiterkommen sind wirklich rührend. Zu schade, daß ich den Kursus in Stenographie nicht schon hinter mir habe und deine schöne Rede mitschreiben konnte, zum ewigen Andenken für Kinder und Kindeskinder. Und wie bedauerlich, daß ich bei meinem verdorbenen Charakter niemals in der Lage sein werde, einen so vortrefflichen Mann wie dich zu erringen. Ich werde natürlich weitaus bescheidener sein müssen in meinen Ansprüchen, aber man braucht ja die Hoffnung nicht gleich zu verlieren, irgendso ein sanft verblödeter Karlsburger Jüngling wird schon für mich abfallen und ich . . ."

Weiter kam sie nicht. Ein Sturm der Entrüstung erhob sich um sie her. Helene brach wortreich in Empörung aus, Otto wandte sich beleidigt ab, die Mutter sah aus, als müsse sie alle für die mißratene Tochter um Entschuldigung bitten.

Der Familienrat wurde ohne Ergebnis aufgelöst. Katarin mußte es sich gefallen lassen, von nun an als verlorene Tochter angesehen zu werden. Lenchen und Otto waren tief beleidigt, die Mutter sprach meist in vorwurfsvollem Ton zu ihr, und Friedchen begegnete ihrer Schwester halb mit Schadenfreude und halb mit der gönnerhaften Sanftmut des Reichen gegenüber dem Armen. Es kam ihr nicht in den Sinn, daß Katarin sie um ihren kostbaren Besitz, den Postsekretär Franz, nicht im mindesten beneidete.

In ihrem Nachdenken über das Problem, wie sie es anfangen sollte, nach Berlin zurückzukommen, verfiel Katarin schließlich auf die Idee, Herrn Jong zu besuchen. Vielleicht konnte er ihr helfen. Das Geld für die Fahrt lieh sie sich von ihrem zukünftigen Schwager.

Herr Jong empfing sie in seinem sonnigen kleinen Zimmer, das vollgestopft war mit altmodischen Möbeln. Sein gütiges, blasses Greisengesicht war schmaler geworden, und Katarin fiel es auf, wie alt er geworden war.

Er kam direkt vom Urlaub, den er wie jedes Jahr bei seiner Schwester in Oberbayern verbracht hatte. Katarin kannte die Schwester und deren Hauswesen genau aus Herrn Jongs Erzählungen. Er vertrug sich nicht besonders gut mit dieser Schwester, sie mußte eine resolute Person sein, weit entfernt von jedem künstlerischen Verständnis. Ihren Bruder nannte sie gewöhnlich einen „spinneten Uhu" und hatte keine besonders hohe Meinung von seinem Beruf. Aber sie bestand darauf, daß er jeden Sommer käme, sich erhole und viel Milch trinke.

Diesmal, erzählte Herr Jong, habe seine Schwester vorgeschlagen, er solle doch für ganz zu ihr kommen. Die Kinder seien nun groß, die Tochter habe geheiratet, der Sohn war nach München gezogen. Und ihr Bruder, der spinnete Uhu, lebe nun lang genug allein und verlassen, ohne Frau und ohne Kinder, ohne ein ordentliches Hauswesen. Denn das Frauenzimmer, das bei ihm im Dienst stehe, putze ja doch nur alles recht oberflächlich, das habe sie bei ihrem ersten und letzten Besuch gesehen. Kochen könne es auch nicht ordentlich. Und schließlich sei er ja nun recht alt und wacklig geworden und habe es daher wohl nötig, in gute Obhut zu kommen.

„Alt und wacklig, hat sie gesagt", meinte Herr Jong bekümmert, „was sagst du dazu, Katarin? Stimmt das?"

„Durchaus nicht", log Katarin, „ich finde Sie gar nicht verändert. Ein bißchen dünner sind Sie geworden. Insofern hat Ihre Schwester schon recht, gutes Essen und liebevolle Fürsorge würden Ihnen nicht schaden."

Herr Jong zog eine Grimasse. „Liebevolle Fürsorge! Du hast eine Vorstellung von der Amalie. Die lebt im presto furioso."

Lang und ausführlich erzählte er von seinen Urlaubserlebnissen. Dann ging er auf die hiesigen Verhältnisse über, schüttete wie schon bei Katarins letztem Besuch sein Herz über einen neuen Kollegen aus, einen jungen Musiklehrer, der im vergangenen Jahr an das Institut gekommen war und mit dem er sich gar nicht vertrug.

Katarin hörte sich alles geduldig an. Im stillen mußte sie zugeben, daß Herr Jong wirklich alt und wacklig geworden war, fast schon ein bißchen kindisch. Sie kam kaum dazu, ihre eigenen Sorgen anzubringen.

Schließlich aber hörte er doch aufmerksam zu, was sie von ihrem derzeitigen Leben und ihren Schwierigkeiten berichtete.

„Und ich muß einfach nach Berlin zurück", schloß sie, „das werden Sie doch zugeben, Herr Jong, ich kann doch jetzt nicht aufhören."

„Nein", erwiderte er, „das darfst du nicht. Ich will dich noch einmal in einem großen Konzertsaal spielen hören. Und du sagst ja, Anger ist mit dir zufrieden, nicht? Erzähl mir noch einmal, was er gesagt hat."

Wie schon mehrmals berichtete Katarin von Anger, seiner Unterrichtsmethode, seinem Urteil. Herr Jong hörte gespannt zu.

„Und er war der Meinung", fragte er dann, „du hast bei mir das Richtige gelernt?"

„Ganz und gar. Er sagte, gleich am Anfang, ich hätte ein sicheres Fundament, mit dem man etwas anfangen könne. Und ich solle den unbekannten Kollegen von ihm grüßen und ihm seine Hochachtung aussprechen."

Herr Jong schmunzelte zufrieden vor sich hin. Diese Sätze hörte er nun schon zum drittenmal, und sie bereiteten ihm eine wahre Herzensfreude.

Unvermittelt sprang er wieder auf den unsympathischen Kollegen über. „Das sollte der mal hören, dieser Bursche, dieser windige, der noch nicht trocken ist hinter den Ohren. Der sich einbildet, man könnte Künstler herstellen wie am Fließband. Das sollte er mal hören, wie Deutschlands größter Pianist über Max Jongs Unterricht urteilt."

Helfen konnte ihr Herr Jong auch nicht. Er sagte zwar: „Wenn ich Geld hätte, Katarin, ließe ich dich auf meine Kosten weiterstudieren. Aber ich hab' ja keins. Was ich hier verdiene, das ist ein Almosen. Und das bissel Geld, das ich hatte, hab' ich der Amalie gegeben, damit sie das Häusel kauft für meine alten Tage. Jaja, vielleicht werde ich jetzt doch zu ihr ziehen. Hier gefällt's mir nicht mehr."

Ohne wirklichen Trost kehrte Katarin mit dem Abendzug nach Karlsburg zurück. Voller Abneigung betrachtete sie das anmutige alte Städtchen, in dem sie gefangen war. – Lieber sterben, als das ganze Leben hier verbringen, dachte sie grimmig. Und wenn unser Rathaus zehnmal aus dem zwölften Jahrhundert stammt. Ich pfeife darauf.

Dann kam die Sache mit Tante Rosa, der Schwester von Katarins Vater. Außerdem war sie Katarins Patin und der Krösus der Familie. Sie hatte erst spät geheiratet, denn ihre strenge Unnahbarkeit hatte wohl die meisten Bewerber abgeschreckt. Doch dann machte sie eine glänzende Partie. Sie heiratete in einem kleinen Städtchen, etwa fünfzig Kilometer entfernt, den Besitzer eines großen Weißwarengeschäftes. Sie bewohnte ein prächtiges Haus am Marktplatz und beherrschte bald Mann, Laden und Haus voll Souveränität. Dem Mann bekam es nicht. Er starb nach kaum zehnjähriger Ehe. Das Geschäft jedoch blühte und gedieh, und das Vermögen wuchs. Kinder hatte Tante Rosa keine. Selbstverständlich genoß sie in der Familie größte Hochachtung, schließlich waren Haus, Laden und Geld einmal zu erben.

Tante Rosa hatte natürlich auch von den Sorgen gehört, die Katarin bereitete. Für die künstlerischen Ambitionen ihrer Nichte fehlte ihr jedes Verständnis. Nachdem sie bei der Beerdigung kritisch alles beobachtet hatte, kam ihr ein bemerkenswerter Einfall.

Eines Tages besuchte sie ihre ahnungslose Schwägerin und entwickelte ohne Umschweife ihren Plan. Sie habe gehört, daß es mit Käte Schwierigkeiten gebe, begann sie. Es sei ihr ohne weiteres klar, daß ihre weichliche und wenig energische Schwägerin in keiner Weise geeignet sei, ein schwieriges Kind mit fester Hand auf den rechten Weg zu bringen. Von nun an wolle sie sich selbst um ihr Patenkind kümmern. Käte solle zu ihr kommen, sie könne bei ihr leben wie eine Tochter, sich ins Geschäft einarbeiten und so die Tante nach und nach entlasten.

„Ich fühle mich zwar noch nicht alt", betonte Tante Rosa, „aber ich habe genug gearbeitet in meinem Leben und möchte etwas mehr Ruhe haben. Käte ist nicht dumm. Sie wird bald alles begreifen und bestimmt eine großartige Geschäftsfrau abgeben. Ich möchte, daß das Geschäft einmal in gute Hände kommt, wenn ich die Augen zumache."

Katarins Mutter war überwältigt. Welch unerhörtes Glück! Es bedeutete nicht mehr und nicht weniger, als daß Katarin einmal die ganze Pracht erben würde. Sie dankte Tante Rosa mit überschwenglichen Worten. Die saß mit sich und der Welt zufrieden hinter ihrer Kaffeetasse und war von ihrer eigenen Großmut gerührt.

Katarin, für die das ganze Glück bestimmt war, konnte im Hause nicht gefunden werden. Sie war zum Baden gegangen.

Als sie heimkam, war die ganze Angelegenheit von den beiden Frauen schon bis in alle Einzelheiten abgesprochen. Man stellte sie vor die vollendete Tatsache.

Im ersten Moment war sie sprachlos. Welch ein Gegensatz zu dem, wovon sie träumte und was sie anstrebte! Ein Weißwarenladen in der Kleinstadt. Womöglich das Spießervolk bedienen, wenn es sich neue Nachthemden kaufte, und dafür noch ein ganzes Leben lang Dankeschön sagen.

Sie blickte Tante Rosa fest in die Augen und sagte im sanftesten Ton: „Liebe Tante Rosa, ich bin natürlich mächtig überrascht. Es ist furchtbar lieb von dir, daß du das alles für mich tun willst. Ich danke dir sehr. Aber hast du vergessen, daß ich schon einen Beruf habe? Ich kann doch das, was ich begonnen habe, nicht einfach stehen- und liegenlassen und davonlaufen. Und ich liebe meine Arbeit. Sie bedeutet mir alles."

Stille.

Die Mutter sank in sich zusammen. In ihres Herzens Tiefe hatte sie so etwas geahnt. Ach, dieses unmögliche Kind! Die Tante bekam einen roten Kopf. Mit einer Ablehnung hatte sie nicht gerechnet.

„Du undankbares Geschöpf", sagte sie, „hast du denn immer noch nicht genug von deiner albernen Klimperei? Beruf! So etwas ist doch kein Beruf. Was hast du denn bis jetzt erreicht? Nur deinen Eltern auf der Tasche gelegen, sonst nichts. Mußt du erst unter die Räder kommen, ehe du Vernunft annimmst? Glaubst du vielleicht, ich werde dich dann noch bei mir aufnehmen?"

„Du brauchst mich nicht zu beleidigen", sagte Katarin kühl, „du hast es gut gemeint, ich weiß. Aber ich kann nichts dafür, daß ihr mich alle nicht verstehen wollt. Wenn du etwas für mich tun willst, wenn du mir helfen willst, so gib mir das, was du mir zugedacht hast, als Bargeld zu meinem Studium."

Tante Rosa unterbrach sie mit einem empörten Aufschrei.

„Ha!" schrie sie. „Das wäre das letzte, was ich täte! Ich will auf der Stelle tot umfallen, wenn ich dir auch nur einen Pfennig von meinem schönen, ehrlich verdienten Geld für diesen Unsinn gebe. Ich will damit nichts zu tun haben. Aber deine arme Mutter kann mir leid tun."

Damit rauschte sie hinaus, die Mutter händeringend hinterdrein. Katarin sank mit einem verzweifelten Auflachen in den nächsten Sessel. Warum verstand sie nur keiner!

Sie sah Friedchens erschrockene, doch sensationslüsterne Augen auf sich gerichtet. – Nachher wird sie loslaufen und jedem, den sie trifft, von diesem Auftritt erzählen, dachte Katarin wütend. Ich könnte ihr eine herunterhauen.

Sie sprang auf, sagte zu der Schwester im Vorbeigehen: „Du Schafsgesicht!" – und verließ das Haus.

Ihr Rad stand noch vor der Tür, sie schwang sich in den Sattel und raste in wildem Tempo aus der Stadt. Heftig trat sie in die Pedale, ohne sich eine Pause zu gönnen. Atemlos landete sie schließlich auf einer Wiese, warf das Rad ins Gras und brach in heftiges Weinen aus.

„Ich habe es satt!" stöhnte sie und preßte das heiße Gesicht in das kühle Gras. „Ich will weg! Weg!"

Nach diesem Ereignis war ihr Verhältnis zur Familie vollends unerfreulich. Man richtete kaum noch das Wort an sie. Glücklicherweise wurde die Familie von ihr abgelenkt, denn das jüngste Familienmitglied erblickte nun das Licht der Welt, und da es endlich ein Junge war, herrschte große Begeisterung. Katarin nahm wenig Anteil daran. Sie erlebte den Vorgang nun schon zum drittenmal mit. Aber es war angenehm, daß man sich nun mehr mit der Entwicklung und dem Wohlbefinden des Säuglings befaßte als mit ihr.

Der gesellschaftliche Verkehr, den Katarin in Karlsburg noch pflegte, war äußerst gering, überhaupt nachdem bekannt war, wie unmöglich sie sich benahm. Daß sie beispielsweise jeden Tag mehrere Stunden Klavier spielte, obwohl ihr Vater kaum einige Wochen tot war. Und daß alles bekannt wurde, dafür sorgten schon Lenchen und Friedchen.

Nur einer hielt treu zu ihr: Theo Niemann, der Vielumworbene. Er hatte sein Herz an die ungewöhnliche Katarin verloren und war glücklich, daß sie nun hierbleiben würde.

Dieser junge Mann, wie ein Kronprinz aufgezogen und durchdrungen von seiner Wichtigkeit, wuchs in seiner Zuneigung zu Katarin erstmals über seinen engen Lebenskreis hinaus. Er hatte wohl einiges von der Welt gesehen, hatte auswärts gearbeitet, war gereist und gab sich Mühe, als flotter junger Mann zu gelten. Er ging aufrecht, mit gestrafften Schultern, vor allem weil er etwas klein geraten war, schwang elastisch in den Knien und trug verhältnismäßig gut geschnittene Anzüge. Da er nicht gerade dumm war, verstand er es, eine lebhafte, wie er meinte, geistreiche Konversation zu führen. Er war der typische Kleinstadt-Millionär und bei allen Damen in Karlsburg, ob jung oder alt, Hahn im Korbe.

Aber da war nun Katarin. Schön, gescheit, temperamentvoll und ganz anders als die jungen Mädchen, die er sonst kannte. Sie hatte mit ihm geflirtet, sie hatten sich einige Male geküßt, und ohne daß er es zunächst wußte, war eine wirkliche Liebe im Herzen des jungen Mannes entstanden. Eines Tages entdeckte er bei sich, den Wunsch, Katarin zu heiraten. Warum eigentlich nicht? Mit ihr zusammen würde es ihm gelingen, den engen Rahmen zu sprengen, in dem er leben mußte.

In diesem Sommer waren sie viel zusammen gewesen. Theo benutzte jede freie Minute, sich mit ihr zu treffen. Er begleitete sie bei ihren Spaziergängen, oder sie gingen zusammen zum Baden. Katarin unterdrückte stets ein kleines Lächeln, wenn sie ihn in der Badehose sah, seine weiße, mädchenhafte Haut, die kurzen Beine und die kleine Andeutung eines zukünftigen Bauches. Aber sonst war er kein übler Bursche und konnte einem nicht allzu anspruchsvollen Mädchen wohl gefallen. Besonders mit der Million im Hintergrund.

Sprach sie von ihren Plänen, hörte er geduldig zu, doch im Grunde brachte auch er nicht viel Verständnis dafür auf. Na ja, Klavierspielen war sehr nett, ein hübscher Zeitvertreib. Mehr sah er nicht darin. Aber er hütete sich, es zu sagen.

Eines Tages hatte er zu Hause Krach. Seine Eltern mißbilligten den Umgang mit Katarin, die in der Stadt einen so schlechten Ruf hatte. Sein Vater warf ihm vor, daß er die Bürostunden versäume, um sich mit dem Berliner Pflänzchen herumzutreiben, die dem lieben Gott den Tag wegstehle.

Zu seinem eigenen Erstaunen erwiderte der junge Niemann impulsiv: „Ich bitte dich, Vater, in einem anderen Ton von meiner zukünftigen Frau zu sprechen."

Das schlug ein wie eine Bombe. Die Eltern starrten ihn sprachlos an.

Dann brach das Gewitter los. Doch Theo, nachdem es nun einmal ausgesprochen war, stand seinen Mann.

„Jawohl!", bekräftigte er, „ich liebe Katarin und ich werde sie heiraten."

„Den Teufel wirst du tun!" schrie sein Vater mit rotem Kopf. „Dieses unmögliche Frauenzimmer mit seinem Künstlerfimmel kommt mir nicht ins Haus."

„Das ist eine ganz Raffinierte", sagte Theos Mutter, „das hab' ich schon immer gewußt. Jetzt hat sie dir eingeredet, du sollst sie heiraten. Und du fällst darauf 'rein. Das glaub' ich gern, daß ihr das passen würde, in die Niemann-Familie einzuheiraten. Zu Hause haben sie ja kaum das Nötigste."

„Sie weiß ja noch gar nichts davon!" rief Theo triumphierend. „Ich habe mit ihr noch nicht darüber gesprochen."

„Gott sei Dank, mein Sohn, daß du zuerst mit uns gesprochen hast", sagte sein Vater erleichtert, „das erspart uns Unannehmlichkeiten! Natürlich kommt es nicht in Frage."

„Herrgott", fuhr Theo auf, „ich bin doch kein kleines Kind mehr! Ich werde mir eine Frau nach meinem Geschmack aussuchen. Ich will keine dumme kleine Karlsburger Gans, die nichts im Kopf hat. Was habt ihr eigentlich gegen Katarin? Früher konntet ihr sie doch gut leiden. Bloß wegen dem blöden Gerede, an dem sie ganz unschuldig ist, tut ihr, als sei sie ein Ungeheuer."

„Kein Mensch ist unschuldig, wenn solches Gerede um ihn entsteht", belehrte ihn sein Vater, „etwas Wahres ist immer dran. Kurz und gut, daraus kann nichts werden. Schlag dir das aus dem Kopf."

„Und kurz und gut", schrie der Sohn, „ich werde ihr noch heute einen Antrag machen!" Und stürmte hinaus.

Als er aber Katarin später traf, fand er nicht den rechten Anlauf und verschob den großen Augenblick.

Einige Tage später lagen sie wieder am Fluß. Katarin dachte an die Freunde in Berlin. Ob sie wohl noch oft an den Wannsee hinausgefahren waren? Und ob Peter sich wirklich ein Segelboot gekauft hatte? Und vor allem, was machte Carsten? Dachte er soviel an sie, wie sie an ihn dachte? Sie hatte ihm einmal geschrieben, es war aber keine Antwort gekommen. Sicher war er während der Ferien nicht in Berlin.

Ach, Carsten! Jedes Wort, das an jenem Abend gesprochen worden war, blieb unvergessen.

Sie seufzte und streckte den Arm aus. „Gib mir eine Zigarette, Theo."

Theo erhob sich und kramte die Schachtel aus seinem Jackett. Dabei blickte er auf die liegende Katarin herab. Sie trug nur eine winzige Badehose und ein schmales Tuch über der Brust. Das Ebenmaß ihres gestreckten Körpers erschien vollendet. Ihre Haut war braun und seidenglatt. Der Anblick ihrer kaum bekleideten Gestalt, schmiegsam und gelöst bis in die Fingerspitzen, erregte ihn so heftig, daß ihm das Blut in die Schläfen stieg.

Er kauerte sich an ihrer Seite nieder und strich zärtlich über ihren sonnenwarmen Arm.

„Katarin!" flüsterte er. „Du! Katarin."

„Hm?" machte sie, benommen von Wärme und Faulheit. Dann fühlte sie, wie sich ein weicher, feuchter Mund auf ihre Schulter legte. Seine Hand glitt über ihren Körper. Einen Augenblick hielt sie still, sie wehrte sich auch nicht, als er sie küßte. Erst als er versuchte, ihr das Tuch von der Brust abzustreifen, fuhr sie auf. Sie stieß ihn zurück und wand sich zur Seite.

„Was ist los, Theo?" rief sie hell. „Ist dir das Sonnenbad nicht gut bekommen?"

Doch als sie das Gesicht des jungen Mannes sah, verstummte sie. Leidenschaft stand darin, Gier. Sie fühlte sich abgestoßen. Sie griff nach den Zigaretten, die im Gras lagen, nahm eine heraus und steckte sie zwischen die Lippen. „He, ich brauche Feuer!"

Er sah sie vorwurfsvoll an. „Warum bist du so?"

„Wie denn, so?" fragte sie gedehnt und griff selber nach den Streichhölzern. „Soll ich vielleicht mit dir hier am Flußufer, am hellen Tag..."

„Nein, natürlich nicht. Verzeih mir. Aber du sahst so schön aus, wie du da lagst."

Sie lachte geschmeichelt, nicht ohne Koketterie.

Eine Weile schwiegen sie beide, noch befangen von dem Vorhergegangenen. Dann stieß Theo plötzlich hastig hervor: „Willst du meine Frau werden, Katarin?"

Katarin richtete sich verblüfft auf und sah ihn mit erstaunten Augen an. Wahrhaftig, ein Heiratsantrag. Ihr erster. Sie empfand tiefe Befriedigung.

„Sag, willst du?" drängte er.

„Natürlich nicht", erwiderte sie sachlich. „Was solltest du mit einer Frau wie ich anfangen? Und ich mit einem Mann wie du? Und schließlich habe ich ja einen Beruf."

„Ach, dein Beruf", unterbrach er sie ungeduldig, „das ist doch wirklich nicht so wichtig. Klavierspielen kannst du als meine Frau, soviel du willst."

Das hätte er nicht sagen dürfen! Zornig fuhr Katarin auf.

„So! Das ist nicht wichtig! Du meinst wohl, nur du bist wichtig und alle meine Pläne sind ein Dreck. Deine Frau kann leicht jemand werden. Aber eine große Pianistin, das wird man nicht so schnell. Glaubst du vielleicht, ich will mein Leben lang hier in diesem Nest sitzen, Hausfrau spielen und Kinder kriegen? Ich bedanke mich."

Als sie sein verdutztes Gesicht sah, besann sie sich. „Sei nicht böse, Theolein, ich wollte dich nicht kränken. Aber es geht wirklich nicht. Ich mag dich gut leiden, aber ich kann dich nicht heiraten. Bestimmt nicht."

Der junge Niemann blickte schweigend über den Fluß hin. Daß er, der künftige Erbe der Niemanns, einen Korb bekommen könnte, daran hatte er nicht gedacht.

Katarin legte ihm die Hand auf den Arm.

„Na komm, sei nicht böse. Das wäre doch schade, wir haben uns so gut verstanden. Komm, wir wollen auf den Schreck eine Runde schwimmen, ja?"

Sie lief mit großen Sprüngen ins Wasser. Immer noch nach Fassung ringend, sah Theo ihr nach. Er hatte einen Korb bekommen, er, Theo Niemann. Seine Eltern fielen ihm ein. Augenblicklich empfand er tiefe Genugtuung. Er freute sich darauf, ihnen zu sagen, daß sie ihn abgewiesen hatte, dieses Berliner Pflänzchen, das angeblich nicht gut genug für ihn war.

Als Katarin aus dem Wasser kam, hockte er immer noch am gleichen Fleck. Er sah an ihr vorbei.

Sie kauerte sich neben ihn. „Wirklich böse mit Katarin? Bitte nicht."

Er schüttelte den Kopf.

„Nein? Ich wußte ja, daß du kein Spießer bist. Schau, ich könnte hier nicht glücklich sein. Du hättest sicher eine Menge Ärger mit mir."

Er sah sie an, und in seinem Blick lag so viel echte Betrübnis, daß es sie rührte. „Ich habe dich sehr gern, Katarin", sagte er leise.

„Ich weiß", erwiderte sie. „Es richtet sich ja auch nicht gegen dich persönlich, wenn ich nein sagen muß. Das ganze Leben hier geht mir auf die Nerven. Du wirst das nicht verstehen können."

„Doch. Ich verstehe es. Du paßt eben nicht hierher. Und gerade deswegen liebe ich dich."

Nach langem Schweigen fragte Katarin vorsichtig: „Und wir bleiben Freunde, ja?"

„Ja."

„Fein. Darüber bin ich wirklich froh." Sie gab ihm einen raschen Kuß auf die Wange. „Und nun paß auf, ich hab' mir eben etwas überlegt. Du kannst ja nein sagen. Du kannst auch sagen, ich bin unverschämt. Aber wenn du mich wirklich lieb hast, mußt du mir helfen. Du könntest mir etwas Geld pumpen, damit ich wieder nach Berlin zurückkann. Nur für die erste Zeit, dann verdiene ich mir schon was. Aber erst muß ich mal dort sein. Ich gebe es dir später zurück."

Er lachte verblüfft. Das war gut, er sollte ihr Geld geben, damit sie ihn schneller verlassen konnte.

„Du bist der einzige, der mir helfen kann, Theo", sagte Katarin und meinte es ernst. „Du bist überhaupt der einzige, mit dem ich über all das sprechen kann. Sonst versteht mich hier kein Mensch. Bitte, laß mich nicht im Stich."

Wider Willen sagte er: „Gemacht. Du sollst bekommen, was ich auftreiben kann." Er stockte. Er war versucht, eine Bedingung daran zu knüpfen. Doch er brachte es nicht fertig.

Katarin umarmte ihn stürmisch und küßte ihn. Aber diesen Kuß erwiderte er nicht.

Sie sprachen nicht mehr über das Heiratsprojekt. Und während Katarin begann, zukunftsfrohe Pläne zu schmieden, blickte Theo mit gramvoller Miene in die Gegend. Er kam sich sehr edel und sehr unglücklich vor und gefiel sich nicht schlecht in dieser Rolle.

Zu Hause gab es großes Erstaunen, als Katarin ihre bevorstehende Abreise ankündigte. Natürlich sagte sie nicht, woher sie das Geld dazu hatte. Mit der Bemerkung, daß sie ja noch nicht mündig sei, machte die Mutter einen schüchternen Versuch, ihr die Rückkehr nach Berlin zu verbieten.

Katarin antwortete kühl: „Was versprichst du dir davon? Dann gehe ich eben im nächsten April, wenn ich einundzwanzig werde. Ich verliere damit nur ein Jahr. An meinen Plänen ändert es nichts."

Das Zimmer war entsetzlich. Klein, dunkel, ohne jeden Sonnenstrahl. Es schaute auf einen häßlichen grauen Hof hinaus, einen Hinterhof der Potsdamer Straße. Die Möbel waren alt und wacklig. Immerhin war ein Klavier darin, und vor allem war die Miete niedrig.

Mit Mißbehagen betrachtete Katarin ihr neues Heim. Hier würde sie sich niemals wohl fühlen, zumal auch die Wirtin eine unfreundliche alte Hexe war.

Aber sie mußte sparen, die dreihundert Mark von Theo waren nach acht Tagen Berlin schon arg zusammengeschmolzen. Nun, es würden schon wieder bessere Zeiten kommen, dachte sie mit dem Optimismus ihrer jungen Jahre.

Sie nahm die Verbindung zu ihren Schülern wieder auf und konnte auch in einigen Fällen mit dem Unterricht fortfahren. Sie traf Pitt, der sie hocherfreut begrüßte. Wie damals Österreich erlebten sie zusammen die Eingliederung des Sudetenlandes. Wieder waren es aufregende Tage, Pitt schimpfte, und Katarin schimpfte mit. Aber noch einmal ging alles gut. Erleichtert las sie von dem Treffen in München. Da kamen sie extra nach Deutschland, die Ministerpräsidenten der anderen Länder, um zu verhandeln, um einen Krieg zu verhüten. Man mußte ihnen das hoch anrechnen.

„Ich sage ja immer, heutzutage kann es gar keinen Krieg mehr geben", meinte Katarin.

„Das denkst du", erwiderte Pitt. „Früher oder später kommt der Krieg doch. Besser die anderen wären nicht nach München gefahren. Denn jetzt wird der Fliegenbart vollends überschnappen, er wird sich einbilden, die anderen haben Angst vor ihm." Er sprach von Hitler stets per Fliegenbart.

„Die Menschen würden sich totlachen, wenn man von ihnen verlangte, in den Krieg zu ziehen", belehrte ihn Katarin. „Überleg doch mal. Mit dem Flugzeug ist man pfeilgeschwind in einem anderen Land. Sie spielen zusammen Fußball, sehen die gleichen Filme. Krieg! Eine lächerliche Vorstellung im zwanzigsten Jahrhundert. Kein Mensch würde da mitmachen."

Und doch wurde jetzt manchmal vom Krieg gesprochen. Alle hatten Angst davor, doch keiner glaubte im Ernst daran, genau wie Katarin. Über das neue Spiel, das man in den Großstädten trieb, lachten die Berliner. Es hieß Luftschutz. Katarin legte das Schreiben achtlos beiseite, in dem sie aufgefordert wurde, an einem Kursus teilzunehmen. Sie hatte gerade Zeit für solche Kindereien!

Sie bekam eine Stellung in einer Gymnastikschule. Vier Abende in der Woche und zweimal nachmittags saß sie dort vor dem Klavier und hämmerte rhythmisch auf die Tasten, während Erwachsene und Kinder, Dicke und Dünne, in dem Saal vor ihr eifrig herumhopsten. Es war schauderhaft. Wie sollte sie das nur aushalten?

Aber sie hielt es aus. Immerhin war es ein regelmäßiger Verdienst.

Das Semester begann. Sie traf alle Freunde wieder, nur Carsten war nicht da. Nach Peters Erzählung befand er sich mit einem kleinen Kammerorchester auf Tournee in Siebenbürgen und im Banat. Katarin konnte ihre Enttäuschung kaum verbergen, seit Wochen dachte sie an nichts anderes als an das Wiedersehen mit ihm.

Arbeit hatte sie mehr als genug. Denn sie übte auch viel und ausdauernd, oft noch abends. Dadurch geriet sie bald in Zwist mit ihrer Wirtin. Sie aß wenig, rauchte dafür um so mehr. Es bekam ihr nicht, sie wurde blaß und schmal und war manchmal nervös und fahrig. Professor Anger fiel es auf, er meinte, sie solle sich doch etwas mehr Ruhe gönnen.

„Ich muß verdienen", erwiderte Katarin, „sonst kann ich nicht weiterstudieren. Seit mein Vater tot ist, bekomme ich von zu Hause nichts mehr."

„Warum bemühst du dich nicht um ein Stipendium?" fragte Anger. „Ich will es gern befürworten."

„Ich hab' mich schon erkundigt. Aber ich bin nicht im Studentenbund. Da besteht wenig Aussicht."

„Hm." Der Professor betrachtete sie forschend. „Und warum bist du nicht drin?"

„Ich will mit dem ganzen Kram nichts zu tun haben."

Anger lachte. „Dagegen läßt sich wenig sagen. Der Himmel gebe, daß du dir auf die Dauer so viel Charakter leisten kannst."

Katarin wußte, daß Anger oft eingeladen wurde, in allerhöchstem Kreis zu spielen, und daß man ihn mit allerlei Ehrungen und Titeln bedacht hatte. Sie wußte aber auch, daß ihm im vergangenen Jahr die Ausreisegenehmigung für eine Amerikatournee verweigert worden war, weil er sich nicht entschließen konnte, in die Partei einzutreten. O nein, dachte Katarin, man durfte sich nicht ducken und zwingen lassen, von denen schon gar nicht! Sie pfiff auf das Stipendium, sie würde es allein auch schaffen. Und ohne weitere Überlegungen teilte sie das Anger temperamentvoll mit.

„Sei vorsichtig mit deinen Äußerungen", sagte er, „auch deinen Kollegen gegenüber. Man weiß heute nie, mit wem man spricht." Er zündete sich eine Zigarette an und reichte auch Katarin die Schachtel.

„Ich weiß nicht, ob es recht ist, wenn ihr Jungen euch dem Neuen gegenüber versperrt", sagte er nachdenklich. „Ich kann mich nicht mehr umstellen. Ich will es auch nicht. Klavierspielen ist ja gottlob eine gänzlich unpolitische Sache. Und ich habe meinen Namen schon. Aber wenn man jung ist und etwas werden will, dann muß man sich vielleicht doch anders einstellen."

„Nein", sagte Katarin bestimmt, „ich nicht. Dabei kann ich nicht einmal genau sagen, warum. Früher, als ich noch zu Hause war, habe ich mich um diese Dinge überhaupt nicht gekümmert. Aber seit ich darüber nachdenke ... Mir paßt das alles einfach nicht. Dieser Zwang, diese Unfreiheit. Immer heißt es, du mußt. Du mußt dies denken und jenes tun, du mußt das herrlich finden und jenes verabscheuen. Darüber will ich selbst entscheiden. So etwas kann man sich nicht vorschreiben lassen."

„Gewiß. Aber es geschieht dennoch. Dabei kann man nicht einmal unseren jetzigen Machthabern vorwerfen, sie hätten damit etwas Neues erfunden. Das war immer so, daß man den Menschen vorschreiben wollte, wozu sie ja und wozu sie nein sagen sollen."

„Aber ich möchte frei sein", sagte Katarin, „ich möchte in einem Land leben, wo die Menschen klug genug sind, von sich aus zwischen Gut und Böse, zwischen Recht und Unrecht zu unterscheiden. In einem Land, wo es wirkliche Freiheit gibt."

„Dieses Land gibt es nicht", sagte Anger.

Es war schon November, als sie Carsten wiedersah. Sie stand im Vestibül vor dem Spiegel und setzte gerade ihr Mützchen auf, als sie ihn sah. Auch er hatte sie bemerkt und kam auf sie zu. Großäugig sah sie ihm aus dem Spiegel entgegen, alle Farbe wich aus ihrem Gesicht. Dann wandte sie sich um.

Er begrüßte sie unbefangen. Aber während sie sprach, stieg lähmende Enttäuschung in ihr auf. Er ignorierte ihr letztes Zusammentreffen, er duzte sie nicht einmal mehr. Er hatte alles vergessen.

Sie hörte kaum zu, was er von seiner Tournee erzählte, unterbrach ihn mitten im Satz. „Ich muß gehen, ich habe Unterricht zu geben." Sie ließ ihn stehen und lief aus dem Haus, als werde sie verfolgt.

Mit tränenverdunkelten Augen stürmte sie die Straße entlang. Das also war das ersehnte Wiedersehen, das sie sich in ihren Träumen so wundervoll ausgemalt hatte. Er liebte sie ja gar nicht. Er machte sich nicht das geringste aus ihr. Damals, jener Tag im Sommer, hatte nicht das geringste für ihn bedeutet.

Aber so waren wohl die Männer. „Männer!" Böse stieß sie das Wort zwischen zusammengepreßten Lippen hervor. Er war auch nicht besser als die anderen. Er hatte sie geküßt und gestreichelt, und es hatte ihm nicht das geringste bedeutet. Vermutlich würde er jedes andere Mädchen ebenso getröstet haben. Und sie hatte Theos Antrag abgelehnt, sie war nach Berlin zurückgekehrt, nur um ihn wiederzusehen. In ihrer Wut vergaß sie ganz und gar, daß es schließlich noch andere entscheidende Gründe für ihre Rückkehr gegeben hatte.

Nun, für sie war dieser Herr Carsten abgetan und erledigt. Aus. Nicht mehr daran denken.

Aber sie dachte ununterbrochen daran. Abwesend saß sie neben ihrem kleinen Schüler am Klavier und hörte kaum auf sein Spiel.

Dabei war Uli Lenning der fleißigste und begabteste von ihren Schülern, der tüchtig übte und gute Fortschritte machte.

Am Ende der Stunde kam Ulis Vater, um sich nach der musikalischen Entwicklung seines Sohnes zu erkundigen. Das tat er öfter, denn die hübsche junge Klavierlehrerin gefiel ihm. Er war ein großer massiger Mann, ein wenig Lebemann-Typ, was er gern betonte.

Er bemerkte sofort Katarins Verstimmung, bot ihr eine Zigarette an und beobachtete, wie sie mit unruhigen Fingern in das Etui griff und an seiner Unterhaltung vorbeihörte.

Er schickte Uli mit einem Auftrag fort, griff dann nach Katarins Hand, die nervös mit der Flügeldecke spielte und fragte: „Was ist los mit Ihnen, Fräulein Brugge? Ärger gehabt?"

Die sanfte Berührung und die teilnehmende Frage trieben Katarin die Tränen in die Augen.

„Ach nichts. Weiter gar nichts", wehrte sie ab. Aber schon liefen zwei Tränen über ihre Wangen.

„Aber, aber, Kindchen", beruhigte er sie und zog sie leicht zu sich heran. „Ist es denn so schlimm?"

„Gar nicht", stieß sie hervor, „ich bin nur albern."

„Natürlich ein Mann", vermutete er, „deswegen braucht doch so ein hübsches Mädchen nicht zu weinen. Es gibt ja nicht nur den einen."

Er beugte sich näher. „Katarin, es gibt vielleicht andere, die besser zu schätzen wissen, wie reizend Sie sind."

Katarin sah plötzlich dicht vor sich das fremde Gesicht. Sie erschrak. Aber sie erwiderte seinen Blick.

„Ja", sagte sie leise, „vielleicht gibt es andere..."

Sie wehrte sich nicht, als er sie küßte. Im Gegenteil, sie erwiderte seinen Kuß heftig, geradezu leidenschaftlich.

Ihm stieg das Blut in den Kopf. Was die Kleine für ein Temperament hatte! Er preßte sie an sich.

„Du bist wundervoll, Katarin", flüsterte er, „so jung und so ungestüm. Ich wußte gar nicht... hast du mich denn ein bißchen gern?"

Katarin antwortete nicht. Sie bog den Kopf zurück, doch er hielt sie fest.

„Wenn du willst, Katarin, hole ich dich morgen ab. Wir fahren zum Wochenende weg, ja? Irgendwohin, wo es nett ist, ja? Das wird dich von deinem Kummer ablenken."

Ernüchtert machte sie sich frei. Das geschah ihr ganz recht. Aber so waren die Männer. Ein Kuß und gleich stellten sie die unverschämtesten Ansprüche.

Sie griff nach ihrer Aktentasche. „Ich muß gehen", sagte sie, „auf Wiedersehen." Und dann, schon an der Türe: „Ihre Einladung kann ich leider nicht annehmen. Das haben Sie sicher auch nicht erwartet."

Verblüfft sah er ihr nach. Ein tolles Mädchen! Erst der Kuß und nun dieser Abgang. Er trat ans Fenster und sah ihr nach. Sie schritt rasch und elastisch durch den Vorgarten, ihre Tasche schlenkernd. Der große Kummer schien verflogen.

Sie hat ihn bei mir abreagiert, dachte er amüsiert. Schade, daß ein Kuß dazu genügt hatte.

Wirklich half der Zwischenfall mit Herrn Lenning Katarin ein wenig über ihren Schmerz hinweg. Sie war nun damit beschäftigt, sich zu schämen. Sie hatte sich ja fein benommen. Was für einen Eindruck mußte der Vater ihres Schülers von ihr gewonnen haben! Aber daran war nur Carsten schuld. Nun, es sollte das letztemal gewesen sein, daß ihr ein Mann Kummer machte. Zum Teufel mit Carsten! Und zum Teufel mit der ganzen Liebe!

Da sie den Abend nicht allein verbringen wollte, rief sie nach langer Zeit wieder einmal Helga an. Sie hatte die Freunde aus ihrer ersten Berliner Zeit lange nicht mehr gesehen.

Helga freute sich sehr, Katarin wieder einmal zu sprechen. Sie hatte große Neuigkeiten zu berichten. Das Musikstudium hatte sie nun doch aufgegeben. Dafür würde sie nächsten Monat heiraten. Richard, den langen Architekten.

„Und das hab' ich nur dir zu verdanken, Katarin", erzählte sie glücklich, „durch dich habe ich ihn kennengelernt."

Katarin verabredete sich für den Abend mit ihr. Natürlich kamen Richard und Fred auch, man feierte für Katarin noch einmal die Verlobung nach. Es wurde ein langer, feuchtfröhlicher Abend.

Katarin trank ein wenig zuviel. „Ich hab' Kummer", erklärte sie den anderen, „ich brauche das heute."

Am nächsten Tag hatte sie einen beträchtlichen Kater. Nachmittags in der Gymnastikschule saß sie mit finsterem Gesicht vor dem Klavier und hämmerte lieblos ihr Pensum herunter. Ab und zu griff sie sich mit einem Stöhnen an den schmerzenden Kopf.

„Was ist denn heute mit Ihnen los?" fragte Grete Frick, die jüngere der beiden Schwestern, die die Schule leiteten. „Sind Sie krank?"

„I wo, nicht die Spur", sagte Katarin und preßte die Hand auf die Stirn, „ich hab' nur einen Kater."

Die hübsche Frau lachte. „Na, das geht vorüber."

Die Schwestern nahmen sie nach Ende der Stunden mit in ihre Wohnung und setzten ihr ein komplettes Katerfrühstück vor. Und dann plötzlich, Katarin wußte selber nicht, wie es kam, erzählte sie den beiden ihren Schmerz.

„Und deswegen der ganze Jammer?" fragte Lilo Frick verwundert. „Mein Gott, Katarin, Sie sind um Ihre Illusionen zu beneiden. Nichts weiter als ein Kuß, und Sie sind unglücklich darüber, daß er sich nicht mehr daran erinnert? Männer vergessen manchmal noch ganz andere Dinge. Man kann einem Mann alles schenken, das Herz noch dazu, und er vergißt es in drei Tagen."

„Aber ich h a b e ihm ja mein Herz geschenkt", meinte Katarin kläglich.

„Anscheinend wußte er aber nichts davon."

„Nein. Aber er hätte es fühlen müssen."

„Er ist ja nur ein Mann. Sie können ihm keinen Vorwurf machen. Er kann es wirklich nicht ahnen, daß Sie monatelang von ihm geträumt und ihn zu ihrer großen Liebe gemacht haben. So feinfühlig ist ein Mann in den seltensten Fällen."

„Aber damals, an dem Nachmittag", beharrte Katarin, „da m u ß er es doch gespürt haben!"

„Das ist nun schon ein halbes Jahr her. Wenn es für ihn wirklich ein Erlebnis war, dann ist es verblaßt, das ist ganz verständlich. Vielleicht nimmt er das von Ihnen auch an und wartet nur darauf, daß Sie ihm entgegenkommen."

„Aber e r ist doch der Mann!"

„Na und?"

„Da muß e r doch anfangen!"

„Liebes Kind", sagte Lilo mitleidig, „sind Sie noch so unerfahren, daß Sie wirklich glauben, die Männer seien die Eroberer?"

„Ja", gestand Katarin unsicher, „das habe ich eigentlich gedacht."

„Fehlanzeige. Zuerst einmal muß sich die Frau klar darüber werden, ob sie einen Mann will oder nicht."

„An der Frau liegt es?"

„Nur an ihr. Jede Frau bekommt den bestimmten Mann, wenn sie ihn will. Es hat da jede ihre eigene Methode, das lernt man mit der Zeit. Die Frau ist schließlich immer die Werbende und Verführende, auch wenn sie sich noch so langwierig verführen läßt. Merken Sie sich das, Sie Küken."

Katarin staunte.

„Es ist Ihnen eben noch nicht zum Bewußtsein gekommen", erklärte Lilo. „Eine Frau muß ihre Waffen und die Möglichkeiten ihrer Macht erst kennenlernen. Hier und da gibt es natürlich mal eine, die lernt es nie. Aber ich habe nicht den Eindruck, daß Sie dazu gehören."

„Nein?"

„Nein", lächelte Lilo, „und verlassen Sie sich darauf, ich verstehe etwas davon. Wenn man erst mal über seine eigenen Fähigkeiten Bescheid weiß, ist es kein Kunststück, sich den gewünschten Mann zu erobern. Die Kunst fängt erst an, wenn man ihn hat. Einen Mann bekommen, ist nicht schwer. Ihn zu halten, dazu gehört viel mehr."

Grete ergänzte die Weisheiten ihrer Schwester mit keinem einzigen Wort, sondern beobachtete nur mit amüsiertem Lächeln die Wirkung auf die junge Katarin.

„Du wirst sie doch nicht an einem Abend zu einer großen Liebeskünstlerin schulen wollen", sagte sie jetzt lachend zu Lilo. „Am Ende macht es ihr dann genauso viel Spaß wie dir, Männerherzen zu sammeln."

„Ach, ich weiß nicht", sagte Katarin, „vielleicht sollte man sich gar nicht verlieben. Sicher macht es einem sehr viel Kummer."

„Gewiß", gab Lilo zu, „aber auch viel Spaß. Wenn man der Liebe aus dem Wege gehen kann – warum nicht? Dann soll man es tun. Das schont die Nerven. Aber es entgeht einem vieles, was sehr schön ist. Was meinst du?" wandte sie sich an ihre Schwester. „Wird sie oder wird sie nicht?"

„Sie wird", sagte Grete. „Sie wird sich genauso zum erstenmal verlieben, wie du dich zum drittenmal verheiraten wirst."

Die hübsche Frau lachte. „Und genauso, wie du mit deinen überspannten Ansprüchen einen Mann zum sechstenmal vergraulen wirst."

Nachdenklich kam Katarin von dem abendlichen Katerfrühstück nach Hause. Sie betrachtete sich lange ernsthaft in dem fleckigen Spiegel und sagte zu der blassen und übernächtigen Katarin, die ihr da entgegenblickte: „Wir werden vernünftig sein. Den Kopf klar behalten und das Herz ganz fest in der Hand. Und dieser Herr Carsten, der kann uns sowieso gestohlen bleiben."

Aber als sie Carsten das nächstemal wiedersah, begannen die Seelenschmerzen von neuem. Sie sah ihn allerdings nur aus der Ferne, denn sie wich einem Gespräch aus. Und er machte keinerlei Versuche, mit ihr zusammenzutreffen.

Jedoch ihre Arbeit brachte erfreuliche Fortschritte. Anger teilte ihr mit, daß sie noch in diesem Semester zum erstenmal auf einem öffentlichen Vortragsabend spielen könne. Das war ein Ereignis.

Ganz aufgeregt stürmte Katarin in das Vestibül der Hochschule, um Peter und Pitt die Neuigkeit zu verkünden. Zu ihrer Überraschung fand sie Carsten bei den beiden.

„Das wird ein großartiger Konzertwinter", prophezeite Peter, „Hans wird im Februar ein Orchesterkonzert dirigieren, du spielst, und Pitt wird Hugo-Wolf-Lieder singen. Nur mich läßt keiner. Vermutlich haben sie Angst, ich mache aus Beethoven einen Foxtrott. Auf jeden Fall werden wir eine Menge Feste feiern können. Es wird ein großartiger Winter."

„Sprich nicht vom Winter", sagte Katarin. „Ich hoffe, dieses Jahr kommt keiner. Ich bräuchte nämlich dringend einen Wintermantel."

„Dann sammeln wir eben für dich", erklärte Peter großmütig. „Machen wir Winterhilfe für uns allein. Wir können dich doch vor dem Konzert nicht einfach erfrieren lassen."

Katarin setzte sich neben Peter auf die Bank, kramte nach einer Zigarette, ließ sich Feuer geben. Dann las Peter einen Brief von Luisa vor. Sie schrieb recht befriedigt von ihren ersten Erfolgen, schilderte Kollegen und Verehrer mit leiser Ironie.

Luisas Fortgang hatte eine erhebliche Lücke im Kreise der Freunde gerissen, es fehlten die kleinen Feste und Einladungen. Katarin konnte sie nicht ersetzen. Ja, sie schloß sich sogar von den meisten privaten Vergnügungen der Freunde aus, von Theaterbesuchen und abendlichen Streunereien. Da sie nicht zugeben wollte, daß ihr das Geld fehlte, entschuldigte sie sich meist mit ihrer Arbeit.

Carsten stand an die Wand gelehnt und beteiligte sich nur sehr spärlich an der Unterhaltung. Als Katarin einmal aufsah, begegnete sie seinem Blick, der mit einer aufmerksamen Freundlichkeit auf ihr lag. Sie erwiderte ihn kühl und flüchtig und wandte sich dann betont zu Peter.

Später, als sie alle zusammen fortgingen, war Carsten plötzlich neben ihr. Er sagte: „Wie machen Sie es eigentlich jetzt, Katarin? Mit dem Studium, meine ich. Haben Sie große Schwierigkeiten?"

„Oh", sagte sie mit hörbarem Spott, „das kann Sie doch kaum interessieren!"

Er erwiderte ganz ungerührt: „Doch, es interessiert mich."

„Kein Grund zur Besorgnis. Sie sehen ja, ich bin da."

„Aber Sie sehen nicht gut aus", sagte er und ließ sich durch ihren schnippischen Ton nicht abschrecken. „Recht blaß und nervös, wie mir scheint. Sie rauchen zuviel. Das ist nicht gut für einen jungen Menschen."

„Ich brauche keine Gouvernante", sagte Katarin patzig. „Und ich bin kein dankbares Objekt für Belehrungen."

Er sagte nichts darauf und ging schweigend neben ihr her. Doch plötzlich sagte er: „Ich habe einmal gesagt, daß ich Ihnen helfen möchte, wenn ich kann. Vergessen Sie das nicht, Katarin."

Daß er nun doch noch jenen Tag erwähnte und daß es in dieser väterlich überlegenen Art geschah, machte sie unbeschreiblich wütend.

„So, haben Sie das gesagt? Ich erinnere mich nicht. Und ich brauche keine Hilfe. Ich werde sehr gut allein fertig."

Sie war stehengeblieben und warf ihm die Worte voller Bitterkeit an den Kopf. Er sah sie überrascht an.

„Warum sind Sie so böse auf mich, Katarin?" fragte er mit männlicher Ahnungslosigkeit.

Katarin stieß ein kurzes höhnisches Lachen durch die Nase, das einer großen Tragödin würdig war und ließ ihn stehen.

„Ich muß jetzt gehen, Kinder. Servus."

„Was denn? Was denn?" rief Peter überrascht hinter ihr her, doch sie entfernte sich mit großen Schritten.

Peter wandte sich zu Carsten, der langsam, mit nachdenklichem Gesicht herangekommen war. „Was ist denn los? Ich denke, wir gehen zusammen essen! Habt ihr euch gezankt?"

„Man könnte es fast so nennen", sagte Carsten, noch immer den verwunderten Ausdruck im Gesicht. „Hm, es ist ihr damals anscheinend nähergegangen, als ich dachte."

„Was denn?" fragte Peter mit einem nicht gerade geistreichen Gesicht.

Carsten lächelte plötzlich. „Sie ist noch so jung", sagte er, „viel zu jung. Ich kann doch nicht – nein, das geht nicht."

„Oh", rief Peter, dem ein Licht aufging, „so ist das, du und die Katarin! Komisch, und ich hatte schon manchmal das Gefühl, daß du ihr etwas bedeutest."

Carsten zog auf einmal ein finsteres Gesicht. „Ich will das nicht, verstehst du. Sie ist zu jung. Und ich . . ."

„Jaja, ich weiß, du hast Angst vor der Liebe."

„Unsinn! Aber ich will es einfach nicht."

„Ebenfalls Unsinn", ließ sich jetzt erstmals Pitt vernehmen, „Unsinn, wenn s i e will . . ."

Katarin ärgerte sich natürlich über ihren Ausbruch. Sie fürchtete, zuviel von ihren Gefühlen verraten zu haben. Mehr noch als bisher ging sie Carsten aus dem Wege.

Sie konnte nicht wissen, daß sich Carstens Gedanken viel mit ihr beschäftigten, daß es ein ehrliches Verantwortungsbewußtsein war, das ihn vor einer Bindung zurückschrecken ließ. Und endlich, daß es Dinge in seinem Leben gab, die noch nicht vergessen waren. Eine Ehe. Enttäuschung, eine wehmütige Freundschaft. Niemand wußte es, denn er sprach nicht darüber.

Es beunruhigte ihn, daß er so viel an Katarin dachte, daß er Zärtlichkeit und Zuneigung empfand. Absichtlich hatte er jenen Nachmittag im Sommer nicht erwähnt, glaubte, sie habe es vergessen. Sie war jung, vergnügt, sie flirtete gern, wie konnte er annehmen, daß er ihr so viel bedeutete. Es würde vergehen. Besser, man sah sich nicht zu oft, dachte Carsten im stillen.

Sie trafen sich einige Tage vor Weihnachten bei einer Kollegin, die bei ihren Eltern in Berlin wohnte und sie zu einer kleinen Weihnachtsfeier eingeladen hatte.

Plötzlich rief Peter: „Kinder, ist euch schon mal der Unsinn aufgefallen, daß Katarin und Hans immer noch eisern ‚Sie' zueinander sagen? Wie in der Tanzstunde, in der guten alten Zeit. Wo ist deine Anstandsdame, Katarin? Sofort trinkt ihr Brüderschaft oder ihr werdet verstoßen."

„Von mir aus gern", rief Katarin etwas übertrieben lebhaft, „wenn sich der große Künstler mit mir verbrüdern will."

„Natürlich", sagte Carsten ruhig. Sie bekamen frischgefüllte Gläser in die Hand gedrückt und schlangen unter dem Jubel der anderen ihre Arme ineinander. Nachdem sie getrunken hatten, zog Carsten mit leichter Hand Katarins Kopf zu sich und küßte sie flüchtig.

Es war nur die Andeutung eines Kusses, ihre Lippen berührten sich kaum, doch Katarin fuhr erschreckt zurück, als habe sie sich verbrannt. Ihr eben noch lachendes Gesicht wurde sehr ernst. Für einen kurzen Moment trafen sich ihre Augen, und beide wußten, daß dieses Versteckspiel der letzten Monate gar nichts genutzt hatte. Ihre Lippen hatten nur darauf gewartet, sich wieder zu begegnen.

Doch das vergnügte Treiben der anderen brachte sie wieder auseinander. Sie wechselten während des ganzen Abends kaum mehr ein Wort. Katarin, die sonst so vergnügt war, blieb merkwürdig still.

Als das Fest zu Ende war und alle auf der Straße standen, geschah es wie von selbst, daß Carsten neben Katarin trat. Sie verabschiedeten sich von den anderen und gingen allein fort. Peter sah ihnen nach. Er lächelte.

Es schneite leicht. Sanfte, große Flocken schwebten lautlos herab und glänzten silbern im Licht der Lampen. Lange sprachen sie kein

Wort. Es war schön, in dem weißen Geriesel nebeneinanderzugehen und den anderen ganz nahe zu fühlen.

Dann blieb Carsten stehen und wandte sich ihr zu. Ernst und ohne Scheu erwiderte sie seinen Blick. Er legte beide Hände um das Oval ihres Gesichtes und sah sie lange an. Ihre Augen waren tief und dunkel, so wie damals nach dem Orgelspiel, als er sie das erstemal bewußt gesehen hatte.

„Katarin", sagte er leise. „Ich wollte das nicht. Darum versuchte ich auch, den Nachmittag zu vergessen."

„Aber du hast ihn nicht vergessen?" fragte sie ebenso zurück.

„Nein", sagte er.

„Und ich war so unglücklich, weil ich dachte, ich habe dir nichts bedeutet." Sie schloß die Augen, er nahm sie in die Arme und küßte sie lange. Dann ließ er sie los und betrachtete ihr glücklich gelöstes Gesicht.

„Ich wollte das nicht."

„Warum?" fragte sie sanft.

Sein Gesicht war ernst, und sein Mund war, wie sie ihn nie gesehen hatte, weich und sehnsüchtig. Da legte sie beide Arme fest um seinen Hals.

Es war spät, als sie in ihr Bett kam. Sie hatte kalte Füße, doch sie spürte es nicht. Mit großen Augen starrte sie in das Dunkel. Alle ihre Begegnungen mit Carsten tauchten vor ihr auf, jedes Wort, das sie mit ihm gesprochen, war unvergessen. Und jetzt hatte er sie geküßt und zärtliche Dinge gesagt. Und alles würde noch viel schöner werden. Sie wollte ihm gehören, wollte ihm ganz gehören.

Sie war nicht mehr allein. Was auch geschah, sie war nicht mehr allein. Carsten würde bei ihr sein. Carsten, den sie liebte, seit sie ihn zum erstenmal gesehen hatte.

„Ich liebe dich", flüsterte sie ins Dunkel. Sie war glücklich, doch ihr Herz schmerzte dabei und es tat weh, wie es nur weh tut, wenn einem die wirkliche Liebe begegnet.

„Schön", sagte Katarin leise und lehnte sich an ihn, ein wenig unbeholfen noch in der neuen Vertrautheit.

„Was ist schön?" fragte Carsten.

„Bei dir zu sein. Mit dir ganz allein, niemand stört uns. Es ist . . . ich habe so etwas noch nie erlebt."

„Noch nie?" In seiner Stimme lag ein deutlicher Zweifel. „Wirklich nicht? Noch nie?" Er schwieg eine Weile, dann sagte er leichthin: „Das kann ich mir kaum vorstellen. Du wirst doch schon einmal mit einem Mann allein gewesen sein."

Katarin lachte ein wenig spöttisch.

„Nun?" drängte er.

„Ich kann mich im Moment nicht erinnern", sagte sie kokett. „Spielt ja auch keine Rolle, nicht?"

„Nicht so sehr", sagte er nebenher und griff nach den Zigaretten. „Möchtest du noch Kaffee?"

„Gern, ja. Und gib mir auch eine Zigarette."

Sie trank einen Schluck Kaffee, rauchte zwei Züge, doch dann kam sie unbeirrt auf das Gespräch zurück.

„Du hast offensichtlich wenig Interesse an mir."

Er wandte sich ihr so heftig zu, daß das alte Sofa knarrte.

„Willst du mich quälen", fragte er, „oder was soll das?"

„Schau mich nicht so finster an. Ich dachte, du wolltest meine Beichte hören, wie viele Sünden ich schon begangen habe."

„Ich will dich nicht danach fragen. Nein, mir ist es lieber, ich weiß das nicht so genau."

Katarin lachte. „Frag mich ruhig. Du willst es ja doch wissen. Allerdings wirst du enttäuscht sein."

„Enttäuscht?" Unsicher sah er sie an.

Sie wurde plötzlich ernst. Sie errötete sogar.

„Es ist zu dumm. Ich weiß gar nicht, wie ich darauf gekommen bin. Ich gebe immer ein bißchen an. Aber in Wirklichkeit . . . in Wirklichkeit . . .", sie flüsterte auf einmal. „Ich habe noch nie jemanden liebgehabt."

Er glaubte ihr. Er glaubte ihr sofort. Er sah es ihr an, daß sie nicht log. Genauso, wie er spürte, daß sie bereit war, ihm ganz zu gehören. Sie war mit ihm gegangen, saß hier vertrauensvoll neben ihm und ließ sich von ihm küssen. Doch alles war anders, seit er dies nun wußte.

„Das macht mich sehr glücklich", murmelte er und schloß sie in die Arme, behutsamer als jemals zuvor.

Er hatte natürlich auch d a r a n gedacht, als er sie mit hinauf in sein Zimmer nahm. Aber er war kein Frauenheld, kein leichtsinniger Abenteurer. Manchmal hatten es ihm die Frauen schon leicht gemacht, oft zu leicht, daß er daran vorübergehen konnte ohne Bedauern. Doch Katarins Bereitwilligkeit war von andrer Art, das erkannte er wohl, es war die Bereitwilligkeit der Unschuld, vielleicht auch der Liebe.

Sie trafen sich zum erstenmal hier. Er bewohnte das Zimmer gemeinsam mit Peter, der über Weihnachten nach Hause gefahren war. Auch Carsten hatte den Heiligen Abend und den ersten Feiertag bei seinen Eltern verbracht, doch dann kam er zurück. Zu Katarin. Sie sahen sich nun täglich. Sie küßten sich, sie sagten sich zärtliche Worte. Sie sprachen auch ernsthaft miteinander, aber es war bis jetzt nicht mehr als ein scheuer Versuch, zueinanderzukommen. Und immer noch hatte Carsten Angst vor einer Bindung.

Gleichzeitig beglückte es ihn, wie weich und willig sie sich in seine Arme schmiegte. Er spürte ihren Körper, ihre Brüste, ihre Wange, die an seiner lag, den Duft ihres Haares. Sie wollte ihm gehören, sie war bereit.

Vorsichtig löste er sich von ihr. Nach dem Geständnis, das sie vorhin gemacht hatte... Nein, er mußte einen klaren Kopf behalten.

„Mein Liebes", sagte er zärtlich und strich ihr übers Haar.

Katarin lehnte sich in die Sofaecke zurück. Die verschiedensten Empfindungen stritten in ihr. Angst, Scheu und gleichzeitig ein seltsames Verlangen nach seiner Nähe, seinen Küssen, nach immer mehr Zärtlichkeiten.

„Morgen ist Silvester", begann sie, um das Schweigen zu bannen. „Werden wir feiern?"

„Wenn du willst? Möchtest du ausgehen?"

„Es ist sicher sehr teuer."

„Wir können ja ins Theater gehen. Wenn wir noch Karten bekommen. Und dann zum Essen.

„Essen wir lieber hier. Ich besorge etwas Gutes. Und eine Flasche Sekt, ja?"

„Ja, wie du willst." Er betrachtete sie gedankenvoll. Einer wird der erste sein, dachte er. Wenn ich es nicht bin, dann ein anderer. Und was bedeutet es schon. Gar nichts bedeutet es. Bei Lene dachte ich auch, es wäre das erstemal. Ich habe es nicht einmal gemerkt. Ich war so jung und unerfahren. Sie hatte mich vorher betrogen, und sie betrog mich nachher. Vorüber, vorbei. Es kümmert mich nicht mehr. Oder doch? Schmerzt es noch? O diese lächerliche männliche Eitelkeit! Der erste zu sein, der einzige. Lächerlich. Ich sollte mir darüber nicht soviel Gedanken machen.

Er beugte sich vor und zog sie an sich, er küßte sie. Seine Hände streichelten ihren Körper.

Doch Katarin empfand auf einmal Angst. Sie hatte den Wunsch, fortzulaufen. Saß sie nicht einem fremden Mann gegenüber, einem fremden unheimlichen Wesen? Sie wich zurück.

„Ich glaube, ich muß jetzt gehen", sagte sie befangen, „es ist schon spät."

Jetzt wollte er sie nicht mehr gehen lassen. „Bleib doch noch hier, bitte."

„Nein, nein", sie entzog sich seiner Umarmung und stand auf, „wirklich, bitte, ich möchte jetzt gehen. Wenn wir morgen, ich meine, wenn Silvester ist, wird es sowieso spät."

Wie ein Kind, mit großen angstvollen Augen stand sie vor dem Sofa und bemerkte erschrocken, daß er einen seltsamen Zug um den Mund hatte. Und seine Augen! So hatte Fred geblickt, damals in der Wohnung der Freunde. Und Theo am Flußufer. Und Herr Lenning. War d a s das Gesicht der Liebe? Nein, sie wollte jetzt fort.

Carsten sah die Angst in ihren Augen. Sofort begriff er, was sie fühlte. Er stand auf.

„Wie du willst", sagte er, wieder ganz beherrscht. „Ich bringe dich nach Hause."

Unsicher sah sie zu ihm auf und ärgerte sich plötzlich, daß er ohne Widerstand darauf einging. Sie wollte gar nicht gehen. Was war sie doch für ein kindisches dummes Ding.

„Bist du böse?" fragte sie.

Nun war er wieder Carsten, jener Carsten, den sie kannte. Er lächelte und legte freundschaftlich den Arm um ihre Schulter.

„Warum sollte ich dir böse sein?"

Dann ließ er sie los. Nein, er hielt sie nicht fest, er zwang sie nicht in seine Arme. Er war gütig, lieb und verständnisvoll. Sie war froh darüber und auch wieder nicht.

Kleinlaut zog sie ihren Mantel an. Die Wirklichkeit war anders als ihre Träume. Wovon hatte sie eigentlich geträumt? Von Küssen. Von Liebe. Von Liebe? – Was war Liebe? Sie wußte es ja gar nicht.

Am nächsten Abend war alles viel einfacher. Sie hatten gegessen, sie tranken erst Wein und dann gegen zwölf Uhr den Sekt. Sie stießen auf das neue Jahr an, auf eine glückliche Zukunft, auf ihre Liebe. – Nicht nur ein neues Jahr beginnt, dachte Katarin pathetisch, ein neues Leben fängt an. Das Leben mit ihm.

Nun wollte sie mutig sein und nicht wieder davonlaufen. Sie küßte ihn wild, mit gespielter Leidenschaft, denn sie konnte noch keine echte Leidenschaft empfinden. Carsten war behutsam. Er näherte sich ihr ohne Hast, ohne Gier und ohne ernüchterndes Drängen. Doch schließlich mußte er den Traum in Wirklichkeit verwandeln.

Katarin zitterte bei dieser ersten Begegnung mit der Liebe und erduldete nicht ohne Angst das Unbekannte, das so anders war als ihr Traum.

Nachher lag sie still in seinem Arm und erlebte tausenderlei Empfindungen hinter dem Schleier ihres Bewußtseins. Das also war es. Das Leben. Und die Liebe. – Ist das nun alles, dachte sie enttäuscht. Gibt es sonst nichts zwischen allen Menschen, um Liebe und Hingabe auszudrücken? Und ist es immer das gleiche zwischen jedem Mann und jeder Frau? Und warum ist es so? dachte sie verzweifelt. Warum ist es nicht reiner und beglückender? Warum ist es so nackt, so dumpf und tierisch?

Carsten störte ihr Schweigen nicht. Seine Lippen lagen in ihrem Haar, dessen Duft ihm vertraut war, als kenne er ihn schon seit langem. Sein Arm umschloß sie warm und schützend. Er empfand Rührung und tiefe Zärtlichkeit, die er noch niemals so gespürt hatte. Wie jung sie war, wie unschuldig in ihrer zaghaften Hingabe.

Langsam wurde Katarin der Gegenwart seines Körpers bewußt. Der Arm, der um sie lag, die hingestreckte, an sie geschmiegte Gestalt, der Mund in ihrem Haar. Das war gut, es gab ihr Wärme und Vertrauen, das glich schon eher ihrem Traum.

Sie dehnte sich, sie kehrte zurück. Und auf einmal war sie froh. – Gut, dachte sie, es ist geschehen. Und Carsten war es, den sie liebte. Sie legte den Arm um seinen Hals und küßte ihn.

„Ich liebe dich", flüsterte sie. „Und ich möchte immer bei dir bleiben."

Wenige Tage später kam Peter zurück. Jetzt hörten die einsamen Stunden bei Carsten auf. Katarin, die überraschend schnell Geschmack an dem neuen Spiel gefunden hatte, bedauerte es. Peter schien über die Entwicklung der Dinge keineswegs erstaunt zu sein. Auch in der Hochschule war es bald kein Geheimnis mehr, daß

Katarin und Carsten zusammengehörten, obwohl sie sich zunächst Mühe gaben, ihre Bindung zu verbergen. Doch dergleichen läßt sich nie verbergen.

Katarin übte eifrig für ihr Konzert. Jeder sollte bei ihrem ersten Auftreten hören, daß sie mehr konnte als eine brave Durchschnittspianistin. Hinderlich war nur die leidige Wohnungsfrage. Das Üben in ihrem Zimmer wurde immer schwieriger, denn oftmals kam die Wirtin einfach herein und meinte, jetzt müsse aber endlich Ruhe sein. Carsten, der sie einige Male besuchte, empfahl ihr dringend, auszuziehen. Auch Peter, der einmal dabei war, schüttelte entsetzt den Kopf.

„Nein, weißt du, Katarin", sagte er, „Sparsamkeit ist ja ganz schön. Aber in so einer Bude könnte ich nicht hausen."

„Ich kann auch nicht, aber ich muß."

Die Wirtin verbat sich die Herrenbesuche. Daraufhin verlor Katarin die Nerven, stritt erst mit ihr herum und kündigte dann kurz entschlossen. Nun mußte sie ihre knappe Freizeit auch noch für Zimmersuche opfern. Berlin, in das täglich neue Menschen strömten, litt an Wohnungsmangel. Unter diesen Umständen fand sich kaum jemand, der ein Zimmer an Musikstudenten abgeben wollte.

Auch Carsten und Peter befanden sich auf Zimmersuche, denn der gemeinsame Raum war auf die Dauer zu knapp. Peter brauchte nicht zu sparen, und Carstens Finanzverhältnisse hatten sich wesentlich gebessert. Zwar wollten die Freunde gern zusammenbleiben, doch sollte jeder sein eigenes Zimmer bekommen. Und vor allen Dingen, schwur Peter ergrimmt, müsse diesmal eine erträgliche Wirtin dabeisein.

Eines Tages, Katarin und Carsten waren gerade in der Garderobe, stürmte Peter herein und verkündete, er habe eine große Neuigkeit. Neugierig folgten sie ihm ins Vestibül.

„Ihr werdet staunen", sagte Peter, „ich habe eine Wohnung gemietet."

„Gleich gemietet?" fragte Carsten mißtrauisch. „Für mich auch? Lieber hätte ich sie mir erst mal angesehen. Du bist immer so schnell begeistert. Hoffentlich hast du keinen Blödsinn gemacht. Was kostet sie denn?"

„Mein Lieber", sagte Peter gekränkt, „ich habe bestimmt mehr praktischen Sinn als du. Und die Sache war so günstig, daß ich nicht lange überlegt habe, sonst wäre es bestimmt zu spät gewesen." Er warf sich in die Brust. „Es klappte sowieso nur durch meine guten Beziehungen. Die Lage ist sehr günstig. U-Bahn in der Nähe, Bamberger Straße, 4. Stock, mit einem Dachbalkon, so eine Art kleiner Dachgarten, einfach prima. Drüber ist nichts, drunter wohnt ein Reisender in Kinderwäsche, der ist meist unterwegs. Niemand kann durch unser Üben gestört werden. Mit der Hausmeisterin habe ich mich auch schon unterhalten, die ist ebenfalls prima. Hat mir Kaffee gekocht. Sie meint, es wären alles nette Leute im Hause, keine Meckerfritzen. Und Musik hätten sie sicher alle gern, sie jedenfalls schwärme geradezu dafür. Ob ich auch einen ordentlichen Walzer spielen könne? Na, und da ein Klavier im Zimmer stand, hab' ich es ihr gleich bewiesen. Sie war begeistert.

„Du verrücktes Huhn", sagte Carsten, „jetzt komm mal zur Sache."

„Die Zimmer sind nicht sehr groß, aber hübsch und mächtig hell. Kunststück im 4. Stock. Wie hab' ich das gemacht?"

„Ausgezeichnet", meinte Katarin, „ich bin schon sehr gespannt auf eure neue Behausung. Ich wünschte, ich wäre auch schon soweit."

„Und die Wirtin", wollte Carsten wissen, „wie ist die?"

„Gar nicht."

„Was heißt gar nicht?"

„Es gibt gar keine."

„Versteh' ich nicht. "

„Ich hatte immer schon das Gefühl, daß du eine lange Leitung hast", meinte Peter, „kapierst du nicht? Es ist eine richtige Wohnung. Ohne Wirtin. Keine möblierten Zimmer. Wir sind nicht Untermieter, sondern Mieter. Na, ist das nichts?"

„Ich kann nur annehmen, daß du plötzlich übergeschnappt bist!" schimpfte Carsten.

„Verstehst du auch nicht, Katarin, wie ich mir das vorstelle?"

„Offen gestanden, nein. Ich kann mir nicht denken, daß du eine ganze Etagenwohnung gemietet hast.

„Eben doch", nickte Peter und freute sich über die verblüfften Gesichter. „Eine richtige Wohnung. Vier Zimmer, ein Bad, eine reizende kleine Küche, ein erstklassiges Klo. Nebenraum ist auch da, ein Hängeboden oder wie man das Ding nennt, dann der Dachgarten mit viel Sonne, da können wir im Sommer die schönsten Blumen züchten. Die Wohnung ist tipptopp, erst voriges Jahr neu tapeziert, keine Wanzen, gute Akustik. Ich hab' mir alles genau angesehen. Ich bin nicht doof."

Schweigen folgte seinen Worten. Plötzlich sagte Carsten voller Hohn: „Ich wußte gar nicht, daß du heiraten willst."

„Du weißt eben viel nicht, mein Lieber. Von Heiraten kann keine

Rede sein. Nur ein anständiges Zuhause möchte ich haben, wo ich mich wirklich wohl fühle. Wo ich die Beine auf den Tisch legen, wo ich im Bad planschen kann. Und Besuch empfangen, wann immer es mir gefällt. Diesen fortwährenden Wohnungswechsel und den Ärger hab' ich satt. Schließlich bin ich ein friedlicher bodenständiger Mensch."

„Er ist wirklich übergeschnappt", sagte Carsten kummervoll zu Katarin. „Eigentlich schade um ihn. Er war soweit ein ganz netter Mensch.

„Gut, daß du das endlich mal einsiehst. Nun erkläre mir bloß, warum mein Plan so schlecht ist."

„Rede du erst mal vernünftig und sag, was wirklich los ist."

„Lieber Himmel, ich rede doch schon eine halbe Stunde. Ich habe eine Wohnung gemietet, vier Zimmer mit Zubehör, die wir am 1. Februar beziehen können. Ich hätte sie nie gekriegt, wenn der Hausbesitzer nicht ein Bekannter von meinem alten Herrn wäre. Übrigens ein netter Mann, der Hausbesitzer, hat selber 'ne Villa im Grunewald."

„Da können wir ja noch von Glück reden, daß du nicht gleich eine Villa gekauft hast", warf Carsten ein.

„Kommt schon noch. Also kurz und gut, ich traf den guten Mann vor drei Tagen, wir unterhielten uns, und ich erzählte von dem Theater mit der Zimmersucherei. Er meinte, es täte ihm leid, daß er mir nicht helfen könne, er suche zwar Mieter, aber für eine ganze Wohnung. Die sei frei geworden, da die Leute plötzlich ins Ausland umgezogen sind. Später mußte ich darüber nachdenken. Na, und dann dachte ich auf einmal, warum eigentlich nicht? Ich ging wieder hin und besprach alles mit dem Onkel und machte die Sache gleich perfekt."

„Ja aber, Menschenskind, wie hast du dir das gedacht? Wir können doch keine ganze Wohnung mieten. Wer soll denn das bezahlen?"

„Nun paß mal auf", Peter zog sein silbernes Etui heraus und bot Zigaretten an, reichte Feuer herum und kam sich ungeheuer wichtig vor.

„Die Sache ist ganz einfach. Und nicht mal teuer. Die Miete macht 130 Mark. Wir zahlen jeder 40 Mark, Katarin zahlt nur 10 Mark, weil sie momentan knapp ist. Dafür muß sie die Hausfrau spielen und sich um uns kümmern."

„Was?" Katarin riß erstaunt die Augen auf. „Ich? Ich bin auch dabei?"

„Na klar. Dachtest du, wir wollen jeder eine Zimmerflucht bewohnen? Jeder kriegt natürlich nur ein Zimmer, wir bilden eine Wohngemeinschaft, eine Pension im kleinen. Wir machen es uns nett und gemütlich, sind dabei unsere eigenen Herren, und der Spaß kommt nicht allzu teuer."

Katarins Augen begannen zu glänzen. „Das ist eine tolle Idee!" rief sie mit wachsender Begeisterung. „Es klingt direkt verführerisch."

Carsten machte noch immer ein zweifelndes Gesicht.

„Da kommt doch noch sicher allerhand hinzu, Heizung und so."

„Heizung, Warmwasser, Licht- und Gasrechnung, wird alles durch vier geteilt. Dafür können wir mehr zu Hause essen und sparen Geld. Kannst du kochen, Katarin?"

„O ja, doch, ein bißchen!"

„Werden wir halt ein Kochbuch kaufen."

„Aber Peter", Katarin kamen Bedenken, „geht denn das? Ich meine, daß ich mit zu euch ziehe. Wird sich da auch niemand aufregen?"

„Du meinst wegen Moral und so? Mensch, wir sind doch in Berlin und nicht in Posemuckel. Und außerdem Kollegen. Bei einem fremden Hausbesitzer wären vielleicht Erklärungen nötig. Aber der gute Mann kennt mich ja. Ich hab' ihm glaubwürdig versichert, daß die Miete immer pünktlich bezahlt wird. Und daß er sich schlimmstenfalls an meinen alten Herrn wenden kann, das weiß er ja. Das beruhigt ihn."

„Hast du ihm gesagt, daß ein Mädchen zu der Wohngemeinschaft gehören soll?" wollte Carsten wissen.

„Nicht direkt. Ich habe nur von Kollegen gesprochen. Geht ja auch niemanden was an."

Katarin sah Carsten ratlos an. „Wie findest du das? Was hältst du von der Sache?"

„Ich finde, ihr seid ein undankbares Volk", empörte sich Peter, ehe Carsten antworten konnte. „Ich sorge für euch wie ein Vater und dachte, ihr würdet mir vor Begeisterung um den Hals fallen."

„Na ja", sagte Carsten, „es ist ein echter Peter-Einfall. Originell jedenfalls."

„Wie alles bei mir", bestätigte Peter selbstgefällig.

„Und wer soll der vierte sein?" erkundigte sich Carsten.

„Ich dachte an Pitt. Der hat ein ganz verträgliches Gemüt und ist ein anständiger Kerl."

Der Vorschlag fand Beifall, Katarin meinte zwar, ob es nicht besser wäre, wenn der vierte im Bunde ein Mädchen sei.

„Falsch, mein Kind", sagte Peter, „dann würde jeder sagen, hier wohnen zwei Pärchen zusammen. So ist es viel besser. Außerdem wüßte ich gar kein Mädchen, das ich dabeihaben möchte."

„Na gut", sagte Carsten, schon halb gewonnen, „sehen wir uns die Wohnung eben mal an."

„Ja aber", rief Katarin plötzlich, „was willst du denn eigentlich hineinstellen? Wir haben ja keine Möbel."

„Wer sagt denn das? Ich lasse mir einfach ein paar Sachen von zu Hause kommen. Bei uns steht eine Menge unbenutztes Zeug herum. Meine Mutter ist froh, wenn es wegkommt."

Katarin schaute Carsten mit leuchtenden Augen an. „Du, eigentlich könnte das prima werden."

„Det ist ja meine Rede die ganze Zeit", meinte Peter. „Na kommt, gehn wir gleich mal los, die Burg zu besichtigen."

Am 1. Februar zogen sie wirklich in die Bamberger Straße. Schon vorher werkelte Katarin, angetan mit einer großen Schürze, in der Wohnung herum, unterstützt von Frau Kalunke, der Portierfrau. Frau Kalunke war ein Goldstück, keine der scharfzüngigen, boshaften Hausmeisterinnen, nein, sie war eine nette umgängliche Person. Und für Musikstudenten hatte sie ein Herz, denn ihr Sohn, von dem sie mit Stolz erzählte, war ebenfalls Künstler, er spielte im Orchester des Scala-Varietés. Katarin bewunderte die Laufbahn des Sohnes gehörig und erwarb sich damit Frau Kalunkes volle Neigung. Die gute Frau nahm keinerlei Anstoß an den seltsamen neuen Mietern, außerdem gab es in einer Etage ebenfalls junges Künstlervolk, denn dort residierte eine Schauspielschule. Überdies erklärte sich Frau Kalunke bereit, zweimal wöchentlich aufzuräumen und sauberzumachen.

Katarin schrieb nach Hause und bat ihre Mutter um einige Möbelstücke. Sie begründete es damit, daß sie sich ein leeres Zimmer gemietet habe, weil das wesentlich billiger sei. Es gab einige Hin- und Herschreiberei, Aufregung in Karlsburg, doch dann kamen die Möbel. Ein altersschwacher Diwan, ein Stuhl, ein kleiner wackliger Tisch, ein Schrank und das Bücherregal mit ihren Büchern. Auch ein paar alte Gardinen schickte Mutter mit. Es sah zwar alles ein wenig dürftig aus, aber Katarin gefiel es trotzdem. Hier konnte sie wenigstens machen, was sie wollte. Und die Sonne schien sogar in ihr neues Zimmer.

Am elegantesten war zweifellos Peters Zimmer mit einer breiten Couch, zwei tiefen Sesseln, einem richtigen Bücherschrank und einem dicken Teppich.

Und am seltsamsten wirkte Carstens Zimmer. Ein schweres

holzgeschnitztes Bauernzimmer mit einem wuchtigen Schrank, hohen Stühlen und einem breiten Bett. Es war sein Zimmer von zu Hause.

Pitt, der übrigens mit Begeisterung dem ganzen Unternehmen zugestimmt hatte, zog los und borgte seine Einrichtung bei sämtlichen Bekannten.

Am meisten amüsierten sie sich über die Kücheneinrichtung, die Peters Mutter mitgeschickt hatte. Töpfe, Teller und Tassen, und eine Kiste mit lauter Eingemachtem.

„Nein, so was", staunte Katarin fassungslos. „Das gibt ja einen richtigen Vorratsschrank."

„Klar, was dachtest du denn!" gab Peter zurück. „Wir sind hier ein ganz solider Haushalt, mit allem, was dazugehört. Das Obst ist übrigens alles aus unserem Garten."

Peters Vater hatte das Grammophon des Sohnes und eine Menge Platten mitgeschickt und zur Einweihung der neuen Wohnung eine Kiste mit Wein, Schnaps und ein paar Flaschen Sekt gestiftet. Sogar einen richtigen Sektkühler förderte Peter zutage.

Schließlich sank Peter ermattet auf eine Kiste, überblickte mit lachenden Augen das Chaos ringsherum und fragte stolz: „Na, was sagt ihr nun?"

„Aus", gab Katarin zu, „mir fehlen die Worte."

„Eins steht fest", meinte Carsten, „ohne Peter wäre aus der ganzen Wohnungsgeschichte nichts geworden."

„Wenn ihr es nur einseht", sagte Peter befriedigt. „Und nun an die Arbeit. Heute abend feiern wir Einstand."

Am Spätnachmittag ging Katarin nochmals fort und kaufte ein. Es war kalt und neblig, der Himmel tief verhangen. Es sah nach Regen oder Schnee aus. Sie fröstelte in ihrem dünnen, abgenutzten Wintermantel. Doch auch die Kälte konnte ihrer guten Laune nichts anhaben. War das Leben nicht herrlich? Sie hatte eine eigene Wohnung in Berlin, sie hatte gute Freunde und einen Mann, den sie liebte. Sie, das dumme kleine Kätchen aus Karlsburg.

In Peters Zimmer trafen sie sich später zu dem ersten Fest in der neuen Wohnung. Es gab eine große Platte belegter Brote, und mehrere Flaschen aus der Konstanzer Kiste mußten ihr Leben lassen. Sie waren sehr vergnügt. Selbst Carsten ging mehr aus sich heraus, als man es von ihm gewohnt war, er schien jünger und fröhlicher geworden. – Weil er mich liebt und weil ich bei ihm bin, dachte Katarin glücklich.

„Attention!" rief Peter. „Jetzt wird's feierlich." Er verschwand und kam kurz darauf mit dem Sektkühler zurück, aus dem wirklich zwei gewichtige Flaschen die Hälse reckten. Unter dem Arm trug er ein flaches Päckchen.

Er setzte sich in Positur, räusperte sich. „Liebe Freunde", begann er, „wir kommen jetzt, oder vielmehr wir schreiten jetzt zur Einweihungszeremonie. Öffnet eine Flasche!"

Pitt tat wie geheißen, der Sekt schäumte perlend in die Gläser.

„Dieser 1. Februar 1939 ist für uns ein denkwürdiger Tag", sprach Peter feierlich. „Für uns beginnt heute gewissermaßen ein neues Leben, und vielleicht ist es angebracht, wenn wir uns ein paar Gedanken darüber machen. Wir nennen uns eine Gemeinschaft, aber genaugenommen, wollen wir erst eine werden. Jeder kommt von woanders her, jeder hat andere Gedanken und Wünsche, jeder gewiß auch seine speziellen Fehler und Untugenden. Wir müssen nun versuchen, miteinander zu leben, ohne uns auf die Nerven zu fallen. Jeder hat sein Zimmer, also seine Welt für sich. Diese eigene Welt wird respektiert. Wer allein sein will, soll es. Wer Besuch haben will, bitte. Keiner von den anderen wird sich darum kümmern. Andererseits, wenn es nötig ist, wollen wir uns gegenseitig helfen, soweit es möglich ist. Sind wir uns einig?"

„Ja!" riefen die drei einstimmig.

„Darauf den ersten Schluck. Prost!"

Nachdem sie getrunken hatten, fuhr Peter fort: „Ich sagte, jeder von uns hat sein eigenes Wesen, seine eigene Welt. Aber etwas ist uns allen gemeinsam, etwas gibt es, das uns alle vier vereint – die Musik. Sie ist der Mittelpunkt unseres Lebens. Wenn wir auch auf verschiedenen Wegen unserem großen Ziel zustreben, so wissen wir doch, daß jeder von uns mit Eifer bei der Sache ist. Wir wollen etwas erreichen. Wir wissen, daß es schwer ist, die Kunst ist eine strenge Göttin, ihr zu dienen ist nicht leicht. Aber wir wollen unser Bestes tun, ihr bei der großen Aufgabe zu helfen, die Menschen zu beglücken und zu erheben. Darauf abermals Prost!"

Pitt füllte die geleerten Gläser, dann sprach Peter weiter. „Und nun, meine lieben Freunde, komme ich zum Zweck meiner weniger schönen, aber gutgemeinten Rede und präsentiere euch hiermit unsere Schirmherrin, unter deren Schutz, unter deren Tränen und Lächeln unser Leben stehen soll."

Er wickelte das Päckchen aus, und erklärte: „Cäcilie, die Göttin der Musik."

Es war ein lichtes anspruchsloses Bildchen. Cäcilie in einem blauen Kleid, mit langem blondem Haar, das sanfte Gesicht anmutig geneigt, mit schlanken Fingern auf einer Harfe spielend. Rings um die Göttin flogen und saßen kleine Engel, und links unten in der Ecke hockte mit verschmitztem Gesicht ein drolliges Teufelchen.

„Es ist kein Kunstwerk", erläuterte Peter, „aber es war mir in der Eile nicht möglich, etwas Besseres aufzutreiben. Wir haben ja auch keinen Malersmann in unserer Mitte, der vielleicht jetzt das harte Wort Kitsch fallen ließe und die Beziehungen zu uns abbrechen würde. Es kommt ja nicht auf den Kunstwert des Bildes an, sondern auf das Symbol, das es verkörpert. Ich finde, unsere Cäcilie sieht recht liebenswert aus. Und was mir an dem Bild besonders gefällt, ist dieser kleine Teufel. Denn es besteht ja kein Zweifel, daß in der Musik nicht nur Engel wirken, sondern oftmals auch ein kleiner oder großer Teufel mitmusiziert, ja, daß er einfach hineingehört. Wir alle, die wir für die Musik leben, müssen auch ein Stückchen von diesem Teufel im Leib haben, Treibende und Getriebene, die wir sind, Schenkende und Beschenkte."

Eine kleine Pause entstand, die niemand zu unterbrechen wagte. Dann fuhr Peter fort: „Ich denke, daß wir unsere Cäcilie hier irgendwo aufhängen, vielleicht gegenüber der Eingangstür, damit wir sie immer vor Augen haben und uns daran erinnern, was sie von uns erwartet und was wir ihrem Dienste schuldig sind. Laßt uns der mächtigen Göttin Musica zu Sieg und Ruhm verhelfen! In diesem Sinne also: Über uns Cäcilie ... Wir werden ihr die Treue halten, wenn wir uns selber treu bleiben wollen. Und dann wird auch sie uns gewogen sein."

Feierlich hob Peter sein Glas, die anderen taten es ihm nach. Katarin hatte sogar Tränen in den Augen. Schweigend stießen sie an, schweigend tranken sie aus. Und ihre jungen Herzen waren voll gläubiger Erwartung, voller Hoffnung und voller Träume, an diesem 1. Februar des Jahres 1939.

In dieser Nacht schlief Katarin in dem großen breiten Bauernbett aus Nordfriesland, den Kopf an Carstens Schulter, festgehalten und beschützt, denn noch war er bei ihr.

Hannes Carsten stammte aus einer Bauernfamilie. Doch er war ein Fremder geworden in dem alten Haus unter dem tiefgezogenen Dach. Die Eltern verstanden ihn nicht und billigten nicht, was er tat. Man hatte den Sohn studieren lassen, weil er gescheit war und den Hof doch nicht bekommen konnte. Nach dem Seminar war er Lehrer geworden, in dem gleichen Dorf, in dem er aufgewachsen war. Und eines Tages zog er fort aus diesem sorgsam bereiteten Leben, fort in eine ungewisse Zukunft. Künstler zu sein, Musiker, das erschien dem alten Bauern nicht erstrebenswert, das war in seinen Augen keine ordentliche Arbeit und kein ehrlicher Broterwerb. Auch seine Mutter war enttäuscht. Für sie hatte es viel bedeutet, daß der Sohn Lehrer geworden war, mit dem Pfarrer und dem Gutsbesitzer an einem Tisch saß und weit und breit in hohem Ansehen stand. Jetzt auf einmal war er wieder ein armer Student, der nichts verdiente. Kein Mensch konnte wissen, wozu das gut sein sollte. Die Leute im Dorf wußten auch nichts Rechtes mehr mit ihm anzufangen. Sie hatten ihn geschätzt, der aus ihrer Mitte gekommen und klug genug war, ihre Kinder zu lehren. Die Kinder hatten ihn geliebt. Man konnte mit ihm sprechen wie mit keinem sonst. Auch die Erwachsenen kamen manchmal und holten sich bei ihm Rat, so jung er auch war. Daß er am Sonntag in der Kirche die Orgel spielte, schöner als sie es je gehört hatten, ließ ihn nur noch in ihrer Achtung steigen. Doch es machte sie scheu, wenn er die Geige nahm und spielte, spielte auf nie geahnte Art, mit einem fernen, unverständlichen Ausdruck im Gesicht, mit Augen, die eine andere Welt zu sehen schienen, nicht nur ihre Dünen und die geduckten Häuser. Das Meer, vielleicht war es das, sie kannten ja das Meer, und so konnten sie ihn vielleicht doch ein wenig begreifen. Aber es war trotzdem nicht richtig, daß ein Schulmeister s o die Geige spielte. Und dann ging er fort und ließ alles hinter sich, das vertraute, sichere Leben, die Heimat, seine Frau.

Er hatte Lene schon als Kind gekannt, sie waren Spielgefährten, ihr gehörte der erste Kuß und der erste Traum. Noch ehe er fortging ins Seminar, war es eine abgemachte Sache, daß er sie heiraten werde. Als er Hilfslehrer in einer Kleinstadt wurde, verlobten sie sich, und sie heirateten, als er die Lehrstelle in seinem Dorf bekam.

Sie war ein hübsches blondes Mädchen, kräftig und gesund, mit fröhlichen blauen Augen. Er liebte sie mit seiner jungen unverdorbenen Männlichkeit, er meinte es gut mit ihr, aber sie langweilte sich bei ihm. Er ging nicht mit ihr tanzen, er scherzte nicht wie die anderen jungen Männer. Wenn er nicht in der Schule war, saß er am Klavier, das er sich mühsam zusammengespart hatte, oder er las Bücher und sprach von Dingen, die sie nicht verstand.

Es dauerte nicht lange, da betrog sie ihn. Sie hatte vor ihrer Ehe schon andere Männer geküßt, und immer wieder lockte sie das Spiel einer neuen Liebe. Der junge Fischer war wie sie, kräftig und froh, ein junger Bär. Carsten merkte lange nichts davon, bis seine Frau ein Kind erwartete, das nicht von ihm war. Sie fürchtete seinen Zorn. Aber er machte ihr keine Vorwürfe, doch die Enttäuschung in seinen Augen, sein hilfloses Nichtbegreifen war noch schwerer für sie zu ertragen.

Nachdem er sich von seiner Frau getrennt hatte, redete man im Dorf eine lange Weile darüber, man schüttelte den Kopf über ihn und begriff nicht, daß er sich die Frau so ohne weiteres hatte wegnehmen lassen. Deutlicher denn je wurde es, daß er anders war als die anderen im Dorf. Kein Bauer, kein Fischer, kein Seefahrer, trotz seines hellen Haares, seiner hellen Augen und seines kühnen Profils – er war ein Künstler mit einer weichen, verwundbaren Seele.

Nun gab er sich ganz der Musik hin. Schon früh hatte er beim Kantor Orgel und Geige spielen gelernt. Als zwölfjähriger Junge spielte er beim Gottesdienst. Während der Seminarzeit lernte er Klavierspielen, besuchte Theater und Konzerte. Das war eine neue Welt, die ihn verzauberte. Und die Sehnsucht nach dieser Welt, die nicht die seine war, ließ ihn nicht mehr zur Ruhe kommen. Er tat seine Pflicht und mehr als das, doch ständig hatte er das Gefühl, als versäume er darüber seine eigentliche Berufung. Es bedurfte eines äußeren Anstoßes, um den Weg in jene Welt zu finden, die ihm bestimmt war. Lenes Untreue gab diesen Anstoß.

Ja, und Josefine. Sie war der einzige Mensch, der ihn verstand und alles begriff, was er dachte und fühlte.

Was Carsten mit Josefine, der Frau des Gutsbesitzers verband, gehörte zu dem kostbarsten Besitz seines Lebens.

Möncken, der Gutsbesitzer, war ein bedeutender Mann in dieser Gegend. Er residierte auf seinem Gut wie ein Souverän. Die Fischer und Bauern sahen noch immer in ihm den Herrn, und das Verhältnis zwischen Gut und Dorf erinnerte an alte patriarchalische Zeiten. Was Möncken sagte, das geschah, denn er hatte immer recht. Ob es sich um die Landwirtschaft handelte, den Fischfang, die Seefahrt, er wußte Bescheid, groß und breit, mit gewaltigen Schritten kam er daher und gab mit dröhnender Stimme seine Befehle. Er bat nicht, er fragte nicht – er schrie, und man gehorchte ihm. Wenn er auf seinem Pferd am Strand entlangjagte oder im Sturm mit seinem Boot über die Wellen schoß, konnte jeder sehen, daß hier ein Herrscher sein Land regierte.

Dieser Sturmwind von Mann hatte eine Frau geheiratet, die gerade das Gegenteil von ihm war. Sie kam aus dem Süden, aus Meran, wo er sie auf einer Reise kennengelernt hatte, sie war zart und feingliedrig, mit dunklen Augen und dunklem Haar und dem sanften Gesicht einer Madonna. Alles, was sie sagte und tat, war voll Anmut, deren Zauber sich niemand entziehen konnte. Auch Möncken war es so gegangen.

Sie wurde mitgerissen. Seine stürmische Werbung überwältigte sie, keiner war da, der ihr die tiefe Kluft gezeigt hätte, die zwischen ihr und dem Mann aus dem Norden lag.

Sie gab sich rührende Mühe, sich in der neuen Heimat zurechtzufinden. Doch ihr fehlte der warmblaue Himmel, die Sonne, der weiche südliche Wind, ihr fehlten die Berge. Angstvoll irrten ihre Augen über die weite Ebene, und sie schauderte vor der großartigen Einsamkeit dieser Landschaft zurück. Sie vermißte die heiteren Menschen ihrer Heimat, Musik und Tanz und die Weinernte an den Hängen. Aber sie versuchte ausdauernd, sich in die Seele ihres Mannes hineinzufühlen, sie war ihm eine gewissenhafte Frau und den Leuten im Dorf eine freundliche, stets hilfsbereite Herrin.

Doch sie blieb immer eine Fremde. Vielleicht wäre es leichter gewesen, wenn sie Kinder gehabt hätte. Doch der Knabe, der nach einjähriger Ehe geboren wurde, kam tot zur Welt. Das machte sie noch einsamer.

Einen Freund hatte sie aber gefunden, Carsten. Sie musizierten zusammen. Sie war sehr musikalisch und hochbegabt. Carsten lernte von ihr, daß Musik auch leicht und zärtlich sein konnte, süß und heiter. Josefine lehrte ihn die leisen Töne. Waren Bach und Beethoven bisher seine Götter gewesen, so lernte er nun Mozart lieben, Schubert und Chopin. Unter Josefines Einfluß entstand seine erste Komposition, eine verträumte Violinromanze, die mehr von Josefines als von seinem Wesen widerspiegelte.

Möncken hatte nichts gegen die Freundschaft mit dem Schulmeister. Er war froh, daß seine Frau dadurch ein wenig Unterhaltung hatte. War er mal dabei, langweilte er sich tödlich. Manchmal, soweit er dessen fähig war, empfand er einen Anflug von schlechtem Gewissen dem jungen Mann gegenüber, denn Lene war vor ihrer Ehe kurze Zeit seine Geliebte gewesen, obwohl sie damals schon mit Carsten verlobt war. Übrigens war sie nicht die einzige gewesen. Möncken betrog seine Frau in aller Ruhe und Selbstverständlichkeit, ohne daß er ihr damit etwas Böses antun wollte und ohne sie deshalb weniger zu lieben. Josefine wußte es. Sie sprach nicht darüber. Sie litt nicht einmal darunter.

Carsten aber bedeutete ihr viel. Sie lehrte ihn mancherlei. Wie man plaudert und wie man sich in einem Salon bewegt und daß man einer Frau die Hand küssen konnte. Von Liebe war zwischen ihnen nie die Rede. Nur einmal, ganz zum Schluß, ehe er ging.

Josefine war es gewesen, die als erste aussprach, daß die Musik eigentlich seine Berufung sei. Manchmal, halb spielerisch malte sie ihm aus, was er auf diesem Gebiet leisten könnte.

Als Lene ihn verlassen hatte, gewann der Gedanke an dieses

andere Leben immer mehr Macht über ihn. Er überlegte lange, er mochte keinen leichtherzigen Entschluß fassen.

Dann eines Tages wußte er, daß er gehen würde.

Es war hoher Sommer. Er besuchte Josefine, sie musizierten zusammen. Sie spielten die Kreutzersonate, eines von ihren Lieblingsstücken. Zierlich und von durchsichtiger Blässe saß Josefine am Klavier und spielte in versunkenem Ernst.

Als das Stück zu Ende war, ließ Carsten den Bogen sinken. Eine Weile blieb es ruhig. Er schaute durch die geöffnete Terrassentür. Eine weite Wiesenfläche dehnte sich draußen, dahinter hoben sich die gelben Dünen. Und dann kam das Meer. Wie schön seine Heimat war und wie er sie liebte! Und doch würde er Abschied nehmen.

Er wandte sich Josefine zu und sagte: „Ich werde fortgehen."

Josefine wußte sofort, wovon er sprach. Sie wurde noch einen Schein blasser, sie senkte die Lider, damit er nicht den Schreck in ihren Augen sehen konnte. Wie leer würde ihr Leben ohne ihn sein.

Carsten inzwischen begann von seinen Plänen zu sprechen, lebhaft, entflammt, er war nicht mehr der verschlossene, ungelenke Schulmeister, er lebte schon in einer anderen Welt. Bis er bemerkte, daß sie nichts dazu sagte.

„Aber Sie sagen ja kein Wort!" rief er vorwurfsvoll. „Finden Sie es nicht richtig? Sie haben doch oft gesagt, ich soll es wagen."

Josefine blickte lächelnd zu ihm auf. „Ich finde es ja richtig. Es ist höchste Zeit, daß Sie gehen. Nur – ich fürchte mich ein wenig davor."

„Fürchten?"

„Ich werde dann wieder sehr einsam sein."

Es verschlug ihm die Rede. Er hatte zu ihr aufgeschaut, er hatte sie wie ein Wesen aus einer anderen Welt bewundert. Und jetzt auf einmal sagte sie, sie werde einsam sein, wenn er fortgehe. Wenn er nur aussprechen könnte, was sie für ihn bedeutet hatte all die Jahre. „Nur um Ihretwillen fällt mir der Abschied schwer", sagte er unbeholfen, „die Stunden mit Ihnen . . .", er brach ab, die Weichheit ihres Blickes verwirrte ihn.

„Ich werde Ihnen ewig dankbar sein, Frau Josefine."

Josefine stand auf und legte die Hand auf seinen Arm. „Mein lieber Freund, wenn hier jemand zu danken hat, dann bin ich es. Ohne Sie wäre mir das Leben hier schon lange unerträglich geworden. Ich werde Sie sehr vermissen."

Sie hob sich auf die Zehenspitzen und küßte ihn leicht auf die Lippen.

Das brachte ihn vollends aus der Fassung. „Josefine!" rief er und hielt sie fest.

„Nein, ach nein!" wehrte sie ab. Doch dann glitt sie in seine Umarmung und duldete, daß er sie küßte.

„Es war ein Abschiedskuß", flüsterte sie und löste sich aus seinen Armen.

„Dann bleibe ich hier!" rief er ungestüm.

Sie lachte. „O nein, Carsten, Ihre Arbeit geht jetzt vor! Und dann, so einfach wäre das ja auch nicht."

Sie begann, als wäre nichts geschehen, von seinen Zukunftsplänen zu sprechen. Carsten war zu ungewandt, er wagte nicht offen von seinem Gefühl für sie zu sprechen. Fürchtete auch, sich lächerlich zu machen. Was wußte er schon von ihr. Er ahnte nicht, was er ihr gewesen war und immer sein würde.

In den folgenden Jahren sahen sie sich immer nur kurz, wenn er einmal nach Hause kam. Doch seine Besuche wurden immer seltener, das neue Leben nahm ihn ganz in Besitz.

Als er in diesen Wochen zum Geburtstag seiner Mutter für zwei Tage nach Hause kam, besuchte er natürlich Josefine auch. Sie bemerkte sogleich, daß er verändert war, freier, gelöster. Er erzählte von der neuen Wohnung, von den Kollegen, erwähnte auch Katarin. Nicht, daß er gesagt hätte, daß er das Mädchen liebte. Aber sie erriet es auch so, sie merkte es ihm an.

Josefine, die schon seit Jahren kränkelte, fühlte sich in diesem Winter schlechter denn je. Ratlos stand der Landarzt an ihrem Krankenlager, waren es die Nerven, das Herz? Es schien, als wolle sie nie wieder aufstehen, so matt und apathisch lag sie in den Kissen. Der Doktor kam schließlich zu dem Ergebnis, daß die Lunge angegriffen sei und ein Aufenthalt im Süden das beste sei.

Als die Märzstürme über die Dünen tosten, reiste Josefine ab. Hanne, ein junges Mädchen, das seit einiger Zeit auf dem Gut diente und mit geradezu schwärmerischer Verehrung an Josefine hing, begleitete sie. Josefine wußte, daß das Mädchen eines der vielen unehelichen Kinder ihres Mannes war, doch es störte sie nicht.

Als sie über die Schwelle des Mönckenhofes schritt und den Wagen bestieg, der sie zur Bahn bringen sollte, wußte sie, daß es ein Abschied für immer war.

Natürlich hörte Professor Anger durch eine Mitschülerin Katarins von der gemeinsamen Wohnung. Er fragte Katarin danach, sie erzählte offenherzig. Er schüttelte zwar den Kopf, doch mußte er trotzdem lachen.

„Ihr macht es euch leicht", sagte er. „Aber ihr habt recht. Wer weiß, wie lange ihr euch noch eurer Jugend freuen könnt. A propos, weiß deine Familie von diesem Arrangement?"

„Nicht direkt", gestand Katarin.

„Hm, na ja."

„Eben", sagte Katarin trocken. „Sie wissen doch, wie die Leute in der Kleinstadt sind. Sie würden sich bestimmt darüber aufregen, und wenn es noch so harmlos ist."

„Nun, ganz so harmlos ist es wohl nicht", bemerkte Anger und beobachtete seine junge Schülerin genau.

Katarin errötete, sagte aber dann ehrlich: „Nein, das ist wahr. Aber es ist eine durchaus ernste Sache."

„Wenn es sich nicht um Carsten handelte, würde ich dir das nicht so ohne weiteres abkaufen. Aber in diesem Fall hast du vielleicht sogar recht. Und ich bin der Meinung, du hast gut gewählt."

„Ich auch", erwiderte Katarin strahlend.

„Ob allerdings auch er, das möchte ich nicht so ohne weiteres behaupten", fügte Anger hinzu, aber er schmunzelte dabei.

„Na, hören Sie, Herr Professor", rief Katarin empört, „finden Sie mich so mies?"

Er lachte laut. „Das nicht gerade. Aber du bist noch so ein Kindskopf. Und ein kleiner Teufel obendrein, möchte ich annehmen."

„Ich habe noch nie gehört, daß Männer das als Nachteil betrachten", behauptete Katarin kühn aus dem reichen Born ihrer Erfahrungen.

Zu Katarins erstem Vortragsabend plante man anschließend eine kleine Feier in der Bamberger Straße. Etwas zaghaft fragte sie den Professor, ob er ihr nicht die Freude machen wolle, auch zu kommen.

Und er kam wirklich, was Katarin mit großem Stolz erfüllte und sie gleichzeitig ein wenig nervös machte, denn schließlich war sie die Hausfrau. Doch es wurde ein sehr gelungener Abend. Peter hielt wieder eine großartige Rede und ließ am Schluß Katarin, die einen schönen Erfolg mit ihrem Konzert gehabt hatte, hochleben. Sie strahlte, stieß mit allen an und rief begeistert:

„Ach Kinder, ist das Leben nicht herrlich? Eigentlich kann doch gar nichts mehr schiefgehen, und alles kann immer bloß noch schöner werden. Wenn wir erst berühmt sind und viel Geld haben", sie lachte Carsten übermütig an, „na, und sonst verstehen wir uns auch ganz gut, das wird ein Leben sein."

„Langsam, Katarin, langsam", sagte Anger. „Alle Sterne vom Himmel kann man nicht haben. Auch du nicht. Sei froh, wenn du einen bekommst, und auch das ist noch nicht sicher."

Carsten hatte mit einem amüsierten Lächeln zugehört. Diesen Überschwang, der seinem Wesen so fremd war, kannte er nun schon an ihr, diese wilde Lebensfreude. Manchmal erschreckte es ihn ein wenig. Denn er sah daraus, wie verschieden sie im Grunde ihres Wesens waren und auch wie jung und töricht Katarin noch war, weit davon entfernt, den Ernst des Lebens zu begreifen. Doch es entzückte ihn auch wieder, es brachte ihn zum Lachen und machte ihn selber jung. Er würde schon auf sie aufpassen und ihr helfen, erwachsen zu werden. Schließlich war er noch immer ein guter Pädagoge, und sie merkte es gar nicht, wie er sie leitete und an ihrem Charakter formte.

„Sie ist ein kleiner Vulkan", sagte Anger lächelnd zu Carsten. „Solange sie in der gewünschten Richtung sprüht, mag es gut gehen. Und wenn sie dieses Temperament gemäßigt ihrer Musik zugute kommen läßt – gemäßigt!" – wiederholte er mit Nachdruck, „mag das Ergebnis nicht übel sein. Aber ich glaube, man muß ein wenig auf sie achtgeben."

„Ich weiß", erwiderte Carsten. „Und ich tue es."

Während die jungen Leute tanzten und plauderten, gerieten der Professor und Carsten unversehens in ein ernsthaftes Gespräch.

„Es wird ein böses Ende nehmen", sagte Anger. „Es muß ein böses Ende nehmen. Und es wird gar nicht mehr lange dauern."

„Das glaube ich auch", stimmte Carsten zu. „Ich frage mich manchmal, ob es nicht überhaupt sinnlos ist, in solch einer Zeit Künstler zu werden, also in einem Geiste zu leben, dem bald jede Lebensberechtigung abgesprochen wird."

„Schließlich ist es gleich, was Sie tun", meinte Anger, „es sei denn, Sie hätten von Ihrem Vater eine gutgehende Rüstungsfabrik geerbt und könnten an der Konjunktur dieses Jahrhunderts teilnehmen. Freilich, es kann nicht mehr lange dauern, und wir alle, Sie und ich und unseresgleichen, werden neben den Ereignissen stehen und vergeblich festzuhalten suchen, was schon verloren ist. Aber was können wir tun? Wir leben ja heute schon in einer isolierten Welt, auch wenn man den Künstlern scheinbar viel Ehre, Anerkennung und Erleichterung zukommen läßt. Die meisten von uns nehmen sie an, manche gewissenlos, manche, ohne sich etwas dabei zu denken, und manche von Zweifeln geplagt. Aber das Unbehagen verläßt uns nicht. Aus einem Künstler werden Sie niemals einen fanatischen Parteigänger machen können. Umgang mit dem Geistigen erzieht zu Toleranz. Außerdem empfindet ein Künstler immer international. Er findet seine sogenannten Volksgenossen auf der geistigen Ebene, die horizontal durch alle Länder geht. Von diesen

Hanswürsten, die heute Kunst mit Politik und Nationalismus verbinden, spreche ich nicht. Sie sind in meinen Augen unnütze Zwitterwesen, diese Kulturbringer, sie sind nur schädlich für die wirkliche Kunst."

„Aber hier liegt auch die Verwundbarkeit des wirklichen Künstlers", sagte Carsten, „er wird sehr leicht d e r Politik, die ihm direkt an die Haut geht, zu tolerant gegenüberstehen, viel zu tolerant, weil ihm nichts wichtiger erscheint als seine Arbeit, sein Erfolg."

„Daraus ergibt sich die Frage, ob man auf sein Lebenswerk verzichten soll, auf Arbeit und Erfolg und auf alles, was dem Leben des Künstlers Sinn gibt, nur weil der äußere Rahmen nicht gefällt."

„Strenggenommen, ja", sagte Carsten. „Doch würde das bedeuten, daß heute das gesamte geistige Menschentum aus Deutschland auswandern müßte."

„Sofern man das könnte", warf Anger ein.

„Das kommt dazu. Doch wenn man ernsthaft will, geht es wohl. Aber was dann? Was wird aus Deutschland? Soll man denen das Feld kampflos überlassen? Meinen Sie nicht, daß da für uns eine gewisse Verantwortung liegt?"

„Gewiß. Doch um dieser Verantwortung nachzukommen, müssen Sie einen Kompromiß schließen. Sie müssen Ihre Kunst, notfalls Ihre Menschenwürde mehr oder weniger prostituieren. Und damit können Sie Ihrer Verantwortung nicht gerecht werden. Das ist ein Teufelskreis. Wenn Sie heute als Künstler in Deutschland arbeiten, müssen Sie, wenigstens nach außen hin, die gegebenen Verhältnisse dulden. Wenn Sie protestieren wollen, müssen Sie das Land verlassen. Ergo: es gibt keine ideale Lösung. Jeder muß für sich entscheiden, was er tun will. Schuldig macht er sich in jedem Fall."

Sie sprachen nicht wie Lehrer und Schüler. Anger anerkannte in dem Jüngeren die gleichberechtigte Persönlichkeit. Sie sprachen auch nicht mit deutlichen Worten aus, was sie meinten, doch jeder verstand die Andeutungen des anderen. Es war eines der Gespräche, die jetzt überall unter Gleichgesinnten geführt wurden.

Später setzte sich Peter ans Klavier und phantasierte in schmissigen Synkopen. Anger lachte, als Carsten den Freund entschuldigen wollte.

„Lassen Sie ihn doch, er spielt großartig. Cäcilie hat viele Kinder", womit er auf das Bild der Schutzheiligen anspielte, das man ihm gezeigt und das er gebührend bewundert hatte.

Natürlich erfuhren sie in Karlsburg doch von der Wohngemeinschaft. Das war, als Schwager Otto im Sommer nach Berlin kam.

Katarin dachte kaum mehr an Karlsburg. Ihre Heimat war Carsten geworden, das Leben mit ihm. Und die Arbeit natürlich, die sie voll ausfüllte.

Carsten gründete eine Kammermusikgruppe, lauter begabte junge Leute, die zum Teil schon mit ihm im vergangenen Jahr auf Tournee gewesen waren. Im April machten sie eine vierwöchige Konzertreise durch Italien, die ihnen großen Erfolg brachte.

Katarin war ein wenig gekränkt, daß er sie nicht mitnahm. So eine Reise hätte ihr Spaß gemacht. Doch Carsten überhörte alle Andeutungen in dieser Richtung, schließlich erklärte er in aller Ruhe, daß man sich das noch nicht leisten könne. Er müsse erst abwarten, wie sich die Sache entwickle.

Während seiner Abwesenheit wurde sie einmal zu einer kleinen Abendgesellschaft zu Lennings, den Eltern ihres Schülers, eingeladen. Frau Lenning hatte sie gebeten, ein oder zwei Stücke für ihre Gäste zu spielen, und Katarin sagte gerne zu.

Übrigens war das kleine Intermezzo mit Herrn Lenning auf das beste aus der Welt geschafft worden. Damals hatte Katarin ein unbehagliches Gefühl gehabt, sie hatte sich geschämt und wäre am liebsten nicht mehr hingegangen.

Herr Lenning hatte bei ihrer nächsten Begegnung mit keinem Wort und keinem Blick auf das Vorgefallene angespielt. Aber Katarin ließ es keine Ruhe. Als sie ihm einmal allein begegnete, sagte sie:

„Ich glaube, ich muß mich bei Ihnen entschuldigen. Ich habe mich neulich unmöglich benommen."

Er unterbrach sie höflich: „Im Gegenteil, Fräulein Brugge, wenn sich jemand entschuldigen muß, dann ich. Es war sehr ungehörig von mir, Ihre trübe Stimmung auszunutzen. Aber ich rechne mit Ihrer Großmut. Frauen können ja meist verzeihen, wenn es ihre Reize sind, die einen Mann zu Torheiten verleiten, nicht wahr?"

Später wurde die Sache nie mehr erwähnt. Herr Lenning benahm sich stets korrekt.

Bei dieser Abendgesellschaft nun, die sich aus lauter wohlhabenden und teils sogar bekannten Leuten zusammensetzte, hatte Katarin mit ihrem Vortrag viel Erfolg. Einer der Gäste, ein großer, gutaussehender Mann, bedachte sie besonders mit seiner Aufmerksamkeit. Wie Katarin erfuhr, war er ein ziemlich prominenter Mann im Außenministerium. Das hinderte sie aber nicht daran, ein wenig mit ihm zu flirten.

Er brachte sie dann sogar in seinem prächtigen Horch nach Hause und bat um ein Wiedersehen. Das lag nun durchaus nicht in ihrer Absicht. So gebrauchte sie einfach die Ausrede, sie werde am nächsten Tag nach Hause fahren, da sie Ferien habe. Wenige Tage darauf hatte sie den großen Mann vergessen und ahnte nicht, daß sie ihm eines Tages wiederbegegnen würde.

Im Juni verwirklichte Peter seinen alten Wunsch nach einem Segelboot. Er hatte in letzter Zeit durch Schallplattenaufnahmen gut verdient und kaufte eine mittelgroße, gutgetakelte Jolle. Zu viert machten sie die erste Probefahrt. Peter, der am Bodensee zu Hause war, und natürlich Carsten, der vom Meer kam, waren beide perfekte Segler. Pitt hatte keine Ahnung, wie man ein Segel handhaben mußte, zeigte auch nicht den geringsten Ehrgeiz, es zu lernen, sondern lag faul auf Deck und sonnte sich. Katarin dagegen beobachtete aufmerksam alle Handgriffe und verkündete, sie wolle es auch lernen.

Das Wasser hatte schon angenehme Temperatur, sie schwammen weit hinaus. Mittags aßen sie auf dem Restaurationsschiff, das ein Stück vom Ufer entfernt vor Anker lag. Es gab Schnitzel mit frischem Spargel, und Peter spendierte zur Feier des Tages zwei Flaschen Wein.

Katarin blickte verträumt über die blauschimmernde Wasserfläche. Weiße Segel zogen vorüber. Drüben ragte der Kaiser-Wilhelm-Turm aus dem Wald. Schön war es hier! Sie war glücklich. Wunschlos glücklich. So wie jetzt, so könnte es immer bleiben.

An diesem Morgen hatte sie einen Brief von ihrer Mutter bekommen. Sie schrieb, daß Friedchen und Franz nun heiraten würden. Eigentlich habe man die Hochzeit im Mai feiern wollen, aber da Katarin ja unbedingt dabeisein müsse, habe man das Fest auf Juli verschoben. Wenn Katarin das Reisegeld nicht habe, würden Mutter und Otto zusammenlegen, damit sie zu den Ferien nach Hause kommen könne.

Katarin seufzte. Der Gedanke, zweieinhalb Monate in Karlsburg zu verbringen, war schrecklich. Zur Hochzeit mußte sie auf jeden Fall hinfahren, man würde ihr das sonst übelnehmen. Aber länger als 14 Tage würde sie nicht bleiben. Überhaupt jetzt, da sie das Boot hatten. Und Carsten hatte versprochen, mit ihr an die See zu fahren.

Mit schlechtem Gewissen dachte sie an Theo Niemann. Ihm hatte sie zu verdanken, daß sie wieder in Berlin war. Aber seine beiden letzten Briefe hatte sie gar nicht beantwortet. Das war wirklich nicht nett von ihr.

„He, Katarin, schläfst du?" Peter, der sie etwas gefragt hatte, gab ihr einen Schubs.

„Ja?" fragte Katarin abwesend.

„Hat man so was schon gesehen? Das Mädchen träumt mit offenen Augen. Wovon denn, wenn ich fragen darf?"

„Ich dachte gerade an zu Hause."

„Heimweh?" fragte Carsten.

„O nein! Wenn ich jemals im Leben Heimweh haben werde, dann nach einem Tag wie heute. Und nach dir."

Zwei Wochen später kam Otto nach Berlin. Es war am Tag, bevor das erste Berliner Auftreten von Carstens Kammermusikgruppe stattfinden sollte. Diesmal war Katarin beteiligt. Man hatte ein Quintett von Schumann und das Forellenquintett auf dem Programm, und Carsten hatte ihr den Klavierpart übertragen. Das erfüllte sie mit großem Stolz. Denn trotz Freundschaft und Liebe, Carsten hätte es nie getan, wenn er nicht von ihrem Können überzeugt wäre.

Am Tag zuvor also kam Otto. Im Glanze seiner SA-Uniform stand er vor der Tür, als Katarin öffnete. Sie faßte sich schnell, begrüßte ihn liebenswürdig und führte ihn in ihr Zimmer, bot Zigaretten und Wermut an.

Er erzählte voll Stolz, daß am Wochenende ein Gruppentreffen der SA in Berlin stattfinde, Katarin würde wohl davon gehört haben, und er sei als Vertreter Karlsburgs dazu entsandt worden. Katarin hatte natürlich keine Ahnung, was da stattfand, doch sie hütete sich, Ottos stolze SA-Manns-Gefühle zu verletzen, zumal er weitschweifig erklärte, er sei extra früher gekommen, um ihr Konzert zu besuchen, von dem sie geschrieben habe. Katarin zeigte sich darüber sehr geschmeichelt.

Währenddessen kam Peter nach Hause. Katarin hörte ihn herumwirtschaften, erst in seinem Zimmer, dann in der Küche. Offensichtlich hatte er Hunger und suchte etwas zu essen. Dann spielte er ein wildes Stück Jazzmusik, schließlich geschah, was sie befürchtet hatte, er klopfte an ihre Tür.

Peter gab es einen förmlichen Ruck, als er den SA-Mann bei Katarin sitzen sah. Sie machte die Herren bekannt, Peter, schnell gefaßt, begrüßte den Besucher in seiner gewohnten weltmännischen Art, doch ganz mit den Allüren eines Hausherrn. Otto war steif und ungelenk und musterte voller Mißtrauen den hübschen jungen Mann, der so ungeniert in Katarins Zimmer kam, sich auf ihre Sessellehne setzte und sich selbst einen Wermut eingoß. Otto fand, dies sei recht ungehörig. Er konnte ja nicht ahnen, daß es Peters Wermut war, der auf dem Tisch stand.

„Katarin, mein Engel", sagte Peter schließlich, „hast du heute noch nicht eingekauft? Es ist keine Butter mehr da. Soll ich welche holen?"

Katarin nickte beklommen und versuchte gleichzeitig, Peter warnende Blicke zuzuwerfen, was schwierig war, da Otto sie nicht aus den Augen ließ. Doch Peter schien auch so zu merken, daß die Situation heikel war, und erhob sich.

„Na, dann geh' ich wieder. Hans läßt dir sagen, er muß noch nach Potsdam fahren wegen des Orgelkonzertes nächsten Sonntag. Es wird spät werden, bis er heimkommt. Du sollst zeitig schlafen gehen, damit du morgen gut in Form bist."

„Wird gemacht", erwiderte Katarin.

Als Peter fort war, fragte sie Otto nach zu Hause, nach den Kindern und ließ sich alles erzählen. Schließlich aber kam die Frage, die sie befürchtet hatte.

„Wer war eigentlich der junge Mann, der vorhin hier war?"

„Och, ein Kollege, er wohnt auch hier."

„So. Und wer ist dieser Hans?"

Katarin bezähmte ihren aufsteigenden Zorn. „Der Leiter von dem Kammerstudio, mit dem ich morgen spiele."

„So. Aha." Dann kam Otto ein grandioser Einfall. „Soll ich nicht besser deine Wirtin begrüßen? Es macht sich doch sicher ganz gut, wenn sich mal jemand von der Familie sehen läßt."

„Das geht leider nicht", sagte Katarin rasch, „sie ist zur Zeit verreist."

„Verreist. So." Otto überlegte eine Weile, wobei er das Gesicht in würdige Falten legte. „Verreist! Und da bist du mit diesem jungen Mann allein in der Wohnung?"

„N..n..ein, nicht direkt allein. Es wohnen noch andere hier."

„Aha."

Eilig brachte Katarin das Gespräch auf ein anderes Gleis.

„Morgen kommst du also ins Konzert, ich lasse dir an der Kasse eine Karte zurücklegen. Und was machst du tagsüber?"

Oh, da hatte Otto allerhand vor. Er werde die Reichshauptstadt besichtigen, genau zählte er auf, was alles auf seinem Programm stand. Katarin staunte. Das meiste davon kannte sie kaum dem Namen nach.

Etwas anderes lag ihr noch am Herzen, sie wußte nur nicht, wie sie es ihm beibringen sollte. „Hör mal, Otto", begann sie mit ihrem bezauberndsten Lächeln und dem unschuldigsten Blick, „was ich noch sagen wollte... eh... weißt du... die Sache ist, ist... hast du, ich meine, hast du außer der Uniform noch einen Zivilanzug mitgebracht?"

Befremdet blickte Otto sie an und kniff die Lippen gefährlich zusammen. „Wieso?"

„Nun, ich meine nur ... Hast du einen mit?"

„Ja. Warum fragst du?"

„Oh, ich ... ich wollte dir nur den Rat geben, wenn du morgen ins Konzert kommst, dann ziehe lieber nicht die Uniform an."

„Na, erlaube mal ..."

Katarin unterbrach seine aufwallende Empörung und sagte hastig: „Weißt du, hier in Berlin ist das nicht üblich, verstehst du, man sieht hier selten diese ... diese, eh, Uniformen. Und abends schon gar nicht."

„Na, das finde ich reichlich merkwürdig. Du wirst mir doch nicht einreden wollen, daß hier in der Reichshauptstadt ... das ist ja ein starkes Stück."

„Glaub mir, ich kenne mich doch hier aus. Die Berliner sind nicht so. Sie haben für den ganzen Kram ... eh, ich meine für so was, nicht viel übrig. Sie meinen es nicht böse, sie sind nun mal so. Berlin ist eine Weltstadt, weißt du." Unsicher sah sie ihn an. Möglicherweise hatte sie es nun wieder mal mit ihm verdorben. Aber sie konnte nicht riskieren, daß er morgen in dieser Uniform ins Konzert kam, wo ihre Freunde alle da waren. Die jungen Leute mit ihrem losen Mundwerk würden ihn bestimmt auf den Arm nehmen. Die Folgen waren nicht auszudenken.

Der Abschied fiel etwas kühl aus. Jedoch am nächsten Abend kam Otto in einem dunklen Anzug ins Konzert. Katarin bat Peter, sich ein wenig um ihn zu kümmern, und sorgte dafür, daß ihre Plätze nebeneinander lagen. Peter schwor zwar, dafür greuliche Rache zu nehmen, doch er löste mit Gewandtheit und gewohnter Liebenswürdigkeit die schwere Aufgabe. Und er hütete sich, wie Katarin ihm eingeschärft hatte, die Wohnungsfrage zu berühren.

Als das Konzert zu Ende war, brachte er Otto mit ins Künstlerzimmer, in dem sich viele Freunde und Bekannte drängten. Katarin stand mit glühenden Wangen, einen Blumenstrauß an die Brust gepreßt, neben Carsten und genoß den Erfolg. Sie trug ein Abendkleid, das erste ihres Lebens, ein Geschenk Carstens. Die Wahl von Farbe, Form und Stoff hatte ihr tagelang Kopfzerbrechen bereitet. Carsten empfahl, ein möglichst neutrales Kleid zu wählen, geeignet für Konzerte und auch im Winter zu tragen. Also gab Katarin alle Georgette- und Organdyträume auf und entschied sich für lavendelblaue Seide. Der Rock war weit, das Mieder eng, das Dekolleté bescheiden. Doch sie sah reizend aus.

Otto war ein wenig befangen. Schon zuvor, als er Katarin auf dem Podium gesehen hatte, anmutig und sicher, und dann als ohne Fehler und ohne Nervosität das zarte Filigrangeflecht dieser bestrickenden Musik unter ihren Händen entstand, einer Musik, die ihm so fremd war, als sei sie bisher nur auf dem Mond erklungen, hatte ihm die kleine Schwägerin, das schwarze Schaf der Familie, imponiert. Nun stand sie hier im Mittelpunkt, und alle lobten sie.

Peter ging gleich auf sie zu, umarmte sie und gab ihr einen Kuß. „Gut hast du es gemacht, Kat, ganz famos. Bist eben ein tüchtiges Mädchen. Und bezaubernd schaust du aus, was, Hans?"

Carsten nickte lächelnd. Otto blickte unsicher von einem zum anderen.

„Also los, Kinder", rief Katarin, „ich habe einen Riesenhunger. Wir fahren zu uns. Essen ist reichlich da. Zum Trinken habt ihr hoffentlich alle was mitgebracht."

Es wurde ein rauschendes Fest. In allen vier Zimmern der Bamberger Straße machte sich die Gesellschaft breit. Die Mitglieder des Kammerstudios, Kollegen von der Hochschule und dazu noch die neuen Freunde von der Schauspielschule. Der neue Zuwachs war Peter zu verdanken. Die hübschen Mädchen der Schauspielschule hatten ihn schon lange interessiert. Eines Tages brachte er eine reizende Blondine zum Kaffee mit. Bald kamen die anderen auch, und es entwickelte sich ein reger Verkehr zwischen der zweiten und der vierten Etage.

Otto saß etwas fremd und verloren zwischen den vergnügten jungen Leuten. Er wunderte sich, daß sie die ganze Wohnung benutzen durften. Da sah man es, kaum war die Wirtin verreist, nutzten die Untermieter es aus. Kopfschüttelnd sagte er das zu einer jungen Schönen, die sich tanzmüde eine Weile neben ihn gesetzt hatte.

„Aber die Wohnung gehört ihnen doch", sagte das Mädchen erstaunt. „Wissen Sie das nicht? Das ist ja gerade die Wolke. Eine Wirtin gibt es hier nicht."

„Wieso?" staunte Otto verblüfft.

Bereitwillig bekam er Aufklärung. Danach saß er stumm vor Staunen. So etwas! Diese Katarin! Das war doch unerhört! Lebte zusammen mit drei Männern in einer Wohnung. Was würde Katarins Mutter dazu sagen! Was würde man ins Karlsburg davon denken! Genaugenommen war es ein Skandal.

Katarin, die ihn zeitweise ganz vergessen hatte, sah ihn brütend sitzen und ahnte Unheil. Er mußte beschäftigt werden. Sie zog die kecke blonde Ulla beiseite, die eben mit Peter herumalberte, und beschwor sie, sich um Otto zu kümmern.

„Bei dir piept es wohl?" fragte Ulla empört. „Was soll ich denn mit dem doofen Provinzonkel anfangen?"

„Ulla, er ist mein Schwager. Und er kann mich sowieso nicht leiden. Er wird zu Hause unbeschreibliche Dinge erzählen. Du mußt ihn bezirzen, du mußt dafür sorgen, daß er trinkt und nicht so genau aufpaßt."

„Na, weißt du ..."

„Ulla, nur du kannst das. Kein Mann kann dir widerstehen, wenn du willst. Du bist doch Schauspielerin. Stell dir vor, es sei eine Rolle. Du kannst eine Menge dabei lernen."

„Na schön, dir zuliebe! Hab' ich wenigstens freie Hand beim Alkoholkonsum?"

„Klar, Mensch. Jede Menge."

„Na, denn wolln wir mal."

Gleich darauf saß sie neben Otto und überwand dessen anfängliche Steifheit in kürzester Frist. Sie tanzte mit ihm, brachte immer neu gefüllte Gläser, flirtete, zwitscherte und lachte, daß er kaum zur Besinnung kam. Katarin bemerkte bald, daß Otto für diesen Abend ungefährlich war. Er selbst wich nun Ulla nicht mehr von der Seite, er hatte rote Backen und ein begehrliches Funkeln in den Augen. Katarin mußte lachen, als sie an ihre Schwester dachte. Wenn Lenchen das wüßte!

In einer Couchecke, vor sich ein Glas Wein, saß stillvergnügt Carsten und sah dem bunten Treiben geruhsam zu.

Viola, eine der Schauspielschülerinnen kam zu ihm und schmiegte sich neben ihn auf die Couch. „Das ist wieder mal ein Trubel heute", sagte sie und zog die Füße herauf, „mir wird es langsam zuviel."

„Dann bleiben Sie bei mir", erwiderte Carsten.

„Sie sind wie ich, nicht? Sie machen sich auch nicht viel aus dem wilden Treiben. Ich freue mich, wenn alle lustig sind, aber ich kann nicht so recht mittun."

Sie war ein schlankes, verträumtes Mädchen mit weichem, hellbraunem Haar und großen samtgrauen Augen. Sie drängte sich nie in den Vordergrund, sprach wenig und setzte sich nicht in Szene, wie es die anderen gerne taten.

„Wenn ich Sie so betrachte, kommt es mir vor, als wenn Sie uns alle nicht ganz ernst nehmen", plauderte Viola weiter. „Wahrscheinlich amüsieren Sie sich im stillen über uns. Wie ein Vater, der sich über seine unartigen Kinder amüsiert."

Carsten lachte erheitert, denn so ganz unrecht hatte sie nicht mit dem, was sie sagte.

„Wie vergnügt Ihr Freund Peter ist", sagte Viola, „sehen Sie nur. Unsere Ulla hat es ihm angetan."

Ihr Blick hing an Peter, der am Klavier saß und rhythmisch in die Tasten hieb. Eine schwarze Locke hing ihm keck in die Stirn und jedesmal, wenn Ulla mit Otto vorbeitanzte, versuchte er sie zu erhaschen.

„Sie passen ganz gut zusammen, die beiden, nicht?" meinte Viola. „Sie sind beide so vergnügt und machen sich nicht viel Sorgen."

Carsten warf seiner Nachbarin einen prüfenden Blick zu. Sie betrachtete Peter ein wenig melancholisch. Sollte Peter, der Tropf, hier Sympathien übersehen, die ihm unverdienterweise entgegengebracht wurden? Das sah ihm kaum ähnlich.

„Spielt er eigentlich auch andere Musik?" fragte Viola nach einer Weile.

„Wer?" fragte Carsten scheinheilig zurück.

„Na, Peter."

„Ach so. Natürlich. In der Hochschule kann er schließlich nicht mit Jazz kommen. Er ist ein hervorragender Liszt-Spieler."

„Ja. Das könnte ich mir vorstellen."

Sie bemerkte Carstens Blick und errötete. Verwirrt strich sie das lange seidige Haar zurück. „Geben Sie mir noch etwas zu trinken", murmelte sie, „und hören Sie nicht auf das, was ich rede. Ist ja alles Unsinn."

Er lachte. „Sie nannten mich doch eben den Vater von euch ausgelassener Gesellschaft. Da muß ich mich doch um das Wohl meiner Kinder kümmern."

„Ach, denen ist sehr wohl, das sehen Sie ja."

„Und Ihnen?"

„Ich? Ach, ich bin manchmal ein bißchen dumm." Über den Rand ihres Glases blickte sie ihn unbekümmert an. „Aber Väter sind ja schweigsam, nicht wahr?"

„Durchaus", versicherte er.

Katarin kam mit ihrem Tänzer herangewirbelt. „Was macht ihr denn hier so trübsinnig in der Ecke? Habt ihr euch dem stillen Suff ergeben?"

„Wir sind auf dem besten Wege dazu", antwortete Viola. „Da vergißt man seine Sorgen."

„Sorgen? Wer hat hier Sorgen? Was ist los?"

„Viola hat ihren melancholischen Tag", sagte Katarins Tänzer, ein Kollege Violas, „den hat sie manchmal, da kann man nichts machen."

„Na, dann tanz gleich mal mit ihr", bestimmte Katarin, „ich muß sowieso etwas Wichtiges mit Hans besprechen."

„Was hast du mir denn so Wichtiges zu sagen?" fragte Carsten, als sie allein waren.

„Ich will dir mitteilen, daß ich eifersüchtig bin. Was hast du für ein tête-à-tête mit der sanftäugigen Viola? Was will sie von dir?"

„Gar nichts. Ein bißchen ausruhen."

„Ihr habt euch aber sehr intensiv unterhalten."

„Daß du das überhaupt gemerkt hast in dem Trubel."

„Ich sehe alles, was du tust, mein Lieber. Besonders wenn ein Mädchen dir schöne Augen macht."

„Leider galt es gar nicht mir."

„So? Wem denn?"

„Das mußt du schon selber 'rausfinden, du Schlaukopf."

„Gib mir einen Kuß."

„Was? Hier vor allen Leuten?"

„Es schaut ja keiner her. Warst du heute zufrieden mit mir? Hab' ich gut gespielt?"

„Ja, du hast deine Sache gut gemacht."

„Du, ich freu' mich, wenn wir verreisen."

„Ich auch."

„Da!" rief Katarin. „Schau mal Pitt an. Jetzt hat er sich wieder mal verliebt."

Es war Charlott, die kühle, elegante Salondame der Schauspielschule, die Pitt schon lange interessierte. Heute hatte er augenscheinlich Erfolg bei der jungen Dame.

Otto kam nicht mehr vorbei, um Abschied zu nehmen. Vermutlich war es ihm peinlich, denn nachträglich mochte ihm eingefallen sein, daß er sich für einen braven Karlsburger Familienvater doch etwas ungewöhnlich aufgeführt hatte. Doch bis er nach Hause kam, besiegte seine moralische Entrüstung über Katarin die eigenen Gewissensbisse. Einige Tage später erhielt Katarin einen Brief voller Vorwürfe von ihrer Mutter. Es habe sie entsetzt, zu hören, wie Katarin in Berlin lebe, gemeinsam mit drei Männern in einer Wohnung, daß sie Nächte hindurch Gelage feiere, bei denen viel getrunken würde.

Kein Wort von dem gelungenen Konzert oder über die immerhin beachtliche Tatsache, daß Katarin aus eigenen Kräften Studium und Lebensunterhalt bestritt.

Erbittert zeigte sie Carsten den Brief. „Das ist der reine Negativismus", sagte sie erbost. „So sind sie alle daheim, wenn es mich betrifft. Kein Verständnis, keine Toleranz. Die können mir den

Buckel herunterrutschen mit ihrer Hochzeit, ich fahre überhaupt nicht hin."

Im Anschluß daran kamen sie auf ihre Zukunft zu sprechen. Carsten schlug vor, man werde am besten heiraten, sobald er sein Studium beendet und eine geeignete Anstellung gefunden habe. Katarin machte große Augen. „Meinst du?" fragte sie ein wenig eingeschüchtert. „Heiraten ist so bürgerlich, so spießig. Kannst du dir vorstellen, daß ich eine gute Ehefrau abgebe?"

Er lachte. „Offen gestanden kann ich es mir nicht recht vorstellen. Aber wir können es ja mal versuchen. Möchtest du denn nicht bei mir bleiben?"

„O ja!" rief Katarin ungestüm. „Immer."

„Na also, dann können wir doch auch heiraten. Ob wir spießig sein werden, das liegt doch nur an uns."

„Ich werde bestimmt nicht spießig sein", versprach sie. „Ich werde mich bemühen, eine möglichst aufregende Ehefrau zu werden."

„Daran zweifele ich nicht. Dazu wirst du dir nicht viel Mühe zu geben brauchen. Und weißt du, gar zu aufregend möchte ich dich ja nun auch nicht. Denk doch an meine armen Nerven."

„Ach, Hanno!" rief Katarin und schloß beide Arme fest um seinen Hals. „Ich liebe dich ganz schrecklich."

Carsten drückte sie fest an sich. Im stillen hegte er jedoch den Verdacht, daß sie eigentlich noch gar nicht genau wisse, was Liebe eigentlich bedeute. Aber er war sicher, daß sie es lernen werde.

Katarin erhielt einen Brief von Theo Niemann. Er schrieb, daß er einige Tage in Berlin zu tun habe. Wenn sie wolle, könne sie mit ihm nach Karlsburg fahren, damit sie rechtzeitig zu Friedchens Hochzeit eintreffe.

Carsten runzelte die Stirn, Katarin lachte ihn aus, doch im Grunde schmeichelte ihr seine Eifersucht.

Carsten plante für die Ferien zunächst eine Tournee mit seinem Studio, dann wollte er vierzehn Tage mit Katarin an die Ostsee fahren. Und für September war eine Tournee mit dem Kammerstudio nach Dänemark vorgesehen. Erstmals wollte auch Katarin mitfahren.

Doch je weiter der Sommer vorschritt, um so mehr häuften sich die Kriegsgerüchte. Überall sprachen die Leute vom Krieg, angstvoll und bang. Jeden Tag standen Meldungen aus Polen in der Zeitung, alle Welt sprach von Danzig und vom Polnischen Korridor.

Im Haus in der Bamberger Straße wurde nun auch ein Luftschutzkeller eingerichtet, gelegentlich fanden Übungen statt. Einige Male war sogar die ganze Stadt verdunkelt. Die Berliner machten ihre Witze darüber, doch dahinter lauerte die Angst.

Dann kam Theo. Etwas befangen erschien er in der Bamberger Straße. In Karlsburg kursierten die tollsten Gerüchte über Katarins unerhörten Lebenswandel in Berlin. Doch Theo fand nichts als vier begabte junge Leute, die fleißig arbeiteten und dabei recht vergnügt waren. Natürlich blieb ihm die enge Bindung zwischen Katarin und Carsten nicht verborgen. Er bemühte sich, in guter Haltung das Unvermeidliche hinzunehmen. Er begriff, daß Katarin in einer anderen Welt Fuß gefaßt hatte und für ihn verloren war.

Katarin zeigte ihm Berlin, sie gingen ins Theater und besuchten zusammen die Freischütz-Aufführung in der Hochschule, die zu Semesterschluß stattfand und von Carsten dirigiert wurde. Pitt sang den Max.

Am nächsten Tage nahm Katarin von Carsten Abschied. „Es ist ja nicht für lange", tröstete sie sich selbst, „und ich freu' mich so sehr auf das, was kommt."

„Worauf denn, mein Mädchen?" Er legte den Arm um ihre Schultern.

„Nun, zuerst auf unsere Reise an die See. Und dann auf die Dänemark-Tournee. Dann auf das neue Semester und unsere Arbeit. Und immer wieder auf dich. Eigentlich freue ich mich auf das ganze Leben. Es wird immer schöner, findest du nicht auch?"

Darauf gab Carsten keine Antwort. Katarin konnte nicht begreifen, warum er so ernst und sorgenvoll dreinschaute.


Friedchens Hochzeit wurde mit allem Drum und Dran gefeiert. So richtig spießig, fand Katarin. Aber diesmal behielt sie ihre Meinung für sich. Beinahe mehr als die Braut stand die Berlinerin im Mittelpunkt des Interesses.

Friedchen würde mit ihrem Mann vorläufig bei der Mutter wohnen bleiben. Das war gut so, fand Katarin, so blieb die Mutter nicht allein. Zunächst einmal unternahm das Paar eine Hochzeitsreise ins Gebirge.

Auch in Karlsburg sprach man gelegentlich vom Krieg. Doch alle Gefahr schien hier viel weiter entfernt. Die Leute in der kleinen Stadt waren im großen und ganzen mit ihrem Führer zufrieden, kein Mensch äußerte hier Bedenken, wie sie in Berlin täglich diskutiert wurden. Otto hielt bei jeder passenden und unpassenden Gelegenheit einen politischen Vortrag und nahm un getrübt von jeder Sachkenntnis zu Deutschlands innen- und außenpolitischer Situation Stellung. Kam er auf die Kriegsdrohung zu sprechen, drückte er das Kinn in den Kragen, streckte die Brust heraus und erklärte, daß das ganze Volk selbstverständlich geschlossen hinter dem Führer stehe, wenn es zu kriegerischen Verwicklungen kommen sollte. Es wäre an der Zeit, daß man den Polen, dieser Saubande, auf die Finger klopfe. Die anderen Völker würden sich schon hüten, Deutschland deswegen anzugreifen, schließlich habe man die besten Waffen und die besten Soldaten der Welt.

Katarin schluckte um des lieben Friedens willen jeden Widerspruch hinunter. Es fiel ihr nicht leicht.

Die Mutter verstand nicht, warum Katarin schon nach vierzehn Tagen nach Berlin wollte. Sie war beleidigt. Katarin konnte ihr schwer erklären, daß Karlsburg keine Erholung für sie war und daß sie das Leben hier nur nervös mache. Übrigens wies sie alle Gespräche über ihre Lebensweise in Berlin ziemlich schroff zurück.

Theo Niemann traf sie nur einmal im Café. Man erzählte sich im Städtchen, er interessiere sich neuerdings für die Tochter vom Textilkaufhaus. Katarin kannte sie, eine Karlsburger Schönheit mit blonden Locken und einem dämlichen Schafsgesicht. Am Tage vor ihrer Abreise traf sie Theo noch einmal. Sie gingen am Fluß spazieren. Katarin war mit ihren Gedanken bereits in Berlin. Theo seufzte einige Male. Schließlich sagte er: „Es ist zu schade, daß du wieder weg mußt. Ich möchte wissen, warum ich dich so gern hab'!"

„Theolein, sei froh, daß nichts daraus geworden ist", tröstete sie ihn. „Mit mir ist gar nicht so leicht umzugehen. Und ich tue meist das Gegenteil von dem, was man von mir erwartet."

„Ist Herr Carsten auch der Meinung?"

„Das ist etwas anderes. Wir verstehen uns. Und außerdem liebe ich ihn."

„Na eben", seufzte Theo, „das ist es ja."

Der Abschied war kurz und etwas kühl. Theo verlobte sich bald darauf mit der Textiltochter. Mutter schrieb: „Wie leicht könntest du an ihrer Stelle sein. Jetzt ist es zu spät."

In Berlin geriet Katarin in heiße Julitage hinein. Die Stadt brodelte von Unruhe, jeder sprach vom Krieg. Katarin mochte nichts davon hören. Die Leute schienen einfach hysterisch zu sein.

Sie lebte ganz allein in der Wohnung. Pitt war mit Charlott verreist. Peter verbrachte die Ferien bei seinen Eltern am Bodensee.

Viola kam öfter zu Besuch, denn Katarin hatte sich in letzter

Zeit gut mit ihr angefreundet. Die junge Schauspielerin lag am liebsten zusammengeringelt auf der Couch, ließ sich vorspielen, gab ein verständnisvolles und dankbares Publikum ab, und manchmal sang sie mit dunkler leiser Stimme kleine Lieder, was Katarin entzückte. Das Mädchen war von einem ganz eigenen spröden Reiz, den man erst entdeckte, wenn man sie näher kannte.

Oft sprachen sie auch über sich selbst, über Männer und über Liebe.

„Ich beneide dich um deinen Hannes", sagte Viola einmal. „Er ist ein seltenes Exemplar. Ein Künstler mit Geist und Phantasie und trotzdem ein zuverlässiger, anständiger Mensch mit einem starken Charakter. Ist er deine erste Liebe?"

„Ja."

„Dann bist du doppelt und dreifach zu beneiden. Sei ihm treu, Katarin, du wirst solch einem Mann schwerlich noch einmal begegnen."

Viola hatte schon eine böse Erfahrung hinter sich, was Katarin aus einigen Andeutungen erfuhr. Sie war blutjung gewesen, als sie einen reizvollen Mann kennenlernte, einen Maler, in den sie sich mit der Naivität ihrer jungen Jahre verliebte. Sie war elternlos aufgewachsen, und nach einer freudlosen Jugend knüpfte sie alle Hoffnungen und Träume ihres Lebens an diesen Mann. Sie war bitter enttäuscht worden. Betrogen und verraten nach kurzer Zeit.

„Ich hätte mir damals am liebsten das Leben genommen", gestand Viola, „wirklich. Heute bin ich natürlich froh, daß ich es nicht getan habe. Man vergißt so vieles. All das, was einmal wichtig und bedeutend war, wird immer kleiner."

„Na, ich weiß nicht", meinte Katarin, „wenn ich mir vorstelle, daß ich Carsten verliere – ich glaube, ich könnte es nie verwinden."

„Das denkt man immer. Vielleicht wirst du auch noch mal die Erfahrung machen, daß alles vorübergeht, auch der größte Schmerz. Freilich", Viola legte versonnen den Kopf zurück, „vielleicht gibt es wirklich die große Liebe, die ein ganzes Leben lang dauert. Ich weiß es nicht, wenn ich auch manchmal davon träume." Und sie dachte an Peter, zu dem sie sich hingezogen fühlte.

Viola hatte übrigens eine Menge Bekannte. Einmal nahm sie Katarin zu einem Atelierfest mit, das bei einem Maler stattfand. Dieses Fest war ausgelassener und in gewisser Weise gefährlicher als die Feste, die Katarin in der Bamberger Straße erlebt hatte. Sie amüsierte sich zwar gut, fand auch einen Kavalier, der sich lebhaft für sie interessierte. Sie lachte, war übermütig und trank vielleicht ein wenig zuviel. In vorgerückter Stunde ließ sie sich küssen und erwiderte die Küsse bereitwillig. Viola sorgte dann recht energisch dafür, daß sie das Fest verließen.

Am nächsten Tage machte sie Katarin Vorwürfe.

„Mein Gott", erwiderte Katarin, „was bedeutet das schon, ein paar Küsse! Sei doch nicht komisch."

„In den Augen eines Mannes wie Carsten bedeutet ein Kuß sehr viel. Katarin, du wärst unbeschreiblich dumm, wenn du seine Liebe irgendwie aufs Spiel setztest. Er ist kein Mann, den man betrügt. Nicht einmal in Gedanken solltest du es tun."

Katarin hatte ihren kindischen Tag. „Schließlich ist er nicht der einzige Mann auf der Welt. Oder?" fragte sie herausfordernd.

Viola tippte sich an die Stirn. „Du hast einen Knall, mein Kind. Meinst du vielleicht, die Quantität der Erlebnisse macht eine Frau interessant? Auf die Qualität kommt es an. Und der Besitz eines Mannes wie Carsten ist zu kostbar, um damit zu spielen."

Eines Abends kam Peter zurück. Violas Anwesenheit schien ihn zu freuen. Innerhalb weniger Tage kamen sich die beiden sehr nahe. Tagsüber waren sie oft zu dritt mit Peters Boot draußen auf dem See.

Eines Abends saßen sie zusammen. Katarin spielte auf dem Klavier, dann sang Viola ein paar Lieder. Peter hörte es zum erstenmal. Er lauschte wie gebannt und ließ sie nicht aus den Augen. Die wilden Rhythmen seiner Musik gefielen ihm plötzlich nicht mehr. Er würde andere Sachen schreiben, Lieder für Viola, dunkel und verträumt.

„Ich werde uns was zu trinken holen", unterbrach Katarin das Schweigen, das nach Violas Liedern entstanden war. Die beiden blieben allein. Keiner sagte ein Wort. Schließlich lachte Peter verlegen: „Viola, du hast mich verzaubert. Ich kenne mich selbst nicht mehr."

Viola lachte leise.

„Und du lachst mich aus. Wie alle Frauen es in solchen Fällen tun."

„Ich lache dich nicht aus", sagte Viola leise.

Als Katarin wieder ins Zimmer kam, fand sie die beiden in einer zärtlichen Umarmung. „Da kann man wohl gratulieren", sagte sie trocken.

„Warten wir ab", meinte Viola mit einem kleinen Seufzer.

Im August fuhren Katarin und Carsten auf die Insel Rügen. Carsten fühlte sich zwar durch die politische Lage recht bedrückt. Aber Katarin wollte davon nichts hören, sie hatte sich ein weißes

Leinenkleid und einen neuen Badeanzug angeschafft, und die bevorstehende Reise schien ihr wichtiger als alle Politik der Welt.

Beide genossen das harmonische Zusammensein aus vollem Herzen. Katarin war brav, sie flirtete nicht auf der Strandpromenade, obwohl mancher Blick ihrer schlanken, braungebrannten und biegsamen Gestalt folgte. Sie badeten, faulenzten, bauten Sandburgen und waren glücklich.

Und doch...

Auch hier sprach man vom Krieg. Je weiter der August vorrückte, um so unbehaglicher schien die politische Situation zu werden. Keiner wollte eigentlich daran glauben. Warum auch? Es war doch alles gut und schön, die wirtschaftlichen Verhältnisse wurden täglich besser, es gab keine Arbeitslosen mehr, keine Sorge um das tägliche Brot. Schließlich hatte Hitler doch gesagt, er wolle nur den Aufbau und ungeahnten Wohlstand für sein geliebtes deutsches Volk. Und hatte er das nicht geschafft? Es konnte sich mancher, der früher nicht daran dachte, heute Reisen und Ferien an der See und im Gebirge leisten. Auf weißen großen Dampfern fuhr man zu fernen südlichen Inseln. War das nichts? War das kein Fortschritt? Das hatte alles der Führer geschafft. Jawohl.

Das sagte jedenfalls der Geschäftsmann aus Magdeburg, der mit Frau und zwei Kindern in der gleichen Pension wohnte wie Katarin und Carsten. Er hielt lange Vorträge über Hitlers große Taten und über dessen zukünftige Pläne, die er ganz genau zu kennen glaubte. „Ich bin erst jetzt in die Partei gegangen", verkündete er jedem, „wissen Sie, ich bin nicht der Mann, der sich jeder neuen Sache gleich an den Hals wirft. Ich muß erst sehen, was damit los ist. Doch mit Hitlers Regime muß man zufrieden sein."

Er war durch die Arisierung billig zu einem Geschäft gekommen, es ging glänzend. Die Leute hatten Geld, sie kauften.

„Warum kaufen die Leute? Weil sie verdienen, weil sie Arbeit haben. Sehen Sie, diese Arbeitsbeschaffung ist das Wichtigste, auch wenn es zuerst auf Staatskosten geht."

Und er hatte gar nichts dagegen, daß es auf manchen Gebieten gewisse Einschränkungen gab. Schlagsahne war nicht so wichtig, seine Frau würde davon sowieso zu dick. Es sei ja auch nur vorübergehend. In einigen Jahren würde Deutschland stabil sein, wirtschaftlich gesund, man könne es dann mit jedem Lande der Welt aufnehmen. Mehr noch, man würde sie alle übertrumpfen. „Sehen Sie, der Deutsche ist fleißig, ist tüchtig, er arbeitet besser als die anderen, er hat mehr Unternehmungsgeist und mehr Ideen. Nicht umsonst haben sie alle Angst vor uns und sehen es ungern, daß wir den Ideen unseres Führers folgen. Wissen Sie, warum? Weil wir ihnen zu tüchtig sind. Das ist es. Wir stecken sie alle in die Tasche, wenn wir wollen, und deshalb fürchten sie uns."

Katarin und Carsten hörten sich diese Reden an und dachten sich ihr Teil. Man konnte nicht viel dazu sagen. Solche Leute wie der dicke, gemütliche Kaufmann aus Magdeburg waren keine bösen Menschen, sie waren nur vernagelt, man tat besser daran, schweigend zuzuhören, wenn man schon einem Gespräch nicht ausweichen konnte.

In einem Punkt allerdings konnte sich Katarin nicht beherrschen. Sie fragte, ob es ihn nicht bedrücke, sein Geschäft erworben zu haben, indem er anderen Menschen die Existenz vernichtete.

„Wieso ich?" fragte der Mann verdutzt. „Sie mußten fort, sie waren ja Juden."

„Nun ja", meinte Katarin, „das schon, aber können sie etwas dafür? Sie haben doch sicher nichts Böses getan."

„Es waren Juden", beharrte er, „und Juden haben einfach in Deuschland nichts verloren."

„Ach", sagte Katarin unschuldig, „die Leute waren wohl noch nicht lange in Magdeburg?"

„O ja, schon seit Generationen! Das Geschäft war immer in der gleichen Familie, aber..."

„Aber dann sind es doch Deutsche..."

„Nein, es sind Juden. Sehen Sie, liebes Kind, Sie sind noch zu jung, Sie verstehen das nicht richtig. Natürlich sind die Juden teilweise schon lange hier und haben sich in Deutschland festgesetzt. Das ist ja gerade das Unglück. Und das muß aufhören. Alles war bei uns verjudet, die Industrie, die Wirtchaft, das Theater und überhaupt das ganze Kulturleben. Und überall sitzen sie vornedran. Und haben Geld verdient wie Heu, denn das verstehen sie, das muß man ihnen lassen. Unser Geld, mein liebes Kind."

„Wieso unser Geld? Wenn sie es doch verdient haben?"

„Wir", der Magdeburger schlug heftig an seine gutgepolsterte Brust, „wir hätten das verdienen müssen."

Katarin lachte. „Da hat Sie doch keiner daran gehindert. Wenn die Juden halt tüchtiger sind..."

„Tüchtiger? Skrupelloser! Die gehen über Leichen, wenn es sich um ihren Geldsack handelt."

„Na, was das betrifft... Darüber dürfen gerade wir uns zur Zeit nicht aufregen. Die Art und Weise, wie heute Geld und Geschäfte erworben werden, vielen Dank. Das sind keine sehr humanen Methoden."

„Sie wissen nicht, wie es früher war. Sie sind noch zu jung und kennen nur die geordneten, gesunden Verhältnisse, wie wir sie jetzt haben. Seien Sie froh darum. Habe ich nicht recht?" fragte er zu Carsten gewendet.

Carsten warf ihm einen kurzen Blick zu. Doch er brachte es nicht fertig, zu antworten. Er begann von etwas anderem zu sprechen.

Katarin beschäftigte sich noch länger mit diesem Problem. Bisher hatte sie sich über die Judenfrage kein Kopfzerbrechen gemacht. Zu Hause, in Karlsburg, gab es nur ganz wenige. Und zeitentsprechend hatte sie auch in Berlin keine Gelegenheit gehabt, Juden kennenzulernen. Sie wußte wohl, daß manche Künstler nicht mehr auftreten durften, daß gewisse Musik- oder Theaterstücke nicht mehr aufgeführt wurden. Insofern hatte der Magdeburger recht, sie war in dieser Zeit aufgewachsen und hatte über all das nicht nachgedacht. Nun tat sie es doch.

Es geschah Unrecht, soviel stand fest. Es war doch mehr als naiv, zu glauben, alle Juden seien Betrüger. Gute und böse Menschen gab es überall, in jeder Rasse und in jedem Volk. Man mußte schon sehr dumm oder schlecht sein, um den Nazis in dieser Beziehung widerspruchslos zu folgen. So dumm, wie dieser Magdeburger Kaufmann, der mit ihnen am Tisch saß. Nun, so dumm war der gar nicht, immerhin war er auf diese Weise zu einer ansehnlichen Existenz gekommen.

Eine Erinnerung kam ihr in den Sinn. Zu Herrn Jong war manchmal ein alter Herr gekommen, schmal, gebeugt, mit einem gütigen Gelehrtengesicht. Er spielte Cello und musizierte zuweilen mit Herrn Jong. Ein- oder zweimal hatte auch Katarin mit ihm gespielt. Der alte Herr war sehr nett zu ihr und lobte sie für ihr Spiel. Als sie zu Hause davon erzählte, hatte sich Otto wortreich empört. Es sei unerhört, daß Katarin mit einem so gefährlichen Menschen zusammentreffe. Und unverantwortlich von Herrn Jong, als Lehrer mit diesem Mann zu verkehren, der auch einer von diesen jüdischen Kurpfuschern sei, die sich an die deutschen Frauen heranmachten. Katarins Vater möge gefälligst die weiteren Stunden bei Herrn Jong verbieten. Katarins Vater hatte den Schwiegersohn mit einem kurzen Blick angesehen und gesagt: „Nein, dazu sehe ich keinen Anlaß. Und wenn sie mit einem alten Herrn musiziert, der einmal ein bekannter Arzt war und über den ich stets nur Gutes gehört habe, so habe ich nichts dagegen einzuwenden." Otto wollte sich noch weiter darüber auslassen, aber der Vater sagte abschließend: „Du kannst tun, was du willst, Otto. In meinem Hause will ich von diesem Unsinn und Unrecht nichts hören."

Katarin war stolz auf ihren Vater, als sie an dieses Gespräch dachte, und sie erzählte es Carsten.

„Es ist seltsam", sagte sie, „ich weiß so wenig von meinem Vater. Ich bin ihm nie richtig nahegekommen. Wenn man jung ist, kann man so dumm und gedankenlos sein. Heute tut es mir leid, daß ich nicht mehr mit ihm über all das sprechen kann. Ich glaube, mein Vater war ein feiner Kerl."

Am nächsten Morgen lasen sie in der Zeitung von dem Bündnis mit Rußland. Das war eine Überraschung! Nazideutschland schloß mit Sowjetrußland, seinem bisher schlimmsten Gegner, einen Nichtangriffspakt. Jeder gesinnungstreue Nazi, der bisher im Sinne seines Führers auf Rußland und die Kommunisten geschimpft hatte, war sprachlos. Kaum glaublich, daß der Führer so schnell seine Meinung ändern konnte. Aber konnte er, dann konnten sie auch. Schon während des Mittagessens pries der Magdeburger den klugen politischen Schachzug Hitlers, der damit den Engländern und Franzosen allen Wind aus den Segeln nehme. Und die Polen erst! Die werden dumme Gesichter machen, haha!

Katarin freute sich in aller Naivität über das Bündnis. Es schien ihr eine Sicherung des Friedens zu bedeuten. „Ich finde es prima, daß wir jetzt mit Rußland verbündet sind", sagte sie zu Carsten. „Vor den Russen hatte ich immer Angst. Das Land ist so groß und unheimlich. Und der Bolschewismus, ich weiß nicht. Viel kann ich mir nicht darunter vorstellen. Aber die Unseren tun ja immer so, als sei es etwas Furchtbares. Ich denke mir manchmal, daß es im Grunde auch nicht viel anders ist als bei uns. Jedenfalls kann uns jetzt von der Seite nichts mehr passieren."

„So? Meinst du?"

„Bündnis ist Bündnis", belehrte ihn Katarin. „Lies doch mal die Zeitung. Und der Stalin sieht doch gar nicht so übel aus, er lacht sogar. Und wie gesagt, so verschieden sind die beiden Systeme sicher nicht. Vielleicht können sie sich verständigen. Dann gibt es bestimmt keinen Krieg. England und Frankreich, die wollen keinen Krieg, das sind doch moderne und kultivierte Völker. Denk doch mal dran, wie sie damals großartig waren, bei der Sache mit Sudetenland. Was haben sie sich schon alles von Hitler gefallen lassen!"

„Eben. Einmal werden sie genug haben."

„Es k a n n gar keinen Krieg geben! So etwas gibt es heute nicht mehr."

„Ich wollte, du hättest recht. Aber ich fürchte, du täuschst dich", erwiderte Carsten sorgenvoll.

„Laß uns jetzt nicht mehr davon reden. Gehn wir lieber zum Schwimmen, ja?"

Sie schwammen ein Stück ins Meer hinaus, lagen dann faul im Sand, wie alle anderen Leute auch. Und abends gingen sie ins Kurhaus zum Tanzen, wie alle anderen auch. Man war fröhlich und laut. Ein wenig zu fröhlich, ein wenig zu laut. Im Grunde hatten alle Menschen sorgenvolle Gesichter. Sie hatten Angst. Und sie sprachen vom Krieg, vom Krieg, vom Krieg ...

In den letzten Augusttagen kamen sie nach Berlin zurück. Und dann begann der Krieg wirklich. Obwohl man an ihn gedacht, von ihm gesprochen hatte, kam er nun doch ganz überraschend. Keiner wollte daran glauben, daß es ernst sei, daß dieses bißchen Menschenglück aufhören sollte, keine warmen Sommernächte mehr an der Havel, kein Kurfürstendammbummel, keine Musik, keine Liebe mehr, keine Freude, nur Haß, Angst, Tränen und Tod.

Katarin war fassungslos. Sie verlor vollkommen die Beherrschung. Sie krallte sich an Carstens Arm fest, das Gesicht starr vor Entsetzen. „Nein", flüsterte sie, „nein, ich will nicht, ich will nicht." Und plötzlich schrie sie laut und wild: „Ich will nicht!" Dann weinte sie verzweifelt. Carsten wußte nicht, wie er sie beruhigen sollte.

„Alles wird zu Ende sein", stammelte sie von Schluchzen geschüttelt, „das ganze Leben. Es wird überhaupt nichts Schönes mehr geben. Ich will es nicht. Ich will fort von hier. Dieser Schuft, dieser Wahnsinnige ist schuld daran, dieser Verbrecher. Er ist unser Unglück, ihr habt es ja schon immer gesagt. Ich will fort, ich bleibe nicht hier."

Mit weitaufgerissenen Augen starrte sie Carsten plötzlich an, das Gesicht tränenüberströmt: „Und du? Du, Hanno? Was wird mit dir? Was werden sie mit dir machen?"

Und als er schwieg: „Hanno! Sag, was geschieht mit dir?"

„Katarin", er legte den Arm um sie und zog sie an sich, doch er konnte sie nicht trösten, denn er hatte selbst das Herz voll Verzweiflung und hilfloser Empörung

Sie schüttelte seinen Arm heftig ab. „Sag mir sofort, was mit dir geschehen wird, ich muß es wissen."

„Ich weiß es nicht. Aber ich werde wohl fort müssen. Ich bin Reserveoffizier, noch von meiner Lehrerzeit her."

„Ich dulde es nicht", rief sie heftig, „ich dulde es nicht!" Sie beschimpfte Hitler und das Regime in hemmungslosen Ausdrücken. Begann dann Pläne zu schmieden, was man machen müsse, um Deutschland zu verlassen. Sie verlangte von Carsten, er solle fliehen.

„Sei vernünftig", bat er, „du weißt, es geht nicht."

„Warum nicht? Willst du dich für diesen Verbrecher totschießen lassen, für diesen Irrsinnigen? Du verachtest ihn, du bist dagegen, ich weiß es doch, ihr seid alle dagegen. Oh, warum habt ihr es soweit kommen lassen, warum habt ihr immer bloß geredet und geschimpft. Und jetzt wollt ihr euch auch noch totschießen lassen. Sollen doch die gehen, die immer so begeistert waren, mein Schwager Otto zum Beispiel, der den Mund immer voll genommen hat. Soll er gehen. Gleich. Sofort. Aber du doch nicht. Du nicht."

Im Zorn und Schmerz war sie ebenso unbändig wie sonst in der Freude. Carsten vermochte nicht, sie zu beruhigen, den Krampf von Haß und Wut zu lösen, der sie schüttelte.

Peter stand am Fenster während der ganzen Szene. Viola lehnte mit totenblassem Gesicht an der Wand. Sie sagte kein Wort. Doch sie fühlte nicht anders als Katarin.

Endlich war Katarin erschöpft. Sie kauerte auf der Couch, blaß, verweint, um Jahre älter aussehend. Peter brachte ihr einen Kognak, Viola zündete ihr eine Zigarette an.

Dann saßen sie alle vier trübsinnig zusammen, sie sprachen nicht, sie sahen keinen Ausweg.

Pitt kam mit Charlott dazu. Peter versuchte es dann mit einer optimistischen Äußerung: „Vielleicht wird es gar nicht so schlimm. Bei unserem Bündnis mit Rußland werden es vielleicht England und Frankreich nicht wagen, mit uns anzubinden. Polen kann ja nicht lange dauern. Vielleicht ist in einem halben Jahr alles vorbei."

Das war das Stichwort für Pitt, der die schwarze Stimmung noch schwärzer machte. „Jetzt fehlt nur noch der berühmte Ausspruch ‚Weihnachten werden wir wieder zu Hause sein' ", sagte er hohnvoll. „Komisch, daß die Menschen nicht klüger werden. Zwanzig Jahre später sind sie noch genauso dämlich. Ihr habt eine Ahnung, was uns noch bevorsteht. In drei, vier Jahren werden wir immer noch Krieg haben, unsere Städte sinken in Trümmer, die halbe Menschheit fällt den Gasbomben zum Opfer und Essen ... Ha! Wir werden rohe Kartoffeln essen, wenn wir die überhaupt noch kriegen."

Pitts Unkerei ging ihnen allen auf die Nerven.

Katarin starrte ihn entsetzt an. „Drei, vier Jahre!" stieß sie entgeistert hervor. „Nein, das kann nicht sein, das darf nicht sein. Da ist ja unsere ganze Jugend hin."

Carsten, der einen neuen Verzweiflungsausbruch befürchtete, legte den Arm um ihre Schultern und sagte: „Warten wir erstmal ab. Ob kurz oder lang. Diesen Krieg kann nur überstehen, wer gute Nerven hat. Wir wollen unsere nicht gleich am ersten Tag ruinieren."

In Wahrheit war auch er der Verzweiflung nahe. Als geistigem Menschen erschien ihm jeder Militarismus widerwärtig. Und er war ein fühlender Mensch, ein sensibler Künstler und haßte alles Laute, Brutale, alles Gemeine und Sinnlose. Sein Leben gehörte der Kunst, und seine Kunst gehörte allen Menschen. Er war auf der Welt, um die Menschen zu beglücken und zu beschenken, und nun sollte er sie töten. Außerdem fand er es widersinnig, für die Macht und Herrschaft der Nazis zu kämpfen. Er wünschte in einem Land zu leben, in dem Freiheit, Vernunft und Toleranz herrschten, und gerade das vermißte er im heutigen Deutschland. Mußte er sein Vaterland wirklich verteidigen? Er versuchte diese pathetischen Worte abzuwägen. Nein, sie waren nicht echt, sie stimmten nicht. Das Vaterland war gar nicht bedroht, jedenfalls nicht von außen. Alle Gefahr steckte innen, der tödliche Feind stand nicht jenseits der Grenzen, er beherrschte sie. Und mit dieser Erkenntnis sollte er Soldat werden? Sollte einen Krieg führen, unschuldige Menschen töten, um dann in einem siegreichen Nazideutschland zu leben? Nein, und tausendmal nein!

Übrigens glaubte er an keinen Sieg. Je länger er nachdachte, desto unbehaglicher fühlte er sich. Es war Wahnsinn, was geschah. Und nicht er allein würde so empfinden, mehr als die Hälfte aller Menschen in Deutschland dachte dasselbe. Vielleicht waren es viel mehr, als man annahm.

Wie nicht anders zu erwarten, mußte Carsten kurz darauf einrücken. Katarin, die tage- und nächtelang verzweiflungsvoll geweint hatte, konnte nun nicht mehr weinen. Sie zitterte nur, als Carsten sie zum letztenmal umarmte, ihre Lippen waren kalt und trocken, wie verdorrt unter dem lähmenden Entsetzen, das sie beherrschte.

Carstens Herz war schwer. Wie vergnügt und jung war sie noch vor zwei Wochen im Urlaub gewesen, wie kindlich und strahlend in ihrer Lebensfreude. Wie schwer war es, sie zu verlassen, ihre Jugend schutzlos dem kommenden Unheil auszuliefern. Er hatte sie nie so heftig geliebt wie jetzt im Augenblick des Abschieds.

„Gib acht auf dich", sagte Katarin, „ich flehe dich an, sei nicht tapfer. Sei nie und niemals tapfer oder mutig. Ich pfeife auf Kriegsruhm oder Auszeichnungen. Das ist der Krieg der Nazis, der geht uns nichts an. Die sollen tapfer sein und kämpfen."

Carsten versuchte zu lachen, doch sie blieb todernst, ihre Worte waren kein Scherz.

„Kind, es ist Krieg", sagte er. „Ich bin kein Privatmann mehr. Ich kann solchen Gefühlen nicht nachgeben."

„Zum Teufel mit dem ganzen Offizierskram!" rief sie heftig. „Mir imponiert das noch lange nicht. Du bist Künstler, sonst nichts. Du lebst für die Musik. Und für mich. Das hat mit Krieg nicht das geringste zu tun."

Trotzdem mußte er gehen. Katarin blieb mit ihrer Verzweiflung allein. Noch erschien ihr alles wie ein Traum und das Wort Krieg wie ein unwirkliches Wort aus Büchern.

Zunächst ging das Leben weiter, als sei nichts geschehen. Die Sonne schien in diesen strahlenden himmelblauen Septembertagen besonders warm, die Kinos machten Reklame, die Lokale waren gut besucht, die Berliner bummelten über den Kurfürstendamm wie eh und je. Eigentlich unvorstellbar, daß die Tatsache des Krieges keine größeren Veränderungen des Lebens mit sich brachte. Es herrschte keine Begeisterung unter den Menschen, aber auch kein übermäßiges Entsetzen. Eine gewisse Gleichgültigkeit breitete sich aus, ein Schulterzucken der Resignation. Das mußte ja so kommen.

Noch in der ersten Septemberwoche gab es den ersten Luftalarm mitten in der Nacht. Die Menschen, aus dem Schlaf gerissen, standen verwirrt und erschrocken. Katarin, Peter, Pitt und Viola, die über Nacht geblieben war, liefen in der dunklen Wohnung hin und her und wußten nicht, ob sie in den Keller gehen sollten oder nicht. Die Nacht war still und sternenklar. Peter öffnete die Balkontür, sie gingen hinaus und lauschten. Hoheitsvoll und fern wölbte sich der Sternenhimmel über der geängstigten Stadt.

Es klingelte. Es war Herr Kalunke, der Hausmeister, der sie aufforderte, in den Keller zu kommen. Die vier meinten, sie würden schon kommen, wenn es gefährlich würde. Dann sei es zu spät, belehrte sie Herr Kalunke.

Die Entwarnung kam bald, ohne daß das geringste geschehen war. Erleichtert krochen sie wieder in die Betten.

Am nächsten Nachmittag machten Katarin und Viola einen Stadtbummel. Es war nicht anders als sonst. Die Straßen voller Menschen, die Vorgärten am Kurfürstendamm dicht besetzt. Sie bekamen bei Kranzler einen vorzüglichen Eisbecher, dessen Qualität keineswegs an den Krieg erinnerte. In der Handtasche trug Katarin allerdings schon die Lebensmittelkarten.

Als sie nach Hause kamen, saßen Pitt und Charlott am Kaffeetisch und stritten sich. Pitt machte ein finsteres Gesicht, Charlott puderte gelangweilt ihre Nase und erklärte dann, sie habe noch eine Verabredung und müsse jetzt gehen.

Als sie fort war, verkündete Pitt, sie sei eine dumme Gans.

„Mir nichts Neues", meinte Katarin, „aber wieso bist du auf einmal darauf gekommen?"

„Sie hat nicht mehr Hirn als ein Huhn", sagte er ärgerlich. „Und von ihrem Charakter wollen wir gar nicht reden."

Pitts Liebe zu Charlott war bisher recht eifrig gewesen, obwohl es ihm nicht entging, daß seine Freunde wenig mit ihr anzufangen wußten.

„Sie hat da einen Bekannten", erzählte Pitt erbost, „irgend so einen jungen Nichtstuer. Bisher machte sie sich nichts aus ihm. Jetzt findet sie seinen Umgang wünschenswert, da er seit einigen Tagen Leutnantsuniform trägt. Stellt euch vor, sie sagt, man könne doch heutzutage eigentlich nur noch mit einem Offizier befreundet sein. Zivilisten seien uninteressant. Habt ihr so was Dummes schon mal gehört?"

„Gott", sagte Katarin, „es paßt zu ihr, wie? Mich überrascht es nicht. Aber du warst ja immer so begeistert mit deiner Charlott."

„Begeistert ist übertrieben", gestand Pitt, „über ihren Geisteszustand bin ich mir schon lange im klaren. Sie war halt in anderer Beziehung ganz attraktiv. Na, Schwamm drüber. Mir ist es Wurscht. Im Augenblick ist viel wichtiger, wie verhindere ich es, Soldat zu werden. Ich habe zum Heldentode gar keine Neigung."

Pitts Gefühle waren verständlich. Seine Stimme, die hochempfindliche Tenorstimme, würde zweifellos unter jeder Art des Soldatendienstes leiden. Und die Stimme war sein Leben.

Nach drei Wochen war der Polenfeldzug siegreich beendet. Die Menschen atmeten auf. Wahrhaftig, es wurde nicht so schlimm, wie man gedacht hatte. Die Polen geschlagen, das deutsche Land befreit, was für ein Grund sollte noch bestehen, den Krieg fortzuführen.

Die Hochschule begann ihr Wintersemester, als sei nichts geschehen. Carsten kam im November wieder. Er hatte bis auf weiteres Studienurlaub. Das Leben ging weiter wie vorher, nur daß am Abend die Straßen dunkel waren, daß man schwarze Rollos vor die Fenster zog und daß man auf Marken einkaufen mußte.

Doch das war weiter kein Problem, denn es gab ausreichend, was man zum Leben brauchte.

Katarins Mutter schrieb, die Tochter solle nun sofort nach Hause kommen, in Berlin sei es zu gefährlich. Katarin schrieb zurück, in Berlin sei es wie immer. Es bestehe kein Grund, sich in Karlsburg zu verkriechen. Außerdem erfuhr sie, daß Franz, Elfriedes junger Ehemann, eingezogen war, während Otto auf Grund einer neuen bedeutenden Stellung bei der Karlsburger Parteileitung in der Heimat geblieben sei und ziemlich angebe. Dies schrieb die Mutter wörtlich. Katarin wunderte sich. Anscheinend kam ihr der prachtvolle Schwiegersohn nicht mehr so unvergleichlich vor. Die Niemannsche Fabrik habe Kriegsaufträge, beschäftige jetzt doppelt soviel Arbeiter und verdiene nicht schlecht. Theo würde wohl im nächsten Frühjahr heiraten. Eingezogen sei er bis jetzt noch nicht.

Katarin lächelte. Das würde ihm lieb sein.

Friedchen sei traurig, schrieb die Mutter weiter, daß Franz fort sei. Glücklicherweise befinde er sich aber in einer Garnison in Mecklenburg, an keinem gefährlichen Ort also. Vielleicht könne Katarin ihn mal besuchen. Im übrigen erwarte Friedchen demnächst ein Kind.

Katarin verzog den Mund. Die kleine Schwester hatte es eilig. Kaum verheiratet und schon ein Kind. Und das mitten im Krieg. Das nennt sich Gottvertrauen.

Am Weihnachtsabend erinnerten sich Carsten und Katarin gegenseitig daran, daß sie nun schon ein Jahr einander verbunden waren, ein Jahr der Liebe und des Glücks. Carsten sprach die Hoffnung aus, daß noch viele solche Jahre folgen möchten. Aber er machte ein sorgenvolles Gesicht dabei. Katarin wußte, daß er die Lage nicht gerade optimistisch beurteilte. Er traute diesem scheinbaren Frieden nicht, der sie alle täuschte. Auch Katarin ließ sich gern täuschen. Sie war nun mal Optimist.

Im Januar geschah eine Menge auf einmal. Zunächst bekam Viola ein Engagement an einem kleinen Boulevardtheater. Es war keine große Rolle, doch immerhin ein Anfang.

Das nächste Ereignis ging Carsten an. Man begann im besiegten Polen und im befreiten Korridor einen regen Kulturbetrieb und bot ihm in Posen eine gute Position an, halbwegs war es als dienstlicher Auftrag anzusehen. Er sollte an der Oper als zweiter Kapellmeister wirken, Konzerte dirigieren und mithelfen, das ganze Musikleben neu aufzubauen. In der jetzigen Situation war das Angebot nicht übel, mußte er doch sonst damit rechnen, wieder zur Wehrmacht einberufen zu werden. Es ging alles ganz schnell, schon Ende Januar siedelte er nach Posen über.

Katarin war natürlich betrübt über die Trennung. Andererseits sagte sie sich vernünftig, daß man über diese Befreiung vom Kriegsdienst froh sein müsse.

Wenige Tage nach Carstens Abreise tauchte überraschend Luisa in der Bamberger Straße auf. Sie sah bezaubernd aus, noch hübscher als damals, sehr elegant in einem kostbaren Pelz, und sie sprühte vor Leben und charmanter Sicherheit. Kein Wunder, denn sie hatte gerade mit dem Deutschen Opernhaus einen Vertrag gemacht. Schon in der nächsten Spielzeit würde sie in Berlin singen. Das war eine beachtliche Leistung, nach zwei Jahren Provinz und Bühnenpraxis schon ein Engagement nach Berlin.

Peter gegenüber benahm sie sich reizend. Sie wußte natürlich von seiner Freundschaft mit Viola, doch es machte ihr nicht das geringste aus. Heute bewarben sich andere Männer um ihre Gunst. Lachend erzählte sie von ihren Triumphen. In der Stadt, in der sie zur Zeit lebte, bewarben sich der Gauleiter und der Polizeipräsident heftig um ihre Liebe. Übermütig berichtete sie von der Fehde, die zwischen den beiden Männern ihretwegen entstanden war.

„Ich mache beiden warm und verspreche viel, ohne etwas zu halten", zwitscherte sie. „Ohne diese guten Beziehungen hätte ich das Berliner Engagement nicht so leicht bekommen."

Peter machte ein indigniertes Gesicht. Katarin jedoch fand eine solche Strategie verzeihlich. Der Erfolg sei schließlich die Hauptsache, meinte sie, und um ihn zu erringen, sei jedes Mittel recht.

„Jedes, Katarin?" fragte Peter.

„Na ja", schränkte sie ein, „fast jedes."

Viola schwieg dazu. Peter, der den Ausdruck ihrer Augen mittlerweile gut kannte, bemerkte deutlich, daß Luisa ihr nicht gefiel. Erstaunt stellte er fest, daß auch ihm Luisa nichts mehr bedeutete, so reizend sie sein mochte. Der Umgang mit Viola hatte ihn, ohne daß er es selbst begriff, sehr verändert. Er war ernster geworden, sein Wesen bedächtiger, im Herzen tiefer. Er liebte Viola. Alles, was früher geschehen war, zählte nicht mehr.

Der nächste Besuch, der in der Bamberger Straße auftauchte, war Franz, Katarins Schwager, der für ein Wochenendurlaub nach Berlin kam. Sie mußte mit ihm ausgehen und ihm die Stadt zeigen. Man konnte nicht behaupten, daß es für sie ein reines Vergnügen war. Er gefiel ihr nicht sonderlich und bot in der schlechtsitzenden Uniform einen geradezu erbarmungswerten Anblick.

Trotzdem war er leichter zu ertragen als der wichtigtuerische Otto.

Am Sonntag hatte Katarin Franz zu Ehren extra einen Kuchen gebacken. Etwas verlegen und unsicher saß er zwischen den Freunden, seine hellblauen Bubenaugen staunten unverhohlen Viola an, die einen schwarzen Hausanzug trug, in dem sie einer geschmeidigen Gerte glich. Das hellbraune lange Haar ließ ihr ausdrucksvolles Gesicht noch zarter und verträumter erscheinen. Sie sah wirklich hinreißend aus. Katarin stellte es neidlos fest und amüsierte sich im stillen über Franzens anbetende Blicke. Das Berliner Pflaster schien für die Männer ihrer Schwestern nicht ganz ungefährlich zu sein.

Diesmal fuhr Katarin in den Semesterferien nach Hause. Zu ihrer Überraschung fand sie Karlsburg recht verändert. Dort tat sich allerhand, der Krieg brachte der kleinen verschlafenen Stadt Leben und Betrieb. Eine Menge Militär verschiedener Waffengattungen war im Städtchen stationiert. Daher schienen auch die Karlsburgerinnen mit dem Kriege recht zufrieden zu sein. Er brachte ihnen Verehrer und Bewerber in Massen, es gab am laufenden Band Verlobungen und Hochzeiten.

Im übrigen waren die Karlsburger überzeugt, daß der Krieg nicht lange dauern und daß man in Glanz und Gloria gewinnen würde. Schwager Otto lief auf vollen Touren. Seinen bisherigen Beruf hatte er an den Nagel gehängt, arbeitete nun hauptamtlich in der Kreisleitung und spielte nachgerade eine führende Rolle in Karlsburg. Der Kampf für unseren Führer, unsere tapferen, unbesiegbaren Soldaten, unser nicht anzuzweifelnder Sieg, diese und ähnliche Formulierungen durchzogen seine pathetischen Reden. Unaufgefordert hielt er begeisterte Ansprachen und gebärdete sich wie ein rechter Held. Als Katarin ihn etwas ironisch fragte, wann er denn nun für seinen Führer zu kämpfen beginne, traf sie ein funkelnder Blick. – Ein entfesselter Nazi, dachte sie. Otto belehrte sie kurz und ziemlich scharf, daß er einen wichtigen Platz, den auszufüllen nicht jeder imstande sei, einnehme. Den ängstlichen Blick der Mutter erhaschend, unterließ Katarin jede weitere Entgegnung. Doch sie empörte sich wortreich, als sie erfuhr, daß ihre Schwester Lenchen das vierte Kind erwarte.

„So ein Wahnsinn", sagte sie zu ihrer Mutter, „die spinnt ja und ihr herrlicher Otto dazu. Und das im Kriege. Sie weiß ja gar nicht, wie lange sie ihre Kinder noch ernähren kann."

Zu Katarins Überraschung stimmte die Mutter zu. Auch sie war

aussehenden Oberleutnant ihre Gunst schenke. – Armer Theo, dachte Katarin, der kann sich freuen. Sie setzt ihm schon vor der Hochzeit Hörner auf.

Überhaupt hatte die Moral im Städtchen gelitten. Die jungen Mädchen und Frauen flirteten recht ungeniert, sie gingen abends aus, und man erzählte von der und jener, daß sie ein Verhältnis mit dem und jenem habe.

Eines Tages wurde ein neues Café mit einer kleinen eingebauten Bar eröffnet. Dort tanzte man jeden Abend, und stets war es gesteckt voll. Der Ton war für Karlsburg erstaunlich frei.

So hatte der Krieg den jungen Karlsburgerinnen bisher nur angenehme Seiten gezeigt. Und Katarin dachte manchmal: Ob das so bleibt?

Und es blieb nicht so. Überraschend und unvermutet besetzten deutsche Truppen Dänemark und kämpften auf einmal in Norwegen. An der Hochschule fehlten, als das neue Semester begann, die jungen Männer.

Carsten kam erst im Mai auf einige Tage, er war überarbeitet und nervös. Es gab so manches, was ihn bedrückte. Als man einmal von den Geschehnissen im besetzten Polen sprach, berichtete Carsten, wie man dort mit Juden und Polen umging. Katarin hatte ihn nie so zornig und gleichzeitig verzweifelt gesehen.

„Hitler verbaut sich damit jeden Rückweg", sagte er. „Man muß uns hassen. Wir hassen uns ja selber, wenn wir wissen, was geschieht. Man wird uns bekämpfen bis zum bitteren Ende."

„Aber ich dachte, der Krieg ist bald aus", sagte Katarin, „es ist doch alles ganz ruhig und friedlich."

„Das ist die Ruhe vor dem Sturm. Denk an die Luftangriffe auf England. Das wird uns heimgezahlt."

Von diesen Luftangriffen lasen sie in der Zeitung. Ob ihnen das auch noch blühen würde? Bisher verlief alles recht harmlos. Wenn Alarm war, hörten sie wohl manchmal ein wildes Schießen der Flak, sonst geschah aber nicht viel. Sie hatten sich angewöhnt, nicht mehr in den Luftschutzkeller zu gehen, meist standen sie nicht einmal auf.

Katarin überschüttete Carsten mit Liebe. Sie hatte ihn so vermißt, und sie war jetzt eine richtige Frau geworden, leidenschaftlich in ihrem Begehren, zärtlich und verlangend in ihrer Hingabe. Wenn er bei ihr war, vergaß sie die Welt.

Am letzten Tag, ehe Carsten wieder abreiste, bekam Peter seine Einberufung. Verzweifelt brütete er über dem verhaßten Fetzen

Papier, der ihm die Freiheit raubte. Viola weinte nicht. Sie lächelte mit blassen Lippen und versuchte, es ihm nicht noch schwerer zu machen. Doch genau wie Katarin bat auch sie, nicht tapfer zu sein und der Gefahr aus dem Wege zu gehen.

„Worauf du dich verlassen kannst", sagte Peter grimmig.

Peter graute es besonders vor der Ausbildung. Der Gedanke, irgendeinem schreienden, ungebildeten Unteroffizier ausgeliefert zu sein, war entsetzlich. Eine Uniform zu tragen, schwere Stiefel, wie furchtbar für den verwöhnten Peter, der jeden Tag ein frisches Hemd anzog, in sein Badewasser Kölnischwasser goß und seine Suppe nur mit einem silbernen Löffel aß.

Am Abend betrank er sich restlos. Doch nicht einmal da verlor er seinen Charme und seine Eleganz, er fand seine gute Laune wieder.

Pitt machte ein bedenkliches Gesicht, er konnte sich ausrechnen, wann es ihn erwischen würde. Carsten riet ihm, sich bei der Posener Bühne zu bewerben, man brauche dort einen Tenor. Er würde sich gern für ihn verwenden. Wenn er erst engagiert war, würde er ohne weiteres vom Militär zurückgestellt.

Auch für Katarin brachte Carsten gute Neuigkeiten. Er hatte alles vorbereitet, daß sie in Posen einen Abend geben konnte. Im nächsten Winter würde man sie vielleicht sogar zu einem Klavierkonzert als Solistin holen.

Zum Abschied fuhren sie noch einmal hinaus zum Wannsee, Katarin und Carsten allein. Es war ein strahlend schöner Tag. Sie segelten mit Peters Boot, lagen dann im Sand am Havelufer und sonnten sich.

„Sag mal", fragte Katarin plötzlich, „bist du mir eigentlich treu?"

Er lachte. „Sonst hast du keine Sorgen?"

„Wenn du so lange von mir fort bist, muß ich mir doch darüber Gedanken machen, nicht?"

„Na, da bist du wenigstens beschäftigt", sagte er herzlos.

„Du!" Katarin richtete sich auf und schüttelte ihn zornig. „Gib mir sofort eine richtige Antwort. Bist du mir treu?"

„Soweit ich mich erinnern kann ..."

„Mach dich nicht über mich lustig. Ich könnte es nicht ertragen, wenn du eine andere Frau küßt, hörst du?"

„Nicht einmal küssen?"

„Nein."

„Du bist aber streng. Bist du denn auch so brav?"

„Geradezu langweilig brav. Es paßt gar nicht zu mir."

Carsten warf sich lachend zurück in den Sand. „Da kannst du recht haben. Und es fällt dir wohl auch sehr schwer?"

„Nicht einmal, das ist ja das komische. Aber du", sie beugte sich über ihn, „du darfst mich nicht betrügen. Du darfst nicht. Ich könnte manchmal verrückt werden, wenn ich an all die Frauen denke, die um dich sind, Schauspielerinnen und Sängerinnen und was weiß ich noch, sicher machen sie alle Jagd auf dich. Ich weiß ja, daß du den Frauen gefällst."

„Ich bin doch kein Hase, den man so leicht jagt", sagte er mit zärtlichem Spott und fuhr mit dem Finger über ihre dichten, geschwungenen Augenbrauen. „Ich habe doch in Berlin mein kluges, schönes Mädchen, das mich versteht und zu mir gehört, nicht wahr?"

„Ja!" rief Katarin und umschlang ihn mit beiden Armen. „Immer!"

Abends musizierten sie zusammen, Katarin am Klavier, Carsten seit langer Zeit wieder einmal auf der Geige.

Sie spielten alle Stücke, die ihnen geläufig waren, zuletzt die F-Dur-Romanze von Beethoven.

Unter dem Spielen zog tiefe Traurigkeit in Katarins Herz. Ihr war, als sei dies die letzte nahe Stunde, die sie mit ihm verbrachte. Als müsse irgend etwas Furchtbares geschehen, das sie trennen würde.

Nach dem Spiel schwiegen sie eine lange Weile. Es war dunkel im Zimmer geworden, der letzte Schein des Tages verdämmerte vor den Fenstern.

Ich bin allein, dachte Katarin angstvoll, ich bin ja allein.

Sie griff heftig nach seiner Hand und legte ihr Gesicht hinein.

„Bleib doch hier", flüsterte sie, „bleib bei mir. Ich habe so Angst. Du sollst nicht fortgehen, du sollst bleiben und mich festhalten und nie allein lassen."

„Kind", sagte er und zog sie fest an sich. „Es geht doch nicht."

„Wenn du fort bist, ist mein Leben so leer. Ich bin dann so schwach, so... so... haltlos."

„Aber Katarin! Sag so etwas nicht. Du bist doch ein selbständiges, gescheites Mädchen."

„Nein", murmelte sie, „das bin ich gar nicht. Und ich hab' einfach Angst."

„Wovor denn?"

„Daß etwas Schreckliches geschieht und daß ich dich verlieren werde. Ich bin gar nicht so stark, wie ich immer tue. Ich habe bloß einen großen Mund, du weißt es ja. Und darum brauche ich dich. Ich hab' doch sonst gar nichts, woran ich mich festhalten kann."

Eine Träne rollte über ihre Wange, eine Träne unbewußt aus einem ahnungsvollen Herzen geweint.

„Warum können wir nicht leben, wie wir wollen", fuhr sie fort. „Warum müssen wir immerfort Dinge tun, die wir nicht wollen. Wir haben diesen Krieg nicht gewollt, aber er bringt uns auseinander."

„Wir können uns bis jetzt nicht beklagen", tröstete er, „wir müssen froh sein, wenn nichts Schlimmeres kommt."

Sie beugte den Kopf über die Tasten. Er hatte ja recht, natürlich. Aber trotzdem – irgendwo lauerte Unheil auf sie, sie spürte es. Sie fürchtete sich vor der Zukunft.

Ihre rechte Hand wiederholte die innige Melodie der Romanze, die sie zuvor gespielt hatten.

„Das ist unsere Musik. Immer wenn ich sie höre, werde ich an dich denken. Und du sollst an mich denken, wenn du sie hörst, ja?"

„Mein Mädchen", Carsten zog sie an den Händen empor, „es gibt so unendlich viel Musik, die uns verbindet. Und wir müssen immer aneinander denken, wenn wir Musik hören."

„Cäcilie möge dich beschützen", murmelte Katarin. „Und sie soll nie zulassen, daß dir etwas Böses geschieht. Und sie soll unsere Liebe bewahren, damit du mich nie vergißt."

Als er wieder abgereist war, weinte Katarin bitterlich.

Plötzlich und unerwartet, wie alles anscheinend in diesem Krieg, begann der Kampf in Frankreich. Man hatte gar nicht mehr damit gerechnet, friedlich waren sich die feindlichen Heere bisher gegenübergelegen. Und wieder kamen täglich aus dem Radio die Siegesmeldungen.

Am Nachmittag des 18. Juni saßen Katarin und Viola im Vorgarten bei Kranzler. Es war ein strahlend schöner Sommertag, ganz Berlin schien auf den Beinen zu sein, der Kurfürstendamm war ein einziger Korso, in den Cafés jeder Tisch besetzt.

Aus dem Café heraus dröhnte auf einmal das Radio, eine Sondermeldung wurde verkündet. Lautlos lauschte die Menge, die Vorübergehenden blieben stehen. Paris war gefallen, deutsche Truppen marschierten in die französische Hauptstadt ein.

Die Menschen befiel ein Taumel, alles schrie und sprach durcheinander. Auf einmal standen sie alle und sangen das Deutschlandlied. Die kühlen Berliner, die sonst allem so skeptisch und ungerührt gegenüberstanden, wurden von dieser Nachricht hingerissen. Doch es waren weniger Patriotismus und Siegerstolz, die sie so froh stimmten, vielmehr empfanden sie alle ähnlich wie Katarin, die zu Viola sagte: „Das ist das Ende des Krieges. Du wirst sehen, jetzt ist bald Schluß. Gott sei Dank, jetzt haben wir es überstanden."

Zunächst jedoch ging der Krieg weiter. Riesige Mengen von Soldaten wurden in die eroberten Länder gesandt. Auch Peter mußte seine Garnison in Pommern verlassen und kam nach Frankreich. Aber dort war der Krieg vorüber, so daß man zunächst keine Angst um sein Leben haben mußte.

Übrigens hatte sich für Peter, das Glückskind, das Soldatsein bis jetzt ganz erträglich gestaltet. Sein liebenswürdiges Wesen, sein Witz, sein Charme, seine ständigen Alkoholvorräte schufen ihm Freunde und Helfer. In Kürze hatte er sich eine Sonderstellung geschaffen, obwohl er sich vor allem drückte, was unangenehm war. Fast jedes Wochenende war er nach Berlin gekommen, ein junger Leutnant, mit dem er sich angefreundet hatte, brachte ihn im Auto mit. Jetzt aber verschwand er aus dem Gesichtskreis der Mädchen.

Und im Herbst war Katarin auf einmal ganz allein. Pitt ging nach Posen in Engagement, Viola an eine westdeutsche Bühne. Nun saß sie einsam und allein in der Bamberger Straße. Zwar hatte sie viel Arbeit, denn sie hatte für die kommende Saison mehrere Konzertverpflichtungen in Provinzstädte abgeschlossen. Anger hatte dazu geraten, damit sie Podiumsicherheit gewinne. Er hatte sie seiner eigenen Konzertdirektion empfohlen, und man hatte dort bereits tüchtig für sie gearbeitet.

Eines Tages kam Luisa zu Besuch. Sie begann jetzt ihre Tätigkeit im Deutschen Opernhaus. Als sie hörte, daß Katarin ganz allein in der Wohnung war, schlug sie vor, zwei Zimmer zu beziehen. Bis jetzt wohnte sie noch im Hotel.

Katarin war sofort einverstanden. Mit Luisa hatte sie sich immer gut vertragen, sie war unterhaltend und würde wieder Leben in die öde gewordene Wohnung bringen.

Katarin richtete sich endgültig in Carstens Zimmer ein, Peters Zimmer blieb unberührt, denn bisher zahlte noch er die Miete. In den übrigen zwei Räumen richtete sich Luisa sehr elegant und komfortabel ein.

Luisas Gegenwart veränderte alles. Morgens schlief sie lange, sie badete täglich, dann kam die Masseuse, manchmal auch der Friseur ins Haus. Nachmittags und abends hatte sie häufig Gäste. Sie arbeitete fleißig, der Korrepetitor kam täglich, und ihr leuchtender Sopran erfüllte oft das ganze Haus.

Auch ein Telefon mußte gelegt werden, denn Luisas viele Freunde konnten nur per Telefon verwaltet werden. Es kamen Blumen in die Wohnung, Schokolade, Bohnenkaffee, Wein, Sekt und viele Dinge, die mittlerweile knapp geworden oder gar nicht mehr zu beschaffen waren.

Katarin, die durch das harmonische Leben mit den Freunden und besonders durch das Zusammensein mit Carsten ruhiger und besonnener geworden war, mußte sich erst an Luisas Betrieb gewöhnen. Manchmal war es ganz amüsant, manchmal aber ging ihr die neue Partnerin ein wenig auf die Nerven.

Im Oktober stieg ihr Klavierabend in Posen. Sie verbrachte acht Tage bei Carsten und wäre am liebsten für immer dort geblieben. Das Konzert wurde ihr bisher größter Erfolg, man feierte sie wie eine Berühmtheit und gab eine große Gesellschaft für sie. Außerdem wurde festgemacht, daß sie im Dezember ein Beethoven-Klavierkonzert spielen würde.

Wieder in Berlin, berichtete sie Anger ausführlich. Er nickte befriedigt. Soweit war alles mit Katarin gut gegangen, sie zeigte Fleiß und Ausdauer, das früher manchmal etwas harte, oberflächliche Spiel war seelenvoller und durchgeistigter geworden, und sie hatte zu ihrer brillanten Technik das hinzugewonnen, was Anger „die Seele der Musik" nannte. Mochte sie sich jetzt in den Kriegsjahren sicherspielen, in die Zukunft zu planen war derzeit ein müßiges Beginnen. Ob es zu internationalem Ruhm reichen würde und ob überhaupt jemals wieder eine Zeit kommen würde, in der es eine internationale Kunst gab, wer konnte das wissen?

Katarin absolvierte in kurzen Abständen einige Konzerte in nord- und mitteldeutschen Städten, die sie alle erfolgreich durchstand. Von Peter, der gelegentlich Päckchen mit Parfüm, Strümpfen oder Seife schickte, kam ein Paket mit zehn Meter herrlicher altrosa Seide. Für das Posener Konzert, schrieb er. Ich weiß ja, daß du leidest, wenn du wieder in dem gleichen Kleid auftreten solltest.

Katarin freute sich kindisch. Diesmal reichte ihr die bescheidene Schneiderin nicht mehr, bei der sie bisher hatte arbeiten lassen. Luisas teurer Modesalon wurde herangezogen. Alles wäre gut und schön gewesen, wenn nur der Krieg nicht gewesen wäre.

Allerdings merkte man in Berlin nicht viel davon. Zwar gab es oft Alarm, manchmal mehrere Nächte hintereinander, doch es passierte nichts weiter dabei. Man kümmerte sich kaum darum, das Leben ging ungestört weiter. Die Theater spielten, ein Konzert folgte dem anderen, und alle Veranstaltungen waren ständig ausverkauft.

In der Bamberger Straße feierte man auch wieder fröhliche Feste. Luisas Freunde und Bekannte kamen, allerdings waren es andere Gäste, kein junges, heiteres Volk, nur saturierte, erfolgreiche Leute, Künstler, Geschäftsleute, Offiziere, auch hohe Parteitiere. Luisa kannte keine Vorurteile, wer dazugehörte und ihr nutzen konnte, war willkommen.

Katarin, die stets dabei war, lernte eine Menge Leute kennen. Sie wurde dann ebenfalls eingeladen, sie ging mit aus, häufig war sie natürlich auch in der Oper, wenn Luisa sang.

Einmal in Luisas Garderobe traf sie Dr. Kainer vom Auswärtigen Amt wieder, dessen Bekanntschaft sie damals bei Lennings vor zwei Jahren gemacht hatte. Er erkannte sie sofort und zeigte genau wie damals deutliches Interesse für sie.

Diesmal erhielt er die Telefonnummer und die Erlaubnis, anzurufen.

„Auf den hast du Eindruck gemacht, Kat", sagte Luisa, „es kann nicht schaden, ihn heranzuziehen. Er ist jemand. Der Mann kann dir nützlich sein."

Schon tags darauf rief er an und erkundigte sich, ob Katarin am nächsten Abend mit ihm ins Theater gehen wolle. Sie sagte zu. Der Chauffeur holte sie mit einem großen Wagen ab, das gefiel ihr. Im Theater saßen sie in einer Loge. Sie konnte bemerken, daß man sie und ihren Begleiter beachtete. Nach dem Theater speisten sie bei Borchardt ein erlesenes Menü wie in tiefsten Friedenszeiten. Natürlich benötigte man keine Marken. Zu jedem Gang wurde der passende Wein gereicht. Katarin staunte.

Sie bekam einen großen Strauß Rosen, und am Ende des Abends fragte Kainer sie, ob sie ihn nicht einmal über das Wochenende in seinem Landhaus in der Mark besuchen wolle.

Katarin blickte ihn hilflos an. Halb und halb erwartete sie so etwas, war jedoch verblüfft, als das Angebot so direkt kam. Kein Zweifel, er gefiel ihr ganz gut und die Aufmerksamkeiten eines bedeutenden Mannes schmecken jeder Frau. Aber reichte das für ein Wochenendabenteuer?

Nach kurzer Überlegung sagte sie leicht und gewandt, daß sie, um sein Wochenendgast zu sein, ja wohl erst die Einladung seiner Frau abwarten müsse.

Er lachte amüsiert. Sieh da, die Kleine war schlagfertig und nicht dumm. Doch brachte ihn ihre Parade nicht in Verlegenheit.

„Meine Frau ist mit den Kindern am Tegernsee", sagte er. „Ich glaube zwar nicht, daß in Berlin etwas zu befürchten ist. Aber meine Frau ist etwas nervös, und meine kleine Tochter kränkelt oft. Die Gebirgsluft ist gut für sie." Ungeniert erzählte er von seiner Frau und seinen drei Kindern.

„Nun, wie ist es?" wiederholte er sein Angebot. „Wie wäre es mit dem nächsten Wochenende? Der Herbst in der Mark ist wundervoll. Wir können ausreiten, wenn Sie mögen. Auf jeden Fall wären wir ganz ungestört."

Unter dem Tisch berührte sein Knie leicht das ihre. Sein Blick war lässig und bannend zugleich. Katarin verstand, daß er den Frauen gefiel.

„Ich bin verlobt", sagte sie leise.

„Na und?" fragte er zurück. Und als sie schwieg: „Ist Ihr Verlobter eingezogen?"

Plötzlich bekam sie Angst um Carsten. „Ja", log sie, „er ist in Frankreich."

„Er wird Ihnen dort auch nicht immer treu sein. Die französischen Frauen sind sehr reizvoll."

Sie antwortete nicht, und er kam auf das Thema nicht zurück. Doch als sie nach Hause fuhren, legte er im dunklen Wagen den Arm um sie und zog sie an sich. Katarin widerstrebte, doch er küßte sie mit kundiger Meisterschaft, seine Hand glitt unter ihren Mantel und legte sich um ihre Brust. Gegen ihren Willen erregte es sie, und er spürte das.

„Wir sehen uns bald wieder, ja?" fragte er zum Abschied. „Schlafen Sie gut, kleine Katarin."

Klopfenden Herzens stieg Katarin die Treppe hinauf. Luisa hatte noch Besuch. Sie schlüpfte leise in ihr Zimmer und ging schnell ins Bett. Doch sie lag noch lange wach und dachte an den Mann, der sie geküßt hatte. Unwillkürlich malte sie sich aus, seine Geliebte zu sein. Sie ärgerte sich über ihre Gedanken und konnte doch nicht verhindern, daß sie Gefallen daran fand.

Unruhig schlief sie ein, die Träume quälten sie.

Luisa fragte am nächsten Tage, wie es gewesen sei. Katarin erzählte oberflächlich, berichtete aber nicht, was sich zugetragen hatte. Viola würde sie gewiß den Verlauf des Abends erzählt haben. Luisa schien sich ihr Teil zu denken.

„Ein interessanter Mann", sagte sie. „Und sehr einflußreich. Du kennst solche Männer noch nicht, Kat. Es hat seine Reize."

„Red doch keinen Unsinn", erwiderte Katarin heftig. „Ich liebe Carsten. Und außerdem will ich mit Nazis nichts zu tun haben."

„Du wirst nicht darum herumkommen, wenn du Karriere machen willst", lächelte Luisa.

Katarin betrachtete sie nachdenklich. Obwohl sie mit Luisa zusammen lebte, wußte sie nicht genau, ob und mit wem Luisa intime Beziehungen unterhielt. Immer war ein Schwarm Männer um sie, jeder schien Aussichten zu haben, doch man wußte nie genau, was wirklich geschah. Luisa war wohl im Grunde kalt, trotz allem Esprit und Charme, sie spielte nur mit der Liebe.

Zwei Tage hörte Katarin nichts von Kainer. Am dritten rief er an. Ob sie Lust habe, am Abend mit ihm bei Horcher zu essen. Er treffe einen guten Freund, den Programmleiter vom Reichssender Berlin, die Verbindung könne für sie doch nützlich sein. Ohne viel zu überlegen, sagte Katarin zu. Hinterher kamen ihr Bedenken.

In der Stunde bei Anger konnte sie ihre Nervosität nicht verbergen und machte Fehler. Er beobachtete sie aufmerksam. „Was ist los mit dir? Wo bist du mit deinen Gedanken?"

„Ach, ich weiß nicht, ich bin heut so unruhig. Und überhaupt", sie schaute den Professor sorgenvoll an, „ich bin jetzt immer so allein."

„Nanu", staunte Anger, „ich denke Luisa wohnt bei dir?"

„Ja schon. Aber mit Luisa ist es nicht wie mit den anderen."

„Ja, Kind, man findet nicht ununterbrochen und auf allen Wegen richtige Freunde. Du kannst dich doch nicht beklagen. Für dein junges Leben hast du schon eine Menge gefunden. Sei lieber froh, daß Carsten nicht in Gefahr ist."

„Das bin ich ja auch."

„In drei Wochen siehst du ihn ja wieder, wenn dein Konzert in Posen ist."

Am Abend überlegte sie lange, was sie anziehen sollte. Für solche Gelegenheiten war ihre Auswahl entschieden zu klein. Das dunkelgrüne Samtkleid hatte sie erst neulich im Theater angehabt. Schließlich zog sie kurzentschlossen das tintenblaue Wollkleid an, es war zwar nun schon bejahrt, wirkte aber noch immer recht elegant.

Luisa sang heute die Susanne. Ihr neuester Verehrer, führendes Mitglied der rumänischen Handelskommission, kam mit seinem Wagen, um sie abzuholen.

Er brachte eine Flasche Cointreau mit, und Luisa rief Katarin, damit wenigstens sie die seltene Gabe würdigen könne. Luisa trank nichts, wenn sie singen mußte.

Katarin nahm dankbar die Gelegenheit wahr, sich ein wenig

Mut anzutrinken. Lebhaft plaudernd saß sie auf der Sessellehne und amüsierte sich über Luisa, die nervös war und Lampenfieber hatte. Sie sang die Partie heute zum erstenmal in Berlin.

Der Rumäne war ein sympathischer Mann, groß und wuchtig, mit dunklen verschleierten Augen. Er war galant auf eine Art, wie man sie selten bei einheimischen Männern traf. Überdies war er heftig in Luisa verliebt, Bewunderung und Anbetung lagen in den Blicken, mit denen er sie betrachtete. Luisa, wie stets, ließ es sich kokett gefallen, als selbstverständlichen Tribut für ihre Schönheit.

Katarin war noch nie bei Horcher gewesen, sie kannte das berühmte Lokal nur vom Hörensagen. Natürlich gefiel es ihr, und sie genoß mit kindlicher Freude den eleganten Rahmen, die gepflegte Atmosphäre.

Der Mann vom Reichssender allerdings wirkte ausgesprochen unsympathisch. Ein richtiger Parteibonze, dachte Katarin bei sich. Seine Begleiterin war eine überaus elegante tizianrote Dame, die kaum ihre blaugefärbten Lider hob, als sie Katarin begrüßte. Sie trug ein schwarzes Kleid mit tiefem Ausschnitt, über der linken Schulter hing ihr lässig ein Silberfuchscape, das sie erst zum Essen abstreifte. Da keiner der Herren achtgab, fiel es zu Boden. Sie kümmerte sich nicht darum, zwei Ober stürzten herbei, die Herren am Tisch bückten sich. Die Schöne bedankte sich nicht einmal. Sie sprach wenig, und was sie sagte, klang blasiert.

Katarin fand sie trotz allem Glanz reichlich albern. Sie selbst blieb heiter und natürlich, plauderte unbeschwert und lachte vergnügt. Kainer zeigte sich höflich und liebenswürdig, kein Wort und kein Blick verriet irgendeine Intimität. Katarin war ihm dankbar dafür.

Sie spürte, daß sie gegenüber der eingebildeten Puppe günstig wirkte, und ärgerte sich nicht einmal wegen ihres einfachen blauen Kleides. Unbeschwert plauderte sie von ihrer Arbeit, von dem bevorstehenden Konzert in Posen und ihrer Freude darauf. Auch daß sie aus Frankreich Stoff für ein neues Abendkleid bekommen und sich darüber sehr gefreut hatte.

Die Schöne musterte sie von der Seite und verzog geringschätzig die dunkelgeschminkten Lippen.

Du Gans, dachte Katarin und wurde immer vergnügter.

Auch der Rundfunkmann unterhielt sich angeregt mit ihr und vernachlässigte dabei seine schöne Freundin. – Na ja, dachte Katarin drastisch, Schönheit ist ein Dreck. Eine Frau ist eine Null, wenn sie keinen Charme und keinen Geist besitzt.

Schließlich forderte der Rundfunkmann sie auf, ihn doch einmal zu besuchen, es würde sich sicher eine Möglichkeit ergeben, sie gelegentlich in ein Programm einzubauen.

Katarin war bester Stimmung, als Kainer sie nach Hause fuhr. Da ihr der Sekt gut geschmeckt hatte, war sie sogar ein wenig beschwipst.

„Sie sind bezaubernd, Katarin", sagte Kainer, „frisch und natürlich und dabei so ein kleines Biest."

„Finden Sie?" lachte Katarin. „Meinen Sie, er läßt mich mal im Rundfunk spielen, Ihr Freund?"

„Sicher. Aber offen gestanden möchte ich es gar nicht."

„Warum nicht?"

„Sie haben ihm gut gefallen. Ich wäre eifersüchtig, wenn Sie zu ihm gingen."

„Eifersüchtig?"

„Ja. Am Ende würde er eine Sendung teuer an Sie verkaufen."

„Nicht bei mir", erklärte Katarin entschieden, „halten Sie mich für doof? Bei dem miesen Kunden? Außerdem habe ich das nicht nötig, ich werde auch so etwas."

Kainer lachte herzlich. „So. Er gefällt Ihnen also nicht."

„Sie gefallen mir besser."

„Danke. Und wie gefiel ihnen die schöne Susi?"

„Es geht. Ich glaube, sie ist ziemlich dumm."

„Kann man wohl sagen. Deswegen spricht sie auch so wenig. Sie war Verkäuferin, dann Mannequin. Gott weiß, wo er sie aufgegabelt hat. Jetzt ist sie beim Film. Angeblich soll sie demnächst eine Hauptrolle bekommen."

„Ohne daß sie Schauspielerin ist?"

„Natürlich."

„Was müssen andere sich plagen und was müssen sie alles lernen. Schöne Zustände. Und das im Dritten Reich. Da trompetet ihr immer laut heraus, nur die Juden hätten so was gemacht."

„Das hat es immer gegeben und wird es immer geben. Die Karriere einer Frau wird meist in einem oder, besser gesagt, in mehreren Betten entschieden."

„Ich finde das abscheulich. Auf diese Weise möchte ich keine Karriere machen."

„Nein?" Er beugte sich zu ihr herüber. „Willst du von Liebe gar nichts wissen, kleine Katarin?"

„Von Liebe schon. Aber das hat ja mit Liebe nichts zu tun."

Er küßte sie auch diesmal. Und Katarin merkte, daß sie darauf gewartet hatte. Ihre Lippen öffneten sich bereitwillig.

Luisa kam ihr in der Diele entgegen. „Da bist du ja. War's nett?"

Sie lächelte ein wenig spöttisch, als sie Katarins verwirrtes Haar sah, und wischte ihr mit dem Finger etwas Lippenrot von der Wange. „Mir scheint, die Verständigung mit der hohen Partei geht gut voran."

Katarin wurde rot. „Luisa, du solltest nicht spotten. Es ist abscheulich von mir, ich schäme mich."

„O lala, man ist nur einmal jung. Deinen Carsten hast du noch lang genug. — Willst du ein bißchen hereinkommen? Ein Glas Wein trinken?"

„Ich habe eigentlich schon genug getrunken. Wer ist denn alles da?"

„Nur Sergiu. Er brachte mich nach Hause. Es war ein toller Erfolg."

„Gratuliere."

Der Rumäne saß in Luisas tiefstem Sessel, die ewige Zigarette zwischen den Fingern. Auch er hatte offensichtlich viel getrunken, doch seine Manieren waren tadellos, nur seine Augen glühten hungrig, wenn er Luisa ansah.

Er erzählte begeistert von seiner Heimat, besonders von Bukarest. Bukarest sei 20. Jahrhundert, während das Land noch im Mittelalter lebe. Nach dem Krieg würde sich vieles ändern, seine Landsleute müßten so frei und klug werden wie die Deutschen.

Katarin verzog den Mund. Frei und klug, waren sie das wirklich, die Deutschen?

Sergiu war viel in der Welt herumgekommen und konnte anschaulich davon erzählen. Längere Zeit sprach er von seinem Freund André, an dem er offensichlich sehr hing. Ja, er schien diesen Freund zu bewundern, so ausführlich und lobend erzählte er von ihm. „Ich habe ihm geraten, auch in den deutsch-balkanischen Handel einzusteigen. Im Augenblick ist viel Geld damit zu verdienen. Ich bringe alles herüber, was man hier braucht. Öl, Wolle, Wein, Lebensmittel."

Er sprach ein fließendes, fehlerloses Deutsch, nur ein wenig hart im Akzent. Als Katarin sich nach einer Stunde verabschiedete, war er noch immer da.

Als Katarin am nächsten Abend nach Hause kam, hatte Luisa einen Zettel hingelegt. Kainer habe angerufen und lasse Katarin bitten, ihn doch anzuläuten.

Zögernd stand sie vor dem Telefon. Sollte sie oder sollte sie nicht? Nein, sie würde nicht anrufen.

128

Sie setzte sich ans Klavier und begann zu üben, doch es fehlte ihr die nötige Konzentration. Besser wäre es, erst Carstens letzten Brief zu beantworten. Aber zum erstenmal wußte sie nicht, was sie ihm schreiben sollte.

Plötzlich klingelte das Telefon. Sie ging in die Diele, stand eine Weile unschlüssig, ehe sie den Hörer abhob.

„Ja?" sagte sie leise in den Apparat.

„Da sind Sie ja endlich, Katarin. Wo stecken Sie den ganzen Tag?"

„Ich habe schließlich einen Beruf."

„Ich möchte Sie gern heute abend noch sehen."

„Nein, das geht nicht."

„Warum nicht?"

„Ich bin müde. Und ich muß Briefe schreiben. Außerdem habe ich gerade Besuch."

„Das ist alles geschwindelt. Schwindeln Sie oft, Katarin?"

„Gelegentlich."

„Mich haben Sie jedenfalls schon einmal beschwindelt."

„So?"

„Ja. Als Sie mir erzählten, Ihr Freund sei in Frankreich. Er ist Kapellmeister in Posen, nicht wahr?"

„Wie kommen Sie darauf?"

„Und warum haben Sie geschwindelt?"

„Och..."

„Nur so zum Spaß, wie?"

Plötzlich wurde sie zornig. „Ich kann schwindeln, wann ich will."

„Natürlich. Bloß müssen Sie sich merken, daß ich es immer herausbekomme, kleine Katarin."

Pause.

„Haben Sie eigentlich Angst vor mir?"

„So was Dummes. Warum sollte ich Angst vor Ihnen haben?"

„Nun eben. Sehen wir uns morgen?"

„Ich ... ich weiß nicht."

„Ich hole Sie am Nachmittag ab. Wir könnten nach Potsdam fahren."

„Ich habe eigentlich keine Zeit."

„Ich auch nicht. Aber trotzdem. Katarin, wissen Sie, daß ich viel zu oft an Sie denken muß?"

„So?"

„Ja. Obwohl es schließlich für mich wichtigere Dinge gibt als ein bockiges kleines Mädchen. Auch wenn es noch so schön Klavier spielt. Werden Sie mir einmal etwas vorspielen, ganz allein für mich?"

„Sie können ja in meine Konzerte gehen", sagte sie patzig.

„Für mich allein, habe ich gesagt. In meiner Wohnung steht ein schöner Flügel."

„Dann sollten Sie am besten selbst Klavierspielen lernen, wenn Sie Musik so lieben."

„Katarin?"

„Ja?"

„Wollen wir uns nicht doch noch heute abend sehen? Sie könnten mir etwas vorspielen."

„Ich bin müde."

„Also gut. Lassen wir es bei morgen. Ich hole Sie ab. Gute Nacht."

„Gute Nacht."

Sie legte den Hörer hin und blieb unbeweglich auf dem gleichen Fleck stehen. Eine Vertraulichkeit war entstanden, die sie nicht beabsichtigt hatte. Warum hatte sie sich nur wieder mit ihm verabredet? Aber sie konnte ja noch immer absagen. Morgen vormittag.

Ach, warum war Carsten nicht hier. Er sollte bei ihr sein, damit sie erst gar nicht in solch dumme Geschichten hineingeriet.

Sie verschwieg Luisa das Rendezvous. Glücklicherweise ging sie aus, bevor Kainer eintraf. Er kam herauf, brachte Blumen und Schokolade.

„Ihretwegen schwänze ich heute eine wichtige Konferenz. Sie sind ein gefährliches Mädchen, das mich dazu bringt, meine Pflichten zu vernachlässigen."

„So wichtig wird es schon nicht sein. Das Auswärtige Amt wird kaum in ernsthafte Verlegenheiten geraten. Ich nehme an, es gibt dort noch mehr Männer, die so tüchtig sind wie Sie."

Er lachte. „Hoffen wir's."

Ohne weitere Vorbereitung nahm er sie in die Arme. Er küßte sie so heftig und leidenschaftlich, daß es ihr den Atem nahm.

„Katarin, ich bin verrückt nach dir."

„Bitte . . ."

Er ließ sie los. „Darf ich nicht hereinkommen?" Sie standen noch immer in der Diele.

„Nein", rief Katarin eilig und unüberlegt, „nein, auf keinen Fall!"

Er lächelte. „Was fürchtest du?"

„Ich denke, wir wollen nach Potsdam fahren?"

„Also gut, fahren wir."

Er war allein heute, ohne Chauffeur. Als Katarin es sah, wäre sie am liebsten umgekehrt. Vielleicht wollte er sie irgendwohin entführen. Komisch, daß sie diesem Mann alle möglichen Gewalttaten zutraute.

Zunächst jedoch fuhren sie wirklich nach Potsdam. Kainer steuerte den Wagen hinaus nach Sanssouci.

„Wollen wir ein wenig spazierengehen?"

„Gern", erwiderte Katarin erleichtert.

Es war ein sonniger, kühler Spätherbsttag, fast schon ein Wintertag. Der Himmel zeigte ein blasses, müdes Blau, die Luft war ganz klar. Nur wenig rotes und braunes Laub hing noch an den Bäumen.

Katarin war lange nicht in Sanssouci gewesen. Früher hatte sie oft mit Carsten lange Spaziergänge im Park gemacht. Sie erinnerte sich auch an ihren ersten Besuch hier draußen, damals, als sie erst kurz in Berlin war. Mit Helga, Fred und Richard war sie hier gewesen. Helga und Richard waren nun schon lange verheiratet, Helga hatte im vergangenen Jahr ein Kind bekommen, ein kleines Mädchen.

Plötzlich erzählte sie Kainer von ihrer Anfangszeit in Berlin, von all den Schwierigkeiten.

„Und nun lieben Sie also Ihren musikalischen Freund in Posen und wollen ihn heiraten?"

Katarin ärgerte sich über den Ton, in dem er von Carsten sprach.

„Zuerst einmal möchte ich, daß dieser verdammte Krieg aufhört. Und daß ich in meinem Beruf vorwärtskomme. Ich habe ja nicht nur zum Vergnügen studiert."

„Also ehrgeizig sind Sie auch?"

„Natürlich."

„Und warum wollen Sie dann überhaupt heiraten?"

„Irgendwann werde ich halt mal heiraten. Das ist ja nur Formsache. Die Hauptsache ist, ich liebe meinen Freund."

„So. Und er?"

„Er liebt mich auch."

Er antwortete nicht darauf. Sie stiegen die Stufen zum Schloß empor, gingen dann seitlich in den Park hinein. Langsam wurde es dämmerig und kühl, es roch bitter nach faulendem Laub. Kein Mensch weit und breit, es war ganz still, nicht einmal ein Vogel sang.

„Schön ist es hier", sagte Katarin, „so still und friedlich."

„Friedlich, ja", sagte er. „Es gibt schon noch Frieden in der Welt, man muß ihn nur zu finden wissen." Er blieb stehen und sah sie an. „Man muß ihn suchen, Katarin. In sich selbst. Wenn man ihn da nicht findet, findet man ihn nie. Aber wir haben ja keine Zeit und keine Ruhe, ihn zu suchen. Und wer weiß, was geschähe, wenn wir einmal zur Besinnung kämen. Wir würden uns selbst nicht wiedererkennen."

Warum störst du meinen Frieden, dachte Katarin. Aber sie sprach es nicht aus. Schweigend gingen sie weiter.

Als sie zum Wagen zurückkamen, war es schon dunkel.

„Jetzt werden wir schauen, wo wir etwas Gutes zu essen bekommen", sagte er, wieder ganz der alte, die nachdenkliche Stimmung war verflogen.

Ehe er anfuhr, zog er sie ein wenig zu sich hinüber und küßte sie leicht auf die Wange.

„War der Spaziergang hübsch?"

„Ja, sehr."

„Das machen wir wieder einmal, ja?"

„Hm."

„Ich muß ein paar Tage verreisen. Wenn ich zurück bin, besuchst du mich doch einmal in meinem Landhaus, ja?"

„Es geht doch nicht."

„Warum denn nicht?" Er war ihr jetzt ganz nahe, diese dunklen verhangenen Augen, der harte, breite Mund.

„Du möchtest gerne kommen, ich weiß es ja."

„Nein, zum Teufel!"

Er lachte.

„Es könnte so nett sein, wenn wir gute Freunde wären", sagte Katarin vorwurfsvoll, „wenn das nicht wäre."

„Was, das?"

„Na, eben das."

„Dummchen. Das ist es ja gerade, was dir Spaß macht, warum du dich überhaupt mit mir triffst. Trotz deiner Liebe zu deinem fernen Freund."

„Vorhin waren Sie so nett und vernünftig", beschwerte sie sich.

„Gerade das, was du nicht von mir erwartest", erwiderte er. „Wenn du dir selber etwas vormachen kannst, mein Liebling, mir nicht."

Er startete und fuhr los.

Sie schwiegen eine Weile, während er in raschem Tempo stadteinwärts fuhr.

„Wo wollen wir denn zu Abend essen?" fragte er dann.

„Mir gleich. Wo es halt nett ist und was Gutes gibt."

„Du hast auch viel für das gute Leben übrig, kleine Hexe, wie?"

„Klar. Immer schon. Deshalb bin ich ja auch so erbost über diesen verdammten Krieg."

„Wer nicht?"

„Warum mußte es denn überhaupt sein?"

„Ja, warum? Wenn du von mir keine Phrasen hören willst, dann kann ich dir nur antworten, ich weiß es auch nicht."

„Wenn Sie es nicht wissen – Sie gehören doch schließlich dazu."

„Wozu?"

„Na, zu denen, die den Krieg machen. Zu den Nazis."

Er lachte amüsiert. „Sag das nicht so laut, Katarin. Ja, ich gehöre dazu, und schon lange. Aber ich hatte es mir alles ein wenig anders vorgestellt."

Seine Offenheit wunderte sie.

„Und warum ...", begann sie stockend.

„Warum ich dann mitmache, willst du fragen?"

„Ja, so ungefähr."

„Nun, ich lebe nicht schlecht, nicht wahr?" antwortete er zynisch.

Darauf ließ sich schwer etwas sagen.

„Reden wir nicht von unwichtigen Dingen", sagte er nach einer Weile in leichtem Ton, „reden wir lieber von uns. Liebst du mich denn gar nicht, Katarin?"

„Ach, Unsinn!"

„Ein ganz klein wenig? Traust du dich nicht, es zuzugeben?"

„Ich will davon nichts hören."

„Nein?"

Er bremste so plötzlich, daß sie vornüber flog. Noch in der Bewegung fing er sie auf, wandte sich ihr zu. Sein Gesicht nahe vor sich, wartete sie in der gefahrvollen Dunkelheit, in der bangen Stille auf seinen Kuß, und als er endlich kam, bebte sie vor Erregung und Verlangen. Er küßte sie, ihren Mund, ihre Wangen, ihre Schläfen, ihre Augen. Sie wehrte sich nicht, auch nicht als er ihren Mantel aufknöpfte und ihre Brust umfaßte.

Sie merkte auch nicht, daß sie seinen Kuß mit Heftigkeit erwiderte. Auf einmal spürte sie seine Hand auf ihrer nackten Brust. Sie versuchte ihn fortzustoßen, doch er drückte ihren Kopf in die Polster und vergrub sich ganz in ihren Mund.

Schließlich gelang es ihr, sich von ihm frei zu machen.

„Ich will das nicht", sagte sie heftig.

Er lachte. „Ja, man merkt's." Das klang roh. Katarin schwieg erbittert.

Er fuhr weiter. In raschem Tempo näherten sie sich jetzt der Stadt, ohne ein Wort zu sprechen.

Ich will nach Hause, dachte Katarin. Ich hasse diesen Menschen, er ist mir widerlich. O Hanno, warum läßt du das zu, warum bist du nicht bei mir.

Sie war so versunken in ihre Gedanken, daß sie nicht auf den Weg achtete. Erst als der Wagen hielt, schaute sie auf.

Eine stille Straße, Bäume, ein hohes Tor.

„Wo sind wir denn?" fragte sie.

„Moment", erwiderte er und drückte auf die Hupe.

Das Tor vor ihnen öffnete sich lautlos, der Wagen rollte hindurch. Im Augenblick war Katarin hellwach. Sie wußte, wo sie waren. Das war zweifellos seine Villa.

„Ich wünsche, daß Sie mich sofort nach Hause fahren", sagte sie kalt.

„Später", erwiderte er.

„Sofort."

„Katarin, sei kein Kind. Glaubst du, ich will dich vergewaltigen?"

Der Wagen hielt vor dem Haus, plötzlich war jemand da und riß die Wagentür auf. „Guten Abend", sagte eine Stimme.

Vor dem Diener konnte sie keine Szene machen. Sie stieg aus und ging schweigend neben Kainer ins Haus. Nun, er sollte sich keine Illusionen machen.

Das Haus war prächtig, so prächtig, daß Katarin vor Staunen ihre Angst vergaß. Ein pompöses Treppenhaus, hohe Türen, und wieder ein Diener, der sich verneigte und eine der Türen vor ihnen öffnete. – Wie im Film, dachte Katarin, ein ganz schöner Angeber, mein neuer Bekannter.

Sie kamen in einen großen Raum, in dem ein Kaminfeuer brannte. Dicke Teppiche verschluckten jeden Schritt. Kainer schob ihr einen Sessel vor den Kamin. „Setz dich hierher, du wirst gefroren haben."

Lächerlich, sie hatte nicht gefroren. Sie war heiß vor Erregung. Doch jetzt beruhigte sie sich schnell. – Ich benehme mich hysterisch, dachte sie. Das Haus ist voller Leute, und ob er mir etwas tun kann, liegt nur an mir. Ich bin eben noch immer eine Gans aus der Provinz.

Es wurde gemütlich und harmonisch. Kainer war höflich, liebenswürdig, ein vorbildlicher Gastgeber. Man servierte ihnen ein ausgezeichnetes Essen, sie tranken Wein, Kognak und Sekt.

Im Nachhall der erregenden Minuten trank Katarin schnell und ein wenig zuviel. Sie merkte es zu spät, denn Kainer unterhielt sie auf das beste, er war gesprächig und lebhaft.

Dann saßen sie auf einmal nebeneinander auf einer breiten Couch. Und plötzlich war er wieder nahe. Mühsam suchte Katarin ihre auseinanderfliegenden Gedanken zu sammeln. – Verdammt, ich habe zuviel getrunken, dachte sie, und versuchte vergeblich, ihn von sich abzuwehren.

Doch er faßte sie brutal an, preßte sie in die Kissen, das fremde Gesicht neigte sich über sie, dunkel vor Leidenschaft, widerlich in seiner Gier.

Das brachte sie zur Besinnung. Wie sie ihn haßte, diesen gierigen, lüsternen Ausdruck in den Männergesichtern, wie schrecklich das war. Widerlich, widerlich, dachte sie unter seinen Küssen. Sie stieß seine Hände zurück, die wieder ihre Bluse öffnen wollten. Doch sie war ungeschickt, er war geschickt. Mit seinem Körper drückte er sie nieder, und plötzlich empfand sie doch Lust. Sie stöhnte, sie gab nach, ihre Lippen öffneten sich.

Doch plötzlich war Carsten da. Sie sah ihn so deutlich, als stände er ihr gegenüber. Nächste Woche würde sie nach Posen fahren, zu ihm. Nein, nein – nicht so. Verzweifelt schrie sie auf unter dem fremden Mund, stieß den Mann mit aller Kraft zurück und wand sich rasch zur Seite, herunter von dem Lager.

„Was ist los?" fragte er aufgestört.

Katarin wich bis zum Kamin zurück. Sie war fast nackt, die Bluse hing ihr im Rockbund, der Rock hochgerutscht. – Ekelhaft, dachte sie, ekelhaft. Mit zitternden Händen begann sie, ihre Kleider anzuziehen.

Er kam zu ihr. „Was hast du denn? Komm, hab dich nicht so. Mach es nicht so kompliziert." Er wollte wieder nach ihr greifen.

„Rühren Sie mich nicht an, wenn Sie nicht wollen, daß ich laut schreie. So laut ich kann."

Er blieb stehen, betrachtete sie kopfschüttelnd, sein Gesicht wurde kalt.

„Das versteh' ich nicht. Wir hatten es doch gleich", sagte er sachlich. „Warum machst du so ein Theater? Tu doch nicht so, als ob es für dich etwas Besonderes wäre. Ich kenn' dich doch, ich merke doch, wie du wirklich bist."

Das ernüchterte sie vollends. So hätte er auch später empfunden, danach. Nur fort von hier.

Kainer griff nach der Kognakflasche, schenkte sich ein, trank. Sein Blick war jetzt kalt und unfreundlich. „Das hätte ich nicht gedacht, daß du so ein Dummchen bist."

„Das Gegenteil ist richtig", erwiderte sie heftig, „nicht dumm genug."

Sie nahm Kamm und Spiegel heraus, richtete ihr Haar, zog die Lippen nach. Ihre Hände zitterten so, daß sie den Lippenstift kaum in ihren Fingern halten konnte. Auf einmal hatte sie Tränen in den Augen. Der Alkohol begann wie wild in ihrem Kopf zu kreisen. Nur fort, dachte sie verzweifelt, sonst wird mir noch schlecht.

„Ich möchte gehen", sagte sie fest.

„Wirklich?"

„Ja. Sofort."

„Ich werde dich nach Hause fahren lassen."

Er klingelte nach dem Diener, dann stand sie vor dem Portal, ein kühler Abschied, aufatmend versank sie in den Polstern des Autos. Sie preßte die Lippen zusammen, um ihre Übelkeit zu bekämpfen. – Nie mehr in meinem Leben, dachte sie hysterisch, nie mehr soll mir ein Mann in die Nähe kommen.

In der Wohnung war es still, Luisa schien glücklicherweise nicht zu Hause zu sein. Wie spät war es eigentlich? Und dann wurde ihr endgültig schlecht.

Das Gefühl der Beschämung, Nervosität und Unruhe blieben zurück. Immer wieder quälte sie sich mit den Ereignissen des Abends.

Luisa, die eine spielerische Frage nach Kainer stellte, wurde wütend von ihr angefahren.

„O lala", sagte Luisa, „ist es schon soweit?"

„Luisa, ich verbiete dir, so etwas zu sagen, so etwas nur zu denken."

„Kat, du bist kindisch. Hast du dich in den großen Mann verliebt?"

„Verliebt? Ich finde ihn widerlich."

„Sooo? Dann muß ja einiges geschehen sein. Und solch ein Resultat? Das überrascht mich, ich hätte ihn für geschickt und erfahren gehalten."

Als sie Katarins zornblitzende Augen sah, lachte sie. „Friß mich nicht gleich. Ich bin schon ruhig. Aber ich wundere mich. Immerhin, Kainer ist ein interessanter Mann."

„Es gibt nichts, worüber du dich wundern könntest. Höchstens darüber, daß ich das törichte Spiel mit dem Feuer nicht lassen konnte. Aber ich habe mich nicht verbrannt. Ich nicht. Und jetzt ist das erledigt. Nimm zur Kenntnis, ich liebe Carsten."

„Ach ja, Carsten", sagte Luisa lässig. „Er ist auch aller Liebe wert. Ich glaube, er ist noch mehr wert, als du ihm geben kannst."

„Wie meinst du das?" fragte Katarin verblüfft.

„Ich wundere mich eigentlich immer, daß ihr beiden zusammengekommen seid. Als Peter es mir damals schrieb, wollte ich es gar nicht glauben. Daß du es fertiggebracht hast, ihn zu verführen, das war eine Leistung."

„Luisa, sprich nicht so. Bei uns ist das anders. Wir lieben uns wirklich."

„Erinnerst du dich noch an Jenny Claus? Die heute in Freiburg im Engagement ist? Ein bildhübsches Ding und nicht unerfahren. Sie hat sich soviel Mühe mit Carsten gegeben, sie war verrückt nach ihm. Er widerstand ihr wie ein Säulenheiliger."

„Er ist eben nicht so."

„Nein, er ist nicht so", sagte Luisa plötzlich ernst. „Aber du – du bist so."

An dieses Gespräch mußte Katarin denken, als sie im Zug nach Posen saß. Sie war unruhig und freute sich das erstemal nicht richtig auf das Wiedersehen mit Carsten. Sie hatte das Gefühl, er müsse ihr alles ansehen. Die fremden Küsse auf ihrem Mund, die gierigen Hände an ihrem Körper.

Ihre Nervosität machte sich bei der Begrüßung in unvermuteten Tränen Luft.

Carsten war überrascht. „Aber Kind, was hast du denn?"

„Ach, ich bin so aufgeregt", stammelte sie, „das Konzert, und du, ich hatte so Sehnsucht nach dir."

Alle Ruhe und Sicherheit, die sie sonst bei ihren Konzerten gezeigt hatte, verließ sie diesmal, unruhig bangte sie dem Abend entgegen. Noch am Nachmittag erklärte sie, sie müsse absagen. Keine Phase des Konzertes war mehr in ihrem Kopf, ihre Hände fühlten sich heiß und feucht an, das ganze Mädchen war wie im Fieber. Carsten sprach ihr Mut zu. Doch er betrachtete sie besorgt, als sie kurz vor Beginn bei ihm im Künstlerzimmer saß. Sie war blaß unter der Schminke, sie fröstelte, die Augen glänzten fiebrig. Um sie abzulenken, lobte er das neue Kleid, in dem sie wirklich bezaubernd aussah. Der matte rosa Ton paßte gut zu ihrem dunkelbraunen Haar, die Schultern waren frei und hoben sich glatt und jung aus der weichen Seide. Um die Hüfte hatte der Modekünstler geschickt ein Stück schwarzer Spitze drapiert. Doch nicht einmal das neue Kleid konnte Katarin heute erfreuen. Carsten verließ sie besorgt, um das Konzert mit der Leonoren-Ouvertüre zu beginnen.

An seiner Hand betrat sie endlich das Podium. Da man sie hier schon kannte, wurde sie freundlich empfangen. Sie verbeugte sich mechanisch, die Köpfe unter ihr verschwammen zu einem grinsenden Ungeheuer. Dann saß sie am Flügel und starrte auf die Tasten. Keine Note, kein Ton war ihr gegenwärtig. Sie mußte die Hände zu Fäusten ballen, um ihr Zittern zu verbergen. Ihre Augen suchten Carsten, trafen seinen Blick, der liebevoll und aufmunternd auf ihr lag. Er nickte ihr zu. Sie richtete sich auf, atmete tief und schloß die Augen. O Gott, warum nur wollte sie Pianistin werden, wie war sie nur auf diesen unseligen Einfall gekommen!

Carsten hob den Stab. Ein Orchesterakkord, nun ihre Passagen. Die beiden ersten kamen etwas wacklig, die dritte saß gut. Sie ließ die Hände sinken, halb benommen, in ihrem Kopf sauste es, sekundenlag dachte sie, sie würde in Ohnmacht fallen. Unklar hörte sie das lange Orchesterzwischenspiel. Dann wieder Carstens Blick. Mechanisch hob sie die Hände, mechanisch spielte sie das hundertmal Geübte. Und nun das Motiv, klar, rein, die geliebte Melodie. Langsam floß das Blut wieder ruhiger, das Herz schlug langsamer, die Erstarrung wich. Sie begann zu fühlen, zu denken und endlich zu gestalten. Am Ende des ersten Satzes war die Beklemmung gewichen. Carsten nickte ihr zu und lächelte ein wenig, sie lächelte mit den Augen zurück. Es ging gut, es mußte einfach gut gehen. Er war ja da, er half ihr. Alles war gut, wenn er nur bei ihr war.

Mit neuem Mut begann sie den zweiten Satz, die heitere, träumerische Einfachheit der Melodie wuchs von selbst aus dem Instrument, ihre Finger brauchten die Töne nur zu formen. Sie wurde fortgetragen, ein glückseliges Machtgefühl ergriff sie, ging von ihren Fingerspitzen in die Tasten, von ihrem Herzen auf die Zuhörer über.

Trotzdem verhudelte sie im dritten Satz einen von den spielerisch perlenden Läufen, in die sie sich ein wenig leichtsinnig hineingestürzt hatte. Carsten verlangsamte ein wenig das Tempo, bis sie wieder hineingefunden hatte.

Der Beifall war gewaltig, er brach los wie ein Sturm. Ja, sie hatte gut gespielt, sie wußte es. Aber nun, da die Spannung nachließ, fühlte sie sich leer und gefühllos. Carsten mußte sie vom Sitz aufziehen. Man legte ihr Blumen in den Arm, sie lächelte, immer wieder der Weg über das Podium.

Halb ohnmächtig sank sie schließlich in Carstens Arme und weinte ein wenig. Er streichelte sie beruhigend. Der Intendant des Theaters, ein paar Kollegen von Carsten, Pitt, noch einige fremde Leute umstanden lächelnd die weinende Pianistin. Man brachte ihr einen großen Kognak, den sie mit einem Schluck hinunterkippte, dann bat sie um eine Zigarette. Sie trocknete die Tränen, entfernte die verschmierte Wimperntusche und puderte ihre Nase. Dabei sprach sie mit allen auf einmal, laut, aufgeregt. Immer wieder wollte sie hören, ob es gut gewesen sei, ob sie viele Fehler gemacht, ob es dem Publikum gefallen habe. Sie beklagte die verhunzte Stelle, man tröstete sie, kein Mensch habe etwas gemerkt.

Die Pause war vorbei, Carsten mußte wieder ans Pult. Katarin blieb mit Pitt und einigen anderen im Künstlerzimmer, ließ sich noch einen Kognak geben und beruhigte sich langsam.

Nachher fand ein kleines Essen statt. Katarin aß wenig, doch sie trank so viel, daß Carsten sie besorgt beobachtete, schließlich zog er sie beiseite, um sie einen Augenblick allein zu sprechen.

„Du trinkst zuviel, Katarin", sagte er, „und du rauchst zuviel. Du bist ohnehin schon nervös."

„Ach, laß mich doch. Ich bin so froh, daß es vorbei ist. Ich hatte gräßliche Angst. War ich gut?" Sie fragte es zum fünfzigsten Male.

Er nickte. „Ich mache mir Sorgen um dich. Ich glaube, du lebst recht unvernünftig, wenn ich nicht da bin. So wie heute abend kenne ich dich gar nicht."

„Ach, Lampenfieber", sagte sie leichthin.

„Trotzdem", beharrte er, „wenn du so weitermachst, wirst du ein Nervenbündel." Er schwieg eine Weile und betrachtete sie nachdenklich.

Katarin lächelte ihm ängstlich zu. – Sieh mich nur an, dachte sie, siehst du es, daß ich dich beinahe betrogen habe, daß ich dazu bereit war. Ich bin so, hat Luisa gesagt. Du – du bist anders.

„Ich denke", sagte er, „das beste wird sein, wenn wir bald heiraten."

„O Hanno!" Sprachlos sah sie ihn an, erschrocken und überrascht. „Du wolltest doch im Kriege nicht heiraten."

„Der Krieg dauert zu lange. Ich möchte dich bei mir haben. Es wird auch für dich besser sein."

Sie senkte die Augen. Merkte er etwas? „Soll ich dann auch nach Posen ziehen?"

„Es ist nicht gesagt, daß ich noch lange in Posen bleibe. Ich stehe in Verhandlungen mit Danzig und Breslau. Möglicherweise werde ich nächsten Herbst woanders sein. Das heißt, wenn der Krieg mir keinen Strich durch die Rechnung macht. Du kannst in diesen Städten auch konzertieren und von dort aus Gastspiele planen. Später wird man weitersehen."

„Wenn der Krieg aus ist."

„Ja, wenn er aus ist." Er schaute sorgenvoll drein. „Ich fürchte...", doch er sprach nicht aus, was er fürchtete. Er nahm ihre Hand, die schlanke, durchtrainierte Klavierhand mit den kurzen Nägeln, und streichelte sie. „Mein Liebes, vor allem brauchst du jetzt Ruhe und Erholung. Ich denke, du bleibst gleich bis Weihnachten hier."

„Das habe ich auch gedacht", sagte Katarin froh, „ich wollte sowieso nicht zurückfahren. Hast du dich nicht gewundert, daß ich soviel Gepäck habe?"

Im Laufe des Semesters schloß Katarin eine seltsame Freundschaft. Fast war mit dem Ausdruck Freundschaft zuviel gesagt, denn es blieb bei einer distanzierten, doch interessierten Bekanntschaft. Man konnte sich mit Eva Tilsen schwer befreunden, sie verhielt sich zurückhaltend, manchmal direkt abweisend.

Sie war jünger als Katarin und erst seit zwei Semestern an der Hochschule, und Katarin wußte zunächst nichts anderes von ihr, als daß sie als Geigerin bei Professor Barth studierte. Ein merkwürdiges Geschöpf, keineswegs sympathisch. Sie war klein und mager, unbeholfen und ungraziös bis zur Lächerlichkeit. Das Gesicht slawisch breit mit einer winzigen Nase und vollen Lippen, das Haar braun und stumpf. Vielleicht hätte sie mit ein wenig mehr Sorgfalt für ihr Äußeres ganz erträglich ausgesehen, doch sie kannte weder Puder noch Lippenstift, und einen Friseurladen schien sie noch nie von innen gesehen zu haben. Man kannte sie nur immer in dem derben braunen Kostüm, in flachen häßlichen Schuhen. Sie mußte sehr arm sein. Arm und ungebildet, wie man munkelte. Man hatte allerdings wenig Gelegenheit, mit ihr zu sprechen, sie stand nicht in dem Vestibül der Hochschule, unterhielt sich mit keinem, flirtete nicht, nahm an keinen Vergnügungen teil.

Aber man erzählte bald Wunderdinge von ihrer musikalischen Begabung. Und als Katarin sie dann bei einem Vortragsabend spielen hörte, war sie verblüfft. Worte wie „Dämonie", „dynamisches Temperament" kamen ihr in den Sinn, als sie die kleine feste Gestalt auf dem Podium stehen sah und spielen hörte, spielen mit dem ganzen Körper und der ganzen Seele, hingerissen, besessen, als gäbe es nichts außerhalb der Welt ihrer Musik. Ohne zu lächeln nahm sie am Ende den rauschenden Beifall entgegen, steif und hölzern verließ sie das Podium.

Durch einen Zufall wurde Katarin mit ihr bekannt. Sie hatte einmal im Studentenwerk zu tun, besprach irgend etwas mit der Sekretärin und sah durch die halboffene Tür den Studentenführer im Nebenzimmer an seinem Schreibtisch sitzen. Vor ihm stand Eva Tilsens kleine, magere Gestalt, die so hilflos, so preisgegeben aussah.

„Ich verstehe Sie nicht, Fräulein Tilsen", kam die Stimme des Studentenführers ziemlich scharf, „an Ihrem Talent zweifelt niemand, ich höre von Professor Barth das Beste über Sie, Sie sind ehrgeizig und fleißig. Aber Sie haben die größten finanziellen Schwierigkeiten, Ihr Studium fortzusetzen. Professor Barth sagte mir, daß Sie nach diesem Semester aufhören wollen, weil Ihnen die Mittel fehlen."

„Herr Professor Barth hat kein Recht, Ihnen das mitzuteilen", sagte Eva leise.

„Seien Sie doch nicht albern. Wir wollen Ihnen nur helfen. Ich habe mir alle Mühe gegeben, für Sie ein Stipendium zu bekommen, vielleicht ist noch eine weitere Existenzhilfe möglich, und Sie erklären mir einfach, Sie wollen das nicht? Das kann doch kein Mensch begreifen. Die kleine Gefälligkeit, die ich dafür von Ihnen erbitte, ist doch wirklich nicht zuviel verlangt."

„Ich kann das nicht", kam die Stimme des jungen Mädchens gequält.

„Warum denn nicht, um Himmels willen? Schließlich ist es doch eine ehrenvolle Tätigkeit. Ich brauche dafür jemanden, der gewissenhaft ist und solide. Sie tun ja gerade, als wenn ich Ihnen damit etwas Übles zumute."

„Ich kann es nicht", sagte Eva wieder, „bitte, glauben Sie mir, ich kann es wirklich nicht. Ich bin nicht geeignet dafür. Und auf das Stipendium möchte ich verzichten. Ich werde es schon irgendwie schaffen."

„Wie Sie wollen", sagte der Studentenführer schulterzuckend. „Es ist schließlich Ihre Sache."

„Ja", sagte Eva leise, doch mit einer gewissen Bestimmtheit, die nicht zu ihrer demütigen Haltung paßte. „Es ist meine Sache. Kann ich jetzt gehen?"

„Bitte", knurrte er unfreundlich.

„Guten Tag."

„Heil Hitler", sagte der Studentenführer betont. Eva schien es zu überhören.

Sie kam heraus, mit weißem Gesicht und unruhig flackernden Augen, sah weder Katarin noch die Sekretärin an und verschwand.

„Was ist denn da los?" fragte Katarin.

„Das ist vielleicht ein komisches Tier. Er", mit einer Kopfbewegung wies die Sekretärin auf die jetzt geschlossene Tür ins Nebenzimmer, „hat ihr ein Stipendium besorgt. Doch sie will es nicht, was sagen Sie dazu? Dabei sieht sie aus, als hätte sie nicht genug zu essen. Und wie sie 'rumläuft."

„Und warum will sie nicht?"

„Das sagte sie nicht. Sie redet bloß immer so drumherum. Er wollte, daß sie einen Posten in der weiblichen Studentenführung übernimmt, weil die Fink, die das bis jetzt gemacht hat, weggeht. Aber das hat die ganz entsetzt abgewehrt. Sie kann das nicht, sagt sie. Sie haben es ja gehört."

Nun, das verstand Katarin. Auch sie verzichtete auf ein Stipendium, weil sie nichts mit dieser Organisation zu tun haben wollte. Dieser ganze lächerliche Kram mit Fahnen und Heil und Phrasen, lieber Himmel, man mußte schon ein wenig beschränkt sein, um daran Gefallen zu finden.

Als sie anschließend in die Bibliothek ging, traf sie Eva wieder. Während beide auf das Erscheinen des Bibliothekars warteten, sagte Katarin: „Sie haben dem Stufü einen Korb gegeben. Kann ich verstehen, ich bin auch keine Führernatur."

Eva musterte sie mißtrauisch und schwieg.

„Allerdings, um das Stipendium ist es schade, das hätte Ihnen doch sicher ganz gut getan."

Das Mädchen wurde rot. „Von denen brauche ich kein Stipendium. Und wem ich zu armselig bin, der braucht ja nicht mit mir zu reden."

„Großer Gott, seien Sie doch nicht so borstig. Es hat doch kein Mensch was gegen Sie. Aber man traut sich ja gar nicht, mit Ihnen zu sprechen, wenn Sie so empfindlich sind. Außerdem finde ich, man kann das Geld ruhig nehmen. Die versauen uns doch unsere ganze Jugend mit ihrem dämlichen Krieg. Und der kostet gerade Geld genug. Dabei sind die alles andere als schüchtern. Warum sollen wir da die Stolzen spielen?"

„Nicht aus Stolz", sagte Eva, „es ist – ich kann einfach nicht. Ich möchte unabhängig sein."

„Also doch Stolz", lächelte Katarin, „ich kann es verstehen. Sie werden es auch so schaffen. Ich habe Sie gehört beim Vortragsabend. Sie spielen einfach phantastisch, wirklich."

Ein schüchternes Lächeln erschien auf dem häßlichen kleinen Gesicht, doch es verschwand sogleich wieder. „Ich kann noch gar nichts", sagte Eva.

Der Bibliothekar kam mit den gewünschten Notenbänden. Eva nahm sie in Empfang und verließ dann mit leisem verlegenem Gruß den Raum.

Doch die Bekanntschaft, die von diesem Tage an datierte, blieb bestehen. Wenn sie sich jetzt trafen, sprachen sie immer ein paar Worte miteinander, und seltsamerweise fühlte sich Katarin zu ihr hingezogen. Da ergab es sich, daß man sie gemeinsam für einen Vortragsabend bestimmte, sie spielten Beethovensonaten, und sie arbeiteten großartig zusammen. Katarin hatte so etwas von Ehrgeiz und Arbeitseifer wie bei ihrer Partnerin noch nie erlebt. Nach dem Konzert hieß es, dies sei die vollendetste Leistung, die man in diesem Semester gehört habe.

Den Mädchen hatte das gemeinsame Musizieren Spaß gemacht, sie trafen sich auch in Zukunft öfter und spielten zusammen. Ab und zu kam Eva auch in die Bamberger Straße. Katarin sorgte stets dafür, daß sie gut zu essen bekam, und erlebte voll Freude, wie das seltsame Mädchen ein wenig auftaute, sie unterhielten sich oft recht angeregt. Hauptsächlich allerdings über fachliche Fragen, denn auf allen anderen Gebieten zeigte Eva eine erstaunliche Unwissenheit. Nie erfuhr Katarin etwas über ihre Lebensumstände oder Herkunft.

Luisa, die gepflegte, elegante, rümpfte über Katarins neue Bekannte das Näschen. Was für eine unmögliche Person. Luisa ließ nur hübsche Frauen gelten.

Als die Ferien begannen, schrieb Katarins Mutter, ob die Tochter nicht wieder einmal nach Hause kommen wolle. Nebenbei beschwerte sie sich in ihrem Brief über das lose Leben, das jetzt in Karlsburg überhand nähme. Die Leute seien alle so unsolid und leichtsinnig geworden. Und Katarin erfuhr, daß aus Theos Heirat nichts geworden war. Die hübsche Textiltochter hatte sich mit einem der feschen Offiziere eingelassen, und nun war ein Baby unterwegs. Es gelang den Eltern noch, Melly rechtzeitig an den kühnen Oberleutnant zu verheiraten, ehe er versetzt wurde. Und Theo hatte wieder keine Frau. Peinlich für ihn.

Auch Katarins Schwestern hatten inzwischen ihre Kinder bekommen, Lenchen das vierte, Friedchen das erste. Katarin war nun glücklich fünffache Tante, ein wenig graute ihr vor dieser vielfachen Würde. Während sie noch überlegte, ob sie für vierzehn Tage nach Hause fahren sollte, schon um ihre bevorstehende Heirat zu verkünden, die für Mai oder Juni geplant war, kam plötzlich ein Brief von Carsten. Er müsse sofort wieder Dienst in der Wehrmacht tun, er habe keine Ahnung, wo und was, sie höre bald von ihm. Es waren nur ein paar Zeilen, sichtlich in Eile geschrieben.

Das war eine böse Überraschung. Katarin hatte geglaubt, der Krieg sei für ihn vorüber. Nun kam seine Abstellung so plötzlich, daß er nicht einmal Zeit fand, Abschied zu nehmen. Dann hörte sie eine Weile gar nichts von ihm.

Im April, drei Tage vor ihrem Geburtstag, bekam sie die Erklärung. Der Krieg ging wieder einmal weiter, diesmal im Südosten. Nun marschierte man auch noch nach Jugoslawien, der Himmel mochte wissen, warum. Was hatten einem denn die Jugoslawen getan? Katarin verstand das nicht.

Zweifellos war Carsten dabei, und sie mußte wieder Angst um ihn haben, zumal sie lange ohne Nachricht blieb.

Und wieder siegten die deutschen Heere, siegten, siegten und siegten. Man gewöhnte sich allmählich daran und kümmerte sich wenig um die Kriegsberichte und Sondermeldungen. Viel mehr hätte es die Leute interessiert, zu erfahren, wann die Invasion in England gestartet werde. Nicht weil man etwas gegen England hatte, aber man hörte soviel darüber. Ständig wurde davon gesprochen, daß man glaubte, dies sei der nächste Schritt. Doch er blieb aus. Anscheinend war die Sache nicht so einfach.

Endlich traf ein Brief von Carsten ein. Er lebte noch, es ging ihm ganz erträglich. So schrieb er wenigstens. Immer wieder las Katarin die kärglichen Zeilen, es ließ sich wenig daraus entnehmen. Es wurde Mai, Juni, der frühe warme Berliner Sommer begann, und mit ihm der Krieg gegen Rußland.

Als Katarin davon erfuhr, ergriff sie ein ähnlicher verzweifelter Zorn wie damals bei Kriegsausbruch. Sollte denn dieser Krieg kein Ende nehmen? Er dauerte nun schon bald zwei Jahre, und es wurden immer mehr Feinde, immer mehr Kriegsschauplätze. Die Deutschen siegten ununterbrochen, doch es brachte ihnen keinen Frieden.

Und nun noch Rußland! Ungeheure Massen von Soldaten wurden in das riesige Land hineingepumpt. Auch hier Vormarsch und Siege im atemberaubenden Tempo. In sechs Wochen werde der Krieg mit Rußland zu Ende sein, genauso schnell wie alle anderen Feldzüge, prophezeiten die Naziführer. Diesmal schienen sie sich jedoch getäuscht zu haben, denn der Hochsommer kam und noch immer siegten die deutschen Soldaten unentwegt auf russischem Boden, siegten und starben.

Dann kam auch Carsten nach Rußland. Diesmal schien ihn die Kriegsmaschine nicht mehr loszulassen. Anschließend an die Kämpfe in Jugoslawien war er zum Oberleutnant befördert worden und hatte das EK bekommen.

Katarin schrieb ihm erbost, ob er vergessen habe, was er ihr damals versprach, nämlich keinesfalls tapfer zu sein und Held zu spielen. Sie brauchte keinen toten, dekorierten Helden, sondern einen lebendigen Mann.

In seinem nächsten Brief schrieb Carsten, daß es nun bitterer

Ernst werde mit diesem Krieg. Er habe wenig Hoffnung auf ein gutes Ende. Auf jeden Fall wünsche er, daß zwischen ihnen alles klar sei. Wenn er schon nicht bei ihr sein könne, dann solle sie wenigstens den Schutz einer Ehefrau genießen, ebenso die monatliche Unterstützung, die den Soldatenfrauen zustand. Auch für den Fall, daß er nicht wiederkomme, sei dann für sie gesorgt. Sie möge sich um die erforderlichen Papiere bemühen, bei seinem nächsten Urlaub würden sie heiraten. Er habe sich das zwar anders gedacht, aber momentan müsse man das Schicksal nehmen, wie es ist.

Er schrieb ihr: „Das seltsame ist, daß die Musik auf einmal ganz aus meinem Leben verschwunden ist. Ich habe nun seit Monaten keine Taste angerührt, keinen Bogen in der Hand gehabt, von einem Orchester gar nicht zu reden. Und das merkwürdigste ist, daß ich mich daran gewöhnt habe. Manchmal glaube ich, ich werde im ganzen Leben keinen Taktstock mehr in die Hand nehmen können. Nur wenn ich an Dich denke, dann höre ich noch Musik. Ich höre Dich spielen, ich sehe Dein Gesicht über den Tasten. Du bist das einzige, was mich noch mit der Vergangenheit verbindet. Und mit der Zukunft, wenn es für mich noch eine Zukunft gibt. Lange habe ich geglaubt, die Musik allein genüge für mein Leben, heute weiß ich, daß noch ein Mensch dazu gehört, ein Mensch, der mich versteht. Ich habe Dir vielleicht nicht deutlich genug gesagt, als wir noch zusammen waren, was Du für mich bist. Oder, besser gesagt, was Du für mich geworden bist im Laufe der Zeit. Ich habe es selbst nicht richtig erkannt. Und Du weißt, ich kann solche Dinge schwer aussprechen. Aber ich will es Dir wenigstens einmal schreiben. Ich liebe Dich!"

Katarin weinte über diesen Brief. Er ängstigte sie, und sie meinte Todesahnung daraus zu lesen. Ohne Carsten würde für sie das Leben nicht mehr lebenswert sein.

Aber es war kaum vierzehn Tage später – Carsten bekam übrigens am gleichen Tage einen Streifschuß in den rechten Arm –, da lernte sie an einem heißen, schwülen Sommerabend André Ventiu kennen.

## Umweg

Sie kannte André bereits aus den Erzählungen Sergius. Der Rumäne war noch immer eng mit Luisa befreundet, kein Zweifel, daß er sehr in sie verliebt war. Luisa hingegen – nun, man wußte bei ihr nie genau Bescheid. Katarin war der Meinung, daß Luisa kein Herz habe. Sie ließ sich zwar alle Aufmerksamkeiten Sergius gern gefallen, und er war wirklich außerordentlich großzügig und freigebig. Dank ihm führten Luisa und Katarin ein Schlemmerleben, sie hatten alles, was es längst nicht mehr zu kaufen gab.

Oftmals mußte Katarin den verzweifelten Sergiu trösten. Denn Luisa vernachlässigte seinetwegen keinesfalls ihren großen Verehrerkreis. Dann war er eifersüchtig, und zwar mit südländischer Leidenschaft. Übrigens hatte er Luisa einen Heiratsantrag gemacht, sie hatte liebenswürdig, aber bestimmt abgelehnt. Sie habe ihn zwar sehr gern, aber als Ehemann für sie sei er nicht geeignet. So war Luisa.

Nun also André, Sergius Freund. Er war einmal in der Bamberger Straße zu Besuch gewesen. Katarin war gerade nicht da und hatte es so versäumt, seine Bekanntschaft zu machen. Luisa erzählte, er sei unerhört charmant und sehe sehr gut aus, er gefalle ihr.

An einem heißen Augustabend, als Katarin müde und abgehetzt nach Hause kam, war er wieder einmal da. Luisa, die sie kommen hörte, rief nach ihr. Da Katarin nichts von dem Besuch wußte, ging sie ungeniert auf den Balkon. Als sie die drei da sitzen sah, Luisa im eleganten fliederfarbenen Sommerkleid, Sergiu in einem gestreiften Leinenanzug und den anderen Mann in einem elegant geschnittenen Anzug von hellstem Grau, wurde sie sich ihrer eigenen mitgenommenen Erscheinung unangenehm bewußt.

Ihr blaues Leinenkleid war fünf Jahre alt, nicht mehr ganz sauber und arg verdrückt. Die Nase hatte sie sich seit Stunden nicht gepudert, das Haar nicht gekämmt. Etwas befangen begrüßte sie daher den eleganten André, murmelte flüchtig, sie sei sehr müde und wolle sich gleich zurückziehen.

„Unsinn", sagte Luisa, „wasch dir die Hände und komm zum Essen. Wir haben wundervolle Sachen, Krebsschwänzchen, Gänsebrust und eine echte ungarische Salami. Zu trinken gibt es Kalte Ente. Sergiu hat sogar Eis aufgetrieben. Mach schnell, ich röste dir inzwischen ein paar Toasts."

„Ich komme in zehn Minuten", sagte Katarin, „ich muß mich erst ein bißchen frisch machen."

Sie stellte sich rasch unter die Dusche, machte sich ein wenig zurecht und zog ihr schönstes Sommerkleid an. Befriedigt musterte sie sich im Spiegel, das war schon besser.

Genußvoll ließ sie sich die guten Sachen schmecken und trank durstig zwei Glas von dem eiskalten Getränk. Heimlich musterte sie den vielgerühmten André.

Ihr fiel ein, was Luisa über ihn gesagt hatte. Auch ihr erster Eindruck ließ sich in einem Wort zusammenfassen: charmant. Nie hätte sie es für möglich gehalten, daß ein Mann soviel Charme haben könnte, ja, daß er diesen Begriff geradezu verkörperte, ohne deswegen an Männlichkeit zu verlieren.

Er war nur mittelgroß, doch schlank und biegsam, seine Bewegungen verrieten Kraft und Gewandtheit. Sein Gesicht war von ebenmäßiger Schönheit, dabei doch klug und männlich, die Augen dunkel und von unwahrscheinlich langen Wimpern umrahmt, die Haut glatt und rein, die Nase schmal und feingeflügelt, zum Mund liefen zwei leichte Furchen, die dem Gesicht ein reizvolles, interessantes Aussehen verliehen. Der Mund war weich und schön geformt und konnte hinreißend lächeln. Später sollte Katarin erfahren, daß dieser Mund hart und grausam sein konnte, böse. Auf der Oberlippe trug er ein kleines schwarzes Bärtchen, und obwohl sie dies bei anderen Männern immer töricht und störend gefunden hatte, gefiel es ihr bei ihm. Es stand ihm. Von bemerkenswerter Schönheit waren seine Hände, schmal, mit langen, schlanken Fingern, fast zu zierlich für einen Mann. Im Geist verglich sie diese mit Carstens vertrauten Händen, die auch lang und feinnervig waren, aber im ganzen doch breiter, fester und größer. Vertrauenerweckender, wie sie fand.

André verstand fesselnd zu erzählen. Wenn er lächelte, blitzten seine weißen Zähne in dem braunen Gesicht, seine Augen, eindringlich und erfahren, verstärkten den faszinierenden Eindruck. Luisa schien bezaubert von ihm, sie lachte und zwitscherte in allen Tönen und ließ auch ihre verführerischen Augen blitzen.

Katarin konnte eine leise Befangenheit nicht verbergen, sie kam sich dem vollkommenen Mann gegenüber plump und unschön vor, sie hatte das Gefühl, in seinen Augen ein ungewandtes, nicht besonders anziehendes Mädchen zu sein.

Dabei war er höflich und überaus galant zu beiden Damen. Worüber man auch sprach, er zeigte sich wohlunterrichtet. Als sie später bei der Politik angelangt waren, plauderte er auch darüber so leichthin, als handele es sich um das angenehmste Thema. Er wußte gut Bescheid. Kein Wunder, er kam oft ins Ausland. Seine Mutter war Schweizerin, und da sie von seinem Vater geschieden war, lebte sie in Zürich, wo er sie oft besuchte. Amerikas Eintritt in den Krieg prophezeite er für die nächste Zukunft.

Katarin wollte wissen, was sie am meisten bewegte, wie lange der Krieg noch dauern werde.

„Bis zum bitteren Ende", sagte André mit verbindlichem Lächeln. „Machen Sie sich darüber keine Illusionen. Es wird keinen Kompromiß geben."

„Und wer wird Sieger sein?"

André zuckte die Schultern. „Sieger? Was heißt schon Sieger nach so einem Krieg. Die Rechnung werden alle bezahlen müssen, zumindest Europa. Zunächst einmal wird alles vernichtet sein, was uns das Leben lebenswert macht."

Katarin mochte solche Reden nicht hören. Sie wollte dieses Europa so erhalten haben, wie es war.

André lächelte wieder. „Das wollen wir alle. Doch unsere Wünsche zählen nicht."

Den Krieg mit Rußland hielt er für ein großes Verhängnis.

„Das durfte Hitler niemals tun. Ich brauche gar nicht das abgenützte Beispiel von Napoleon anzuführen. Der kluge Menschenverstand, ein Blick auf die Karte sagt alles. Man kann keinen Angriffskrieg führen gegen Rußland, man kann nicht in dieses endlose Land hineinmarschieren und auf Gott oder den Führer vertrauen, daß man auch wieder herauskommt. Wennschon Krieg mit Rußland, dann einen Verteidigungskrieg, eine Linie, die man hält und gegen die man die Russen anrennen läßt, wenn es sein muß bis zum Jüngsten Tag."

„Aber wir siegen doch immerzu", sagte Katarin naiv.

„Warum auch nicht? Es hindert euch ja niemand daran. Diese paar Hundert Kilometer tun dem Russen nicht weh. Wartet nur, bis er die Eindringlinge tief genug in der Falle hat und bis es Winter wird. Kälte und Schnee sind noch immer die besten Verbündeten der Russen."

„Sie glauben also nicht, daß der Krieg mit Rußland bis zum Winter zu Ende sein wird?"

„Dann fängt er erst richtig an."

„Aber man spricht doch davon", warf Luisa ein, „daß die Russen den Krieg benutzen werden, um sich gegen die bolschewistische Regierung aufzulehnen."

„Können Sie sich vorstellen, daß die Deutschen sich gegen das nationalsozialistische Regime auflehnen?"

Katarin und Luisa sahen sich an. Konnte man sich das vorstellen? Man konnte davon träumen. Aber in Wirklichkeit? Ihr Leben war von allen Seiten so bewacht, schon der erste Schritt würde vermutlich der letzte sein.

„Die Wachsamkeit ist im bolschewistischen Staat nicht geringer als hier", sagte André. „Und warum sollten die Russen sich gegen ihre Regierung auflehnen? Für die meisten hat sich, an früheren Zeiten gemessen, vieles, wenn nicht alles gebessert. Das ist ein anderes Land dort und andere Bedingungen und – eine andere Geschichte, das darf man nicht vergessen. Vielleicht könnte es den Deutschen am ehesten gelingen, die Ukrainer auf ihre Seite zu ziehen. Doch ich fürchte, dazu sind sie nicht geschickt genug. Jedenfalls nicht die, die heute dort regieren."

André reichte Sergiu sein Glas, der es neu füllte. Es wurde langsam dunkel. Die schwüle Sommernacht sank über die riesige Stadt Berlin, eine schwere, drückende Nacht, die wie alle Nächte jetzt keinen ungestörten friedlichen Schlaf mehr brachte. Der Schlaf der Menschen war dünn geworden. Sie hatten sich daran gewöhnt, aufzuschrecken, einer grausamen Todesgefahr ausgeliefert, hilflos preisgegeben der Vernichtung, die aus dem Dunkel der Nacht nach ihnen griff.

Katarins Blick lag auf dem ruhig lächelnden Männergesicht. Er sprach von Krieg, Winter und Revolution, als handele es sich um einen spannenden Film. Nun ja, er war Ausländer, ihn kümmerte es wenig, was aus Deutschland wurde. Er hatte Verbindungen ins Ausland und brauchte um seine Geschäfte nicht bange zu sein. Und jetzt verdiente er ja an diesem Krieg.

Als habe André ihre Gedanken erraten, sagte er: „Man sollte nur noch mit einem Fuß in Europa leben. Denn der Bolschewismus wird nicht eingedämmt und nicht zurückgedrängt werden, im Gegenteil, er bekommt die größte Chance zu seiner Machterweiterung. Europa ist ein sinkendes Schiff. Man muß sich nach einer rettenden Küste umsehen."

Aus dem schweren goldenen Etui, das vor ihm auf dem Tisch lag, nahm er eine Zigarette, zündete sie an. Im Schein der kleinen Flamme leuchtete sein Gesicht auf. Es war schön und kalt, dieses

Gesicht. Katarin empfand für einen Moment heftige Abneigung gegen ihn.

Deutlicher Spott schwang in ihrer Stimme, als sie sagte: „Ich nehme an, Sie haben sich schon danach umgesehen."

Die Flamme erlosch. Er entgegnete ruhig: „Natürlich. Ich bin doch nicht dumm."

„Für Sie ist es auch leicht. Sie haben die Möglichkeit fortzugehen. Wir . . .", sie verstummte mit einem Schulterzucken.

„Eine schöne Frau hat alle Möglichkeiten der Welt. Sie muß nur verstehen, danach zu greifen." Seine Stimme klang schmeichelnd, glatt wie Seide.

„Ich brauche Deutschland, brauche Europa für meine Arbeit."

„Klavier spielt man auch anderswo."

Es klang außerordentlich geringschätzig, dieses „Klavier spielt man auch anderswo". Katarin konnte daraus entnehmen, wie er im Grunde ihre Arbeit beurteilte.

Sie ärgerte sich und schwieg.

„Mit oder ohne Klavier, eine Frau hat alle Möglichkeiten", wiederholte er, „besonders in Amerika. Es kommt nur darauf an, die richtigen Männer zu kennen."

„Die richtigen Männer! Ich möchte allein etwas werden, ohne Hilfe der Männer", sagte Katarin heftig. „Ich will nicht Erfolg haben, weil ich protegiert werde, sondern weil ich etwas kann."

„So?" Dieses leichte spöttische So, ungläubig und überlegen, trieb ihr das Rot in die Wangen. Glücklicherweise war es inzwischen so dunkel, daß es niemand sehen konnte.

Luisa lachte. „Katarin ist ein selbständiges Mädchen. Sie pfeift auf die Protektion eines Mannes."

„Wirklich? Gibt es so etwas?" fragte André in einem Ton, daß Katarin ihm am liebsten eine Ohrfeige gegeben hätte. Sie gab keine Antwort. Aber sie fühlte einen jähen Zorn auf diesen fremden Mann mit der weichen Stimme. Der saß nun hier, in seinem hübschen Anzug und im seidenen Hemd, bei Sekt und Zigaretten, in einem Leben ohne Sorgen und Qual. Carsten war in Rußland, in Not und Gefahr, er mußte die verhaßte Uniform tragen, hilflos einem brutalen Zwang ausgeliefert, mußte alles im Stich lassen, was ihm wert und teuer war. Wie ungerecht war das Leben!

Luisa, angeregt, erörterte weitschweifig ihre Möglichkeiten, in Amerika zu singen und Karriere zu machen.

Es war elf Uhr, als Alarm kam. Sie saßen noch immer auf dem Balkon, jetzt im tiefsten Dunkel. Sie hörten die Sirenen, dann aus der Ferne die ersten Flakschüsse.

Sergiu war, wie immer bei Alarm, ein wenig nervös. „Wollen wir nicht lieber hinuntergehen?"

„Das hat noch Zeit, sie sind ja noch gar nicht hier", sagte Katarin lässig.

Unten auf der Straße ging jemand und musterte die Häuserfronten. Von Zeit zu Zeit brüllte er mit rauher Stimme „Licht aus!", wenn irgendwo ein Fenster ungenügend verdunkelt war.

„Dieser Idiot", sagte Katarin, „der hat sich wichtig. Das macht der jedesmal bei Alarm."

In der Ferne hörten sie das Geböller der Flak, sonst lag Stille und Dunkelheit über der Stadt, die dumpfe Ruhe der Furcht.

Katarin trat an die Brüstung und schaute in das Dunkel hinein. Sie war voller Unruhe, voll einer unbestimmten Angst.

André stand auf und stellte sich neben sie. Der leise Duft von einem herben Parfüm wehte sie an, an ihrem nackten Arm spürte sie den weichen Stoff seines Anzugs.

„Armes Berlin", sagte er leise. „Es fängt erst an. Bald wird das Leben hier nicht mehr schön sein."

Katarin schwieg. Von dem Mann neben ihr ging etwas aus, das ihre Gedanken lähmte. Sie zog mit einem nervösen Schauer die Schultern zusammen.

„Ist Ihnen kalt?" fragte er besorgt. Seine Hand legte sich auf ihren bloßen Arm, die Berührung erschien voller Bedeutung.

„Oh, wirklich, Sie sind ganz kalt", bestätigte er, „ich würde Ihnen gern eine Jacke oder einen Schal holen, doch ich weiß nicht, wo."

„Mir ist nicht kalt", sagte Katarin abweisend und zog ihren Arm weg. Sie drehte sich um, setzte sich in ihren Sessel und griff nach ihrem Glas. Es war leer.

„Das Zeug ist aus", sagte Sergiu, „aber wir können noch eine Flasche Sekt trinken."

„Aber wir wollen hineingehen", meinte Luisa. „Es wird ein wenig kühl. Ich darf mich nicht erkälten, morgen habe ich die Musette."

Gleich nachdem sie hineingegangen waren, kam Entwarnung. Später wurde es noch sehr nett, sie sprachen nicht mehr vom Krieg, nicht von der Zukunft, dafür tanzten sie ein wenig zu der Musik aus Luisas Plattenspieler. Katarin und André tanzten schweigend. Er tanzte vorzüglich. Doch Katarin vermied seinen Blick, den sie spürte wie einen Griff.

Er war kaum größer als sie. Gegen Ende des Tanzes legte er seine Wange an die ihre, und als die Musik schwieg, ließ er sie erst los, nachdem sie ihn angesehen hatte. Sie wußte nicht, wie dunkel und verwirrt ihr Blick war. Sie wandte ihn schnell wieder ab. Er ließ sie los und lächelte.

Sie trat zum Tisch und nahm eine Zigarette, er gab ihr Feuer.

„Sie tanzen gut", sagte er, „leicht und anschmiegsam. Ich hätte gar nicht gedacht, daß Sie so leicht zu führen sind."

„Nein?"

„Nein. Ich bin angenehm überrascht."

Katarin warf ihm einen kurzen hochmütigen Blick zu, ließ ihn stehen und ging zu den beiden anderen, die vor dem Plattenspieler hockten und alberten.

„Ich gehe schlafen. Es ist schon recht spät."

„Ja, da hast du recht", sagte Luisa, „machen wir Schluß für heute."

Als sie allein waren, fragte Luisa: „Wie gefällt dir André?"

„Nicht besonders", erwiderte Katarin. „Er kommt sich jedenfalls unwiderstehlich vor. Ich kann diese Art Männer nicht leiden."

„Oh!" machte Luisa. „Ich hatte gar nicht den Eindruck. Übrigens, er i s t unwiderstehlich."

„Findest du?"

„Hm. Sergiu sagt, alle Frauen sind verrückt nach ihm. Er kann jede haben, die er will."

„Von mir aus. Gute Nacht, Luisa."

Katarin sah ihn erst wieder, als er von der nächsten Reise zurückkam.

Inzwischen verbrachte sie eine unruhige Zeit. Sie hörte lange nichts von Carsten, dann kam ein kurzer Brief. Er schrieb, daß er eine leichte Verwundung habe, es reiche jedoch nicht für einen Heimaturlaub, es sei schon fast wieder geheilt.

Katarin regte sich maßlos darüber auf. Was sollte das heißen, es reichte nicht für einen Heimaturlaub.

„Das sieht ihm wieder ähnlich", sagte sie erbost zu Luisa. „Jeder andere hätte die Gelegenheit benutzt, um Urlaub zu bekommen, und hätte entsprechend angegeben. Er beißt die Zähne zusammen und tut, als wäre es nicht der Rede wert. Als wenn die ihren blödsinnigen Krieg nicht ohne ihn führen könnten! Oh, ich wünschte, diese Verwundung wäre ein bißchen schlimmer, damit er zurückkäme und nicht mehr Soldat sein müßte."

Luisa meinte, dies sei ein gefährlicher Wunsch.

„Natürlich nicht ganz schlimm", sagte Katarin, „und es darf nur so lange dauern, wie der Krieg dauert. Damit er nicht mehr dabeisein muß."

„Ich glaube, das wünschen sich alle Frauen."

André und Sergiu kamen zurück. Sie waren in Budapest und in Bulgarien gewesen und hatten von den bulgarischen Schafzüchtern Wolle für die deutschen Fliegermäntel gekauft, für die schweren ledernen Mäntel der Flieger, die ein warmes Futter erhalten sollten. Nebenbei hatten sie für sich eingekauft, bulgarischen Wein, Zigaretten, Thunfische aus dem Schwarzen Meer in Büchsen und vieles andere mehr. Für Luisa brachte Sergiu Stoffe aus Budapest, Schuhe, Strümpfe und ein großes Paket voll duftiger, seidiger Wäsche. Entzückt packten die Mädchen aus. Auch André brachte ein Paket mit.

„Ich habe mir erlaubt, auch für Sie ein wenig einzukaufen", sagte er zu Katarin, „hoffentlich gefällt es Ihnen."

„Für mich?"

„Es wäre doch ungerecht, Ihnen nichts mitzubringen."

Das Paket enthielt mehrere Meter einer schweren lichtgrauen Seide, elegante Schuhe mit hohen Absätzen, zwei Paar Strümpfe, Parfüm.

Katarin freute sich wie ein Kind unter dem Weihnachtsbaum.

„Ich habe mir schon immer ein graues Nachmittagskleid gewünscht", erzählte sie aufgeregt, „es wird mir gut stehen, nicht?" Sie ließ den Stoff auseinanderfallen und drapierte ihn um ihre Gestalt. Die Schuhe allerdings waren zu klein, Katarins Fuß war eine Nummer größer als Luisas.

„Du kannst sie weiten lassen", meinte Luisa.

„Nicht nötig", sagte André, „verkauft sie oder verschenkt sie. Ich bringe das nächstemal andere mit."

Solange die Freunde in Berlin blieben, sah man sich fast täglich. Da das Wetter ungewöhnlich schön war, fuhren sie oft zum Segeln hinaus an die Havel, denn Katarin hatte ja Verfügungsrecht über Peters Boot.

André, der alles konnte, verstand es natürlich auch, ein Segelboot zu führen. Er schwamm und tauchte wie ein Fisch. So schön wie sein Gesicht war sein Körper, mit breiten Schultern und ganz schmalen Hüften, bronzebraun von der Sonne.

„Wie ein griechischer Jüngling", sagte Luisa ungeniert, als sie ihn das erstemal in der knappen Badehose sah. Sergiu, der zur Fülle neigte und dessen Beine eine kleine Biegung aufwiesen, stach ungünstig dagegen ab. Es war ohnedies nicht zu übersehen, daß Luisa mit André flirtete, es störte sie nicht im geringsten, ob Sergiu dabei war oder nicht. Auch André schien es nicht zu stören.

Katarin ärgerte sich darüber. Sie konnte André nicht leiden, auch deswegen nicht, weil er so ungeniert mit Luisa kokettierte, obwohl Sergiu dabei war und unglücklich dreinschaute. Überdies war sie eifersüchtig.

Unter halbgeschlossenen Lidern beobachtete sie das glitzernde Spiel der beiden. Luisa lag ausgestreckt auf dem Deck, André halb aufgerichtet neben ihr. Er griff mit der Hand ins Wasser, ließ die Tropfen über Luisas Arme und Schultern rinnen, und manchmal nahm er einen davon mit den Lippen auf.

Sergiu saß mit finsterer Miene neben Katarin, er seufzte.

„Er wird mir Luisa wegnehmen. Er hat mir immer alle Frauen weggenommen, wenn er sie haben wollte."

„Ein schöner Freund! Und warum läßt du es dir gefallen? Geh doch hin und hau ihm eine 'runter."

„Er ist viel stärker als ich. Und was hätte es für einen Zweck? Sieh doch, Luisa ist schon ganz verliebt in ihn."

„Luisa ist eine kokette Gans. Sie macht jeden Mann verrückt, der sich verrückt machen läßt, das war schon immer so. Na, von mir aus."

Sie stand auf, zog die Kappe übers Haar und sprang mit einem weiten Hechtsprung ins Wasser. Ohne sich noch einmal umzudrehen, schwamm sie weit in den See hinaus, mit langen, raumgreifenden Zügen. Das tat gut, es entfernte sie von diesen verhaßten, verworrenen Empfindungen, die Andrés Gegenwart in ihr erweckten. Das Wasser war warm und weich, liebkosend umfing es ihren Körper. Ach, so weitergleiten, nie mehr zurückmüssen.

Sie konnte sich nicht entschließen umzukehren. Als sie schließlich umdrehte, konnte sie das Boot im ersten Moment gar nicht entdecken. Sie erschrak. So weit war sie noch nie geschwommen. Langsam und kräftesparend machte sie sich auf den Rückweg.

Dann sah sie André. Er schwamm ihr entgegen. Wie ein Pfeil schoß er durch das klare Wasser. In elegantem Bogen umschwamm er sie und kam an ihre linke Seite.

„Alle Achtung", sagte er, „das war eine weite Strecke. Wir bekamen es mit der Angst. Es sah aus, als wollten Sie gar nicht wiederkommen."

„Na, wennschon", erwiderte Katarin kurz und nicht gerade freundlich. „Ich wundere mich, daß Sie überhaupt gemerkt haben, daß ich nicht mehr an Bord bin."

Er lachte. Sein dunkles, feuchtes Haar glänzte wie Lack in der Sonne. „Eifersüchtig?"

„Bei Ihnen piept's wohl", sagte Katarin schnodderig. „Tut das eigentlich weh, wenn man so eingebildet ist?"

„Katarin", sagte er, „du gefällst mir."

„Das glaub' ich gern. Nicht nur Ihnen."

„Ich hab' es gern, wenn eine Frau widerspenstig ist. Dann wird sie eine wundervolle Geliebte."

„Sie müssen es ja wissen."

„Ich weiß es auch. Und du wirst es auch erfahren."

„Ich würde Sie am liebsten hier ersäufen", sagte Katarin wütend, und es war ihr Ernst. Er lachte nur. Schweigend legten sie den Rest der Strecke zurück.

Katarin war erschöpft. Sie klammerte sich an den Bootsrand und verschnaufte. André hing neben ihr und sah sie an.

Luisa lag langgestreckt auf den Planken, Sergiu saß mit kummervollem Gesicht bei ihr und blickte auf sie nieder.

Sie gehen mir alle drei auf die Nerven, dachte Katarin erbost, in Zukunft mache ich meine Ausflüge allein.

„Gehen Sie schon an Bord und ziehen Sie mich 'rauf", sagte sie zu André, „ich bin müde."

„Gleich", erwiderte er. Unversehens zog er sie vom Bootsrand weg, nahm sie in die Arme und küßte sie. Katarin wurde überrascht. Da sie keinen Grund unter den Füßen hatte, lag sie hilflos in seinem Arm. Sein Kuß war drängend und fordernd, er öffnete ihre Lippen, ihre nackten, kühlen Körper preßten sich aneinander. Langsam ließ er sie los, blickte ihr in die Augen. Wie schön und weich war sein Mund! Katarin fühlte ein wildes Verlangen, ihn noch einmal zu küssen.

Mit einem Ruck zog André sich hoch, schwang sich auf Deck und streckte ihr die Hand entgegen. Sie nahm sie, schwang sich ebenfalls hinauf. Eine Sekunde standen sie Brust an Brust.

Katarin riß sich gewaltsam aus diesem Bann. Sie wandte den Kopf und begegnete Sergius Blick, der sich hastig abwandte. Er mußte das kleine Zwischenspiel beobachtet haben. Luisa lag mit geschlossenen Augen, sie hatte nichts gesehen.

Ohne ein Wort zu sagen, ging Katarin ans äußerste Ende des Bootes und legte sich gleichfalls hin. Sie spürte, wie ihr Herz klopfte. – Ich bin zu weit geschwommen, dachte sie, nur deswegen. Dankbar empfand sie die warme Sonne auf ihrem ausgekühlten Körper.

Nach einer Weile kam André und setzte sich neben sie. Er hielt eine Zigarette zwischen den Lippen und bot sie ihr, als sie danach blickte. Sie machte zwei Züge und gab sie zurück. Wie eine körperliche Berührung spürte sie seinen Blick.

Als er sie wirklich berührte, zuckte sie nervös zusammen. Er hatte sich auf dem Bauch neben ihr ausgestreckt, und seine Lippen streiften über ihren Arm und ihre Schulter.

Sie rückte ein Stück zur Seite. „Schließlich sind wir nicht allein hier", sagte sie unfreundlich.

„Und wenn wir allein wären? Du möchtest jetzt auch gern mit mir allein sein, nicht wahr?"

Sie gab keine Antwort. Doch sich selbst gegenüber mußte sie zugeben, daß sie gern mit ihm allein gewesen wäre. Plötzlich empfand sie wilde Verachtung gegen sich selbst. Was war sie für ein wankelmütiges, charakterloses Geschöpf! Warum mußte sie nur immer Gefallen finden an anderen Männern? Hatte sie nicht den besten Mann der Welt? Liebte sie ihn denn nicht über alles? Ach Hanno! Hanno! Er war so unerreichbar. Alle ihre Liebe konnte es nicht fertigbringen, ihn zurückzuholen. Diese wahnwitzige, irrsinnige Zeit, die die Liebenden trennte! Und Hans war krank, er hatte vielleicht Schmerzen, und sie lag in der Sonne und freute sich ihres Lebens. Und ließ sich von einem anderen Mann küssen. Und fand Gefallen daran. Wäre Hans doch hier, wie wollte sie ihn pflegen und verwöhnen, keinen Schritt würde sie von seiner Seite tun, kein anderer Mann auf der ganzen Welt bekäme einen Blick von ihr. Aber so – sie war allein, das war es. So lange hatte niemand mehr sie zärtlich und verlangend umarmt. Und sie – lieber Himmel, sie war bereit, sich umarmen zu lassen. Sie sehnte sich danach.

Unbewußt schlug sie mit der geballten Faust auf die Planken, zweimal, dreimal, bis es schmerzte.

André fing ihre Hand auf.

„Es nützt ja nichts, Katja, Katjinka, es nützt gar nichts. Du bist ja schon bei mir", sagte er weich.

Katarin richtete sich heftig auf und sah ihn böse an. „Ich weiß nicht, wovon Sie sprechen. Merken Sie sich jedenfalls das eine, ich tue immer nur das, was ich will."

Er lachte leise, gerade in ihre zornigen Augen hinein. „Aber du willst ja."

Brüsk stand Katarin auf und ging zu den beiden anderen.

„Ich glaube, es wird Zeit, daß wir an Land gehen", sagte sie, „ich kriege langsam Hunger."

Sergiu griff die Anregung dankbar auf. Er sah jetzt wieder fröhlicher aus und verdoppelte Luisa gegenüber seine Aufmerksamkeit.

Abends saßen sie wieder auf dem Balkon. Katarin war schweigsam. Doch hinter ihrer scheinbaren Ruhe bebte sie vor Ungeduld. Sie wünschte mit André allein zu sein, und gleichzeitig wünschte sie, ihn nie wieder zu sehen. Sie wünschte ihn zur Rede zu stellen, für sein Betragen am Nachmittag, und sie wünschte dennoch, daß er sie wieder küssen möge.

Beim Abschied beugte sich André über ihre Hand, seine Lippen strichen weich und zärtlich über ihren Handrücken. „Bis zum nächstenmal", sagte er. Katarin gab keine Antwort.

Als die beiden Mädchen allein waren, sagte Katarin: „Du solltest nicht so offen mit André flirten. Du kränkst Sergiu damit."

„Ach, sieh mal an", erwiderte Luisa spöttisch. „Seit wann bist du um Sergius seelisches Gleichgewicht besorgt. Mir scheint eher, du bist eifersüchtig."

„Lächerlich", gab Katarin kurz zurück.

„Warum sollte dir André nicht gefallen? Mir gefällt er auch. Denkst du denn im Ernst, daß ich euren Flirt nicht bemerke?"

Katarin warf Luisa einen unsicheren Blick zu. „Flirt? Was für ein Unsinn! Mich interessiert dein großartiger André überhaupt nicht."

„Nein? Na, dann laß ihn mir doch."

„Aber du hast doch Sergiu."

„Na und?"

Darauf gab es keine Antwort. Katarin fühlte Zorn in sich aufsteigen. „Wenn ich ihn wollte, diesen André, könnte ich ihn haben, genausogut wie du."

„Nun bist du lächerlich", entgegnete Luisa kühl. „Außerdem habe ich nicht gesagt, daß ich ihn haben will." Sie betonte ironisch die beiden letzten Worte.

Katarin sah in das schöne lächelnde Gesicht Luisas und beherrschte sich mühsam, sie lächelte auch. „Ich fürchte, wir benehmen uns sehr albern", sagte sie leichthin. „Dem guten André würde es Spaß machen, unseren Dialog zu hören."

„Er kennt unsere Gefühle auch so", sagte Luisa offen, „er ist ein Biest. Ich warne dich, Kat. Du bist nicht wie ich. Mir geht es nicht unter die Haut, auch bei André nicht. Aber für dich wäre es gefährlich."

Als Katarin im Bett lag, dachte sie an Luisas Worte. Und dann kehrten die heißen Minuten des Nachmittags in ihr Gedächtnis zurück. „O Hanno, Hanno", flüsterte sie in die Kissen, „so hilf mir doch!"

Doch Carsten war weit.


Er saß zur gleichen Stunde unter dem endlosen Himmel Rußlands. Es war tiefe Nacht, die Sterne standen fern und flimmernd am schwarzsamtenen Himmel. Lange hatte er sie nicht so klar und zahlreich gesehen. Er erinnerte sich an die Zeit, da er seinen Schulkindern den Sternenhimmel erklärt hatte. Abends war er mit ihnen hinaus in die Dünen gegangen und hatte ihnen die Sterne gezeigt, von ihnen erzählt, von der Größe, von der Kraft ihres Lichtes und der Entfernung, die sie von der Erde trennte. Mit staunenden Augen hatten die Kinder zugehört, Zahlen und Begriffe waren zu groß, um erfaßt zu werden.

Carsten dachte an den blonden Uwe Dörns, der sein Lieblingsschüler gewesen war. Der Junge wollte in seiner forschenden Nachdenklichkeit alles genau wissen, doch er fragte niemals töricht ins Leere hinein. In der Schule war er der Beste. Und seinen Lehrer liebte er über alles.

Die Sache mit den Sternen hatte Uwe lange beschäftigt, die Vorstellung der Lichtjahre schien ihm ungeheuerlich, immer wieder fing er davon an. Und soweit man es begreifen konnte, begriff er es.

Sein Lehrer hatte sich dafür eingesetzt, daß der Junge die höhere Schule besuchen durfte. Doch auch dann riß die Verbindung nicht ab. In den Ferien wich ihm der Junge nicht von der Seite, und auch später noch, als Carsten bereits in Berlin war, kamen regelmäßig Briefe. Über seinen zukünftigen Beruf war sich Uwe bald klargeworden, er wollte Medizin studieren. Die Sterne waren fern, aber die Menschen waren nah und brauchten immer und immer wieder Hilfe. Das erschien ihm als die schönste Aufgabe. Vor einem Jahr hatte er mit ausgezeichneten Noten sein Abitur bestanden, doch er konnte sein Studium nicht mehr beginnen, er wurde eingezogen.

Vor einer Woche war Carsten dabeigewesen, als sie ihn begruben. Er stand an dem kleinen schmalen Grab, und zum erstenmal drohte ihn alle Beherrschung und Disziplin zu verlassen. Er hatte den Jungen gern gemocht, hatte sich auf eine nie ausgesprochene, aber sehr bestimmte Art für ihn verantwortlich gefühlt. Oft dachte er, daß er dem Jungen das geworden war, was ihm selbst in seiner Jugend gefehlt hatte, der verständnisvolle Berater und Förderer, der den Weg aus der dörflichen Enge wies.

Und nun war Uwe tot. Eine Granate hatte ihm den Leib zerfetzt. Carsten hatte ihn kaum erkannt, als man ihn vor zehn Tagen in das kleine Lazarett brachte, das in der halbzerstörten russischen Kleinstadt hinter den Linien errichtet worden war. Er selbst war schon seit einiger Zeit hier, er war längst auf, mußte nur noch den Arm ruhighalten. In Muße und Nachdenklichkeit vergingen seine Tage.

Bei einem Transport von Frischverwundeten war Uwe dabei, der schmale Knabenkörper abgemagert bis zum Skelett, das totenblasse

Gesicht von Blut und Schweiß verschmiert. Er schrie und phantasierte, und Carsten hörte seinen Namen aus dem Mund des Sterbenden, immer wieder rief der Junge nach dem geliebten Lehrer und Freund. Carsten sprach mit dem Arzt, der zuckte nur die Schultern, vollkommen zwecklos, Bauchschuß, keine Rettung möglich.

So wartete Carsten, bis der Junge ausgestöhnt hatte. Er hoffte, noch einen wachen Blick der blauen Augen aufzufangen, noch ein Wort, ein einziges, mit ihm zu sprechen. Doch Uwe kam nicht mehr zu klarem Bewußtsein.

Als Carsten an seinem Grab stand, konnte er nicht beten. Was war das für ein Gott, der immer nur mordete und mordete! Blindlings und unersättlich, ohne Gerechtigkeit, ohne Wahl und Sinn. Warum gab dieser Gott einem Menschen Begabung und Fähigkeiten, gab ihm Kraft und Mut mit auf den Lebensweg, wenn doch alles zerstört wurde, ehe es genutzt war! Blicklos, ohne sich zu rühren, starrte er in Uwes Grab, und die Rüstung aus Geduld und Gleichmut, die er um sein Herz gelegt hatte, zerbrach.

Alles umsonst, Arbeit, Mühe, Fleiß, Vertrauen, der Kampf des kleinen Bauernjungen um Gleichberechtigung, alles vergebens. Auch das, was er selbst, Carsten, erhoffte und erstrebte, wurde zur Bagatelle, ging in dem entfesselten Meer von Grausamkeit und Torheit unter, in dem alles versank, was das Leben wertvoll machte.

Als er verwundet worden war, hatte er zuerst an seine Hände gedacht. Er durfte die Hände nicht verlieren, es wäre schlimmer als der Tod. Doch die Verwundung war nicht schlimm, der Arzt beruhigte ihn. Er genoß die Tage der Ruhe, den warmen, russischen Sommer, der hier, in der fernen Waldgegend, erträglich war. Die Landschaft war lieblich, keine öde leere Steppe, keine nackte trockene Erde. Wald und Wiesen, Felder, ein Fluß.

Der Friede war zu Ende, als Uwe kam, und der Selbstbetrug, den diese Stunden zwischen den Schlachten bedeuteten, ward offenbar. Uwes Tod ließ eine unüberwindliche Schwermut in ihm zurück. Er schlief nicht, er aß kaum, er ging nicht mehr aus und sprach mit keinem Menschen. Er saß nur immer da und starrte schweigsam vor sich hin.

Es war nicht Uwe allein, der starb. Sie starben ununterbrochen, Tag und Nacht, in diesem Krieg, und noch unendlich viele würden sterben, qualvoll, schmerzzerrissen und allein. Verlassen von den Menschen, verlassen von ihren Träumen und Wünschen, und verlassen von jenem fernen Gott, dem sie vertraut hatten.

Auch er würde sterben. Manchmal wunderte er sich, daß er noch lebte. Denn es schien ihm nun ohne Zweifel, daß auch bei ihm alles vergebens war, das Talent, das Studium, die Liebe zu seiner Arbeit, zu dem, was er als seine Berufung ansah. Es gab keine Berufung und keine Bestimmung, es gab keinen Sinn und kein Recht in diesem Leben, es gab nur den Zufall, die lächerliche Grausamkeit eines gehässigen Schicksals, es gab den Haß und die Verzweiflung. Und über allem gab es die mächtige, unzerstörbare Kraft des Bösen und der Dummheit. Dies war ein Weg, von dem es keine Rückkehr gab, auch für ihn nicht.

An die Musik dachte er wie an etwas längst Vergangenes, wie an ein flüchtig erhaschtes Wunder, das mehr und mehr entglitt. Es war so unwichtig geworden. Und es schien ihm unvorstellbar, daß er jemals wieder eine Taste berühren oder einen Taktstock ergreifen würde. In diese Welt paßte keine Musik mehr. Ein Ohr, das immer wieder das Heulen der Granaten, das Pfeifen der Bomben, die Schreie und Flüche der Verwundeten und Sterbenden hören mußte, diese grausige Symphonie der Wirklichkeit, konnte und wollte keine Musik mehr hören. Ein Herz, das wie das seine von Abscheu, Angst und Verzweiflung erfüllt war, konnte keine Musik mehr empfinden und gestalten.

Da war nur noch eine ferne Erinnerung an ein Leben, das auf einem anderen Stern gelebt worden war. Auch Katarin gehörte in dies vergangene Leben. Manchmal sah er sie vor sich, ihr Lächeln, ihr langbeiniges Schreiten, der hingegebene Ausdruck in ihrem Gesicht, wenn sie am Flügel saß und spielte. Erinnerungen aus einem vergangenen Leben. Wenn man träumte, dann suchten alle Träume die Vergangenheit. Aber auch das geschah selten. Die Vergangenheit verblaßte. Eine Zukunft gab es überhaupt nicht mehr. Es gab nur die Gegenwart. Und diese Gegenwart war Elend, Krankheit, Verzweiflung, Tod und Vormarsch in Rußland.

Zur selben Nachtstunde saß Peter an einem prächtigen Flügel und spielte „Parlez-moi d'amour".

Hortense lehnte lässig am Flügel und sang. Ihr schwarzes Abendkleid lag so eng um ihre schlanke Gestalt, daß es aussah, als wäre sie nackt. Es war hochgeschlossen, doch ihre Brüste formten herausfordernd die schwarze Seide und zogen die Blicke der Männer mehr auf sie, als es ein tiefes Dekolleté vermocht hätte.

Auch Peters Blicke. Doch in seinen Blick mischte sich ein wenig Spott und ein wenig Stolz. Spott über Hortenses leicht durchschaubares Spiel und Stolz auf ihren Besitz. Sie war seine Geliebte, und somit war er Sieger geworden in einem Kampf, den all diese Männer hier im Raum um sie gekämpft hatten. Und noch kämpften. Und er war nicht mal Offizier.

Peter grinste. Das Verlangen, das ihn einige Wochen lang schmerzhaft gequält hatte, war gestillt. Hortense hatte ihren schlanken weißen Leib mit den vollen Brüsten enthüllt und in seine Arme gelegt, ihre zierlichen kleinen Hände liebkosten ihn auf eine nie geahnte Weise, sie lachte tief im Hals, wenn er sie umarmte, sie stöhnte und schluchzte vor Leidenschaft, daß es ihn beinahe um den Verstand brachte. Doch dann, gleich danach, konnte sie sich aufsetzen, nach Kamm und Puderquaste greifen und im alltäglichsten Ton irgendein belangloses Geplauder beginnen. Und mitten aus dem Geplauder heraus begann sie ihn zu küssen, bis ihm der Atem verging, und das Spiel begann von vorn. Dies war Hortense.

Hauptmann Langendorf hatte sie entdeckt. Sie sang in einem kleinen Pariser Kabarett. Und Langendorf, der sich für einen großen Frauenkenner hielt, war sofort von ihr begeistert, das schwarze Haar, das schwarze Kleid und dazu das weiße Gesicht mit den moosgrünen Augen und dem spöttischen Mund. Dazu kam noch die dunkle brüchige Stimme, mit der sie die kleinen Chansons sang in unschuldsvoller Anmut oder auch mit graziöser Frechheit. Abend für Abend saß Langendorf in dem kleinen Kabarett. Schließlich gestattete sie ihm, sie zu einer Flasche Champagner einzuladen, doch sie erlaubte ihm nicht mehr, als gerade ihre Hand zu küssen. Im Kasino prahlte Langendorf mit dieser Eroberung. Dann lud er sie ein, bei einem Fest zu singen. Sie verlangte ein enormes Honorar und kam. Von da an kam sie öfter, und vom jüngsten Leutnant bis zum General saßen alle wie behext, wenn sie sang.

Peter begleitete sie. In altgewohnter Weise lachte er sie keck über die Tasten an, seine fröhlichen Augen, sein hübsches Gesicht, seine schlanken musikalischen Hände taten auch hier, sehr zu seiner Überraschung, ihre Wirkung. Während sich Hortense die Aufmerksamkeiten und die Verehrung der Offiziere als selbstverständlichen Tribut gefallen ließ, im Grunde jedoch ganz unbeeindruckt blieb, erwiderte sie Peters Blicke bereitwillig. Sie lächelte ihm während des Singens zu, ihre Hände berührten sich, wenn sie in den Noten suchte. Anfangs beunruhigte es Peter nicht sonderlich. Doch eines Tages, als sie die Noten vor ihn auf das Pult stellte, streifte ihre Brust seine Wange. Das raubte ihm nun doch die Ruhe, die lange Enthaltsamkeit kam dazu, denn bis jetzt war er, so unwahrscheinlich das bei ihm auch sein mochte, Viola treu geblieben. Wo er ging und stand, sah er nun Hortense, fühlte ihre samtweiche Haut, roch den kostbaren Duft, der sie umgab, und zog in Gedanken immer wieder das etuienge Gewand von ihrem Körper. Er kam zu der Einsicht, daß dieser Zustand weder gesund noch erfreulich sei und daß man Treue schließlich nicht zu übertreiben brauche.

Er lebte verhältnismäßig angenehm. Die Offiziere mochten ihn gut leiden, er war witzig und unterhaltend, sprach überdies fließend Französisch und war daher oft unentbehrlich. Noch immer hatte er seine frei chevalereske Haltung, liebenswürdig, jedoch ohne jede Unterwürfigkeit. Man behandelte ihn, als gehöre er dazu. Er hatte ein kleines Orchester zusammengestellt, das hörenswert war. Dank seiner schwärmte das ganze Offizierskorps für amerikanischen Jazz und kannte alle berühmten amerikanischen Schlager der letzten zehn Jahre. Sogar die Originaltexte, die Peter ihnen vorsang. Der Herr Oberst summte beim Rasieren „Begin the Beguin", und Hauptmann Langendorf pfiff falsch aber hingebungsvoll „Stormy weather". Aber auch schwere Kost, unmelodischen reinen Negerhot hörten sie sich widerspruchslos an. Peter übte diese Dinge unermüdlich mit seiner kleinen Kapelle und verfiel auf die ausgefallensten Arrangements. Die Musiker gingen begeistert mit, keiner machte Einwände gegen das ungewöhnliche Musizieren, im Gegenteil, Peter genoß die größte Anerkennung, schon allein dadurch, daß er fast alle Instrumente selbst meisterhaft zu spielen verstand.

Dann kam also Hortense mit ihren Chansons. Sämtliche Offiziere versuchten, sie zu erobern. Sie blickte mit ihren grünen Katzenaugen gleichgültig und mit leiser Verachtung darüber hinweg. Dabei bemerkte niemand das Spiel, das zwischen Sängerin und Pianist begonnen hatte. Wie sollten die Herren auch auf die Idee kommen, daß man ihnen einen einfachen Gefreiten vorziehen würde!

Hortense liebte keine Komplikationen. Sie lud Peter zum Tee ein. Schon auf dem Hinweg war er kaum mehr mit guten Vorsätzen belastet. Von da an besuchte er sie jeden Nachmittag. Sie achtete eifersüchtig darauf, daß er kam, und hätte nicht begriffen, warum man auch nur einen Tag auf Liebe und Zärtlichkeiten verzichten sollte.

Peter kam gern. Doch niemals verschwand Viola aus seinem Herzen. Dies hier war etwas ganz anderes, eine reine Männerangelegenheit. Viola wurde dadurch nichts genommen.

Er war klug genug, seinen Erfolg für sich zu behalten. Nur nicht seine gute Stellung gefährden, das war seine Hauptsorge. Solange man ihn zum Musikmachen brauchte, würde man ihn nicht an die Front abstellen. So ließ sich der Krieg noch eine Weile ertragen. Und einmal mußte er ja zu Ende gehen.

In der gleichen Nachtstunde saß Viola im Keller, während die Stadt unter einem Luftangriff zitterte. Keine Nacht ging vorüber ohne Alarm. Seit sie vom Urlaub zurück war, hatte sie keine Nacht ungestört geschlafen. Mit welchem Widerwillen fanden sich Körper und Geist wieder in die angstvolle Qual dieses Daseins! Aus der Ferne gesehen, war es gar nicht so schlimm erschienen, man erzählte davon, fühlte sich vielleicht sogar versucht, mit dem bedrohten Leben zu renommieren. Und schließlich dachte man auch: Es wird schon nicht so schlimm werden.

Aber es war schlimm. Schon nach wenigen Tagen fühlte sie sich ganz zermürbt. Sie hatte heute abend die Rosalinde gespielt, eine Rolle, die ihrer spröden beschwingten Anmut gut lag. Das Publikum hatte sie nach ihrem Epilog kurz und heftig gefeiert, dann eilte jeder, um nach Hause zu kommen, ehe die Sirenen schrillten.

Die Schauspieler kamen nicht mehr nach Hause. Sie waren kaum abgeschminkt und umgezogen, als der Alarm kam, nun hockten sie frierend und übermüdet im Keller. Müde nicht von den Proben und von der Anspannung der Aufführung, müde nur vor allem von den gestörten, lärmzerrissenen Nächten, die keine Ruhe mehr brachten.

Heute zum erstenmal bereute es Viola, daß sie die Einladung von Peters Eltern nicht angenommen hatte, daß sie nicht bei ihnen geblieben war. Sie schloß die Augen und dachte an die vergangenen Wochen. Wie schön war es gewesen, der Bodensee mit seinem warmen Wasser, die liebliche milde Landschaft um den See, die Wiesen voller Obstbäume, der Wein von den Meersburger Hängen, die Berge drüben am anderen Ufer. Und dann das friedliche Leben in der großen Villa am See, in der Peters Eltern wohnten, ein gepflegtes stilles Haus voller Bequemlichkeit, der wunderbare Garten, der eigene Badestrand, die Boote, die beiden Hunde, mit denen sie sich so gut angefreundet hatte. Und das hübsche helle Zimmer, das sie bewohnte, mit einem Balkon, von dem aus man auf den See hinausblicken konnte, und nicht zuletzt das breite weiche Bett, in dem sie so gut geschlafen hatte. Jede Nacht tief und traumlos geschlafen, ungestört und ungeweckt, ohne Sirene, ohne Alarm.

Zu alledem noch Peters Eltern. Die Mutter charmant, warmherzig, voller Jugend und Lachen, alles andere als eine zu fürchtende Schwiegermutter. Und der Vater, galant, welterfahren und so fröhlich und unbekümmert wie der Sohn, mit den gleichen dunklen Augen und Haaren, noch attraktiver durch die grauen Schläfen. Man konnte sich leicht vorstellen, wie Peter in 25 Jahren aussehen würde. Wie sein Vater. Und das war ein neuer Grund, ihn zu lieben. Man bot ihr an, für die Dauer des Krieges dazubleiben, man werde sie aufnehmen wie eine Tochter. Es war eine große Versuchung für Viola. Sie hatte nie ein Elternhaus gehabt, nie eine Mutter, nie einen Vater. In einem steifen, freudlosen Haushalt, bei älteren Verwandten war sie aufgewachsen. Eine trübselige Kindheit! Sie durfte dies nicht und sie durfte das nicht, nicht laut lachen und nicht laut sprechen, die Hände nicht schmutzig machen und das Kleidchen nicht zerdrücken. Und vor allem fand sie niemanden, den sie liebhaben, den sie stürmisch umarmen konnte. Ihre einzigen Freunde waren die Bücher. War es ein Wunder, daß sie in einer Welt von Träumen und Phantasien lebte? Da sie keine fremden Kinder ins Haus bringen durfte, mußte sie allein spielen. Sie spielte ihre Märchen und Geschichten, sie war die Fee und das Aschenbrödel, sie war die Prinzessin und das arme hungernde Kind im Wald. Durch die Schule kam sie das erstemal ins Theater und war verzaubert. Das war ja ihre Welt, in der sie bisher gelebt hatte. Sie las alle Klassiker, die sie erreichen konnte, und spielte nun diese Rollen, wie sie früher in die Märchengestalten geschlüpft war. Als sie begann, laut zu deklamieren, entsetzten sich ihre Verwandten, und als sie in aller Unschuld erklärte, sie wolle Schauspielerin werden, erzielte sie eine Wirkung, als habe sie gesagt, sie wolle nackt durch die Stadt spazieren. Man steckte sie in ein Pensionat, wo sie von aller Welt abgeschlossen war. Um so hartnäckiger klammerte sie sich an ihren Traum. Als sie wiederkam, war sie achtzehn. Vom wirklichen Leben wußte sie nicht das geringste. Aber sie wollte Schauspielerin werden. Man sah keine andere Möglichkeit, als sie schleunigst zu verheiraten, und man begann, hastig und lustlos, gesellschaftlichen Anschluß zu suchen. Bei dieser Gelegenheit lernte sie den Maler kennen.

Es fiel ihm nicht schwer, das weltfremde Kind in seinen Bann zu ziehen. Ohne jedes Zögern verließ sie das Haus, in dem sie aufgewachsen war, und folgte dem wildfremden Mann nach Berlin. Es war ein kurzer Traum. Danach stand sie ganz allein in der Welt, denn die Verwandten wollten mit ihr nichts mehr zu tun haben. Sie aber kehrte zu sich selbst, zu ihrem großen Traum zurück. Sie wurde Schauspielerin.

Peter war beinahe zu Tränen gerührt, als sie ihm einmal die ganze Geschichte erzählt hatte. Seine Jugend war heiter und ohne Sorgen gewesen, angefüllt mit Liebe und Wärme. Und etwas von dieser Liebe und Wärme hatte Viola jetzt gespürt bei ihrem Besuch in Peters Elternhaus.

Nicht, daß Peters Mutter anfangs ganz frei von Bedenken war, als sie von Peters Liebe und Heiratsabsichten hörte. Sie kannte das rasch entflammbare Herz ihres Sohnes und nahm auch dieses neue

Abenteuer zunächst nicht ernst. Als sie jedoch Viola kennenlernte, war sie angenehm überrascht. Violas Liebreiz, ihr ernstes, liebenswertes Wesen, ihre Klugheit und Festigkeit, spürbar trotz aller sensiblen Zartheit, gewannen Peters Mutter im Nu. So fand Viola plötzlich eine Mutter und Freundin in einer Person und lernte zum erstenmal die Harmonie und behütete Wärme eines Elternhauses kennen.

Daher hatte der Gedanke etwas Verlockendes, das Kriegsende am Bodensee abzuwarten und ein paar verlorene Kinderjahre nachzuholen. Andererseits widerstrebte es ihr, die begonnene, so schwer errungene Laufbahn im Stich zu lassen. „Überleg es dir", hatte Peters Mutter zum Abschied gesagt, „du bist jederzeit willkommen." Diese Worte wirkten wie ein guter Talisman, den Viola bei sich trug.

„Entwarnung!" rief der Theaterportier in den Luftschutzraum. Erleichtert kehrte Viola in ihre Garderobe zurück, todmüde und blaß, nahm ihre Sachen und machte sich auf den Heimweg. Hoffentlich konnte man wenigstens den Rest der Nacht durchschlafen.

Am gleichen Abend hatte Pitt in Posen den Rudolf gesungen, mit süßem Schmelz und beginnender Routine. Nachdem er den begeisterten Beifall seiner Bewunderer entgegengenommen hatte, ging er heim in die kleine Wohnung, die er seit Carstens Weggang allein bewohnte.

Janna war schon da und erwartete ihn. Sie hatte ein prachtvolles Abendessen vorbereitet, ein stark gewürztes Geflügelragout und zum Nachtisch ihre herrlichen buttertropfenden Zwetschgenknödel, die Pitt so gerne aß. Sehr zum Schaden seiner Linie. Sie aßen zusammen, lachten und scherzten wie die Kinder, küßten sich häufig und tranken schweren französischen Burgunder, den Janna stets von zu Hause mitbrachte.

Pitt betrachtete sie verliebt, jeden Tag entdeckte er neue Vorzüge an ihr. Sie war bezaubernd wie keine andere Frau, klein und zierlich, doch voll verlockender Rundungen, eine Figur wie gedrechselt. Das Gesichtchen apart, die Augen groß und strahlend, voll Lebenslust und Kapricen, das goldblonde Haar schwer und üppig, fast zuviel für das kleine Köpfchen. Das allerschönste war ihre Haut, glatt und samtig, ohne jede Unebenheit, und das am ganzen Körper. Außer ihren äußerlichen Reizen besaß sie unerhört viel Charme, war heiter und stets gut aufgelegt, dabei keineswegs dumm. Sie bestätigte alles, was je über den Reiz tschechischer Frauen gesagt worden war.

Sie stammte aus Prag. Vor etwas mehr als zwei Jahren hatte sie

Herrn Kühn geheiratet. Herr Kühn war ein hohes Tier in der SS und übernahm nach der Besetzung der Tschechoslowakei einige wichtige Aufgaben, denn er besaß das volle Vertrauen seines Führers. Nebenbei verliebte er sich in die aparte kleine Pragerin, und obwohl die Verbindung eines rassereinen SS-Mannes mit einer artfremden jungen Dame nicht gern gesehen wurde, widersetzte sich Herr Kühn in diesem Punkte hartnäckig den Wünschen seines Führers und heiratete Janna. Er benahm sich soweit recht nett zu ihr und ließ die SS-Stiefel draußen, wenn er bei ihr war.

Eine Weile lebten sie in Prag, dann wurde er in Berlin gebraucht, und Janna verließ erstmals ihre Heimat und zog mit Herrn Kühn nach Berlin. Er hatte viel zu tun, war oft auf Reisen, dann blieb Janna sich selbst überlassen. Sie trug nicht schwer daran. Einer hübschen Frau wurde es in Berlin nicht schwer gemacht, Anschluß zu finden. Sie versammelte bald einen munteren Kreis von Freunden um sich und amüsierte sich blendend. Sie scheute auch nicht davor zurück, Herrn Kühn gelegentlich Hörner aufzusetzen. Mit der Zeit bekam sein Vertrauen einige Risse, er wurde eifersüchtig und entschloß sich, Janna von dem losen Berliner Pflaster zu entfernen. Da seine Aufgaben ihn zu jener Zeit meist nach Polen, in das sogenannte Generalgouvernement, führten, nahm er sie einfach mit nach Posen. Janna war darüber sehr erbost, es gab zum erstenmal in dieser Ehe richtigen Krach, den sie bisher geschickt vermieden hatte. Aber diesmal biß sie auf Granit. Sie bekam eine wundervolle, mit allem Komfort eingerichtete Wohnung, sie bekam zwei Dienstboten, ein Auto, Kleider, Pelze, soviel sie wollte, aber sie mußte in Posen bleiben. Herr Kühn tat alles, um sie zu verwöhnen, vor allen Dingen bemühte er sich eifrig, endlich Nachwuchs zu erzeugen. Doch vergebens! Sein Führer hatte recht gehabt. Janna konnte oder wollte die Hauptbedingung einer arischen SS-Ehe nicht erfüllen, der Kindersegen blieb aus. Wie sie es fertigbrachte, war ihr Geheimnis. Trotzdem liebte Herr Kühn die kleine Person nach wie vor zärtlich.

Das Unglück wollte es, daß nun, da er seine kapriziöse Frau glücklich in Posen angesiedelt hatte, sein Aufgabenbereich in Holland und Belgien lag. Doch er ließ Janna in Posen, beruhigt durch den Gedanken, daß sie hier wohl keine Möglichkeit für Seitensprünge haben und daß die enge parteinahe Gesellschaft der Stadt der beste Hüter seiner Familienehre sein werde.

Herr Kühn kannte die Frauen nicht. Gerade hier in Posen geschah es, daß Janna sich zum erstenmal in ihrem Leben richtig verliebte. In den sympathischen gefeierten Tenor der Oper, in Pitt.

Pitt war auf dem besten Weg, ein Star zu werden, wenn auch

zunächst nur in Posen. Er hatte gelernt, über eifersüchtige Ehemänner hinwegzublicken und Frauenherzen als schuldigen Tribut einzusammeln. In Janna jedoch verliebte er sich wirklich, und in kurzer Zeit fanden die beiden zusammen.

Der Schauplatz ihrer Liebe war Pitts Wohnung. Wie gesagt, Herr Kühn befand sich viel auf Reisen, und da er die unkluge Angewohnheit hatte, seine Frau regelmäßig um die gleiche Zeit, nämlich in den frühen Abendstunden anzurufen und auch sein Kommen immer telegrafisch anzukündigen, wußte Janna, wann sie vor ihm sicher war.

Die Bindung zwischen ihr und Pitt wurde schnell zur echten Liebe. Janna war zwar lebenslustig und spielte gern mit dem Feuer, doch sie war weder leichtsinnig noch oberflächlich und in ihrer wirklichen Liebe zu Pitt treu und beständig.

Pitt, der Lebenskünstler und phlegmatische Genießer, fand in ihr die ideale Frau. Der einzige Schatten in ihrem Leben waren Herr Kühn und die Tage seiner Anwesenheit in Posen. Janna dachte daran, sich scheiden zu lassen, doch sie fragte sich ängstlich, was Herr Kühn dazu sagen würde. „Vielleicht läßt er mich dann in ein Konzentrationslager bringen?" sagte sie mit großen erschrockenen Kinderaugen zu Pitt.

Darum schob man eine endgültige Klärung hinaus, und beide, Janna und Pitt, waren viel zu unproblematische und der Sonnenseite des Lebens zugewandte Menschen, als daß sie übermäßig unter der Situation gelitten hätten. Vielmehr verstanden sie es, das Beste daraus zu machen.

So verbringen die beiden den Rest der Nacht, eng aneinandergeschmiegt in ruhigem Schlaf in Pitts breitem Bett, glücklich und friedlich, als würde keine Sünde und keine böse Tat ihr Gewissen belasten. Möglicherweise sind sie wirklich frei von Schuld, denn w i r k l i c h e Liebe vermag vieles zu entsündigen, selbst einen Ehebruch. Bestimmt, wenn er an einem SS-Mann begangen wird, dachte Pitt befriedigt, wenn er sich wirklich mal Gedanken darüber machte.

Katarin blieb oben stehen und sah der immer kleiner werdenden Gestalt aufmerksam nach. In eleganten Schwüngen kreuzte André über den Hang, sein Tempo war scharf, der Schnee stob wie ein sonnenglitzernder Regen hinter ihm auf. Das letzte Stück des Hanges nahm er in geradem Schuß und hielt unten mit einem jähen mühelosen Stop.

Sie seufzte. So würde sie es nie lernen. Sie warf einen Blick auf die weißen sonnenbeglänzten Hänge, auf die vom tiefblauen Himmel überdachten Gipfel. Dann machte sie sich an die Abfahrt. Vorsichtig fuhr sie an, ängstlich bemüht, nicht zuviel Schwung zu bekommen. Nun eine Wende, quer zum Hang zurück und noch einmal das gleiche. Wie immer liefen ihr die Schier davon. Obwohl es nicht beabsichtigt war, kam sie das letzte Stück geradeswegs herabgeschossen, und kurz ehe sie unten ankam, riß es sie natürlich hin. Der Fall war so heftig, daß es ihr den einen Schi vom Fuß riß. Kläglich saß sie im Schnee und blickte vorwurfsvoll zu André hin, der ihr lachend zu Hilfe kam.

„Aber Katja", rief er kopfschüttelnd, „so ein kleines Hügelchen! Nicht einmal das kommst du auf deinen zwei Beinen hinunter."

Er half ihr auf und klopfte ihr den Schnee ab.

„Von wegen kleines Hügelchen", sagte sie und wies auf den großen weißen Hang. „Ein Mordsberg ist das. Ich kann's eben noch nicht so gut wie du."

Er umarmte sie und küßte sie auf ihre kalte rote Nasenspitze. „Du kannst es schon sehr gut. Für drei Wochen hast du eine Menge gelernt."

„Ja? Nicht wahr?" fragte sie strahlend. „Das finde ich auch."

Er bückte sich und befestigte ihren Schi wieder. Katarin blickte auf seinen dunklen Kopf hinab und strich mit den Fingerspitzen zärtlich über sein Haar.

„Nun komm, zurück nach Haus. Zur Belohnung bekommst du schönen heißen Kaffee."

In der Hotelhalle begegnete ihnen die verrückte Gräfin. Sie war wie immer extravagant gekleidet. Heute trug sie zu schwarzen weiten Samthosen einen engen meergrünen Pullover, die kurze Silberfuchsjacke lässig über die Schulter geworfen. Sie winkte Katarin und André lebhaft zu und rief: „Wo bleiben Sie so lange? Monsieur André, wir brauchen Sie zum Bridge, uns fehlt der vierte Mann." Sie sprach französisch, denn immerhin war sie einmal vier Monate lang mit einem Marquis verheiratet gewesen, das durfte nicht in Vergessenheit geraten.

André küßte ihr die Hand und sagte: „Wir ziehen uns nur schnell um und kommen dann auf die Terrasse. Ich hoffe, Sie haben einen angenehmen Tag verbracht, Madame."

„Oh!" Madame seufzte schmerzlich und zog die ausrasierten Augenbrauen hoch. „Wie können Sie das annehmen! Conchita geht es noch immer sehr schlecht. Der Arzt war heute schon zweimal da, gerade eben hat sie eine Spritze bekommen. Es ist entsetzlich zu sehen, wie sie leidet."

André murmelte höfliches Bedauern. Katarin konnte mit Mühe

eine Grimasse verbergen. Dieses Theater mit dem Vieh. Währenddessen starben täglich Menschen, ohne Arzt und ohne Spritze.

Sie sagte es zu André, als sie im Fahrstuhl nach oben fuhren. Er gab keine Antwort, doch der Liftboy grinste zustimmend, vermutlich hegte er Madames Pekineserhündin gegenüber ähnliche Gefühle.

In ihrem Zimmer streifte Katarin aufatmend die schweren Schuhe von den Füßen und zog den feuchten Schianzug aus. Gott sei Dank, Schifahren war ja sehr schön, aber es war auch außerordentlich wohltuend, sich wieder in eine leichtbeschuhte Dame zu verwandeln.

Während sie das Bad einlaufen ließ, summte sie leise vor sich hin. Das heiße Wasser tat gut nach dem kalten Tag. Sie trocknete sich nur flüchtig ab, ging dann nackt, wie sie war, ins Zimmer zurück und warf sich quer über das breite Bett. Sie war müde und strapaziert, in jedem Muskel spürte sie die anstrengende Tour. Sie hatte gar keine Lust, jetzt hinunterzugehen. Wäre es nicht viel hübscher, den Kaffee hier oben zu trinken? Aber André mit seinen tausend Bekannten, er mußte immer dabeisein.

André! Sie verschränkte die Arme hinter dem Kopf und lächelte. Es genügte, seinen Namen zu denken, um diesen heißen Druck in der Kehle zu spüren. Nie, nie hatte sie gewußt, was Liebe war. Jetzt wußte sie es.

In diesem Moment öffnete sich die Verbindungstür, und er kam ins Zimmer. Auch er hatte gebadet, sein Haar glänzte noch feucht, sein Hals stieg nackt und braun aus dem schwarzseidenen Morgenrock. Als er sie liegen sah, entspannt und hingestreckt, glomm in seinen Augen die kleine Flamme auf, die sie entzückte. Er setzte sich neben sie aufs Bett.

„Nun? Noch nicht angezogen?" Mit leichtem Finger strich er über ihre Hüften, ihre langen Schenkel, die kleinen festen Brüste.

„Ich bin so faul und müde."

„So?" Er beugte sich über sie, tauchte seinen Blick in ihre Augen, die dunkel waren von Leidenschaft und Bereitschaft.

„Deine Freundin, die verrückte Gräfin, wartet unten", gab Katarin zu bedenken. „Sie braucht dich zum Bridge."

„Sie wird noch ein bißchen länger warten."

„Und ich bin müde."

„So?" fragte er noch einmal. Sein Mund senkte sich auf ihre Lippen, seine Hände begannen das erregende Spiel mit ihrem Körper. Sie kannte es nun schon so gut, und immer wieder war es herrlich, es gab keinen Widerstand dagegen. Aufstöhnend gab sie seinen Kuß zurück, schob die schwarze Seide von seinen Schultern und grub ihre Finger in seine feste glatte Haut.

Als sie später auf die Terrasse kamen, war die Teestunde in vollem Gange. Hier hatten sich die Glücklichen versammelt, für die der Krieg nicht Schrecken und Not, nur Gewinn, Reichtum und Ruhm bedeutete. Industrielle, Künstler, ausgezeichnete Offiziere und Parteigrößen, sie alle lebten in diesem Hotel wie im tiefsten Frieden. Alles, was sie wünschten, war da. Vor allem Frauen, die schönsten und verwöhntesten, sie folgten den Männern, die das Elend vergessen ließen. Sie saßen lächelnd und gut gekleidet auf der mollig geheizten Terrasse, tranken Tee, Kaffee, Cocktails, flirteten und lauschten den Männern, die hier zwischen Tee, Bridge und Kognak neue Milliardengeschäfte abschlossen. Keiner hier dachte an die Soldaten, die draußen litten und starben.

Clementine, die verrückte Gräfin, saß zusammen mit ihrem Freund an einem kleinen Tisch und winkte ihnen zu. Der Freund war mindestens zwanzig Jahre jünger als sie, ein junger Fliegeroffizier, ausgezeichnet mit den höchsten Orden. In seinem schmalen braunen, noch knabenhaften Gesicht waren ein paar alte Augen, die etwas Unstetes, Gehetztes hatten. Er lächelte Katarin erfreut zu. Sie hatte schon mehrmals in den letzten Tagen gemerkt, daß er sie gern mochte. Auch heute, während sie Kaffee tranken, begegnete sie oft seinem Blick. Sie tat, als bemerke sie es nicht. – Mein Gott, der dumme Junge. Glaubte er, weil er das Ritterkreuz und irgendsolch Lametta mehr hatte, alle Frauen müßten ihm zufliegen? Wie konnte er es mit André aufnehmen? Selbst Clementine vernachlässigte ihren jungen Freund, wenn André in der Nähe war. Manchmal empfand Katarin einen Anflug von Eifersucht, weil André gar zu offensichtlich mit der attraktiven Frau flirtete. Heute war es ihr egal, noch war die letzte halbe Stunde in ihrem Blut. Oh, Andrés Küsse, seine Liebe. Daß es so etwas gab! Noch immer staunte Katarin darüber. Und im Moment war sie nicht geneigt, an ihrer Liebe zu ihm und an seiner Vollkommenheit zu zweifeln. Sie vergaß, daß sie schon oft in letzter Zeit gedacht hatte, daß dieser wundervolle André nicht ganz so wundervoll sei, wie es geschienen hatte. Daß irgend etwas fehlte an seinem prachtvollen Bild, irgend etwas, das sie nicht genau definieren konnte und dessen Nichtvorhandensein ihr Angst machte. Aber es änderte nichts daran, daß sie ihn liebte, daß sie nur noch für ihn lebte und alles vergessen hatte, was früher war. Begonnen hatte es damals, als er sie im Wannsee geküßt hatte.

Drei Wochen waren vergangen, ehe sie ihn wiedersah. Er kam nur flüchtig vorbei, plauderte mit ihr und Luisa und nichts geschah, kein Wort, kein Blick, die eine Vertrautheit, ein geheimes Einverständnis zwischen ihnen angedeutet hätten.

Als er das nächstemal kam, war es schon Oktober. Am Tage zuvor hatte sie Nachricht von Carsten erhalten. Er schrieb, daß er nun bald Urlaub bekäme. Sie freute sich. Das Zwischenspiel mit André, die Wünsche und Zweifel, die sie gequält hatten, schienen vergessen. Carstens Ankunft würde das Dilemma ihrer Gefühle endgültig beenden. War er erst einmal da, dann konnte ihr nichts mehr geschehen.

Aber ehe Carsten kam, kam André. Er erzählte, daß er einige Tage nach München fahren müsse und nur kurz vorbeikommen und guten Tag sagen wolle. Katarin hätte erleichtert sein sollen, doch sie war enttäuscht. Wenn er da war, wirkte sein Zauber unvermindert auf sie.

Luisa mußte fort zu einer Probe. Sergiu, der dabei war, begleitete sie. Luisa hatte angenommen, auch André werde mitkommen, doch er erklärte seelenruhig, er wolle noch ein bißchen bei Katarin bleiben, man sähe sich jetzt so selten. Luisa hatte hochmütig die Brauen hochgezogen. „Wie du willst", sagte sie kühl.

Es schoß Katarin durch den Kopf, daß sie nur zu sagen brauchte, sie habe auch eine Verabredung und müsse gehen. Aber sie sagte es nicht. Schließlich auch, was war dabei, wenn André noch eine Weile bei ihr saß. Sie war alt genug, mit sich und mit ihm fertig zu werden. So dachte sie.

Zunächst geschah weiter nichts. Sie plauderten, tranken noch eine Tasse Kaffee und Kognak. André saß ihr gegenüber, weit entfernt, erzählte von seinen Erlebnissen in den letzten Wochen und erschien ganz harmlos. Gerade das war es, was Katarin so unsicher machte. Sie erwartete eine Annäherung, und als nichts geschah, wurde sie nervös.

Als er schließlich sagte: „Komm ein wenig zu mir", stand sie bereitwillig auf und setzte sich neben ihn. Er streichelte sie ein wenig, ganz nebensächlich, und erzählte ruhig weiter.

Da verlor sie den Verstand. Sie hatte nur noch das Verlangen, ihn zu küssen, seine Arme um sich zu spüren. Mitten im Gespräch sagte sie plötzlich: „Ach, sei doch still", und preßte ihr Gesicht an seinen Arm. Da endlich küßte er sie.

Sie fiel ihm zu wie eine reife Frucht. Die erste Liebesstunde ließ sie vollkommen verändert zurück, alles war wie ein wirrer Traum. Ohne Zögern sagte sie ja, als er sie fragte, ob sie ihn nach München begleiten wolle.

Sie fuhren nach München, von da nach Garmisch. Kaum ein Eindruck war ihr geblieben, nicht von der Stadt, nicht vom Gebirge, nur Andrés Küsse, seine Umarmungen, seine Leidenschaft und Zärtlichkeit bestimmten Tage und Nächte. Zum erstenmal lernte sie es kennen, ihrem Körper und seinem Verlangen untertan zu sein, so hemmungslos und ausschließlich, daß nichts anderes mehr galt. Was war dagegen das warme, unschuldige Glück, das sie mit Carsten verbunden hatte. Dies hier war ein Untergang, so vollständig und rettungslos, daß ihr ganzes bisheriges Dasein darin versank. Sie wußte noch nicht, daß keine Gemeinschaft entstehen kann aus Selbstaufgabe, daß ein Mensch sich selbst finden muß in seiner Liebe, um auch den anderen wahrhaft zu finden.

André blieb ihr nichts schuldig, er war ein erfahrener Meister der Liebe. Wenn er sie im Arm hielt, schenkte er Entzücken und empfand es. Doch leicht und mühelos fand er zurück in die Welt des Alltags, in seine Geschäfte, den Umgang mit anderen Menschen.

Er schickte sie allein zurück nach Berlin und fuhr in die Schweiz. Es kränkte sie ein wenig, noch immer uneins mit sich selbst, hin und her gerissen, und im Grunde ihres Herzens doch nicht glücklich, kam sie zurück in die Bamberger Straße.

Luisa sparte nicht mit boshaften Bemerkungen, es ärgerte sie, daß Katarin ihr bei André den Rang abgelaufen hatte. Doch sie war zu sicher und zu damenhaft, um eine Feindschaft daraus entstehen zu lassen.

Andrés Zauber verblich, sobald er nicht mehr gegenwärtig war. Mit leerem Herzen und mit leeren Händen, rastlos und unzufrieden, verbrachte Katarin die nächsten Wochen. Auf einmal dachte sie Tag und Nacht nur noch an Carsten, geplagt von Reue und Schuldbewußtsein. Sie kam sich unbeschreiblich schlecht vor. Ihn zu betrügen und zu verlassen, da er sie am notwendigsten brauchte!

Als sein Telegramm kam, daß er am nächsten Tag in Berlin eintreffen würde, floh sie Hals über Kopf. Sie schämte sich zu tief und war zu feige, ihm gegenüberzutreten. Natürlich wußte sie, daß es noch schlimmer war, ohne Erklärung davonzulaufen, aber sie hatte nicht den Mut, mit ihm zu sprechen.

Da sie nicht wußte, wohin, fuhr sie direkt nach Hause, unangemeldet und unerwartet, und erschreckte ihre Mutter durch ihr rastloses und gereiztes Wesen. An Carsten schrieb sie einen langen Brief, versuchte ihre Gefühle zu erklären, klagte sich selber in den bittersten Tönen an und bat ihn, ihr zu verzeihen. Als der Brief fort war, fiel ihr ein, er könnte vielleicht herkommen, um mit ihr zu sprechen. Und da ihr die ewigen Fragen und Klagen ihrer Mutter sowieso auf die Nerven gingen, reiste sie wieder ab. Sie fuhr jedoch nicht nach

Berlin zurück, auf halber Strecke, in einer kleinen thüringischen Stadt stieg sie aus, mietete sich in einem billigen Hotel ein, denn sie hatte nicht mehr viel Geld. Und da blieb sie, bis André kam. Sie hatte ihm einen verzweifelten Brief in sein Berliner Hotel geschrieben.

Er kam und alles war gut. Mit ihm zusammen kehrte sie nach Berlin zurück, wieder fest davon überzeugt, ihn maßlos zu lieben.

Von Luisa erfuhr sie, daß Carsten nicht lange in Berlin geblieben war. Er war nach Hause zu seiner Familie gefahren.

Wie er es aufgenommen, was er gesagt habe, wollte Katarin wissen.

„Er hat nicht viel gesagt", sagte Luisa ernst. „Eigentlich gar nichts. Aber seine Augen – o Katarin, ich hätte dich umbringen können. Ich glaube, du hast etwas sehr, sehr Böses getan."

Katarin wußte es. Sie war sich zu jeder Stunde darüber klar und vergaß es nur, wenn André bei ihr war. Sonst blieben ihre Tage und Nächte angefüllt mit Tränen und Selbstvorwürfen. Denn noch immer – und sie wußte, es würde so sein bis an ihr Lebensende – fühlte sie sich Carsten verbunden, war er ihrem Herzen nahe, wie kein anderer Mensch es jemals sein würde.

Die nervöse, reizbare Stimmung hielt an, und natürlich hatte ihre Arbeit darunter zu leiden. Anger fiel es auf, er stellte sie einmal heftig zur Rede, als ihr Spiel gar zu miserabel war. Sie fing an zu weinen, und er erfuhr die ganze Geschichte.

Hatte sie geglaubt, Anger werde sie trösten oder einen Rat wissen, so sah sie sich getäuscht. Er wurde nur unvorstellbar zornig. Zuerst blieb er sitzen und sah sie aus schmalen Augen von der Seite an. „Was seid ihr Frauen doch für Bestien", sagte er leise, „da sitzt der arme Kerl nun in der Tinte, muß Soldat spielen, steckt an der russischen Front im Dreck. Obwohl er mehr Verstand und Begabung im kleinen Finger hat als du und dein neuer Liebhaber zusammen im Kopf. Wenn er einmal im Leben Liebe gebraucht hätte und eine Frau, der er vertrauen kann, dann jetzt. Und du läßt ihn im Stich. Gehst hin und wirfst dich dem ersten besten Kerl an den Hals, so einem undefinierbaren Ausländer, so einem Schieber und Kriegsgewinnler. Pfui Teufel!"

Katarin war empört und erschrocken.

„Aber Herr Professor", rief sie, „wie reden Sie denn mit mir!"

„Wie du es verdienst", sagte er kurz und stand auf. „Bisher glaubte ich, du bist eine Persönlichkeit und hast ein Ziel vor Augen. Wie es damit bestellt ist, sehe ich jetzt. Du hast seit Wochen nicht gearbeitet, du spielst, daß man dich mitsamt dem Klavier hinausschmeißen müßte. Eine Künstlerin willst du sein? Ein dummes, kleines Mädchen bist du, ein Frauentierchen, das nicht mehr Verstand hat als ein Huhn, wenn ein Gockel in der Nähe ist."

Katarin war sprachlos. Sie hätte nie gedacht, daß Anger, der Höfliche, Galante, solche Worte sprechen könnte. Entsetzt starrte sie ihn an, alle Güte war aus seiner Stimme, aus seinen Augen verschwunden, kalt und verächtlich blickte er auf sie herab.

Seine Worte trieben ihr die Röte in die Stirn. Sie stand auch auf. „Herr Professor, Sie gehen zuweit. Sie kennen ja Herrn Ventiu gar nicht, er ist..."

Anger schnitt ihr das Wort ab. „Der Herr interessiert mich nicht. Ich kenne den Typ, das genügt. Aasgeier sind sie alle, die sich am Krieg hemmungslos bereichern. Das ist Charakterfrage. Sie werden früh genug erfahren, Fräulein Brugge, mit wem Sie es zu tun haben, und es wird Ihnen recht geschehen. Im übrigen, wenn Ihnen mein Ton nicht paßt, steht es Ihnen frei, sich einen anderen Lehrer zu suchen. Falls Sie überhaupt noch an Ihrer Arbeit Interesse haben. Ich lege keinen Wert darauf, mit Ihnen zu arbeiten, wenn es in dieser Form geschieht wie derzeit."

Katarin bebte jetzt auch vor Wut und Ärger. „Ich glaube auch, daß das besser sein wird", sagte sie erbittert. Sie raffte ihre Noten zusammen und lief aus dem Zimmer.

Auf dem Gang blieb sie stehen, mit den Tränen kämpfend. Dies alles waren die Folgen ihres Verrates, sie trafen sie auch da, wo sie es nicht vermutet hatte.

Sie flüchtete in die Toilette und schluchzte verzweifelt. Dies alles war ein auswegloser Wirrwarr, denn schon hatte sie das sichere Gefühl, einen großen Fehler gemacht zu haben. Konnte sie denn nicht mehr zurück?

Eva Tilsen fand sie, in Tränen aufgelöst, auf dem Fensterbrett des Waschraums kauernd, und bekam die ganze Geschichte zu hören.

Sie nahm es kühler. „Anger hat recht", sagte sie gelassen. „Du hast ihn enttäuscht. Und außerdem warst du wirklich gemein zu Carsten. Alle mögen Carsten gern."

„Ja", stieß Katarin erbost hervor, „lieber als mich."

„Natürlich", meinte Eva ungerührt, „er ist ja auch ein viel besserer und wertvollerer Mensch als du."

Katarin schwieg mit verbocktem Gesicht. Sollten sie ihr doch alle den Buckel herunterrutschen. Das Leben ging schließlich außerhalb der Hochschule auch noch weiter. Wütend teilte sie Eva diese Erkenntnis mit.

Eva zuckte mitleidig mit den Schultern. „Du bist ja blöd. Dein Rumäne wird dich eines Tages sitzenlassen" – sie hatte André kürzlich kennengelernt, und auf sie hatte sein Charme nicht die geringste Wirkung ausgeübt –, „und dann wirst du sehen, wo du bleibst. Keinen Carsten, keinen Anger, keine Musik. Dafür hast du nun jahrelang gearbeitet."

„Er wird mich nicht sitzenlassen. Er liebt mich. Und wir werden heiraten."

„Na und? Der wird sich nicht genieren, dich auch geheiratet sitzenzulassen."

Dann kam der Trotz. Sicher hätte Anger mit sich reden lassen, nachdem der erste Zorn verraucht war. Aber sie wollte nicht zu ihm gehen.

Und dann die Briefe. Viola schrieb, Peter, beide enttäuscht und vorwurfsvoll.

Viola schrieb: „Du hast das Dümmste getan, was Du je in Deinem Leben tun konntest. Eine Frau hat höchstens einmal im Leben die Chance, einen wirklich wertvollen Mann zu gewinnen, manche haben sie nie. Du hattest das Glück, Carsten zu bekommen, gleich am Anfang, ohne durch bittere Erfahrungen gegangen zu sein. Nie wieder wird Dir solch eine Liebe, solch ein Mann begegnen. Es wird gar nicht lange dauern, und Du wirst mich begreifen. – Unter diesen Umständen will ich das, was ich Dir eigentlich als Hauptsache mitteilen wollte, nur am Rande vermerken: Peter und ich haben vor acht Tagen geheiratet. Er war zu einem kurzen Urlaub hier, es ging ganz schnell und schmerzlos. Eigentlich wollte ich Dir vorschlagen, bei nächster Gelegenheit einen Besuch bei mir zu machen, aber so, wie die Dinge nun liegen, wirst Du wohl keine Zeit mehr dazu haben. Ach, Katarin, Du hast mich sehr enttäuscht."

So verlor Katarin alle ihre Freunde, keiner konnte und wollte sie verstehen. Das veranlaßte sie, nur noch bockiger zu werden. Mochten sie doch alle zum Teufel gehen!

Selbst Luisa änderte ihre Meinung, sie fand auf einmal viel an André auszusetzen. Ihre Freundschaft mit Sergiu war auch zu Ende. Sie hatte eine neue Liebe, einen Major der Luftwaffe, ein Mann mit altem adligem Namen. Er war mit allen möglichen Orden ausgezeichnet, ein tapferer, kühner Mann, mit dem Herzen eines Kindes, das Luisa gehörte. Man hatte ihn an das Luftfahrtministerium versetzt, denn nachgerade starben all die jungen mutigen Fliegeroffiziere den Heldentod, man wollte doch einige übrigbehalten. Luisas Vorhandensein tröstete den jungen Helden über die erzwungene Flugpause.

Katarin war viel allein. Sie arbeitete nicht mehr, lag lange im Bett, aß wenig, rauchte und trank um so mehr und wartete nur noch auf Andrés Besuche. Er kam nicht oft. Aber er brachte ihr immer viel mit, Kleider, Stoffe, Schuhe, Lebensmittel, er versah sie freigebig mit Geld, das er mühelos verdiente.

Aber trotzdem fühlte Katarin sich nicht glücklich. Nur wenn André sie in die Arme schloß, vergaß sie vorübergehend das unbefriedigende Leben, das sie führte.

Von Carsten hörte sie nichts, obwohl sie ihm noch mehrmals geschrieben hatte.

Der Höhepunkt der ganzen Misere war Weihnachten. André kam einige Tage zuvor, brachte zwar einen Berg von Geschenken, aber gleichzeitig die Mitteilung, daß er Weihnachten bei seiner Mutter in Zürich verbringen werde. Das war zuviel. Es gab den ersten ernsthaften Streit, Katarin sprudelte alles heraus, was sie bedrückte. André blieb kühl und reserviert. Er saß im Sessel, gepflegt und elegant wie immer, und ließ ihren Ausbruch mit unbewegtem Gesicht über sich ergehen.

Als sie sich das erstemal müde geredet hatte, sagte er kühl: „Sieh mal an! Du bist ja eine kleine Furie, mein Kind!"

Plötzlich kam Katarin das Beschämende der Situation zum Bewußtsein. Sollte sie denn darum betteln, daß er Weihnachten mit ihr verbrachte?

„Du vergißt ganz", meinte André, „du bist ja freiwillig zu mir gekommen. Jetzt machst du mir Vorwürfe, du habest meinetwegen diesen Carsten verlassen, der Professor sei mit dir böse, deine Freunde wollten nichts mehr von dir wissen. Warum eigentlich? Du warst mit Carsten nicht verheiratet. Du warst mit ihm genauso befreundet, wie du es heute mit mir bist. Schließlich hat eine hübsche Frau doch mehrere Freunde im Laufe ihres Lebens, das ist doch kein Grund, sich moralisch zu entrüsten. Daß dein Carsten so ein vollendetes Wundertier war, dafür kann ich doch nichts. So glücklich kannst du ja mit ihm nicht gewesen sein, sonst hättest du ihn nicht so kurzentschlossen im Stich gelassen. Ich habe dir ja nicht zugeredet, zu mir zu kommen. Oder?"

Katarin schwieg und blickte vor sich hin.

„Oder?" wiederholte André.

„Nein", sagte sie leise.

„Na also."

„Aber du liebst mich ja gar nicht", sagte sie nach einer Weile.

„So ein Unsinn. Natürlich liebe ich dich. Was in aller Welt könnte mich denn veranlassen, bei dir zu sein, wenn ich dich nicht liebte!"

„Du willst nicht bei mir sein. Nicht einmal zum Weihnachtsfest. Wo man immer mit dem Menschen zusammen sein möchte, den man wirklich liebt."

„Hab dich doch nicht so sentimental mit deinem Weihnachten. Schau, Katja, so lange ich denken kann, habe ich die Feiertage mit Mama verbracht. Sie würde es nicht verstehen, wenn ich nicht komme."

„Aber ich, ich muß es verstehen", sagte sie bitter.

„Du kannst doch auch nach Hause fahren. Deine Leute werden sich bestimmt freuen."

„Ach, zum Teufel mit meinen Leuten! Das wäre das letzte, was ich jetzt noch ertragen könnte, Fragen und Vorwürfe."

„Nun sei vernünftig. Wenn ich von meiner nächsten Tour zurück bin, verreisen wir zusammen, ja? Wir fahren zum Wintersport. Ich weiß ein Hotel, da ist es wie im Frieden."

„Ich will nicht mit dir verreisen", knurrte Katarin wütend, „ich will überhaupt nichts mehr von dir wissen."

„Aber Katja, mein dummes Kind", er stand auf, kam zu ihr und setzte sich auf die Sessellehne, „schau mich an."

Katarin schüttelte seinen Arm von ihrer Schulter. „Laß mich. Mir geschieht es recht. Alles habe ich vergessen deinetwegen, ich habe es dir viel zu leicht gemacht. Und du machst dir nicht das geringste aus mir. Ich möchte bloß wissen, warum du mich damals im Sommer überhaupt geküßt hast."

André sah auf sie hinunter. Ein leiser Zug von Grausamkeit kam um seinen schönen Mund. „Willst du wissen, warum?" fragte er leise. „Sergiu zuliebe."

Entgeistert sah Katarin zu ihm auf. „Sergiu zuliebe?"

„Erinnerst du dich nicht? Er war so unglücklich darüber, daß Luisa mit mir flirtete. Ich wollte ihn trösten. Darum küßte ich dich so, daß er es sehen konnte."

Fassungslos sah Katarin ihn an. Ihr war, als habe er sie geschlagen, sie spürte Lust, sein glattes, lächelndes Gesicht zu zerkratzen. Sie stieß ihn von der Lehne und sprang auf.

„O du, du", die Wut verzerrte ihr Gesicht, „du gemeiner Schuft!" Wildschluchzend warf sie sich über die Couch.

„Hab dich nicht so", sagte André ruhig. „Ich kann hysterische Frauen nicht ausstehen. Kommt es denn darauf an, wie etwas anfängt, genügt es nicht, daß ich dich heute liebe?"

Aber Katarin hörte nicht. Diese Demütigung! Diese Gemeinheit! Ihr das zu sagen. Für sie hatte mit diesem Kuß die ganze Verwirrung angefangen. Sie haßte ihn, haßte ihn aus tiefstem Herzen.

André setzte sich zu ihr, wollte sie beruhigen. Sie stieß ihn heftig zurück. „Rühr mich nicht an, mit uns ist es aus, ganz und gar."

Er lachte. „Was du für ein kleiner Wirrkopf bist! Und ich dachte, du wärst schon eine erwachsene Frau."

Er lehnte sich zurück und rauchte schweigend, bis ihre Tränen versiegten. Vollkommen erschöpft kauerte sie auf der Couch.

„Nun?" fragte er. „Hast du ausgetobt? Zigarette?"

„Bist du noch immer da?" fragte sie gereizt.

„Na komm, laß uns Frieden schließen. Wir wollen doch Weihnachten nicht so unfreundlich auseinandergehen."

„Weihnachten!" Sie stieß verächtlich die Luft durch die Nase. „Ein schönes Weihnachten!"

Doch sie nahm den Kognak und die Zigarette, die er ihr bot. Sie wehrte sich nur noch schwach, als er später den Arm um sie legte und sie an sich zog. Sie war zu müde.

Scheinbar versöhnt gingen sie auseinander, doch deprimierter als zuvor, mit Gott und der Welt zerfallen, blieb Katarin zurück. Um Weihnachten nicht allein zu sein, lud sie Eva ein. Luisa war sowieso nicht da, sie war mit ihrem Major zu dessen Vater gefahren, der wirklich ein richtiges Schloß bewohnte.

An Essen und Trinken fehlte es nicht. Katarin bereitete ein lukullisches Mahl, beschenkte Eva reichlich aus ihren Vorräten. Eva tröstete sie dafür, als Katarin später begann, sich anzuklagen und bitterlich zu weinen. Natürlich dachte sie den ganzen Abend lang an Carsten.

Wo mochte er sein, wie mochte es ihm gehen? Ob er an sie dachte? Ach, er konnte nicht halb so unglücklich sein wie sie.

Eva riet, sie solle doch mit André Schluß machen und wieder arbeiten, dann würde alles gut. Katarin schüttelte den Kopf.

„Bei mir kann nichts mehr gut werden", sagte sie verzweifelt, „ich habe alles falsch gemacht."


Nun waren sie seit drei Wochen im Gebirge. André hatte sein Versprechen gehalten. Katarin erholte sich einigermaßen, die Bewegung in der frischen Luft tat ihr gut. Jetzt liebte sie André auch wieder. Sicher liebte sie ihn. Wenn sie sich auch hütete, an die Zukunft zu denken. Denn trotz aller Vertrautheit blieb eine Fremdheit zwischen ihnen, eine Distanz, die unüberbrückbar schien. Und eines erkannte sie in diesen Wochen, André würde niemals einen Menschen mehr lieben als sich selbst. Im Grunde war er immer nur mit sich selbst beschäftigt. Es kümmerte ihn wenig, daß der Krieg immer weiter um sich griff, daß Elend, Tod und Tränen das Leben so vieler Menschen bestimmten. Ihm kam der Krieg sehr gelegen, denn er wurde in wenigen Jahren ein reicher Mann.

Selbst hier in den Bergen vergaß er seine Geschäfte nicht. Vereinbarungen wurden getroffen, Abschlüsse getätigt, von denen Katarin das wenigste verstand.

Daneben aber begann sich André offensichtlich für eine ausnehmend hübsche platinblonde Schauspielerin zu interessieren, die hier ihren Urlaub verbrachte. Man erzählte sich zwar, sie sei die Freundin eines hohen Parteibonzen, doch André schien ihr gut zu gefallen, und sie war seinen Aufmerksamkeiten gegenüber keineswegs gleichgültig.

Eines Abends, sie saßen in der Bar, war André besonders eifrig um das schöne Mädchen bemüht. Katarin unterdrückte mit Mühe ihre Eifersucht. Da ihr nichts Besseres einfiel, flirtete sie mit dem jungen Flieger, dem Freund der verrückten Gräfin.

Sie hatte sich schöngemacht, Garderobe besaß sie ja jetzt dank André genug. Ihr champagnerfarbenes Abendkleid war tief dekolletiert, ihr Gesicht mehr geschminkt als früher. Das Haar hatte sie sich vor einiger Zeit rötlich tönen lassen, was ihr außerordentlich gut stand. Sie wußte, daß sie blendend aussah, die Blicke der Männer sagten es ihr zur Genüge. Zum Teufel, sie war nicht auf André angewiesen. Sie wollte ihm zeigen, daß sie sich auch ohne ihn amüsieren konnte.

Sie tanzte mit dem jungen Flieger und schleppte ihn dann an die Bar. „Ich möchte etwas trinken."

Der Junge warf einen unsicheren Blick in die Nische, wo die Gräfin saß, in ihre Bridgepartie vertieft.

Sie tranken zwei Martinis, dann tanzten sie wieder, und danach wollte Katarin nochmals zur Bar, sie müsse unbedingt noch ein Glas Sekt haben. Sie war fest entschlossen, nicht zu bald zu ihrem Tisch zurückzukehren, wo André neben der Schauspielerin saß und eindringlich auf sie einsprach, wobei er seinen ganzen Charme spielen ließ. Das kannte sie. Nun, mochte er. Sie lachte dem jungen Mann verführerisch zu, duldete es, daß er ihre Hand, ihren Arm zärtlich küßte.

Plötzlich stand André hinter ihnen.

Er lächelte verbindlich. „Wir wollen uns zurückziehen", sagte er. „Ich habe morgen eine größere Tour vor und möchte ausgeschlafen sein."

„Nun, ich nicht", sagte Katarin keck. „Ich kann ausschlafen. Ich bin auch noch gar nicht müde und finde es heute abend sehr nett. Ich bleibe noch."

Ein scharfer, kalter Blick traf sie, der sie erschreckte. Gehorsam rutschte sie vom Hocker herunter und folgte ihm, verärgert darüber, daß er sie wie ein unartiges Kind wegbrachte. Er sprach kein Wort.

Als sie in ihrem Zimmer waren, sagte er: „Hör zu, mein Kind. Ich habe dich hierher mitgenommen, weil ich glaubte, du hast so viel gute Erziehung, um zu wissen, wie man sich unter kultivierten Menschen benimmt. Wenn du herumpoussieren willst, dann ist es besser, du verreist in Zukunft allein."

Seine Worte und der Ton, in dem er sie sagte, trieben ihr die Zornesröte ins Gesicht.

„Ich denke, es ist besser, du besinnst dich erst mal auf deine gute Erziehung", sagte sie scharf. „Mit der Poussiererei hast nämlich du angefangen."

„Ich habe mich mit der Dame unterhalten", erwiderte er kühl. „Kein Mensch wird dabei etwas finden. Die Form, in der du dich amüsiert hast, war mehr als eigenartig. Das ist in diesem Kreis nicht üblich."

Katarin lachte höhnisch. „In diesem Kreis! Unter kultivierten Leuten, nicht, so war es doch? Brich dir nur keine Verzierung ab. Eine Schieberbande von vorn bis hinten. Wenn das in deinen Augen gute Gesellschaft ist – dann wirst du wohl dazu passen."

Sie starrten sich feindselig an. Nichts mehr von Liebe, nichts mehr von Zärtlichkeit. Zwei Fremde waren sie, die einander haßten.

Dann zuckte André mit den Schultern. Er zog sein Etui heraus, zündete sich eine Zigarette an. „Bisher hast du dich in diesem Kreis sehr wohl gefühlt. Und das Geld, das ich verdiene, gibt sich sehr gut aus, nicht? Wenn es auch Schiebergeld ist, wie du meinst."

„Es ist ja sehr vornehm und kultiviert, mir das vorzuwerfen."

„Nun, immerhin. Du hast dich rasch umgestellt. Was warst du früher? Eine kleine unbekannte Klavierspielerin, ohne Geld, ohne Aussichten. Und jetzt?" Er wies auf das kostbare Abendkleid, auf das Pelzcape, das sie achtlos aufs Bett geworfen hatte. „Du hast Kleider und Pelze und lebst in einem Luxus wie wenig Frauen heute. Von meinem Geld, nicht?"

„Demnächst rechnest du mir noch vor, was ich dich täglich koste. Eine kleine, unbekannte Klavierspielerin, ohne Geld, ohne Aussichten", äffte sie ihm nach, „das ist ja wohl der primitivste Geldmannfimmel, den ich je gehört habe. Wer sagt dir, daß ich keine Aussichten habe. Ich werde vielleicht noch mehr Geld verdienen als du."

„Nur zu. Laß dich nicht aufhalten. Sehr viel Zutrauen zu deiner

Kunst scheinst du allerdings nicht zu haben, sonst hättest du sie nicht so leicht im Stich gelassen."

Katarin zuckte es in den Fingern. Am liebsten hätte sie die Vase vom Tisch genommen und ihm an den Kopf geworfen. „Weswegen habe ich denn alles im Stich gelassen? Deinetwegen."

„Meinetwegen, ja. Das habe ich schon öfter gehört. Ich jedenfalls lege dir nichts in den Weg, wenn du zu deinem Klavier und zu deinem einmaligen Carsten zurückkehren willst, mit dem ich ja, wie du unlängst erklärtest, sowieso nicht zu vergleichen bin."

„Sprich nicht von Carsten!" fauchte Katarin ihn heftig an. „Aus deinem Mund möchte ich seinen Namen nicht hören."

André lächelte. „Du bist wirklich ein reizendes Kind. Und entwickelst dich ganz nett. Na, ich überlasse dich deiner angenehmen Gesellschaft, ich habe kein Verlangen mehr danach."

Und damit entschwand er durch die Verbindungstür.

Als Katarin allein war, brach sie in Tränen aus. Was für Szenen, was für entsetzliche, beschämende Szenen. Es war nicht die erste, doch es wurde immer schlimmer. Sie hatte früher nicht gewußt, daß sie so zornig und unbeherrscht sein konnte.

Mit zitternden Händen zündete sie sich eine Zigarette an und kauerte sich in einen Sessel. Dieser André! Nein, er liebte sie nicht. Das Ganze war nur ein Abenteuer für ihn. Und wie konnte man sich nur so streiten, so schreckliche Dinge aussprechen. Sie erinnerte sich an ihre wenigen Auseinandersetzungen mit Carsten, wie harmlos, wie geradezu kindlich waren die gewesen.

Je länger sie allein blieb, desto matter wurde ihr Zorn, desto größer ihre Traurigkeit. Sie lauschte ins Nebenzimmer. Ob er nicht mehr kam? Noch nie hatte ein Streit über die Nacht gedauert, immer versöhnten sie sich in dem einzigen, das sie wirklich zusammenführte, in ihren glühenden Umarmungen. Aber heute kam er nicht. Einmal stand sie schon an der Tür, streckte die Hand nach der Klinke aus. Doch nein, sie kehrte wieder um, so weit durfte sie sich nicht erniedrigen.

Schließlich zog sie sich aus und ging zu Bett. Vom Nebenzimmer kam kein Laut. War er noch einmal hinuntergegangen? Vielleicht war er jetzt bei der Schauspielerin? Das sähe ihm ähnlich.

Entschlossen ging sie auf die Tür zu, machte sie leise auf und blickte hinein. Er lag im Bett und schlief. Leise kehrte sie in ihr Zimmer zurück.

Am nächsten Morgen war er schon fort, als sie aufwachte. Sie ließ sich das Frühstück ins Zimmer bringen und blieb lange im Bett. Auch später konnte sie sich nicht entschließen, hinunterzugehen. Sie wartete den ganzen Tag. Aller Zorn war vergessen, er sollte kommen und sie in die Arme nehmen, dann würde alles wieder gut sein.

Endlich, als es schon dunkel war, hörte sie die Tür im Nebenzimmer zufallen. Sie wartete noch eine Weile, dann öffnete sie die Verbindungstür.

Er lächelte ihr unbefangen zu. „Du bist hier? Ich dachte, du wärst unten?"

„Ich habe auf dich gewartet. Du kommst lange nicht."

„Ja, ich habe mich ein wenig verfahren und geriet in die Dunkelheit."

„War es schön?"

„Ja, sehr. Eine schöne Tour. Wir müssen sie mal zusammen machen. Bist du fleißig gelaufen heute?"

„Gar nicht. Ich fühlte mich nicht ganz wohl."

„So?" Er blickte flüchtig zu ihr hin. „Ja, du bist ein wenig blaß."

Sie war erleichtert. Langsam kam sie näher und setzte sich neben ihn auf die Couch.

„Ich bin froh, daß du da bist", sagte sie schüchtern.

Er lächelte. „Hast du ausgebockt?"

„Ich habe doch nicht gebockt. Ich war doch nur . . ."

„Eifersüchtig. Ich weiß. Wie ein dummes kleines Mädchen. Meine dumme kleine Katjuschka." Er zog sie an sich und küßte sie, und fest schlang Katarin beide Arme um seinen Hals. Alles war wieder gut.

Die Nacht ließ die Verstimmung restlos vergessen. Spät schlief sie in seinem Arm ein, matt und erschöpft von den leidenschaftlich verlebten Stunden. Aber glücklich – glücklich war sie trotzdem nicht.

Der nächste Streit fand schon wenige Tage später statt und raubte Katarin die letzten Illusionen. Es geschah, als sie zu André von ihrer Befürchtung sprach, ihrer Befürchtung, ein Kind zu bekommen. Eigentlich hatte sie nichts sagen wollen, aber sie war beunruhigt.

Ein Kind? Warum nicht? André mußte sie dann eben heiraten. Er liebte sie ja. Und plötzlich dachte sie: Wenn schon ein Kind, dann hätte ich es lieber von Carsten gehabt.

André zog unangenehm berührt die Brauen zusammen. „Wie lange sagst du?"

„Zehn Tage."

„Das ist doch nicht weiter bedenklich. Eine Verzögerung, das kommt doch mal vor. Das ungewohnte Schilaufen, vielleicht hast du dich überanstrengt."

„Wäre es denn so schlimm?" fragte Katarin nach einer Weile.

„Was? Wieso?" fragte André verständnislos.

„Wenn ich – na ja, ich meine, wenn wirklich etwas passiert ist."

„Lieber Himmel, nein", er lachte. „So schlimm wieder nicht. Es wird sich schon eine Möglichkeit finden, ich kenne den einen oder anderen Arzt. Es ist nur eine Frage des Preises."

„Nein", sagte sie leise, ohne ihn anzusehen, „ich meinte es anders."

„Was meintest du?"

„Nun, wir – wir könnten ja heiraten."

Erstaunt starrte er sie an, dann lachte er etwas gezwungen.

„Heiraten? Kind, wie kommst du auf diese Idee?"

„Mein Gott, wie du tust", sagte Katarin, leicht gereizt, „ist denn das so eine ausgefallene Idee? Die meisten Leute heiraten doch, wenn sie sich lieben. Und kriegen dann Kinder. Hast du noch nie von dieser Einrichtung gehört?"

„Wir haben bisher noch nie vom Heiraten gesprochen", sagte er sachlich.

„Na, dann sprechen wir eben jetzt davon. Gewöhnlich ist es ja Sache des Mannes, davon zu sprechen. Ich bin keineswegs aufs Heiraten versessen. Aber wenn es sich so verhält, wie ich befürchte, dann wäre es doch die einfachste Lösung."

„Möchtest du denn ein Kind?"

„Ich – weiß nicht. Aber warum eigentlich nicht?"

Eine Pause entstand. André rauchte schweigend. Katarin hatte den Eindruck, er sei etwas verlegen.

Sie lachte gezwungen. „Du findest anscheinend nichts Verlockendes an dem Gedanken, mich zur Frau zu haben. Das spricht ja nicht gerade sehr für deine Liebe."

„Katja, sei doch mal ehrlich. Wenn du mich heiraten möchtest, dann doch nur deshalb, um es allen, wie man so sagt, zu zeigen. Deinem Carsten und dem Professor und deinen Freunden. Weil sie dir Vorwürfe gemacht haben und dich alle vor mir gewarnt haben. Das ist es doch, nicht wahr?"

„Seit wann so bescheiden? Bist du der Meinung, das seien die einzigen Gründe, warum ich dich heiraten könnte?"

André zögerte, dann sagte er: „Weißt du nicht, daß ich verheiratet bin?"

Sie starrte ihn sprachlos an. „Nein", sagte sie tonlos.

André lachte und schien ein wenig verlegen. „Ich dachte, du wüßtest es von Sergiu."

„Von Sergiu?" wiederholte sie mechanisch. „Nein, ich weiß es nicht von Sergiu." Wieder eine Pause. „In erster Linie hätte ich es ja von dir erfahren müssen. Welchen Grund sollte Sergiu haben, mir das zu erzählen. Aber du...", ihre Stimme versagte, sie beherrschte sich mühsam. Nur nicht wieder eine Szene.

„Von mir?" André setzte sich auf ihre Sessellehne. „Ach weißt du, ich spreche eigentlich selten darüber. Warum auch? Es hat ja bisher keine Rolle gespielt. Oder?"

„Nein. Natürlich nicht." Sie schob seinen Arm weg und stand auf. Sie war auf einmal entsetzlich müde und mutlos, er ging ihr auf die Nerven, sie wünschte allein zu sein.

Er sah ihr wortlos zu, wie sie zum Spiegel ging, ihre Nase puderte, mit dem Kamm durch das Haar fuhr. Sie tat es mechanisch, sie mußte sich irgendwie beschäftigen, um diesen Schock zu überwinden. Denn er hatte recht gehabt. Sie hatte mit dem Gedanken an eine Heirat gespielt, nicht zuletzt deshalb, um allen zu beweisen, daß sie nicht um eines Abenteuers willen alles im Stich gelassen hatte. Die anderen wenigstens sollten es glauben. Sie selbst glaubte es sowieso nicht mehr.

Am Spiegel blieb sie stehen und sah ihn an, sah das Unbehagen in seinem Gesicht und lächelte flüchtig. „Gib mir eine Zigarette, Ehemann", sagte sie. Er stand auf, gab ihr die Zigarette und Feuer, sie sah ihm voll ins Gesicht. „Eigentlich ist es ein Betrug, findest du nicht?"

„Erlaube mal", begann er heftig, „was heißt Betrug? Ich nahm doch an ..."

„Ich weiß. Du nahmst an, ich wüßte es. Von Sergiu. Wahrscheinlich ist es üblich, daß Sergiu deine Freundinnen immer rechtzeitig aufklärt. Bei mir hat er es jedenfalls vergessen. Komisch, ich bin nie auf die Idee gekommen, daß du verheiratet sein könntest. Die Vorstellung ist auch zu drollig, du als Ehemann."

„Eben wolltest du mich ja selbst zu einem machen", sagte er, froh, daß sie es anscheinend leichtnahm.

„Du hast niemals etwas von deiner Frau erwähnt", ihre Stimme hob sich bedrohlich, „das ist doch recht eigenartig. Oder nicht?"

„Schön." André wandte sich ab. „Du willst anscheinend diese Entdeckung benutzen, um mir wieder eine Szene zu machen. Schon wieder mal."

„Ich mache dir keine Szene. Schon gar nicht deswegen. Es ist mir nicht so wichtig, ob du verheiratet bist oder nicht. Ich bin keineswegs der Meinung, daß es für mich ein großes Glück wäre, dich als Mann zu haben. Ein Mensch wie du, der nichts auf der Welt liebt als sich selbst, das ist kein Partner, den man sich für eine Ehe wünscht. Glaube ja nicht, daß mir das Herz bricht, wenn ich dich nicht heiraten kann. Was mich erschüttert, ist deine Verlogenheit. Wir kennen uns jetzt über ein halbes Jahr, wir sind einander doch nun einigermaßen nahegekommen. Und all die Zeit über hast du es verstanden, das Vorhandensein deiner Frau zu verschweigen. Du wirst mir doch nicht einreden wollen, daß das aus Versehen geschah!"

André sah sie sprachlos an. Das war ein neuer Ton, den er nicht kannte. Bei aller Schärfe, mit der sie sprach, war ihre Stimme voll Verachtung.

„Du siehst die Sache nicht richtig", begann er, doch Katarin schnitt ihm das Wort ab.

„Du hast mein Vertrauen mißbraucht. Du hast es geduldet, daß ich Carsten aufgab, der mich heiraten wollte. Du hast es geduldet, obwohl du wußtest, daß ich für dich nicht mehr als ein Abenteuer sein konnte. Du hast meine Zeit und Liebe gestohlen. Ja, gestohlen! Denn du wußtest, daß du dich nie dafür erkenntlich zeigen konntest."

„Erkenntlich zeigen? Aber ich habe dir doch auch meine Zeit und meine Liebe gegeben. Und noch manches andere dazu. Du kannst doch nicht sagen, daß ich kleinlich war!"

Katarin schnippte mit dem Finger und zog verächtlich die Mundwinkel herunter. „Ich habe nicht gewußt, daß du so dumm bist", sagte sie kalt. „Möglicherweise rechnest du mir jetzt wieder vor, was du alles für mich ausgegeben hast von deinem Schiebergeld."

„Wolltest du mich denn heiraten?" fragte er naiv. „Du hast nie etwas Derartiges merken lassen."

„Ich wollte es nicht. Aber ich wünschte, daß du es willst."

Darauf entstand eine längere Pause.

„Wo lebt sie denn, deine Frau?" fragte Katarin. „In der Schweiz oder in Rumänien? Hast du sie immer besucht, zwischendrein, wenn du nicht bei mir warst?"

„Sie ist in Amerika."

„In Amerika?" Das war erstaunlich.

„Sie lebt in den Staaten, und ich habe sie schon seit zwei Jahren nicht mehr gesehen", erzählte er, „schon daran siehst du, wie fern sie mir ist und daß ich es wirklich vergessen konnte, von ihr zu sprechen."

„Ist sie denn Amerikanerin?"

„Jetzt schon. Eigentlich war sie Rumänin. Aber sie kam mit ihren Eltern hinüber, als sie noch ein Kind war."

„Und warum ist sie nicht bei dir? Und wie lange bist du eigentlich verheiratet?"

André lachte, froh darüber, daß ihre Neugier über den Zorn gesiegt hatte. „Komm, meine kleine Katja, ich werde es dir erzählen. Willst du noch etwas trinken?"

„Danke, nein."

„Ein Glas Sekt? Es wird dir guttun auf den Schreck." Ohne ihre Antwort abzuwarten, drückte er auf die Klingel.

Bis der Sekt kam, herrschte im Zimmer ein ungemütliches Schweigen. Katarin beabsichtigte durchaus nicht, ihm die Sache zu erleichtern. Sie kämmte abermals ihr Haar, begann ihre Nägel zu feilen und schenkte ihm nicht einen einzigen Blick. Ihr Herz war kalt, wie abgestorben. Nicht aus Enttäuschung darüber, daß er verheiratet war. Himmel, nein, eine Ehe mit ihm wäre sowieso nicht gut gegangen, soviel wußte sie inzwischen. Was sie bis ins Herz erstarren ließ, war das Wesen dieses Mannes, den sie geglaubt hatte zu lieben. Dafür hatte sie Carsten aufgegeben. Immer und immer wieder war dies das Ende aller Gedankengänge. Ach, wenn sie nur das letzte halbe Jahr auslöschen könnte!

Es interessierte sie auch gar nicht, die Geschichte seiner Ehe zu hören, nicht im geringsten. Er würde sie ja doch belügen. Und sie wäre viel lieber jetzt allein geblieben.

André reichte ihr ein gefülltes Glas. „Prost, Katja. Na komm, lach mal, mach nicht so ein tragisches Gesicht. Ich liebe dich doch, weißt du das nicht?" Sie verzog das Gesicht und antwortete nicht. Eigentlich läppisch, dieser André, was hatte ihr bloß früher an ihm gefallen?

Sie kauerte sich in die Ecke der Couch, das Glas in der Hand, und hörte gelangweilt seiner Erzählung zu. Daß sein Vater und der Vater Yvonnes, so hieß seine Frau, alte Freunde waren, und er, André, die junge Yvonne das erstemal gesehen habe, als sie zwanzigjährig zu einem ausgedehnten Besuch nach Europa kam. Andrés Mutter begleitete Yvonne damals nach Paris und nach Rom, und André schloß sich an.

„Nun, ich verliebte mich in Yvonne. Sie war sehr reizend, hübsch, gescheit, mit dem kecken Selbstbewußtsein amerikanischer Frauen. In Amerika hatte sie gelernt, daß man sich einem Mann nur geben dürfe, wenn er zuvor auf dem Standesamt ja gesagt hatte. So heiratete ich sie eben."

„So", warf Katarin spöttisch ein, „das lernt man also in Amerika. Ich hätte mal hinfahren sollen."

Er lächelte. „Darüber ist die europäische Frau hinaus. Sie hat

Gefallen an der Freiheit der Liebe gefunden. Dafür hat sie auch mehr Freude und Genuß daran und mit ihr der Mann. Die Amerikanerin bleibt ewig eine Dilettantin, und die Männer notgedrungen drüben auch. Ja also, wir heirateten kurzentschlossen. Yvonnes Vater bekam erst eine Mitteilung, als alles vorüber war. Er grollte zunächst ein wenig, beruhigte sich aber bald, denn ich verstand mich gut mit ihm. Am Anfang war alles wundervoll. Wir reisten eine Weile zusammen, lebten dann für einige Zeit in Bukarest, dann in Zürich, dann in Paris. Ein Jahr blieben wir anschließend in New York. Hier kam in unser gutes Verhältnis mancher Riß. Yvonne ist sehr selbständig und sehr anspruchsvoll, ich, nun, ich bin es auch. Außerdem verbrauchte sie ein Vermögen. Ich verdiente zwar, aber nicht so leicht und nicht so viel wie heute. Sie ließ sich von ihrem Vater Geld geben, das ärgerte mich, denn der Alte machte seine Bemerkungen dazu. Es gab noch andere Unstimmigkeiten, zugegeben, ganz treu war ich ihr auch nicht. Wir beschlossen, uns für einige Zeit zu trennen. Ich fuhr nach Europa zurück, sie blieb drüben. 1938 kam sie wieder zu mir nach Bukarest, eine Zeitlang lebten wir recht glücklich zusammen. Sie bekam ein Kind, und als die Situation brenzlig wurde, ging sie nach Zürich und später wieder nach Amerika. Es war besser für sie, sie ist sehr zart und nervös. Warum soll sie im ungemütlichen, kriegerischen Europa bleiben, wenn sie drüben ruhig und sicher leben kann! Voilà, das ist es."

Voilà, das war es. Da hatte sie es nun. Vater war er auch.

„Ein Kind hast du auch", murmelte sie.

„Ja, ein kleines Mädchen."

Bitterkeit stieg in ihr hoch. Ein kleines Mädchen. Und eine Frau. Und Yvonne war zart und nervös, sie sollte vom Krieg nichts merken, sie lebte in Amerika und gab eine Unmenge Geld aus. Ein Leben ohne Not und Gefahr. Was Lebensmittelmarken und Bombenangriffe waren, wußte sie nicht. Und ihren Mann konnte sie ruhig allein lassen, der verdiente eine Menge Geld mit dem Krieg im fernen Europa, und nebenbei fand er schon eine, mit der er sich die Langeweile vertrieb. Irgend so eine dumme Katja, die war gerade recht dafür.

Sie biß sich auf die Lippen, um den Haß zu bezwingen, der in ihr aufsteigen wollte. Ihr geschah ja so recht. Ach, wie recht geschah ihr! Alles hatte sie verraten und verlassen um dieses Talmiglück. Anger hatte recht gehabt mit jedem Wort.

Sie warf den Kopf zurück und lachte. Es war schon großartig.

Sie hob ihr Glas und trank ihm zu. „Na denn, auf Ihr Wohl, Herr Papa."

Er sah sie unsicher an, machte dann einen Versuch, sie zu küssen. Sie schob ihn leicht zurück.

„Lassen wir's für heute. Ich bin müde. Und wäre dir dankbar, wenn du mich jetzt allein ließest."

Er ging ohne weitere Einwände. Vermutlich war er froh, daß kein größerer Krach entstanden war.

Katarin lag noch lange wach und dachte über seine Erzählung nach. Es war unkorrekt gewesen, ihr seine Ehe zu verschweigen. Würde sie anders gehandelt haben, wenn sie es gewußt hätte? Wohl kaum, sich selbst gegenüber mußte sie es eingestehen. Aber ganz gewiß konnte sie sich nun keine Illusionen mehr über Andrés Gefühle für sie machen. Er hatte nie den Wunsch gehabt, bei ihr zu bleiben. Es war ein Abenteuer für ihn, nichts sonst.

Es beschämte sie. Sie war nur seine Freundin. Eine von vielen. Und ihre Liebe? Es schien, daß nicht mehr viel davon übrig war. Bitterkeit, Skepsis und viel Müdigkeit mischten sich nun in ihr Gefühl. Eine große Leere war auf einmal da.

Es war ein heller, klarer Frühlingsabend, die Luft war weich und voller Verheißung, als Katarin sich entschloß, Professor Anger aufzusuchen. Eva hatte sie dazu überredet. Es sei nicht mehr mit anzusehen, wie sie dahinlebe, hatte die kleine Person energisch erklärt, sie müsse nun unbedingt wieder arbeiten.

Das Dasein, das Katarin in den letzten Monaten geführt hatte, war wirklich unerfreulich. Die Depression wollte nicht weichen, sie konnte sich nicht aufraffen, wieder zu arbeiten, sie war unlustig, müde und gleichgültig. So lebte sie von einem Tag auf den anderen, lag lange im Bett, aß wenig und vertat ihre Zeit. André besuchte sie stets, wenn er in Berlin war, sie verlebten zusammen leidenschaftliche Stunden wie früher, aber es war Selbstbetrug. Katarin wußte es.

Nun wollte sie zu Anger gehen, ihn fragen, ob sie wieder bei ihm arbeiten dürfe. Das Sommersemester begann gerade. Aber sie scheute sich, in die Hochschule zu gehen, und wollte ihn daher in seiner Wohnung aufsuchen.

Sie hatte sich sorgfältig zurechtgemacht und trug eines von den neuen maßgeschneiderten Kostümen, die sie durch André bekommen hatte. Ihr Haar war wieder länger geworden, doch hatte sie den rötlichen Ton beibehalten.

Langsam schlenderte sie durch die Anlagen an der Kaiserallee. Die Bäume und Sträucher trugen frisches junges Laub, auf dem Rasen blühten die ersten Blumen. Der Frühling war da, ihn kümmerten nicht Krieg und Bomben, er schmückte die bedrohte Stadt, die nun schon viele Wunden trug.

Als sie sich dem Haus des Professors näherte, klopfte ihr Herz. Wie würde er sie empfangen? Vielleicht gar nicht. Und was sollte sie ihm sagen? Sie konnte doch nicht ihren ganzen unerfreulichen Zustand schildern.

Sie klingelte zaghaft. Das Mädchen erkannte sie sofort und begrüßte sie freundlich. Der Herr Professor habe noch Stunde, aber es sei der letzte Schüler, es dauere nicht mehr lange. Katarin wurde ins Wohnzimmer geführt, das mit wertvollen alten Möbeln eingerichtet war. Anger liebte alte Möbel.

Sie setzte sich und wartete. Durch zwei Türen hindurch hörte sie Klavierspiel. Der unbekannte Kollege arbeitete an den Chopin-Etüden. Nicht schlecht. Sehr geläufig und gut geübt. Eine Weile war es still, dann begann es wieder. Die Revolutionsetüde wurde wiederholt. Aha, das war der Professor. Katarin erkannte seinen festen und doch behutsamen Anschlag. Noch einmal rauschte das Stück vorüber, gewandt und geläufig wie zuvor, und doch schwang nun noch etwas anderes mit, ein Feuer, eine Glut, Gefühl. Musik eben, nicht nur ein Klavierstück. Plötzlich zuckte es Katarin in den Fingern. Das konnte sie auch.

Kurz darauf klappte die Tür zum Musikzimmer, sie hörte Anger sprechen, dann entfernte sich der Schüler über die Diele. Nun sprach das Mädchen mit Anger. Jetzt sagte sie ihm, daß Besuch für ihn da sei. Katarins Hände wurden kalt, ihr Herz klopfte. Sie hatte große Angst.

Wenn sie geglaubt hatte, er würde nun gleich kommen, dann täuschte sie sich. Er kehrte ins Musikzimmer zurück, sie hörte, daß er spielte. Sie kannte es nicht. Vielleicht improvisierte er. Dann wurde es still. Kam jetzt das Mädchen und sagte, der Herr Professor bedauert?

Doch dann kamen Schritte durch das Nebenzimmer und die Tür öffnete sich. „Ah, Fräulein Brugge", sagte Anger an der Tür, „Sie wollten mich sprechen?"

Katarin stand auf und machte einen kleinen Schritt auf ihn zu. „Ja, bitte", sagte sie, weiter nichts.

„Bitte, kommen Sie mit", er wandte sich um und ging ins Musikzimmer zurück.

Katarins Herz sank. Es war ein schlechtes Zeichen, wenn er mit ihr nicht im Wohnzimmer, sondern im Musikzimmer sprechen wollte. So behandelte er ihren Besuch als offizielle Angelegenheit. Schweigend durchquerten sie den dazwischenliegenden Salon. Anger öffnete die Tür zum Musikzimmer und überließ ihr höflich den Vortritt.

Das Musikzimmer war hell, groß und kaum möbliert. Außer dem Flügel und zwei Notenschränkchen standen nur noch zwei steife Sessel darin.

Katarin blieb stehen und sah ihn an.

Er lächelte verbindlich. „Nun, Fräulein Brugge? Wieder in Berlin?"

„Ja", war alles, was Katarin herausbrachte. Er schien also von ihren Reisen zu wissen.

Er wies auf den Stuhl, sie setzte sich. Eine Pause entstand.

„Herr Professor", begann Katarin, „ich muß mit Ihnen sprechen."

„Ja?" fragte er, als nichts mehr kam.

Sein Gesicht war liebenswürdig und verbindlich, doch nichts von der alten Freundschaft und der früheren Zuneigung war darin zu finden. Katarin biß sich auf die Lippen.

„Sie – Sie sind noch sehr böse auf mich?" brachte sie schließlich gepreßt hervor.

„Böse? Das ist wohl nicht ganz der richtige Ausdruck."

„Herr Professor", stieß sie hastig hervor, „ich möchte gern, daß Sie – daß Sie mich wieder leiden mögen und daß ich wieder bei Ihnen arbeiten darf." Flehend sah sie ihn an, am Rande ihrer Fassung angelangt.

Unwillkürlich mußte Anger lächeln, als er sie da sitzen sah, so elegant angezogen, mit dem rötlich getönten Haar, und dazu die angstvollen Kinderaugen.

„So?" sagte er und betrachtete sie aufmerksam. „Sie sehen nicht gut aus, etwas mitgenommen, wie mir scheint. Ist das alles, was Sie von dem Ausflug in die große Liebe mitbringen?"

„Ich war eine Gans", sagte Katarin ehrlich, „ich habe eine große Dummheit gemacht. Und ich möchte wieder zurück."

„Zurück kann man im Leben nie", sagte Anger. „Man kann Geschehenes nicht ungeschehen machen. Aber man kann natürlich versuchen, den Anschluß wiederzufinden, da, wo er noch zu finden ist. Was möchten Sie also?"

„Ich möchte mich wieder in der Hochschule einschreiben lassen, damit ich wieder bei Ihnen arbeiten kann. Privatstunden kann ich mir leider nicht leisten."

„Und was war in den vergangenen Monaten mit Ihrer Arbeit?"

Sie senkte den Blick. Diese Frage mußte ja kommen. „Ich – nicht viel. Ich habe wenig gespielt."

„Meinen Sie denn, daß es einen Zweck hat, die Musik zu Ihrem

Beruf zu machen, Fräulein Brugge, wenn Sie die Arbeit wegen jedes Mannes im Stich lassen?"

„Das würde ich nie wieder tun", sagte sie leise, „und ich habe es auch diesmal nicht getan. Ich wollte meine Arbeit nie im Stich lassen."

„Ich bin nicht so sicher. Aber immerhin – nehmen wir an, Sie verlieben sich jedes Jahr einmal und pausieren dann immer ein halbes Jahr, das geht natürlich auch. Aber nicht bei mir."

Gepeinigt sah sie ihn an. Noch immer kein Lächeln in seinen Augen?

„Das schlimmste ist", fuhr er fort, „daß ich auch menschliche Mängel an Ihnen entdeckt habe. Sie haben mich sehr enttäuscht. Ich habe immer viel von Ihnen gehalten. Wenn ich also mein Urteil revidieren mußte, so ist das schlimm genug. Ich fürchte, noch einmal kann ich das nicht. Wenn Sie also wieder ein wenig Klavier spielen wollen, warum dann gerade bei mir? Es gibt viele andere gute Lehrer."

„Herr Professor!" Katarin sprang auf. Nun konnte sie die Tränen nicht länger zurückhalten. Sie wandte sich ab und kramte blind nach ihrem Taschentuch.

Anger sah ihr ungerührt eine Weile zu, dann stand er auf und trat zu ihr. „Nun weinen Sie nicht, das hilft jetzt auch nichts mehr. Davon wird nichts besser."

„Aber wenn Sie so zu mir sprechen!" schluchzte sie. „Sie könnten ja mit mir schimpfen und böse sein, das verstehe ich. Aber wenn Sie so kalt sind und so gleichgültig und immer Fräulein Brugge zu mir sagen, das kann ich nicht ertragen!"

Anger lächelte. Er nahm sie am Arm und führte sie zu ihrem Stuhl zurück. „Nun setzen Sie sich mal hin und beruhigen Sie sich. Weint hier wie ein kleines Kind. So eine vielerfahrene, erwachsene Frau. – Zigarette?"

Nervös schluckte Katarin die ersten Züge hinunter, zog dann ihre Puderdose heraus und versuchte ihr derangiertes Aussehen zu verbessern. Anger sah ihr belustigt zu. Als sie aufsah, begegnete sie seinem lächelnden Blick, der seine Kälte verloren hatte. Sie errötete freudig und schaute ihn hoffnungsvoll an.

„O Herr Professor, bitte!" sagte sie aus tiefstem Herzen, so daß es ihn unwillkürlich rührte.

„Ja, was mach' ich nun mit Ihnen? Ist die Geschichte wenigstens aus?"

„So gut wie aus, wir sehen uns nur noch selten."

„Na ja, die Erfahrung wäre ja ganz lehrreich für Sie. Wenn es nur nicht auf Kosten eines wirklich wertvollen Menschen ergangen wäre."

Katarin senkte den Kopf und schwieg.

„Hören Sie manchmal von Carsten?"

„Nein. Ich habe ihm oft geschrieben, aber nie eine Antwort bekommen."

„Verständlich."

„Sie ahnen ja nicht, was ich mir für Vorwürfe mache. Ich weiß, daß ich nie einen besseren Mann als Carsten finden könnte. Das schlimmste ist, ich habe es damals schon gewußt."

„Und trotzdem...?"

„Ja, trotzdem. Das ist es ja, was ich mir selber nicht verzeihen kann. Daß ich so dumm war! Ich gäbe Jahre meines Lebens, wenn ich es wiedergutmachen könnte, was ich ihm angetan habe. Manchmal denke ich, wenn er fällt...", sie stockte und schluckte hilflos, „... und – ich habe ihn nicht mehr gesprochen, habe ihm nicht gesagt, was ich wirklich fühle – das könnte ich nicht ertragen."

„Tja", Anger blickte bekümmert drein. „Das glaube ich. Mir tut es selbst um Carsten unendlich leid. Es gibt für Sie nur einen Weg zu ihm zurück."

„Was meinen Sie?"

„Die Musik. Wenn Carsten den Krieg überlebt und gesund bleibt, so wird er sicher einen großen Aufstieg haben. Wenn Sie ihm dann als ebenbürtiger Künstler begegnen, wenn er Respekt vor Ihrer Leistung haben kann, dann vielleicht..."

„Ach..."

„Freilich, wenn Sie Ihre Arbeit so auffassen wie in letzter Zeit, dann gebe ich Ihnen keine Chance."

„Geben Sie mir Gelegenheit, Herr Professor, Ihnen zu beweisen, wie ernst es mir ist."

Schweigsam saßen sie eine Weile. Draußen dunkelte der blasse Frühlingsabendhimmel. In die Stille hinein näherten sich Schritte. Elisabeth Anger, die schlanke, zarte Frau des Professors, kam herein.

„Störe ich?" fragte sie. „Hast du noch Besuch?"

Anger stand auf und knipste das Licht an. „Die verlorene Tochter ist zurückgekehrt", sagte er, „ein reumütiges Schäflein, da, schau sie dir an."

Elisabeth gab Katarin die Hand. „Wie geht's?" sagte sie freundlich. „Wir haben Sie lange nicht gesehen."

„Das gnädige Fräulein will wieder ein wenig Klavier spielen", sagte Anger. „Was meinst du, soll ich sie wieder aufnehmen?"

Elisabeth Anger war um viele Jahre jünger als ihr Mann, eine ebenso anmutige wie kluge Frau. Sie hatte einmal Sängerin werden wollen, doch als sie Anger heiratete, gab sie ihren Beruf auf und lebte nur noch für ihn. Als Anger als berühmter und gefeierter Pianist von Land zu Land reiste, war sie seine ständige Begleiterin. Sie kümmerte sich um alles, nahm ihm die geschäftlichen Sorgen ab, verhandelte mit Konzertdirektionen, Dirigenten, Reisebüros, Journalisten und Hotels, sorgte dafür, daß alles reibungslos ablief, daß er ausgeruht und ausgeglichen aufs Podium kam.

Das Leben an Angers Seite war keine reine Freude für sie gewesen, der berühmte Mann hatte sie manche Träne gekostet. Die Frauen hatten ihn immer geliebt, und Anger blieb nicht immer standhaft. Nun, seit er älter war, seit ihn das Lehramt die meiste Zeit in Berlin festhielt, war ihr Leben ruhiger geworden. Freilich, auch noch jetzt hatte Anger eine Menge Verehrerinnen, fast alle seine Schülerinnen schwärmten für ihn. Auf Katarin war Elisabeth manchmal ein wenig eifersüchtig gewesen, sie wußte, daß Anger sie schätzte und daß er sie gern mochte. Sie wußte auch, mit dem Instinkt der liebenden Frau, daß ihr Verrat ihn nicht nur als Lehrer und Künstler, sondern auch als Mann getroffen hatte.

Nun war sie also wieder da, die unbesonnene Katarin. Elisabeth bemerkte gleich die Veränderung an ihr. Sie sah, daß aus dem jungen Mädchen eine Frau geworden war, und sie sah, daß Katarin vielleicht etwas von dem Reiz der Jugendfrische verloren, doch dafür einen anderen gefährlicheren Reiz gewonnen hatte, jenes gewisse lockende Etwas, das eine erfahrene wissende Frau umgibt.

Trotzdem sagte sie: „Natürlich. Nimm sie nur wieder. Verlorene Töchter haben meist etwas dazugelernt. Sie sind interessanter als brave Töchter."

„Da sieht man wieder mal die Frauen", Anger schüttelte empört den Kopf. „Die Lust zum Abenteuer steckt euch doch allen im Blut, und so wird das dann entschuldigt."

„Du hast es nötig", sagte Elisabeth.

„An den meisten Sünden, die Männer begehen, haben sowieso die Frauen schuld", wehrte er ab, „sie fordern einen heraus. Zugegeben, oft so, daß man es gar nicht merkt, aber immer mit dem Erfolg, daß man handelt. Handeln muß, um nicht als kompletter Idiot dazustehen."

„Nun ja, in diese blamable Situation bist du ja wohl nicht oft gekommen", sagte Elisabeth.

Anger räusperte sich und verzichtete auf weitere Ausführungen, wandte sich wieder Katarin zu, die lächelnd dem kleinen Disput gefolgt war. Sie nickte eifrig, als Anger sagte: „Also dann bringen Sie mal die Sache mit der Hochschule in Ordnung. Nächste Woche erwarte ich Sie zum Unterricht. Aber machen Sie sich auf allerhand gefaßt, ich habe nicht die Absicht, Ihnen das Leben leicht zu machen."

Der Professor hielt Wort. Katarin mußte viel arbeiten. Er war kühl und sachlich und hatte ununterbrochen etwas zu bemängeln. Seine Rügen kamen scharf und treffend, er beanstandete auch die geringste Kleinigkeit, die ihm nicht gefiel. Katarin verließ ihn oft ganz ausgepumpt und niedergeschlagen, es schien, als könnte sie ihm nichts mehr recht machen. Aber ehrlich mußte sie zugeben, daß sie wirklich im letzten Jahr verschlampt war. Oftmals trieb ihr sein Tadel die Tränen in die Augen, sie weinte jetzt überhaupt leicht, ihre Nerven waren überreizt, das harte Arbeiten, die unglückselige Stimmung kamen hinzu.

Nachts schlief sie schlecht. Oft genug kam auch Alarm. Von der Sirene aus dem Schlaf gerissen, blieb sie liegen, zog nur die Decke über den Kopf, wenn es zu sehr krachte. Wenn es gar zu arg wurde, stand sie auf, kleidete sich notdürftig an und ging in den Keller, saß dort frierend ein oder zwei Stunden, kroch dann wieder ermüdet ins Bett und konnte doch nicht wieder einschlafen.

André sah sie selten. Rein äußerlich war ihm keine Veränderung anzumerken, er zeigte sich aufmerksam, höflich und liebevoll wie stets. Und doch war er ein anderer geworden. Nur in Augenblicken der Leidenschaft fanden sie noch wirklich zueinander, sonst wirkte er oft gleichgültig und abwesend, nahm auch durchaus nicht jede Gelegenheit wahr, mit ihr zusammen zu sein. Trotzdem wartete Katarin auf seine Besuche, denn sie fühlte sich einsam und unglücklich.

Einmal im Juni wartete sie einen ganzen Nachmittag lang vergeblich auf ihn. Er wollte zum Kaffee kommen, sie hatte Kuchen gebacken, doch es wurde 5 Uhr, 6 Uhr, 7 Uhr, er kam nicht. Katarin, die sich auf den Nachmittag und Abend gefreut hatte, war verärgert. Er hätte doch wenigstens anrufen können, fand sie. Auch am nächsten Tage ließ er nichts von sich hören. Sie hatte Stunde bei Anger, war aber so fahrig und nervös, daß sie alles falsch machte. Anger sagte zunächst nichts, streifte sie nur ein paarmal mit kurzen Blicken von der Seite. Das machte alles nur noch schlimmer.

Schließlich stand er auf und sagte: „Es ist gut, hören Sie auf, hören Sie auf. Das kann ja kein Mensch mit anhören. Ich komme mir vor wie in einer Musikschule für Kleinkinder. Ich rate Ihnen nochmals, die Musik lieber an den Nagel zu hängen, wenn Sie nicht imstande sind, Ihren Liebeskummer und Ihren persönlichen Kram beiseite zu schieben. Ein hysterisches Frauenzimmer kann niemals eine ordentliche Künstlerin werden. Merken Sie sich das! Guten Tag, Fräulein Brugge."

Wie meist in letzter Zeit, begann Katarin zu weinen. Doch die Augen des Professors blieben hart und unzugänglich. Sie schlich wie ein geprügelter Hund aus dem Zimmer.

Den Rest des Tages verbrachte sie mit Tränen, Zorn und Warten auf André, schließlich rief sie im Hotel an. Herr Ventiu sei erst vor einer halben Stunde weggegangen, teilte man ihr mit. Er lebte also und war gesund. Hielt es aber nicht für nötig, bei ihr anzurufen. Diese Unverschämtheit!

Aber vielleicht war er jetzt auf dem Wege zu ihr? Sie wartete also weiter, doch es wurde Abend, und er kam nicht. – Wenn er es noch einmal wagen würde, hierher zu kommen, werfe ich ihn hinaus, schwur sie sich.

Zu allem Unglück kam noch spät am Abend Luisa zu ihr herein und erfaßte natürlich mit einem Blick die unglückselige Situation.

„Nanu, du bist allein?" fragte sie unschuldig. „Ich dachte, André ist hier. Ist er denn schon wieder weggefahren?"

„Soviel ich weiß, nicht", erwiderte Katarin, bemüht, ihre Verstimmung zu verbergen. „Er hat eben immer viel zu tun, wenn er in Berlin ist."

„Natürlich", lächelte Luisa, „gestern abend habe ich ihn übrigens gesehen. Er war mit einer kleinen Gesellschaft bei Horcher. Jola Braun, das vielbestaunte Nachwuchstalent der Ufa, befand sich in seiner Begleitung. Ein bildhübsches Kind. Und weißt du, wer noch dabei war?"

„Na, wer schon?"

„Kainer, dein verflossener Verehrer."

„Ausgerechnet."

„André war groß in Fahrt. Charmant, charmant bis in die Fingerspitzen." Luisa machte eine kleine Pause, dann fuhr sie fort: „Ich weiß nicht, Kat, ob du nicht lieber mit ihm Schluß machst? Sieh dich doch mal an. Er bekommt dir nicht sehr gut. Er ist nun mal kein Mann für die Dauer."

„Ich werde auch mit ihm Schluß machen, darauf kannst du dich verlassen", sagte Katarin mit unterdrücktem Grimm. „Ich will es ja schon seit Wochen und Monaten."

„Ja, ich weiß, es ist nicht so einfach. Für eine Frau geht mit jeder Liebesgeschichte ein Stück ihres Lebens zu Ende. Wenn man nichts erlebt, verbraucht man sich zwar nicht, wird aber alt, unlustig und langweilig. Wenn man viel erlebt, verbraucht man sich und wird ebenfalls alt."

Sie schwiegen eine Weile, Katarin voller Verzweiflung, Luisa mit sich und der Welt zufrieden.

„Übrigens, Kat", sagte Luisa, „du mußt dir nun langsam überlegen, was du mit der Wohnung machst. In drei Wochen heirate ich. Lex hat gestern in Halensee eine Villenetage gemietet, dort werden wir zunächst wohnen."

„So bald schon?" staunte Katarin.

„Er will partout. Tu ich ihm halt den Gefallen."

„Mir graust bei dem Gedanken, daß ich wieder irgendwo in einer möblierten Bude hausen muß", sagte Katarin.

„Dann mußt du sehen, daß du jemanden für die zwei Zimmer findest."

Katarin fand den Gedanken entsetzlich, sich von der Bamberger Straße zu trennen. Vier Jahre lebte sie nun hier, die Wohnung war ihre Heimat geworden. Zu allem anderen Elend auch noch in die Abhängigkeit eines möblierten Zimmers zurückzukehren, ganz wie am Anfang, das war furchtbar.

André kam am nächsten Nachmittag in aller Unschuld. Er brachte Kaffee mit, Schokolade, Sekt, doch das alles konnte Katarin nicht versöhnen, zuviel Verbitterung hatte sich mittlerweile in ihr angesammelt.

Sicher wäre es klüger gewesen, nichts zu sagen, sein gestriges Nichtkommen einfach zu ignorieren oder mit einer gleichgültigen Bemerkung darüber hinwegzugehen. Doch ihr Temperament ging mit ihr durch. Sie empfing ihn sofort mit Vorwürfen.

André zog die Augenbrauen hoch und machte ein arrogantes Gesicht. „Wenn du die Absicht hast, mir eine Szene zu machen, ziehe ich es vor, gleich wieder zu gehen", sagte er. „Ich habe den ganzen Tag über genug Sorgen und Ärger und keinerlei Lust, mich hier von neuem zu ärgern."

„Dann geh doch", fauchte Katarin, rot vor Zorn, „ich werde froh sein, wenn ich dich nicht mehr sehe. Ich muß mich ja doch nur grämen und aufregen mit dir. Dein Verhalten ist unter aller Kritik, kein Prolet würde sich einer Frau gegenüber, die er angeblich liebt, so benehmen. Ich habe dich satt, satt bis obenhin."

„Reizend, reizend, kleine Furie", sagte André, „nur zu, sprich dich aus."

„André", Katarin stand dicht vor ihm, ihre Augen sprühten. „Hast du nicht Angst, daß ich dir mal etwas an den Kopf werfe?"

Er lachte und faßte ihre Handgelenke. „Das sieht dir ähnlich."

Katarin versuchte sich loszureißen, doch er war stark und hielt sie fest, zog sie ganz dicht zu sich heran und kümmerte sich nicht um ihre schäumende Wut.

„Katja sprüht Funken", sagte er lachend in ihr haßverzerrtes Gesicht hinein. „Du bist ein böses Mädchen. Aber hol' mich der Teufel, das macht mich gerade verrückt."

Ehe sie ausweichen konnte, hatte er blitzschnell die Arme um sie geschlungen und küßte sie. Sie wehrte sich verzweifelt und biß ihm in die Lippen. Mit dem Ergebnis, daß er sie ebenfalls biß, heftig und rücksichtslos. Erst als ihr Widerstand brach, ließ er sie los.

Sie hatte Tränen ohnmächtiger Wut in den Augen. Sie sank in einen Sessel und sah zu, wie er den Kaffee zubereitete, das verstand er vorzüglich. Dabei erzählte er, wieviel er zu tun gehabt hatte in diesen zwei Tagen.

„Und du hast nicht einmal Zeit zu einem Anruf gehabt?" fragte sie schwach.

„Du wirst lachen, nicht einmal das. Außerdem dachte ich gestern den ganzen Nachmittag, ich könnte abends noch zu dir hinauskommen. Um sechs traf ich Wollner vom Wirtschaftsministerium, der schleppte mich zu einem Klubabend von so ein paar Bonzen. Es war idiotisch, aber ich habe ein paar gute neue Verbindungen. Ein hohes Tier von der Partei habe ich kennengelernt, das mich beschwor, sein Geld mit in die Schweiz zu nehmen und notfalls auf meinem Konto zu deponieren. Toll, was?"

„Sehr toll", bestätigte Katarin müde und fragte hartnäckig noch einmal. „Und den ganzen Abend war es nicht möglich, mich anzurufen?"

„Nicht möglich", bestätigte er ungerührt.

Katarin schwieg. Sie kannte das. Es war gegen ihn nicht anzukommen. Er behielt immer recht.

„Vorgestern abend, als ich dich erwartet habe, warst du bei Horcher", sagte sie nur noch, kaum mehr im Ton eines Vorwurfs.

„Sehr richtig. War auch ein aufschlußreicher und nützlicher Abend, der mir zweifellos Gewinn bringt."

„Ach, meinst du Jola Braun?"

„Die Braun? Bist du vielleicht auf das kleine Flimmermädchen eifersüchtig? Katja, wo ist dein Selbstbewußtsein?"

Ja, dachte Katarin im stillen, das frage ich mich manchmal auch. Sie sagte nichts mehr. Die letzten drei Tage voll Ärger, Wut und Tränen ließen jetzt nur mehr Erschlaffung und Apathie in ihr zurück. Mochte er doch tun, was er wollte. Es kümmerte sie nicht mehr.

Dennoch blieb André über Nacht. Katarins Absicht, ihn hinauszuwerfen und endgültig mit ihm Schluß zu machen, kam auch an diesem Abend nicht zur Ausführung. Von der großen Liebe war zwar nichts mehr in ihr zu finden, doch sie klammerte sich an den letzten Rest, an das bißchen verlogene Zärtlichkeit, an das Zusammensein, das ihr die Illusion gab, nicht allein und verlassen zu sein.

Dann reiste André wieder ab. Katarin ging mit klopfendem Herzen in die nächste Stunde zu Anger, doch er kam mit keinem Wort auf seine das letztemal geäußerten Vorwürfe zu sprechen, er war ruhig und sachlich. Sie nahm sich zusammen und spielte zu seiner Zufriedenheit. Nach der Stunde bummelte sie ein wenig in der Hochschule herum, sprach mit einigen Kollegen. Sie suchte Mieter für die Bamberger Straße. Eigentlich war nicht jeder dazu geeignet, und kurz vor Semesterschluß mochte sich niemand entschließen. Zuerst dachte sie an Eva. Eva hatte ihre Eigenheiten und war ein merkwürdiges Ding, aber Katarin war eigentlich immer ganz gut mit ihr ausgekommen. Außerdem wußte sie, daß Eva ein ziemlich primitives Zimmer in einer wenig schönen Gegend bewohnte.

Doch Eva lehnte unvermutet ab, sehr entschieden und ohne nähere Begründung.

Heute traf sie in der Vorhalle der Hochschule Gudrun Goller und Herbert Klank und erzählte ihnen ihre Sorgen. Die beiden sahen sich an. Dann meinte Gudrun, eigentlich wisse sie jemanden.

„Wen denn?" fragte Katarin.

„Wir zwei."

„Ihr beiden?"

„Ja", sagte Herbert, „überlegen Sie es sich einmal, Katarin. Wenn Sie nicht wollen, können Sie es ruhig sagen, wir nehmen es Ihnen nicht übel. Aber wir haben jetzt jeder ein möbliertes Zimmer und den üblichen Ärger damit, dazu noch weit voneinander entfernt. Wenn wir zusammen wohnen könnten, wäre das fein. Und so teuer ist es ja auch nicht."

Gudrun und Herbert waren seit Jahren unzertrennlich. Katarin kannte Herbert seit Beginn ihrer Studienzeit. Er war blond, mittelgroß, schlank, mit anständigen hellen Augen und einer klugen Stirn, sehr ruhig und zurückhaltend. Er hatte einen hübschen lyrischen Tenor und wollte Sänger werden. Im Wintersemester 1939, kurz nach Kriegsausbruch, kam Gudrun als angehende Sängerin an die Hochschule, auch sie blond, hübsch, mit einem klaren, offenen Gesicht und freundlichem Wesen. Die beiden paßten großartig zusammen. Da sie beim gleichen Lehrer studierten, lernten sie sich kennen und schätzen. 1940 wurde Herbert eingezogen und zu Beginn des Rußlandfeldzuges verwundet. Schwere Kopfverletzung. Seine Gesundheit war so weit zerstört, daß er endgültig vom Militärdienst befreit wurde. Er kehrte nach Berlin zurück, blaß, schmal, noch ruhiger geworden. Er blieb anfällig und empfindlich und litt unter heftigen Kopfschmerzen, die ihn selten verließen. An den Beruf des Sängers, der vor allem eine robuste Gesundheit verlangte, war nicht mehr zu denken. So besuchte er nun die Kunstakademie, um ein anderes Talent, das zeichnerische, auszubilden. Er wollte Bühnenbildner werden.

Selbstverständlich fanden er und Gudrun wieder zusammen, sie pflegte ihn liebevoll und half ihm mit Zuversicht, das schwere Dasein zu meistern.

Katarin überlegte nicht lange. Sie kannte die beiden als liebe nette Menschen, sie würde mit ihnen keinen Ärger haben. Finanziell waren sie einigermaßen gesichert. Herbert erhielt auf Grund seiner Verwundung eine monatliche Rente. Gudrun bekam ihr Studiengeld von zu Hause. Sie stammte aus einer märkischen Kleinstadt, und anscheinend war das Kleinstadt-Milieu auch dort nicht anders, denn sie erklärte Katarin, daß es wohl besser sei, den Eltern nichts von der neuen Wohnregelung zu erzählen. Man würde bestimmt etwas auszusetzen haben.

Herbert errötete ein wenig und blickte Katarin verlegen an.

„Sie dürfen nicht denken, Katarin, daß wir leichtsinnig sind, oder ..."

„Himmel, hör auf", rief Katarin, „sehe ich wie eine alte Moraltunte aus?"

„Nein, nein, aber ich wollte Ihnen nur sagen, an sich haben wir die Absicht zu heiraten."

„Das ist gar keine schlechte Idee", meinte Katarin, „ihr beiden habt euch doch gesucht und gefunden."

Damit war die Sache abgemacht. Sobald Luisa ausgezogen war, sollten Gudrun und Herbert einziehen.

Das Ende ihrer Beziehungen zu André war nicht mehr aufzuhalten. Katarin hatte ihn Anfang Juli zurückerwartet. Als sie nichts von ihm hörte, rief sie eines Tages im Hotel an, um zu erfahren, ob er sich schon angemeldet hatte. Man teilte ihr mit, daß er am Tag zuvor bereits wieder abgereist sei.

Er kam also nach Berlin, ohne sich bei ihr blicken zu lassen. Diese Entdeckung brachte, wie man so sagt, den Krug zum Überlaufen. Katarin durchlebte alle Stimmungen der Wut, des Schmerzes, der Beschämung, des Ärgers, des Hasses und schließlich der kalten Entschlossenheit. Jetzt war Schluß. Sie wollte es nicht darauf ankommen lassen, endgültig sitzengelassen zu werden. Jetzt war Schluß, Schluß, tausendmal Schluß.

Sie teilte ihren Entschluß Luisa mit, die ungläubig lächelte. Doch Katarin schwur einen grimmigen Eid.

Luisa verließ sie in diesen Tagen und fuhr nach Hamburg zu ihrem Vater, wo ihre Hochzeit mit dem Major stattfinden sollte. Luisa würde dann einen alten adligen Namen tragen und in ihrem Ehrgeiz tief befriedigt sein. Ihren Bühnenberuf brauchte sie ja nicht aufzugeben.

Sie fragte Katarin, ob sie nicht zu der Feier nach Hamburg kommen wolle. Katarin lehnte ab. Sie habe keine Zeit, sagte sie. Genaugenommen hatte sie kein Geld. Und außerdem, warum sollte sie sich das Glück andrer Leute ansehen, nachdem sie selbst so schmählich Schiffbruch erlitten hatte.

Ja, das war das Neueste. Die Geldknappheit. In den letzten Jahren sorgten erst Carsten, dann André für sie, außerdem verdiente sie selbst nicht schlecht. Jetzt versiegten ihre Einnahmequellen, sie gab keinen Unterricht mehr, und das wenige, das ihr von den Konzerten geblieben war, hatte sie längst verbraucht.

Neue Konzertverpflichtungen war sie nicht eingegangen. Die Kollegen rieten ihr, doch eine Wehrmachttournee zu machen, es wurde nicht schlecht dabei verdient. Katarin widerstrebte, man hörte so widersprechende Dinge über die sogenannte Truppenbetreuung.

Schließlich sprach sie mit Anger darüber. Ohne seine Einwilligung hätte sie sowieso nichts Derartiges unternommen, denn sie konnte es sich nicht leisten, ihn wieder zu verärgern.

Anger nannte ihr eine gute Gastspieldirektion, die dafür bekannt war, nur erstklassige Truppen hinauszuschicken. Ohne Schwierigkeiten bekam sie dort ein Engagement, denn gute Pianisten waren gefragt. Schon am 1. August sollte die Reise losgehen.

Nachdem Luisa fort war, blieb sie einige Tage allein in der leeren Wohnung und hatte Gelegenheit, darüber nachzudenken, was sich alles in den wenigen Jahren verändert hatte. Zu viert waren sie damals hier eingezogen, jung, fröhlich, voller Hoffnung und Lebensfreude. Sie selbst hatte die schöne Freundschaft zerstört, hatte sich außerhalb der Gemeinschaft der Freunde gestellt und bezahlte nun mit trüben Gedanken und Einsamkeit.

Natürlich kam in der Nacht Alarm. Da es in der leeren Wohnung unheimlich war, ging sie in den Keller.

Der Aufenthalt im Luftschutzkeller wurde mehr und mehr zur

Routine. Die Hausbewohner waren sich nähergekommen, und meist unterhielt man sich ein wenig. Frau Kalunke, die Hausmeistersfrau, die Katarin ins Herz geschlossen hatte, erzählte ihr heute wieder weitschweifig von ihrem Sohn, dem Geiger, der sich mit einer Tänzerin der Scala verlobt hatte und bald heiraten wolle. „Jotte doch, wat bin ick froh, det der Junge een schwachet Herze hat", meinte sie, „da bleibt'r mir wenichstens am Leben."

Herr Kalunke hatte wie meist „einen in der Krone" und orakelte düster über den Ausgang des Krieges.

„Det könn' Se mir jlooben, Frollein, det nimmt een böset Ende", verkündete er. „Die sin ja vill zu weit nach Rußland rinjeloofen, die komm'n nicht mehr raus. Die Russen haben et in sich, denken Se bloß an Napoleon. Wat die Russen sin, die loofen man bloß so ins Maschinenjewehrfeuer rin, rudelweise, sar ick Ihnen. Und wenn man denkt, nu sind se alle hin, da komm' wieder neue. Die vastehn wat vom Kriegführen, da brauchen Se keene Angst zu haben. Und jenug Leute ham se ooch."

Herr Kalunke liebäugelte mit dem Kommunismus, das war bekannt. Und wenn er was getrunken hatte, nahm er kein Blatt vor den Mund, bis seine Frau energisch dazwischenfuhr.

Auch die Leiter der Schauspielschule, ein sympathisches Ehepaar, waren da, und Katarin unterhielt sich ein wenig mit ihnen, obwohl die Verbindung zu den jungen Leuten der Schauspielschule längst abgerissen war. Die Bewohner der zweiten Etage, zwei ältere Junggesellen, hatten eine Flasche Kognak mitgebracht und luden Katarin dazu ein. Sie waren unverwüstlich, übertrumpften einander mit witzigen Bemerkungen und unterhielten manchmal die Kellergemeinschaft so gut, daß man ganz vergaß, warum man hier war. Die anderen Bewohner der zweiten Etage waren weniger sympathisch, ein griesgrämiger Oberst, der tapfer einen gefahrlosen Heimatposten verteidigte, und seine sauertöpfische Frau. Auch heute blickten sie strafend auf Katarin, die mit den Brüdern Kognak trank und ein munteres Gespräch führte.

Der dritte Stock war problematisch. Ein älteres Ehepaar, gebildete, kultivierte Leute, doch der Mann war Jude. Er war leidend, seine Frau wickelte ihm eine Decke um die Füße und schob ihm ein Kissen in den Rücken, er küßte ihr dankbar die Hand dafür.

Katarin betrachtete die beiden stets mit Wohlgefallen, sie boten ein Bild vollkommener Harmonie und wahrten trotz ihrer schwierigen Lage eine bewundernswerte Haltung. Schweigend saßen sie da, nur manchmal flüsterten sie ein paar Worte miteinander. Der gelbe Stern am Mantel des Mannes leuchtete aufdringlich.

Katarin grüßte die beiden stets besonders höflich und nahm stets die Gelegenheit wahr, sich ein wenig mit ihnen zu unterhalten, justament und gerade. Sie wollte mit dem Unrecht, das geschah, nichts zu tun haben. Sie war bereit, jedem entsprechend zu antworten, der ihr etwa Vorhaltungen machen wollte. Doch die Bewohner dieses Hauses verhielten sich alle tolerant, der alte Jude war ihnen kein Ärgernis. Herr Kalunke sprang stets hinzu, um dem alten Herrn zu helfen; zwar hatte er manchmal einen etwas gönnerhaften Ton an sich, doch es war nicht böse gemeint. Niemand beanstandete, daß der alte Mann mit ihnen im Keller saß, obwohl er sich eigentlich in einem separaten Raum aufhalten sollte.

Übrigens machte sich Katarin dieserhalb bei ihrem Blockleiter unbeliebt. In diesem Falle war es sogar eine Blockleiterin. Genaugenommen eine Dame, eine gut angezogene, gar nicht üble Dame in mittleren Jahren. Katarin wunderte sich oft im stillen, wie die Frau zu diesem Posten gekommen war. Einmal, als die Dame sie wegen einer Liste oder Sammlung aufgesucht hatte – und des Sammelns war ja kein Ende –, hatte Katarin impulsiv gesagt: „Sie Arme, wer hat Ihnen denn dieses lästige Amt aufgehängt?"

Ein erstaunter Blick traf sie, die Blockleiterin sagte zurechtweisend: „Diese Tätigkeit ist mir eine Ehre. Es gibt nichts, was ich nicht tun würde, um meinem Führer und meinem Volke in dieser schweren Zeit zu helfen."

Au Backe, dachte Katarin, was es alles gibt.

Bei anderer Gelegenheit machte die Blockleiterin eine Bemerkung über den Juden im Haus. Wie unangenehm es doch für die Bewohner sei, daß ein Jude im Hause wohne und warum man noch keine Schritte unternommen habe, daß er die Wohnung räumen müsse.

Katarin warf der gutangezogenen, gepflegten Frau einen Blick voll Verachtung zu. – Mit Wonne würde ich dich die Treppe hinunterwerfen, dachte sie, alle vier Treppen, und wenn du dir das Genick dabei brichst, so würde es mich freuen.

Laut sagte sie: „Meinen Sie die Goldmanns? Aber das sind doch reizende Leute. Die tun doch niemandem etwas. Im Gegenteil, ich habe noch nie einen Mann gesehen, der so höflich und rücksichtsvoll zu seiner Frau ist. Das war noch eine wohlerzogene, kultivierte Gesellschaft, aus der die beiden stammen. Wenn ich dagegen die Männer heute betrachte, mit ihrem lauten, wichtigen Getue, mit ihrer Pseudobildung – greulich."

Der Blockleiterin verschlug es zunächst die Sprache. Sie starrte Katarin, die freundlich lächelte, verblüfft an.

„Aber – aber er ist doch Jude!" brachte sie schließlich hervor.

Katarin lächelte weiter. „Ja und? Deswegen ist er trotzdem ein wirklicher Gentleman."

Sprachlos schüttelte die Blockleiterin den Kopf und sagte tadelnd: „Eine merkwürdige Auffassung für einen jungen Menschen der heutigen Zeit. Sie sind doch Studentin, nicht wahr?"

„Ich studiere Musik", erwiderte Katarin ruhig. „Was hat das damit zu tun?"

„Nun, ich finde, gerade als Künstlerin könnten Sie eine eindeutigere Position beziehen", sagte die Frau spitz. „Sie haben allen Grund, dem Führer dankbar zu sein, daß er die Juden 'rausgebracht hat. Früher gab es nämlich im Kunstleben nichts als Juden, da hätten Sie kaum Chancen gehabt, voranzukommen. Das wissen Sie nur nicht, Sie sind noch zu jung."

„Möglich", antwortete Katarin, „daß früher auch ein paar Juden Klavier gespielt haben. Jetzt sind es nicht die Juden, jetzt ist es der Krieg, der mich am Vorwärtskommen hindert. Aber natürlich", sie lächelte ironisch, „ich sehe ein, das ist das kleinere Übel. Was sind schon ein paar Bomben gegen einen Juden am Klavier."

Die Blockleiterin sah aus, als wollte sie zerspringen.

Aber Katarin konnte sich noch immer nicht beherrschen, sie fügte hinzu: „Und was meine Jugend betrifft, nun, obwohl ich noch jung bin, habe ich eines schon gelernt: es lebt sich niemals gut in Extremen. Das gilt für den einzelnen Menschen so gut wie für einen Staat."

Nun wurde das Gespräch reichlich gefährlich. Das Gesicht der Blockleiterin war gelb vor Ärger. „Ihre Ansichten sind bemerkenswert, Fräulein Brugge!" sagte sie scharf.

„Das hoffe ich", sagte Katarin kühl.

Die Blockleiterin wandte sich zum Gehen, an der Tür sagte sie: „Hoffentlich sitzt wenigstens die übrige Hausgemeinschaft nicht mit dem Juden im gleichen Keller."

Den Goldmanns zuliebe erwiderte Katarin: „Nein, nein, keineswegs. Die beiden halten sich stets im Vorraum auf."

Doch nach wie vor blieben die Goldmanns bei den anderen im Keller, und keiner nahm Anstoß daran.

Auch heute benutzte Katarin die Gelegenheit, sich mit den Goldmanns zu unterhalten. Das Thema war zu überlegen, Tagesfragen schieden aus. Aber da sie wußte, daß sie es mit Musikliebhabern zu tun hatte, erzählte sie von ihrer Arbeit.

„Ja, wir haben schon gehört", meinte Herr Goldmann freundlich, „Sie arbeiten jetzt an dem B-Dur-Konzert von Brahms. Es klang ausgezeichnet. Ich würde Sie gern einmal mit Orchester hören. Sie wissen ja, ich freue mich immer, wenn Sie spielen. Es ist der einzige Kunstgenuß, den wir zur Zeit haben."

Katarin erwiderte nichts darauf. Mitleid und hilfloser Zorn erfüllten sie. Und sie schämte sich. Obwohl sie nichts dafür konnte, schämte sie sich.

Da sie wußte, daß Herr Goldmann gern rauchte, zog sie Zigaretten aus der Tasche, bot ihm an und nahm sich selbst eine. Herr Goldmann warf einen scheuen Blick in die Runde, doch er sah keine feindselige Miene. Dankend nahm er die Zigarette, nahm Katarin das Streichholz aus der Hand, gab erst ihr, dann sich Feuer. Trotz aller Bedrücktheit, trotz der verständlichen Scheu und Menschenangst bewahrte er Haltung und Würde.

Einer der Brüder kam und bot den Goldmanns von dem Kognak an. Alle hier unten in diesem Keller, so verschieden sie nach Herkunft, Bildung und Weltanschauung sein mochten, alle waren sich in diesem Punkte einig. Sie wollten keinen Teil haben an dem Unrecht, das geschah.

Gudrun und Herbert richteten sich in den Zimmern ein, die bisher von Luisa bewohnt waren. Sie erwiesen sich als angenehme Mitbewohner, sie waren ruhig und zurückhaltend und vertrugen sich ausgezeichnet. Gudrun übernahm das Regiment in der Küche, sie konnte ausgezeichnet kochen und verstand es, sparsam mit den Marken zu wirtschaften. Katarin, die in letzter Zeit sehr unregelmäßig gelebt hatte, kam nun wieder zu vernünftigen Mahlzeiten.

Dann tauchte André auf. Er hatte sich vorher telefonisch angemeldet, so daß Katarin ihn wohlvorbereitet erwartete. Natürlich merkte er gleich an ihrem Empfang, daß ihm einiges bevorstand.

„Nun, was ist los?" fragte er daher gleich, nachdem sie sich gesetzt hatten.

„Du warst lange nicht in Berlin", sagte sie leichthin.

„Sehr lange", bestätigte er, „über vier Wochen nicht."

„Täuschst du dich auch nicht?" fragte sie liebenswürdig.

Er warf ihr einen kurzen Blick zu. „Ach, du meinst vor vierzehn Tagen? Ja, da war ich mal kurz hier, auf der Durchreise."

„Immerhin drei Tage."

„Beschäftigst du neuerdings einen Detektiv?"

„Das täte mir leid ums Geld. Ich weiß auch so, wie ich mit dir dran bin."

Pause.

Er lehnte sich zurück und lächelte arrogant.

„Also los. Sprich dich aus. Tu deinen Gefühlen keinen Zwang an."

„Dazu ist nicht viel zu sagen. Ich wollte dir vorschlagen, ob es nicht besser wäre, wenn wir unser Verhältnis endgültig beenden."

Er zog erstaunt die Brauen hoch. „Wie du willst. Vorausgesetzt, es ist dir Ernst. Soweit ich mich erinnere, hast du schon öfter davon gesprochen und warst dann doch immer recht froh, wenn ich wiederkam. Aus diesen und jenen Gründen."

Seine Unverschämtheit trieb Katarin das Blut in die Wangen, doch sie beherrschte sich.

„Nun, das ist vorbei. Ich wäre froh, wenn ich dich nicht mehr sehen müßte." Erbitterung war in ihrer Stimme.

„Sieh mal an. Katja als kühle, hoheitsvolle Dame. Eine neue Nuance. Was, oder besser, wer steckt dahinter?"

„Sei bloß nicht so primitiv und spiele jetzt den Eifersüchtigen", sagte sie mit unterdrückter Heftigkeit. „Mir langt es. Ich hoffe für längere Zeit von allen Männern verschont zu bleiben."

Er lachte. „Bitte, bitte, ganz, wie du willst. Ehrlich gesagt kommt mir dein Vorschlag sehr gelegen. Denn ich werde wohl für längere Zeit nicht mehr nach Deutschland kommen. Ich mache Schluß mit dem Balkanhandel. Was damit zu verdienen war, habe ich verdient. Jetzt habe ich andere Pläne. Du machst dir ja keine Vorstellung, was man an diesem Krieg verdienen kann."

Katarin betrachtete ihn mit unverhohlenem Widerwillen. „Ausgezeichnet. Du und deinesgleichen, ihr verdient. Die anderen verrecken. Eine saubere Teilung."

„Was willst du? So ist es, so war es immer. An jedem Krieg wird groß verdient, am Krieg und noch mehr an der Niederlage. Die meisten großen Vermögen sind in solchen Zeiten entstanden. Man muß sich eben von Anfang an entscheiden, für den ehrenvollen Tod oder für das vielleicht nicht so ehrenvolle, aber sehr nützliche Geld. Ich habe mich entschieden. Für diesen Krieg und für alle eventuell noch kommenden gleich mit."

„Du bist mir widerlich", sagte Katarin kalt. „Leute wie du gehören aufgehängt."

„Großartig. Deinem Führer aus der Seele gesprochen. Bist du neuerdings mit einem SS-Mann befreundet?"

„An meiner Einstellung hat sich nichts geändert. Aber wenn man dagegen ist, muß man erst recht ein anständiger Mensch sein."

„Mein armes Kind", entgegnete er lächelnd, „Gott erhalte dir deine unschuldsvolle Seele. Aber ich fürchte, du wirst in den nächsten Jahren noch allerhand dazulernen müssen. Immerhin hast du bis jetzt ganz gut mit meinem unanständig erworbenen Geld gelebt, der geschobene Kaffee hat dir gut geschmeckt und die geschmuggelten Pelze haben dich schön gewärmt."

Katarin schwieg. Sie war fest entschlossen, ruhig zu bleiben. Ihr großer Schlag war ins Wasser gegangen. Er hatte sowieso vorgehabt, nicht mehr zu kommen. Jedenfalls schien es ihm ganz gleichgültig zu sein, was aus ihr wurde. Eine schwarze Woge der Verzweiflung überschwemmte ihr Herz.

„Ja", fuhr er fort, „es wird mir auch langsam zu ungemütlich hier. Es ist in diesen Zeiten nicht gut, zu lange die gleiche Route zu fahren. Ich habe mir Sorgen gemacht, wie ich es dir beibringen soll. Aber wie die Dinge nun liegen...", er lächelte, „vorausgesetzt, es ist dir Ernst und du willst dich wirklich von mir trennen. Ja? Willst du es wirklich?"

Er beugte sich herüber und griff nach ihrer Hand, seine Stimme hatte wieder die samtene Weichheit, die sie so gut kannte.

Sie zog ihre Hand zurück. „Ich will es wirklich", sagte sie feindlich.

„Nun gut. Ganz nach Belieben."

„Es ist abscheulich, daß alles so endet", sagte Katarin, mühsam ihre Tränen zurückdrängend, „so – lieblos und fremd. Es ist nicht meine Schuld. Ich habe getan, was ich konnte. Alle Brücken habe ich hinter mir abgebrochen. Aber es ist schwer, dich zu lieben und dir zu vertrauen. Eigentlich ist es unmöglich. Und ohne Vertrauen gibt es keine Liebe. Doch vermutlich liegt dir sowieso nichts daran." Leiser fügte sie hinzu. „Du hast mich so gequält."

„Gequält? Nur gequält? Du bist doch auch sehr glücklich gewesen. Oder nicht?"

„Ja", gab sie zu, „manchmal, in einer gewissen Weise. Aber ich glaube nicht, daß man dies Glück nennen kann."

„Ich glaube, man quält sich immer, wenn man sich liebt", sagte André. „Und wir haben uns doch geliebt, nicht wahr, Katja?"

Er setzte sich neben sie, seine zärtliche Hand glitt leicht über ihren Arm, über ihre Schulter und verweilte in der Beuge ihres Halses.

Katarin schaute ihn nicht an. Noch einmal fühlte sie das Verlangen, nachzugeben, sich noch einmal von der Illusion einer Liebe betrügen zu lassen. Aber wenn sie heute nachgab, dann war sie für immer verloren.

Sie straffte sich und rückte von ihm ab.

„Du liebst mich ja immer noch", flüsterte er, „du liebst mich. Und du begehrst mich. Ich spüre es, Katja."

„Nein", sagte sie entschlossen, „nein, André, wirklich. Laß uns zu Ende kommen. Laß es uns in guter Haltung erledigen. Ich – ich kann einfach nicht mehr. Ich will endlich wieder ein Mensch sein und nicht nur ein Anhang von dir, gepeinigt und gequält. Diese Art von Liebe will ich nicht. Du kannst ja gar nicht lieben. Sicher betrügst du mich schon seit langem, es kann ja gar nicht anders sein, die paar Tage, die du hier bist, die wenigen Stunden. Was hab' ich dann von dir? Und die übrige Zeit warte ich und warte. Ich kann das Warten nicht mehr ertragen, ich kann einfach nicht."

Nun weinte sie doch.

„Mein armer Liebling", sagte er schmeichelnd. „Ich werde mir ein paar Tage freinehmen, im nächsten Monat, und dann verreisen wir wieder einmal. Dann wirst du nicht verstehen, warum du einmal von mir fortwolltest."

„O nein, André", rief sie heftig, „nie mehr könnte es so sein wie früher! Ich liebe dich nicht mehr. Und du liebst mich schon lange nicht mehr, vielleicht hast du mich nie richtig geliebt. Du willst mich nur immer wieder versklaven. Auch jetzt wieder. Du willst deine Macht über mich beweisen. Du willst, daß ich schwach werde, wenn du mich nur anrührst. Aber du hast keine Macht mehr über mich. Ich bin frei von dir. Endlich."

„Du mußt wissen, was du willst", sagte er nach einer kleinen Weile kalt.

„Ich will, daß du gehst", rief Katarin wild. „Ich will frei sein, ich will Ruhe haben."

„Bitte. Wie du willst." Er nahm seinen Hut. „Keinen Kuß zum Abschied?"

Katarin stand abgewendet und schüttelte den Kopf.

„Fürchtest du im Grunde deines Herzens also immer noch das, was du meine Macht über dich nennst?"

„Vielleicht", gab sie zu. „Aber nicht mehr lange."

„Überleg es dir. Ich bin noch zwei Tage hier, du erreichst mich im Hotel. Adieu, dumme Katja."

Katarin stand bewegungslos. Sie hörte seine Schritte, erst auf der Diele, dann im Treppenhaus. Sie hatte das Verlangen, ihm nachzustürzen, alles zu widerrufen und sich in seine Arme zu werfen. Doch sie zwang sich stehen zu bleiben.

„Es ist gleich vorbei", flüsterte sie vor sich hin, „gleich ist es vorbei. Es ist auch gar nicht schlimm. Bloß jetzt, im Augenblick. Ich liebe ihn nicht mehr. Wenn ich ihn nicht mehr sehe, werde ich ihn vergessen. Morgen wird es vorbei sein."

Aber morgen war es noch nicht vorbei. Es wurde ein entsetzlicher

Tag. Einige Male hatte sie schon den Hörer in der Hand, um im Hotel anzurufen, doch sie beherrschte sich. Es mußte zu Ende sein. Sie konnte nicht ewig seine Geliebte bleiben, er belog sie, er betrog sie, er kam zu kurzen Besuchen, wann es ihm beliebte, und vergaß sie dann wieder. Und sie verlangte ja nach nichts anderem als nach seiner Umarmung, auf sein Herz hatte sie lange verzichtet. Das war erniedrigend. Wenn sie noch eine Spur von Stolz und Selbstachtung besaß, so mußte diesem Zustand ein Ende gemacht werden. Sie litt, ihre Arbeit wurde zur Farce, sie wurde alt, hysterisch und verbittert dabei. Es mußte zu Ende sein.

Natürlich entging es Gudrun und Herbert nicht, daß ihre neue Freundin eine Krise durchlebte. Sie wußten wohl auch von Andrés Existenz und der Rolle, die er in Katarins Leben spielte.

Gudrun begann Katarin zu beschäftigen, schickte sie zum Einkaufen, ließ sie Kartoffeln schälen und Geschirr abtrocknen. Sie duldete auch nicht, daß Katarin den Mahlzeiten fernblieb, mochte Katarin auch glaubwürdig versichern, daß sie nicht den geringsten Appetit habe, daß ihr übel sei.

„Wenn Sie nichts essen, Katarin, wird die Übelkeit noch schlimmer", sagte Gudrun energisch. „Gegen Seelenschmerzen ist ein großes Schnitzel ausgezeichnet."

Es war einige Tage nach dem Abschied von André. Die beiden Mädchen waren in der Küche beim Geschirrspülen, und Katarin empfand ein heftiges Bedürfnis, ihr Herz zu erleichtern. Sie erzählte Gudrun einiges von den Erlebnissen des letzten Jahres. Gudrun hörte teilnehmend zu.

„Es ist richtig, daß Sie Schluß gemacht haben, Katarin", sagte sie. „So eine Quälerei, das hat mit Liebe nichts zu tun. Sie müssen versuchen, es zu vergessen. Es geht schneller, als Sie jetzt denken. Es gibt viel schlimmere Dinge."

Gudrun ließ den Lappen sinken und blickte kummervoll vor sich hin. „Ich habe auch Sorgen. Und, seien Sie mir nicht böse, Katarin, ich bilde mir ein, es sind größere Sorgen."

„Wieso?" fragte Katarin. „Was haben Sie denn?"

Ziellos begann Gudrun an einem Teller herumzureiben. Stockend sagte sie: „Ja, ich glaube, es ist besser, wenn ich es Ihnen sage. Sie müssen es ja doch erfahren. Überhaupt hätte ich es Ihnen sagen müssen, ehe wir hier einzogen."

„Was denn, um Himmels willen?"

„Es ist nämlich – ich bekomme ein Kind."

„Oh!" Katarin starrte sie sprachlos an. Sekundenlang war es totenstill in der kleinen Küche.

„Oh!" sagte Katarin noch einmal. „Das ist ja ... aber um Gottes willen ... o Gudrun!"

Das blonde Mädchen seufzte. „Sie sind der erste Mensch, dem ich es sage. Außer Herbert natürlich. Deswegen war ich ja so froh, daß wir hierher konnten. Stellen Sie sich das vor in einem möblierten Zimmer. Und zu Hause darf ich damit nicht kommen. Meine Eltern sind sehr streng und sehr altmodisch. Ich versteh' sie ja auch. Aber es ist nun mal so."

Katarin war von ihrem Kummer abgelenkt. „Ist es denn schon bestimmt?"

„Schon der vierte Monat."

„Oh!" wiederholte Katarin. Verstohlen maß sie die schlanke, zierliche Gudrun. Und schämte sich ein wenig des eigenen Theaters, das sie aufgeführt hatte. Wie ruhig und beherrscht war die kleine Person.

„Ich weiß, ich hätte es Ihnen vorher sagen müssen", sagte Gudrun noch einmal, „es ist Ihnen sicher unangenehm. Es war unfair von mir, die Sache zu verschweigen. Aber es fällt mir so schwer, darüber zu sprechen."

„Quatsch!" rief Katarin mit alter Lebhaftigkeit. Sie trocknete ihre Hände und umarmte Gudrun impulsiv. „Was für ein Unsinn! Warum soll es mir denn unangenehm sein? Ich bin froh, daß ich euch helfen kann."

Gudrun lächelte dankbar.

„Und Herbert?" wollte Katarin wissen. „Was sagt er denn dazu?"

„Er ist so lieb zu mir. Und es tut ihm so leid, er macht sich Tag und Nacht die größten Vorwürfe. Wir wollen möglichst vorher noch heiraten."

„Dann ist doch alles in bester Ordnung. Das Gute ist ja, daß Herbert nicht mehr eingezogen wird, daß er hierbleiben kann."

„Ja, das ist gut. Wenn auch ... da ist noch etwas anderes."

„Was denn noch?"

„Er macht sich Sorgen wegen seiner Kopfverletzung. Er hat Angst, es könnte dem Kind schaden. So was kann sich leicht vererben, meint er."

„Wieso denn? Es ist doch eine Kriegsverletzung. So was vererbt sich doch nicht."

„Er fürchtet es eben."

„Mach dir nicht so trübe Gedanken. Das schadet dem Kind bestimmt." Unwillkürlich duzte sie Gudrun, in einem neuen Gefühl der Fürsorge und Zusammengehörigkeit. „Laß man, wird schon alles gut gehen. Wäre doch gelacht. Ununterbrochen kommen Kinder auf die Welt. Und du wirst eine süße Mutti abgeben."

„Sie sind so nett, Katarin", sagte Gudrun erleichtert. „Ich bin froh, daß ich es Ihnen gesagt habe. Ich hatte so Angst davor."

„Was für ein Blödsinn! Bin ich vielleicht eine alte Schraube? Aber jetzt mußt du auch Du zu mir sagen, wo ich doch gewissermaßen Tante werde."

Nun lachten sie beide.

„Und deine Eltern?" fragte Katarin.

„Ich trau' mich im Leben nicht, es Ihnen zu sagen."

„Aber wenn ihr doch heiratet."

„Sie brauchen ja bloß nachzurechnen."

„Großer Gott", sagte Katarin ungeduldig, „das ist doch wirklich kein Weltuntergang. In einer Zeit wie heute. Wenn einem weiter nichts passiert, als daß ein Kind ein bißchen eilig auf die Welt kommt, kann man froh sein. Das würde ich ihnen aber deutlich unter die Nase reiben."

„Du weißt nicht, wie die Leute in der Kleinstadt sind."

„Und ob ich das weiß. Übrigens sind die heute auch nicht mehr so tugendhaft wie früher. Und dann muß man eben ein dickes Fell haben."

„Ja du", sagte Gudrun voller Bewunderung, „du bist ja auch ganz anders als ich. Du bist tüchtig und selbständig und so gescheit."

Das tat Katarin gut. Zwar war sie nicht ganz sicher, ob sie das Lob noch verdiente. Nein, weiß Gott, sie war weder tüchtig noch selbständig und schon gar nicht gescheit gewesen im letzten Jahr ihres Lebens. Aber vielleicht konnte sie es wieder werden.

Am letzten Tag des Semesters hatte Katarin noch eine Stunde bei Anger. Sie machte sich besonders hübsch, um ihm ihr schlechtes Aussehen zu verbergen.

Zunächst besprachen sie das Programm für die Tournee. Und dann gab Anger ihr noch einige gute Ratschläge.

„Bereiten Sie sich immerhin auf ein größeres Repertoire vor. Dann können Sie immer mal abwechseln, und es wird Ihnen nicht zu eintönig. Auf jeden Fall hüten Sie sich davor, die Stücke automatisch herunterzuklopfen. Spielen Sie jeden Abend mit vollem Einsatz, vermeiden Sie die bloße Routinekunst. Und verfallen Sie nicht in den Fehler, Ihr Publikum geringzuachten, auch wenn es nur einfache Landser sind. Was will das heute schon heißen? Es ist ein Querschnitt durch die Menschheit, vergessen Sie das nicht. Sicher, es sind viele dabei, die würden lieber einen Schlager hören und ein paar Girls herumhopsen sehen. Aber es sind bestimmt auch solche dabei, die Musik lieben und verstehen. Möglicherweise ist einer darunter, der spielt besser als Sie. Und dann kann auch immer einer dabeisein, dem bis dahin Musik nichts bedeutet hat, der aber gerade durch Ihr Spiel zum erstenmal wirklich bewußt zuhört und Musik erlebt."

Katarin nickte ernsthaft.

„Der wirkliche Künstler trägt eine doppelte Verantwortung", fuhr Anger fort, „er ist verantwortlich der Kunst gegenüber, ihrem Wert und der Aufgabe, die sie im menschlichen Leben übernommen hat, er ist aber auch seinem Zuhörer verantwortlich, egal ob es einer ist oder Tausende, denn der Zuhörer kann für die Zeit, für das Interesse und das Geld, das er einsetzt, eine vollendete Leistung verlangen. Die Kunst erhebt den Künstler über die anderen Menschen, sie schenkt ihm ein Glück, dessen die anderen Menschen nicht teilhaftig werden, und sie verleiht ihm eine Macht über die Herzen der Menschen, die größer ist als jede andere irdische Macht. Das verpflichtet. Und dieser Verpflichtung muß man sich bewußt sein, ganz gleich, aus wem sich das Publikum zusammensetzt. Selbst wenn es aus Gleichgültigen, Unwissenden oder gar Abwehrenden besteht. Dann gerade. Übrigens dürfen Sie eines nicht vergessen, Musik ist an kein Bildungsniveau gebunden, der einfachste Mensch kann sie lieben und verstehen."

Im Eifer des Vortrages war Anger aufgestanden und spazierte im Zimmer auf und ab. Katarin lehnte am Flügel und ließ ihn nicht aus den Augen.

„Nur der Dilettant", sprach Anger weiter, „kennt überhebliche Gefühle, er mag eingebildet sein auf technische Fertigkeit oder auf äußere Erfolge. Der Künstler ist Diener am Werk. Und Diener der Menschheit." Er blieb vor Katarin stehen und betrachtete sie aufmerksam. „So. Das war eine kleine Predigt. Im übrigen wird es dir ganz guttun, täglich vor Publikum zu spielen, das gibt Sicherheit. Bummle abends nicht zuviel und laß dir von den Offizieren nicht den Kopf verdrehen. Sie sagen jedem leidlich hübschen Mädchen das gleiche. Trinke und rauche nicht zuviel. Ich möchte, daß du endlich wieder mal jung und frisch aussiehst. So kann das nicht weitergehen."

Katarin senkte den Kopf. Also konnte ihn das aufgelegte Rouge nicht täuschen. Doch sie war froh, daß er sie wieder duzte, es war das erstemal, seit sie wieder bei ihm arbeitete.

Er stand noch immer vor ihr und musterte sie kritisch.

„Früher hast du mir besser gefallen, Katarin. Die große Liebe bekommt dir nicht gut. Du hast da einen scharfen Zug ins Gesicht bekommen, der nicht hineingehört. Man sollte sich von seinen Gefühlen nicht zu sehr überwältigen lassen, schon gar nicht, wenn man andere Aufgaben im Leben hat. Stimmt's?"

„Ja", erwiderte Katarin, „Sie haben recht."

„Freut mich, daß du es einsiehst. Und welche Folgerungen wirst du daraus ziehen?"

„Ich – ich habe sie schon gezogen. Es ist zu Ende."

„So. Das freut mich. Das freut mich aufrichtig. War es schwer?"

„O ja, schon! Aber ich bin froh, daß ich es hinter mir habe."

„Ich auch. Da ist ja zu hoffen, daß du wieder auf die Beine kommst. Nun tu mir den Gefallen und verliebe dich nicht gleich wieder."

„Nein", sagte Katarin aus tiefstem Herzen. „Nie wieder."

Anger lachte. „Zu übertreiben brauchst du auch nicht gleich. Liebe ist etwas Schönes. Sie darf einem nur nicht über den Kopf wachsen." Er wurde nachdenklich, in seinen Augenwinkeln erschien der feine heitere Kranz von Fältchen, sein Mund, der schöngezeichnete, noch gar nicht alte Mund eines Künstlers, bekam einen amüsierten Ausdruck. „Na ja, ich alter Esel, ich kann heute leicht so gescheit daherreden. Ich war auch nicht immer so vernünftig. Wenn man alt wird, vergißt man das und glaubt, man sei schon immer weise und abgeklärt gewesen."

„Sie sind doch nicht alt, Herr Professor!" rief Katarin eifrig.

„Nein?" fragte er eitel.

„Bestimmt nicht. Das wissen Sie selbst ganz genau. Alle Mädchen in der Hochschule schwärmen für Sie. Sie haben soviel Chancen, Sie nehmen sie nur nicht wahr."

Anger lachte belustigt. „Wer sagt dir das? Aber es ist nett von den Mädchen, für mich zu schwärmen. So zwischendurch mal, wenn ihnen ihre übrigen Liebesgeschichten Zeit dazu lassen."

Er hob die Hand und strich ihr leicht übers Haar. „Na, dann mach es gut, mein Kind. Und vor allen Dingen, lebe vernünftig und erhole dich ein bißchen. Geh nicht zu spät schlafen."

Er legte seine schmale feste Hand um ihren Hinterkopf und zog ihr Gesicht zu sich heran. Katarin hielt ganz still. Er küßte sie leicht auf die Wange und, nach einem kleinen Besinnen, küßte er auch ihren Mund. Nicht sehr lange, doch auch nicht flüchtig. Es war ein richtiger Kuß, der Kuß eines Mannes, nicht nur der eines wohlwollenden Lehrers.

Katarin war verwirrt. Ihr Herz klopfte, wie es nicht bei dem ersten Kuß ihres Lebens geklopft hatte. Scheu blickte sie auf. Anger, als er ihren unbewehrten, kindlich erstaunten Blick sah, mußte sich Gewalt antun, sie nicht in die Arme zu nehmen. Er hatte sie immer gern gemocht, ihr Wesen, ihr Spiel, ihren Charme. Zudem wußte er als Frauenkenner, daß sie kein Durchschnitt war und heißes lebendiges Blut hatte. Seit sie wieder da war, hatte er sie aufmerksam beobachtet. Es war ihm nicht entgangen, daß sie eine Krise durchlebte. Doch auch die Veränderung, die mit ihr vorgegangen war, blieb ihm nicht verborgen. Sie war reifer geworden, fraulicher, bereichert durch den Reiz des Wissens, der Erfahrung, der leisen Skepsis, der eine Frau so verführerisch macht.

Er gab ihr die Hand. „Also dann, Katarin, mach es gut."

Sie konnte sich nicht so schnell fassen. „Herr Professor", flüsterte sie.

Doch er ließ ihr keine Zeit zu weiteren Worten. Er schob sie zur Tür, sagte noch: „Laß mal von dir hören, wie es geht", und schon war sie draußen.

Langsam, nachdenklich ging Katarin nach Hause. Anger hatte sie geküßt! Warum wohl? Ach, müßig, darüber nachzudenken. Aber es hatte ihr gut getan. Das Blut floß auf einmal wieder warm und lebendig in ihr, die Lethargie der letzten Tage schien verschwunden. Sie fühlte sich glücklich. Und gestern noch, vor einer Stunde noch hatte sie geglaubt, sie könne nie mehr glücklich sein. Seltsames Menschenherz! Ob es allen so ging wie ihr? André war auf einmal ferngerückt. Gewiß, sie würde ihn vergessen, sie würde über alles hinwegkommen. Sie war noch jung, immer noch war sie jung. Und das Leben ging weiter.

*Krieg*

Erst im November, als sie verspätet zum neuen Semester eintraf, sah sie Anger wieder. Sie besuchte keine Vorlesungen mehr, keinen Theorieunterricht, nur seine Stunden, denn sie mußte sich nun intensiv auf die Konzerte vorbereiten, die im Winter auf sie warteten. Drei anstrengende Monate lagen hinter ihr. Die Tournee hatte sie durch Holland und Belgien geführt, sie hatte viel gesehen und erlebt.

Für den Winter plante sie außer den Provinzverpflichtungen einen Abend in Berlin. Zwar brachten die Konzerte in der Hauptstadt kaum Gewinn, die Spesen waren zu hoch, doch reizte es ihren Ehrgeiz, auch einmal in Berlin zu spielen.

In ihrem Privatleben fühlte sie sich einsam. Sie hatte niemanden, der zu ihr gehörte. Mit Gudrun und Herbert verstand sie sich gut, doch die beiden waren viel zu sehr mit sich und dem zu erwartenden Kind beschäftigt. Luisa, die nun verheiratet war und ein großes Haus führte, sah sie selten.

Katarin fühlte sich beiseite gestellt. Niemand, der sich um sie kümmerte. Einmal in einer trüben Stimmung sagte sie so etwas zu Anger, der übrigens mit keinem Wort auf ihre letzte Begegnung zurückgekommen war, was sie ein wenig enttäuscht hatte.

„Du hast doch deine Arbeit", antwortete er ihr nun. „Ist das nicht genug?"

„Nicht immer", gestand sie.

Sie saß am Flügel, er neben ihr. Er betrachtete sie von der Seite, das klare Profil mit der geraden, nicht zu kleinen Nase, der hohen Stirn und dem eigenwilligen Mund. Ach, Katarin wußte nicht, wie schwer es ihm fiel, so ruhig neben ihr zu sitzen. Sie bedeutete ihm viel, aber er durfte es ihr nicht sagen.

„Früher oder später wirst du vermutlich heiraten", meinte er, ein wenig Spott in der Stimme, „du wärst die erste Frau, die sich dieses Abenteuer entgehen läßt."

„Ich mache mir gar nichts aus Heiraten", sagte Katarin, „ich glaube, ich eigne mich schlecht für die Ehe."

„Das kann sein. Du bist nicht leicht zu behandeln und wirst einem Mann manches Rätsel aufgeben. Es wird gar nicht so einfach sein, für dich den Richtigen zu finden."

„Ach, der berühmte Richtige", sagte Katarin abfällig. „Gibt es den überhaupt? Wenn man ihn geheiratet hat, enttäuscht jeder Mann."

„Hier spricht die erfahrene Frau." Anger lachte.

„Carsten wäre es gewesen."

„Damals eben noch nicht. Du hast Carsten ein paar Jahre zu früh kennengelernt. Heute wüßtest du zu schätzen, was du an ihm hast. Aber ehe eine Frau nicht ein paar negative Erfahrungen gemacht hat, wird sie nicht gescheit. Sie meint immer, sie verpaßt etwas."

„Eigentlich h a b e ich es damals schon gewußt, was ich an ihm habe." Katarin seufzte. „Ich war nur so dumm. Ich habe den Kopf verloren. Das könnte mir heute nicht mehr passieren."

„Das wird dir noch oft passieren."

„Nein, das passiert mir nicht mehr. Ich habe viel gelernt. Ich weiß jetzt ganz genau, welche Eigenschaften einen Mann liebenswert machen."

„So? Welche denn?"

„Ach ... Güte vor allem, Zuverlässigkeit, Vertrauen, das man haben kann."

„Und Überlegenheit", setzte Anger hinzu. „Du brauchst einen Mann, der dir auch mal den Kopf zurechtsetzt und dich am Zügel hält. Carsten war zu nachsichtig und zu gutgläubig."

„Ich weiß, wie der Mann sein müßte, den ich lieben könnte."

„Nun, wie?"

Eine kleine zögernde Pause, dann sagte sie tapfer: „So wie Sie, Herr Professor."

Sie wurde rot nach dieser kecken Äußerung und wagte nicht, ihn anzusehen.

„Danke, Katarin", lachte Anger, ein wenig befangen. „Das ist ein reizendes Kompliment. In meinem Alter hört man nicht mehr oft so hübsche Sachen."

„Sprechen Sie nicht wieder von Ihrem Alter, Herr Professor. Sie sind jung. Und Sie haben alle Eigenschaften, die einer Frau gefallen, auch die eben erwähnte Überlegenheit. Außerdem wirkt auf eine Frau nichts so anziehend wie ein reifer Mann. Und dann überhaupt ..."

Sie schwieg verwirrt.

Er legte die Hand unter ihr Kinn und hob ihr Gesicht.

„Schau mich an, Katarin. Das war ja fast eine Liebeserklärung. Ist das nun eine verspätete Backfischschwärmerei?"

„Sie sollten sich nicht über mich lustig machen, Herr Professor. Oder vielleicht doch. Sicher bin ich eine dumme Gans. Ich hätte auch etwas Klügeres tun können, als mich gerade in Sie zu verlieben."

„Katarin", sagte er heftig. Wie damals zog er sie an sich, sekundenlang sahen sie sich stumm an, dann küßte er sie wieder. Anders als damals, lang und eindringlich.

Dann ließ er sie los und stand auf. Er trat zum Fenster, zündete sich eine Zigarette an. Eine Weile betrachtete er sie schweigend.

Katarin erwiderte voll seinen Blick, in ihrem Gesicht stand alle Bereitschaft der Welt.

„Katarin", sagte er ernst, „wir müssen vernünftig sein. Oder besser gesagt, ich muß vernünftig sein. So geht das nicht."

Sie erhob sich auch, trat zu ihm und bat: „Geben Sie mir auch eine Zigarette." Sie war ruhig und sicher jetzt. Er brauchte von ihr keine Torheiten zu befürchten, sie war kein Backfisch mehr. „Wir sind doch vernünftig. Mir genügt es ja, wenn Sie mich gern haben. Das tun Sie doch, nicht wahr?"

Er streichelte leicht über ihre Wange. „Das weißt du doch."

„Richtig, meine ich. Nicht nur als Schülerin."

„Das solltest du mich nicht fragen."

„Nein, das sollte ich nicht."

Sie hob sich leicht auf den Zehenspitzen und küßte ihn auf die Wange. Dann legte sie die Arme um seine Schultern und küßte ihn auf den Mund. Er preßte sie an sich, minutenlang standen sie bewegungslos.

Als sich die äußere Tür des Zimmers öffnete, fuhren sie auseinander. Blitzschnell wich Katarin zum Flügel zurück und strich ihr Haar zurück.

Der nächste Schüler kam herein. Katarin wühlte in ihren Noten und redete dabei über das heute Durchgenommene, sie wollte ihm Zeit lassen, sich zu fassen. Mit einem raschen Seitenblick vergewisserte sie sich, daß sein Mund keine Spuren ihres Lippenstiftes trug.

Glücklicherweise war der nächste Schüler ein junger Mann, kein Mädchen. Er argwöhnte nichts, empfand nicht die Erregung, die im Zimmer schwang.

„Auf Wiedersehen, Herr Professor", sagte sie. Er brachte sie zur Tür, ihre Blicke trafen sich noch einmal.

Den ganzen Tag über stand Katarin unter dem Bann dieses Erlebnisses. Sie wunderte sich über ihre eigene Dreistigkeit. Wie hatte sie es nur fertiggebracht, so mit Anger zu sprechen und ihn gar zu küssen. Und was geschah nun? Würde er wie damals das Zwischenspiel ignorieren? Würde es weitergehen? War es ein Anfang? Sie war bereit.

An Elisabeth Anger dachte sie nicht einen Moment lang.

Erwartungsvoll kam sie in die nächste Stunde. Zuerst war alles wie immer, sie begrüßte ihn, sie sprachen über dies und das. Keiner spielte auf das letzte Zusammentreffen an. Katarin war enttäuscht, doch sie brachte nicht ein zweites Mal den Mut auf, ihn herauszufordern. Sie begann zu spielen. Doch schon nach wenigen Takten hielt er ihre Hände fest und zog sie in seine Arme. An seinen Küssen konnte sie spüren, daß auch er das Wiedersehen ungeduldig erwartet hatte.

„O Katarin!" flüsterte er dann, Wange an Wange mit ihr. „Wir wollten doch vernünftig sein. Was soll das nun werden?"

„Was du willst", erwiderte sie fest.

Er schob sie ein bißchen von sich weg und blickte ihr ins Gesicht. „Was ich will?"

„Ja", wiederholte sie, „alles was du willst."

„Du bist ein tollkühnes Mädchen", murmelte er betroffen. „Wie soll man da einen klaren Kopf behalten!"

Doch er bemühte sich um diesen klaren Kopf. Er ging auf ihr großzügiges Angebot nicht weiter ein, und in den folgenden Wochen gab er sich alle Mühe, den Boden nicht zu verlieren. Er vermied jedes Zusammentreffen außerhalb der Unterrichtsstunden, wohl wissend, daß es dann kein Zögern mehr gäbe. Auch während der Stunden verhielt er sich oft kühl und sachlich, arbeitete intensiv mit ihr und berührte kaum ihre Fingerspitzen. Katarin wagte dann nichts zu sagen. Sie wartete auf den Moment, der immer wieder kam, in dem er seine Reserve aufgab und sie in die Arme schloß. Dann spürte sie, wie schwer es ihm wurde, so zurückhaltend zu sein. Doch sie konnte ihm nicht helfen. Sie war bereit, ihm zu gehören, und er wußte es.

Als sie von einem Konzert in Dessau zurückkam, fand sie Herbert in völlig aufgelöstem Zustand. Gudrun war an diesem Tag in die Klinik gekommen, es war soweit. Doch es ging alles gut, eine Woche später kam sie mit einem kleinen Mädchen nach Hause. Weihnachten feierte das Baby schon mit ihnen.

Gudrun war selig mit ihrem Kind. Sie vergaß alles andere, ihr Studium, ihren Gesang, sie war nur noch Mutter. Wie früher schon in Karlsburg stand Katarin dieser Wandlung etwas verständnislos gegenüber.

Kurz nach Weihnachten kam Pitt zu einem kurzen Besuch. Er war noch immer in Posen im Engagement, wo er sich zu einer lokalen Berühmtheit entwickelt hatte. Mit selbstverständlicher Ruhe erzählte er von seinem Leben und seinen Erfolgen.

„Du wunderst dich vielleicht, daß ich noch in Posen bin", sagte er. „Aber mir geht es blendend dort. Ich kann alles singen, was mich freut. Wir haben keine Luftangriffe, ich lebe viel besser als woanders. Außerdem habe ich eine hübsche Wohnung, ein Auto, na, und zu essen kriegt man dort auch mehr."

Trotzdem stand er in Verhandlungen mit anderen Bühnen. Neuerdings habe er ein Angebot der Wiener Staatsoper erhalten, erzählte er, das würde ihn natürlich reizen.

Janna hatte Pitt nach Berlin begleitet.

„Ist es die Möglichkeit", staunte Katarin. „Heißt das, du liebst sie immer noch?"

„Genau das."

„Allerhand. Ich hätte nie geglaubt, daß du so beständig sein kannst. Ist sie also die Richtige?"

„Das ist sie. Und es kommt noch doller. Wir heiraten nämlich."

„Nein! Ich bin sprachlos. Und ihr Mann?"

„Er weilt leider nicht mehr unter uns", sagte Pitt salbungsvoll.

„Wieso?"

Herr Kühn war vor zwei Monaten bei einem Autounfall ums Leben gekommen. „Das ist ein unverdientes Glück", meinte Pitt gemütvoll.

„Na höre", lachte Katarin, „du bist ein Herzchen."

„Er war ein großer Nazi, um den ist es nicht schade. Ich bin froh um jeden, der verschwindet. Du mußt bedenken, der gute Mann hat sich an seines Führers Krieg nur organisatorisch beteiligt. Die Front hat der nicht gesehen. Da ist es nur gerecht vom Schicksal, daß er daran glauben mußte."

Dagegen ließ sich nicht viel sagen.

Am Abend brachte Pitt seine Janna zum Abendessen mit, damit Katarin sie kennenlerne. Ohne Zweifel, die kleine Tschechin war reizend, und Katarin fand, daß sie gut zu Pitt paßte. Trauer zeigte die junge Witwe nicht im geringsten, sie war heiter und vergnügt, Herrn Kühn hatte sie schon vergessen.

Katarin erkundigte sich bei Pitt nach Carsten. Doch auch er hatte lange nichts von ihm gehört. Carsten schrieb ihm nun auch keine Briefe mehr.

„Du weißt nicht, was ich darum geben würde, wenn ich unge-schehen machen könnte, was ich angerichtet habe", sagte Katarin. „Jetzt weiß ich, was Carsten für mich und mein Leben bedeutet hat. Ohne ihn bin ich nur ein halber Mensch. Aber er wird mir nie ver-zeihen."

Dieser Meinung war Pitt auch.

Ende Januar kam der Fall von Stalingrad. Alle mit diesem Er-eignis verbundenen Gerüchte, die in das Volk sickerten, erweckten eine pessimistische Stimmung. Viele bemerkten nun zum erstenmal, welch böse Wendung der Krieg genommen hatte. Was kam nun? Auch die, die bisher ohne Widerspruch und in aller Gutgläubigkeit alles hingenommen hatten, begannen insgeheim zu kritisieren. War es denn nötig gewesen, so weit in Rußland vorzudringen? War es noch vereinbar mit den ewigen Phrasen von der Liebe zu Volk und Jugend, wenn man das Leben der Soldaten so leichtfertig aufs Spiel setzte? Und die Beschönigungen und Beteuerungen, die dem Stalingrad-Fiasko folgten, klangen in den meisten Ohren falsch und verlogen und fanden keinen Glauben mehr.

„Das ist der Anfang vom Ende", sagte Anger. „Für mich ist es keine Überraschung. Das ganze Siegesgeschrei konnte mich nicht darüber hinwegtäuschen, daß der Zug in den Abgrund fährt. Das ist jetzt die entscheidende Kurve. Die Frage ist nur, wie lange es noch dauert. Du wirst sehen, Katarin, jetzt geht es Schlag auf Schlag, eine Katastrophe folgt der anderen. Nun kommt es nur noch darauf an, zu überleben, alles andere ist unwichtig. Was später wird – kein Mensch kann es wissen."

„Wie lange wird es noch dauern?"

„Ich weiß nicht. So schnell, wie wir wünschen, wird es nicht gehen. Ich schätze, noch ein Jahr."

„Noch ein Jahr", sagte Katarin entsetzt, „immer noch ein Jahr. Man könnte verzweifeln."

„Du bist jung", tröstete er, „du kannst es abwarten."

„Ach, jung! Was nützt mir das? Was haben wir schon von unserer Jugend? Sie wird vorbei sein, wenn der Krieg zu Ende ist. Und wer weiß, was dann kommt! Bis das Leben wieder annähernd normal verläuft, wird von meiner Jugend nicht mehr viel übrig sein. Dann sind andere da, die jung sein werden. Eigentlich ist es doch ein furchtbarer Betrug."

„Ja, das ist es. Der ganze Krieg ist ein Betrug. An allen Menschen. Du wirst um deine Jugend betrogen, um deine Laufbahn, vielleicht auch um den Mann, der einmal dein Mann geworden wäre. Andere werden um ihre Gesundheit betrogen, um ihren Lebensmut, andere um ihren Besitz, ihr Haus, ihre Wohnung, ihren friedlichen Lebensabend, ihre Kinder. Und viele werden um ihr Leben betrogen. Alle, alle werden sie betrogen in einem Krieg. Wann wird die Menschheit begreifen, daß Krieg das Unsinnigste ist, was es gibt. Ein zehnfacher Raubmörder ist ein Engel gegenüber einem Menschen, der den Krieg vorbereitet und für ihn arbeitet oder ihn nur einkalkuliert. In meinen Augen haben alle Staatsmänner und Politiker ihre Daseinsberechtigung verloren und gehören ausgerottet, solange sie es nicht fertigbringen, den Krieg zu verhindern."

„Ja, so empfinde ich auch", stimmte Katarin zu, „ich frage mich immer, wieso sich diese Leute anmaßen, zu regieren und Befehle zu erteilen und Gesetze zu machen, wenn sie nicht einmal imstande sind, den Menschen das einzige zu verschaffen, was sie wünschen, Ruhe, Frieden und ein wenig Glück. Ich habe nicht den geringsten Respekt vor den sogenannten großen Männern, nicht vor den früheren und nicht vor den heutigen, nicht vor den unsrigen und nicht vor den anderen. Alle haben sie versagt. Meiner Meinung nach ist es das einfachste von der Welt, den Krieg zu verhindern, wenn man ernsthaft will. Man braucht doch bloß über alles zu reden, und zwar vernünftig, ohne Umwege und Verstellung und ohne den ganzen Kram wie Ehre und Vaterland und Prestige hineinzumischen. Man findet immer einen Kompromiß, wenn man will. Der einzelne Mensch muß ja auch fortwährend Kompromisse schließen, sonst könnte er nicht in einer Gemeinschaft leben. Ich finde, Vernunft und Menschlichkeit beginnen erst da, wo man Kompromisse schließt, im Großen und im Kleinen, im Privatleben und in der Politik."

Sie hatte sich in Eifer geredet. Anger strich ihr zärtlich über die Wange. „Na, das war ja eine ganze Ansprache. Du wirst doch nicht am Ende Politikerin werden?"

„Hoffentlich werden die Frauen nach dem Krieg mehr in der Politik zu sagen haben. Dümmer als die Männer können sie es auch nicht machen, höchstens gescheiter."

„Ich bin auch dafür, daß man die Frauen mehr in die Politik hineinläßt", gab Anger zu. „Sie haben mehr Wirklichkeitssinn, ein besseres Auge für das Praktische und Notwendige, mehr Geschick, sich verständlich zu machen. Und auch mehr Neigung, Kompromisse zu schließen."

„Das haben sie schließlich im jahrhundertelangen Umgang mit Männern gelernt. Und außerdem sind sie diplomatischer und intelligenter", fügte Katarin befriedigt hinzu.

Anger lachte. „Auch hierin hast du nicht ganz unrecht. Was

praktische Intelligenz betrifft, Wendigkeit, Anpassungs- und Umstellungsvermögen, jawohl, da sind uns die Frauen voraus."

Katarin strahlte ihn an. „Das paßt so richtig zu Ihnen, daß Sie das zugeben. Die meisten Männer hätten mir jetzt widersprochen. Sie denken immer, es breche ihnen eine Perle aus der Krone, wenn sie den Frauen irgendeinen Vorzug zubilligen. Sogar Carsten, der doch wirklich vernünftig und einsichtig ist, war von der männlichen Überlegenheit fest überzeugt. Aber Sie, Herr Professor, sind selber so überlegen und gescheit, daß Sie auch die Vorzüge der anderen erkennen können."

„Danke, Katarin. Du wirst mich noch eitel machen. Übrigens finde ich an den Frauen keineswegs nur Vorzüge. Ich kenne euch sehr gut, auch eure Nachteile und Fehler. Und es gibt Gebiete, wo die Männer den Frauen wirklich überlegen sind."

„Und das wäre?"

„Das fängt beim Charakter an, meine liebe junge Dame. Im Durchschnitt gesehen, haben Männer einen besseren Charakter als Frauen, denn sie sind aufrichtiger und beständiger. Frauen neigen zu Berechnung und Heuchelei. Ich gebe zu, daß sie vor allem ihre Lage, diese ständige Unterlegenheit und Benachteiligung dazu zwingt. Wenn Frauen einmal die gleiche Chance bekommen wie Männer, bildungsmäßig, beruflich und vor allem gesellschaftlich, werden sie wahrscheinlich aufrichtiger sein. Bis jetzt ist es so, daß jede Frau einen harten Kampf kämpfen muß, wenn sie sich durchsetzen will, sei es im Beruf, sei es um oder gegen den Mann. Ein Kampf, in dem jedes Mittel recht ist. Ein Kampf, der sie oft zwingt, sich selbst, und vor allem ihren Körper als Waffe einzusetzen, was ja schließlich ein unfaires Mittel ist. Und was ihr auch im Grunde gegen das Gefühl geht. So etwas hemmt die menschliche Entwicklung."

Katarin nickte ernsthaft mit dem Kopf. „Ja, das ist wahr."

Anger lächelte über ihren Eifer und küßte sie auf die Schläfe.

„Auch fehlt der Frau", fuhr er fort, „die schöpferische Kraft. Generell gesehen. Doch, doch, es ist schon so. Sie geht nicht tief genug, sie mag nicht verweilen. Ihr Wesen, ihr Wissen und ihr Interesse gehen immer in die Breite, in die Umwelt, selten in die Tiefe. Andererseits muß man den Frauen zugestehen, daß sie mehr Kraft und Mut zeigen, wenn es um persönliche Dinge geht, um Kinder, um die Liebe. Du wirst selten einen Mann finden, der um persönliche Gefühle, beispielsweise um Liebe, ohne Zögern Schwierigkeiten in Kauf nimmt, sei es gesellschaftliche Ächtung, Geldverlust, Gefährdung seiner Karriere, Boykott. Er wird in solchen Situationen meist schwach werden und einen leichteren Weg suchen, auch wenn er damit sein Gefühl verrät. Frauen dagegen! Mein Gott, sie sind von einer Entschlossenheit, Gott und die Welt herauszufordern, wenn sie wirklich lieben. Eine liebende Frau kennt kein Hindernis, sie kann mit Vehemenz eine Welt in Trümmer werfen, die ihr noch gestern alles bedeutet hat. Wenn die Frauen einmal auf die Idee kommen, diesen Mut und diese Stärke nicht nur für den Kampf um den Mann oder um die Liebe einzusetzen, sondern für sich selbst, für ihr Fortkommen, ihren Beruf, dann werden die Männer ausgespielt haben."

Katarin lauschte mit großen Augen. „Das klingt herrlich", sagte sie hingerissen.

„Ja, nicht wahr? Aber vermutlich wird es niemals soweit kommen. Denn immer und immer wieder ist den Frauen der Mann und die Liebe und vor allen Dingen dieser gesellschaftliche Wechselbalg, die Ehe, wichtiger als alles andere. Und das", Anger hob dozierend den Finger, „das ist in Wahrheit die Unterlegenheit der Frau. Nichts anderes. Solange sie nicht davon abläßt, nach einem Mann zu jagen, um ihn an sich zu binden, und solange dies nötig ist für ihre soziale Geltung, solange wird sie nicht vorankommen und wird ihre besten Kräfte auf diesem Gebiet verschwenden."

„Also brauchte man bloß der Liebe abzuschwören, um erfolgreich zu sein?"

„Dummchen, verstehst du nicht, was ich meine? Liebe, soviel du willst, aber stelle die Liebe nicht in den Mittelpunkt deines Lebens. Das aber tun Frauen. Und alles andere tritt dann in den Hintergrund. Hier unterscheidet sich die Frau grundsätzlich vom Mann. Und wenn du dir jetzt zehnmal vornimmst, du wirst es in Zukunft klüger machen, du wirst es nicht fertigbringen. Denn du bist eben eine Frau. So seid ihr. Und darum lieben wir euch. Und versklaven euch. Immer wieder." Er lachte, zog sie an sich und küßte sie.

Katarin erwiderte seinen Kuß mit Hingabe, kehrte aber dann zum Thema zurück. „Da haben wir gleich die echt männliche Einbildung. Ich werde es nicht fertigbringen! Das werden wir ja sehen."

„Versuch's halt. Bisher hatte ich allerdings nicht den Eindruck, daß du deine Gefühle an die Peripherie deines Lebens schieben kannst."

„Das waren Jugenddummheiten. Glauben Sie, ich würde so etwas noch einmal machen?"

„Nein?"

Er sah ihr in die Augen, lächelnd, mit all seiner männlichen Überlegenheit, die sie, wie jede Frau, bezauberte.

„Ach jetzt", murmelte sie, „das ist etwas anderes. Aber es soll das letztemal sein, daß ich mich verliebt habe."

„So, so, das letztemal. Darauf möchte ich keinen Eid schwören."

„Ich bin nicht mehr so jung und dumm."

„Gewiß, du bist jetzt schon eine ältere Dame. Da wird das Blut kälter."

„Du machst dich über mich lustig, Professor."

„Ein wenig, du Grünschnabel. Wie alt bist du eigentlich?"

„Schrecklich alt, 24."

„Schrecklich alt", bestätigte er, „da wird es wirklich langsam Zeit, der Liebe zu entsagen." Seine Augen funkelten vergnügt, er war ihr so nah, sein Mund, seine Zärtlichkeit.

Katarin empfand selbst, wie töricht alles war, was sie sagte. Sie war bereit, für seine Liebe noch einmal alle Schiffe hinter sich zu verbrennen.

„Ach Professor", sie legte ihren Kopf an seine Schulter und seufzte kläglich, „du bist schlimm. Du weißt, wie mir ums Herz ist und lachst mich aus."

„Ich lach' dich doch nicht aus, du dummes Ding. Mir ist auch nicht leicht ums Herz. Denn ich mag dich, du. Und du bist eine Frau wie geschaffen für die Liebe. Wenn ich zwanzig Jahre jünger wäre, ach zum Teufel, wenn ich nur zehn Jahre jünger wäre, ich würde die Welt auf den Kopf stellen, um dich zu bekommen."

Eine Weile blieb es still. Katarin sah ihn nicht an. Doch eine atemberaubende Freude schnürte ihr die Kehle zu. Nie und nie hatte ihr ein Mann etwas Hübscheres gesagt.

Schließlich murmelte sie leise: „Ach, wegen der lumpigen zehn Jahre."

„Jawohl, wegen dieser lumpigen zehn Jahre", sagte er mit forcierter Lustigkeit und richtete sich auf. „Und nun Schluß der Debatte. Wir haben hier nämlich Klavierstunde."

So war es immer. Anger schien nicht gewillt, die letzte Wand, die sie trennte, niederzureißen, und war sie auch dünn wie Papier, denn Katarin gab ihre Bereitschaft deutlich zu erkennen.

Doch gerade weil er sie liebte und schätzte, fühlte er sich auch für sie verantwortlich. Daß sie in ihm eine jähe Leidenschaft erweckt hatte, war nicht verwunderlich. Wohl jeder Mann in seinem Alter mußte eine solche Krise durchmachen. Doch er hatte in seinem Leben soviel Frauenliebe erfahren und genossen, er mußte und konnte es fertigbringen, auf diese Liebe zu verzichten. Um Katarins willen. Denn sich scheiden zu lassen und sie zu heiraten, es wäre Wahnsinn in seinen Jahren und überdies herzlos gehandelt an seiner Frau, mit

der er ja im Grunde gut zusammen lebte und die genug um ihn gelitten hatte. Und Katarin zu seiner Geliebten zu machen, wozu sie
zweifellos bereit und willens war, das widerstrebte ihm. Ihr junges
Leben hatte schon genug Verwirrung durch Liebesaffären erfahren,
es wäre egoistisch gehandelt, sie neuen Konflikten auszusetzen.

So dachte Anger. Und er begnügte sich mit ihrer Nähe, mit einem
Kuß dann und wann und dem wärmenden Gefühl ihrer Zuneigung.

Obwohl er nie davon sprach, erriet Katarin seine Gedanken.
Doch sie dankte ihm seine Rücksicht nicht, es wäre ihr lieber gewesen, er hätte gehandelt, wie sein Gefühl ihn drängte. Nach den
vorausgegangenen Stürmen schien ihr die Liebe eines reifen Mannes
begehrenswert, sie verlangte nach seiner ruhigen Überlegenheit,
nach seinen behutsamen Händen. Sie kam nicht auf die Idee, daß
Anger womöglich auch aus Egoismus, aus einer gewissen Feigheit
heraus, den Abstand zwischen ihnen aufrechterhielt. Ja, es war Feigheit. Er mochte sich nicht dem Sturm eines Gefühles hingeben, der
ihn fortreißen und das ganze Gebäude seines Lebens zerstören
könnte und der ihn am Ende vielleicht enttäuscht und betrogen
zurückließ. Jetzt, in dieser unsicheren Zeit und noch dazu in seinem
Alter. Er hatte sein Leben gelebt, mit ganzem Herzen, warum den
Frieden des nahenden Alters gefährden? Dieses kleine wärmende
Feuerchen war wohltuender und gefahrloser als ein stürmischer
Brand. Mochte es dabei bleiben.

Für ihn war es leichter. Er hatte mehr Ablenkung, seine Arbeit,
die Schüler, Konzerte, die er noch gab, sein schönes Heim, eine liebevolle Frau, einen großen Freundeskreis. Wenn er an Katarin und an
seinen Verzicht dachte, geschah es mit Bedauern und einem flüch-
tigen Schmerz. Es war keine Kleinigkeit, auf eine junge schöne Frau
zu verzichten, die ihre Liebe zärtlich bot. Das tat weh, aber ein
wenig genoß er wohl auch diese neue Rolle. Früher hatte er nie verzichtet. Wenn er sie dann sah, schloß er sie wieder in die Arme und
küßte sie mit leiser Wehmut. Aber dann trat dies alles auch wieder
ein wenig in den Hintergrund seines Lebens.

Katarin war allein. Und daher steigerte sie sich in das Gefühl für
Anger immer mehr hinein. Oft war sie fest davon überzeugt, ihn
maßlos zu lieben, und dachte sich die tollsten Pläne aus, wie sie seine
Zurückhaltung besiegen könnte. Dann wieder fühlte sie sich niedergeschlagen und mutlos.

Von André hatte sie nichts mehr gehört. Sie dachte nicht gern an
jene Zeit zurück. Noch war sie nicht imstande, das Unangenehme zu
vergessen und nur die schönen Erinnerungen im Gedächtnis zu behalten.

Der 1. März 1943 bedeutete einen neuen Abschnitt im Leben der Berliner. Zum erstenmal bekamen sie einen Vorgeschmack des Kommenden. Er brachte den ersten großen Terrorangriff und den Beginn einer schrecklichen Zeit.

Katarin war an diesem Abend zu Hause, sie hatte zusammen mit Gudrun und Herbert gegessen. Sie plauderten ein wenig, hörten Radio, Gudrun strickte an einem Pullover. Als der Alarm kam, ließen sie sich zunächst nicht aus der Ruhe bringen. Gudrun konnte sich nicht entschließen, das Kind aus dem Schlaf zu reißen. Doch plötzlich begann es wild zu schießen, und mitten hinein hörte man das Pfeifen und Krachen der Bomben. Hastig stürzten sie in den Keller, gerade zur rechten Zeit, denn gleich darauf war der Teufel los.

Das Haus bebte in den Grundfesten, das Licht erlosch, Kalk und Staub fielen auf sie herab. Die Menschen im Keller drängten sich schreckensbleich zusammen. Gudrun, die seit der Geburt sehr empfindlich war, schwankte und wurde ohnmächtig.

In einer Feuerpause machte Kalunke einen Rundgang durch das Haus und kam mit der Schreckensmeldung zurück, daß es auf dem Dach und in den Bodenräumen brenne. Die Männer und mit ihnen Katarin liefen hinauf und begannen zu löschen. Da es nur eine kleine Brandbombe war, konnten sie des Feuers leicht Herr werden. Von oben sahen sie, wie schwer die Stadt getroffen war. Riesige Brände lohten ringsum, der Himmel war rot und von Funken durchsprüht, ein gewaltiger Feuersturm brauste schaurig durch die Lüfte. Niemand schlief mehr in dieser Nacht in Berlin. Ganze Straßenzüge waren dem Erdboden gleichgemacht, ungezählte Menschen begraben und verschüttet, die schweren Bomben und Luftminen hatten die hohen Großstadthäuser niedergerissen, als wären sie aus Papier.

Tagelang waren die Berliner wie betäubt vor Entsetzen. Wenn das so weiterging, würde bald keiner mehr von ihnen am Leben sein. Wer es ermöglichen konnte, verließ die Stadt. Die Züge, die hinausrollten, waren zum Bersten überfüllt, auf den Bahnhöfen stürmten die Menschen jeden Zug, ganz gleich, wohin er fuhr. Wer bleiben mußte, verlebte die Tage in hektischer Bewegtheit und verkroch sich voll Angst und Grauen, wenn es Abend wurde.

Die Wohnung war übel zugerichtet. Katarin und Herbert hatten tagelang zu tun, um sie einigermaßen in Ordnung zu bringen. Alle Fensterscheiben kaputt, die Scherben lagen in den Räumen verstreut, die Möbel waren zum Teil umgestürzt, die Wohnungstür aus ihren Angeln gerissen.

Ganz in ihrer Nähe waren eine ganze Straße und ein Platz bis auf den Grund zerstört, nur Schutthaufen zeigten noch die Wohnstätten der Menschen an. Das konnte jeden Tag auch ihr Los sein. Wie alle anderen begannen sie, wichtige Dinge und Garderobe einzupacken und die Koffer griffbereit aufzustellen. Von nun an wanderte jeder schwerbepackt in den Keller, und zwar ohne Säumnis, beim ersten Ton der Sirene.

Kaum vierzehn Tage danach fand Katarins Berliner Abend statt. Immerhin war der Saal zu zwei Dritteln gefüllt. Das Konzert begann schon um sechs, damit möglichst jeder vor dem Alarm noch nach Hause käme. Das Programm war ein wenig konventionell. Doch die Konzertdirektion hatte es so gewollt, für musikalische Experimente sei jetzt nicht die richtige Zeit. Katarin hatte nicht einmal Debussy durchsetzen können, den sie gern spielte und der ihr so gut lag. Der erste Teil umfaßte Bach und Beethoven, der zweite Schubert, Brahms und Chopin.

Sie hatte kaum Lampenfieber, spielte sicher und fehlerlos. Aber ein wenig mechanisch, wie sie selbst merkte, doch sie fand während der ganzen Zeit nicht die wünschenswerte Vertiefung. Anger bestätigte es ihr nachher, er sagte: „Du hast sehr gut Klavier gespielt, Katarin, aber du hast keine Musik gemacht."

Immerhin, es wurde ein schöner Erfolg. Sie mußte zwei Zugaben geben, man gratulierte ihr nachher im Künstlerzimmer, sie schüttelte viele Hände und bekam sogar zwei kümmerliche Blumensträuße. Dann strebte alles eiligst fort, um vor dem Alarm nach Hause zu kommen.

Anger war in Begleitung seiner Frau erschienen. Elisabeth lud Katarin und ihre Freunde zu einem kleinen Imbiß in ihre Wohnung ein.

Überraschenderweise war auch Luisa mit ihrem Mann gekommen. Sie war sehr elegant, in einem taubengrauen Jackenkleid mit einem leichtfertigen, ganz unzeitgemäßen Hütchen aus Samt. Neben ihrer zierlichen Erscheinung machte sich die dekorative Figur des Majors in seiner reichbesternten Uniform recht gut. Anger, der immer eine kleine Schwäche für Luisa gehabt hatte, freute sich, sie zu sehen, und bat sie, mitzukommen.

Eva Tilsen war auch dagewesen, während Anger mit Luisa und dem Major sprach, wollte sie stillschweigend verschwinden, doch Elisabeth forderte sie auf, sich der kleinen Gesellschaft, zu der noch zwei Schüler des Professors gehörten, anzuschließen.

Wie immer lehnte Eva ab, doch Katarin schnitt ihr das Wort ab. „Natürlich kommst du mit, du alte Einsiedlerin. Das ist ein entsetz-

liches Mädchen. Am liebsten würde sie sich mit ihrer Geige ein-
mauern lassen."

Elisabeth ließ eine kalte Platte reichen, der Professor hatte reich-
lichen Vorrat von einem guten bulgarischen Rotwein. Gastlichkeit
im vierten Kriegsjahr war ein Problem.

Zuerst besprach man lang und breit das Konzert. Der Professor
sagte nicht viel dazu, seine Kritik würde kommen, wenn Katarin
mit ihm allein war. Elisabeth lobte Katarins Anschlag, er sei männlich energisch und habe doch die behutsame Feinfingrigkeit einer
Frauenhand, ein Grund, warum sie oft weiblichen Pianisten den
Vorzug gebe. Katarins Kollegen stritten sich darüber, ob der Schumann oder der Beethoven besser „gekommen" wäre, der eine behauptete schließlich, Beethoven sei überhaupt nichts für eine Frau,
sie könne ihm nie gerecht werden. Das erregte eine lebhafte Debatte.

Luisa, die mehr aufs Praktische sah, teilte Katarin mit, daß ein
bedeutender Kritiker der Allgemeinen Zeitung dagewesen sei, sie
habe ihn in der Pause gesprochen und festgestellt, daß ihm Katarins
Name breits bekannt war, er erinnerte sich noch gut an Carstens
Kammerstudio. Der Lokalanzeiger und der Völkische Beobachter,
berichtete Luisa weiter, hätten nur die zweite Garnitur geschickt.

Der Major saß freundlich und verständnislos dabei. Er war ein
netter Kerl, sein Blick hing voll anbetender Bewunderung an seiner
Frau. Luisa, sprühend von Leben und Charme, behandelte ihn wie
einen guten, treuen Hund, er war ganz zu einem Requisit ihres anspruchsvollen Daseins geworden. Wie immer stand sie im Mittelpunkt der kleinen Gesellschaft, sie wickelte Elisabeth in Liebenswürdigkeit ein, setzte ihren oft geübten Flirt mit Anger fort und
entzückte die beiden jungen Pianisten durch ihr Lächeln. Zu Katarin
war sie von überströmender Herzlichkeit, nannte sie ihre beste
Freundin und lobte sie in den höchsten Tönen. Eva wurde von ihr
übersehen. Sie erschien ihr unwichtig und uninteressant, Luisa ließ
nur reizvolle Frauen gelten.

Zum größten Vergnügen der Gesellschaft erzählte sie Geschichten
und Anekdoten aus ihrer und Katarins gemeinsamer Wohnzeit, es
kam ihr nicht immer auf ganz wahrheitsgetreue Schilderung, mehr
auf die gute Pointe an.

Der Professor kam auf seine Konzertreisen zu sprechen. Vor acht
Jahren war er das letztemal in Amerika gewesen.

„Ich habe früher immer gedacht", sagte Elisabeth, „die Amerikaner hätten nichts für ernste Musik übrig und schwärmten nur für
Jazz und Schlager. Doch es war überwältigend, ihre Begeisterung
zu sehen. Sie wollten ihn kaum vom Podium lassen."

Katarin betrachtete Elisabeth nachdenklich. Wie mochte sie wohl vor acht Jahren ausgesehen haben, wie alt war sie damals? Mitte der Dreißig vielleicht, ganz hübsch sicherlich, doch ohne Zweifel ein wenig unscheinbar neben dem berühmten Mann.

„Am schlimmsten waren die Frauen", erzählte Elisabeth weiter, „wie immer", fügte sie mit einem geduldigen Lächeln hinzu. „Sie wollten Autogramme und Verabredungen, sie überschütteten ihn mit Einladungen und Geschenken. Eine war immer schöner als die andere und jede war entschlossen, ihn zu erobern."

„Ja, es gibt hübsche Frauen drüben", bestätigte Anger selbstgefällig, „und sie waren sehr liebenswürdig zu mir."

„Nun, und Sie, gnädige Frau?" fragte Luisa. „Was sagten Sie dazu? Sicher ist es nicht immer ein Vergnügen, die Frau eines so vielgeliebten Mannes zu sein."

Elisabeth hob leicht die Schultern, Anmut und Verzicht lagen in der kleinen Bewegung. „Nicht immer. Aber ich war es gewohnt. Man gewöhnt sich daran, von den Verehrerinnen als lästiges Möbel in die Ecke gestellt zu werden. Manchmal auch von dem vielgeliebten Mann selber. Doch man weiß ja, daß er einen braucht, daß er Liebe, Fürsorge und Verständnis benötigt, daß jemand dasein muß, der ihm Belästigungen und Unannehmlichkeiten aus dem Weg räumt, jemand, bei dem er sich auch einmal unrasiert und in Pantoffeln zeigen kann."

Alles lachte. Anger beugte sich vor und küßte Elisabeths Hand. Katarin gab es einen kleinen Stich ins Herz, als sie es sah.

„Die schönsten Frauen verlieren ihren Reiz", fuhr Elisabeth fort, „wenn sie in Massen auftreten und wenn sie leicht zu haben sind. Jedenfalls mit der Zeit. Das muß man halt abwarten können."

„Trotzdem muß es nicht leicht sein, die Frau eines berühmten Mannes zu sein", wiederholte Katarin Luisas Gedanken, „man muß, glaube ich, sehr vernünftig und geduldig sein."

„Ja", meinte Elisabeth, „es ähnelt wohl der ursprünglichen Vorstellung einer Ehefrau, dienendes, gehorsames Weib zu sein, dem Partner die Wünsche von den Augen zu lesen und die eigenen zurückzustellen."

„Na, nun halt mal die Luft an", empörte sich Anger. „Man könnte meinen, du habest ein Märtyrerleben neben mir geführt. So schlimm war es nun wieder auch nicht."

„Schlimm?" Elisabeth lächelte. „Nein, so schlimm war es nicht. Schlimm ist es nie, wenn man liebt. Aber ich habe mich immer auf die Zeit gefreut, wenn du alt sein wirst. Wenn er alt ist, dachte ich, dann gehört er mir endlich allein. Das tröstete mich."

Anger schüttelte sprachlos den Kopf. „Das ist die Höhe. Bin ich dir nun wenigstens alt genug?"

„Nun?" Elisabeth blickte aus den Augenwinkeln zu ihm herüber, ihr Lächeln war gemischt aus Klugheit, Ironie und Entsagung. „Ich glaube, ich muß noch ein wenig warten."

Sie weiß alles, dachte Katarin. Sie empfand die Worte an sich gerichtet und sah beide nicht an, Anger nicht und Elisabeth nicht. Trotzig dachte sie: Was will sie eigentlich? Hat sie nicht genug vom Leben gehabt? Einen großartigen Mann, Reisen, Geld, Anteil an seinem Ruhm. Und nun wollte sie Anger auch noch alt und entsagend haben.

Das Gespräch blieb bei der Liebe. Einer der jungen Pianisten sagte: „Ich stelle es mir noch weit unerträglicher vor, der Mann einer berühmten Frau zu sein. Noch dazu, wenn man selber nichts Außergewöhnliches darstellt. Man ist dann so eine Art Prinzgemahl. Und Möglichkeiten zur Untreue hat die berühmte Frau genausoviel."

„Das stimmt", meinte Luisa selbstbewußt. „Nur wird sie nicht soviel Gebrauch davon machen."

„Das möchte ich bezweifeln. Warum sollte sie nicht?"

„Das kann ich Ihnen genau sagen", warf Katarin ein, „weil Frauen standhafter sind als Männer und nicht so schnell untreu werden."

Anger lachte hellauf. „Bravo, Katarin. Es freut mich, das von dir zu hören."

Katarin warf ihm einen unsicheren Blick zu, ließ sich aber nicht beirren. „Na ja, vielleicht ist es nicht Treue allein. Aber die Frau, die es zu etwas gebracht hat, ist nicht mehr auf Männer angewiesen. Sie kann es sich leisten, mit gar keinem oder nur mit dem Mann zu leben, den sie liebt, und sich von allen anderen nur unverbindlich den Hof machen zu lassen."

Diese Worte fanden Luisas Zustimmung, und Luisas Zustimmung erleichterte den Major ungemein, man konnte es ihm deutlich ansehen.

Anger machte jedoch ein skeptisches Gesicht. „Das würde voraussetzen, daß eine Frau auf Abenteuer und den Reiz der Abwechslung keinen Wert legt und sich mit einem Mann zufriedengibt."

„Tut sie auch!" rief Katarin.

„Wirklich? Nun, meine Erfahrungen . . ."

„Sind die Erfahrungen eines berühmten Mannes, dem man es leicht gemacht hat", unterbrach ihn Katarin. „Einer Frau dagegen, wenn sie nett ist, fällt es nie schwer, Eroberungen zu machen, auch ohne berühmt zu sein. Berühmtheit bedeutet für sie ja gerade, sooft sie mag und ohne Nachteile zu haben, nein sagen zu können."

„Sieh mal an", neckte Anger sie, „du willst also Karriere machen, um dir die Männer vom Leibe zu halten."

„Jedenfalls die, die mir nicht gefallen."

Darüber wurde sie von allen ausgelacht.

Zur allgemeinen Überraschung ergriff Eva das Wort. „Man muß nicht unbedingt berühmt sein, um sich die Männer vom Leibe zu halten", sagte sie. „Man muß ihnen nur nicht entgegenkommen."

Gleich darauf errötete sie. Anger, Kavalier wie stets, trat ihr liebenswürdig zur Seite.

„Das erste vernünftige Wort. Die anderen Damen sollten es sich zu Herzen nehmen."

Dadurch bekam Eva Mut. Sie sagte: „Man kann nur eines richtig tun, Beruf oder Liebe. Wählt man den Beruf, so bleibt die Liebe Nebensache. Wählt man die Liebe, dann wird der Beruf zur Nebenbeschäftigung, jedenfalls bei einer Frau."

Anger bemerkte: „Schreib dir's hinter die Ohren, Katarin."

Luisa bestritt es. „Die Liebe gibt mir erst den richtigen Auftrieb", gestand sie mit Anmut. „Wenn ich verliebt bin, kann ich viel besser singen."

Eva wich nicht zurück. „Sicher, Verliebtheit beschwingt. Ich meinte ja auch die richtige Liebe. Die frißt eine Frau auf, so daß nichts mehr von ihr übrigbleibt." .

Katarin gab aus dem Born ihrer Erfahrungen einige Weisheiten zum besten. „Es kommt ganz darauf an, was für eine Liebe es ist. Es gibt nämlich zweierlei Lieben, positive und negative. Die erste hilft, gibt Kraft und vertieft den Menschen, auch in seiner Arbeit. Die andere macht müde, unlustig, zerquält und wirkt schließlich in jeder Beziehung zerstörend. Der ersten sollte man entgegenkommen, der anderen aus dem Wege gehen."

Anger lächelte. „Katarin, die Frau mit der großen Erfahrung", sagte er mit versteckter Zärtlichkeit. „Wirst du es denn in Zukunft mit den beiden Lieben richtig machen?"

„Ich weiß nicht", sagte Katarin ehrlich, „man kann manchmal auf den ersten Blick die beiden Arten nicht auseinanderkennen."

„Darum sollte man immer zweimal blicken, ehe man sein Herz über die Hürde wirft."

„Das sollte man."

„Manche lernen es nie. Denn man braucht dazu nicht nur ein kluges Köpfchen, sondern auch ein kühles Herz. Und das hast du nicht, Katarin."

Katarin sah ihn stumm an und schüttelte den Kopf. Die anderen waren ein wenig befangen. Das Gespräch zwischen Katarin und Anger hatte so intim geklungen. Es lag Vertrautheit darin und Zärtlichkeit, die den Zuhörern nicht entgehen konnte. Anger mochte es wohl selbst bemerkt haben. Er stand auf und schenkte die Gläser nach, bot Zigaretten an. Elisabeth lächelte resigniert.

Es war ziemlich spät, als man aufbrach. Katarin und Anger verließen als letzte das Zimmer. Die anderen sprachen schon in der Diele lebhaft durcheinander. Anger hielt sie an der Tür zurück, mit einer heftigen Bewegung zog er sie in seine Arme und küßte sie. Katarin gab sich der Umarmung bereitwillig hin.

Dann traten sie über die Schwelle. Das Ganze war so schnell gegangen, daß niemand etwas gemerkt haben konnte. Elisabeth vielleicht? Katarin streifte sie mit einem Blick. Doch wenn sie etwas gemerkt hatte, so ließ sie sich nicht das geringste anmerken. Als Katarin sich von ihr verabschiedete, sah Elisabeth sie an, ohne Vorwurf, ohne Feindschaft, ein offener, ruhiger Blick. Sie weiß alles, durchfuhr es Katarin.

Als sie Eva heimgebracht hatten – der eine der jungen Männer wohnte in der Nähe und ging zu Fuß –, machte Luisa den Vorschlag, bei ihr noch eine Tasse Kaffee zu trinken. Sie forderte auch Katarins Kollegen dazu auf.

Die Villenetage in Halensee war komfortabel eingerichtet. Luisas guter Geschmack und ihre Beziehungen hatten über die mißlichen Zeiten gesiegt. Luisa verschwand, um den Kaffee zu bereiten, der Major rollte die Hausbar heran und kredenzte französischen Kognak.

Katarin genoß ihn mit Behagen. Sie fühlte sich angenehm entspannt. Dem Konzert waren einige unruhige Tage vorausgegangen, der Abend selber war voll Spannung und Erregung gewesen, die Stunden in Angers Wohnung, in seiner Nähe, hatten keine Beruhigung gebracht.

Jetzt kuschelte sie sich tief in einen Sessel, betrachtete träumerisch den weiten Rock ihres Abendkleides, der sich malerisch auf den Teppich legte. Sie leerte ihr Glas, reichte es wortlos dem Major, der es nachfüllte, ohne sein Gespräch mit dem jungen Mann zu unterbrechen. Ein Gespräch über Langstreckenflug, Bombenlast und Aktionsradius. Katarin fand, es sei ein großartiges Gespräch, denn sie brauchte sich nicht daran zu beteiligen und nicht zuzuhören, es plätscherte an ihrem Ohr vorbei. Sie schwenkte den Kognak in ihrem Glas und schaute abwesend vor sich hin. Sie fühlte sich angenehm müde und im Moment von nichts bedrängt. Sie wollte auch nicht mehr über Anger nachdenken, es kam ja doch nichts dabei heraus.

Als Luisa mit dem Kaffee wiederkam, hatte sie sich umgezogen. Sie blieb einen Moment im Türrahmen stehen, sie sah hinreißend aus und wollte ihren Gästen und ihrem Mann Gelegenheit geben, es zu bemerken. Ihr Hausgewand war aus zartviolettem Chiffon und floß wie eine Wolke um ihre zierliche Gestalt.

„Wie eine Fee", sagte der junge Mann, seine Ohren röteten sich ein wenig. Der Major schluckte. Noch immer schien er sich zu wundern, wie er es fertiggebracht hatte, dieses einmalige Frauenwesen zu gewinnen. Katarin grinste vor sich hin. O diese Luisa, sie verstand es, sich in Szene zu setzen! Armer Major, trotz Ritterkreuz und Langstreckenflug, er war wie Wachs in dieser kleinen Frauenhand.

Sie tat Luisa den Gefallen, das Märchengewand zu würdigen.

„Ein Traum", sagte sie über ihr Kognakglas hinweg, „sieht aus wie Paris."

„Ist es auch", bestätigte Luisa. „Brack hat in Paris gastiert und brachte es mir mit."

Katarin unterdrückte ein Lächeln. Brack, der Heldentenor der Oper, noch so ein blonder Hüne mit liebeskrankem Herzen, das Luisa gehörte. Auf der Bühne trafen sie nie zusammen, denn er sang schwere Wagnerrollen, aber um so öfter privat. Zwar betonte Luisa stets, es sei nichts als kollegiale Freundschaft, aber Katarin hatte sie einmal bei einer Abendgesellschaft in diesem Haus in Bracks Armen überrascht. Luisas zierliche Gestalt an die breite Siegfriedfigur geschmiegt, es war ein drolliger Anblick gewesen.

Der Kaffee war heiß, stark und ein Genuß. Katarin trank ihn in kleinen Schlucken und beteiligte sich nicht weiter am Gespräch. Nach einer Weile zog der Major den jungen Pianisten ins Nebenzimmer, um ihm irgendwelche Bilder zu zeigen.

Luisa wurde munter. „Sag, Kat, was ist mit dir und dem Professor?"

Katarin stellte sich dumm. „Mit mir und dem Professor?"

„Tu nicht so. Ich hab's gemerkt."

„Was hast du gemerkt?"

„Daß es knistert zwischen dir und Anger."

„Meinst du, es könnte sonst noch jemand bemerkt haben?"

„Seine Frau natürlich. Sie ist ja nicht dumm."

Pause.

Luisa balancierte ihr Lackpantöffelchen auf der Fußspitze, dann fragte sie: „Hast du André eigentlich noch einmal wiedergesehen?"

„Nein. Ich habe auch kein Verlangen danach."

„Sergiu, den ich kürzlich sprach, sagte, er käme nicht mehr nach Berlin. Sicher ist es ihm hier zu gefährlich. André wird sich hüten, seine hübsche, glatte Haut zu beschädigen. Aber du bist anscheinend soweit ganz gut darüber hinweggekommen."

„Danke. Ja. Bis auf den Umstand, daß es mich Carsten gekostet hat."

„Ja, natürlich. Aber sonst hast du dich getröstet. Dank Anger?"

Katarin lachte. „Du bist doch noch genau die gleiche neugierige Ziege wie früher. Ich frage dich ja auch nicht, wie Herr Brack dazu kommt, dir Negligés aus Paris mitzubringen."

Doch Luisas Verdacht freute sie insgeheim. Als Angers Freundin zu gelten, war interessant, jedenfalls Luisa gegenüber. Gerade ihr wollte sie nicht den Eindruck machen, allein und unglücklich dahinzuleben.

Luisa lachte, nicht im geringsten beleidigt. „Es freut mich für dich. Er ist so nett. Fast könnte ich dich beneiden."

Katarin lächelte vielsagend und schwieg. Sie dachte nicht daran, Luisa zu ihrer Vertrauten zu machen.

„Brack liebt mich", erzählte Luisa unaufgefordert. „Und ich mag ihn wirklich gern."

„Warum hast du denn nicht ihn geheiratet?"

„Er hätte sich erst scheiden lassen müssen. Das ist so umständlich. Und dann weißt du, er ist auch Sänger, im Privatleben braucht man etwas Abwechslung. Außerdem gibt mir meine jetzige Ehe einen viel besseren Rahmen."

Das war echt Luisa. Bei allem, was sie tat, dachte sie an sich und die Wirkung, die sie damit erzielte. – Sie ist genau wie André, dachte Katarin, schön, charmant, scheinbar voll Feuer, aber in Wahrheit mit einem kühlen, berechnenden Kopf ausgestattet. Sicher hatte sie ein Verhältnis mit Brack, ohne sich auch nur die Fingerspitzen dabei zu verbrennen, geschweige denn das Herz. Es war nicht vorstellbar, daß Luisa wirklich lieben konnte. So lieben, wie Eva es gemeint hatte. Merkwürdig, daß Eva überhaupt von Liebe sprach. Katarin konnte sich nicht erinnern, jemals von einem Mann in Evas Leben gehört zu haben.

Als habe Luisa ihre Gedanken erraten, sagte sie: „Diese Eva Tilsen ist ein komisches Mädchen."

„Sie kann sehr viel, sie spielt einfach fabelhaft. Seltsam ist nur, daß sie nicht daran denkt, öffentlich aufzutreten. Sie studiert und arbeitet verbissen, aber sie weigert sich, ein Konzert zu geben. Nicht mal auf Tournee mag sie gehen."

„Sicher hat sie Hemmungen. Kann man ja auch verstehen, sie ist wirklich nicht sehr reizvoll."

Das Geplauder mit Luisa tat Katarin wohl. Als der Major sie später nach Hause fuhr, war sie müde und zufrieden. Heute würde sie über nichts mehr nachdenken, nur schlafen. Hoffentlich kam kein Alarm.

An einem der ersten Maitage war es, daß der Druck erstmals von Carsten wich, daß er um sich blickte und die Welt wahrnahm, die ihn umgab. Schwester Dora hatte einen Liegestuhl in eine geschützte Ecke der Terrasse gestellt, hatte ihn warm mit Kissen und Decken ausgepolstert und Carsten hineingebettet.

Während sie mit festen, sicheren Händen die Decke um ihn wickelte, sagte sie vergnügt: „Heute ist der erste richtige Frühlingstag. Merken Sie, wie schön warm die Sonne scheint? Sie kommt schon bis auf die Haut durchgekrabbelt. Heute früh habe ich unten im Park, da hinten an der Mauer, wo es ganz windstill ist, ein paar Veilchen gefunden. Wenn Sie besser laufen können, Herr Hauptmann, kommen Sie mal mit mir hinunter, ja? Ich glaube, bis der Flieder blüht, werden Sie soweit sein."

Carsten versuchte ein schwaches Lächeln, das in seinem hageren Gesicht wie eine Grimasse wirkte.

„Ist es nicht schön, daß es nun Frühling wird? Und Sommer?" plauderte Schwester Dora weiter. „Winter ist abscheulich. Ich bin immer froh, wenn er vorüber ist. Und wenn es soweit ist wie jetzt, wenn alles hübsch grün wird, und die ersten Blumen kommen und die Sonne wärmt wieder, jeden Tag ein bißchen mehr, das ist doch herrlich. Ich freu' mich immer, wenn es Sommer wird. Freuen Sie sich nicht auch, Herr Hauptmann?"

„Freuen?" fragte Carsten schwerfällig. „Was ist das? Freuen. Nein, ich freue mich nicht. Ich weiß gar nicht mehr, was das ist."

Das breite, gutmütige Gesicht vor ihm, das unter dem weißen Häubchen und dem glatten blonden Scheitel so mütterlich, so unproblematisch dreinblickte, verlor sein Lächeln nicht. „Das lernen Sie schon wieder", sagte Schwester Dora, ungerührt von seinem Pessimismus. „Freude braucht der Mensch zum Leben. Ein Stückchen wenigstens. Und wenn man richtig hinschaut, entdeckt man eine ganze Menge Dinge, über die man sich freuen kann."

„Heute? In dieser Zeit?" fragte Carsten, nur um ihr einen Gefallen zu tun.

„Gerade. Sehen Sie nur den Frühling. Der ist nicht umzubringen, der kommt wieder. Da kann der Krieg nicht gegen an."

„Ja, er kommt", sagte Carsten bitter. „Er kommt. Für die, die ihn noch erleben."

„Na ja, die anderen", meinte Schwester Dora, „die haben ja auch keinen Ärger mehr mit dem Winter und dem Krieg. Vielleicht haben die jetzt immer Frühling und Freude, nicht? Das kann man ja nicht wissen. Aber jetzt muß ich gehen. Bleiben Sie nur schön hier liegen und atmen Sie die gute klare Luft. Unsere Luft ist berühmt. Früher sind die Leute von weit her gekommen, um sich hier zu erholen. Ich komm' dann wieder mal nachschauen." Und damit verschwand sie über die Terrasse. Carsten blieb allein.

Er lag reglos und hielt die Augen geschlossen. Sein Kopf lag im Schatten, der Körper in der Sonne, die durch die Decke warm und wohltuend bis auf die Haut drang, genau wie die Schwester gesagt hatte. Ach, Schwester Dora! Ihr Weltbild war so einfach, so gradlinig, es war nicht vorstellbar, daß sie sich mit irgendeinem Problem herumschlug. Weder das Elend des Krieges noch die Not der Menschen konnten ihren Glauben an das Gute erschüttern. Ihre Gedanken und Gefühle waren so wohltuend wie ihre Hände. Ihr Herz verströmte Liebe und Güte über die ihr Anvertrauten, ohne etwas dafür zu fordern.

Nicht alle waren sie so. Carsten hatte andere Schwestern kennengelernt, egoistische, ehrgeizige und gleichgültige. Um so froher konnte er sein, daß er zu dem Bereich Schwester Doras gehörte. Nun also, da war gleich etwas, worüber er sich freuen konnte. Sie hatte schon recht, es gab immer etwas, worüber man sich freuen durfte.

Seine Gedanken verweilten noch ein wenig bei Schwester Dora. Sie war ein angenehmes, geruhsames Objekt für Gedanken, die wie seine waren und nur langsam und widerspenstig laufen wollten.

Nach einer Weile schlug er die Augen auf. Ob er wollte oder nicht, das Bild der Landschaft erfüllte ihn mit Frieden. Vor der Terrasse dehnte sich eine Rasenfläche, dahinter war ein Park. Wirklich ein Park. Zu jener Zeit, als in diesem Gebäude noch kein Lazarett, sondern ein luxuriöses Kurhotel untergebracht war, gingen wohl die Kurgäste auf seinen Wegen spazieren und atmeten die berühmte Luft. Hübsche, heitere Frauen, unbeschwerte Männer. Sie lachten und plauderten, abends gab es vielleicht ein Sommerfest in diesem Park, man tanzte, helle Frauenkleider schimmerten zwischen den Büschen.

Carsten verzog den Mund. Das waren Bilder aus einem Zeitungsroman. Verlangte er vielleicht nach solch einem Leben? Oh, der Teufel möge es holen, dieses und jedes andere Leben. Wenn etwas erträglich war, so war es gerade noch dies, hier zu liegen in der

Frühlingssonne unter dem verwaschenen blaßblauen Himmel, nichts zu tun, nicht sprechen müssen, nicht denken müssen. Und vor allen Dingen keine Pläne haben. Keine Pläne, keine Wünsche, keine Hoffnungen. Das war überhaupt die einzige Form, dieses Dasein zu ertragen. Und wenn man also wirklich weiterleben würde, dann nur unter der Bedingung: keine Pläne, keine Wünsche, keine Hoffnungen. Und möglichst auch keine Menschen. Keine Menschen hineinnehmen in dieses Leben, allein sein darin, einsam wie eine Auster in ihrer Schale. Nur gerade so hier sein und in die Landschaft blicken. Da drüben waren die Berge, blau und dunstig, der blasse Himmel umschloß kühl und fern ihre Gipfel, und die Sonne, die ihm hier bis auf die Haut drang, mühte sich dort oben vergebens, den Schnee zu verschlucken.

Warum war man nicht lieber ein Baum geworden? Dann könnte man hier stehen, jahraus, jahrein, das bloße Dasein war schon Vollendung, es war gleichgültig, wer vorbeiging, ein kaputtgeschossenes Menschenwrack oder eine Frau, die auf dem Sommerfest tanzen wollte.

Er versuchte sich aufzurichten, langsam, mühselig, das Blut drang ihm zu Kopf, und die dunkle Woge vor seinen Augen zwang ihn, sich wieder zurückzulegen. Als das Herz wieder gleichmäßiger klopfte, versuchte er es noch einmal. Diesmal gelang es. Im Sitzen betrachtete er neuerdings die Gegend. Sie war schön, ohne Zweifel, sie war friedlich und still, sie mußte auf einem anderen Stern liegen, nicht auf dieser furchtbaren Erde.

Er angelte nach den Zigaretten in der Tasche seines Pyjamas. Ungesehen von Schwester Dora hatte er sie mit herausgeschmuggelt. Diese Tatsache freute ihn kindlich. Aber es war ein schwieriges Werk, eine herauszufischen, dann ein Streichholz zu entzünden und die Zigarette in Brand zu setzen, eine Mordsarbeit, die ihn erschöpft zurücksinken ließ. In langsamen Zügen rauchte er, und seine Gedanken, müde und matt wie sein Körper, verliefen ins Nichts.

Doch dann begann er sich eigentlich zum erstenmal mit einigem Interesse mit sich selbst zu beschäftigen. Seltsam, daß er nun hier war. Hier und lebendig.

Genau besehen, war es ein Wunder, daß er noch lebte und nicht in dem Hexenkessel zugrunde gegangen war. Stalingrad. Noch heute erlebte er in nächtlichen Angstträumen jenes Gefühl von damals, das Gefühl, auf einem Fleck Erde zu stehen, der unter den Füßen zusammenschrumpfte, während ringsum das Unheil immer höher anwuchs, um schließlich über einem zusammenzustürzen. Er hatte es erlebt, das restlose Auslöschen aller Menschenwürde, aller

Gesittung, aller Hoffnung, und er würde es nie vergessen und nie aus seinen Gedanken und Nerven herausbringen. Die Nacht, da sie im Kellerloch lagen, wenige Lebende zwischen den vielen Toten und den schreienden und stöhnenden Verwundeten, für die es keine Hilfe und keine Rettung gab, das Laufen und Schießen und Verkriechen, das ewige Gehetztsein, die Häuser, die über einem zusammenstürzten, die erschöpften, gejagten Männer, die kaum mehr Menschen glichen ... Das waren Bilder, die man nie vergaß.

Dann wurde er selbst verwundet, ein Riß am Kopf, einen Splitter in der Schulter und vor allen Dingen das Bein. Das Geschoß hatte ihm den Oberschenkel aufgerissen bis auf den Knochen, blutend und meist bewußtlos lag er in einer Ecke, und in wenigen lichten Momenten wußte er: das ist nun das Ende.

Neben ihm saß der Gefreite Friedbert Koller, ein einfacher treuer Mensch, nicht mehr jung und Carsten treu ergeben. Immer wenn sein Bewußtsein aufflackerte, hörte er Kollers tröstende Stimme: „Ich bring' Sie weg, Herr Hauptmann, ich bring' Sie hier 'raus. Ich lass' Sie nicht hier liegen."

Und Koller hatte ihn herausgebracht. Carsten wußte nicht, wie. Seine Ohnmacht war schließlich so tief geworden, daß er nichts mehr spürte. Es dauerte Wochen, bis er in dem Lazarett hinter den Linien erkannte, was um ihn geschah, bis er sich selbst wiedererkannte. Was aus Koller geworden war, konnte man ihm nicht sagen. Dabei war es eine der wenigen Fragen, die ihn noch interessierten.

Das Bein sah schlimm aus. Der Arzt sagte ihm eines Tages, daß es nicht zu retten sei, man müsse es abnehmen. Carsten erwiderte nichts darauf. Flüchtig tauchte damals der Gedanke auf: Gut, daß es nicht der Arm ist. Und gleich darauf: Wennschon, es ist doch alles vorbei.

Dann fiel er wieder in Bewußtlosigkeit, Fieber schüttelte ihn, die Kopfwunde eiterte, er behielt keinen zusammenhängenden Eindruck dieser Wochen.

Sein Bein hatten sie dann doch gerettet. Es war noch da, es würde heilen, sagte der Arzt, nach drei Operationen habe man alle Splitter entfernt. Oder fast alle. Das Fieber ging zurück, die Wunden schlossen sich langsam. Eine kleine Behinderung würde vielleicht bleiben, eine Schwäche, mit der Zeit würde es besser werden. Auch dieser Arzt war sein Wohltäter. Sicher hätte er sich seine Arbeit erleichtern und das zerrissene Bein einfach amputieren können, doch er gab sich alle Mühe, es zu erhalten, die Götter mochten wissen, warum er es tat. Carsten kannte nicht einmal seinen Namen, er würde ihm niemals danken können.

Als er einigermaßen transportfähig war, kam er nach Deutschland. Die Reise war eine Qual, Fieber und Bewußtlosigkeit begannen aufs neue, die Wunde am Kopf brach wieder auf. Die nächste Station war ein Lazarett in Mitteldeutschland, wo er einige Zeit blieb.

Nun war er hier, zur weiteren Heilung und Erholung.

Schwester Dora hatte wissen wollen, ob er keine Frau, keine Braut, keine Angehörigen habe, die man benachrichtigen solle.

„Ich habe niemanden", hatte er geantwortet.

Nein, er hatte niemanden. Gott sei Dank! Er wollte allein sein. Ein Bruder von ihm war in Rußland gefallen, der andere in englischer Gefangenschaft. Die Mutter war aus Gram und Müdigkeit vor einem Jahr gestorben. Der Vater, die Schwester und die Schwägerin bewirtschafteten den Hof. Sie konnten die weite Reise nach Bayern nicht machen, um ihn zu besuchen. Warum auch? Es mochte ihnen genügen, daß er lebte. Das hatte er schließlich in einem kleinen Brief mitteilen lassen.

Sonst gab es niemand, der sich um ihn gekümmert hätte. Früher einmal, ja früher einmal kannte er ein Mädchen, ein schönes, leidenschaftliches Mädchen, das am liebsten die Sterne vom Himmel gerissen hätte. Sie hatte ihn verlassen, wie alles ihn verlassen hatte, was er liebte, die Musik, die Träume. Er dachte nicht mehr daran, es tat auch nicht mehr weh. Es war mit untergegangen in dem großen Untergang, es fiel nicht einmal besonders auf.

Doch kaum zwei Wochen später drang ein Mensch in seine Abgeschlossenheit und brachte ihm, was er gar nicht wollte, Güte, Anteilnahme, eine warme Hand und ein fühlendes Herz.

Schwester Dora kam am Nachmittag in sein Zimmer, klopfte die Bettdecke zurecht, fuhr mit einem Kamm durch sein Haar und sagte: „Aber jetzt! Sie bekommen Besuch, Herr Hauptmann."

„Besuch?"

„Jawohl, Besuch. Eine hübsche nette Dame. Und sie ist mächtig interessiert daran, wie es Ihnen geht. Als ich ihr erzählte, was Sie alles durchgemacht haben, hatte sie Tränen in den Augen. Sie muß Sie sehr gern haben."

Er versteifte sich in seinem Widerstand. „Ich will keinen Besuch", sagte er unwirsch. „Ich brauche keinen Besuch. Man soll mich in Ruhe lassen. Schicken Sie die Dame fort."

„Pfui", schalt Schwester Dora, „wie kann man nur so garstig sein. Wir sind hier nicht in Rußland. Hier ist man immer noch nett und höflich zu einer Dame, auch wenn man ein kranker Hauptmann ist."

„Ich will niemanden sehen", sagte er eigensinnig, „ich will meine Ruhe haben."

In seinem Kopf wirbelten die Gedanken. Katarin! War es Katarin? Er wollte sie nicht sehen, sie schon gar nicht, nicht in diesem elenden Zustand. Er brauchte schon lange kein Mitleid und auch keine Hilfe.

Schwester Dora ging hinaus und kam nach einer Weile zurück. „Die Dame ist Frau von Möncken. Und sie möchte Sie unbedingt sprechen." In ihrem Gesicht war deutlich ihre Mißbilligung zu lesen. Hatte sie sich doch so gefreut, daß sich endlich jemand um den gramvollen Hauptmann kümmerte.

Josefine! Das war etwas anderes. Eine warme Welle überflutete sein Herz. An sie hatte er nicht gedacht, Josefine! Ein Traum aus vergangener Zeit, ein Traum so zart und unbefleckt wie diese sanften Frühlingstage.

„Ja, bitte", sagte er stockend, „bitte, sie soll kommen."

„Na also", brummte Schwester Dora, „aber erst bocken wie ein unartiges Kind."

Dann trat Josefine ins Zimmer. Sie kam ganz einfach herein, als sei sie gestern das letztemal hier gewesen. Sie hatte sich kaum verändert in all den Jahren, ein wenig älter geworden natürlich, doch noch immer war sie schmal und blaß und anmutig, die großen Augen umschattet von einer leisen Schwermut.

„Carsten!" Sie nahm seine blutlose, magere Hand in ihre beiden warmen Hände und blickte ihn stumm an. Er konnte nicht sprechen. Das Gebäude der Einsamkeit, das er um sich erbaut hatte, zerbrach, als wäre es aus Glas. Daß ein Mensch zu ihm kam, ein Mensch seine Hand hielt und seine Augen voll Liebe und Verstehen auf ihn richtete, das raubte ihm jeden Trotz. Minutenlang mußte er kämpfen, um die Tränen zurückzuzwingen, die hinter seinen Lidern brannten. Der starre Gesichtsausdruck zerschmolz, und seine Augen, die Josefine ansahen, schrien förmlich um Hilfe.

Sie erkannte es mit einem Blick. Und sie wußte, dies war die Stunde, auf die sie ein Leben lang gewartet hatte. Da war ein Mensch, der sie brauchte, dem sie helfen konnte. Er brauchte ihre Hilfe, ihre Liebe, ihr Herz. Und mit dem Druck ihrer Hände schenkte sie ihm alles ohne Vorbehalt.

Sie begann zu fragen, wollte alles wissen, wie es ihm gehe und was sie für ihn tun könne. Und Carsten gab Antwort, erzählte und berichtete, der Damm des Schweigens war gebrochen.

„Woher wissen Sie, daß ich hier bin?" fragte er später.

„Von Ihrem Vater. Ich habe mich von Zeit zu Zeit nach Ihnen

erkundigt, Carsten. Ich bin so froh, daß Sie leben, daß Sie hier sind."

„Ich bin ein kranker Mann. Es ist fraglich, ob ich wieder gesund werde."

„Bestimmt werden Sie gesund. Aber zunächst können Sie noch lange krank sein. Um so besser, dann kommen Sie nicht mehr hinaus. Ich weiß auch schon, was wir mit Ihnen machen. Sie kommen zu mir. Ich werde Sie bei mir gesund pflegen. Hübsch langsam. Ohne Eile."

„Zu Ihnen?"

„Zu mir. Das habe ich mir gleich vorgenommen, als ich hörte, daß Sie hier sind. Ich wohne ganz in der Nähe. Wissen Sie das nicht?"

„Ich weiß nichts, gar nichts. Nichts von früher und nichts von heute. Ich bin wie ein kleines Kind, das alles erst lernen muß, Essen, Sitzen, Laufen, Schauen, Verstehen."

„Dann werden Sie mein Kind sein, Carsten. Ich lebe am Tegernsee, schon seit Kriegsbeginn. Ich bin nie mehr zu Möncken zurückgekehrt. Von einer Scheidung wollte er nichts wissen, doch er nimmt weiter keinen Einfluß auf mein Leben. Das letztemal habe ich ihn vor zwei Jahren gesehen, da besuchte er mich. Er kam dann nach Afrika. Er war Oberst oder noch mehr, ich kann das nicht so auseinanderhalten", sie lachte leise, „aber er ist ein großer Held und wird sicher noch General."

„Und was tun Sie am Tegernsee?"

„Oh, nichts! Stellen Sie sich vor, Carsten, in dieser unruhvollen Zeit, ich tue nichts. Ich wohne dort in einem netten kleinen Häuschen, es liegt an einem Berghang, davor ist eine große Wiese, dahinter Wald, und von meinen Fenstern sieht man auf den See hinab. Dort lebe ich, spiele Klavier, pflanze Blumen und Gemüse im Garten, habe zwei niedliche kleine Kätzchen und einen großen Hund. Dann ist Hanne noch da, die ich damals vom Mönckenhof mitgenommen habe, sie ist ein großes hübsches Mädchen geworden und will einfach nicht fort von mir. Ja, und dann kenne ich noch ein paar nette Leute aus dem Ort und aus der Umgebung, die besuchen mich manchmal, dann musizieren wir und unterhalten uns. Und sonst ist gar nichts los. Absolut nichts."

„Eine Insel also", sagte Carsten versonnen. „Eine Insel des Friedens im Meer des Unfriedens."

„Und auf diese Insel werden Sie kommen. Sie wohnen bei mir, im ersten Stock ist ein sonniges Zimmer mit Balkon, das gehört Ihnen. Und Sie werden sich gar nicht beeilen mit dem Gesundwerden, das ist die einzige Bedingung, die ich stelle. Erst wenn der Krieg zu Ende ist, dann dürfen Sie wieder etwas unternehmen."

„Ich werde nie wieder etwas unternehmen."

„O doch! Sie werden. Sie werden bestimmt. Ich will Sie noch dirigieren sehen, Carsten. Sie haben es mir versprochen, und davon lasse ich mir nichts abhandeln."

In den nächsten Wochen kam sie öfters. Immer brachte sie etwas mit, Blumen aus ihrem Garten, ein Glas eingemachter Früchte, einen selbstgebackenen Kuchen, eine Flasche Wein. Und Carsten, dessen Sinne vor kurzem noch wie ausgelöscht waren, lernte wieder fühlen, sehen und schmecken. Und vor allem lernte er wieder, auf die Stimme eines Menschen hören.

Im Sommer übersiedelte er wirklich zu Josefine. Sie setzte es durch, daß man ihn zur weiteren Behandlung an das Lazarett in Tegernsee überwies, und er durfte bei ihr wohnen. Er war noch immer schwach, litt an Schwindel, Kopfschmerzen und Sehstörungen, das kam von der Kopfwunde. Auch das Bein heilte nur langsam, zunächst konnte er sich nur mit Krücken fortbewegen. Zu allem war noch das Herz schwer angegriffen und erlaubte keine Anstrengung.

Daher bekam er ein Zimmer im Parterre, damit er ohne Schwierigkeit in den Garten gelangen konnte. Als Carsten zum erstenmal in dieses Zimmer trat, stiegen ihm Tränen in die Augen. So liebevoll war alles vorbereitet, die weichsten Sessel, die schönsten Bilder, die dicksten Teppiche hatte Josefine hier zusammengetragen. Auf dem Tisch standen ein großer Blumenstrauß und eine Flasche Sherry mit drei Gläsern. Zusammen mit Hanne, die den Landsmann erfreut begrüßte, tranken sie auf seinen Einzug, dann gab es Kaffee und Kuchen, und anschließend mußte Carsten schleunigst ins Bett. Der Transport und die Erregung des Tages hatten seine schwachen Kräfte aufgezehrt.

Von nun an bestimmte Josefine, was mit ihm geschah. Ihre Fürsorge dachte an alles. Langsam ging es voran mit ihm, und als der Herbst kam, war wohl sein Körper noch schwach, sein Herz angegriffen, sein Bein invalid, doch sein Geist und seine Seele wieder rege und aufnahmebereit.

Mit der Zeit gewöhnte ihn Josefine wieder an Musik. Sie spielte ihm vor, sie sang dazu wie früher, sie hatte einen Plattenspieler mit guten Platten. Und sie sah mit Freude, wie er aufmerksam lauschte und das Gehörte mit ihr diskutierte. Aber sie beschäftigte ihn auch sonst, so gut es möglich war, ließ ihm keine Zeit, in seine Schwermut, in sein dumpfes Brüten zurückzufallen. Er mußte Pflaumen entkernen und Äpfel schälen, als die Einmachzeit kam, er mußte Mehl sieben und Mandeln wiegen, wenn gebacken wurde, sie beklagte sich so lange über die Unordnung in ihrem Bücherschrank, bis er daran ging, ihn aufzuräumen. Als er besser laufen konnte, ließ sie ihn die eine oder andere Besorgung machen. Er ging dann langsam, auf einen Stock gestützt, in den Ort hinunter, begleitet von dem Schäferhund. Kam er zum Apotheker, einem von Josefines Freunden, dann wurde er zu einem Schnäpschen eingeladen, oder er traf den Professor, einen alten Herrn, der hier im Ruhestand lebte, und sie setzten sich zu einem Frühschoppen zusammen.

So begann der fünfte Kriegswinter. Eines Tages steckte das Haus in tiefem Schnee, die Berge wölbten sich stumm und weiß unter dem grauen Himmel, der See lag leblos wie ein Stein im Tal. Carsten, der das Gebirge nicht gekannt hatte, erlebte mit Staunen und Behagen den stillen Gebirgswinter. Im Hause war es warm und gemütlich, Holz hatten sie ausreichend. Überhaupt war die zarte, verträumte Josefine keineswegs unpraktisch, was die täglichen Sorgen betraf. Da sie schon lange hier lebte und überall beliebt war, standen ihr genügend Bezugsquellen offen. Sie kannte da einen Bauern, dort eine Bäuerin, die Kaufleute in den Läden taten ihr jeden möglichen Gefallen, keiner konnte ihren sanften dunklen Augen, ihrem weichen Lächeln widerstehen. Dazu kam, daß sie eine Menge Verwandte hatte, sie bekam Päckchen und Pakete von hier und da, viele der Männer waren eingezogen und schickten seltene Gaben aus Frankreich oder Belgien. Josefine revanchierte sich mit selbstgebackenen Kuchen, Plätzchen oder Büchern. Genaugenommen war immer etwas los im Haus, obwohl nichts geschah.

Es war ein geruhsames, friedliches Leben. Man sprach wohl vom Krieg, las über ihn in der Zeitung, auch kamen immer mehr Evakuierte und Ausgebombte aus den Städten an den See und berichteten von allen Schrecknissen, die draußen im Land vor sich gingen. Hier aber lebte man am Rande, in einem Wahn des Friedens befangen. Doch Josefine wußte, wie dünn der Schutzwall war, der sie und Carsten noch von der Wirklichkeit trennte. Sosehr sie es freute, daß es ihm besser ging, so sehr fürchtete sie auch, es könnte ihm zu gut gehen und der Krieg könnte seine habgierige Faust wieder nach ihm ausstrecken. Immerhin war wohl an einen Frontdienst für ihn nicht mehr zu denken.

Für Josefine war es die schönste Zeit ihres Lebens. Sie hatte nie ein Kind gehabt, obwohl sie es so sehr gewünscht hatte. Und sie hatte nie einen Mann gehabt, den sie lieben und verstehen konnte. Nun hatte sie beides in einer Person. Doch sie war klug genug,

Carsten mit ihrer Liebe nicht zu erdrücken. Stets war sie heiter und ausgeglichen, er sollte sich nicht gebunden und verpflichtet fühlen. Nicht nur, daß er viel jünger war als sie, Josefine wußte auch, daß sie nicht gesund war. Sie dachte an keine Bindung, ihre Liebe blieb ohne Anspruch und ohne Berechnung.

Eines Tages erzählte er ihr von Katarin, nur kurz und in Andeutungen. Josefine haßte das fremde Mädchen, das ihm weh getan hatte. Aber sie war neugierig zu erfahren, wie seine Gefühle jetzt waren.

„Lieben Sie sie noch, Carsten?"

„Nein", erwiderte er langsam, „ich liebe sie nicht mehr. Aber ich denke auch nicht im Bösen an sie. Es ist hundert Jahre her. Und es ist alles so gleichgültig geworden."

Diese Antwort befriedigte Josefine. Carsten dachte später darüber nach. War es wirklich so? War ihm Katarin und alles, was sie betraf, wirklich gleichgültig geworden? Er konnte sich recht gut an sie erinnern, ihr Lachen, ihre strahlenden Augen, ihre Eitelkeit und Vergnügungssucht, und dann der schlanke, biegsame Körper, in seinen Arm geschmiegt, der Duft ihres Haares, wenn sie an seiner Schulter schlief, ihr kindliches Vertrauen. Was mochte aus ihr geworden sein? Müßig, darüber nachzudenken, es war vorbei. Ein vergangenes Leben, zu dem es keine Verbindung mehr gab.

Immerhin fand er die Musik wieder. Eines Tages, es war im frühen Winter, hörte Josefine ihn Klavier spielen. Vor Freude traten ihr die Tränen in die Augen. Noch am gleichen Tag schrieb sie an Carstens Vater und bat, die Geige zu schicken.

Carsten freute sich unbeschreiblich, als das vertraute Instrument wieder in seinen Händen lag. Es war nicht leicht, bis seine starren, immer noch kraftlosen Finger ihre Kraft und Geschmeidigkeit zurückgewannen. Und er begann so fanatisch zu üben, daß Josefine ihm oft die Geige wegnehmen oder den Klavierdeckel schließen mußte, damit er sich nicht überanstrengte.

Mit der Zeit beteiligte er sich an den musikalischen Abenden, die Josefine mit ihren Freunden veranstaltete, ja bald wurde er die Seele des Ganzen, studierte eifrig Quartette und Quintette ein und verwandelte in Kürze die kleine Liebhabergruppe in ein auftrittsreifes Ensemble.

Wunderschön war das Weihnachtsfest. Josefine hatte tüchtig vorgesorgt, eine Gans und ein Hase standen für die Festmahlzeiten zur Verfügung, so daß sie an beiden Feiertagen Gäste einladen konnte. Am Heiligen Abend blieben sie allein. Josefine hatte einen prächtigen Christbaum geputzt, Hanne und Carsten mußten im Nebenzimmer warten, bis alle Kerzen angezündet waren. Dann setzte sie sich an den Flügel, spielte „Stille Nacht, heilige Nacht" und ließ die beiden hereinkommen. Als sie mit ihrem Lied zu Ende war, las sie aus der Bibel die Weihnachtsgeschichte vor, las so andächtig und hingegeben, daß ihre beiden Zuhörer tief beeindruckt waren von den alten, oft gehörten Worten. Es klang wie ein Gebet, als sie schloß: „Und Friede auf Erden und den Menschen ein Wohlgefallen..."

Sie stand auf, trat zu Carsten, küßte ihn auf die Wange, ging zu Hanne und küßte sie auch. Dann sagte sie heiter: „Und nun schaut euch an, was das Christkind gebracht hat."

Josefine schien alle ihre Beziehungen schamlos ausgenutzt zu haben. Für Hanne gab es einen Kleiderstoff, Strümpfe, Handschuhe, einen Karton Seife und ein Fläschchen Parfüm, auch Carsten bekam warme Handschuhe, außerdem ein Paar mollige Hausschuhe, Bücher, eine Flasche französischen Kognak. Für jeden stand ein großer Teller mit Gebäck bereit. Doch auch Hanne und Carsten hatten ihre Geheimnisse, so kam auch zu Josefine das Christkind.

Etwas später, als sie zusammensaßen, Punsch tranken und das Weihnachtsgebäck versuchten, läutete es zum erstenmal. Der Professor und der Apotheker, beides alleinstehende Witwer, hatten sich gemeinsam auf den Weg gemacht, um ihrer Freundin Josefine frohe Weihnachten zu wünschen. Und kaum saß man, da läutete es wieder, Lisa, eine junge Ärztin, die mit Josefine gut befreundet war, kam mit ihrem Verlobten, einem stillen schwermütigen Mann, der in das gleiche Loch der Verzweiflung gefallen war wie Carsten. Auch er war schwer verwundet worden und immer noch leidend.

Es dauerte nicht lang, und man begann zu musizieren. Carsten nahm die Geige, Josefine setzte sich an den Flügel, des Professors Cello war sowieso noch von der letzten Übungsstunde da.

Noch einmal spielten sie das Lied von der stillen, der heiligen Nacht. Sie waren so gut aufeinander eingespielt, daß die Improvisation meisterhaft gelang. Das Cello übernahm mit vollen Strichen die Melodie, Carstens Geige sang darüber hin und Josefine spielte die Begleitung. Nach der weihnachtlichen Musik glitten sie wie von selbst in ein Mozart-Trio hinein.

„Das ist es in Wahrheit, was das Leben ausmacht", sagte der Apotheker, als die Instrumente schwiegen. „Hier unterscheidet sich das Leben vom bloßen Existieren. Da nämlich, wo das Notwendige aufhört und das Schöne beginnt. Nur der Mensch, der in der dritten Dimension lebt, dessen Interessen und Bedürfnisse nicht nur Essen und Trinken und Geldverdienen umfassen, ist ein Mensch in des

Wortes wahrer Bedeutung. Er verläßt den Status der Kreatur, des zufällig geborenen Lebewesens. Niemand weiß besser als ich, wie sehr wir dem Körperlichen, dem Stofflichen untertan sind, mein Beruf zwingt mich zu dieser Erkenntnis. Und trotzdem. Eins ist gewiß, der menschliche Geist, die menschliche Seele ist etwas Gewaltiges. Es kommt nur darauf an, sie zu erkennen, zu wecken und zu pflegen, den Menschen zum Bewußtsein der in ihm wohnenden Kraft zu bringen. Nicht umsonst werden in einer Zeit wie der unseren zuerst dem Geist Fesseln angelegt, man versucht ihn, wenn möglich, zu vertilgen und will uns einreden, der Körper, die rohe Leibeskraft, der Sexus, die stumpfe Masse verdiene den Vorrang. Jede Diktatur, jede tyrannische Herrschaft fürchtet die inneren Kräfte, fürchtet unbestechlichen Verstand und echtes Gefühl für Gut und Böse. Denn sie mögen sich nicht unterwerfen. Allenfalls erkennt der entwickelte Geist Gleichberechtigung an, nie wird er sich zu blindem Gehorsam oder kritikloser Gefolgschaft erniedrigen. Darum sucht die Tyrannei ihre Anhänger da, wo weder Geist noch Seele zu finden sind. Sie züchtet den Erfolgsmenschen, den Tatmenschen, der gewaltige Muskeln und eine gewaltige Zeugungskraft hat, doch beides nur in materieller Beziehung, denn seine Herzensund Geisteskraft stehen hinter der des Tieres zurück."

Der Apotheker schwieg und nahm einen bedächtigen Schluck aus seinem Glas. Doch ehe er weitersprechen konnte, fiel der Professor ein. Sein runder Kopf mit der dichten weißen Mähne war kampflustig vorgestreckt, seine Augen leuchteten wie die eines Jünglings. „Aber die Rechnung geht nicht auf", sagte er und zupfte eine Saite auf seinem Cello, daß sie dunkel tönte. „Es gelingt ihnen nicht. Und das merken sie auch. Diese Brut, die sie sich da aufzüchten, bringt sich gegenseitig um, und sie müssen ihre eigenen Leute umbringen, ehe sie von ihnen verschlungen werden. Sie taugen nichts. Die anderen aber, die mit der Seele und dem Geist, die sind zäh und elastisch. Und es sind mehr, viel, viel mehr, als jeder Diktator sich träumen läßt. Der Mensch ist ein merkwürdiges Wesen. Ich wette, so wie wir hier sitzen und musizieren und reden, so sitzen heute viele Menschen in Deutschland beieinander."

„Die stille Macht", sagte der Apotheker.

„Du machtest vorhin einen Unterschied zwischen dem Notwendigen und dem Schönen", fuhr der Professor fort, „nun, ich sage, es gibt viele Menschen, für die das Schöne wirklich das Notwendige ist. Und so was sitzt fest, ist unverlierbar. Ich kann in dieser Zeit alles verlieren, mein Hab und Gut, mein Haus, mein Bett, aber ich kann niemals verlieren, was ich in mir trage. Daß ich Bücher liebe,

Musik, Kunst, das kann mir niemand nehmen, weil ich es wahrhaft besitze. Und es gibt einen großen Trost: wenn alles vorbei sein wird und wenn dann menschliche Herzen noch schlagen, so wird man dieses Trio von Mozart wieder spielen, man wird Bücher lesen, Bilder betrachten, man wird diese liebliche Landschaft hier sehen und sie lieben. Vielleicht wird man diese Dinge dann noch viel mehr lieben und wird sie besser hüten."

Carsten lächelte ein wenig. Wie sie sich begeistern konnten, diese beiden alten Männer mit ihren jungen, schönheitsdurstigen Herzen. Aber wußten sie denn genau, was vor sich ging? Er hatte in den Abgrund der Menschheit gesehen, er wußte, wie schnell Geist und Herz vor der Gewalt der rauhen Wirklichkeit kapitulierten. War es denkbar, daß jene Männer, die einmal heimkommen würden aus Rußland, aus der Hölle dieses Krieges, war es denkbar, daß sie das Schöne, das Gute und Edle noch lieben würden? Daß sie bereit waren, es zu suchen und zu bewahren, wenn sie es fanden?

Und doch, in der Tiefe seines Herzens, dieses unbegreiflichen, eigensinnigen Herzens, war er geneigt, daran zu glauben. Trotz allem. Trotz allem.

„Aber eins wollen wir nicht vergessen", fügte der Professor lebhaft hinzu, „was zum Schönsten und Liebenswertesten gehört, das diese Erde trägt." Er stand auf und hob sein Glas. „Die Frauen. Die wirklich guten Frauen, die Herz und Geist und liebreiche Hände haben. Hände, die solch ein Weihnachtsfest bereiten können. Auch sie werden weniger in unserer Welt. Um so dankbarer müssen wir sein, daß wir eine in unserer Mitte haben, daß wir sie kennen und verehren dürfen. Frau Josefine, ich trinke auf Ihr Wohl."

Sie stießen alle mit Josefine an, die wie ein junges Mädchen errötete.

Carsten beobachtete sie lächelnd. Wie jung sie aussah, wie anmutig. Sie trug ein Kleid, das er noch nie an ihr gesehen hatte, es war aus blauem Samt und fiel weich an ihrer schmalen Gestalt hinab. Wie hübsch sie war, Josefine, seine geliebte Freundin.

Eigentlich erst seit kurzer Zeit begann er in ihr die Frau zu sehen. Es war die letzte Phase der Gesundung, nach der körperlichen und geistigen, die menschliche und männliche zugleich. Und es war auch die Heilung der ältesten Wunde, jener Wunde, die Katarin ihm geschlagen hatte.

Katarin begann das Jahr 1944 in übler Verfassung. Seit dem vergangenen Frühjahr hatte sie Schlimmes erlebt. Sie war nach einer kürzeren Tournee nach Berlin zurückgekehrt, in ein Berlin, das nun unter ständig schwereren Luftangriffen litt und allmählich die so lang bewahrte Lebensfreude verlor. Trostlos und müde erschien die einst so lebendige Stadt, verzweifelt und niedergedrückt die Menschen.

Sie verpflichtete sich bald für eine größere Tournee, doch ehe die Reise begann, bekam sie eines Tages heftige Leibschmerzen. Der Arzt stellte Blinddarmentzündung fest, sie mußte operiert werden. Eine Bauchfellentzündung kam hinzu. Fünf Wochen lag sie in der Klinik, oft der Verzweiflung nahe. Sie hatte nach Hause geschrieben, der Brief kreuzte sich mit einem Schreiben ihrer Mutter, die mitteilte, daß Franz, Friedchens Mann, gefallen war.

Acht Tage später kam Lenchen, die ältere Schwester. Die Schwestern hatten sich lange nicht gesehen, das hatte die Kluft zwischen ihnen eher noch vertieft. Katarin war still und trübsinnig, geschwächt von der Krankheit und der ständigen Angst der Nächte. Lenchen zeigte sich um so angriffslustiger. Sie nahm wenig Rücksicht auf Katarins leidenden Zustand, sparte nicht mit klugen Reden, die stets begannen: „Ich habe es ja immer schon gesagt", als trage Katarin schuld an ihrer Krankheit. Dazwischen klagte sie laut über Friedchens Unglück, erzählte stolz von der Wirksamkeit ihres Otto, der nun die rechte Hand des Karlsburger Kreisleiters geworden war. Natürlich glaubte sie noch fest an einen Sieg und wies alle Einwände in dieser Richtung entrüstet zurück. Bei alledem hatte die stramme Nationalsozialistin Lenchen eine höllische Angst vor Luftangriffen. Als sie den ersten größeren erlebt hatte, war sie einem Nervenzusammenbruch nahe und reiste angstschlotternd schleunigst wieder ab. Katarin atmete erleichtert auf.

Viel zu früh wurde sie aus der Klinik entlassen und mußte zu Hause noch mehrere Wochen liegen, liebevoll gepflegt von Gudrun. In diesem Zustand litt sie natürlich noch mehr als sonst unter den Angriffen, allein die vier Treppen in den Keller hinunter bedeuteten eine Qual.

Erst im Herbst stand sie wieder einigermaßen auf den Beinen. Ihr Geld war restlos aufgebraucht, doch wagte sie es nicht, sich in ihrer schlechten Verfassung für eine neue Tournee zu verpflichten. So nahm sie immer nur kurze Engagements an, die meist in die nähere oder weitere Umgebung von Berlin führten, Gastspiele in Lazaretten, bei Flakeinheiten und in Lagern. Sie war nie länger als zwei, drei Tage unterwegs, kam manchmal noch in der gleichen Nacht zurück. Es war trotzdem sehr anstrengend. Sie sah bejammernswert aus, blaß, überschlank, und sie war so nervös, daß sie oft grundlos weinte.

Natürlich litt ihr Spiel darunter, es fehlte ihm Kraft und Sicherheit. Daher wagte sie es auch nicht, sich um neue Konzertverträge zu bemühen, solange sie sich in so schlechter Form befand. Überhaupt lebte man nur mehr vage von einem Tag auf den anderen oder, besser gesagt, von einer Nacht zur anderen. Pläne zu machen, erschien völlig sinnlos, keiner wußte, ob er den nächsten Morgen noch erleben würde.

Ach, und Berlin! Vor Katarins Augen spielte sich der Untergang der Stadt ab, dieser Stadt, die sie so heiß liebte. Überall traten die Spuren des grausamen Krieges in Erscheinung, ganze Straßenzüge waren dem Erdboden gleichgemacht. Aller Glanz und alle Heiterkeit, das pulsierende Leben begann aus der Stadt zu weichen, um einer grauen Trostlosigkeit Platz zu machen.

Am Abend des 22. November schrillten die Sirenen schon zur Abendbrotzeit, zwischen sieben und acht Uhr. In größter Eile, wie immer jetzt, stürzten sie in den Keller.

Dann brach es über sie herein. Der Angriff war furchtbar, alle Schrecken der Hölle konnten nicht so entsetzlich sein. Zusammengekauert saßen sie im Keller, nichts mehr von Plauderei und munterem Gelächter.

Und dann geschah es. In einer Sekunde stürzte das Haus über ihnen zusammen, so jäh und heftig, daß keiner irgendeinen Eindruck festhalten konnte. Es wurde dunkel, die Luft war erfüllt von Staub, Mörtel und Kalk, der in die Nase, den Mund und in die Augen drang, sie blind machte und zu ersticken drohte. Der Luftdruck hatte alle zu Boden gerissen, und jeder glaubte, das Ende sei gekommen.

Herr Kalunke war der erste, der sich aufraffte. Er zerrte seine Taschenlampe hervor und tastete sich zu der bereitstehenden mit Wasser gefüllten Wanne. Er tauchte sein Taschentuch hinein, preßte es vor Nase und Mund und keuchte: „Wir müssen 'raus hier. Sofort. Die Kellerdecke kann einstürzen."

Und wirklich, nun, da sie wieder zu denken begannen, vernahmen sie das Rieseln und Knistern und Bröckeln über sich, das trotz des irren Lärmes des Angriffs deutlich zu hören war. Es brachte sie schnell auf die Beine. Sie torkelten zur Wanne, machten die Tücher naß und folgten Herrn Kalunke. Der Kellereingang war erhalten, umherliegende Mauerbrocken konnten nach einiger Mühe beiseite geräumt werden. Doch als sie die Kellerstufen emporsteigen wollten, kamen ihnen dicker Rauch und züngelnde Flammen entgegen. Alles drängte zurück, die Frauen schrien auf, es sah aus, als gebe es keinen Ausweg.

Ohne viel Worte dirigierte Herr Kalunke die kopflose Schar zum Notausgang. Durch ein Kellerfenster krochen sie ins Freie. Keinem war etwas geschehen, nur Frau Goldmann fiel in Ohnmacht, als sie draußen war.

„Schnell!" rief Herr Kalunke heiser. „Wir müssen von der Straße 'runter." Denn noch immer tobte der Angriff mit unverminderter Heftigkeit. Das Nebenhaus war auch zerstört, so flüchteten sie in den Hauseingang des übernächsten und standen hier im Hausflur zusammengedrängt, ein unglückliches kopfloses Häufchen.

Katarin hatte einen Blick zurückgeworfen. Die Mauerreste ihres Hauses brannten lichterloh, keine Hoffnung, hineinzukommen und noch etwas zu retten.

Meine Kleider, fuhr es ihr durch den Kopf, meine Noten, meine Bücher, meine Möbel. Vorbei. Verschwunden.

Auch im Hausflur wurde es gefährlich. Das Haus brannte oben, polternd hörten sie den Dachstuhl einstürzen. In einer ruhigen Minute verließen sie auch dieses Haus, überquerten die Straße und suchten in einem anderen Schutz.

Nur Kalunkes waren noch da, die Goldmanns und Katarin mit ihren Freunden, alle wie gelähmt, unfähig einen Gedanken zu fassen. Katarin hielt krampfhaft ihren Koffer umklammert, um ihre Schultern hing, ein Fetzen voller Staub und Dreck, ihr Pelzmantel. Ihre Augen waren entzündet und brannten, ihr Kopf war leer, kein Gedanke, kein Gefühl konnte sich formen.

Kalunke machte den Versuch zu einem Witz, doch seine Stimme brach. Seine Frau hielt, fest an die Brust gepreßt, ihren Liebling, Mimi, die graugestreifte Katze. Das Tier hielt die Augen halb geschlossen, sein Gesichtsausdruck war unergründlich. Katarin ertappte sich dabei, daß sie minutenlang die Katze betrachtete und dabei dachte: Was denkt sie wohl? Versteht das Tier, was vor sich geht? Verachtet es die Menschen? Sicher.

Frau Goldmann wimmerte leise vor sich hin. Ihr Mann stand an die Wand gelehnt und starrte totenblaß ins Leere. Sah er sein Schicksal? Nun, da ihm das letzte Bollwerk genommen war, das ihn vor der Grausamkeit dieser Zeit schützte, seine Wohnung, sein Heim? An seinem Mantel, durch allen Dreck und Ruß hindurch, leuchtete grell der gelbe Stern. Dieser Anblick erfüllte Katarin mit einem wilden Zorn und machte sie wieder lebendig.

„So tun Sie doch den verdammten Fetzen herunter!" stieß sie hervor und wies auf den Stern. „Trennen Sie's ab. Wollen Sie vielleicht jetzt so 'rumlaufen?" Sie lachte höhnisch auf. „Vor den Bomben sind wir alle gleich, das kann nicht einmal unser großer Führer verhindern. Die erschlagen Arier und Nichtarier unbesehen. Alles in einem. Es verreckt sich arisch auch nicht leichter."

Herbert stieß sie warnend an. Herr Goldmann sah sie verwirrt und unsicher an. Doch Herr Kalunke sagte entschieden: „Das Fräulein hat recht. Trennen Sie's 'runter. Ick gloobe, ick hab 'ne Rasierklinge."

Er kramte in seiner Tasche und brachte wirklich eine Rasierklinge zum Vorschein. Katarin hielt die Taschenlampe, und der Hausmeister Kalunke trennte dem Juden Goldmann den gelben Stern vom Mantel.

„Ich weiß nicht...", sagte Herr Goldmann unsicher.

„Im Moment ist es besser", entschied Katarin. „Später können Sie immer noch sagen, Sie haben in der Eile einen falschen Mantel erwischt. Im übrigen glaube ich, daß denen bald die Lust vergehen wird, sich mit solchen Albernheiten zu befassen."

Der Angriff hatte seinen Höhepunkt anscheinend überschritten, so wagten sie sich auf die Straße. Ringsum brannte es, man hörte Poltern und Krachen, Knistern und Knacken, und dazwischen das Einstürzen der Häuser und die Schreie der Menschen. Der Feuersturm raste brausend durch die Lüfte, es war so heiß, daß man nicht atmen konnte.

„Wir müssen fort von hier!" schrie Herbert. „Hier kommt man sonst noch um."

Er nahm das Kind auf den Arm, Gudrun faßte nach dem Koffer. Zu dritt hasteten sie vorwärts. Doch schon ein Stück weiter mußten sie umkehren, ein eingestürztes Haus versperrte die ganze Straße. Feuer lohte ihnen entgegen. Also zurück. Mit Mühe kamen sie bis zur nächsten Ecke und bogen in eine Seitenstraße ein, vorwärts gejagt von wildem Entsetzen. Auch hier Feuer, Feuer, Feuer. Brände, so ungeheuerlich, daß sie bis zum Himmel zu reichen schienen. Auf den Straßen Mauerbrocken und Steintrümmer. Und dazwischen irrende, schreiende Menschen. Plötzlich zischte dicht vor ihnen eine meterhohe grelle Flamme auf, eine Phosphorbombe, die nachträglich explodierte. Sie schrien entsetzt auf und liefen zurück.

Es schien, als wären sie in dieser Straße gefangen, vor ihnen und hinter ihnen brannte es, und vor ihren entsetzten Augen stürzte der größte Teil eines hohen Eckhauses zusammen, glühende Trümmer flogen weit durch die Luft.

„Wir kommen nie hier 'raus", weinte Gudrun, „wir müssen verbrennen!"

Sie irrten weiter. In eine Straße hinein und wieder zurück, wenn das Vorwärtskommen unmöglich war. Bald kannten sie sich in der vertrauten Gegend nicht mehr aus. Die schaurige Nacht veränderte alles.

Erschöpft lehnten sie sich an eine Hauswand, ihre Augen rot entzündet von Ruß und Rauch, die Luft war glühend heiß, jeder Atemzug brannte in den Lungen.

„Sie haben das ganze Viertel zugedeckt", sagte Herbert. „Diese verdammten Schweine. Auf offene Städte, auf Frauen und Kinder."

Sie hetzten weiter, ohne Ziel, ohne Plan. Der langgezogene Ton der Sirene kündigte die Entwarnung an. Doch für sie brachte er heute keine Heimkehr in eine Wohnung, in ein Bett.

Endlich kamen sie an eine U-Bahn-Station und hasteten die Stufen hinunter. Das Bild, das sich ihnen hier bot, glich einem Inferno. Der breite Bahnsteig war ein Meer von Menschen, da lagen, standen und saßen die Opfer dieser Nacht, stumpf, noch betäubt von Grauen, unfähig zu fassen, was ihnen geschah. Sanitäter und Schwestern waren am Werk, ein paar Polizisten suchten notdürftig Ordnung zu schaffen.

Herbert breitete seinen Mantel auf den Boden und legte das weinende Kind darauf, auch die drei Erwachsenen sanken zu Tode erschöpft auf dem Steinboden nieder.

Schließlich hob Katarin den Kopf und sah sich um. Doch was sie da sah, dieses Elend, war so schrecklich, daß sie die Hände vors Gesicht schlug und in verzweifeltes Weinen ausbrach.

Herbert schüttelte sie heftig. „Katarin, nimm dich zusammen. Wir dürfen die Nerven nicht verlieren."

Sie blickte auf. Sein Gesicht war schwarz verschmiert, die Augen rot und tränend, Haare und Kleidung dick verklebt mit Ruß und Schmutz. Ich sehe genauso aus, dachte sie und fühlte nach ihrem Haar, von dem das Tuch gerutscht war, das sie darübergebunden hatte. Das Haar war steif wie ein Brett.

„Natürlich nicht", sagte sie ruhig zu Herbert. „Es ist schon vorbei. Was machen wir nun?"

Das wußte er auch nicht.

Katarin versuchte in ihre Gedanken Ordnung zu bringen. Nun war sie also ausgebombt. Nie hatte sie gedacht, daß ihr das auch passieren würde. Und wenn sie nun tot wäre! Das Haus war ja zusammengestürzt, noch immer hörte sie das Geräusch, fühlte die Bewegung über ihrem Kopf. Hätte die Decke nicht gehalten, wären sie nun alle tot. Sie grub die Zähne in die Unterlippe, um einen Aufschrei zu unterdrücken. – Ich darf nicht hysterisch werden, dachte sie, ich muß ruhig bleiben. Ruhig!

Sie wußte nicht, wieviel Zeit verging. Das Kind schlief auf seinem harten Lager, Gudrun lehnte den Kopf an Herberts Schulter und schloß die Augen.

Noch immer kamen neue Menschen herunter auf den Bahnsteig, obwohl kein Platz mehr war. Alle hatten sie diese stumpf betäubten Gesichter. In ihrer Nähe stöhnte eine Frau. Sie war verletzt und konnte sich nicht aufrichten. Katarin versuchte, sie nicht zu sehen und zu hören, doch immer wieder kehrte ihr Blick zu dem blassen schmerzverzogenen Gesicht zurück. Zwei Kinder saßen ratlos und weinend um die Liegende.

Das ist nun die Wirklichkeit des Krieges, dachte Katarin erbittert, da erzählen sie uns immer, die Männer müssen Soldat werden, um Frauen und Kinder zu schützen. Wenn jeder Mann sich von Anfang an geweigert hätte mitzumachen, dann wären wir heute besser beschützt.

Durch die Menge drängte sich ein Mann zu der Verwundeten. Katarin erkannte einen Bewohner ihres Hauses, einen der Brüder, die im zweiten Stock gewohnt hatten. Er beugte sich zu der Verletzten herab und gab ihr etwas zu trinken. Als er sich aufrichtete, sah er Katarin und winkte ihr zu.

„Sind Sie auch hier gelandet? Alles wohlauf? Niemand etwas passiert?" Er kam zu ihnen und setzte sich neben sie auf den Boden, auch er war schwarz und schmutzverkrustet, sonst aber gefaßt und ruhig.

„Ach, Herr Kroll!" sagte Katarin verzweifelt, und Tränen rollten ihr über die schmutzigen Wangen.

Er klopfte ihr beruhigend auf den Rücken. „Na, na, Fräulein Brugge, nur die Nerven nicht verlieren. Das ist nun mal alles drin in den großen Zeiten. Hier, trinken Sie einen Schluck, das ist im Moment das Brauchbarste, was ich zu bieten habe."

Katarin faßte die Kognakflasche mit der zitternden Hand und nahm einen tiefen Schluck, dann gab sie die Flasche an Gudrun und Herbert weiter.

„Wo ist denn Ihr Bruder?" fragte Herbert.

„Wir haben uns verloren. Aber der findet sich schon zurecht. Sobald man hier 'raus kann, gehe ich zu Bekannten, da wird er wohl auch hinkommen. Vorausgesetzt, daß die noch eine Wohnung haben."

Plötzlich heulte draußen wieder die Sirene. Verstört sahen sie sich an. Waren die Schrecken dieser Nacht noch nicht vorüber? Kam noch ein Angriff, auf die von Bränden hellerleuchtete Stadt?

Kurz darauf ging es wieder los. Heulen und Krachen und dazwischen das Geknatter der Flak. Katarin saß eng in sich zusammengerollt. Nur mit größter Anstrengung konnte sie sich davor bewahren zu schreien. Zu schreien, laut, wild und hemmungslos. Wenn eine Bombe die Decke des U-Bahnhofes durchschlug und in diesen riesigen Leib von Menschen traf!

Diesmal dauerte es nicht lange, dann wurde es wieder ruhig. Etwas später versuchte Katarin mit Herrn Kroll auf die Straße zu gelangen. Sie drängten sich durch die Menge und stiegen die Stufen hinauf. Doch es war unmöglich, den Bahnhof zu verlassen. Glühendheiße Luft schlug ihnen entgegen, Funken flogen im Feuersturm auf sie zu. Die ganze Gegend schien ein einziger Brandherd zu sein.

„Wir sind hier unten gefangen", sagte Katarin mutlos. „Wir können nicht hinaus. Wir werden geröstet wie ... wie ..."

„Wie die Kaffeebohnen", half Herr Kroll freundlich aus. „Nur mit der Ruhe, liebes Kind. Wir werden schon hinauskommen. Ich hab' mir vorgenommen, diesen Krieg zu überleben und das Ende von denen mit anzusehen. Das führe ich durch."

Sie wußten nicht, wieviel Stunden vergingen. Langsam kam Bewegung in die Menge. Irgendeiner hatte angefangen, die anderen machten es nach. Die Menschen begannen, da sie nicht auf die Straße konnten, sich im U-Bahn-Schacht vorwärtszubewegen. Man mußte versuchen, auf einen anderen Bahnhof zu gelangen, vielleicht war dort die Gegend nicht so schwer getroffen und man konnte wenigstens ins Freie.

Katarin wickelte sich den Pelz um die Schulter, nahm den Koffer auf. Sie war todmüde und meinte keinen Schritt gehen zu können. Aber sie ging. Mit all den anderen Menschen tapsten sie in dem Schacht entlang, von Schwelle zu Schwelle. Ein endloser Weg, die Strecke, die man sonst in Windeseile durchflog, schien kein Ende zu nehmen.

Doch einmal erreichten sie den nächsten Bahnhof. Hier war es besser. Zwar war die Decke des Bahnhofes durchschlagen, doch die Treppe war geblieben, man konnte hinauf.

Auch hier hatte die Nacht wüste Verheerungen angerichtet. Sie standen auf dem Platz und sahen sich um. Die Luft war klebrig von Rauch und Ruß, über den zerstörten Häusern dämmerte das erste Morgengrauen.

In einem Kino in der Nähe hatte man ein Sammellager für Ausgebombte eingerichtet. Hier saßen sie wieder stundenlang auf dem Boden, zu müde, um irgend etwas zu unternehmen.

Plötzlich tauchte Herrn Krolls Bruder auf und brachte – Gott mochte wissen, woher – ein Paket mit Wurst und Brot und eine neue Flasche Kognak. Heißhungrig aßen sie und tranken die Flasche leer.

Das regte ihre Lebensgeister wieder so weit an, daß sie zu überlegen begannen, was nun geschehen solle.

Gudrun wäre am liebsten gleich nach Hause gefahren.

„Das schlagen Sie sich man aus dem Kopf", meinte Herr Kroll, „auf den Bahnhöfen kann heute keine Stecknadel zu Boden. Wenn Sie einen Zug besteigen wollen, müssen sie erst drei andere Leute totschlagen. Mit dem Kind ist es unmöglich."

Herbert schlug vor, zu den Eltern eines Freundes zu gehen. Der Freund war schon vor längerer Zeit gefallen, die Eltern liebten Herbert wie einen zweiten Sohn.

Katarin überlegte, wohin sie sich wenden sollte. Zu Anger? Ach nein, nicht in diesem Zustand. Dann fiel ihr Luisa ein. Ja, Luisa war richtig.

Mutterseelenallein taumelte sie etwas später durch die Straßen, den Koffer mehr hinter sich herziehend als tragend. Sie war müde und stumpf, dazu benebelt von dem rasch getrunkenen Kognak, daß sie kaum etwas von dem sah, was um sie vorging. Sie stolperte über Mauerbrocken, umging Brandherde und versperrte Stellen, sie ging blicklos und fühllos Richtung Halensee.

Die Straßen waren voller Menschen, es wurde gelöscht, gegraben, gesucht. Unter vielen Häusern lagen Verschüttete, Rettungskommandos waren am Werk, um meist Tote, selten noch Lebende auszugraben. Oft auch mußten sie aufhören, weil das glühende Gestein die Arbeit unmöglich machte.

Luisa war zu Hause. Als das Mädchen ihr Katarin meldete, kam sie herbeigestürzt, rosig und duftend, in einem eleganten Morgenrock.

„O Liebling!" rief sie. „Kat, mein armes Herz, das ist ja furchtbar. Ist alles hin?"

„Alles", erwiderte Katarin gleichgültig.

„Wie du aussiehst. Komm herein, du kannst gleich baden."

Luisa war rührend um sie besorgt. Sie wies das Mädchen an, ein Bad einzulassen, half Katarin aus den schmutzigen Sachen. Nach dem Bad stand heißer Bohnenkaffee bereit, Eier und Schinken, Kognak und Zigaretten.

Katarin, in einen von Luisas prachtvollen Morgenröcken gehüllt, um die nassen Haare ein Tuch gewickelt, ließ sich erleichtert in einen Sessel sinken. Nachdem sie gegessen und vier Tassen Kaffee getrunken hatte, fühlte sie sich besser und konnte von den Ereignissen der Nacht berichten.

„Alles kaputt", sagte Luisa bedauernd, „deine hübschen Kleider, das Pelzcape. Was hast du denn gerettet?"

„Nichts als den Koffer."

Sie machten sich ans Auspacken. Die Sachen waren alle schmutzig, der Staub und Mörtel des zusammenkrachenden Hauses war durch alle Ritzen gedrungen. Das wenige, was blieb, breitete Katarin auf dem Boden aus. Zwei Kleider, ein Kostüm, einen Rock, ein paar Blusen, etwas Wäsche und zwei Paar Schuhe.

„Na, laß nur", meinte Luisa, „Wäsche und so was kannst du von mir haben, ich habe mehr als genug. Und Stoffe kann ich dir besorgen, ich habe einen Bekannten, der hat prima Beuteware. Ein paar Bezugscheine wirst du ja auch bekommen."

Schließlich bettete sie Katarin auf die Couch im Salon und ließ sie allein.

Katarin schlief bis zum späten Nachmittag. Als sie erwachte, brauchte sie eine Weile, bis sie sich das Geschehene ins Gedächtnis zurückgerufen hatte. Nun hatte sie also kein Heim mehr und war arm wie nie zuvor.

Zu dritt aßen sie zu Abend. Der Major war reizend zu Katarin und bat sie, sich bei ihnen ganz zu Hause zu fühlen. Dann erzählte er, was in dieser Nacht alles in Berlin passiert war. Es war der schlimmste Angriff bisher.

Kaum hatten sie gegessen, da ertönte die Sirene wieder. Katarin konnte sich nur mit Mühe von einem hysterischen Ausbruch zurückhalten. Zusammengekauert saß sie im Keller, jeden Augenblick hatte sie das Gefühl, die Decke über ihrem Kopf stürze zusammen.

Auch in den beiden nächsten Nächten wiederholten sich die schweren Angriffe. In der letzten Nacht brannte in ihrem Haus der Dachstuhl, sie begannen schon die Wohnung auszuräumen, als sie des Feuers Herr wurden und die Flammen löschen konnten.

Als die vier Tage des Schreckens vorüber waren, lag Berlin wie in einer Betäubung. Ungezählte Menschen waren obdachlos geworden, viele in den Flammen und unter eingestürzten Häusern ums Leben gekommen.

„Das kann doch nicht so weitergehen", sagte Katarin zu dem Major. „Sagen Sie selbst, das kann doch nicht so weitergehen. Die schmeißen ja ganz Deutschland kaputt. Warum geben wir nicht auf? Wir haben den Krieg verloren, das ist doch klar. Warum dann dieses sinnlose Sterben, diese wahnwitzige Zerstörung noch fortsetzen?"

Der Major blickte ratlos drein. Er war ein vielfach ausgezeichneter Offizier, er war ein anständiger, gutgesinnter Mann, bei alledem saß er noch an leitender Stelle. Was sollte er dazu sagen! Er war kein übler Nazi, kein Opportunist, kein schlechter Mensch, er war ein aufrechter, vaterlandsliebender Mann, einer von der Sorte, die es in diesem Lande immer gegeben hatte und die man schätzen mußte. Und für ihn würde eine Welt zusammenstürzen, seine Welt, wenn alles so zu Ende ging, wie es den Anschein hatte. Er war nicht verbohrt genug, um Katarins Fragen das Wort vom Endsieg entgegenzusetzen, wie es seine Pflicht gewesen wäre, denn er glaubte selbst nicht daran.

Zunächst blieb Katarin bei Luisa, obwohl ihr klar war, daß dies auf die Dauer nicht gehen würde. Meist kam sie spät zu Bett, denn Luisa empfing viel Besuch. Zum erstenmal hatte Katarin keinen Spaß am gesellschaftlichen Leben, stumm und bedrückt saß sie dabei, gegenüber der brillanten Luisa empfand sie sich als armseliges, heimatloses Geschöpf.

Kurz vor Weihnachten traf sie Herbert einmal, der seine Rückkehr nach Berlin vorbereitete. Er hatte eine Stellung bei einem bekannten Bühnenbildner in Aussicht und bei seinen Schwiegereltern mochte er nicht bleiben.

„Du weißt, ich bin ein verträglicher Mensch", sagte er. „Aber habe ich es nötig, mich wie einen Schuft behandeln zu lassen? Ich kann ja nichts dafür, daß Krieg ist und die Zeiten so ungewiß sind. Aber die Leute, die sitzen in der Kleinstadt, gehören dort zur guten Gesellschaft und bilden sich entsprechend was ein. Wenn es nach denen gegangen wäre, dann hätte Gudrun einen höheren Beamten oder irgendso etwas heiraten müssen. Aber wenn ich auch durch den Krieg meine Stimme und meine Gesundheit verloren habe, so lasse ich mir noch lange keinen Minderwertigkeitskomplex einreden. Gewiß, sie ist Gudruns Mutter. Sie läßt sich Frau Regierungsrat titulieren und gibt mächtig an. Und trotzdem, meine Mutter war nur eine einfache Frau, doch was Takt und Bildung und gute Manieren sind, das wußte sie."

Katarin hörte sich das verständnisvoll an. Offenbar tat es Herbert gut, sich das alles mal vom Herzen zu reden. Vermutlich mochte er mit Gudrun nicht so offen darüber sprechen, um ihre Gefühle nicht zu verletzen.

„Jaja, ich kenne das alles", antwortete Katarin ihm seufzend. „Die Kleinstadt sieht von außen so romantisch aus, und in Romanen beschreibt sie sich so idyllisch. Aber wenn man nicht in das Schema paßt, so ist es schwer, unter richtigen Kleinstädtern zu leben. Denkst du, ich wäre noch hier, wenn es mir nicht grausen würde, nach Karlsburg zurückzukehren? Unterzukriechen gewissermaßen. Denn die werden nicht sagen: Aha, sie kommt, weil es in Berlin jetzt so gefährlich ist und weil sie ausgebombt ist. Nein, sie sagen: Sieh mal an, da ist sie wieder, klein und häßlich. Hat sie also doch Schiffbruch erlitten, das gute Kätchen."

Mit gegenseitigem Verständnis nickten sie sich zu.

„Bei mir ist es wenigstens mein Elternhaus", fügte Katarin hinzu, „wenn ich auch weitgehend fremd dort geworden bin. Aber mit Schwiegermüttern ist das wohl eine besondere Sache."

„Meine ist jedenfalls eine Schwiegermutter, wie sie im Buche steht. Mir wär's ja Wurscht, ich würde denken, rutsch mir den Buckel 'runter. Aber Gudrun! Sie grämt sich und weint immerzu, versucht zu vermitteln und macht sich ganz klein, ich kann es schon nicht mehr mit ansehen."

„Und was nun?"

„Zunächst werde ich bei den Eltern meines Freundes wohnen. Gudrun soll besser mit dem Kind draußen bleiben. Vielleicht wird sich die Alte beruhigen, wenn ich nicht mehr da bin. Vielleicht finde ich bald eine Stellung in einer anderen Stadt, dann wird man weitersehen. Und schließlich muß doch dieser ganze Dreck mal aufhören. Es m u ß doch mal Schluß sein mit dem Krieg."

„Ja", sagte Katarin, „es muß mal Schluß sein."

Im Januar fand Katarin ein Zimmer. Es war einfach, alt und abgewohnt, die Wirtin, nicht sehr sympathisch, begann gleich aufzuzählen, was das Fräulein alles nicht dürfe. Katarin hörte sich alles widerspruchslos an. Sie wunderte sich nur im stillen, daß es noch immer Leute gab, die so weiterlebten, als habe sich nichts geändert. Dachte die Frau nicht daran, daß vielleicht schon heute nacht ihre Wohnung samt dem möblierten Zimmer durch eine Bombe in die Luft fliegen könnte?

Auch Anger wollte Berlin verlassen. Er hatte demnächst eine Reihe von Konzertverpflichtungen in Wien und spielte mit dem Gedanken, nicht zurückzukehren.

„Ich sage dir ehrlich, Katarin, ich habe es satt hier. Warum soll man abwarten, bis man erschlagen wird? Meine Frau hat eine Schwester in Salzburg, die hat uns eingeladen, zu ihr zu ziehen. Ich könnte mich krankmelden und bis auf weiteres dort bleiben."

Katarin gab es einen Stich ins Herz. Er verließ sie also auch, der einzige Mensch, bei dem ihr einsames Herz Zuflucht gesucht hatte.

Er mußte wohl die Enttäuschung in ihren Augen lesen, denn er sagte: „Ich würde dir auch raten, für einige Zeit von hier zu verschwinden. Wenn man nicht unbedingt muß, braucht man sich der Gefahr ja nicht auszusetzen."

„Wo soll ich denn hin?"

„Na, am besten doch nach Hause, nicht?"

„Nach Karlsburg?"

„Die paar Monate, die der Krieg noch dauert, wirst du es schon aushalten. Hauptsache, man bleibt gesund und lebendig. Man bleibt übrig, wie die Berliner sagen. Nachher wird man weitersehen."

„Nachher? Ich kann mir kein Nachher vorstellen. Wie soll das Leben überhaupt weitergehen?"

„Es geht immer weiter. Sonst wäre die Menschheit schon längst ausgerottet. An Versuchen daran hat's nicht gefehlt."

Als Katarin sich verabschiedete, zog er sie, seit langem wieder einmal, in die Arme. „Leb wohl, meine kleine Katarin. Mach's gut, falls wir uns längere Zeit nicht sehen sollten. Paß auf, daß dir nichts passiert."

„Ach, Herr Professor!" sagte sie und sah ihn mit Augen voller Tränen an. Die ganze wehe Unerfülltheit dieser Liebe belastete ihr Herz mit Traurigkeit und Schmerz.

Er küßte sie behutsam. „Weine nicht. Das Leben ist nun mal eine üble Sache. Besonders in diesen Zeiten." Er umschloß ihr Gesicht mit beiden Händen und sagte leise: „Ich weiß, daß ich dich enttäuscht habe, Katarin. Aber glaub mir, es war besser so. Ich bin zu alt, um noch einmal neu anzufangen. Ich bin alt und daher egoistisch und skeptisch und voller Bedenken. Für ein Abenteuer warst du mir zu schade. Vielleicht ist es dumm von mir gewesen. Aber so kann ich wenigstens mit gutem Gewissen an dich denken. Wenn der Krieg vorüber ist, werden wir uns wiedersehen. Und wieder tüchtig arbeiten, ja?"

Katarin nickte, während ihr die Tränen über die Wangen rollten. Sie hätte ihm soviel zu sagen gehabt. Aber es war ja nun sinnlos. Sollte sie ihm sagen, es wäre ihr lieber gewesen, wenn er weniger Rücksicht genommen, bedenkenloser gehandelt und sie dadurch glücklicher gemacht hätte?

In tiefer Depression verbrachte sie die nächsten Tage. Dann kamen Gudrun und Herbert nach Berlin. Gudrun half ihm, seine Bude einzurichten. Katarin besuchte sie.

Gudrun war bedrückt. „Ich bin so unglücklich, daß wir uns trennen müssen", klagte sie. „Wir haben so glücklich zusammen gelebt. Es war so hübsch in unserer Wohnung, nicht? Was wird er denn machen, so allein, mit seiner schwachen Gesundheit. Ich werde keine ruhige Minute haben. Und bei mir zu Hause! Ach Katarin, ist es nicht fürchterlich, ich vertrag' mich mit meinen Eltern gar nicht mehr. Sie sind so kleinlich und engstirnig. Und so häßlich zu Herbert. Dabei ist er der beste und liebste Mensch."

Katarin tröstete sie, so gut es ging. Die beiden waren ihr ans

Herz gewachsen, die gemeinsam erlebten Gefahren und Ängste verbanden sie eng mit ihnen.

Sie verabredete sich mit Gudrun für den nächsten Nachmittag zu einem Kinobesuch und ging nach Hause in ihr trübseliges, schlechtgeheiztes Zimmer.

In der Nacht kam ein heftiger Angriff. Wann endlich würden die gequälten Nerven versagen, dachte Katarin, als sie allein, zusammengekauert, in einer Ecke des Luftschutzkellers hockte, unter ganz fremden Menschen. Daß ein Mensch das alles aushalten konnte! Aber nie mehr, nie mehr werden wir das aus uns herausbringen, dachte sie, wir werden alle einen Knacks behalten, wir werden früh altern und schwache Nerven haben, wir, des großen Führers angeblich so heiß geliebte Jugend.

Am nächsten Nachmittag wartete sie am Zoo vergeblich auf Gudrun. Natürlich bekam sie es sofort mit der Angst und fuhr schnurstracks zur Wohnung der Freunde.

Was sie dort sah, raubte ihr die letzte Fassung. Das Haus war in dieser Nacht total zerstört worden, nur rauchende Trümmer waren noch vorhanden. So war das unglückselige junge Paar zum zweitenmal ausgebombt, und die zarte Gudrun hatte die Schrecken einer solchen Nacht noch einmal erleben müssen.

Doch was sie kurz darauf hörte, ließ sie in eisigem Entsetzen erstarren. Keiner der Bewohner des Hauses war gerettet worden, 32 Personen hatten die zusammenstürzenden Mauern unter sich begraben, Gudrun und Herbert gehörten dazu.

Ein mit Grabungsarbeiten beschäftigter Soldat teilte ihr dies mit und fügte hinzu: „Ein paar haben wir schon 'rausbekommen. Die meisten sind nur noch eine unkenntliche Masse, man kann gar nicht erkennen, daß das mal ein Mensch war. Jedenfalls tot sind sie alle."

Katarin starrte ihn an, unfähig, zu denken oder zu sprechen. Die graue, rauchende Straße drehte sich vor ihren Augen, Übelkeit stieg in ihr auf und ohne einen Laut von sich zu geben, sank sie plötzlich zu Boden. Der Soldat beugte sich bestürzt zu ihr herab und rief nach seinen Kameraden. Doch als sie Katarin aufheben wollten, kam sie schon wieder zu sich. Sie lehnte jede weitere Hilfe ab und ging mit steifen, unbeholfenen Beinen fort von dieser Stätte des Grauens.

Stundenlang war sie wie betäubt. Immer nur sah sie ein Bild. Gudrun und Herbert, dicht aneinandergedrängt, und die schweren Steinbrocken, die auf sie niederschlugen. Und wie sie dann lagen unter diesen Steinen, stöhnend, eingequetscht, langsam verblutend unter furchtbaren Qualen.

Das Bild war so entsetzlich, daß Katarin meinte, den Verstand zu verlieren. Sie saß in ihrem Zimmer, den Kopf zwischen die Hände gepreßt und sah immer wieder dasselbe. Und dazwischen flüsterte sie vor sich hin: „Lieber Gott, laß es schnell gegangen sein! Lieber Gott, mach, daß sie gleich tot waren und nicht gelitten haben! Lieber Gott, laß sie gleich tot gewesen sein!"

An Schlaf war natürlich nicht zu denken. Spät in der Nacht kamen die Tränen, ein Weinkrampf schüttelte sie so heftig, daß sie in die Kissen beißen mußte, um ihre Wirtin nicht zu wecken.

Am nächsten Tag benachrichtigte sie Gudruns Eltern, nicht ohne den erbitterten Gedanken, daß sie selbst schuld waren an dem Tod der jungen Leute. Hätten sie die Tochter und Herbert besser behandelt, wären sie sicher bei ihnen geblieben.

Ach, und das Kind, das kleine Mädchen, gerade erst ein Jahr alt. Es würde aufwachsen ohne Mutterliebe, ohne Vater, und hatte doch so eine zärtliche Mutter, so einen guten Vater gehabt.

Das schreckliche Ereignis gab Katarin den Rest. Sie schlief nicht mehr, war nervös und niedergeschlagen, wie betäubt, unfähig, zu arbeiten oder zu einem Entschluß zu kommen.

Dann kam wieder ein schwerer Angriff, bei dem das Haus, in dem sie jetzt wohnte, in den oberen Stockwerken ausbrannte. Nun konnte sie nichts mehr in Berlin halten. Sie stopfte ihre gesamte Habe in den einzigen Koffer und in einen Pappkarton und machte sich an die schwierige Aufgabe, einen Platz in einem Zug zu finden, der nach Süden fuhr. Es war nicht ganz einfach.

Schließlich aber rollte sie von Berlin fort, zusammengepfercht im Gang stehend, in einer Art stumpfsinniger Ergebenheit, keiner Empfindung mehr fähig.

So kam Katarin wieder nach Hause.

## Intermezzo

Katarins Heimkehr erregte in Karlsburg keineswegs so viel Aufsehen, wie sie befürchtet hatte. Dazu war das Leben im Städtchen jetzt zu abwechslungsreich. Außer den ständig stationierten Militäreinheiten gab es nun ein Schulungslager für irgendwelche Spezialausbildung, es gab in der Nähe der Stadt eine Jugendschule nationalsozialistischer Prägung, es gab ein großes Lazarett, ein Genesungsheim und, nicht weit von Karlsburg entfernt, ein Gefangenenlager. Die Stadt wimmelte von Soldaten und Offizieren, jede halbwegs ansehnliche Frau konnte Verehrer haben, soviel sie wollte. Als es wärmer wurde, sah man erst richtig, wie weit dieser muntere Betrieb im braven Karlsburg gediehen war. Abends traf man fast an jeder Ecke küssende Pärchen, in den Anlagen und im Stadtpark war jede Bank besetzt. Und es blieb nicht bei Küssen in der Dämmerung. Die ältere Generation regte sich zwar darüber auf, doch das nützte wenig. Der Krieg brachte eine Zügellosigkeit mit sich, die alle Dämme durchbrach. Von Staatsseite wurde das eher noch gefördert.

Katarin staunte. Sie staunte über das, was sie sah und hörte, und über die veränderten Anschauungen alter Freundinnen und Bekannter. Auch äußerlich hatten sich die Karlsburgerinnen verändert, sie benutzten nun freigebig Puder, Lippenstift und Nagellack, und manche färbten sich sogar die Haare.

Katarin kümmerte sich um das muntere Treiben überhaupt nicht. Da sie auf der Straße niemanden ansah und kein Lächeln erwiderte, schloß sie auch keine Bekanntschaften. Es reizte sie nicht, zu tun, was alle taten. Und da sich den Männern jetzt überall so viele willige, entgegenkommende Frauen boten, ja, da es fast schon zum guten Ton gehörte, einem Soldaten nicht nein zu sagen, bemühte sich weiter niemand um sie, man nannte sie hochmütig und eingebildet.

Gelegentlich kam dieses Thema zwischen ihr und ihrer Mutter einmal zur Sprache.

„Du überraschst mich eigentlich immer wieder", sagte die Mutter. „Ich habe mir große Sorgen um dich gemacht, weil ich dachte, du seiest leichtsinnig und ein wenig unbedenklich. Ich bin erstaunt, daß du in diesem Punkt so – so – anständig denkst."

Katarin lächelte. „Ach Mum, du siehst das alles so einseitig. Das, was hier getrieben wird, das ist billig. Im Grunde bedeutungslos, aber verheerend in der Wirkung, denn es zerstört die schönen Dinge, die Gefühls- und Erlebnissubstanz im Menschen, besonders bei einer Frau. Es ist so ohne Schönheit, ohne Güte, ohne Freude, es führt weder zu Reife noch Erfahrung. Sie laufen zusammen wie die Tiere, und wenn sie wieder auseinandergehen, ob sie nun geheiratet haben oder nicht, hat keiner dabei etwas gewonnen. Nicht einmal eine schöne Erinnerung. Für mich tragen diese Dinge ein anderes Gesicht. Man soll sich nicht verschleudern, auch nicht seine Gefühle. Man soll aber auch dem wirklichen Erleben nicht aus dem Weg gehen. Es spielt im Grunde keine Rolle, ob eine Frau einen oder zehn Liebhaber hatte und wie die Sache ausging. Wichtig ist, was man davon im Herzen behält, ob es einen ein wenig reifer gemacht hat. Und ob man etwas gespürt hat von dem wirklichen Glück des Körpers und der Seele. Ob irgendwann, zu einer Stunde, der Atem des Göttlichen, den die Liebe der Menschen doch haben soll, bei einem solchen Zusammensein spürbar wurde. Ach Unsinn, jetzt werde ich theatralisch! Verstehst du, was ich meine?"

Die Frage war töricht. Wie sollte die Mutter verstehen, was Katarin meinte. Sie sah die Tochter teils verlegen, teils befremdet an. Über solche Dinge führte man keine Gespräche.

„Die Qualität entscheidet", fügte Katarin hinzu, „auch in der Liebe."

Die Mutter schüttelte erstaunt den Kopf. „Was du für Gedanken hast!"

„Findest du sie schlecht?"

„Nein. Eigentlich nicht. Aber bei dir hätte ich sie nicht vermutet."

Darauf schwieg Katarin eine kleine Weile, dann sagte sie leise: „Das ist aber nicht meine Schuld, Mutter."

An dies Gespräch dachte Katarin abends zurück, als sie im Bett lag und nicht einschlafen konnte. Ja, sie wußte jetzt vieles besser als früher, jetzt, da es zu spät war.

Zwei Jahre waren seit der Trennung von André vergangen. Vieles, was ihr Ärger, Qual und Schmerz bereitet hatte, war verblaßt. Geblieben war die Erinnerung an eine hinreißende Leidenschaft. Würde sie ihm heute widerstehen, wenn er wieder vor ihr stände? O ja, gewiß, man sprang nicht ein zweites Mal in ein Wasser, in dem man fast ertrunken war!

Aber dann vergaß sie André. Ihre Gedanken verweilten niemals lange bei ihm. Um so länger bei Carsten. Auch diese Erinnerung hätte schön sein können, wäre sie nicht von Reue und Scham getrübt, von dem Bewußtsein ihrer großen Schuld und dem Schmerz, ihn verloren zu haben. Carsten würde nie so gänzliche Vergangenheit werden wie André. Er war kein abgeschlossenes Kapitel. Die Rechnung blieb offen. Eines stand fest, sie liebte ihn immer noch, und verzweifelt klammerte sich ihr Herz an die Hoffnung, daß es einfach nicht zu Ende sein könne, diese wirklich große Liebe ihres Lebens, die sie so töricht verspielt hatte. Das war nicht nur eine Liebe von Mann zu Frau gewesen, es war eine Liebe von Mensch zu Mensch und daher die einzig richtige Art von Liebe. Wenn sie nur damals schon ein vollwertiger, erwachsener Mensch gewesen wäre und nicht nur ein naschhaftes, dummes Kind!

Aber auch er hat Schuld, dachte sie in hilflosem Zorn, er hätte mich halten müssen, er durfte mich nicht einfach gehen lassen. Er mußte doch wissen, wie jung und unreif ich noch war. Er mußte es wissen. Wer sonst, wenn nicht er.

Nun war sie allein. Doch sie verlangte nach Liebe. André hatte sie gelehrt, was Leidenschaft war. Und ihr Körper konnte es nicht vergessen. Aber kein anderer Mann konnte sie glücklich machen. Carsten war es, nach dem sie Sehnsucht hatte. Und er würde nie wieder dasein.


Friedchen, die kleine Schwester, zeigte sich zunächst mäßig erbaut über Katarins Eintreffen. Sie schwankte zwischen Neugier und Schadenfreude, als Katarin damals in ziemlich schlechter Verfassung ankam. Aber mit der Zeit besserte sich ganz überraschend das Verhältnis zwischen den Schwestern. Ohne Zweifel, auch Friedchen war reifer geworden. Sie sprach wenig von dem toten Franz, doch sie war eine zärtliche Mutter, und ihr kleiner Sohn, ein nettes, freundliches Kind, schloß sich bald eng an Katarin an.

Überraschenderweise hatte sich die Einstellung gegenüber Otto und Lenchen bei der Mutter und bei Friedchen geändert. Als Katarin während der ersten Tage ihres Aufenthaltes einmal beiläufig fragte: „Und was macht unser Obernazi?", antwortete Friedchen: „Der spinnt. Wenn du den hörst, meinst du, er sei Hitler persönlich. Er macht jetzt hier die ganze Arbeit vom Kreisleiter, der ist krank und wird vermutlich bald sterben. Er hat sich zu Tode gesoffen. Dann wird Otto Kreisleiter. Aber es ist schon jetzt nicht mehr mit ihm auszuhalten."

„Soso", meinte Katarin, leicht verwundert über Friedchens neue Dialektik. „Na, das ist ja nichts Neues. Und Lenchen?"

„Die macht mit. Neuerdings haben sie ein Auto, und sie kommt prinzipiell nur noch im Auto zu Besuch, obwohl es kaum zehn Minuten sind. Und die Kinder! Die sind ungezogen, du machst dir keine Vorstellung."

Friedchen machte sich auf, um Katarins Ankunft zu verkünden.

„Muß das sein?" fragte Katarin kläglich.

„Sie ist immerhin deine Schwester", sagte die Mutter tadelnd.

Lenchen kam gegen Abend. Katarin erschrak, als sie die Schwester sah. Sie war dick geworden, die vielen Geburten, das gute Leben, das sie bei ihrem Otto führte, hatten dazu beigetragen. Ihr früher mal ganz hübsches Gesicht hatte einen gewöhnlichen, aufgeblasenen Zug bekommen, sie trug einen Pelzmantel und eine Katastrophe von Hut, der aber, wie Katarin erfuhr, einem Pariser Modell nachgebildet war. Sie war tatsächlich im Auto gekommen und hatte zwei ihrer Kinder mitgebracht, den fünfjährigen Adolf und die siebenjährige Sieglinde.

Breit und selbstsicher saß Lenchen auf ihrem Stuhl und unterzog Katarin einem Verhör. Katarin, bemüht, nicht gleich am Anfang einen Mißton ins Gespräch zu bringen, gab geduldig Auskunft. Als sie von den Bombennächten und von den Verwüstungen in Berlin erzählte, winkte Lenchen ab.

„Das wird alles wiederaufgebaut, schneller als du denkst. Und diesen Verbrechern werden wir es schon heimzahlen, die werden von ihren Städten keinen Stein mehr vorfinden. Die werden wir pulverisieren." Mit genußvoller Emphase stieß Lenchen das „pulverisieren" heraus, ihre Augen leuchteten begeistert.

„Und die Toten", fragte Katarin ruhig, „die unter den Trümmern begraben liegen? Wird man die auch wiederaufbauen?"

Tadelnd blickte Lenchen sie an. „Eine große Zeit erfordert Opfer."

Katarin schwieg. Aber die Erbitterung preßte ihr das Herz zusammen. Da saßen die nun hier, in dicken Pelzen, fuhren im Auto und entbehrten nichts. Aber klug reden, das konnten sie. Otto hatte von der Front nichts gesehen, das Leid der Menschen berührte sie nicht im mindesten, selbstgerecht und eitel herrschten sie in ihrem lächerlichen Dünkel. Ihre Dummheit war schlimmer als jedes Verbrechen. – Sie gehören alle aufgehängt, dachte Katarin grimmig, alle, vom Ersten bis zum Letzten.

Ihre Erbitterung wuchs noch, als Otto später kam. „Nur auf einen Sprung", wie er sagte, „um die verlorene Tochter zu begrüßen. Ich habe nicht viel Zeit. Ich muß zu einer Versammlung."

„Er muß eine Rede halten", meinte Lenchen seufzend, doch nicht ohne Stolz, „immerzu muß er Reden halten. Er arbeitet sich noch zu Tode."

Nun, so abgearbeitet fand Katarin ihn nicht. Auch er war dick geworden, sein Gesicht rot und gedunsen. Doch noch immer hielt er sich straff, zog den Bauch ein und streckte die Brust heraus. Katarin gegenüber gab er sich jovial und gönnerhaft, tätschelte ihre Wange und meinte, sie solle sich keine Sorgen machen, er werde schon etwas für sie tun.

„Du könntest ja vielleicht Klavierstunden geben. Ich würde das in meinem Bekanntenkreis publik machen. Auch unseren Großen würde es nicht schaden, was meinst du, Lenchen?"

„Gewiß", sagte Lenchen steif, „ein wenig künstlerisches Streben ist immer gut."

Töchterchen Sieglinde kicherte im Hintergrund.

„Natürlich gegen Bezahlung", fügte Otto hinzu, „du wirst ja Geld brauchen. Wir werden dir dasselbe bezahlen, was du immer für Stunden bekommen hast. Bei uns spielt das ja keine Rolle."

Katarin schwieg entsetzt. In Karlsburg Klavierstunden geben, das war wohl das letzte, was sie geplant hatte, als sie vor sieben Jahren die Heimat verließ, um die Welt zu erobern. Im Augenblick bedauerte sie heiß, überhaupt zurückgekehrt zu sein. Ach, war das eine Groteske, die das Leben für sie ausgedacht hatte!

„Du kannst auch bei mir auf der Kreisleitung arbeiten", Otto war sichtlich stolz auf diesen glorreichen Einfall. „Meine Frau Meyer braucht sowieso eine Entlastung."

„Danke", sagte Katarin, „aber ich muß mich erst mal ein bißchen erholen."

„Bist du krank?" fragte Lenchen mißtrauisch.

„Ich komme aus Berlin. Gewissermaßen von der Front. Natürlich wißt ihr hier nicht, wie so was ist."

Otto betrachtete sie ärgerlich, aber er ließ sich nicht näher auf das Thema ein. „Na ja", gab er zu, „du siehst schlecht aus. Recht mager. Wir werden dich schon herausfüttern. Lenchen wird ab und zu etwas für euch abzweigen."

„Das habe ich ja ganz vergessen", warf seine holde Gattin ein, „ich habe euch was mitgebracht. Es liegt im Wagen. Der Chauffeur kann es nachher 'reinbringen. Ein bißchen Butter und ein paar Eier."

Das waren Schätze in diesen Tagen. Doch Katarin fühlte den alten rebellischen Geist in sich aufsteigen. Am liebsten hätte sie gesagt, behaltet euren Kram, ich mag ihn nicht. Aber sie beherrschte sich. So ging es nicht. Otto repräsentierte eine Macht im Städtchen, mit der man es nicht verderben durfte. Vermutlich würde sie ohnedies früher oder später mit ihm zusammenstoßen.

Um sich jedoch nichts schenken zu lassen, veranlaßte sie Friedchen, Kaffee zu kochen. Bisher hatte sie nicht die Absicht gehabt, ihren kostbaren Kaffee an Lenchen zu verschwenden. Aber die sollten nicht denken, sie habe gar nichts.

„Ihr habt Bohnenkaffee?" fragte Lenchen mit hochgezogenen Augenbrauen. „Woher denn?"

„Katarin hat ihn mitgebracht", erwiderte die Mutter ruhig.

Katarin wunderte sich. Es war das erste Mal, daß die Mutter sie Katarin nannte, bisher war sie stets Käte oder Kätchen gewesen. Es schien mehr oder weniger Otto und Lenchen gegenüber eine unbewußte Solidaritätserklärung zu sein. Übrigens blieb die Mutter in Zukunft dabei, sie bei dem selbstgewählten Namen zu nennen. So kam es, daß auch Friedchen sich daran gewöhnte.

Nachdem Lenchen den Bohnenkaffee mißbilligend erwähnt hatte, dachte Katarin, na warte, stand auf und holte, wenn auch blutenden Herzens, ihre vorletzte Flasche Kognak. Lenchen sagte diesmal nichts, aber Otto meinte: „Na, so schlecht scheint es euch ja in Berlin nicht zu gehen."

„Wie ich schon sagte, Berlin ist Front", gab Katarin trocken zur Antwort. „Wenn die Leute dort keinen Alkohol hätten, wären sie schon längst übergeschnappt."

Als sie fort waren, sank Katarin mit lautem Lachen in einen Stuhl. „Nein, wie komisch! Die braune Aristokratie in Hochform. Die Ritter der tausend Jahre. Für diese Leute hätte man den Nationalsozialismus extra erfinden müssen, wenn er nicht schon so gekommen wäre. Und mit so was bin ich verwandt."

Friedchen und die Mutter lächelten ohne Widerspruch.

„Wie komisch", wiederholte Katarin. „Und wie dick und selbstzufrieden sie sind. Sie werden sich wunderschön ausnehmen an der Laterne."

„Aber Kind", sagte die Mutter tadelnd, aber sie mußte dabei lachen, ob sie wollte oder nicht.

„Wenn so was ungeschoren wegkäme", meinte Katarin, „dann würde ich endgültig am deutschen Volk verzweifeln. Solche wie die sind die Schlimmsten, diese kleinen Hanswürste, die zuerst vorsichtig ein bißchen hinterhergelaufen sind und sich heute aufblasen und die Auserwählten spielen."

„Ich glaube, Lenchen bekommt wieder ein Kind", meinte Friedchen. „Habt ihr nicht gesehen? Sie hat wieder einen besonders stupiden Ausdruck im Gesicht."

„Na, was das betrifft", sagte Katarin, „ich habe da noch nie einen Unterschied bemerkt, für mich hat sie den immer. Noch ein Kind? Sie haben doch schon viere. Wie machen sie das bloß? Wenn ich mir allein Lenchen und Otto als Liebespaar vorstelle. O Gott, o Gott, mir wird schlecht, ich muß noch einen Kognak trinken!"

„Aber Kind", sagte die Mutter wieder.

„Wo er doch gar keine Zeit hat mit all den Vorträgen und Versammlungen. Sicher steht es schon wochenlang vorher im Terminkalender: Dienstag abend, elf Uhr dreißig, dem Führer ein neues Kind produzieren."

Sie lachten nun alle drei und tranken noch einen Kognak. Die Flasche war bald leer. Katarin betrachtete sie trübsinnig. „Hoffentlich bekommt man hier so was zu kaufen. Wie steht's denn bei euch mit dem Schwarzen Markt?"

„Das beste wird sein, du wendest dich an Theo Niemann", riet Friedchen, „der kann dir sicher alles besorgen."

„Wie geht's denn dem Guten?"

„Dem geht es großartig. Er verdient eine Unmasse Geld. Die Fabrik läuft Tag und Nacht auf Hochtouren. Theo ist ein großer Mann geworden. Die Villa hat er umbauen und modernisieren lassen, mitten im Krieg. Er beschäftigt zwei Direktoren, denn er selbst ist viel auf Reisen. Hat er dich in Berlin nie besucht?"

„Nein. Nie. Ist er immer noch unbeweibt?"

„Geheiratet hat er nicht. Aber daß er unbeweibt ist, kann man wirklich nicht sagen. Er hat immer sehr schicke Freundinnen, allerdings wechseln sie öfters."

„Ist es die Möglichkeit!"

„Eine hat mal ein halbes Jahr lang bei ihm in der Villa gewohnt."

„Theo als Casanova, wer hätte das gedacht!"

„Seine Mutter ist sehr krank. Die Leute sagen, sie hat Krebs."

„Die Arme. Da nützt ihr das viele Geld auch nichts mehr."

„Du wirst ihn ja sicher mal besuchen, nicht?"

„Wenn er mich einlädt, warum nicht!"


Es ging schon auf den Sommer zu, als sie Theo das erstemal sah. Sie war zum Einkaufen im Städtchen gewesen. Als sie eben mit der großen Einkaufstasche über den Marktplatz schlenderte, sah sie den großen blitzenden BMW. Er stand vor einem Laden, und Theo saß am Steuer und wartete offensichtlich auf jemanden. Zum Ausweichen war es zu spät, er hatte sie bereits gesehen. Kurz bevor sie den Wagen erreichte, kam aus dem Laden eine Frau heraus, schlank, hochbeinig, sehr hübsch, mit langem hellblondem Haar, elegant gekleidet. Theo öffnete lässig die Wagentür, sie nickte ihm zu und setzte sich neben ihn.

In diesem Augenblick langte Katarin bei dem Wagen an. Theo lächelte selbstsicher und zog den Hut. Katarin nickte kurz. Dann fuhr er ab.

Mit gemischten Gefühlen wanderte Katarin nach Hause. Das war wohl seine derzeitige Freundin, ohne Zweifel eine attraktive Frau. Theo hatte sich herausgemacht. Übrigens hätte dieser aufgeblasene Affe sie ruhig einmal aufsuchen können, er wußte ja, daß sie hier war.

Die Klavierstunden hatten nun wirklich begonnen. Schuld daran war eigentlich Friedchen. Ihr kleiner Sohn, der vierjährige Franzl, hörte stets mit großem Interesse zu, wenn Katarin Klavier spielte. Es schien ihm sehr zu gefallen. Eines Tages kletterte er selbst auf den Stuhl und begann herumzuklimpern.

„Sieh nur", sagte Friedchen ganz beglückt. „Ich glaube, er ist musikalisch."

Katarin mußte lächeln. Natürlich, auf den Jungen war sie stolz. Sie sagte: „Ich werde ihm gern Stunde geben, wenn er etwas älter ist."

Friedchen hatte wohl Lenchen in ihrem Mutterstolz davon erzählt. So kamen die Klavierstunden wieder aufs Tapet. Es war für Katarin eine Pein. Anneliese, die Älteste von Lenchen, war ungezogen und vorlaut und hielt die künstlerische Betätigung für unter ihrer Würde. Ein wenig besser ging es mit der kleinen Sieglinde, obwohl sie von ihrer Schwester ständig gegen Katarin aufgehetzt wurde.

Eine Zeitlang quälte sich Katarin mit aller verfügbaren Geduld mit den Kindern ab. Eines Tages aber, sie war sowieso recht trüber Stimmung und hatte über ihre hoffnungslose Lage gegrübelt, fiel sie aus der Rolle.

Anneliese kam nachmittags zur Klavierstunde, schon nach den ersten Takten unterbrach Katarin.

„Das geht ja überhaupt nicht. Hast du denn geübt?"

„Nicht viel. Ich hatte keine Zeit."

„So. Du hattest keine Zeit. Dürfte ich erfahren, warum?"

„Viel Dienst", sagte die Kleine mit wichtiger Miene. „Gestern hab' ich mit meinen Mädels eine Schnitzeljagd gemacht, vorgestern haben wir Lumpen gesammelt."

„Mit deinen Mädels", sagte Katarin verächtlich, „wenn ich so einen Blödsinn schon höre. Wenn ich Kinder hätte, die gingen mir nicht zu dem Affenverein."

Anneliese starrte sie entgeistert an. „Tante Katarin . . .", brachte sie schließlich hervor.

„Sag nicht immer Tante zu mir", fuhr Katarin sie an, „ich bin keine Tante."

Das Kind setzte sich in Positur. „Hast du mit dem Affenverein den BDM gemeint?"

„Was denn sonst? Der BDM und die HJ und wie der ganze Quatsch heißt, wo euch grünem Gemüse das Gehirn verbogen wird und das bißchen Verstand, das ihr vielleicht noch habt, ausgetrieben wird. In der Schule wird nicht gelernt, Klavier kann man nicht spielen. Benehmen und Anstand habt ihr auch nicht mehr. Ich würde mich schämen, als Mädchen auf der Straße herumzuziehen, idiotische Lieder zu plärren und anderer Leute dreckige Lumpen herumzuschleppen."

„Das ist ja unerhört", piepste Anneliese, „das sag' ich meinem Vater!"

„Von mir aus. Der wird sich auch nicht mehr lange mausig machen, dann hat die ganze braune Sippe ausgespielt."

Hier hielt Katarin inne. Sie biß sich auf die Lippen und schwieg. Das ging zu weit. „Reden wir nicht von Politik", lenkte sie ein. „Versuchen wir's lieber noch mal. Also."

Einen Augenblick sah es aus, als wollte Anneliese davonlaufen. Aber dann begann sie ohne ein weiteres Wort zu spielen.

Der Krach blieb natürlich nicht aus. Noch am gleichen Abend erschien Otto. Katarin seufzte, als sie vom Fenster aus das Auto sah. Zu dumm, daß sie die Nerven verloren hatte. Auf eine Auseinandersetzung mit Otto war sie gar nicht erpicht. Glücklicherweise waren Mutter und Friedchen nicht zu Hause.

Als sie die Tür öffnete, sagte Otto steif und förmlich: „Ich habe mit dir zu reden."

„Das habe ich erwartet", erwiderte Katarin liebenswürdig. „Komm herein."

„Du weißt vermutlich, warum ich hier bin", begann Otto gemessen. „Du hast heute unverantwortliche Dinge zu Anneliese gesagt. Dürfte ich um Aufklärung bitten?"

Sein Ton reizte Katarin wie eh und je. „Ach, mach dich nicht so wichtig", sagte sie.

„Du hast Dinge gesagt, Dinge – ich wage gar nicht, sie zu wiederholen."

„Das kann ich dir gern abnehmen."

„Du hast den BDM einen Affenverein genannt."

„Das ist er auch in meinen Augen."

„Na, erlaube mal . . .“

„Das ist eben Ansichtssache, nicht?“ sagte Katarin freundlich. „Ich halte es für vollkommen blödsinnig, wenn heranwachsende Mädchen auf der Straße herumlaufen und schlechte Manieren haben. Auf diese Weise werden sie zu ausgesprochenen Trampeln.“

„Die deutsche Frau . . .“, begann Otto würdevoll.

Katarin fiel ihm ins Wort. „Ich weiß, ich weiß, die deutsche Frau soll ihre Ehre dareinsetzen, ein Trampel zu werden. Für ihre Auf-'gabe genügt es. Kinder kriegen kann sie auch als ungebildeter Trampel.“

Otto blieb sichtlich die Spucke weg.

„Schau, Otto“, sagte Katarin versöhnlich, „wir sind nun mal in diesem Punkt verschiedener Ansicht. Besser, wir reden nicht dar-über. Du wirst es schon noch einsehen. Ich gebe zu, es war nicht richtig von mir, zu Anneliese so etwas zu sagen. Das Kind kennt es nicht anders, sie ist nun mal mit dem Blödsinn großgeworden. Aber Kinder stellen sich ja leicht um.“

„Blödsinn!“ schnappte Otto. „Sag mal, bist du wahnsinnig geworden? Warum soll sie sich umstellen? Was willst du mit alle-dem sagen, wie?“

„Nun, es steht wohl außer Frage, daß sich nach dem Krieg unser ganzes Leben ändern und die politischen Anschauungen ins Gegen-teil verkehren werden. Du willst doch nicht im Ernst behaupten, daß du immer noch an einen Sieg glaubst? Zigarette?“

Otto lehnte mit empörtem Kopfschütteln ab. Katarin zündete sich ruhig eine Zigarette an.

„Natürlich glaube ich daran!“ rief Otto. „Ich bin sogar ganz sicher. Wer wäre das nicht?“

Katarin lachte ihm ins Gesicht. „Wer ist es außer dir? Ich kenne niemanden. Wenn ich dir einen Rat geben darf, so empfehle ich dir, dich nicht weiterhin so eifrig zu exponieren. Denn wir gewin-nen den Krieg nicht. Wir haben ihn schon verloren. Und das Leben der aktiven Nazis ist dann keinen roten Heller mehr wert.“

Otto war sprachlos. Sein Gesicht wurde immer röter. „Du bist eine Verräterin“, stieß er schließlich hervor, „eine Hochverräterin, eine gefährliche Staatsfeindin!“

„Mach dich doch nicht lächerlich“, sagte Katarin kühl. „Viel-leicht bin ich das in deinen Augen. Du kannst mich ja ins KZ brin-gen, ich denke doch, daß du von dieser hübschen Einrichtung schon mal was gehört hast. Aber ich glaube nicht, daß dies deinem Renommee als halber Kreisleiter nützen würde. Es ist auch nicht nötig, daß du mir jetzt eine Rede hältst. Das würde mich so wenig beeindrucken wie das, was täglich in der Zeitung steht. Warten wir's ab. Wir werden ja sehen, wer recht hat."

„Das ist die Meinung dieser vaterlandslosen Intellektuellen", rief Otto wütend, „das sind die Kreise, in denen du verkehrt hast!"

„Das ist die Meinung aller klarblickenden, einsichtigen Menschen. Wir können diesen Krieg gegen eine Welt von Feinden nicht gewinnen. Und niemals mit einem Regime, das bei den meisten Menschen verhaßt ist. Jawohl, verhaßt. Hier in eurer Verschlafenheit wißt ihr das gar nicht. Aber glaubst du im Ernst, daß Menschen, die Nacht für Nacht im Luftschutzkeller sitzen und zittern, oder Soldaten, die draußen im Dreck liegen, noch an den ganzen Kram glauben? Man müßte ja schwachsinnig sein." Sie sprach ruhig und eindringlich und blickte Otto fest dabei an. „Was wißt ihr denn hier vom Krieg, wie er wirklich ist. Und ich sage dir, man gewinnt keinen Krieg in Trümmern und mit einer vollkommen nervenzerrütteten Bevölkerung. Nicht einmal ihr."

„Du hast gesagt, es wird nicht mehr lange dauern, dann hat die braune Sippe ausgespielt", sagte Otto ganz verdattert, „hast du das gesagt?"

„Schon möglich. Es ist meine Überzeugung."

Eine Weile blieb es still. Dann straffte sich Otto und stand auf. „Unter diesen Umständen, das wirst du einsehen, kann ich natürlich die freundschaftlichen und verwandtschaftlichen Beziehungen zwischen uns nicht länger aufrechterhalten. Immerhin, du bist Lenchens Schwester. Ich kann nichts unternehmen. Aber ich möchte nichts mehr mit dir zu tun haben."

„Wie du willst", sagte Katarin friedlich.

„Auch die Kinder kommen natürlich nicht mehr zur Stunde."

„Wie du willst", wiederholte Katarin und fühlte eine ausgesprochene Erleichterung bei diesem Versprechen.

„Ich bitte dich nur um eines", sagte Otto feierlich, ohne sie noch eines Blickes zu würdigen, „behalte deine Meinung in Zukunft für dich. Sollte ich jemals hören, daß du auch woanders solche Ansichten äußerst, müßte ich leider gegen dich vorgehen."

„Ich werde es beherzigen", versprach Katarin.

Katarin atmete erleichtert auf, als er weg war. Das war besser gegangen, als sie vermutet hatte.

Sie erzählte Mutter und Friedchen zunächst nichts von dem Zwischenfall, aber sie erfuhren es natürlich von Lenchen.

„War das nötig?" fragte die Mutter.

„Ach was", meinte Katarin ungerührt, „ihr werdet noch mal froh sein, daß wenigstens einer in der Familie ein wenig Hirn hatte. Übrigens, Vater wäre auch meiner Ansicht. Ich weiß, daß er mir recht gegeben hätte."

„Ja", gab die Mutter zu, „das weiß ich auch. Aber man sollte es trotzdem nicht aussprechen."

Katarin lachte böse. „Da haben wir es. Das ist das ganze Unheil. Weil kein Mensch sich traut, den Mund aufzumachen, sind wir in das ganze Elend hineingeraten."

Friedchen berichtete, daß Lenchen gesagt habe, solange Katarin da sei, würde sie das Elternhaus nicht mehr betreten.

„Bedauerlich ist dabei nur der Ausfall der Freßpäckchen von des Kreisleiters reichem Tisch", sagte Katarin trocken.

Das alles spielte sich Mitte Juli ab. Wenige Tage darauf hörten sie von dem Attentat auf Hitler. Katarin erregte sich maßlos und war verzweifelt darüber, daß es schiefgegangen war.

„Das hätte vielleicht noch etwas retten können", erklärte sie leidenschaftlich. „O verflucht, daß es nicht geklappt hat! Wir müssen den bitteren Weg bis zum Ende gehen."

Mutter und Schwester betrachteten sie ein wenig verständnislos. Katarins Gedankengänge waren ihnen immer noch unheimlich.

„Schade, daß ich den guten Otto nicht sprechen kann", sagte Katarin. „Jetzt sieht er ja, daß es noch mehr Leute gibt, die so denken wie ich. Klügere und informiertere Leute. Und wie blöd er jetzt dastehen würde, wenn sein teurer Führer in die Hölle gefahren wäre."

Der Eindruck, den die Kunde von dem Attentat in Karlsburg machte, war recht gering. Man redete wohl darüber, flüsterte hier und da, doch nach wenigen Tagen war die Sache vergessen. Die Neuigkeiten aus dem Städtchen, die letzten Zuteilungen, das Aufsehen, das die Frau eines Studienrates vom Gymnasium erregte, als sich herausstellte, sie habe eine Liebschaft mit einem Offizier, waren Ereignisse, die den 20. Juli mühelos übertrumpften. Es bestätigte Katarin wieder einmal ihre Meinung von Karlsburg. Wann hatten die schon jemals etwas begriffen? Wenn sie sich vorstellte, wie es in Berlin brodeln würde! Aber die Karlsburger! Solange die Sonne nicht in ihre Suppenschüssel fiel, würden sie gar nicht merken, wenn sie vom Himmel stürzte.


Einige Tage darauf traf sie zufällig Theo Niemann. Er kam ihr entgegen, als sie gerade das Bahnhofsgebäude betrat, um sich einmal, mehr aus Sehnsucht als aus irgendeiner Notwendigkeit, nach den Fahrmöglichkeiten nach Berlin zu erkundigen.

Theo sah nicht schlecht aus. Bei seinem gutgeschnittenen Anzug fiel die Korpulenz seiner Gestalt nicht so sehr auf, aber sein Gesicht hatte eine bleiche, ungesunde Farbe. Sein Auftreten war sicher und gewandt.

„Tag, Katarin", sagte er. „Nett, daß ich dich mal sehe."

„Hm", machte Katarin, „ja, was täte man ohne nette Zufälle."

„Willst du verreisen?" „Nein. Du?"

„Nein, nein, ich habe nur einen Freund an den Zug gebracht. Der Arme kommt wieder nach dem Osten, hatte Genesungsurlaub. Wirklich unangenehm."

„Das kann man wohl sagen", erwiderte Katarin, leicht gereizt durch den selbstgefälligen Ton, in dem es hervorgebracht wurde. „So was kann dir ja nicht passieren, wie? Du bist einer von denen, die den Krieg auf der positiven Seite buchen können. Er nimmt dir nichts – im Gegenteil –, bringt dir nur Geld ein."

„Dafür kann ich nichts", wehrte er ab. „Die Fabrik ist nun mal da, die Nachfrage auch. Mein Vater ist tot. Und ich führe das Werk. Kein Mensch kann von mir verlangen, daß ich sinnlosen Heldenmut markiere, den Betrieb im Stich lasse und an die Front gehe. Oder bist du neuerdings unter die patriotischen Heldenweiber gegangen, bei denen der Mann erst mit Ritterkreuz und ein paar Verwundungen etwas gilt?"

Katarin lächelte amüsiert. Theo hatte sich entwickelt, früher war er nicht so aggresiv. „Keineswegs", sagte sie. „Ich gönne dir dein Glück. Ein paar Männer müssen ja auch übrigbleiben."

„Eben", meinte er zufrieden. Sie lächelten sich an, und dieses Lächeln erinnerte sie an ihre frühere Vertrautheit. „Warum besuchst du mich nicht mal?" fragte er. „Du bist jetzt schon seit Monaten in Karlsburg, und ich habe dich noch nicht einmal gesprochen."

„Nun, was das betrifft, du weißt ja, wo ich wohne. Und wenn ich dich besuchen soll, dann mußtest du mich erst einmal einladen. Oder?"

„Das ist auch wieder wahr. Weißt du, ich habe immer wahnsinnig zu tun, du brauchst – wenn ich das sage – kein so mokantes Gesicht zu machen, es ist wirklich so. Man hat mir meine besten Leute weggeholt, die Arbeit wächst mir oftmals über den Kopf."

„Und auch sonst", meinte Katarin anzüglich, „stellt das Dasein ja eine ganze Menge Anforderungen an einen feschen jungen Mann, nicht wahr?"

Theo schmunzelte selbstzufrieden. „Auch das. Aber du kannst es mir glauben, allzuviel Zeit habe ich nicht für mein Privatleben."

„Na, was man mir so erzählt hat..."

„Was hat man dir erzählt?"

„Demnach bist du ein großer Don Juan geworden."

„Ein bißchen Abwechslung braucht der Mensch schließlich."

„Dein Geschmack ist nicht schlecht. Die Abwechslung, mit der ich dich vor einiger Zeit sah, wirkte recht attraktiv."

„Nette Frau, nicht? Tänzerin vom Münchner Staatstheater, sehr bekannter Name."

„Respekt. Wie gut, daß du mich damals nicht geheiratet hast, da wäre dir vieles entgangen. Ich glaube nicht, daß ich dir soviel Abwechslung erlaubt hätte."

Theo lachte. Der blasierte Ausdruck, der anfangs in seinem Gesicht war, verschwand immer mehr. „Ich glaube, du wärst mir Abwechslung genug gewesen."

„Schon möglich", erwiderte Katarin. Ihre Augen unter den langen Wimpern glitzerten ein wenig, gerade genug, um Theo zu verwirren. Wie früher betrachtete er sie fasziniert. – Man sollte es nicht glauben, daß sie wirklich aus Karlsburg stammt, dachte er, sie ist und bleibt eine bezaubernde Person.

In letzter Zeit hatte er oft gedacht, sie würde nun klein und bescheiden sein, die stolze Katarin. Still und ohne Aufsehen war sie in das alte Leben zurückgekehrt. Mit der Karriere schien es nichts geworden, verheiratet war sie auch nicht. Jaja, auch hochgemute Mädchen mußten lernen, daß nicht alles so kommt, wie man es sich wünscht. Hatte sie nicht mit Theo Niemann die größte Chance ihres Lebens verpaßt? So dachte Theo. Als er sie aber jetzt so vor sich sah, schlank und rassig, mit ihrem schönen, kühnen Gesicht, dem leicht spöttischen Mund und den klug gewordenen Augen, in unverändert stolzer Haltung, vergaß er diese Gedanken. Ihr Zauber wirkte auf ihn stärker denn je. Gewiß, er kannte inzwischen viele Frauen, er hatte Frauen besessen, die schöner waren als Katarin. Gerade darum erkannte er heute noch besser als früher, daß sie etwas Besonderes war. Er wußte nicht, was sie alles erlebt hatte, aber was es auch gewesen sein mochte, es hatte ihr nichts genommen. Aus ihrem hübschen jungen Gesicht war ein beseeltes sprechendes Antlitz geworden, die dunklen Augen schienen vertieft und gleichzeitig ein wenig verschlossen, und die Erfahrung hatte dem schöngeschwungenen Mund jene Züge von Wissen und ein wenig Enttäuschung hinzugefügt.

Er fragte nach Berlin. Katarin erzählte in Stichworten. Es zeigte sich, Theo war gut orientiert, er wußte, was in den Städten vor sich ging. Er machte sich auch keine Illusionen über den Ausgang des Krieges.

„Noch ein halbes Jahr", sagte er, „mehr ist nicht möglich, wir haben nichts mehr. Keinen Sprit, keine Flugzeuge, keine Waffen und vor allem keine Nerven mehr. Nicht nur die Soldaten, auch die Großstadtbevölkerung, die jetzt jahrelang den Luftkrieg über sich ergehen lassen muß, ist am Ende."

Davon wußte Katarin auch einiges zu erzählen. Sie berichtete von der schrecklichen Novembernacht und meinte dann: „Davon machen sich die Kleinstädter keinen Begriff. Ihr könnt leicht reden vom Opferbringen und Durchhalten."

„Ich rede ja gar nicht davon."

„Nein, du nicht. Weil du Verstand hast und die Nase ab und zu mal 'raussteckst. Aber die anderen. Mein Schwager Otto zum Beispiel."

„Der ist eine Nummer für sich", meinte Theo. „Übrigens wird er demnächst Kreisleiter."

„Woher weißt du das?"

„Man hat so seine Verbindungen. Der Gauleiter beehrt mich stets mit Einladungen."

„Au wei! Glaubst du nicht, daß dir das mal schaden kann?"

„Kaum. Unser Werk bestand schon, ehe die Nazis kamen. Daß wir uns vergrößert haben, liegt in der Natur der Sache. Im Krieg verdient die Industrie immer gut. In allen Ländern. Und ich habe schon dafür gesorgt, daß wir uns nachher wieder rasch umstellen können. Dann produzieren wir für den Frieden."

Es war eigentlich ganz nett, mit Theo zu plaudern. Katarin hatte hier so wenig Freunde, daß ihr das vertraute Gespräch wohl tat.

„Warum hast du eigentlich nicht geheiratet?" fragte sie.

„Wie meine Verlobung mit Melly ausgegangen ist, weißt du ja", sagte er ohne Scheu. „Damals hat's mich geärgert, heute bin ich froh darüber. Melly wäre keine Frau für mich gewesen, soweit bin ich dem Karlsburger Milieu doch entwachsen. Na, und bei allen anderen ging es auch ohne Heirat."

Katarin lachte erheitert. Dieser Theo. Er hatte sich entwickelt. „Das sind Ansichten", sagte sie kopfschüttelnd, „und noch dazu in Karlsburg. Ich bin empört."

„Du hast es gerade nötig. Was ich so von dir gehört habe!"

Katarin winkte ab. „Die Karlsburger sollen nur den Mund halten. Die sind ganz schön munter geworden in letzter Zeit."

Sie trennten sich in bester Stimmung, und Katarin versprach, ihn gelegentlich mal zu besuchen. Doch ehe es dazu kam, war sie wieder in Berlin.

Sie hatte vor einiger Zeit an die Berliner Gastspieldirektion geschrieben und angefragt, ob nicht ein Engagement für sie möglich sei, sie sei bereit, für eine neue Tournee abzuschließen. Damals hatte man geantwortet, man werde versuchen, sie im August in einem Programm unterzubringen.

Nun war es August, und sie hörte nichts von Berlin. Kurzentschlossen packte sie ihren Koffer und fuhr nach Berlin. Ein Hotelzimmer aufzutreiben, stieß auf Schwierigkeiten. Endlich fand sie Unterkunft in einem kleinen Hotel nahe dem Anhalter Bahnhof, ein etwas beunruhigender Aufenthalt. Berlin zu sehen, war deprimierend. Die Stadt glich einem verwundeten, todmüden Körper, der nicht mehr genug Blut hat, seine Glieder zu bewegen. Überall ragten die nackten Mauerreste, die öden Trümmerberge in den Himmel. Ein Geruch von Brand und Rauch lag ständig in der Luft. Katarin bildete sich sogar ein, einen Geruch nach Leichen zu spüren. Die Menschen waren blaß, mager und ebenfalls todmüde. Dennoch lebte er noch, der berühmte Berliner Witz und Humor, er war nicht so leicht totzukriegen.

Zu einem Abschluß bei der Gastspieldirektion kam es nicht. Denn gerade in diesen Tagen totalisierte sich der Krieg endgültig. Alle Theater sollten schließen, die Künstler sollten zum Wehrmachtsdienst oder in die Fabriken dienstverpflichtet werden. Auch die Frauen. Die Wehrbetreuung wurde eingeschränkt. Es gab nur noch sogenannte Bunkertruppen, die in die erste Linie zogen, doch dazu brauchte man keine Pianistin.

Was nun? Katarin saß ratlos in ihrem Zimmer. Zurück nach Karlsburg? Es blieb nichts anderes übrig. In Berlin würde man sie bald in eine Fabrik stecken. Und nachdem sie einige Nächte im Keller zubrachte, schwand ihre Wiedersehensfreude mit Berlin endgültig dahin.

Nein, sie konnte Karlsburg nicht entrinnen. Ach, zum Teufel, einmal mußte der Krieg zu Ende sein! Einmal mußte man doch wieder als Mensch leben könen. Einmal, ehe man alt und häßlich wurde.

Sie beabsichtigte, Luisa zu besuchen, doch die war bereits nicht mehr in Berlin. Auch Anger war nicht da. In ihrem Verlangen nach ein wenig Aussprache kam sie auf die Idee, Eva Tilsen zu besuchen. Eine neue Erschütterung erwartete sie.

Zwar stand das Haus noch, wo Eva wohnte, und die nette gemütliche Frau Schmidt, Evas Wirtin, öffnete. Sie erkannte Katarin sofort, zog sie hastig in die Diele, schloß die Tür und legte sofort die Kette vor.

„Ja, wissen Sie denn nichts?" fragte sie.

„Nein, ich weiß gar nichts", sagte Katarin, neues Unheil ahnend. „Wo ist Eva? Ist ihr etwas passiert?"

„Ach, du lieber Gott!" sagte die Frau. „Kommen Sie man erst 'rein."

Zögernd betrat Katarin das Wohnzimmer. Sie fürchtete etwas Schreckliches zu hören. War Eva auch in den Bomben umgekommen wie Gudrun und Herbert?

Nein, das nicht. Aber Eva war eines Morgens von der Gestapo verhaftet worden. Früh um fünf. Erst begriff die ahnungslose Frau Schmidt gar nicht, um was es sich handelte. Als sie fragte, fuhr sie der eine der Männer an, sie solle die Schnauze halten, sonst würde man sie auch noch mitnehmen. Sie sei ohnehin verdächtigt, der ganzen Schweinerei hier Vorschub geleistet zu haben. Später hatte man sie dann auch verhört.

Eva lächelte ihr noch zu, ehe sie ging, käseweiß im Gesicht, und hatte gesagt: „Keine Angst, Frau Schmidt, ich werde schon sagen, daß sie keine Ahnung hatten. Sie nicht und niemand sonst." Daraufhin boxte sie der Gestapomann so in den Rücken, daß sie in die Knie sank.

Beim Verhör erfuhr Frau Schmidt, was mit Eva los war. Sie hieß gar nicht Eva Tilsen, sie hieß Donga Worzek, sie stammte aus der Gegend von Krakau, und sie war Jüdin. Das war alles, was Frau Schmidt erfuhr. Wie Eva zu den falschen Papieren gekommen, wieso sie sich in Berlin aufhielt und studieren konnte, all das wußte sie nicht. Kein Mensch wußte, wer Eva wirklich war, das zeigte sich bei allen Verhören.

Katarin verstand nun nachträglich alles. Evas menschenscheues, ablehnendes Wesen, ihre Abwehr gegen Freundschaft und Vertrauen, ihr besessenes Arbeiten und gleichzeitig ihre Weigerung, öffentlich aufzutreten.

Vollkommen erschlagen saß sie Frau Schmidt gegenüber. Entsetzen packte sie. Denn sicher bedeutete es, daß Eva tot war. „Haben Sie noch einmal von ihr gehört?"

„Nein, nie."

„Also KZ", sagte Katarin, „KZ oder noch Schlimmeres."

Man wußte nicht genau, was das bedeutete, KZ, Konzentrationslager. Es war ein gefährlicher, unheimlicher Begriff, in Dunkel gehüllt, Schrecken und Furcht verbreitend. Es mußte tödlich sein. Man flüsterte sich die haarsträubendsten Geschichten zu.

Noch am Abend im Keller war Katarin ganz benommen von dem Gehörten. Nein, sie würde wieder fortgehen von Berlin, hier stand man schutzlos mittendrin im Geschehen.

In Karlsburg blieb es auch nicht mehr lange beim alten. Es kam zwar ein schöner sonniger Herbst. Katarin machte viele Spaziergänge und vermied es, mit Menschen zusammenzutreffen. Otto sah sie gar nicht mehr, auch Lenchen kam nicht mehr zu Besuch, denn sie hatte sich nun auch mit Mutter und Friedchen gezankt. Wenn Katarin abends dicht vor dem Radio saß und die ausländischen Sender hörte, sagte sie manchmal: „O Gott, o Gott, wenn das Ottolein wüßte, unser allseits verehrter Kreisleiter!" Denn das war er inzwischen wirklich geworden.

Die Mutter äußerte zunächst Bedenken gegen Katarins abendliche Radiostunden, doch bald kamen beide, Mutter und Friedchen, magisch angezogen, wenn das schicksalhafte Klopfzeichen aus dem Kasten ertönte. Auch sie gerieten in den hektischen Bann des letzten Kriegsjahres, zu dem die dunkle eindringliche Stimme aus dem Äther gehörte. Was man von der Stimme erfuhr, war einesteils niederschmetternd, andererseits – wenn man wie Katarin auf das Kriegsende wartete – erfreulich. Lange konnte es wirklich nicht mehr dauern.

Mutter und Friedchen waren oft fassungslos. Dann sagte Katarin boshaft: „Das überrascht euch, was? Jaja, guten Morgen, liebes Karlsburg, gut geschlafen? Den Krieg angenehm verbracht?"

Im Oktober erhielt Katarin ein Schreiben vom Arbeitsamt, sie möge sich zum Arbeitseinsatz melden. Das hatte noch gefehlt! Allein die Form und Art der Aufforderung versetzte sie in Weißglut. Das fehlte gerade noch, daß so eine wichtigtuende Karlsburger Behörde über sie verfügte. Arbeitseinsatz! Welch ein Wort. Aber sie war sich klar darüber, daß man sie nicht in Ruhe lassen würde, gerade sie nicht, zu viele Leute gab es in Karlsburg, denen es Spaß machte, sie in der Fabrik zu sehen.

„Vielleicht als Fabrikarbeiterin im Niemannschen Werk, wo ich beinahe die Chefin geworden wäre. Ha, lieber fahre ich nach Berlin zurück und laß mich mit der nächsten Bombe in die Luft sprengen", verkündete sie Mutter und Schwester temperamentvoll.

Jedoch, das brachte sie auf eine Idee. Theo! Natürlich, Theo würde ihr helfen. Sie rief ihn an. Als sie sagte, daß sie etwas mit ihm zu besprechen habe, bat er sie, doch am Spätnachmittag hinauf in die Villa zu kommen.

Mit gemischten Gefühlen ging Katarin den bekannten Weg. Es war ein kühler, stürmischer Oktobertag, sie hatte trotzdem das Kostüm angezogen, das gute, maßgeschneiderte aus Andrés Zeiten, denn es war immer noch ihr elegantestes Kleidungsstück.

Im Hause Niemann gab es jetzt sogar einen Diener, einen dekorativen weißhaarigen Mann, der Katarin mit einer Verbeugung die Tür öffnete. Auch sonst hatte sich viel verändert. Die Halle, die Katarin noch als düster und unfreundlich kannte, mit altmodischen schweren Möbelstücken, war kaum wiederzuerkennen. Theo hatte ein breites hohes Fenster neben der Treppe einbauen lassen, nun war der Raum hell, auch die Einrichtung war modern und geradezu prächtig.

Der Diener, offenbar von ihrem Kommen unterrichtet, nahm feierlich ihr Baskenmützchen entgegen und führte sie in den Raum, den sie von früher her als Salon kannte. Er bat sie, Platz zu nehmen, und verkündete, daß der Herr Direktor in Kürze erscheinen werde. Damit entschwand er.

Katarin wußte nicht, sollte sie lachen oder sollte sie sich ärgern. Die Niemanns waren schon immer reiche Leute gewesen, jedenfalls nach Karlsburger Begriffen. Doch es war bei ihnen ausgesprochen bürgerlich zugegangen, es gab nette pausbäckige Hausmädchen, und Frau Niemann pflegte ihren Besuchern in der Diele entgegenzukommen.

Nun gab es einen Diener, Theo ließ sich Herr Direktor titulieren, und sie mußte auf ihn warten. Wenn das nicht albern war! Sie bereute, überhaupt gekommen zu sein. Wie würde er sich erst aufblasen, wenn er erfuhr, warum sie gekommen war.

Sie sah sich flüchtig um. Ohne daß sie es wußte, trug sie auf der Stirn wieder die kleine Hochmutsfalte, die sie älter machte und ihre Augen verengte. Auch der Salon war neu eingerichtet, ganz modern, mit einer breiten Eckcouch, mit Sesseln, flachen Tischchen und einem glänzenden halbhohen Gebilde, das sich später als Hausbar entpuppte.

Theo kam nach einer Viertelstunde. Er küßte ihr die Hand und sagte liebenswürdig: „Entschuldige, daß ich dich warten ließ. Ein dringendes Ferngespräch."

„Es macht nichts", sagte Katarin und verzog den linken Mundwinkel in der Andeutung eines Lächelns. „Ich habe mich inzwischen hier umgesehen. Alles ganz verändert. Und sehr hübsch. Wie hast du das nur fertiggebracht, mitten im Krieg?"

Theo lächelte geschmeichelt. „Ich bitte dich, das ist doch kein Kunststück. Wenn ich nicht ein paar Beziehungen hätte, wer sollte sie sonst haben! Und der alte Plunder mußte ja mal 'raus, der war doch schauerlich."

Er sah gut aus, gepflegt, ausgeruht, nach einem guten Eau de Cologne duftend. Sein Gesicht war rund, das Haar begann sich über der Stirn zu lichten, doch sonst war er recht ansehnlich.

„Was darf ich dir anbieten?" fragte er. „Kaffee? Schnäpschen?"

„Beides", erwiderte Katarin unbeirrt. „Du hast ja sicher Bohnen-kaffee. Ich habe seit Wochen keinen und leide Qualen."

„Aber das hast du doch nicht nötig. Sag mir ein Wort und du kannst haben, soviel du willst. Ich besorge ihn dir gern."

Katarin verschwieg, daß ihr das Geld zu Schwarzkäufen fehlte. Nachdem Theo beim Diener den Kaffee bestellt hatte, begab er sich zu dem seltsamen Möbelstück, das Katarin zuvor schon aufgefallen war, drückte auf einen Knopf, worauf sich das Gebilde entfaltete, ein kleines Abstelltischchen herauskam und eine Batterie Flaschen sichtbar wurde.

Katarin lobte das blitzende Ding, worauf sie hinkommen und sich den Mechanismus erklären lassen mußte.

„Fabelhaft, nicht?" fragte Theo mit kindlichem Stolz. „Hat 'ne Menge Geld gekostet."

„Kann ich mir denken", sagte Katarin und kam dann ohne wei-tere Umschweife auf den Zweck ihres Besuches zu sprechen.

„Du mußt mir helfen, Theo."

„Wenn ich kann, gern."

„Das Arbeitsamt kommt mir auf den Hals. Totaler Krieg und so. Ich denke aber nicht daran, in die Fabrik zu gehen. Lieber gehe ich nach Berlin zurück, aber ich müßte dort wahrscheinlich auch arbeiten."

„Und ich soll dir also helfen, daß man dich nicht zum Arbeits-einsatz verpflichtet. Hm. Ich kenne natürlich den Leiter vom Arbeitsamt, aber wir sind uns nicht sympathisch. Dicker Nazi. Guter Freund übrigens vom Kreisleiter, deinem Schwager."

„Dacht' ich mir's doch. Dann lassen die mich bestimmt nicht mehr in Ruhe. Otto könnte keine Nacht mehr schlafen, wenn ich nicht auch für seinen Krieg mitarbeite."

„Und was soll ich dabei tun?"

„Ich hab' gedacht, wenn ich schon einen Arbeitsplatz habe, dann kann doch niemand was von mir wollen."

„Und da soll ich..."

„Ganz recht. Du stellst mich ein, als Sekretärin oder so was ähn-liches."

Theo lächelte. „So, so, der gute Onkel Theo. Immer wenn das Kind nicht weiter weiß, kommt es zum guten Onkel Theo."

Blöder Affe, dachte Katarin. Doch sie lächelte ihn bezaubernd an. „Ein Freundschaftsdienst, Theo. Wenn es natürlich nicht geht oder du willst nicht..."

„Nun laß mich erst mal überlegen."

Der Diener brachte Kaffee und Gebäck. Eine Weile sprachen sie von anderen Dingen. Dann kam Theo auf das Thema zurück. „Du müßtest natürlich ab und zu mal in Erscheinung treten. Damit nicht jeder gleich merkt, daß wir einen Schwindel machen."

Nun kam das Schwerste. Katarin trank noch einen Schluck Kaffee und holte dann tief Luft. „Weißt du", sagte sie leichthin, „es muß ja nicht nur pro forma sein. Ich könnte ja wirklich bei dir arbeiten."

O bitteres Schicksal, bitteres, bitteres Schicksal. Nun, nach all den Jahren Arbeit und Streben, nach all den Wünschen und Träumen bei Theo Niemann um eine Stellung bitten. „Ich will ja sehr gern was tun. Zu Hause langweile ich mich zu Tode. Und außerdem", es mußte gesagt werden, „ich muß mir auch was verdienen. Ich kann schließlich in Karlsburg keine Konzerte geben, und von meiner Mutter leben möchte ich auch nicht."

Theo konnte seine Verblüffung kaum verbergen. Er war so verblüfft, daß er um eine Antwort verlegen war. Er rührte in seinem Kaffee, schenkte nochmals Likör ein und bot Katarin eine Zigarette an. Dann fragte er: „Habe ich dich recht verstanden, du willst wirklich bei mir arbeiten?"

„Warum nicht? Du hast doch sicher einen Posten, auf dem du mich unterbringen kannst. Ich bin ja soweit ganz intelligent."

Theo wurde nicht so schnell mit der neuen Situation fertig. Daß Katarin seine Angestellte werden wollte, war schlechthin überwältigend. Katarin, die stolze, die unerreichbare. Katarin, die Künstlerin, die Wolkenstürmerin.

Durch den Rauch seiner Zigarette schaute er zu ihr hinüber. Er konnte sehen, daß ihre Sicherheit ins Wanken geraten war, daß sie ihm verlegen und unruhig gegenübersaß. Zum erstenmal fühlte er sich ihr überlegen. Vermutlich brauchte sie wirklich Geld. Natürlich, so war es. Ersparnisse würde sie nicht haben, die Mutter bekam nur die Pension, die Schwester eine Rente, und die Zeit war teuer.

Ein großartiges Machtgefühl überkam ihn. Hier war sie nun, Katarin, endlich war sie hier, sie brauchte ihn, sie war auf ihn angewiesen. Er fühlte sich als Sieger. Jetzt würde er sie auch ganz bekommen.

Katarin konnte einiges von seinen Gedanken in seiner Miene ablesen. Sie machte wieder ihr hochmütiges Gesicht. „Wenn du natürlich meinst, es geht nicht, oder ich bin zu blöd . . ."

Er winkte ab. „Warte doch, ich überlege gerade. Du könntest bei mir im Vorzimmer arbeiten. Meine Sekretärin kann gut eine Hilfe gebrauchen, das arme Mädchen ist ohnehin überlastet."

„Wer ist denn deine Sekretärin? Kenne ich sie?"

„Änne Römer, sehr tüchtiges Mädchen. Sie ist schon lange bei mir."

Katarin kannte Änne Römer. Mit Maria Römer war sie in eine Klasse gegangen, Änne war zwei Jahre jünger. Würde die dann ihre Vorgesetzte sein? Im Moment verwünschte sie das Unternehmen. Minutenlang kämpfte sie mit Tränen. Das fehlte gerade noch, hier bei Theo zu weinen.

Sie schob ihm ihr Glas hin. „Gib mir noch einen Schnaps."

Als Katarin, jämmerlich frierend in ihrem Kostüm, nach Hause ging, ärgerte sie sich wieder über ihn. War das ein Benehmen! Er hätte sie ja wenigstens nach Hause fahren können. Er behandelte sie jetzt schon als seine Angestellte.

Ach! Sie blieb stehen und stampfte mit dem Fuß auf. Verdammter Krieg! Verdammtes Schicksal! Nun wurde sie am Ende noch zweite Vorzimmerdame bei Theo Niemann. Vor Kummer über sich und ihr Geschick weinte sie nun doch. Sie kam sich so bitterlich allein und gottverlassen vor. Niemand, der sie liebte und verstand. Ja, das war es vor allem, niemand der sie verstehen und mit ihr fühlen konnte.

Wie immer in solchen Momenten überfiel sie die Sehnsucht nach Carsten wie ein körperlicher Schmerz. Wenn er bei ihr wäre, würde alles leichter zu ertragen sein.

Aber sicher war er tot. Und nie mehr würde sie einen Menschen haben, der ihr nahe war, der sie verstand und den sie wirklich lieben konnte.


Friedchen hatte sich in letzter Zeit erfreulich entwickelt. Ohne Zweifel trug der Umgang mit Katarin daran die Schuld. Die Schwestern verstanden sich jetzt recht gut, Friedchen gab viel auf Katarins Meinung, sie änderte ihre Frisur und richtete sich in Kleidung und Aufmachung nach Katarins Anregungen. Überdies begann sie sich für viele Dinge zu interessieren, die ihr früher gleichgültig waren, für Bücher, Musik, und vor allem verschwand der unfreundliche, mürrische Ausdruck mehr und mehr aus ihrem jungen Gesicht.

Viel zu jung, als unreifes, dummes Ding war sie in Verlobung und Ehe mit dem ebenso unreifen Franz hineingeraten, ohne jemals die Nase vor die Tür gesteckt zu haben. Dann hatte sie einige Zeit mit Hingabe die trauernde Witwe gespielt. Nun begann sie auf einmal ein Mensch zu werden.

Katarin sah es mit freudigem Staunen, und in ihrer offenherzigen

Art sagte sie einmal zu der Mutter: „Friedchen konnte gar nichts Besseres passieren, als daß ihre Ehe so schnell vorüber war. Du wirst sehen, sie wird noch eine ganz nette Frau."

Und eines Tages erklärte Friedchen kategorisch, sie verbitte sich von nun an, noch länger mit dem idiotischen Friedchen angeredet zu werden. Sie heiße Elfriede. Und wenn sie es recht überlege, würde sie gern einen Beruf ergreifen.

„Gut", sagte Katarin, „wir werden dich Elfriede nennen. Oder wie wär's mit Friedel? Klingt doch auch ganz nett. Und Beruf? Keine schlechte Idee. Überleg dir in Ruhe, was du möchtest. Nur im Krieg würde ich nicht mehr damit anfangen. Später."

Soweit lebten die drei Frauen ganz angenehm zusammen, da trat eine neue Störung ein. Auch in Karlsburg waren immer mehr Evakuierte und Ausgebombte aus den Großstädten eingetroffen. Zwar gab es in Karlsburg auch oft Alarm, aber passiert war noch nie etwas. Nur die Überängstlichen saßen im Keller, die meisten Leute kümmerten sich nicht darum. Katarin sah den silbernen Vögeln nach, wenn sie hoch, hoch am Himmel dahinflogen. Sie wußte, was dieser Flug am Ende mit sich brachte, irgendwo würde es Tod und Verderben vom Himmel regnen.

Eines Tages bekam auch das Haus Brugge Einquartierung. Das Haus war nicht groß. Es hatte unten ein großes Zimmer und die Küche und ein paar Nebenräume, oben drei kleine Zimmer und das Bad und im Dachgeschoß noch eine kleine Kammer. Es hieß, Mutter und Tochter könnten sehr wohl in einem Raum wohnen, der erste Stock müsse zwei Zimmer für Evakuierte abgeben. Friedel behielt mit dem Kind ein Zimmer im ersten Stock, Katarin, da sie nicht mit der Mutter zusammen schlafen wollte, mußte wohl oder übel in die Dachkammer ziehen. Jedenfalls zunächst. Denn ob sie es im Winter in der unheizbaren Kammer aushalten würde, war fraglich.

Ein Ehepaar mit Kind kam ins Haus. Man konnte der Frau ansehen, daß es bald zwei Kinder sein würden. Der Mann war noch jung, er hatte ein Bein in Rußland verloren und erzählte oft und gern des langen und breiten, wie es geschehen war.

Mit netten Leuten wäre es erträglich gewesen. Doch es waren keine netten Leute, es waren laute, ungebildete, aufdringliche Leute, die in wenigen Tagen von dem Haus Besitz ergriffen und taten, als gehöre es ihnen. Sie hatten in einer rheinischen Großstadt ihre Wohnung verloren und pochten auf diesen Verlust. Jeder sollte erkennen, wie schlecht sie dran waren, keine Wohnung mehr, er ein Krüppel. Es war gewiß traurig, und keiner hätte ihnen Anteilnahme versagt, aber die Art, wie sie mit ihrem Unglück Reklame machten, wie sie nachdrücklich und mit kaum unterdrückter Drohung Ansprüche stellten, erstickte jedes Mitgefühl im Keim.

Schon nach drei Tagen wußten die drei Brugges, daß das Leben in diesem Haus in Zukunft unerträglich sein würde. Katarins Mutter, in ihrer stillen, zurückhaltenden Art, war der Invasion in keiner Weise gewachsen, schon am zweiten Tag kam sie weinend aus der Küche, in der die neue Frau sich breitmachte und sehr deutlich verkündete, was sie alles beanspruche. Da Katarin allen Auseinandersetzungen aus dem Weg ging, war es Elfriede vorbehalten, das Regiment zu ergreifen. Mit der neuen Sicherheit, die sie gewonnen hatte, versuchte sie ihr Bestes, doch war sie natürlich der reichlich ordinären Frau nicht gewachsen.

Katarins Stimmung war tiefdüster. Das Arbeitsamt hatte ein zweites Mal geschrieben, fast schon im Befehlston. Von Theo kam keine Nachricht. Noch einmal würde sie ihn nicht darum bitten, soviel war sicher.

Doch in den ersten Novembertagen überbrachte am Vormittag Theos Chauffeur einen kleinen Brief, mit dem sie eingeladen wurde, zum Abendessen in die Villa hinaufzukommen.

Als sie den Chauffeur bat, ihre Zusage auszurichten, sagte er: „Ich habe den Auftrag, Sie um acht Uhr abzuholen, gnädiges Fräulein."

Das war angenehm. Denn es regnete, und um acht Uhr würde es stockdunkel sein. Mit der Verdunkelung nahmen es die Karlsburger sehr genau.

Katarin überlegte sorgfältig, was sie anziehen sollte. Schließlich wählte sie das graue Wollkleid, das sie durch Luisas Vermittlung damals nach dem Bombenschaden bekommen hatte. Es war aus erstklassigem Material und raffiniert einfach gearbeitet.

Pünktlich fuhr der Wagen vor. Frau Kneus, die neue Mieterin, hantierte in der Küche, Herr Kneus lehnte an der offenen Küchentür und rauchte eine fürchterlich stinkende Pfeife. Beide konnten in Muße Katarins Aufbruch beobachten.

„Ausgehen, Fräulein Brugge?" fragte er gönnerhaft. „Und wie elegant, alle Achtung, ein schöner Pelzmantel. Und so vornehm, mit Auto. Wer sich das heute noch leisten kann, muß aber ein verflixt großes Tier sein, wo unsereins mit einem Bein 'rumhumpeln muß."

Auch Frau Kneus kam zur Tür und musterte Katarin von oben bis unten. „Na ja, wenn man jung ist und es versteht, da kann man schon ganz gut durch den Krieg kommen. Freilich hört jetzt für die jungen Damen das Vergnügen langsam auf. Die Fabrik wartet." Das Wort „Fabrik" schmetterte sie genußvoll hinaus und ließ ein hämisches Lachen folgen.

Katarin warf einen kurzen Blick auf die beiden und sagte dann in ihrem liebenswürdigsten Ton: „Ach, machen Sie doch bitte die Küchentür zu. Wir mögen es nicht, wenn der Küchendunst im ganzen Haus ist."

„Schau dir die Krott an", sagte er. Und sie: „So, so, die feinen Herrschaften mögen es nicht. Wir mögen es auch nicht, daß wir keine Küche mehr haben."

Aber da war Katarin schon an der Haustür. Das letzte, was sie hörte, war Frau Kneus' befriedigtes: „Na, der werden sie die Flötentöne schon noch beibringen. Wenn sie erst mal früh um fünfe zur Arbeit muß, wird sie sich noch an ganz andere Dünste gewöhnen."

Warum nur machte Unglück die Menschen so böse, dachte Katarin. Aber vielleicht waren die schon immer böse und gemein. Doch dann schob sie die Familie Kneus beiseite. Wie hübsch, wieder mal im Auto zu fahren. Seit Andrés Zeiten hatte sie in keinem Auto mehr gesessen. Theo konnte es nun immer. Gewiß, es war nicht so leicht, ohne Neid und Mißgunst durchs Leben zu gehen. Wenn es ihr schon manchmal schwerfiel, wie sollten dann Leute wie die Kneus' damit fertig werden.

Als sie die Villa betrat, kam ihr dieser Gedanke zum zweitenmal. Das große, vornehme Haus umfing sie mit seiner gepflegten Atmosphäre. Hier stand der größte Teil der Zimmer leer, und in ihr kleines Haus wies man eine Familie ein. Man mußte schon ein Engel oder ein Kamel sein, wenn man diese Dinge ohne Aufbegehren entgegennahm.

Gleich nachdem sie Theo begrüßt hatte, teilte sie ihm diese Gedanken mit.

„Armes Kind", sagte er, „tut mir leid, daß ihr so gräßliche Leute bekommen habt. Und was mich und mein Haus betrifft – lieber Gott, du brauchst deswegen nicht gleich auf die Barrikaden zu klettern. Es wird immer mit zweierlei Maß gemessen, unter jedem Regime, in jedem Zeitalter, sogar bei den rötesten Kommunisten. Das ist nun mal so, da kann man nichts machen. Alle Leute, die das ändern wollen, kämpfen gegen Windmühlenflügel."

„Man muß eben zu denen gehören, die auf der Butterseite liegen."

„Du hast es erfaßt. Obwohl, so was kann sich auch ändern. Überhaupt in Zeiten wie den unseren. Da kann man schnell von einem gepolsterteten Stuhl herunterrutschen und auf dem harten Boden sitzen."

„Machst du dir Sorgen, was dir passiert, wenn der Krieg zu Ende ist?"

„Nicht allzusehr", meinte Theo und reichte ihr einen Cocktail. „Ich sagte dir ja neulich schon, ich habe mich nicht mehr als notwendig exponiert."

Katarin nippte genußvoll an ihrem Glas. Sie fühlte sich wohl, in der Atmosphäre von Luxus und Sorglosigkeit, die sie umgab. Das gefiel ihr eben, und wenn es zehnmal nicht in die Zeit paßte. Und sie war Theo dankbar, daß er ihr helfen würde.

„Mein Leben ist durchaus nicht das pausenlose Vergnügen, das du dir vielleicht vorstellst", sagte Theo. „Ich habe viel Arbeit. Das Werk hat in den letzten Jahren seine Kapazität verfünffacht. Das kostet Nervenkraft. Ich mußte geschickt lavieren, um auf der einen Seite die Ansprüche zu befriedigen, die die Kriegsproduktion stellt, auf der anderen Seite will ich den Anschluß an die eigentliche Branche nicht verlieren, denn ich will ja nach dem Krieg auch weiterarbeiten. Ich mußte mich gut stellen mit den Braunen, bin aber trotzdem nie in die Partei eingetreten. Das war gerade hier in Karlsburg sehr schwierig. Dein Schwager zum Beispiel kann mich nicht ausstehen. Ihm wäre es lieber, wenn das Werk einem Parteigenossen gehörte, dann könnte er mitreden, das würde seinen Nimbus gewaltig erhöhen. Denn in aller Bescheidenheit vermerkt, das Werk gibt Karlsburg den Wohlstand und den Aufschwung. Wenn jemand, der mehr als fünfzig Kilometer von hier entfernt lebt, den Namen Karlsburg schon mal gehört hat, dann meist im Zusammenhang mit meinem Namen. Magst du noch einen Cocktail?"

„Gern", sagte Katarin und reichte ihm ihr Glas.

Aber Theo war noch nicht fertig. „Ich bekomme jede Hilfe von oben, die ich brauche. Als der Gauleiter voriges Jahr hier war, hat er bei mir gewohnt und hat sich um den Kreisleiter und seine Mannen wenig gekümmert. Nicht, daß ich mir darauf was einbilde, Gott bewahre. So eine Type wie den Gauleiter würde ich nicht mal als Diener engagieren. Aber wir sind in München ein paarmal zusammengetroffen, so in Theaterkreisen und so. War jedesmal eine große Sauferei."

Katarin hatte ihm schweigend zugehört. Sie spürte, daß es Theo Freude machte, ihr das alles zu erzählen. Mit wem sonst konnte er wohl so offen sprechen. Und es rührte sie irgendwie, daß die alte Freundschaft, trotz der langen Unterbrechung, so gut gehalten hatte durch Jahr und Tag und soviel gegenseitiges Vertrauen in sich barg.

„Wie kommt es eigentlich, daß du kein Nazi bist?" fragte sie. „Ich meine nicht nur sogenannter Parteigenosse, sondern Nazi aus Gesinnung. Dein Vater stand doch dem Ganzen recht positiv gegenüber."

„Sehr richtig. Vater war dafür. Das hat mir natürlich von vornherein geholfen. Niemand dachte, ich könnte anderer Meinung sein. Ja, warum ich keiner bin? Schwer zu sagen. Warum bist du denn nicht dafür?"

„Ich?" rief Katarin empört. „Das kann ich dir ganz genau sagen. Weil es meinem Wesen stracks zuwiderläuft. Nicht aus politischen und weltanschaulichen Gründen, das kommt erst später. Und im Grunde sind das ja sowieso alles verlogene und vage Gebilde. Politik zum Beispiel bedeutet für mich nichts anderes, als daß ein Staat vernünftig und gerecht regiert wird, mit Sachkenntnis und ohne Parteigebimmel. Die Politik eines Staates meiner Wahl müßte so reibungslos und still verlaufen, daß man von ihr und von den dazugehörenden Politikern überhaupt nichts hört und merkt. Und natürlich gäbe es die wirkliche Freiheit in meinem Staat, jeder könnte denken und sprechen, wie er es meint. Man sollte nur darauf sehen, daß keiner dem anderen schadet."

„Ein schöner Traum", meinte Theo, „ein weiblicher Traum."

„Allerdings", bestätigte Katarin, „ein weiblicher Traum. Woraus du entnehmen kannst, daß Frauen klüger träumen, als Männer jemals zu handeln imstande sind. Für mich, weißt du, steht die Kunst und die Wissenschaft, eben die Kultur im weiteren Sinne, haushoch über jeder Politik. Die Politik ist für mich nur da, um Voraussetzungen zu schaffen, daß sich das kulturelle Leben üppig entwickeln kann."

Theo betrachtete sie mit Zärtlichkeit. Wie hübsch sie war, wenn sie sich so ereiferte, wie jung noch immer.

„Na, und was die Weltanschauung betrifft", fuhr sie fort, „so ist das meiner Ansicht nach etwas, das man sich selbst verschaffen muß, durch Erfahrungen und Erkenntnisse und Beobachtungen. Nicht etwas, das man fertig vorgesetzt bekommt. Konfektion gewissermaßen, für jeden im Laden zu kaufen. Weltanschauung als Massenunterricht, wie man es uns heute vorsetzt, ist in meinen Augen absurd. Meiner Meinung nach kann nur jeder Mensch seine eigene, ganz persönliche Weltanschauung entwickeln und gewinnen. Da hast du nur einen der vielen Gründe, warum und wieso ich nie und nimmer Nazi sein könnte. Ich denke und fühle individuell. Und werde so denken und fühlen bis an mein Lebensende. Und ich gestehe jedem anderen Menschen zu, genauso individuell zu denken und zu fühlen. Ich habe immer gefunden, daß zehn Individualisten leicht und gut miteinander auskommen, was man von einem Stück Masse, bestehend aus zehn Individuen, meist nicht sagen kann."

„Gut, gut", lobte Theo, „ich habe selten mit einer Frau gesprochen, die sich so klar ausdrücken kann."

„Ich kann dir noch mehr Gründe nennen. Mich reizt es zur Weißglut, wenn man mich zu etwas zwingen will. Und sie zwingen einen immer. Zum BDM, zum Studentenbund, zum Kriegseinsatz, zum Reden, zum Arbeiten, zum Denken und Handeln wie sie. Dabei ist das meiste, was sie von sich geben, so dumm, daß es zum Himmel schreit. Sie zwingen die Frauen zum Kinderkriegen und die Männer zum Soldatenspielen, und jetzt haben sie uns glücklich zum Krieg gezwungen, obwohl 99 Prozent aller Menschen den Frieden wollen und nichts als den Frieden. Aber nein, erst wird das Maul aufgerissen, daß man sich schämen muß als denkender Mensch, dann werden die Juden 'rausgeworfen oder umgebracht und schließlich wird Krieg gemacht. Sag mir nur, wofür und wozu. Wenn ich einen einzigen stichhaltigen Grund für diesen Krieg entdecken, ja, wenn ich nur den Wunsch in mir finden könnte, den Krieg zu gewinnen, ich ginge morgen und meldete mich zum Dienst in der Fabrik. Krieg verlieren ist bestimmt schrecklich, aber den Krieg gewinnen und die Nazis behalten, ist mindestens genauso schrecklich, wenn nicht noch schlimmer. So. Und nun beende ich meine Ansprache. Jetzt bist du wieder dran."

Theo lachte. „Du bist ein großartiges Frauenzimmer. Ich werde mich wieder in dich verlieben."

„Das macht ja nichts", sagte Katarin kokett.

„Schön, aber vorher wollen wir essen. Ich habe nebenan im kleinen Wohnzimmer decken lassen, da ist es gemütlicher."

Das Essen war ausgezeichnet, es bestand aus mehreren Gängen und war raffiniert zubereitet.

„Es scheint, ihr habt noch die gleiche Köchin", meinte Katarin. „War sie nicht aus Hamburg?"

„Unsere Tine, ja. Die verläßt mich nicht. Und ich könnte sie nicht entbehren. Vergiß nicht, ihr Vater war erster Chefkoch beim Lloyd. Wo gibt es so was zum zweitenmal?"

„Das ist wahr."

„Sie leidet jetzt oft die entsetzlichsten Qualen, wenn nicht alles so lückenlos vorhanden ist, wie sie es braucht. Hauptsächlich ihretwegen muß ich die meisten Schwarzkäufe tätigen. In Berlin oder in Hamburg, wo ich gerade bin, muß ich nach einem bestimmten Gewürz oder nach einer gewissen Zutat fahnden, die es in dem ‚stußligen Karlsburg‘ natürlich nicht gibt. Am liebsten ist es ihr, wenn das Haus voller Gäste ist. Dann kennt ihre Phantasie keine Grenzen. Allerdings, sie kocht genauso liebevoll und erfindungsreich für mich allein.“

Zum Essen gab es einen vortrefflichen Wein, dem Katarin, nach der langen Enthaltsamkeit, mit großem Genuß zusprach.

Als Nachtisch kam eine herrliche Schokoladentorte, die Katarin fassungslos bestaunte.

Theo schmunzelte vergnügt. „Davon mußt du essen, soviel du kannst. Es ist Tines Meisterstück. Sie ist beleidigt, wenn man es nicht richtig würdigt.“

„Nein“, staunte Katarin, „das ist ja toll. Sowas hab’ ich seit Ewigkeiten nicht mehr gesehen.“ Sie kostete und rief: „Himmlisch! So eine gute Torte hab’ ich mein Leben noch nicht gegessen.“

Theo betrachtete sie lächelnd, sogar der Diener grinste, so kindlich war ihre Begeisterung.

„Magst du eine Tasse Kaffee dazu?“

„Sehr gern.“

„Dann bringen Sie uns den Kaffee in den Salon. Und die Torte auch. Ich hoffe, Fräulein Brugge wird ordentlich damit aufräumen.“

„Bis mir schlecht wird“, versicherte Katarin, „darauf kannst du dich verlassen.“

Später saßen sie im Salon. Katarin war gesprächig und heiter, sie hatte rasch und viel getrunken, die hübsche Umgebung, die Anwesenheit eines Freundes nach so vielen Monaten Einsamkeit taten ihr wohl. Sie erzählte von Berlin, von ihren Tourneen, lebhaft und amüsant.

„Ich glaube, du hast eine Menge erlebt, Katarin“, sagte Theo. „Das mußt du mir alles noch erzählen. Ich weiß ja gar nicht, was du alles getrieben hast in den Jahren.“

„Alles brauchst du ja auch nicht zu wissen.“

„Hast du viele Männer gekannt?“

„Hm, eine ganze Menge.“

„Erzählst du mir davon auch mal?“

„Wenn es dir Spaß macht“, sie lachte ihm keck ins Gesicht. „Vielleicht kannst du was dabei lernen.“

„Du bist noch immer die gleiche freche Rübe wie früher.“

„Ich werd’ mich auch nicht ändern“, sagte sie. Doch im stillen dachte sie: Wenn du wüßtest, wie trübselig mir oft zumute ist, wie sehr ich mich schon geändert habe.

Es dauerte ziemlich lange, bis sie endlich auf den eigentlichen Zweck von Katarins Besuch zu sprechen kamen. Sie solle nächste Woche bei ihm anfangen, meinte Theo, sie könne Besucher empfangen, das Telefon bedienen und einen Teil der Korrespondenz erledigen. Die Sache mit dem Arbeitsamt würde er in Ordnung bringen.

„Du bist goldig", sagte Katarin, „du rettest mir das Leben."

„Das ist wohl etwas übertrieben."

„Keineswegs. Ich wäre sonst nach Berlin zurückgegangen und dort bei nächster Gelegenheit von einer Bombe erschlagen worden."

„Aber sprechen wir jetzt nicht davon, heute abend wollen wir uns mal keine Sorgen machen."

„Als wenn du Sorgen hättest. Was ich so von dir höre, na, du lebst nicht schlecht. Wenn ich denke, was für ein braver Jüngling du zu meiner Zeit warst. Anstatt daß du dir brav und bieder Weib und Kinder zulegst, hast du ein Dutzend hübscher Freundinnen und führst einen unmoralischen Lebenswandel."

Theo lachte geschmeichelt. „Alles halb so wild. Aber es war ganz nett. Ich hätte viel verpaßt, wenn ich dich damals geheiratet hätte, Katarinchen."

„Das wird ja immer schöner!" empörte sie sich. „Am Ende freust du dich noch darüber, anstatt daß dir das Herz gebrochen ist."

Er lachte, stand auf, umfaßte ihren Kopf und gab ihr einen Kuß, einen raschen, freundschaftlichen Kuß. Doch sie spürte wohl, daß zu einem richtigen Kuß nicht viel fehlte.

Theo wandte sich jetzt dem Plattenspieler zu und legte eine Tanzplatte auf. Katarin beobachtete ihn und versuchte zu ergründen, was für Gefühle sie für den Jugendfreund hegte.

Er kam zu ihr zurück. „Wollen wir tanzen?"

„Ich glaube, ich muß gehen. Es ist schon schrecklich spät."

„Unsinn, ich fahr' dich dann nach Hause. Bleib doch noch ein bißchen. Wir trinken noch eine Flasche Sekt."

Nun, sie blieb gern noch. Hier war es warm, hier war es behaglich, und sie hatte große Lust, noch etwas zu trinken, selbst auf die Gefahr hin, einen Schwips zu bekommen. – Warum soll ich keinen Schwips haben, dachte sie, das Leben ist ohnedies so traurig. Und Theo ist sehr nett. Genau besehen, war er der einzige Mensch, der ihr immer geholfen hatte, wenn sie in der Klemme saß.

„Schön, tanzen wir." Theo war ein guter Tänzer, sie wußte es von früher her. Obwohl er nicht größer war als sie, führte er sicher, er hatte Rhythmus und musikalisches Gefühl.

Auch das Tanzen machte ihr Spaß. Übermütig verflocht sie muntere Kapriolen in die Tanzschritte und duldete es, daß er sie eng, viel zu eng, an sich zog. Vielleicht, wenn sie nicht soviel getrunken hätte, wäre sie jetzt doch aufgebrochen. Aber so – es war schön, zu spüren, daß ein Mann sie wieder einmal begehrte.

Als der Tanz zu Ende war, blieb er stehen, ließ sie aber nicht los. Sein Mund neigte sich über ihren, doch geschmeidig wand sie sich zur Seite und löste sich aus seinem Griff. Summend ging sie zum Tisch und fragte: „Nu, was ist mit dem Sekt? Ich verdurste."

„Natürlich, der Sekt." Theo klingelte nach dem Diener, Katarin ging zum Plattenschrank, kauerte sich nieder und suchte in den Platten.

Theo kam ihr nach. Er stand dicht bei ihr und blickte auf sie nieder. „Wie ist das eigentlich, Katarin? Bist du zur Zeit allein?"

„Allein? Was heißt das?" fragte sie unschuldig, obwohl sie genau wußte, was er meinte.

„Ich meine, hast du keinen Freund?"

Sie stellte sich dumm. „Einen Freund? Oh, ich hoffe doch, daß ich einige Freunde habe. Du bist doch mein Freund, nicht? Und auch sonst kenne ich noch ein paar Leute, die mir wohlgesinnt sind."

„Du weißt schon, was ich meine."

„Du meinst, ob ich einen Geliebten habe?" fragte sie absichtlich deutlich und blickte spöttisch zu ihm auf.

Er verzog indigniert das Gesicht. „So was ähnliches, ja", murmelte er.

„Warum willst du das denn wissen? Fragst du deine Angestellten immer danach?"

„Unsinn. Stell dich nicht dumm. Du weißt genau, warum ich das wissen will."

„So?" Katarin richtete sich auf, die herausgesuchte Platte in der Hand. „Auf jeden Fall habe ich noch nie gehört, daß man eine Dame nach ihren Liebhabern fragt. Ist das in Karlsburg jetzt Mode?"

„Du kleine Hexe", sagte er dicht vor ihr, „du hast mich einmal an der Nase herumgeführt. Glaub nicht, daß ich jetzt noch so harmlos bin. Damals hab' ich mich abweisen lassen. Weißt du, was ich hätte tun müssen?"

„Nun? Was?" fragte sie mit glitzernden Augen.

„Damals, am Flußufer, da hätte ich dich einfach nehmen müssen. Das wäre gar nicht schwer gewesen. Statt dessen habe ich dir einen Heiratsantrag gemacht und bin wie ein Tropf dagesessen, nachdem du mich abgewiesen hast. Das hat mich noch jahrelang geärgert."

Katarin lachte hellauf. „Das ist süß. Jaja, es heißt ja immer, die nicht begangenen Sünden bereut man am meisten. Du hast es am eigenen Leibe erfahren."

Ihre Reaktion verblüffte ihn. „Am Ende hat es dir auch leid getan, was? Wahrscheinlich hast du mich für einen Trottel gehalten."

„Aber Theo! Damals war ich immerhin noch Jungfrau."

„Na?"

„Ehrenwort."

„Um so mehr bereue ich. Es wäre nett gewesen, bei dir der erste zu sein. Das hab' ich verpaßt."

„Nun halt mal die Luft an. Ist das wohl ein Gesprächsstoff für seriöse Leute?"

„Wieviel waren es denn inzwischen, Katarin?"

„Was geht dich das an?"

„Sag mir's halt."

„Ich denke nicht daran. Bist du verrückt?" Doch sie war viel zu guter Laune, um sich ernsthaft zu empören. Ihre Augen funkelten vor Vergnügen und Koketterie. Tief in ihrem Innern wußte sie, daß sie gefährlich mit dem Feuer spielte, daß das Gespräch fast schon zu weit gegangen war, um noch auf neutralen Boden zurückzukommen. Doch sie wollte heute abend nicht vernünftig sein, nein, sie wollte nicht. Und Theo war ihr nicht gefährlich, mit dem wurde sie schon fertig.

Ohne Bedenken nahm sie denn auch das Sektglas, das Theo ihr reichte, und leerte es auf einen Zug.

„Ah, das ist gut! Ich habe ewig keinen Sekt mehr getrunken. Und ich trink' ihn so gern. Schenk mir noch mal ein."

Das tat Theo nur zu gern. Er wollte seine Chance nützen. Er hatte es ohnedies vorgehabt, doch nicht vermutet, daß es so leicht sein würde. Nein, er wollte nun nicht länger warten. Er war voller Begierde, diese Katarin, diese übermütige, widerspenstige Katarin endlich zu besitzen. Es erschien ihm in diesem Augenblick, als habe er die ganzen Jahre justament nur darauf gewartet.

Er setzte den Plattenspieler in Gang, sie tanzten wieder. Katarin, nun vollends beschwingt von den zwei Gläsern Sekt, wehrte sich nicht, als er sie küßte. Erst als seine Lippen an ihrem Hals niederglitten bis zum Ausschnitt, machte sie sich frei.

„Nun sei mal vernünftig", sagte sie mit dem drolligen Ernst Beschwipster, „und tanz, wie sich das für anständige Leute geziemt, hörst du?"

Nach dem Tanz sank sie in die Ecke der Couch, Theo kam nach

und setzte sich dicht neben sie, füllte die Gläser wieder und stieß mit ihr an.

Katarin betrachtete nachdenklich die Torte. „Ob ich noch ein Stück esse?" fragte sie kindlich.

„Das tust du", sagte er, „aber erst küßt du mich noch mal."

Er umarmte sie, sein Mund sog sich gierig an ihrem fest. Seine Hand umschloß ihre Brust, sein Körper drängte sie in die Kissen zurück. Katarin hatte ein unbehagliches Gefühl, und ihr erster Impuls war, ihn zurückzustoßen. Aber dann ließ sie sich fallen. Es war ja alles so gleichgültig. Sie wehrte sich nicht mehr gegen seine Hände, gegen seinen Mund.

Theo, als er ihr Nachgeben spürte, wurde vollends um den Verstand gebracht. Er mußte sie haben, jetzt, sofort, es war unmöglich, noch länger zu warten.

Später lag sie mit geschlossenen Augen in seinem Arm. Sein Herz jagte wild, doch sie war ganz ruhig, ganz kalt. Der leichte Rausch war verflogen, sie überlegte, was sie getan hatte.

Ohne Liebe, dachte sie. Und warum nur? Aber sie war nicht so beschämt, wie sie es erwartet hatte. Es war ja Theo, wenn sie ihn auch nicht liebte, so war er doch vertraut, war ihr Freund. Und er liebte sie nun schon so lange. Und es tat gut, sich wieder einmal in die Obhut eines Mannes zu begeben.

Theo stützte seinen Kopf auf und betrachtete sie. Hier lag sie nun neben ihm, Katarin, nackt und schön, mit ihren ebenmäßigen langen Gliedern. Endlich. Sie war nun sein. Doch nichts von Triumph in seinem Gefühl, nur Liebe, Zärtlichkeit und Glück. Ja, er liebte sie, er hatte sie immer geliebt. Und nun war sie da. Seine Hand strich leicht und liebkosend über ihren Körper, und eine stille Freude erfüllte ihn.

„Wie schön du bist", sagte er.

Katarin öffnete die Augen und blickte ihn an. „Ja?" Sie lächelte zu ihm auf, ein kleines wollüstiges Lächeln, in dem doch irgendwo Traurigkeit nistete.

„Ich bin so glücklich", sagte er. „Ich habe mir immer und immer nur dich gewünscht. All die Jahre."

„Ja?" fragte sie wieder. Sie richtete sich auf und schlug einen leichten Ton an. „Na, nun hast du dein Ziel erreicht. Du bist sehr hartnäckig, muß ich sagen. Vergewaltigst du eigentlich alle Frauen, die du zum Abendessen einlädst?"

„Man kann eigentlich nicht sagen, daß ich dich vergewaltigt habe."

„Nein", gab sie zu, „nicht direkt. Aber immerhin – was hätte ich denn machen sollen, wo du doch mein Chef bist. Und nun esse ich doch noch ein Stück Torte."

Es war spät in der Nacht, als Katarin nach Hause kam. Widerwillig betrat sie die kalte ungemütliche Kammer. Welch ein Gegensatz zu dem warmen gemütlichen Zimmer in der Villa.

Todmüde sank sie ins Bett. Ihr Körper, lange aller Leidenschaft und Liebkosung entwöhnt, war matt und zufrieden. Doch ihr Herz voller Trauer. Warum hatte sie es getan? War es nur erotische Begierde? Oder Berechnung? Vermutlich beides. Ach, sie war kein guter Mensch. Immer weiter entfernte sie sich von Carsten, von der reinen unschuldsvollen Liebe ihrer Mädchenjahre.

Ein Gedanke, der schon den ganzen Abend über in ihrem Unterbewußtsein gelauert hatte, drängte sich auf. Wie, wenn sie Theo heiraten würde? Sie war heute nicht mehr so übermütig, diese Möglichkeit leichtherzig von sich zu weisen. Eine Heirat mit Theo würde zunächst Befreiung von allen Sorgen bedeuten. Ein großzügiges, bequemes Leben würde es sein. Allerdings mußte sie dann mit Theo leben, für den sie ja im Grunde nichts weiter empfand als ein wenig gönnerhafte Freundschaft, eine kleine zärtliche Aufwallung vielleicht dann und wann, aber keine Liebe, keine Leidenschaft, keine gemeinsame Basis für Gedanken und Gefühle. Ja, jetzt nachträglich erschien die Vereinigung mit Theo absurd und verwunderlich. Der kleine Theo, nie ganz ernst genommen, nie mit den Augen einer Frau betrachtet. Und der ausgezogene Theo hatte nicht sehr anziehend gewirkt, seine Haut war weich, sein Fleisch füllig, sie hatte es nicht über sich gebracht, ihn zärtlich zu berühren.

Ach was, sie wollte jetzt nicht mehr darüber nachdenken. Morgen, morgen konnte man sich weiter damit beschäftigen.

Als sie am nächsten Morgen spät herunterkam, in das vollgestopfte Wohnzimmer, in dem die Mutter saß, der kleine Franz spielte, Friedel verzweifelt vom heutigen Kampf mit Frau Kneus berichtete, als zwischendurch das Kneuskind lärmend ein Treppenfenster zerbrach, und als schließlich das Frühstück vor ihr stand, die übelschmeckende braune Brühe, das winzige Kleckschen Butter, da stand ihr Entschluß fest: sie würde Theo heiraten.

Zunächst allerdings sah es nicht so aus, als habe Theo die Absicht, sie zu seiner Frau zu machen. Es bestand zwar kein Zweifel darüber, daß er sehr verliebt war, er wollte sie täglich sehen, er schickte den Wagen oder kam selbst. Nachmittags oder abends waren sie in der Villa zusammen, sie aßen und tranken viel und gut, sie unterhielten sich auch ganz angeregt und stets endete das

Zusammensein mit einer oder mehreren Liebesstunden, so häufig und so regelmäßig, daß es Katarin nach vierzehn Tagen bereits zum Hals heraushing. Es schien, als wolle Theo nachholen, was sie ihm so lange vorenthalten hatte. Aber Theo konnte nicht mit André verglichen werden, seine Liebe war nicht so wundervoll und mitreißend. So gern Katarin in die Villa ging, um dem ungemütlichen Zuhause zu entfliehen, so zögernd war ihre Bereitschaft Theos Wünschen gegenüber.

Natürlich blieb es zu Hause nicht verborgen, welche Wege sie ging. Friedel lächelte verständnisinnig, die Mutter in ihrer Harmlosigkeit kam lange nicht darauf, was wirklich dahintersteckte, so lange, bis Katarin einmal eine ganze Nacht wegblieb.

Es war spät geworden, und sie war so müde, daß sie einschlief. Am Morgen, als sie erwachte, war es ihr sehr unangenehm. Theo beruhigte sie lachend. „Ach, laß doch. Deine Mutter wird sich schon daran gewöhnen. Und mein Personal – lieber Himmel, die haben es schon mal erlebt, daß eine Frau hier übernachtet hat."

Katarin bekam eine Falte auf die Stirn. „Findest du es sehr geschmackvoll, mir zu erzählen, daß ich in deinen Augen nichts anderes bin als eine deiner vielen Freundinnen?"

Er war verblüfft. „Aber Kind, so habe ich es doch nicht gemeint. Du bist für mich etwas ganz Besonderes, etwas Einmaliges, das weißt du doch. Du –", er setzte sich auf den Bettrand und zog sie an sich, „du bist die wundervollste Frau, die ich kenne. Ich bin nie bei einer Frau so glücklich gewesen, ich wußte gar nicht, daß Liebe so schön sein kann."

Das wunderte Katarin. Im Grunde verhielt sie sich recht passiv, gerade daß sie Theos Umarmungen erduldete. Doch er schien nichts zu entbehren. Um so besser.

Sie blieb im Bett liegen. Theo selbst brachte ihr das Frühstück, strich ihr die Brötchen dick mit Butter und sah mit Freude, wie es ihr schmeckte.

Unangenehmer war es, nach Hause zu kommen. Die Mutter schaute vorwurfsvoll und gleichzeitig verlegen auf die Tochter. Katarin senkte den Blick, es war ihr peinlich, sie kam sich vor wie ein junges Ding, das die erste Dummheit gemacht hat.

Nach einer Weile erst sagte die Mutter: „Ich glaube, Katarin, das geht nicht. Hier in Karlsburg geht das nicht."

„Es hat niemand etwas gemerkt."

„Hier bleibt nichts verborgen. Man hat es immer gewußt, wenn oben in der Villa –", sie stockte und vollendete dann unbeholfen, „– wenn oben Gäste waren."

Katarin konnte nicht viel dazu sagen, sie wußte, daß es stimmte. Friedel enthielt sich jeder Äußerung, jedoch Herr Kneus, der es, Gott mochte wissen, wieso, auch mitgekriegt hatte, daß sie die Nacht über nicht da war, meinte neckisch im Vorübergehen: „Na, war's nett? Jaja, die Liebe."

Das war unmöglich. Katarin sah es selbst ein und erklärte Theo, daß sie nie mehr über Nacht bleiben könne.

Harmlos fragte er: „Aber warum denn nicht? Es war doch so schön. Du hast so süß geschlafen. Und kein Mensch hat was gemerkt."

„Sei nicht so blöd", erwiderte Katarin gereizt, „jeder Mensch hat immer gewußt, was du treibst. Wenn du Besuch von auswärts hattest, war es ja gleich. Aber bei mir geht es nicht."

Die Angelegenheit mit dem Arbeitsamt hatte er geregelt. „Du bist eben meine Privatsekretärin. Ich kann dir ja auch hier Briefe diktieren, nicht? Die Leute wissen viel."

Die Leute wußten natürlich doch. Ab und zu wurde Katarin von Bekannten daraufhin angesprochen. Sie gab dann stets gleichmütig zur Antwort, sie arbeite als Sekretärin bei Theo Niemann.

„Soso. Am Abend?" fragte eine ehemalige Schulfreundin spitz.

„Ja, meist am Abend", erwiderte Katarin ruhig. „Es paßt ihm so besser, er hat dann Ruhe und wird nicht immer abgerufen. Mir ist es gleich. Im Gegenteil, ich bin ganz froh, da brauch' ich nicht so früh aufzustehen." Da sie diese Auskünfte ruhig und ohne Verlegenheit erteilte, hielten sich Verleumdungen und Klatsch einigermaßen in Grenzen. Und dann, wie gesagt, so kleinlich war man in Karlsburg nicht mehr.

Ende November verreiste Theo für einige Tage. Rein persönlich war Katarin ganz froh, ihre Ruhe zu haben. Andererseits vermißte sie ihn, denn sie hatte sich schon an den Komfort in der Villa gewöhnt. Dann kamen ihr Bedenken, ob er ihr wohl treu war. Er war nach München gefahren. Hatte er nicht dort eine Freundin? Die Tänzerin, mit der sie ihn mal gesehen hatte. Auch wenn sie ihn nicht liebte, war ihr der Gedanke unangenehm, betrogen zu werden.

Doch als er wiederkam, tat er, als wären sie monatelang getrennt gewesen. Er schloß sie in die Arme und ließ sie lange nicht los. „Du hast mir so gefehlt. Ich glaube, ich kann gar nicht mehr ohne dich sein."

Sie lachte geschmeichelt. „Das gehört sich auch so." Als sie ihn wieder vor sich sah, verliebt und zutraulich, erschien ihr der Verdacht lächerlich.

Er wollte, daß sie wieder über Nacht bliebe.

„Es geht nicht", sagte Katarin. „Meine Mutter regt sich darüber auf. Sie ist sowieso über unser ganzes – äh, über unsere Freundschaft recht betrübt. In ihrem Kränzchen hat man sie schon neulich deswegen angesprochen, recht anzüglich, wie sie mir vorwurfsvoll erzählte. Das kann ich ihr nicht antun."

Sie lag im Bett und rauchte eine Zigarette. Theo saß auf dem Bettrand und rauchte ebenfalls. Nachdenklich drehte er sein Weinglas in der Hand. Plötzlich sagte er, ohne sie anzusehen: „Ich kann inkonsequente Leute nicht leiden. Wenn man mal einen Entschluß gefaßt hat, muß man auch dabei bleiben. Und wenn man sich selbst ein Versprechen gegeben hat, muß man es halten."

„Zweifellos", erwiderte Katarin, die nicht genau wußte, worauf er hinauswollte. „Aber immer geht es nicht. Es gibt Situationen im Leben, da muß man einfach inkonsequent sein. Und was Versprechen betrifft – ich glaube, es werden mehr Versprechen gebrochen als gehalten."

„Eben." Darauf enstand eine Pause. Dann begann Theo wieder. „Ich habe mir selbst einmal ein Versprechen gegeben, dich betreffend. Und ich habe vorgehabt, es zu halten. Auch jetzt noch. Trotz allem. Aber möglicherweise ist es falsch."

Katarin wurde es heiß. Jetzt wußte sie, worum es ging. Alles in ihr sträubte sich, sagte: Nein, nein, niemals.

„Weißt du, was ich meine?" fragte er.

„Keine Ahnung." Sie lächelte mit klopfendem Herzen.

„Hm." Er trank sein Glas aus und schaute sie prüfend an. „Liebst du mich eigentlich?"

„Wäre ich sonst hier?" gab sie diplomatisch zurück.

„So wie ich dich beurteile, nehme ich an, du wärest nicht hier, wenn du mich nicht liebtest."

Katarin senkte die Augen. Was er für eine gute Meinung von ihr hatte! Wenn er wüßte, wie sie in Wirklichkeit dachte und fühlte, wie verlogen sie war. Ach, dachte sie, wenn Männer immer wüßten, was Frauen hinter ihren glatten Stirnen verbergen, hinter ihren unschuldigen Augen und lächelnden Lippen. Wenn sie wüßten, daß alles, alles, Kuß und Umarmung, Hingabe und Zärtlichkeit Lüge sein kann, Lüge und Theater. Wenn Männer das wüßten...

Sie blickte zu ihm auf und lächelte. „Nun?"

„Ich habe manchmal jetzt gedacht...", er zögerte, fuhr fort, „als ich verreist war, weißt du", er schwieg wieder. Dann stand er auf, füllte die Gläser, trank, setzte sich wieder zu ihr.

Katarin richtete sich auf, schlang den Arm um seinen Hals und küßte ihn. Ihre Brust streifte seinen Arm, sie tat es absichtlich, und dabei dachte sie: wie verlogen ich bin, wie verlogen und schlecht ich doch bin.

Theo wandte sich ihr heftig zu, ergriff sie an beiden Armen und blickte sie fest an. „Hast du schon einmal daran gedacht, daß wir heiraten könnten? Kannst du dir vorstellen, mit mir verheiratet zu sein?"

Katarin empfand gleichzeitig Erleichterung und Angst. Erleichterung darüber, daß er sie endlich gefragt hatte, und Angst davor, was sie nun antworten sollte. Angst auch davor, daß es ernst werden könnte, daß sie Theo heiraten müßte, ausgerechnet Theo, den sie sich von allen Männern am wenigsten gewünscht hatte. Vor lauter Schreck und Ratlosigkeit stieg ihr das Blut in die Wangen, sie wurde rot wie ein junges Mädchen. Sie spürte es und dachte: wie wirkungsvoll ist das. Es muß ihn vollends verrückt machen.

So war es auch. Theo, als er sah, daß sie errötete, als er ihre Verwirrung bemerkte, kam sich stark und mächtig vor, einmalig. Sie war so jung, so süß und hilflos, sie war sein, ihm ausgeliefert und anvertraut zugleich. Er riß sie jäh an sich und küßte sie stürmisch.

„Sag, Katarin, kannst du es dir vorstellen? Daß wir täglich zusammen sind und jede Nacht zusammen schlafen können?"

Wie entsetzlich, dachte Katarin, jede Nacht. Das würde ich dir schon abgewöhnen. Doch sie legte den Kopf an seine Schulter und flüsterte: „O Theo!"

Ihre Gedanken überschlugen sich. Was sollte sie tun? Sie mußte ihm antworten, jetzt gleich, sie mußte sich entscheiden. Doch die Entscheidung war ja schon gefallen, die Antwort lag seit Wochen bereit. Sie konnte nur ja sagen, in ihrer derzeitigen Situation durfte sie dieses Angebot nicht ausschlagen. Es war das Beste, was sich weit und breit und vermutlich für lange Zeit bot, um ihr trostloses Dasein zu erleichtern.

Sie hob den Kopf und sah ihn an, die Erregung machte ihre Augen groß und dunkel, ihre Lippen zitterten. „O ja!" sagte sie mit kleiner Stimme. „Ich könnte es mir vorstellen. Heute kann ich es mir vorstellen."

„Katarin!" Er preßte sie an sich. Sie schloß die Augen, jähe Erschöpfung überfiel sie. Es war geschehen, sie hatte ja gesagt. Sie mußte Theo heiraten. Ihr Leben lief endgültig in eine Sackgasse, und wenn nicht ein Wunder geschah, würde sie niemals mehr hinausfinden.

Sie heirateten in der ersten Januarwoche. Theo wollte eine große Hochzeit machen mit allem Drum und Dran, mit kirchlicher Trauung, mit weißem Kleid und Kranz und Schleier. Katarin hatte sich erfolgreich dagegen gewehrt. Es sei nicht zeitgemäß, meinte sie, und außerdem hasse sie solche Schaustellungen. Das fehlte ihr gerade noch, zur Unterhaltung und zum Gesprächsstoff der Karlsburger mehr als notwendig beizutragen. Es langte so schon. Übrigens mißbilligten die Karlsburger Theos Wahl, das nun hinwiederum bereitete Katarin ein boshaftes Vergnügen.

Katarins Mutter war selig, der Traum ihres Lebens ging in Erfüllung, ihre Tochter machte die denkbar beste Partie, eine reiche und geachtete Frau würde sie sein. Katarin lächelte ironisch zu den Ergüssen ihrer Mutter und behielt für sich, was sie dachte. Die einzige, die ahnte, was sie fühlte, war Friedel, die es immerhin so weit gebracht hatte, Katarin zu verstehen. Auch Lenchen tauchte aus Anlaß des großen Ereignisses wieder auf, Katarin und Otto schlossen einen ehrenvollen Frieden. Hinfort mit den Niemanns verwandt zu sein, war für Otto von größerer Wichtigkeit als Katarins merkwürdige politische Ansichten.

Blieb Theos Mutter. Doch die Frau war viel zu krank, um noch Anteil zu nehmen. Als Katarin sie das erstemal wiedersah, war sie tief betroffen, die einstmals behäbige, rundliche Frau glich nur noch einem blutlosen Gerippe. Übrigens starb sie knapp vier Wochen nach der Hochzeit.

Katarin hatte zunächst viel Spaß daran, eine verheiratete Frau zu sein und keinerlei Sorgen mehr zu haben. Sie fühlte sich unbeschreiblich wohl in der schönen Umgebung und lebte ganz so, wie es ihr Freude machte. Morgens blieb sie lange im Bett, meist kam Theo und frühstückte bei ihr. Mit großer Energie hatte sie getrennte Schlafzimmer durchgesetzt. Theo hatte zuerst den Beleidigten gespielt. „Du liebst mich eben nicht richtig", sagte er vorwurfsvoll.

„Quatsch", erwiderte Katarin temperamentvoll, „ich möchte niemals und unter gar keinen Umständen ein gemeinsames Schlafzimmer mit einem Mann, und wenn es der wundervollste Mann der Welt ist. Ich habe mich immer gewundert, wie Leute es aushalten, Jahre und Jahrzehnte lang in einem Raum zu schlafen, selbst dann noch, wenn sie sich nicht mehr ausstehen können. Es muß entsetzlich sein."

„Aber wir mögen uns doch leiden."

„Gerade drum. Es soll ja so bleiben. Ich könnte aber nicht dafür garantieren, ob ich dich noch mag, wenn ich ständig mit dir zusammen schlafen müßte."

„Du bist schon eine komische Nummer", sagte Theo seufzend.

„Das wußtest du ja schon vorher", meinte Katarin ungerührt, „und gerade deswegen liebst du mich. Oder nicht?"

Dagegen ließ sich nichts sagen. Verflucht noch mal, ja, dachte Theo, gerade deswegen liebe ich sie.

Tagsüber war Katarin viel allein und das war herrlich. Zu tun gab es für sie im Hause nichts, die tüchtige Tine, der ehrwürdige Felix sorgten für alles, zudem war noch ein junges Stubenmädchen da. Katarin verzichtete von vornherein darauf, in den gewohnten Gang des Haushalts einzugreifen, sie war nur darauf bedacht, daß ihre Autorität anerkannt wurde und daß nichts über ihren Kopf hinweg geschah. Das erreichte sie in kurzer Zeit, sie bediente sich dazu einer Art entschlossener Liebenswürdigkeit, die keinen Zweifel daran ließ, daß man sie als Hausfrau respektieren mußte.

Dabei kam ihr zu Hilfe, daß Tine, die Hamburgerin, mit Theos Wahl einverstanden war. Sie schätzte nämlich die Karlsburger nicht besonders, obwohl sie nun schon an die dreißig Jahre hier lebte. Für sie blieben es Provinzler, auf die sie hochmütig herabsah. Katarin aber gefiel ihr, erstens war sie Künstlerin, zweitens mehr Berlinerin als Karlsburgerin und drittens hatte sie, wie Tine sich ausdrückte, „Hirn im Kopf und nicht nur Gänsefedern".

Mittags kam Theo nach Hause, dann aßen sie zusammen, er erzählte von seiner Arbeit, von seinen Sorgen, und Katarin hörte ihm verständnisvoll zu. Wie in einer richtigen Ehe, dachte sie. Denn immer noch hatte sie das Gefühl, das ganze sei nur ein Spiel, als könne es nicht wahr sein, daß sie wirklich die Frau von Theo Niemann war.

Im übrigen las sie viel, sie ging spazieren mit Theos schönem Boxerrüden, der sich schnell an sie angeschlossen hatte. Und dann spielte sie mit Hingabe und Ausdauer Klavier, sie begann wieder methodisch zu üben, oft stundenlang. Zur Verwunderung von Felix, der in der Küche kopfschüttelnd berichtete: „Jetzt spielt die gnädige Frau seit einer Stunde immerzu das gleiche, hinauf und hinunter. Wie sie das nur aushält."

Worauf Tine ihn belehrte: „Das verstehst du nicht. Das ist eben Kunst."

Der schöne große Flügel war Katarins ganzes Entzücken. Solch ein Instrument hatte sie sich immer gewünscht, seit sie als junges Mädchen bei ihren seltenen Besuchen im Hause Niemann darauf spielen durfte. Nun gehörte er ihr. Im stillen fand sie, der Flügel, die Villa und der Hund waren das Schönste an der ganzen Ehe.

Denn immer noch, trotz Ehe und Krieg, hielt sie an ihren Träumen fest. Sie hatte keine Vorstellung davon, was später sein würde, wie sie den Weg wiederfinden könnte, den sie verlassen hatte. Aber sie wußte, es würde geschehen. Es durfte nicht alles zu Ende sein, nicht alles umsonst gewesen sein, ehe es richtig begonnen hatte.

Und diese Ehe mit Theo – lieber Himmel, sie war eine Notlösung der Kriegszeit. Ein Intermezzo, das vorübergehen würde. Nur eine Angst begleitete sie Tag und Nacht, die Angst, ein Kind zu bekommen. Sie wollte auf keinen Fall ein Kind, das sie ewig an Theo und an das Leben mit ihm binden würde.

Theo hinwiederum war anderer Ansicht. „Warum denn nicht?" sagte er. „Ich möchte gern ein Kind von dir. Warum willst du nicht? Wir können es uns doch leisten."

„In dieser Zeit", wehrte sie ab, „man weiß ja gar nicht, was noch kommt."

Doch in diesem Punkt blieb er unnachgiebig. Wollte sie es nicht zu offener Fehde kommen lassen, mußte sie sich seiner Macht beugen. Sie hätte sich ihm denn ganz verweigern müssen, aber das war unmöglich. Es machte sie wütend und zerstörte bald das bißchen Zuneigung und Zärtlichkeit, das sie ihm anfangs entgegenbrachte, wenn er ihr im überlegenen Gefühl seiner männlichen Stärke in diesem Punkt Gewalt antat. Es war unklug von Theo, doch trotz aller Erfahrungen kannte er die Frauen zuwenig, und am allerwenigsten Frauen von der Art Katarins.

Überhaupt bereitete ihr das körperliche Zusammensein mit Theo kein besonderes Vergnügen. Seine Liebe war oft recht lästig. Alles ging immer auf die gleiche Art vor sich, und der erregte oder befriedigte Theo neben ihr im Bett erweckte weder Leidenschaft noch Liebe. Das stärkste Gefühl, das sie ihm gegenüber empfand, war Dankbarkeit. Dankbarkeit, daß er sie geheiratet hatte, denn die Zeiten wurden immer trüber. Der Krieg rückte näher. Doch sie war geborgen, sie hatte keine Sorgen und litt keinen Mangel. Nach wie vor aber nahm sie lebhaften Anteil am Geschehen. Der Flüchtlingsstrom aus den östlichen Gebieten Deutschlands traf ein, und das Unglaubliche wurde wahr, die Russen standen auf deutschem Boden und eines Tages vor Berlin.

Was die Flüchtlinge erzählten, war entsetzlich. Die Flucht über die vereisten Straßen in der strengen Kälte dieses Winters mußte ein Inferno gewesen sein. Jeder wußte von neuen grauenhaften Tatsachen zu berichten.

Auch in Karlsburg war man nicht mehr so siegesgewiß. Sogar Otto war merklich kleinlauter geworden, er hielt keine großen Reden mehr. Als Katarin ihn einmal fragte: „Nun, Otto, wie steht es mit dem Sieg?" – zuckte er nur mit den Schultern und schwieg.

Katarin lächelte trübe. „Es macht mir wenig Freude, recht zu behalten", sagte sie. „Ich habe es dir vor fünf Jahren schon gesagt. Das traurige ist nur, daß es alle trifft und nicht nur dich und deinesgleichen."

„Man muß abwarten", sagte Otto ungewiß, „die neuen Waffen..."

„Ach, die Wunderwaffen. Es wird Zeit, daß ihr damit herausrückt, sonst wird nichts mehr von Deutschland übrigbleiben, das man damit verteidigen kann."

Eines Tages erlebte Karlsburg seinen ersten Angriff. Er dauerte nicht lange, doch er hinterließ hinreichende Spuren. Da er am Vormittag kam, waren viele Leute unterwegs, keiner dachte sich viel, als es Alarm gab, denn bisher war noch nie etwas passiert. So kam es, daß es Tote und Verwundete gab. Viele Häuser wurden restlos zerstört, der Bahnhof, eine Schule und das Lazarett wurden getroffen. Auch das Niemannsche Werk bekam einiges ab, in der Villa jedoch waren nur die Fenster kaputt.

Die Karlsburger, die sich so sicher gefühlt hatten, waren fassungslos. Katarin sah mit traurigen Augen auf die verwundete Stadt. Jetzt ging es also auch hier los. War das denn noch nötig? Sie empfand, wie früher nie, eine tiefe Erbitterung gegen die Feinde. Zum erstenmal dachte sie bewußt: Feinde. Was hier getrieben wurde, war schlimmste Barbarei, denn genaugenommen war der Krieg ja zu Ende, die anderen hatten ihn gewonnen, warum mußten sie noch sinnlos Städte zerstören und Menschen töten?

Otto, der Kreisleiter, zeigte sich der Katastrophe in keiner Weise gewachsen. Er gab widerspruchsvolle Anweisungen, quartierte Leute ein und aus, ließ unwichtige Schadenstellen aufräumen und vernachlässigte wichtige. Schließlich nahm der Ortskommandant der Wehrmacht die Sache allein in die Hand, und Otto, der bisher streng darauf achtete, in seinem Ressort selbständig zu walten, war ihm dankbar dafür und nahm kleinlaut die Ordern entgegen.

Drei Tage nach dem Angriff besuchte Katarin ihre Schwester Lenchen. Das ganze Hauswesen des Kreisleiters glich einem aufgescheuchten Hühnerschwarm. Otto war in Panikstimmung und steckte alle damit an. Lenchen sah schlecht aus und hatte sichtlich einige Pfunde abgenommen, die Kinder liefen stumm und verstört umher. Nur das Kleinste, erst wenige Monate alt, schlief unbesorgt in seinem Stubenwagen.

Vor diesem jüngsten Neffen blieb Katarin stehen und betrachtete ihn, ohne ein Wort zu sagen. Dann richtete sie ihren Blick auf Lenchen, die mit ängstlich aufgerissenen Augen auf ihrem Stuhl saß und die Schwester hilflos ansah.

Schließlich brach Lenchen in nervöses Weinen aus. „Es ist alles so schrecklich", schluchzte sie, „was soll bloß werden?"

Katarin hob die Schultern. Sie empfand kein Mitleid, befriedigt sah sie den Zusammenbruch der selbstherrlichen Familie. „Es ist nicht schrecklicher, als es immer war", sagte sie ruhig, „ihr wolltet es nur nicht sehen."

„Was soll bloß werden?" wiederholte Lenchen.

„Das hättest du dir überlegen sollen, ehe du all die Kinder in die Welt gesetzt hast. Die armen Würmer können ja nichts für die Dummheit ihrer Eltern."

„Alle sagen jetzt, daß wir den Krieg verlieren", stieß Lenchen hervor, „sogar Otto hat es heute früh gesagt."

„Hat er? Fürwahr, ein kluges Kind, dein Otto. Diese Aufklärung hätte er schon vor Jahren von mir haben können."

„Du! Du bist jetzt fein heraus mit deinem Theo."

„Mit meinem Theo!" fauchte Katarin gereizt. „Ich pfeif' auf meinen Theo. Wenn du denkst, daß es das ist, was ich angestrebt habe, dann irrst du dich gewaltig. Daß ich jetzt wieder hier in dem verdammten Nest sitzen und die biedere Ehefrau spielen muß, das habe ich alles dir und deinem Otto und euren dreimal verdammten Gesinnungsgenossen zu verdanken. Millionen von Menschen habt ihr das Leben zerstört."

„Aber da können wir doch nichts dafür?"

„Wer denn sonst? Ihr mit eurer Blindheit, eurer unverschämten Borniertheit und eurem Cäsarenwahn. Na, hoffentlich müßt ihr die Suppe auch ausfressen, die ihr uns allen eingebrockt habt."

„Wie du redest", weinte Lenchen, „du, meine Schwester."

„Ach, auf einmal. Auf einmal bin ich wieder deine Schwester. Die ganzen Jahre hast du bloß Gift und Galle für mich gehabt, hast gehetzt und gestänkert und mich schlechtgemacht. Schämen müßte man sich meiner, nicht? Das hast du oft genug verkündet. Immer hast du alles besser gewußt. Nun hilf dir doch, sieh doch zu, wie du dir und deinem Otto den Kragen rettest."

Die Tür öffnete sich langsam, mit schweren Schritten kam Otto herein. Er blieb an der Tür stehen und blickte die beiden Frauen an. Katarin fühlte Haß und Schadenfreude, als sie ihn da stehen sah, blaß, mit hängenden Schultern und roten Augen, ein Bild des Jammers und des Zusammenbruchs.

„Nun?" fragte sie boshaft. „Habt ihr eure Wunderwaffe schon abgeschossen? Wann feiern wir den Sieg? Morgen? Oder erst nächste Woche?"

Otto sah sie an wie ein geprügelter Hund. „Es ist aus", murmelte er, „du kannst dich freuen."

„Ich freu' mich auch", sagte Katarin ungerührt. „Ich freu' mich wirklich. Ich weiß ja nicht, was mir noch passiert, aber daß ihr jetzt in der Patsche steckt, die ihr so eifrig angerührt habt, das freut mich von Herzen."

Otto brachte noch eine Hiobsbotschaft mit. „Es wird gleich Alarm geben", sagte er. „Flugzeuge sind im Anflug, direkt hierher."

Lenchen schrie hysterisch auf. „Nein, nein, lieber Gott, bloß das nicht noch einmal! Ich kann es nicht ertragen! Wir werden alle umkommen."

Katarin lachte höhnisch auf. „So kommen die Menschen schon seit Jahren in ganz Deutschland um. Sie konnten es auch nicht sehr gut vertragen. Das war schon zu der Zeit, als ihr noch Krieg und Sieg gefeiert und euren verdammten Führer verherrlicht habt, für den keine Hölle tief genug ist. Es ist nicht mehr als recht und billig, daß ihr auch etwas abkriegt."

Sie war so verbittert, so voller Wut, daß sie diese Worte einfach nicht unterdrücken konnte. Flüchtig streifte ihr Blick das blasse kleine Gesicht von Anneliese, die ihr begierig zuhörte. Das Kind war ihr seit damals, seit den harten Worten in der Klavierstunde, stets aus dem Weg gegangen. Nun schien es langsam zu begreifen, was Katarin gemeint hatte.

„Na, ich entferne mich", sagte Katarin, „und überlasse euch dem Heldentod und euren Gedanken. Sie müssen nicht sehr angenehm sein." An der Tür wandte sie sich noch einmal um und sagte mit Betonung, was sie nie gesagt hatte: „Heil Hitler!"

Keiner antwortete ihr, als sie ging.

Während sie den Marktplatz überquerte, heulten die Sirenen, und gleich darauf hörte man auch das Brummen der Flugzeuge. Sie zauderte. Wenn sie wirklich Bomben warfen, kam sie nicht mehr nach Hause. Sie kehrte um und lief zurück zur Apotheke.

Der Apotheker, ihr alter Freund, machte gerade die Gitter vor der Ladentür fest.

„Katarin! Was machts du denn hier? Komm herein."

„Das wollte ich gerade. Ich komm' nicht mehr nach Hause."

Etwas später saßen sie im Keller, abseits von den anderen, und Katarin berichtete leise von ihrem Besuch bei Lenchen und Otto.

„Ich weiß, es ist nicht sehr edel, den geschlagenen Feind auch noch zu verhöhnen, aber ich kann nicht anders. All die Jahre haben sie es besser gewußt. Ich kann das nicht vergeben und vergessen."

„Hm", meinte der Apotheker, „und was denkst du, was werden soll, wenn alle so denken wie du? Dann haben wir in wenigen Wochen Mord und Totschlag im eigenen Land. Untereinander."

„Na wennschon", beharrte sie. „Ich finde es nur gerecht, wenn jeder seine Rechnung zahlen muß, die er schuldig ist. Es haben schon so viel Unschuldige vorausbezahlt."

„Kind, solche Rechnungen werden nie voll bezahlt. Und nie von denen, die sie wirklich schuldig sind. Das wird auch diesmal nicht anders sein. Und solche Leute wie dein Schwager sind im Grunde doch ganz nebensächlich."

„Das finde ich nicht. Die Dummen sind gefährlicher als die Bösen. Böse gibt es immer nur ein paar, aber Dumme gibt es in Massen. Sie bilden die Masse, die nötig ist, damit die Bösen herrschen können. Und überdies vergewaltigen die Dummen alle, die noch klar denken können. Wir erleben es ja täglich, der Krieg ist noch nicht aus. Hitler läßt ihn weiterlaufen, bis keiner mehr von uns am Leben ist. Nach dem Motto: Wenn ich vernichtet werde, sollen die anderen auch umkommen. Überschrift: Mein geliebtes deutsches Volk." Sie lachte bitter.

„Pst!" machte der Apotheker warnend, denn Katarin hatte in ihrer Erregung ziemlich laut gesprochen.

„Ja, pst!" gab sie zurück. „Das ist der Weisheit letzter Schluß. Das treiben wir nun schon seit Jahren. Die beste Wunderwaffe der Nazis war, daß sie uns das Pst-Sagen beigebracht haben, das hat ihnen allesamt das Leben wesentlich verlängert."


In der Villa waren sie nun auch nicht mehr allein. Man hatte eine Familie, die Theo gut kannte und die bei dem Angriff ihr Heim verloren hatte, aufgenommen. Dann schrieb aus dem Rheinland ein Geschäftsfreund von Theo, ob er seine Frau und seine beiden Kinder nach Karlsburg schicken könne.

Einige Tage später holte Katarin den Besuch vom Bahnhof ab. Das heißt, die Züge hielten nicht mehr am Bahnhof, der ja zerstört war, sondern weiter draußen. Der Zug hatte zehn Stunden Verspätung und war so voll, daß er zu bersten drohte.

Die Ankömmlinge waren völlig erschöpft, die junge Frau einem Nervenzusammenbruch nahe, denn der überfüllte Zug war auf freier Strecke von Tieffliegern beschossen worden. Katarin brachte sie nach Hause, sorgte für ein warmes Bad und eine Mahlzeit.

Es wurde zwei Uhr nachts, bis sie selbst ins Bett kam. Als sie in ihr Zimmer trat, lag Theo in ihrem Bett und schlief. Der Anblick reizte sie heftig. Zum Teufel, sie wollte allein sein, er sollte sie in Ruhe lassen. Sie wollte sich leise wieder zurückziehen, da wachte er auf.

„Da bist du ja, mein armes Kleines, du mußt ja halb tot sein. Komm zu mir, ich hab' dir dein Bettchen gewärmt."

An ihrem Gesichtsausdruck sah er, wie ihr zumute war. „Ich bleibe nicht lange", beruhigte er sie, „ich will auch nichts von dir. Komm, trink einen Schluck zur Stärkung."

Seufzend zog Katarin sich vollends aus und legte sich neben ihn. Seine Nähe war ihr zuwider, sie mußte sich zusammennehmen, um es nicht merken zu lassen. Sie trank ein Glas Sekt und legte sich erschöpft zurück.

„Die arme Ellen", sagte Theo, „es ist keine Kleinigkeit, mit den Kindern diese Reise zu machen. Schläft sie jetzt?"

„Ich nehme an", erwiderte Katarin kurz.

„Und du, mein armes Kind, auch du tust mir leid. Jetzt haben wir soviel Leute im Haus. Mit unserer Ruhe ist es aus."

So war es auch.

Als nächster traf ein Vetter von Theo ein, er kam spät am Abend, sie wollten gerade schlafen gehen. Er war desertiert, hatte sich einige schäbige Fetzen Zivilkleidung besorgt und wollte sich zunächst einmal hier verbergen. Wenn er schon bis jetzt nicht fürs Vaterland gestorben sei, äußerte er, dann lohne es sich jetzt auch nicht mehr. Katarin bettete ihn auf die Couch im Salon.

Ja, mit dem schönen und bequemen Leben war es vorbei. Doch man fand sowieso keine Ruhe, Spannung und Erwartung lagen in der Luft, das Ende rückte täglich näher.

Theo war viel unterwegs, er fuhr früh mit dem Wagen weg und kam abends spät zurück. Die Fahrten waren nicht ungefährlich, denn die Straßen wurden oft von Tieffliegern beschossen. In der Dunkelheit luden sie den Wagen aus. Meist enthielt er große Mengen von Lebensmitteln, Säcke voll Mehl und Zucker, Kisten voll Fett, Konserven. Alles wurde im Keller oder im Gärtnerhaus, in dem Karl, der Chauffeur, mit seiner Frau wohnte, sorgfältig verborgen.

Mit Windeseile rückten die Amerikaner näher. Täglich hörte man von veränderten Standorten, obwohl man nie genau wußte, wo sie wirklich waren. An manchen Orten wurde heiß gekämpft, an anderen kaum Widerstand geleistet. Wie Theo berichtete, bestand nicht die Absicht, Karlsburg zu verteidigen. Der Ortskommandant war ein vernünftiger Mann. Vom Kreisleiter sprach kein Mensch mehr, der ließ sich nicht mehr blicken.

Und dann kam zu allem Unglück noch ein Angriff und legte halb Karlsburg in Trümmer. In den engen Gassen griff das Feuer wie rasend um sich. Diesmal wurde auch das Werk stark beschädigt, so daß die Arbeit eingestellt werden mußte. In der Villa kam es zu einem Dachstuhlbrand, der allerdings gelöscht wurde. Jedoch war das Dachgeschoß nicht mehr bewohnbar. Felix richtete sich ein Lager in den Wohnräumen, Tine und das Stubenmädchen zogen ins Gärtnerhaus.

Wenn Katarin später an diese letzten Wochen vor Kriegsende zurückdachte, erschien es ihr wie ein wirrer Traum. Alles ging drunter und drüber, man handelte mechanisch, tat die notwendigsten Dinge und kam nicht zum Nachdenken. Es gab kein Gas, keinen Strom mehr nach dem letzten Angriff und viele Tage lang kein Wasser. Karlsburg bekam nun, nachdem es den Krieg so lange als fernes Ereignis gekannt hatte, in wenigen Tagen alles zu spüren.

Unversiegbar schien der Strom der Menschen, der in Bewegung war. Flüchtlinge, Ausgebombte, versprengte und fortgelaufene Soldaten, Streuner, alles zog teils über die Straßen, teils durch die Felder und Wälder. Viele kamen und fragten nach Unterkunft und Lebensmitteln. Drei Tage lang kampierte eine Gruppe versprengter Volkssturmmänner im Garten, dankbar für einen Teller Suppe, eine Tasse Kaffee.

Jeder Ankömmling wurde gefragt, was dort los war, wo er herkam. Man hörte von brennenden Städten, von Übergabe und Kapitulation, von letzten grausamen Gewalttaten, doch nichts mehr von Hoffnung und Zuversicht.

Nur einer, ein blutjunger Leutnant, ein hübscher braungebrannter Bursche, versicherte Katarin in allem Ernst: „Das hat alles nichts zu bedeuten. Wir lassen sie nur herein, wir wiegen sie in Sicherheit. Wenn wir sie drin haben, bleibt keiner von ihnen übrig."

Katarin schüttelte mitleidig den Kopf und sagte nichts als: „Du armer Irrer."

Zu allem Unglück erkrankte Tine an einer heftigen Rippenfellentzündung, die sie sich zugezogen hatte, als sie versuchte, bei strömendem Regen einen schweren Sack Kohlen allein ins Haus zu wälzen.

Sie lag mit hohem Fieber in ihrer Kammer im Gärtnerhaus, mit Mühe konnte man den Arzt für einen gelegentlichen Besuch ins Haus holen.

Katarin mußte nun auch die Küche übernehmen, für Ordnung im Haus sorgen und die Kranke pflegen. Sie meisterte die schwierige Lage gut. Den ganzen Tag lang war sie auf den Beinen, kümmerte sich um alles und jedes und kam vor lauter Arbeit nicht zum Nachdenken. Das einzige, was sie brauchte, waren erhebliche Mengen von Alkohol und Zigaretten. Mit glühendem Gesicht stand sie vor dem großen Herd, denn da es weder Strom noch Gas gab, mußte in der Küche täglich Feuer gemacht werden, und kochte für die vielen Menschen das Essen, tatkräftig unterstützt von Gert, dem versteckten Vetter. Er hackte Holz, half Felix beim Aufräumen, er wusch das Geschirr ab, denn das Stubenmädchen ging eines Tages auf und davon, zurück zu ihren Eltern.

Das ist die Strafe, dachte Katarin manchmal, weil ich Theo geheiratet habe, um ein bequemes Leben zu haben. Zu Hause wäre es jetzt leichter gewesen. Aber sie entzog sich den Anforderungen nicht, die an sie gestellt wurden.

Bei alledem begann es Frühling zu werden, junges Grün lag über den Sträuchern im Garten, und erste schüchterne Blumen kamen aus der Erde, triumphierend über all die Zerstörung ringsum.

Dann marschierte zu aller Entsetzen eine Truppe SS in die Stadt ein und richtete alles zur Verteidigung her. Sie türmten Barrikaden auf aus Trümmern und Möbeln, die rücksichtslos aus den Häusern gerissen wurden. Man traf Vorbereitungen, um die Brücken zu sprengen. Am gleichen Tag hörten sie auch zum erstenmal den nahen Geschützdonner.

Die Karlsburger sahen sich entsetzt an. Wenn die Stadt verteidigt wurde, bedeutete es ihr Ende. Am nächsten Tag waren die Amerikaner so nah, daß man von den Dächern aus schon die ersten Panzer sah. Die SS begann ein wildes Geschieße, nachts hörte man ganz aus der Nähe den Lärm eines kurzen Gefechts. Kein Mensch schlief in der verängstigten Stadt. Die Karlsburger saßen in den Kellern und hofften auf ein rasches Ende. In den frühen Morgenstunden wurde es ruhig. Totenstill.

Katarin ging vor das Haus. Die Sonne schien strahlend von einem seidigblauen Frühlingshimmel, die Vögel sangen. Süß und schmeichelnd war die Luft, wenn Katarin sich auch einbildete, einen leisen Brand- und Pulvergeruch zu spüren. Doch das konnten auch ihre überreizten Nerven sein.

Karl, der Chauffeur, wagte einen Erkundungsgang hinunter ins Städtchen und brachte die erlösende Nachricht, daß die SS abgezogen sei, nach Süden. Am späten Vormittag tauchten amerikanische Panzerspitzen auf, rollten durch das ausgestorbene Städtchen und verschwanden ebenfalls südwärts. Dann war es wieder still.

Die Leute kamen aus ihren Häusern und blickten sich fragend an. War der Krieg nun zu Ende? Und was geschah nun?

Dann waren die Amerikaner auf einmal da. In drolligen, hochräderigen Autos rollten sie in Massen in Karlsburg ein. Auch vor der Villa hielten die Wagen. Katarin war die erste, die sich aus dem Hause wagte. Mit großen Augen blickte sie die Fremden an, sie empfand weder Freude noch Furcht, sie war ohne Gefühl.

Im Nu füllte sich der Platz vor dem Haus mit großen, lebhaften Gestalten, die Luft schwirrte von den Lauten der fremden Sprache. Einer der Amerikaner, ein Älterer, sprach sie an. Sie verstand kein Wort von dem breiten gequetschten Amerikanisch, doch er war freundlich und lächelte vergnügt, so lächelte sie schüchtern zurück. Schließlich kam eine Art Verständigung zustande, er verstand ihr Schulenglisch besser, und sie gab Auskunft über das Haus und die Bewohner.

Die Amerikaner richteten sich in den unteren Räumen des Hauses ein, bald begann ein reges Kommen und Gehen. Die Hausbewohner mußten in einem Raum in den oberen Stockwerken bleiben und wurden von zwei Soldaten bewacht. Katarin, als Hausfrau, wurde mehrmals verlangt. Sie mußte ihre Vorräte herzeigen und den Schlüssel zum Weinkeller ausliefern. Aber alle waren höflich zu ihr, niemand tat ihr was zuleide. Nur einmal umfaßte sie ein junger Blonder von hinten, und als sie sich erschrocken umdrehte, bekam sie einen Kuß.

„You're a pretty girl, honey", lachte der Amerikaner sie an.

Katarin lächelte vorsichtig zurück. „I'm glad, the war is over", sagte sie in ihrem holprigen Schulenglisch.

„Oh, are you?" lachte er. „We'll be too."

Als Katarin am Abend müde heraufkam, fragte Theo ängstlich: „Haben sie dir etwas getan? Sind sie frech geworden?"

„Na, wennschon", gab Katarin ungnädig zur Antwort, „ich bin müde."

Zwei Tage später zogen die Amerikaner wieder ab, doch kurz darauf kamen andere. Nun mußten die Bewohner endgültig die Villa räumen, nur Garderobe und Lebensmittel durften sie mitnehmen.

Sie zogen hinüber ins Gärtnerhaus. Da es natürlich für alle zu klein war, verließ sie die befreundete Karlsburger Familie, um zu Verwandten aufs Land zu gehen. Katarin und Theo hatten natürlich jetzt nur mehr ein Zimmer gemeinsam, geradeso, wie Katarin es abgelehnt hatte. Es war qualvoll, doch im Moment nicht zu ändern.

Anfang Mai war ganz Deutschland besetzt, der Krieg zu Ende, das Ausmaß der Niederlage jedoch noch nicht zu übersehen. Man wußte nun, daß Hitler tot war, viele der Naziführer gefangen oder getötet. Diese Ereignisse, die einem vor kurzer Zeit noch ungeheuerlich vorgekommen wären, gingen im allgemeinen Geschehen unter. Man nahm es zur Kenntnis, und dann sprach man nicht mehr darüber. Es war zuviel, was täglich geschah, jeder hatte mit sich selbst genug zu tun. Für jedermann blieb es die vordringlichste Aufgabe, genügend Lebensmittel herbeizuschaffen. Dazu kam die Angst vor den ungewissen Zuständen. Plündernde Ausländer, meist aus östlichen Gegenden, finstere verwegene Gestalten, terrorisierten die Bevölkerung, stahlen, was ihnen in die Hände kam, plünderten Lager, Geschäfte und ganze Güterzüge. Was sie nicht brauchen konnten, zertraten oder verbrannten sie. Die Amerikaner standen dabei, lachten und photographierten.

Man wußte gar nicht, woher diese Leute auf einmal kamen. Sie seien von den Nazis verschleppt, hieß es, nie hatte man von ihnen gehört, nun waren sie plötzlich da. Sie überfielen ganze Bauernhöfe und nahmen alles mit, was sie wollten. Am nächsten Tag konnte man das gestohlene Gut zu hohen Preisen auf dem Schwarzen Markt kaufen.

Ja, das war eigentlich das erste, was sich in Karlsburg vortrefflich organisierte, der Schwarze Markt. Er entstand in den Seitengassen des Marktplatzes und half der Bevölkerung die schlimmsten Wochen einigermaßen zu überstehen.

Die amerikanische Militärregierung residierte im Rathaus, das bis auf geringe Schäden ganz geblieben war. Der höchste Offizier in der Stadt war Major Fryer, ein mittelgroßer, stiernackiger Mann mit rotem Gesicht und grimmigem Ausdruck. Doch das Äußere täuschte. Nachdem er sich davon überzeugt hatte, daß die Karlsburger keine Horde mordgieriger Wilder waren, wurde er umgänglich, und man konnte ganz gut mit ihm verhandeln. Jedenfalls benahm er sich besser als einige Offiziere seiner Umgebung. Besonders einer, ein Captain Goldwyne, offiziell mit der kulturellen Betreuung und Umerziehung, wie das hieß, betraut, war unentwegt damit beschäftigt, die Deutschen mit allen Mitteln zu schikanieren.

Das Gros der amerikanischen Soldaten war harmlos und vergnügt. Zwar durften sie nicht mit Deutschen sprechen und Freundschaft schließen, doch es dauerte nicht lange und die ersten Pärchen fanden sich. Die Karlsburger Mädchen, bestens trainiert vom deutschen Militär her, fanden ohne Mühe den Anschluß an die neue Zeit. Soldat ist Soldat, und Mann ist Mann, es war ganz amüsant, nun einmal die anderen kennenzulernen und festzustellen, daß im wesentlichen kein großer Unterschied bestand. Nur vor den Negern, die in großer Zahl im Städtchen stationiert waren, graulten sich die Karlsburgerinnen anfangs etwas, doch auch das gab sich bald. Dann hatte man heraus, daß sie besonders gutmütig und freigebig waren.

Nicht alle fanden sich leicht in die veränderten Verhältnisse. Viele wurden nicht so schnell damit fertig, daß alle Begriffe, die bisher Geltung hatten, auf dem Kopf standen, das, wofür man jahrelang hatte leiden, kämpfen und sterben müssen. Wurde man gestern bestraft oder gar getötet, wenn man nicht kämpfen und sterben wollte, so war man nun ein Held, wenn man sich an Verantwortung, Tat und Opfer vorbeigedrückt hatte. Und man verlangte von denen, die gekämpft und gelitten hatten, daß sie sich ihres Einsatzes und ihres Mutes schämen sollten. Das schuf Enttäuschung, Bitterkeit und Verzweiflung.

Gemeinsam aber erfüllte alle Menschen ein Gefühl des Dankes, der Erleichterung, daß der Krieg nun zu Ende war. Diese Gewißheit war herrlicher als jede noch so prachtvolle Gabe, die das Schicksal verschenken konnte. Die Nächte waren wieder voll Schlaf, allein diese einfache natürliche Tatsache war wie ein Wunder, ein Geschenk des Himmels.

Das seltsame war, daß gar nichts Außergewöhnliches geschah. Man lebte auch nicht anders als früher. Man begann wieder zu arbeiten, zu handeln, zu planen und zu hoffen. Die Erde hatte nicht still gestanden, die Sonne war nicht aus dem All gestürzt, nicht einmal die Blumen hatten aufgehört zu blühen, und nachts standen noch immer die gleichen Sterne am Himmel. Das Leben ging weiter. Jedenfalls für die, die alles überlebt hatten.

Major Fryer, der Chef der amerikanischen Militärregierung, wohnte mit seinem Stab in der Niemannschen Villa, denn die Villa war das repräsentativste und komfortabelste Haus am Ort. Die Eigentümer durften ihr Haus nicht betreten, auch nur ein kleiner Teil des Gartens war ihnen zugänglich.

In diesem hintersten Winkel des Gartens saß Katarin an den heißen sonnigen Tagen dieses selten schönen Sommers. Sie saß in kleinen weißen Shorts in der Sonne, den Hund neben sich im Gras, und las. Sie las Dutzende von Büchern. Was hätte sie auch sonst tun sollen? Das Gärtnerhaus quoll über von Menschen. Tine war wieder gesund, Felix war da, der Chauffeur Karl und seine Frau. Sie standen sich gegenseitig im Weg herum und rissen sich jede Arbeit aus der Hand. Frau Ellen lag auf dem Bett, sie litt oft an Kopfschmerzen und grämte sich um ihren Mann, von dem sie noch immer keine Nachricht hatte. Die Kinder spielten im Garten oder standen an dem Stacheldrahtzaun, der ihren Teil des Gartens absperrte, und schauten zu den Amerikanern hinüber. Manchmal kam ein junger blonder Offizier und warf ihnen Schokolade oder Kaugummi hinüber. Er warf es ihnen zu, wie man einem Hund etwas zuwirft. Katarin ärgerte sich jedesmal darüber. Doch konnte man es den Kindern verdenken, wenn sie sich darauf stürzten?

Der junge Mann schaute auch zu Katarin hin. Er musterte ziemlich unverschämt ihre Figur und rief manchmal: „Hallo, baby. How are you to-day?"

Katarin fand es zwar idiotisch, doch gelegentlich reagierte sie darauf. Dann trat sie zum Zaun, hochbeinig in den kurzen Shorts, und unterhielt sich ein wenig mit dem Amerikaner. Er bot ihr eine Zigarette an und lachte mit weißen Zähnen. Die Verständigung gelang einigermaßen. Die Gespräche dauerten nie lange, denn Major Fryer sah streng darauf, daß jede Fraternisierung unterblieb. So verabschiedete sich der Blonde bald wieder mit einem fröhlichen Grinsen, und Katarin kehrte zu ihrem Liegestuhl zurück.

Ohne Zweifel, es war langweilig. Aber es bekam ihr glänzend. Sie war tiefbraun und gesund, sie nahm zu, wurde fraulicher und verlor das unstete, gehetzte Wesen, das der Krieg geprägt hatte. Manchmal besuchte sie Mutter und Friedel oder lud die beiden zum Essen oder zum Kaffee ein, denn dank Theos Vorsorge litten sie keine Not. Soweit es das Wetter erlaubte, nahm man alle Mahlzeiten im Garten, denn in dem kleinen Haus reichte der Platz nie aus, um gemeinsam zu essen.

Otto kam in ein Lager, seine Frau warf man ohne viel Umstände aus ihrem Haus heraus, so daß ihr nichts anderes übrigblieb, als mit all ihren Kindern bei der Mutter unterzukriechen.

Katarin ärgerte sich darüber. Das war nun dabei herausgekommen, die Mutter hatte auf ihre alten Tage das Haus voller Kinder. Doch es war zwecklos, mit Lenchen darüber zu streiten, der Zusammenbruch hatte eine erledigte Frau aus ihr gemacht. Sie sah um Jahre älter aus, sie war abgemagert, und da das Fett verschwunden war, hing ihre Haut welk und schlaff herab. Sie weinte oft, saß lange auf einem Fleck und konnte alles nicht verstehen. Plötzlich stellte sich heraus, daß kein Mensch sie und Otto leiden konnte, man ging ihr aus dem Weg, oft mußte sie sich auch Schmähungen anhören. Bald verließ sie das Haus überhaupt nicht mehr.

Am meisten litt Katarin darunter, daß sie nicht arbeiten konnte. Aber der Flügel stand bei den Amerikanern, sie hörte manchmal, wie sie ihre abgehackten Jazzrhythmen darauf paukten.

Schrecklich war es an den Regentagen, wenn sich in dem engen Gärtnerhaus die Menschen drängten. Wie sollte das im Winter werden? Aber am allerschrecklichsten waren die Nächte. Immer noch hatte sie mit Theo nur ein Bett gemeinsam. Jede Nacht lag er neben ihr, jede Nacht war sein Atem da, sein Körper, sein Schnarchen, und es bewirkte, daß sie stundenlang schlaflos lag und am Tag den Schlaf im Liegestuhl nachholen mußte.

Dazu mußte seine Liebe ertragen werden, denn seine Zuneigung und sein Begehren waren unvermindert. Ihr war es lästig. Sie wich aus, sooft sie konnte, schützte Kopfschmerzen, Leibschmerzen, Übelkeit vor, oder wenn gar nichts mehr half, wurde sie heftig und unfreundlich, stritt mit ihm, wenn auch nur im Flüsterton, um nicht das ganze Haus daran teilhaben zu lassen.

Dann blickte Theo sie verständnislos an, fühlte sich gekränkt und beleidigt. Einmal sagte er: „Ich möchte nur wissen, warum du mich geheiratet hast. Du liebst mich ja gar nicht. Es ist dir schon zuwider, wenn ich in deine Nähe komme."

Dann tat er ihr wieder leid, sie beruhigte ihn und duldete seine Umarmungen.

Glücklicherweise war Theo viel unterwegs. Er war, das mußte man ihm lassen, sehr tätig und emsig bemüht, seine Existenz wiederaufzubauen. Einmal war er kurz verhaftet und verhört worden, doch da ihm nichts vorzuwerfen war, wurde er wieder freigelassen. Er war nicht in der Partei gewesen, die Fabrik war seit zwei Generationen im Besitz der Familie. Auch Gert, der Vetter, erwies sich als sehr nützlich. Er war zwei Jahre lang in Amerika gewesen, sprach perfekt Amerikanisch und hatte drüben ein paar gute Verbindungen. Durch Zufall stellte sich heraus, daß er und Major Fryer gemeinsame Bekannte in Amerika hatten, das verbesserte die Beziehungen zur örtlichen Oberhoheit beträchtlich, und sobald sich die strengen Bestimmungen etwas lockerten, verkehrte Major Fryer geradezu freundschaftlich mit ihnen.

Gemeinsam gingen die beiden Vettern, die sich gut verstanden, an die Aufbauarbeit, bereits im Herbst begann man versuchsweise ein wenig zu produzieren. Gert würde zuerst hierbleiben. Der Betrieb seines Vaters in Frankfurt war zerstört, und Theo konnte ihn gut gebrauchen.

Katarin verstand sich gut mit dem neuen Vetter, er war vergnügt, gescheit und wußte immer einen Ausweg. Er schob und organisierte um sechs Ecken, immer brachte er ihr etwas mit, Zigaretten, Schnaps, auch mal einen Kleiderstoff oder ein Paar Schuhe oder sonst etwas Brauchbares.

Im Oktober kehrte Frau Ellen mit den Kindern zu ihrem Mann zurück, so daß es im Gärtnerhaus ein wenig geräumiger wurde. Theo und Gert bekamen einen Wagen zugelassen, wenn auch nur einen kleinen alten Opel, doch immerhin, das Vehikel fuhr.

Zu dieser Zeit merkte Katarin, daß sie in anderen Umständen war. Das weckte sie aus dem ruhigen, friedlichen Nichtstun, sie war starr und steif vor Entsetzen, voller Haß und Wut auf Theo. Sie wollte kein Kind von ihm. Denn sie wollte ja fort, sie wollte wieder in ihr eigentliches Leben zurückkehren, auf einmal war es ganz klar.

Theo war kein Hinderungsgrund. Aber ein Kind würde ihr den Weg für immer verbauen, würde sie für ewig an Karlsburg und an diese Ehe fesseln.

Sie sagte Theo kein Wort davon. Tag und Nacht überlegte sie fieberhaft, was zu tun sei. Jede Sentimentalität schob sie beiseite und faßte den festen Entschluß, etwas zu unternehmen. Die Nazis waren fort und mit ihnen die strengen Gesetze in dieser Beziehung, es konnte nicht so schwer sein, Abhilfe zu schaffen. Aber wem sich anvertrauen, mit wem darüber sprechen? Der gute alte Doktor Lindermaier, der schon ihre Kinderkrankheiten behandelt hatte, kam nicht in Frage, ihn würde wohl der Schlag treffen, wenn sie ein solches Ansinnen an ihn stellte. Ohne Zweifel würde er sofort Theo davon Mitteilung machen.

Es gab zwei Frauenärzte in Karlsburg, einer gehörte zum Krankenhaus, der andere hatte eine Privatpraxis. Katarin entschloß sich für letzteren, er war jünger, möglicherweise also moderner. Sie mußte Gewißheit haben.

Sie ging unangemeldet hin, um möglichst kein Aufsehen zu erregen. Als sie drankam, empfing der Arzt sie höflich und interessiert. Er kannte sie natürlich vom Sehen, wie jeder Mensch in Karlsburg die Frau von Theo Niemann kannte.

Eigentlich war er nicht sonderlich sympathisch, dieser Arzt. Ende der Vierzig etwa, nicht sehr groß, etwas dicklich, die Augen hinter dicken Brillengläsern verborgen. Als er ihr mit höflich-abwartendem Gesicht gegenübersaß, bereute sie es, gekommen zu sein. Sie redeten ein wenig hin und her, über die Amerikaner, Theos Aufbauarbeit und einige Tagesfragen. Katarin war außerordentlich liebenswürdig, um ihn freundlich zu stimmen. Dann entstand eine Pause. Er blickte sie fragend an. „Und nun, gnädige Frau, was führt Sie zu mir?"

Katarin biß sich auf die Unterlippe. All die Worte, die sie sich ausgedacht hatte, die Einleitung, die verständnisheischenden Erklärungen erschienen auf einmal überflüssig. Entweder er verstand und half oder er half nicht. Dann mochte er zum Teufel gehen.

So sagte sie nur trocken: „Ich glaube, ich bekomme ein Kind."

Er strahlte sie freundlich an. „Ah! Da wird sich der Herr Gemahl aber freuen."

Diese Worte brachten Katarin unversehens in Weißglut, am liebsten hätte sie ihm den Aschenbecher an den Kopf geworfen. Der Herr Gemahl wird sich freuen. So ein Unsinn! So ein gottverdammter Unsinn! Der Herr Gemahl war Theo, und sie sollte sich dazu hergeben, die Niemann-Sippe fortzupflanzen. Dazu war sie wirklich nicht auf der Welt.

Sie beherrschte sich und blickte vor sich auf die Schreibtischplatte. Der Arzt sah an ihrem Gesicht, daß ihm hier keine glückliche, hoffnungsfroh erwartende Mutter gegenübersaß. „Nun, nun", sagte er begütigend, „nur keine Angst. Sie sind jung und gesund. Es ist das erste Kind, nicht wahr?"

„Natürlich", gab sie kurz zur Antwort.

„Junge Frauen fürchten sich immer ein wenig beim erstenmal. Das zweite und dritte Kind geht dann leichter." Er ließ ein mekkerndes Lachen ertönen, doch der wutblitzende Blick, der ihn traf, ließ ihn erschrocken verstummen.

„Ich will kein Kind", sagte Katarin leise und scharf. „Ich bin nicht der Meinung, daß wir in einer Zeit leben, in der man bedenkenlos Kinder in die Welt setzen kann."

„Aber liebe gnädige Frau, das spielt doch bei Ihnen keine Rolle. Der Herr Gemahl wird doch alles bestens arrangieren. Es kommen ja auch wieder andere Zeiten."

Katarin schwieg hierauf.

Er räusperte sich und stellte ihr einige sachliche Fragen, die sie ebenso kurz und sachlich beantwortete. Dann sagte er: „Dann wollen wir mal nachsehen."

Katarin ging hinter den Wandschirm und zerrte mit zitternden Fingern die Sachen vom Leib. Wie blöd von ihr, hierherzugehen. Es war ja klar, daß er es nicht tun würde, schon wegen Theo nicht. Nun hatte sie sich einen Mitwisser geschaffen.

Mit zusammengepreßten Lippen kletterte sie auf den Untersuchungsstuhl. Während er sie untersuchte, starrte sie die weißgekalkte Decke an, erfüllt von Abneigung und Widerstreben. Nein, nein und tausendmal nein. Sie wollte kein Kind. Nicht von Theo.

„Tja", sagte der Arzt, als er fertig war. Er streifte langsam die Handschuhe ab.

Katarin richtete sich auf. „Nun?"

„Sie haben wohl recht mit Ihrer Vermutung, gnädige Frau. Es dürfte Anfang des dritten Monats sein. Genau läßt es sich jetzt noch nicht feststellen."

Sie blieb bewegungslos sitzen. Sie hatte es geahnt, nein, sie hatte es ja gewußt. Trotzdem traf es sie wie ein Schlag.

„Kein Grund zur Beunruhigung", fuhr er fort, „es ist alles in bester Ordnung. Sie sind gut gebaut, es wird nicht schwer sein. Wenn sie vernünftig leben in den nächsten Monaten, viel Bewegung, nicht zu viel essen, na, es ist ja wohl heute überflüssig, das extra zu verordnen", er lachte wieder meckernd, „jedenfalls glauben Sie mir, es wird besser gehen, als Sie denken."

„Ich habe Ihnen doch gesagt, ich will es nicht", sagte Katarin und versuchte seinen Blick festzuhalten.

Doch er wandte sich ab, hantierte mit seinen Instrumenten, ging dann zum Waschbecken und wusch sich umständlich die Hände. „Aber liebe gnädige Frau", redete er dabei, „warum denn eigentlich nicht? Sie brauchen sich doch wirklich keine Sorgen zu machen. Ihre Lage ist doch verhältnismäßig gut und wird sich weiter bessern. Weder aus gesundheitlichen noch aus finanziellen Gründen müssen sie ein Kind fürchten. Im Gegenteil, es wird Ihnen Freude bereiten. Sie haben dann eine schöne Lebensaufgabe."

„Ich habe schon eine Lebensaufgabe", sagte Katarin gereizt, immer noch im Hemdhöschen auf dem Untersuchungsstuhl sitzend, „und ich bin der Meinung, daß eine Frau selbst darüber bestimmen sollte, wann und wie und von wem... hm, ich meine, zu welcher Zeit ihres Lebens sie ein Kind kriegen will. Ich will es zur Zeit jedenfalls nicht, aus vielerlei Gründen."

Er wandte sich ihr zu. „Ja, um Gottes willen, was erwarten Sie von mir?"

Katarin sah ihn fest an. „Sie sollen es mir wegnehmen."

Er war sichtlich entsetzt. „Aber liebe gnädige Frau!"

Ein längeres Schweigen entstand. Dann sagte er: „Ich begreife Sie nicht. Ich kann den Grund nicht einsehen."

„Ich habe einen Grund. Und ich denke, das Ganze ist doch heute kein Problem mehr, die Nazis sind nicht mehr da, die diese Dinge verboten haben. Warum also nicht?"

„Es ist noch genauso verboten und wird genauso bestraft. Sie stellen sich das allzu einfach vor. Es ist ein gewaltsamer Eingriff in die Natur, es ist ungesund und schädlich und niemals zu verantworten."

„Ich stelle es mir nicht einfacher vor, als es ist", sagte sie.

Darauf entstand wieder eine längere Pause. Sie konnte sehen, wie lästig ihr Besuch dem Arzt wurde.

„Ziehen Sie sich an, gnädige Frau", sagte er, „Sie werden sich erkälten."

Sie rutschte vom Stuhl herunter und verschwand hinter dem Wandschirm. Als sie hervorkam, saß er wieder an seinem Schreibtisch. Sie konnte sehen, daß er sich gefaßt hatte, und sie erkannte, daß er ihr nicht helfen würde.

Sie setzte sich, zog Zigaretten aus der Tasche, bot ihm an. Er lehnte ab. Doch sie zündete sich eine an und ärgerte sich, daß ihre Hand dabei zitterte.

„Nun?" fragte sie dann.

„Ich habe Ihnen meine Ansicht gesagt, gnädige Frau", antwortete er entschieden. „Sie haben keinen Grund, eine Geburt zu fürchten..."

„Aber ich fürchte mich ja nicht", warf Katarin ungeduldig ein, „ich bin nicht feig."

„Um so besser. Und ich sehe nicht ein, warum gerade Sie kein Kind bekommen wollen. Und es ist ganz unmöglich, dagegen etwas zu tun. Es ist verboten."

„Einmal wird die Zeit kommen", sagte Katarin hitzig, „wo die Frauen sich das Recht nehmen werden, selbst über sich und ihren Körper zu bestimmen. Es muß ja einmal aufhören, daß wir immer die Unterlegenen sind und für das bißchen Liebe mit unserem ganzen Leben bezahlen müssen."

„Ein Kind ist die Erfüllung für jede Frau."

„Nicht für jede. Ich zum Beispiel habe andere Wünsche für mein Leben. Ich möchte wieder arbeiten, ich möchte es noch einmal zu etwas bringen. Ich will Karriere machen, Herr Doktor, und ich kann keine Fessel gebrauchen, das ist es. Wie kann ich den heute so schweren Lebenskampf aufnehmen und mich mit tausend Schwierigkeiten herumschlagen, wenn ich ein Kind habe. Wenn ich es hätte, möchte ich es nicht verlassen. Aber kann ich es mitnehmen, in diese ungewisse Zukunft hinein?"

„Aber..."

„Ich weiß, was Sie sagen wollen. Ich bin verheiratet, schön. Na und?"

Herausfordernd sah sie ihn an. Er wandte den Blick ab und

trommelte ratlos mit den Fingern auf der Schreibtischplatte. „Ja dann, allerdings..."

„Eben", meinte Katarin abschließend, „so ist das." Nach einer Weile fragte sie noch einmal in bittendem Ton: „Wollen Sie mir wirklich nicht helfen?"

„Ausgeschlossen."

„Sie können sich auf mich verlassen. Es weiß kein Mensch etwas davon, mein Mann natürlich auch nicht."

„Ausgeschlossen", wiederholte er entschieden, „ich könnte es vor meinem Gewissen nicht verantworten."

Katarin lachte höhnisch. „Ihr Gewissen! Muß das Gewissen wieder herhalten. Nun, ich finde, das Gewissen der meisten Menschen ist in den letzten Jahren reichlich strapaziert worden. Millionen Menschen hinzumorden und zu Krüppeln zu machen, das ist zulässig und beunruhigt das Gewissen nicht sonderlich, wie? Es ist Sünde, ein Kind nicht zur Welt zu bringen. Aber es ist keine Sünde, es später, wenn man es mühsam großgezogen hat, umzubringen. Bedaure, das verstehe ich nicht."

„Sie mögen recht haben oder nicht", sagte er, „unsere Gesellschaftsordnung sieht nun einmal ein Verbrechen darin und verbietet es."

„Unsere Gesellschaftsordnung! So. Was sagt denn diese unsere Gesellschaftsordnung dazu, daß die Russen Tausende von Frauen vergewaltigt haben? Was hat sie zu den KZs gesagt? Zu den Judenverschleppungen? Zu der Tatsache, daß Frauen und Kinder, hören Sie, kleine und große Kinder, geborene und ungeborene, von den Bomben erschlagen, von den Häusern begraben und in Flammen erstickt wurden? Was sagt sie denn dazu, die großartige Gesellschaftsordnung? Einen Dreck hat sie gesagt."

Sie sah, daß er auf die Uhr blickte und das Gespräch zu beenden wünschte. Sie hatte ja vorhin selbst gesehen, wieviel Patienten draußen noch warteten. „Also ist es Ihr letztes Wort? Sie sagen nein?"

„Mein letztes Wort", sagte er fest. „Und ich rate Ihnen, sich mit dem Gedanken abzufinden. Sie werden noch einmal sehr glücklich sein, wenn Sie Ihr Kind haben. Kommen Sie in einigen Wochen wieder, wir wollen Sie weiter beobachten und alles tun, damit es gut geht."

„Danke", sagte sie kühl. „Ich möchte die Rechnung gleich bezahlen, weil ich nicht will, daß mein Mann sie sieht."

„Wie Sie wünschen", sagte auch er nun kühl und förmlich. „Sie können das bei meiner Sprechstundenhilfe erledigen."

320

Er brachte sie zur Tür, Katarin gab ihm nicht die Hand, nickte nur mit dem Kopf.

Als sie auf der Straße stand, überkam sie Übelkeit. Vor ihren Augen wurde es schwarz, sie kämpfte mit einem Brechreiz. Sie lehnte sich an die Haustür und versuchte tief zu atmen. Auch das noch. Wenn sie jemand so sah, hier vor dem Haus des Frauenarztes, in diesem Zustand, so wußte morgen ganz Karlsburg, daß sie ein Kind erwartete.

Langsam ging sie weiter, Wut und Verzweiflung im Herzen. Was sollte sie bloß tun? Sie wollte nicht an Karlsburg und an Theo gefesselt sein, nein, so hatte sie es nicht gemeint, als sie ihn heiratete.

Sie ballte die Fäuste. Gewiß, keiner vermutete mehr bei ihr künstlerische Ambitionen, Theo nicht, die Mutter nicht, niemand. Sie würden sich täuschen. Ach, es wäre doch absurd, es wäre doch eine Groteske, wenn sie unter tausend Schwierigkeiten ihr Studium erkämpft hatte, nur um wiederzukommen, in Karlsburg zu heiraten und Kinder zu kriegen. Der Gedanke machte sie rasend, daß sie in einem Jahr hier den Kinderwagen herumschieben sollte, träge und zufrieden wie jede andere Karlsburger Frau. Und nie mehr auf dem Podium stehen, nie mehr vor einem Flügel sitzen, berauscht von der Macht ihrer Hände und ihres Herzens, die Menschen hinreißen und verzaubern, gefeiert und bejubelt werden, nie mehr die Beseligung spüren, wenn sie spielte, wenn die Musik aus ihr strömte und sie forttrug und ein anderes Wesen aus ihr machte. Nie mehr?

Nein. Dann wollte sie nicht mehr leben, dann ging sie lieber hinaus und stürzte sich in den Fluß. Das konnte keine Sünde sein, ebensowenig wie es Sünde war, wenn sie dieses Kind nicht gebar. Und wenn kein Mensch sie verstand, Gott würde sie verstehen. Er hatte ihr ja das Talent gegeben, er wußte, daß sie nur dafür lebte. Er konnte es nicht so gemeint haben, daß sie aufhören sollte, ehe sie richtig begonnen hatte. All diese Gesetze und Verbote waren von Menschen gemacht. Doch sie konnte nur allein für sich entscheiden.

Sie würde sich ihr Leben nicht nehmen lassen, nicht von Theo, nicht von dieser lächerlichen Gesellschaftsordnung. Keiner sollte ihr nehmen, was ihr gehörte: die Musik und ein Leben nach ihrem Geschmack.


Eine weitere Woche ging vorüber, ohne daß sie einen Entschluß faßte. Sie war schlecht gelaunt und unfreundlich, jeder ging ihr aus dem Weg. Fast den ganzen Tag lag sie da und starrte vor sich hin, dachte sich die tollsten Pläne aus und verwarf sie wieder.

Die Nächte waren furchtbar. Theo war ganz ahnungslos, nur unsicher wegen ihrer anhaltenden schlechten Laune. Manchmal, wenn er neben ihr lag, war sie versucht, ihm alles zu sagen, ihn zu beschimpfen, ihre ganze Abneigung ihm ins Gesicht zu schreien. Doch sie beherrschte sich. Wenn Theo erst alles wußte, gab es keinen Ausweg mehr. Und schließlich, was hatte er schon Böses getan? Ihr Gerechtigkeitsgefühl sagte ihr, daß Theo keine Schuld traf. Er liebte sie, er hatte gut und anständig an ihr gehandelt. Daß sie ihn nicht liebte, war nicht seine Schuld. Und sie mußte nun bezahlen für ihren Egoismus.

Eines Morgens beim Frühstück erklärte Gert, er müsse nach München fahren, um einige dringend benötigte Dinge auf dem ausgedehnten Schwarzen Markt von München zu besorgen. Er werde Margit mitnehmen, sagte er.

Margit war seit neuestem seine Freundin, ein hübsches blondes Ding, ein Flüchtling aus Schlesien. Er habe einen Freund in München, erzählte Gert, bei dem könne er wieder wohnen.

Katarin horchte auf. „Ich fahre mit", sagte sie rasch.

„Du!" Theo war erstaunt. „Aber Kind!"

„Doch, ich fahre mit. Ich muß mal wieder 'raus. Ich bin schon ewig nicht mehr verreist."

„Stell dir das bloß nicht als Vergnügen vor", meinte Gert. „In München ist nichts los, die Stadt ist sehr zerstört. Na, und die Fahrt in dem alten Wagen ist auch nicht sehr bequem."

„Egal", beharrte Katarin, „ich fahre mit."

Theo willigte schließlich ein, zermürbt von Katarins ständig unfreundlichem Wesen in letzter Zeit. Gut, mochte sie mitfahren, sie würde gern zurückkommen.

Normalerweise rechnete man für eine Fahrt Karlsburg–München vier Stunden. Sie brauchten den ganzen Tag. Dennoch genoß Katarin die Fahrt aus ganzem Herzen. Es war ein wunderschöner goldener Herbsttag, Büsche und Bäume lohten in prachtvollen Farben, Wälder und Felder lagen friedlich unter dem blauen Himmel. So unberührt, so ruhig war das Land, daß es schien, die vergangenen Jahre wären nichts als ein furchtbarer Traum.

Anders in den Städten. Katarin saß stumm und erschüttert, als sie durch Nürnberg kamen. Die schöne alte Stadt war ein einziger Trümmerhaufen, noch immer hing der ekle Geruch nach Brand und Rauch in der Luft.

„Wollt ihr aussteigen und euch ein wenig umsehen?" fragte Gert.

„Bloß nicht", antwortete Katarin, „fahr weiter. Ich will das gar nicht sehen. Mir bricht das Herz."

Schweigend fuhren sie aus der toten Stadt hinaus. Nach einer

Weile sagte Katarin: „Und wenn ich hundert Jahre alt werde, ich kann das nicht verstehen. Krieg hin, Krieg her. Aber muß er denn so geführt werden? Diese Barbarei, diese Zerstörungswut im 20. Jahrhundert. Die Hunnen waren ja Waisenknaben dagegen. Warum hat man das bloß getan? Wir hätten den Krieg auch ohne das verloren."

Margit sagte: „Na und bei uns? In Schlesien? Ist das nicht noch schlimmer? Was haben wir denn verbrochen, daß man uns fortjagte wie die Verbrecher?"

„Ja, aber das waren die Russen. Sie haben das Land erobert, ganz wie in alten Zeiten. Sie sind bei uns eingedrungen, wie wir zuvor bei ihnen. Und die Polen haben sicher schon lange auf eine Gelegenheit gewartet, es den Deutschen heimzuzahlen, wir haben sie überfallen, und sie haben genug von uns ausgestanden. Das kann ich alles noch begreifen. Aber die Engländer? Und die Amerikaner? Das sind doch zivilisierte Menschen. Und haben alles, was sie brauchen. Warum kommen sie hierher und machen alles kaputt. Einmal sollte mir jemand erklären, warum sich die Amerikaner überhaupt an diesem Krieg beteiligt haben. Ich kann mir nicht helfen, manchmal habe ich das Gefühl, es hat ihnen einfach Spaß gemacht, uns die Bomben auf die Köpfe zu werfen. Es war so eine Art neuer Sport. Meiner Meinung nach müssen sie sich schämen, wenn sie das hier sehen."

Gert sagte mitleidig: „Sei nicht so naiv, Katarin. Wer hätte sich schon jemals geschämt? Die Amerikaner haben viel zu gut am Krieg verdient. Hitler hat sich ja auch nicht geschämt. Dafür sind höchstens die paar Friedensapostel zuständig, die es in den Intervallen zwischen den Kriegen immer wieder unternehmen, den Menschen zu predigen, daß sie Menschen sind, daß sie hohe Verpflichtungen haben und daß die Völker zueinander finden müssen. Das sind die Leute, denen man jetzt eben wieder mal ein bißchen zuhören darf, ein paar Dichter, ein paar Philosophen und ein paar Pfaffen. Möglicherweise schämen die sich wirklich. Vermutlich aber tun sie nur so, weil es gerade wieder mal Mode ist. Wenn es dann wieder anders kommt, müssen sie als erste den Mund halten und dürfen noch froh sein, wenn ihnen nichts Schlimmeres passiert."

„Wie du redest", empörte sich Katarin, „ja, meinst du denn, es könnte jemals wieder einen Krieg geben, nach all dem, was die Menschen durchgemacht haben?"

„Todsicher gibt es den."

„Nie wieder. Was haben wir alles erlebt! Und wie leben wir jetzt, was erdulden die Menschen, sie hungern, sie vegetieren schlimmer als Tiere. Glaubst du, auch nur ein einziger Mensch in Deutschland wird jemals wieder eine Regierung dulden, die aufrüstet oder Militär aufstellt oder den Krieg vorbereitet?"

„Warten wir es ab. Die Russen..."

„Ach, die Russen. Immer müssen sie als Kinderschreck herhalten. Das war bei Hitler schon so. Es sind auch keine anderen Menschen als wir."

„Die Gegensätze zwischen Ost und West sind nun mal nicht aus der Welt zu schaffen. Denk an Potsdam, an das geteilte Berlin."

„Ich denke daran. Aber ich sehe nicht ein, warum nicht gegensätzliche Dinge in der Welt nebeneinander bestehen sollen. Es gibt doch auch Menschen, die das reine Gegenteil von mir sind, deswegen kann ich doch nicht hingehen und sagen: entweder du wirst wie ich oder ich schlage dich tot! Warum sollen denn die Völker nicht miteinander auskommen? Die Erde ist groß genug für alle."

„Nein", widersprach Gert, „sie ist eben nicht mehr groß genug."

„Dann muß eben das Wachstum der menschlichen Rasse gebremst werden. Lieber Geburtenbeschränkung und ein glückliches Leben für die, die da sind, als daß sie sich nachher gegenseitig umbringen müssen. Was kümmern sich die Leute im Grunde um diese dreimal verfluchten politischen Richtungen und Weltanschauungen? Den meisten ist das alles vollkommen gleichgültig, sie wollen nur ihren Frieden und ein bißchen Glück."

„Ja, das war schon so bei den alten Römern. Und trotzdem haben sie Karthago zerstört."

Überraschend verließ Katarin die Politik und verkündete, daß sie Hunger habe. Sie hielten an einer windgeschützten Waldecke, und Katarin packte den Proviantkoffer aus. Tine hatte eingepackt, als ginge ihre Reise bis nach Afrika. „Lieber Himmel", sagte Katarin, „sie hat unseren Etat für vier Wochen verbraucht. Theo wird verhungern, während wir weg sind."

„Nicht bei Tine", beruhigte Gert sie. „Tine ist in ihrer Art ein Genie. Das Dritte Reich hätte sie zum Ernährungsminister ernennen müssen, dann hätten wir den Krieg gewonnen."

Es schmeckte ihnen großartig. In einer Thermosflasche war starker heißer Kaffee, und schließlich öffnete Gert eine Flasche Kognak. Mit der Zigarette in der Hand spazierte Katarin dann ein Stück auf der Straße hin und her. Die Luft schmeckte bittersüß nach Herbst, der Duft des sterbenden Laubes war eindringlich und erweckte eine heftige Sehnsucht in ihr. Auf eine fremdartige, unerklärliche Weise fühlte sie sich in diesem Moment glücklich. Die Zukunft lockte. Der Krieg war zu Ende. Und sie lebte und war noch jung. Sie hatte noch Kraft genug, die Welt zu erobern. Ja, sie würde fortgehen und noch einmal beginnen. Sie konnte es kaum erwarten.

Zuerst allerdings mußte sie diese dumme Geschichte in Ordnung bringen. Sie zweifelte nicht daran, daß es ihr gelingen würde. Den Kopf zurückgelegt, schaute sie in den blauen Himmel. Handelte sie schlecht an Theo? Gewiß, das tat sie. Aber sie konnte nicht anders. Außerdem war Theo wirklich nicht zu kurz gekommen in dieser Welt. Er hatte gesund den Krieg überdauert, hatte keine Strapaze, keine Not, keine Gefahr kennengelernt. Er hatte Haus und Werk behalten und konnte wieder arbeiten, würde vermutlich bald wieder das sorglose, wohlhabende Leben weiterführen, das er von Jugend an kannte. Und zu alledem hatte er sie noch gehabt. Nur für kurze Zeit. Damit mußte er sich abfinden.

Sie machte sich kein bestimmtes Bild von der Zukunft, sie wußte nicht, was geschehen und wie es geschehen würde, wie sie es anstellen sollte, den Anschluß an ihr früheres Leben zu finden, wohin sie gehen sollte. Sie wußte nur, d a ß sie gehen würde.

Nach zwei Reifenpannen kamen sie spät am Abend in München an. Gerts Freund wohnte in Schwabing und entpuppte sich zu Katarins Entzücken als Berliner. Er hieß Fritz Müller und begrüßte die Gäste mit dem erleichterten Ausruf: „Gott sei Dank, heute regnet es nicht. Da werdet ihr gut schlafen. Oder sagen wir mal, wenigstens trocken."

Er lebte zusammen mit seiner Freundin Bettina, einer schlanken aparten dunkelhaarigen Person, ganz der Typ der gescheiten selbständigen Frau, auch Berlinerin, mit der sich Katarin vom ersten Moment an blendend verstand. Die Wohnung war unter dem Dach, die Fenster mit Brettern vernagelt, die Löcher im Dach notdürftig geflickt, weswegen es oftmals durchregnete.

Bettina war Kunstgewerblerin und verdiente recht gut in dieser Zeit, in der sich alles verkaufen ließ. Sie würden ja gern heiraten, erklärte Fritz, aber es ginge leider nicht, denn dann müßten sie ein Zimmer abgeben, denn Ehepaare durften zusammen nur ein Zimmer haben.

„Und ich weiß jetzt schon nicht, wohin mit dem ganzen Kram", sagte Bettina, denn es wohnten noch zwei andere Leute in der Vierzimmerwohnung, und die Möbel waren eng zusammengerückt.

„Und dabei hätte ich so gern eine richtige seriöse Ehefrau aus dir gemacht", versicherte Fritz mit komischem Ernst, „so eine, die immer sagen muß: mein Mann hat gesagt. Außerdem müßte sie sich dann Frau Müller anreden lassen, das hätte mir Spaß gemacht. Jetzt heißt sie nämlich van Helten, das ist natürlich feiner. Deswegen kommt ihr auch die Sache mit dem Zimmer ganz gelegen, glaube ich."

Bettina lachte und fuhr ihm durch das dichte, blonde Haar.

Katarin fühlte sich auf eine heftige, geradezu hungrige Art zu den beiden hingezogen. Das war die Art Menschen, die sie so lange entbehrt hatte. Menschen, die ihre Sprache sprachen, mit denen man sich leicht und mühelos verständigen konnte. Ihr Kommen war auch ganz selbstverständlich aufgenommen worden. Man verlängerte das Abendessen, Katarin hatte auch noch eine Menge Proviant. Später tranken sie Wein, den Fritz auf dem Schwarzen Markt besorgt hatte. Sie unterhielten sich von Berlin, sie waren lebhaft und vergnügt. Katarin bekam rote Wangen und strahlende Augen, sie sprühte vor guter Laune, ganz wie in alten Zeiten.

Gert betrachtete sie verwundert. So kannte er sie nicht. Heute schien sie um Jahre jünger, und so hübsch, wie er sie nie gesehen hatte. Margit, die junge blonde, verblaßte neben ihr, war nicht mehr zu sehen.

Das Problem, wo Katarin übernachten sollte, löste Bettina schnell und geschickt.

„Wir fragen Jolanda", sagte sie, „da geht es sicher."

Jolanda sei eine Art Freundin von ihr, erzählte sie, ein sehenswertes Original, Malerin und reichlich verrückt.

„Ist das nicht eine Zumutung?" wandte Katarin ein.

„Jolanda macht das schon. Jeden könnte ich ihr auch nicht schikken, aber Sie ohne weiteres. Mit Spießern und Dummköpfen darf man ihr allerdings nicht kommen, da wird sie grob und eklig."

Bettina begleitete Katarin. Fritz und Gert machten sich auf den Weg, um eine Unterstellmöglichkeit für den Wagen zu suchen.

„Denn sonst", meinte Fritz, „hat euer Automobil morgen keine Räder und keinen Motor mehr."

In einem stockdunklen Haus kletterten Bettina und Katarin ungezählte Treppen hinauf, oben klopfte Bettina an eine wacklige Tür, die schief in den Angeln hing. Sie mußten mehrmals klopfen, ehe sie bemerkt wurden. Schließlich öffnete ein junger Mann die Tür, lebhaftes Stimmengewirr drang ihnen entgegen.

„Erschrecken Sie nicht", flüsterte Bettina, „Jolanda hat immer Besuch. Hoffentlich ist die Schlafstelle noch nicht vergeben für diese Nacht."

Mehrere Personen saßen in dem großen unordentlichen Atelier beisammen, dichter Rauch verhinderte es zunächst, einen genauen

Überblick zu gewinnen. Jolanda selbst war eine große, starkknochige Frau, zwischen fünfzig und sechzig, möglicherweise auch schon älter. Sie hatte graues wirres Haar, eine große Nase und zwei riesige blaue Augen, die leuchteten wie bei einem jungen Mädchen. Sicher war sie einmal schön gewesen, von einer atemberaubenden, gewalttätigen Schönheit, man konnte es heute noch sehen. Sie trug einen weiten phantastischen Schlafrock, dessen Grundfarbe nicht mehr festgestellt werden konnte, teils vom Alter, teils von den vielen Farbtönen aus Jolandas Palette, die freigebig darauf verteilt waren.

Die imponierende Gestalt begrüßte Bettina mit einem Kuß auf die Wange und reichte ihr gleichzeitig ein gefülltes Schnapsglas. Bettina kippte es mit Schwung hinunter, schüttelte sich voll Abscheu und verkündete dann ohne Umschweife ihr Vorhaben.

Die große Frau musterte Katarin eingehend, ohne die Zigarette aus ihrem Mundwinkel zu entfernen. „Hm", machte sie dann, „gutes Gesicht. Rasse. Persönlichkeit mit einem gehörigen Schuß Leichtsinn. Eigensinn und Egoismus. Recht erotisch veranlagt. Musik, sagst du? Was denn da?"

„Klavier", erwiderte Katarin genauso kurz, sie wußte nicht, ob sie sich ärgern oder lachen sollte.

„Das geht ja noch. Keine Sängerin. Sängerinnen sind mir ein Greuel. Klavier habe ich ja glücklicherweise nicht."

Sie streckte einem jungen Mann das Glas hin, aus dem Bettina eben getrunken hatte. Als es gefüllt war, reichte sie es Katarin. „Trink mal, mein Kind. Das ist gesund."

Wie vorhin Bettina kippte Katarin das Zeug hinunter und verzog entsetzt das Gesicht.

„Ja, ist nichts Besonderes", sagte Jolanda, „reiner Rübenschnaps. Bin diesmal 'reingefallen. Vorige Woche hatte ich echten französischen Kognak. War aber verdammt teuer. Aber stark ist der, nicht?"

„Kann man wohl sagen", japste Katarin, „das haut den stärksten Neger vom Schlitten."

Jolanda lachte befriedigt und sagte: „Setzt euch."

Es stellte sich heraus, daß die Kammer schon belegt war von einem Jüngling, der ohne Quartier war. Doch das wurde schnell geregelt. Der Junge fand bei einem der anderen Gäste ein Unterkommen, Katarins Übernachtung war gesichert.

Bettina und Katarin bekamen Zigaretten und noch einmal Schnaps. Katarin hätte gern abgelehnt. Sie war zwar an Alkohol gewöhnt, doch solch greuliches Zeug hatte sie noch nie getrunken.

Doch sie mochte es mit Jolanda nicht verderben und trank mit Todesverachtung. Das Gespräch ging ungestört weiter. Es drehte sich hauptsächlich um Kunst, im besonderen um Malerei, und war gespickt mit Fachausdrücken. Katarin schwirrte der Kopf, sie war todmüde.

Bettina verabschiedete sich bald. Jolanda entschied, daß sie nicht allein gehen dürfe. „Jede Nacht werden Frauen vergewaltigt", erklärte sie Katarin. „Ich will gar nicht sagen, daß eine kleine Vergewaltigung nicht ihre Reize hat, ich habe es zuzeiten sehr geschätzt. Aber man muß sich aussuchen können, von wem." Sie beauftragte einen der jungen Männer, Bettina zu begleiten, und verabschiedete die anderen Gäste auch gleich.

„Die kleine Klavierspielerin ist müde", erklärte sie kurz und bündig, „sie muß ins Bett. Wenn ihr hier herumlärmt, kann sie nicht schlafen."

Die Kammer war winzig und vollgestopft mit altem Gerümpel. Der Diwan, der darinstand, ächzte in allen Tönen. Jolanda brachte eine zerschlissene Daunendecke und ein Kopfkissen. Sie redete nicht mehr viel, und Katarin war froh darum. Eine Weile noch wirbelten die Eindrücke des Tages in ihrem Kopf herum, als sie endlich lag. Ihr letzter Gedanke war: Gott sei Dank, es ist zwar ein schauderhaftes altes Möbel, aber ich schlafe endlich wieder einmal allein.

Katarin kannte München kaum. Sie war zwar damals mit André da gewesen, doch hatte sie kaum von der Stadt etwas gesehen, da sie nur mit ihm und ihrer Liebe beschäftigt war.

Bettina, die Berlinerin, liebte München. Sie schilderte anschaulich, wie es früher hier ausgesehen hatte. Denn heute bot die Stadt einen traurigen Anblick, auch hier nichts als Trümmer und Ruinen.

„Das Schlimmste ist die Wohnungsnot", erzählte Bettina, als sie am Nachmittag mit Margit und Katarin einen Stadtbummel machte, „alle Häuser, die noch stehen, sind vollgestopft mit Menschen. Und täglich kommen neue dazu. Jeder meint, hier in Süddeutschland lebt es sich besser."

„Ist das Leben nicht sehr teuer?"

„Natürlich, wenn man nicht verhungern will. Aber man kann alles kaufen, bei den Juden auf dem Schwarzen Markt. Die Preise werden immer höher, aber Geld ist ja genug da. Und wenn man selbst ein bißchen Zwischenhandel treibt, bleibt immer was hängen. Hier schiebt jeder."

Gert, der den ganzen Tag wegen seiner Besorgungen unterwegs

war, tauchte erst zum Abendessen wieder auf. Er war befriedigt von seinem Einkauf und meinte, man könne in zwei bis drei Tagen zurückfahren. Das gemahnte Katarin an den eigentlichen Zweck ihrer Reise. Morgen mußte sie sich damit ernsthaft befassen.

Bei Jolanda war der Betrieb ähnlich wie am Abend zuvor. Doch heute schien die Malerin nicht viel Lust auf Gesellschaft zu haben, sie schickte alle bald fort. Auch Katarin wollte sich zurückziehen, doch Jolanda sagte: „Bleib hier, Klavierspielerin. Wir trinken noch einen Schnaps. Erzähl mir von dir."

Etwas befangen setzte sich Katarin wieder. Sie zündeten sich Zigaretten an, Jolanda füllte die Gläser, was Katarin mit Abneigung betrachtete. Der scharfe, starke Schnaps verursachte ihr Übelkeit.

„Spielst du gut Klavier?" eröffnete Jolanda die Unterhaltung.

„Man sagt es."

„Wer ist man?"

„Die Leute, die mir zugehört haben. Die Kritiker. Und mein Lehrer."

„Wer ist dein Lehrer?"

„Professor Anger. Ludwig Anger."

„Nie gehört."

„Nein?" wunderte sich Katarin. „Er ist aber sehr berühmt."

„Ich interessiere mich nicht für Musik. Nur für Malerei. Verstehst du was von Malerei?"

„Ich habe Bilder sehr gern", erwiderte Katarin vorsichtig, „aber ich glaube nicht, daß ich viel davon verstehe."

„Hm. Wie sieht er denn aus?"

„Wer?"

„Dein Lehrer. Der Klavierspieler."

„Anger? Oh, sehr gut. Er hat einen prima Künstlerkopf."

„Bist du in ihn verliebt?"

Katarin zögerte unwillkürlich mit der Antwort.

„Natürlich bist du in ihn verliebt", meinte Jolanda. „Alle Schülerinnen sind in ihre Lehrer verliebt. Hast du mit ihm geschlafen?"

„Nein", sagte Katarin verblüfft.

„Schade. Es ist nett, mit einem Lehrer zu schlafen. Mit einer Respektsperson gewissermaßen. Wenn man jung ist, das reizvollste Erlebnis, das man sich vorstellen kann. Ich habe auch einen Professor von der Akademie angeschwärmt, als ich studierte. Jahrelang himmelte ich ihn an. Und dann habe ich mit ihm geschlafen. Es war wundervoll. Nicht er, er war höchst mittelmäßig, schon ziemlich alt und asthmatisch. Trotzdem fand ich es wundervoll, es war seelisch so erregend. Später bleibt die Seele unberührt, wenn auch der Körper mehr Spaß hat."

Katarin kam sich vor wie ein Kind, dem man Märchen erzählt. Die große schwere Jolanda in ihrer lässigen Trägheit von Liebe reden zu hören, war seltsam und befremdend. Aber nicht unglaubwürdig. O ja, sicher hatte sie viel geliebt, diese merkwürdige Frau!

"Na, es kann ja noch werden", sagte Jolanda abschließend, "mit deinem Klavierspieler, meine ich."

Katarin lachte. "Kaum. Ich weiß gar nicht, wo er ist. Ich habe ihn schon seit zwei Jahren nicht mehr gesehen. Und ich bin jetzt auch verheiratet."

"Du bist verheiratet?" wunderte sich Jolanda. "Ich denke, du bist Künstlerin?"

"Eins schließt doch das andere nicht aus."

"Was denn sonst? Wie kann eine Künstlerin heiraten? Wie kann sie sich in den Leimtopf der Ehe setzen, wenn sie einen Funken Verstand und Begabung besitzt?

"Das habe ich früher auch gesagt. Aber die Zeiten sind heute schwer. Ich wußte mir nicht mehr anders zu helfen."

"Liebe ist schön. Und Liebhaber kann man haben, soviel man mag. Aber heiraten! Ich habe so viel Männer gehabt, daß ich sie gar nicht mehr zählen kann. Aber geheiratet hätte ich nie, um keinen Preis der Welt. Und da waren gute Sachen dabei, mein Kind, das kannst du mir glauben. Einmal habe ich einen leibhaftigen Maharadscha gemalt, der brachte mir zu jeder Sitzung einen Edelstein mit. Der wollte auch, daß ich seine Frau werde. Und dann malte ich einen russischen Fürsten, der schenkte mir eine Equipage, Pferde und echte Pelze und Schmuck, so viel, daß ich gar nicht wußte, wohin damit. Heute weiß ich es. Denn heute lebe ich davon. Aber die Pferde! Wo sollte ich sie unterstellen? Er wollte mich mitnehmen und mich zu seiner Fürstin machen. Aber ich wollte meine Freiheit, sonst nichts. Gott, habe ich ein großartiges Leben gehabt."

Sie schwieg und blickte versonnen vor sich hin. Katarin versuchte sich die junge Jolanda vorzustellen, groß und kräftig, mit den leuchtenden mächtigen Augen. Wie mochte wohl ihr Haar gewesen sein? Blond? Schwarz? Vielleicht rot, das war gut denkbar.

"Trink", fuhr Jolanda sie an. "Wir müssen mit dem Zeug fertig werden, damit ich einen besseren kaufen kann."

Ohne Widerspruch leerte Katarin ihr Glas. In ihrem Kopf drehte es sich bereits, und ihre Magennerven revoltierten.

„Du hast also geheiratet", sagte Jolanda. „Wann denn?"

„Vor einem Jahr ungefähr."

„Und du spielst nicht mehr Klavier."

„Doch. Ich möchte wieder."

„Warum hast du geheiratet?"

„Ich wußte nicht mehr recht weiter, damals im Krieg."

„Liebst du deinen Mann?"

Katarin sah Jolanda an, dann die Zimmerdecke, dann den Tisch, schließlich trank sie ihr Glas leer und sagte: „Natürlich."

„Also nicht", meinte Jolanda seelenruhig und goß die Gläser wieder voll. „Du bist ein Aas. Heiratest den armen Kerl, nur weil du dir nicht mehr zu helfen weißt. Sicher liebt er dich. Das ist viel schlimmer als alles, was ich getan habe. Ich habe genommen, aber auch gegeben. Und wenn ich nicht geliebt habe, dann habe ich auch mit dem Mann nicht geschlafen. Aber ihr Frauen heute, ihr seid so schlecht geworden. Ihr meint, es sei Moral, wenn ihr heiratet, und es sei Unmoral, wenn man Liebhaber hat. Aber unmoralisch ist es, mit einem Mann zu schlafen, den man nicht liebt. Und wenn man zehnmal verheiratet ist. Und jetzt willst du ihm also davonlaufen?"

Katarin starrte sie überrascht an. „Warum denken Sie das?"

„Das ist ja deutlich zu merken. Jetzt hast du genug vom Eheleben und willst wieder ein bißchen Klavier spielen. Und wenn nichts Richtiges daraus wird, dann heiratest du eben wieder. Du bist ja ein feines Mädchen. Künstlerin nennt sich so was."

Katarin ärgerte sich. „Die Zeiten sind eben heute anders als früher. Es gibt keine Maharadschas und Fürsten mehr, die einem Diamanten schenken. Aber leben muß man trotzdem. Außerdem habe ich nicht gesagt, daß ich meinen Mann verlassen will."

„Spiel dich doch nicht auf", sagte Jolanda verächtlich, „willst du mir vielleicht ins Gesicht hineinlügen, daß du ihn liebst und bei ihm bleiben willst?"

Katarin senkte den Blick. Widerwillig, doch wahrheitsgetreu sagte sie: „Nein."

„Na also", sagte Jolanda befriedigt. „Trink aus. Und nun erzähl mir, wen du wirklich liebst."

„Wieso?"

„Erzähl schon. Irgendeiner muß es ja sein. Dein Lehrer?"

Katarin hätte gern gesagt, daß sie müde sei und gern schlafen gehen wolle. Doch die Alte verhexte sie, sie erzählte wirklich, sprunghaft, unsachlich, von Berlin, von ihrer Ehe, von Carsten. Seit langer Zeit wieder einmal sprach sie von Carsten, es war berauschender noch als das Getränk. Doch auch der Schnaps war schuld, daß sie viel mehr erzählte, als sie es sonst getan hätte.

„Hm", meinte Jolanda, „so ist das also. Hab' ich mir gleich gedacht, daß es bei dir kompliziert ist. Und nun?"

„Nun?" Katarin sah sie abwesend an. Der Alkohol legte einen Schleier vor ihren Blick, ihr Magen hob sich, ihr wurde übel. „Entschuldigen Sie bitte", murmelte sie und stürzte hinaus.

Jolanda saß noch auf demselben Fleck, als sie nach einer Weile wiederkam. „Ist dir schlecht?" fragte sie ungerührt. „Du verträgst wohl nichts?"

„Sonst eigentlich schon", sagte Katarin matt, „aber ich fühle mich nicht so gut zur Zeit."

Jolanda blickte sie scharf an. „Kriegst du ein Kind?"

Katarin erschrak. „Wie kommen Sie darauf?"

„So was soll's geben", brummte Jolanda. „Du siehst mir ganz so aus."

„Sieht man mir das an?" fragte Katarin entsetzt.

„Also doch."

„Ich will kein Kind. Ich werde auch keins bekommen."

Eine längere Pause entstand. Plötzlich sagte Jolanda ganz unmotiviert: „Du liebst diesen Carsten immer noch?"

„Ich habe immer nur ihn geliebt", erwiderte Katarin pathetisch.

„Er ist hier."

„Hier? Wo?"

„In München."

Sprachlos starrte Katarin sie an. Alles Blut schien aus ihrem Herzen zu weichen und dann mit einem Schwall wieder zurückzuströmen. „In München?" wiederholte sie tonlos. „Er lebt?"

„Na, ich denke, daß er das ist. Hab' es vorige Woche in der Zeitung gelesen, ganz zufällig. Ich interessiere mich ja gar nicht für Musik. Aber die Zeitung ist so dünn und kommt nur zweimal in der Woche, da liest man eben alles, was drin steht."

„Was stand denn da?"

„Irgendwas von einem Konzert. Und dein verflossener Freund hat es dirigiert. Scheint ein großer Erfolg gewesen zu sein."

„Haben Sie die Zeitung noch?"

„Wo denkst du hin? Man braucht doch jeden Fetzen Papier."

Katarin saß wie betäubt. Carsten lebte. Und er arbeitete sogar schon wieder.

Jolanda betrachtete sie mit Befriedigung. Gemütsbewegungen anderer Leute waren für sie ein spannendes und anregendes Schauspiel.

„Ja, und du bist nun verheiratet", stellte sie genießerisch fest, „und kriegst ein Kind. Ts, ts, ts, ts."

„Ich kriege kein Kind", fuhr Katarin auf.

„Aber warum denn nicht? Du warst zu feige, allein fertig zu werden, und mußt nun die Konsequenzen tragen. Wenn du in die Ehe wie in ein warmes Federbett gekrochen bist, mußt du nun dafür bezahlen."

„Ich will das Kind nicht haben. Und ich werde es nicht haben. Es muß doch, zum Teufel, jetzt eine Möglichkeit geben. Sonst fahre ich nach Berlin, zu den Russen, dort geht es sicher."

„Nur nicht so stürmisch. Du warst ja vorher auch nicht so mutig und kompromißlos. Geht hin und heiratet. Aus Angst vor ein bißchen Hunger und einer Dachkammer. Und so was nennt sich eine Künstlerin."

Katarin starrte die Alte böse an. Sie war jetzt vollkommen verwirrt. Carsten war hier. Und sie in dieser Situation.

„Sicher wirst du eine nette kleine Mama abgeben", plauderte Jolanda, „die in Karlstadt, oder wie das Nest heißt, mit dem Kinderwagen spazierenfährt und das Kleine aufs Töpfchen setzt. Ts, ts, ts, welch reizender Anblick!"

„Ach, seien Sie still", empörte sich Katarin, „den Spott können Sie sich sparen. Hätte ich es Ihnen nur nicht erzählt. Sie werden den Mund doch nicht halten."

Jetzt wurde Jolanda böse, sie richtete sich auf und funkelte Katarin mit ihren großen Augen drohend an. „Ich werde dich nicht verraten, du Gans! Ich weiß ganz andere Sachen und habe immer den Mund gehalten."

„Es wäre sehr unangenehm für mich", murmelte Katarin eingeschüchtert.

„Unangenehm, unangenehm", äffte Jolanda ihr nach, „ich weiß schon, die gnädige Frau ist für die bequeme Lebensart. Tut nur, was ihr Spaß macht, nimmt die Männer, wie sie es brauchen kann. Vornehm, vornehm."

Katarin sagte nichts darauf. Sie kämpfte mit den Tränen. Jolanda hatte ja recht, sie zu verachten. Warum nur hatte sie Theo geheiratet? Warum nur war sie so ein wankelmütiges, törichtes Geschöpf?

Jolanda sagte: „Sprich halt mit Bettina."

„Das kann ich nicht. Es ist mir peinlich, ich kenne sie doch erst seit gestern."

„Peinlich! Hättest du dir früher überlegen sollen. Ich kann dir keinen Rat geben, bei mir ist die Zeit lange vorbei, daß ich so was gebraucht habe. Bettina wird sicher etwas wissen. Aber mach, was du willst. Ich geh' jetzt schlafen." Als sie Katarins trostloses Gesicht sah, überkam sie doch so etwas wie ein menschliches Rühren und sie fügte hinzu: „Ich werde Lulux fragen, die Freundin von Leonhard. Die weiß bestimmt Bescheid. Und nun geh schlafen."

Mit gemischten Gefühlen lag Katarin etwas später im Bett. Hatte sie recht daran getan, Jolanda zu ihrer Vertrauten zu machen? Ach, was blieb ihr denn anderes übrig! Sie mußte nun mal mit diesen Hindernissen fertig werden, wie, war egal. Nachher würde man dann weitersehen.

Carsten lebte. Er war gesund, er war hier. Vielleicht gar nicht weit entfernt. Morgen schon konnte sie ihn auf der Straße treffen. Und nun erst recht, nun erst recht.

Am nächsten Tag ging sie allein in die Stadt zum Verlagsgebäude der Zeitung und ließ sich die Nummer 'raussuchen, in der die Kritik stand. Es war eine vorzügliche Besprechung. Man nannte Carsten darin einen Orchesterführer von Rang, der zwar in München noch unbekannt sei, den man aber an die Stadt fesseln sollte.

Er war es also wirklich. Es konnte kein Zufall sein, daß sie gerade in diesen Tagen wieder von ihm hörte, es war ein Zeichen, daß sie recht daran tat, den Weg zurück zu suchen. Vielleicht gab es doch noch einen Weg auch zu ihm zurück.

Wenn alles vorüber war, würde sie nach München kommen, hier arbeiten, und dann würde man sehen, was daraus entstehen würde.

Und wenn er eine Frau hatte? Wenn er eine andere liebte? Nein, er konnte keine andere lieben, er war für sie bestimmt.

Gert fiel aus allen Wolken, als sie ihm abends erklärte, daß sie am nächsten Tag nicht mit zurückfahren könne. Er war sehr ärgerlich. Es gab einen Wortwechsel, dessen Zeugen Margit, Bettina und Fritz wurden. Katarin, die mit ihren Nerven am Ende war, weinte schließlich, worauf Gert nichts mehr sagte. Am Ende erklärte er sich damit einverstanden, sie in vierzehn Tagen abzuholen, falls er soviel Benzin auftreiben könne. Anderenfalls müsse sie eben mit der Bahn kommen.

Nach einem frostigen Abschied von Gert ging Katarin zu Jolanda, die sie heute allein antraf.

„Na, du siehst ja so zerknautscht aus!" empfing sie Jolanda. „Was ist los?"

„Ich hatte eine Auseinandersetzung mit meinem Schwager." Der Einfachheit halber bezeichnete sie Gert immer als ihren Schwager.

„Warum denn?"

„Weil ich nicht mit ihm zurückfahren will."

„Aha!" Wie gewöhnlich bekam Katarin einen Schnaps zugeschoben, sie tranken, rauchten eine Weile stumm, dann sagte Jolanda: „Die Sache geht in Ordnung. Hier ist die Adresse." Sie drückte Katarin einen Zettel in die Hand. „Hast du Geld?"

„Wieviel?"

„Dreitausend mindestens."

„Ich könnte nur den Ring verkaufen." Katarin zog den Ring vom Finger, den sie von Theo zur Hochzeit bekommen hatte.

Jolanda nahm den Ring und betrachtete ihn. „Hm, der ist gut. Ich schätze zehntausend wirst du dafür bekommen. Ich habe jemand, der das macht." Als sie Katarins trübes, zerquältes Gesicht sah, sagte sie in unvermutet herzlichem Ton: „Na komm, Kleine, Kopf hoch. Wenn es sein muß, dann beiß die Zähne zusammen und durch. Schließlich ist es kein Weltuntergang. Kommt alle Tage vor. Hier, trink noch einen."

Drei Tage später kletterte Katarin langsam und mühsam die vier Treppen zu Jolandas Wohnung hinauf. Ihr war schwindlig, rote Nebel tanzten vor ihren Augen.

Jolanda wartete schon. Mit unerwarteter Fürsorglichkeit nahm sie Katarin in Empfang und brachte sie zu Bett. Einige Stunden lang lag Katarin unbeweglich auf dem Rücken und starrte an die Decke. In ihr war ein überwältigendes Gefühl der Erleichterung, sie war so froh wie schon seit Jahren nicht mehr.

Später brachte Jolanda ihr heißen Tee und ein weiches Ei. Dann schlief Katarin ein. Sie erwachte mitten in der Nacht, weil sie Schmerzen hatte. Auch Fieber schien sie zu haben, ihr Kopf glühte, und ihr Mund war trocken. Sie hätte gern etwas zu trinken gehabt, aber sie wagte nicht, Jolanda zu rufen.

Das Fieber stieg noch. – Ob ich sterben muß? dachte sie. Ach, Unsinn, so schnell starb man nicht! Ach, warum nur mußten Frauen so teuer bezahlen für das bißchen Liebe? In Zukunft wollte sie mit Männern überhaupt nichts mehr zu tun haben.

Es sei denn, Carsten kehrte zu ihr zurück. Dann war alles anders. Von ihm würde sie auch gern ein Kind bekommen. All diese Umwege hätten nicht sein müssen, wenn sie damals nicht so dumm gewesen wäre. Sie sah André vor sich, sein schönes, grausames Gesicht. Er lächelte mit blitzenden weißen Zähnen. „Du darfst mich lieben, dumme Katja", sagte er mit seiner schmeichelnden Stimme, „es ist eine Auszeichnung, mich lieben zu dürfen. Alle Frauen wünschen es. Aber sie müssen bezahlen dafür, ich quäle sie, so wie ich dich gequält habe. Und doch gehörst du mir." Seine Hand zog die Decke von ihrem Leib und griff nach ihr, daß es schmerzte. Plötzlich stand ein Flügel im Zimmer, Katarin wollte hin, ihre Finger zuckten, sie mußte spielen, sie mußte unbedingt spielen, dann würde Carsten kommen und sie erlösen. Aber André ließ sie nicht vorbei, er hielt sie fest. Sie rang mit ihm, kämpfte verzweifelt. Der Flügel wuchs und wurde immer größer, er füllte den ganzen Raum, begann aber gleichzeitig rückwärts zu rollen, fort von ihr. „Laß mich!" schrie sie. „Laß mich! Siehst du nicht, daß ich spielen muß? Meine Hände verbrennen, wenn ich nicht spiele. Laß mich los, sonst werde ich ihn nie mehr erreichen!" Doch André war stark, er hielt sie fest und lachte dazu. „Hanno!" schrie Katarin. „Hilf mir doch!" Plötzlich stand ein Mann auf dem Flügel, doch es war nicht Carsten, es war Anger. Er stand dort, die Hand abwehrend erhoben und sagte: „Auf die Seele der Musik kommt es an. Töne erzeugen kann jeder. Dazu genügt ein elektrisches Klavier. Aber die Seele muß man bewahren. Du hast keine Seele mehr, Katarin. Du hast die Liebe verraten, du kannst nicht mehr spielen. Du darfst meinen Flügel nicht berühren, ich erlaube es nicht." Als hätte er Räder, glitt der Flügel langsam hinaus. Aber da, wo er gestanden hatte, stand nun Carsten. In der grauen Uniform, in der sie ihn zuletzt gesehen hatte, bleich und hohlwangig, von seiner Hand tropfte Blut herab, ganz langsam und regelmäßig. „Ich kann auch nicht mehr spielen", sagte er. „Es ist mein Herzblut. Es tropft alles weg, bald ist nichts mehr da. Es tropft und tropft." – „Nein", schrie sie, „nein, halt es fest, dein Blut! Ich komme, ich helfe dir, halt es fest." – „Es ist bald zu Ende", sagte Carsten, und sein Bild begann zu verblassen. Mit einer letzten verzweifelten Anstrengung versuchte Katarin sich loszureißen und erwachte jäh, in Schweiß gebadet.

Sie fuhr auf, ihr Herz klopfte wild. Sekundenlang mußte sie sich besinnen, was mit ihr geschehen war. Und dann kam wieder die große Erleichterung über sie. Es ist alles vorüber, dachte sie, es ist alles gut. Und Carsten lebt, er ist hier, er ist gesund. Was für ein dummer Traum!

Am Morgen war ihr viel besser, obwohl sie noch ein wenig Fieber hatte. Jolanda fühlte ihre Stirn.

„Du hast Fieber, Kind."

„Ich möchte gern was trinken."

„Ich mach' dir Tee."

„Nein, was Kaltes. Wasser."

„Du kannst kein Wasser trinken", sagte Jolanda tadelnd. „Man soll zur Zeit überhaupt kein Wasser trinken, und du in deinem Zustand schon gar nicht. Ich mach' dir Tee."

Am Nachmittag kam Bettina. Es konnte für sie nicht schwer sein, zu erraten, was geschehen war, als sie Katarin im Bett liegen sah. Doch sie sagte kein Wort, nahm aber die Sache sofort in die Hand. Mittels zweier Decken und einiger Kissen, die sie bei sich zu Hause holte, verbesserte sie Katarins Lager erheblich. Auf dem Wege besuchte sie ihren Schwarzhändler und kam mit einem Pfund Fleisch, Eiern und Butter zurück. Katarin bekam ein vorzügliches Abendessen, und sie aß es mit gutem Appetit.

Inzwischen traf ein Brief von Theo ein, mit vielen Vorwürfen und ärgerlichen Worten. Katarin legte ihn achtlos beiseite. Theo war ihr schon so ferngerückt. Am liebsten wäre sie gleich in München geblieben und gar nicht mehr nach Karlsburg zurückgekehrt.

Nach einigen Tagen stand sie auf und fühlte sich bald wieder ganz gesund und voller Tatendrang. Da tauchte plötzlich Theo persönlich auf. Anscheinend traute er Gert nicht genügend Autorität zu und wollte seine Frau selber holen. Er stellte ungnädig fest, daß Katarin schlecht aussehe und abgenommen habe, und was das ganze eigentlich zu bedeuten habe. Solche Eskapaden verbitte er sich.

Zu Jolanda war er höflich, aber kühl und voller Herablassung. Jolanda ihrerseits behandelte ihn höchst nebensächlich, hinter seinem Rücken schnitt sie Katarin eine Grimasse.

Am nächsten Tag fuhren sie ab Richtung Karlsburg. Theo war so verärgert, daß er nicht länger bleiben wollte.

Katarin fiel der Abschied schwer. Sie umarmte Jolanda heftig zum Abschied und sagte: „Du warst so gut zu mir, Jolanda, ich danke dir tausendmal. Darf ich wieder bei dir wohnen, wenn ich zurückkomme?"

„Wann kommst du denn?" fragte Jolanda.

„Bald", flüsterte Katarin, „bald komme ich."

Aber so bald kam Katarin nicht. Sie wurde krank. Die Fahrt auf den schlechten Straßen, in dem schlecht gefederten alten Wagen wurde ihr zum Verhängnis. Schon nach einer Stunde tat ihr alles weh, der Leib, der Rücken, der Kopf. Theo spielte immer noch den Beleidigten und redete kaum mit ihr. Endlich aber bemerkte er doch, wie schlecht sie aussah. Sie habe Schmerzen im Leib, sagte Katarin, sie könne sich auch nicht erklären, wieso.

Zu Hause angekommen, lag sie zwei Stunden, ohne sich zu

rühren, ohne zu sprechen, lag mit geschlossenen Augen und spürte, wie das Fieber ständig stieg.

Theo war nicht mehr böse, nur noch ängstlich und besorgt. Er wollte einen Arzt kommen lassen, doch Katarin lehnte heftig ab.

„Es kommt nur von der Fahrt, das Geschüttel. Morgen ist es vorbei."

Aber morgen war es keineswegs vorbei. Sie hatte hohes Fieber und so heftige Schmerzen, daß sie sich krümmte.

„Ich rufe Dr. Lindermaier", sagte Theo entschieden.

„Nein", widersprach Katarin, „nicht Dr. Lindermaier. Lieber Dr. Fries."

„Den Frauenarzt?"

„Naja", sagte sie ungeduldig, „es ist im Unterleib, das merk' ich doch."

Dr. Fries kam am frühen Nachmittag und erkannte mit einem Blick, was los war.

„Sie haben es also doch getan", waren seine ersten Worte, als Theo das Zimmer verlassen hatte.

„Das habe ich Ihnen ja gesagt."

„Sie waren in München, wie ich hörte?"

„Ja. Und es ging alles ganz glatt. Nur die Rückfahrt im Auto, die hat mir so geschadet."

„Hm."

Er untersuchte sie, ohne ein weiteres Wort zu sagen. Dann blickte er sie ernst an. „Jetzt haben wir die Bescherung."

„Muß ich sterben?" fragte sie ängstlich.

„Sie haben eine Unterleibsentzündung. Eine böse Sache. Die Autofahrt, so kurz danach, war ja Wahnsinn."

„Unterleibsentzündung? Ist das schlimm?"

„Es kommt darauf an. Bei Ihnen ist es zur Zeit recht schlimm. Auf jeden Fall müssen Sie längere Zeit liegenbleiben, Ruhe, Wärme, keine Bewegung, keinen Schritt, auch wenn die Schmerzen vorübergehend nachlassen."

„Was werden Sie meinem Mann sagen?"

„Was es ist."

„Und woher es gekommen ist?"

„Durch das Gerüttel der Fahrt. So was kommt bei Frauen öfter vor."

Katarin sah dankbar zu ihm auf. „Danke", sagte sie leise. „Ich möchte ihm nicht unnötig weh tun."

Weihnachten lag Katarin immer noch im Bett. Sie hatte schwere Wochen hinter sich und sah zum Erbarmen aus, um Jahre älter, abgemagert und blaß, mit dünnem strähnigem Haar. Wenn sie sich im Spiegel sah, schloß sie verzweifelt die Augen. Würde sie so bleiben? War dies das Ende ihrer Jugend?

Ein wenig besser ging es ihr, die Schmerzen waren nicht mehr so atemberaubend wie am Anfang, aber noch immer zuckte sie bei jeder Bewegung zusammen, wenn jemand durchs Zimmer ging oder eine Tür im Haus etwas fester zugemacht wurde.

Am Silvesterabend kamen die Mutter und Friedel zu Besuch. Man saß bei Katarin im Zimmer, trank Punsch und unterhielt sich über die Sorgen dieser Zeit.

Nun war der Krieg schon ein halbes Jahr vorüber, aber das Leben war grau und hoffnungslos. Zwar in Karlsburg ließ es sich noch einigermaßen ertragen, doch was man von den Großstädten hörte, wo die Menschen schwer unter Hunger und Kälte litten, war trostlos. Schiebung, Raub und Mord waren an der Tagesordnung. Dazu kamen die ungeordneten politischen Zustände, Gewalt und Lüge beherrschten das Land. Die tollsten Kapriolen schlugen die Anhänger der Nazis, keiner war auf einmal mit dem Herzen dabeigewesen, keiner hatte gewußt, was vor sich ging, jeder war zur Gefolgschaft gezwungen worden. Überall bot sich dem Beobachter ein jämmerliches Bild menschlicher Unzulänglichkeit und Feigheit.

„Ich finde es ekelhaft", sagte Katarin mit ihrer dünn gewordenen Stimme, „heutzutage muß man sich direkt schämen, zu sagen, daß man kein Nazi war. Man befindet sich in so schlechter Gesellschaft. Und es glaubt einem sowieso kein Mensch."

„Außer man war im KZ", sagte Gert, „das ist natürlich ein vollkommener Beweis. Aber gerade mit der Behandlung der KZ-Häftlinge werden große Fehler gemacht. Das schadet den wirklich politisch Verfolgten am meisten. Die Amerikaner scheinen zu glauben, jeder, der im KZ war, sei ein Heiliger. Jeder Schwerverbrecher, jeder Lustmörder kann heute großartige Positionen bekommen."

„Die Amerikaner machen viele Fehler", meinte Theo, „und bis sie es merken, wird es zu spät sein. Aber woher sollen sie schließlich wissen, was hier wirklich los war! Sie verwalten uns, ohne eine Ahnung von den Verhältnissen zu haben. Die Berater, die sie sich ausgesucht haben, sind meist wenig geeignet, ihnen ein echtes Bild der jetzigen und vergangenen Zustände zu geben. Entweder sie sind aus persönlichen Gründen von Haß erfüllt, oder sie wirtschaften in die eigene Tasche und sehen die ganze Besatzung als großes Geschäft an. Und die Amis glauben, wir sind so eine Art Hottentottenstamm, dem man beibringen muß, daß es Wasserklosetts gibt und daß zwei mal zwei vier ist. Dabei übersehen sie die wirklich notwendigen Dinge. Die Russen . . ."

Eine Weile sprach man von den Russen. Man sprach jetzt oft von ihnen. Die Vorstellung, daß sie mitten in Deutschland standen, hatte etwas Unheimliches. Dazu kam, daß sie sich mit den furchtbaren Vergewaltigungen als wilde Asiaten und keineswegs als zivilisiertes und fortgeschrittenes Volk eingeführt hatten. Außerdem zeigten sich Gegensätze bei den Alliierten, bei der Konferenz in Potsdam hatte sich eine unüberbrückbare Kluft aufgetan.

Die Deutschen sahen es teils mit Besorgnis, teils mit Schadenfreude, manche prophezeiten schon einen künftigen Krieg zwischen den Bundesgenossen des letzten. Zu deutlich keimte Mißtrauen und Feindschaft zwischen ihnen.

Gert kannte Rußland aus eigener Erfahrung und erzählte recht anschaulich davon. In seiner Batterie hatte er einen Kameraden gehabt, der seit frühester Jugend Kommunist war, glühend überzeugter Kommunist. Er war nach Rußland gekommen wie in das Gelobte Land. Nach kurzer Zeit war er grundlegend anderer Ansicht.

„Er ist nun nicht etwa Nazi geworden", erzählte Gert, „das nicht. Er war gar nichts mehr. Ich werde in meinem Leben keine Weltanschauung mehr haben und in keine Partei gehen, sagte er immer. Das ist alles Lüge und Betrug, man will die Menschen nur dumm machen, man verspricht ihnen das Gegenteil von dem, was man tut. Ich möchte bloß noch einmal bei meiner Familie sein, möchte ein kleines Häuschen haben, einen Garten und Arbeit, das möchte ich, und dann können mich alle . . . jawohl", bestätigte Gert, „tut mir leid, hat er gesagt."

„Ich glaube, er hatte recht", meinte Katarin.

„Dann ist er gefallen. Wir begruben ihn mitten in Rußland, das immer das Land seiner Sehnsucht war und dem er dann so gern den Rücken gekehrt hätte. Nun, Erde ist Erde. Ich nehme an, sie ist hier wie dort unpolitisch."

Katarin beteiligte sich nicht viel am Gespräch, sie hatte wieder ein wenig Fieber und Schmerzen, das machte der Besuch und die damit verbundene Unruhe.

Friedel sah hübsch aus, jung und gesund, sie zeigte einen neuentwickelten Charme, der ihr gut stand. Katarin kam sich ihr gegenüber uralt vor.

Im Laufe des Abends setzte sich Friedel zu Katarin ans Bett und erzählte geheimnisvoll, daß sie seit einiger Zeit einen Amerikaner kenne, einen Offizier. Er sei sehr nett und lieb, bringe ihr immer Schokolade und Zigaretten. Letzten Sonntag habe sie mit ihm in seinem Jeep eine Spazierfahrt gemacht. Dabei habe er sie geküßt.

Friedel blickte die Schwester fragend an: „Findest du das schlimm? Mutter schimpft. Sie meint, es sei ehrlos, wegen Franz."

„Unsinn", sagte Katarin. „Franz ist nun mal tot. Warum sollst du keinen netten Amerikaner kennen. Den deutschen Männern geht es heute so schlecht, mit denen lebt es sich nicht gut. Bis auf ein paar Schieber, na, und da ist ein netter Ami immer noch besser. Ist er auch nicht zu ungebildet?"

„Gar nicht. Er ist im Zivilberuf Ingenieur. Er ist sehr groß und breitschultrig, er sieht so gesund und vertrauenerweckend aus. So richtig, wie man sich einen Beschützer vorstellt."

„Aha", sagte Katarin verständnisvoll, sie wußte genau, was Friedel meinte. So wünschte man sich einen Mann.

„Und immer ist er ruhig und guter Laune", fuhr Friedel mit wachsender Begeisterung fort, „und er hat so große warme Hände, und wenn er lacht, dann wird mir einfach froh ums Herz und ... "

„Mit einem Wort", fiel Katarin ein, „du bist verliebt."

„Ich kann einfach nicht mehr so allein sein", sagte Friedel, „ich bin doch noch jung und ich ... ich möchte eben gern einen Mann haben."

„Das ist ja auch ganz natürlich."

„Ich denke gar nicht ans Heiraten. Das ist ja sowieso nicht erlaubt. Aber sonst – andere Frauen haben ja auch Freunde. Warum soll ich denn nicht? Mutter versteht das nicht."

„Nein, das versteht sie nicht. Kann man auch nicht von ihr verlangen. Sie lebt noch in einer anderen Welt. Sie hat mich ja eigentlich auch nie richtig verstanden. Ihr anderen allerdings auch nicht."

„Ja, das ist wahr", gab Friedel zu, „aber jetzt, Katarin, jetzt versteh' ich dich gut." Sie umarmte die Schwester impulsiv, was Katarin zu einem kleinen Schmerzensschrei veranlaßte. „Verzeih, hab' ich dir weh getan? Man kann sich gar nicht daran gewöhnen, daß man dich jetzt wie ein rohes Ei behandeln muß. Hoffentlich wirst du bald wieder gesund."

„Hoffentlich."

„Ja, wirklich, ich verstehe dich jetzt. Und ich weiß, daß auch du mich verstehst."

„Na, das ist ja nicht sehr schwer", sagte Katarin mit einem kleinen Lächeln. „Wenn dir dein Ami gefällt, dann laß dich nicht kopfscheu machen. Man soll niemals auf ein bißchen Glück verzichten, wenn man es haben kann. Wer weiß, was später kommt."

„Sag' ich auch. Zu Franzi ist er reizend, er bringt ihm immer etwas mit."

„Ja, sie sind sehr kinderlieb. Und ihr bekommt wenigstens ein bißchen Kaffee und was zu essen. Ist doch wichtig heute. Von der Ehre allein kann man auch nicht leben. Und überhaupt, so ein Quatsch! Was heißt schon Ehre in dem Zusammenhang! Das Leben ist ein Dreck, und die sogenannte Liebe taugt meist auch nicht viel. Aber wenn man jemanden wirklich gern hat, ist es immer ehrenvoll, ganz egal, wer es ist. Wenn du willst, spreche ich mal mit Mutter ein vernünftiges Wort."

„Das wäre nett. Sie hält ja jetzt sehr große Stücke auf dich. Lenchen regt sich übrigens auch darüber auf."

„Die soll sich nur um sich selber kümmern."

Lenchen wohnte bei der Mutter, ohne Geld, ohne Besitz, und beschäftigte sich damit, über ihr ungerechtes Schicksal nachzudenken. Um die Kinder kümmerte sie sich kaum, im Haushalt half sie auch nicht. Sie weinte oft, dann aber war sie wieder giftig und gehässig und nörgelte an allem herum. Otto erwähnte sie nie. Wenn sie von Katarin und Theo sprach, sagte sie: „Die Leute in der Villa oben . . ."

„Die ist ja verrückt", sagte Katarin, „jetzt fühlt sie sich auch noch als Märtyrerin, das sieht ihr ähnlich. Ein völlig nutzloser, negativer Mensch, im Glück und im Unglück. Und so was wurde mir früher immer als leuchtendes Beispiel hingestellt."

Die fünf Kinder waren eine Plage. Friedel hatte viel Arbeit und Ärger damit. Anneliese, die Älteste, hatte sich schnell umgestellt, sie war viel unterwegs, malte sich heimlich bereits die Lippen an und sprach mit Vorliebe amerikanisch. Adolf, der in der ersten Nachkriegszeit entsetzlich unter seinem kompromittierenden Namen gelitten hatte, steckte meist in der amerikanischen Großgarage, wo er beim Wagenwaschen und anderen Arbeiten half und den Mechanikern zusah. Er brachte Schokolade und Kaugummi in Massen nach Hause und führte einen schwunghaften Tauschhandel damit.

„Was werden sie mit Otto machen?" fragte die Mutter. „Sie können ihm doch nichts tun, er hat ja nichts verbrochen."

„Das ist Ansichtssache", meinte Katarin kurz.

„Und wovon sollen Lenchen und die Kinder leben?"

Ja, das war die Frage. Wovon sollten Lenchen und die fünf Kinder leben, die sie im Vertrauen auf ihren großen Führer in die Welt gesetzt hatten?

Als es zwölf wurde, brachte Theo ein paar Flaschen Sekt, und sie stießen an. Katarin schloß die Augen und dachte ganz intensiv an Carsten.

Wo bist du, dachte sie, was tust du? Denkst du an mich? Ich denke Tag und Nacht an dich. Warte noch ein wenig, ich komme, ich komme bald. Ich muß nur erst gesund werden.

Als alle fort waren, kam Theo noch einmal zu ihr.

„Wie fühlst du dich?"

„Nicht besonders."

Er fühlte ihre Stirn. „Du hast wieder Fieber, es war zu anstrengend. Nun schlaf schön, hoffen wir, daß du im neuen Jahr gesund wirst, mein Kleines." Er beugte sich herab und küßte sie mit vollen, feuchten Lippen. Seine Hand umfaßte ihre Brust. „Du fehlst mir so, du weißt gar nicht, wie. Werde nur bald gesund."

Katarin lag noch lange wach. Sie fehlte ihm. Und ihr war es unvorstellbar, daß sie jemals wieder Theos Umarmungen erdulden sollte.

Grau und trübe lag die Zukunft vor ihr. Würde sie wieder ganz gesund werden? So, daß sie arbeiten konnte? Sie wußte, was dazugehörte, ein gesunder Körper und gesunde Nerven, Ausdauer und Entschlossenheit. Und was war sie jetzt? Ein schwaches Nervenbündel, ein hysterisches, ewig weinendes Etwas mit einem kranken, hinfälligen Körper. Es schien, als führe kein Weg mehr aus Karlsburg heraus.

Es wurde Sommer, bis Katarin wieder gesund war. Im Mai und im Juni saß sie bereits an schönen Tagen im Garten, genau wie im Jahr zuvor, überschlank und noch blaß, doch mit erwachendem Lebensmut. Sie hatte sich verändert, und im Laufe des Sommers zeigte sich bei zunehmender Erholung und Kräftigung diese Veränderung immer deutlicher. Ihr Gesicht war schmaler und beseelter geworden, durchgeistigt auf eine fesselnde interessante Art. War es früher ein hübsches frisches Mädchengesicht gewesen, so war es jetzt ein Frauengesicht, klug, ein wenig verschlossen, geheimnisvoll. Alles in allem erschien sie schöner als je. Nachdem die Spuren der Krankheit vollends gewichen waren, konnte es jeder sehen, die Augen größer, die Stirn höher, das Haar seidig und schimmernd.

Aber auch sonst hatte sie sich verändert, sie war ruhiger, beherrschter und viel ernster geworden. Es stand ihr gut. Leben und Temperament sprühten nicht wie früher aus ihren Augen, es glich mehr einem Feuer, das nach innen glühte.

Nur ein Gedanke beherrschte sie jetzt: Wieder arbeiten. Sie meinte oft, die Untätigkeit nicht länger ertragen zu können. Eines

Tages kündigte sie Dr. Fries an, daß sie nun wieder mit dem Üben beginnen wolle.

„Aber langsam", meinte er, „übertreiben Sie es nicht. Sie müssen erst wieder kräftiger werden, der Körper muß langsam an die Anstrengung gewöhnt werden."

„Könnten Sie nicht...", begann Katarin und stockte.

„Ja, was denn?"

„Könnten Sie nicht meinem Mann sagen, daß auch ... ich meine, daß ich auch für ... für die Liebe noch zu schwach bin?"

Der Arzt sah sie prüfend an. „Warum sagen Sie es ihm nicht selbst?"

„Das tue ich ja. Aber er ist sehr ungeduldig. Wir hatten schon Streit deswegen. Ich will aber nicht. Wenn Sie mit ihm sprechen, wird es mehr Eindruck machen."

„Hm."

„Ich will ja nicht, daß er etwas entbehrt. Von mir aus kann er sich eine Freundin suchen, ich habe nichts dagegen. Unter uns gesagt, ich weiß auch, daß er sich auf seinen häufigen Reisen schadlos hält. Soll er doch. Er soll mich nur in Ruhe lassen. Ich mag nicht mehr. Mir genügt, was ich durchgemacht habe."

Dr. Fries blickte sie schweigend an. Nichts von der gegenseitigen Abneigung war übriggeblieben, sie verstanden sich jetzt ausgezeichnet, waren Freunde. Er begriff, daß sie Theo nicht lieben konnte. Er wußte auch, daß sie fortgehen wollte, fort von Karlsburg, fort aus dieser Ehe. Und auch das verstand er nun.

Er lächelte ihr zu. „Gut. Ich werde mit ihm sprechen. Sie können beruhigt sein." Er stand auf.

„Danke, Doktor." Katarin griff nach seiner Hand. „Sie sind so lieb. Als ich Sie kennenlernte, hätte ich nie für möglich gehalten, daß ich Sie einmal so gern haben würde."

Er lächelte verlegen und verabschiedete sich rasch.

Theo hatte wirklich eine Freundin. In Frankfurt. Er fuhr oft hin und kehrte stets gutgelaunt zurück, manchmal kamen Anrufe oder Briefe mit einer Damenhandschrift. Katarin übersah es großzügig, im Gegenteil, es erleichterte sie. Das Verhältnis zwischen ihr und Theo war freundschaftlich, doch etwas kühl. Einige Male versuchte er, nachdem es ihr sichtlich besser ging, die ehelichen Beziehungen wiederaufzunehmen. Es endete stets mit entsetzter Abwehr und Tränen bei Katarin. Er war beleidigt, sie berief sich auf den Arzt. Das kühlte ihr Verhältnis ab, seine liebevolle Besorgnis aus den Tagen der Krankheit verschwand immer mehr.

Katarin lebte völlig für sich allein, isoliert wie in einem Glashaus.

Um die Familie kümmerte sie sich wenig. Friedel war vollauf mit ihrem Amerikaner beschäftigt, den sie heiß liebte und den sie später heiraten wollte. Die Mutter hatte sich damit abgefunden, zumal Hank wirklich ein netter, liebenswerter Mensch war, der ihr mit aller Ehrerbietung entgegenkam.

Otto war noch immer im Lager, doch es ging ihm offensichtlich nicht schlecht. Lenchen, die ihn ab und zu besuchte, berichtete, daß er immer noch gutgenährt und bester Stimmung sei. Auch Lenchen hatte ihre Depression überwunden, ging wieder aus und tratschte mit dem gleichen bösen Mundwerk mit Gott und der Welt wie früher auch.

In ihren Träumen beschäftigte sich Katarin mit der Zukunft und mit Carsten. Wie früher auch gehörte beides zusammen. Von München hörte sie nichts, denn Jolanda schrieb keine Briefe. Einmal wurde im Rundfunk ein Konzert übertragen, das Carsten dirigierte.

Katarin übte fleißig. Am Anfang strengte es sie sehr an, müde und kraftlos waren ihre Hände, die Arme erlahmten rasch. Doch mit der Zeit wurde es besser, ihr Körper, jung und elastisch, erholte sich ziemlich rasch von der langen Krankheit. Bald konnte sie mehrere Stunden am Tag arbeiten – sie hatte sich das alte Klavier aus dem Elternhaus kommen lassen –, ihre widerspenstigen Finger gewannen die alte Gelenkigkeit, die Läufe perlten virtuos, die Töne bekamen wieder Kraft und Glanz. Theo sah es mit Mißvergnügen. Auch Dr. Fries warnte immer wieder, sie solle nicht übertreiben. Doch seine Sorge war unnötig, es schien, als sauge sie Kraft und Mut und Selbstvertrauen aus dem Instrument. Jetzt erst wurde sie vollends gesund.

Im September heiratete Gert die blonde Margit. Es stand inzwischen fest, daß er in Karlsburg bei Theo bleiben würde. Theo hatte zugesagt, ihn als Teilhaber aufzunehmen, und Gert verdiente es wirklich, seine Bemühungen um den Wiederaufbau des Niemannschen Werkes waren stets erfolgreich gewesen. Auf dem Werkgelände ließ er sich ein kleines Behelfsheim errichten, wo er zunächst mit seiner jungen Frau wohnen wollte.

Sie feierten eine lustige Hochzeit. Das kleine Gärtnerhaus war voller Menschen. Auch Friedel war mit ihrem Amerikaner erschienen, und Gert lud einen großen blonden Captain ein, mit dem er gut befreundet war und der ihm und Theo viel geholfen hatte.

Es war das erste Fest, das Katarin seit langem mitfeierte, und es machte ihr viel Vergnügen. Sie sah sehr hübsch aus in einem neuen goldfarbenen Kleid, dessen Stoff ihr Gert organisiert hatte. Hübscher als die Braut, wie Friedel ihr stolz zuflüsterte.

Das schien auch Bob, der nette Captain, zu finden, denn er wich Katarin den ganzen Abend lang nicht von der Seite. Zum erstenmal seit langer, langer Zeit hatte Katarin Gelegenheit zu einem Flirt, es machte ihre Augen strahlend und ihren Mund verführerisch. Auch Theo bemerkte es und schaute ein wenig sauertöpfisch drein. Den Captain schien seine Gegenwart nicht zu stören. Er schmiegte beim Tanz seine Wange in ihr Haar und hielt sie fest im Arm. Katarin empfand es als angenehm.

Erst spät in der Nacht gingen die Gäste. Katarin war müde und ging gleich ins Bett. Doch nach einer Weile kam Theo zu ihr herein, setzte sich auf den Bettrand und begann eine Unterhaltung. Katarin beobachtete ihn ängstlich, er war animiert, hatte wohl auch reichlich getrunken, ihr Flirt mit dem Amerikaner mochte ihn herausgefordert haben. Sie sah in seinen Augen das begehrliche Funkeln, das sie kannte und verabscheute. Sie machte sich steif und stellte sich dumm, als er sich herabbeugte und sie küßte. Seine Hände griffen gierig nach ihr und versuchten, das Nachthemd über ihre Schultern zu streifen.

„Nicht, Theo", bat sie, „bitte nicht. Du weißt doch."

„Ach was, du bist wieder gesund! Einmal mußt du doch wieder meine Frau sein, Kleines. So geht es nicht weiter."

„Es ist zu früh."

„Du hast mir heute abend einen recht munteren Eindruck gemacht. Komm, laß es uns versuchen."

„Nein", rief sie zornig, „laß mich los!"

Aber er dachte nicht daran. Er schob sich neben sie ins Bett und erstickte ihren Widerstand mit groben Händen.

„Na, hat es weh getan?" fragte er nachher. „War es nicht wieder ganz schön? Du mußt doch auch Sehnsucht gehabt haben."

Katarin antwortete nicht, haßerfüllt blickte sie ihn an und drehte ihm den Rücken zu.

„Du bist ein hysterisches Frauenzimmer geworden", brummte er verärgert. „Einmal mußt du doch wieder normal werden."

Katarin wandte sich ihm heftig zu. „Ich will nur eins von dir", sagte sie zornig, „daß du mich in Ruhe läßt. Ist das zuviel verlangt?"

„Allerdings. Schließlich bist du doch meine Frau."

„Leider", gab sie wütend zurück.

„Du bist ungerecht", sagte er. „Wie stellst du dir das denn weiter vor? Wir können doch nicht ewig nebeneinanderher leben?"

„Nein. Aber ich – ich kann einfach nicht. Versteh es doch. Ich habe einen Widerwillen gegen das alles."

„Das ist die Folge der Krankheit. Es wird vorübergehen, wenn du nur willst."

„Ich will aber nicht."

Theo schwieg erbittert. Dann sagte er traurig: „Du liebst mich eben nicht."

„Liebst du mich denn?" fragte Katarin zurück, um keine Antwort geben zu müssen. „Wenn du so rücksichtslos bist! Und glaubst du, ich weiß nicht, daß du in Frankfurt eine Freundin hast?"

Theo schwieg betroffen. Aber er leugnete es nicht. „Kannst du mir einen Vorwurf machen? Was habe ich denn von dir? Du liebst mich nicht und machst ein entsetzliches Gesicht, wenn ich dir nur nahe komme. So kann ich auf die Dauer nicht leben."

„Ich mache dir keinen Vorwurf", erwiderte Katarin kühl, „ich wollte es nur klarstellen. Und ich meine, du könntest es unter diesen Umständen dabei bewenden lassen und mich in Ruhe lassen."

„Es ist dir also gleichgültig, wenn ich..."

„Ja, zum Donnerwetter, es ist mir gleichgültig."

Tiefbeleidigt zog sich Theo zurück.

Es war Katarin klar, daß die Dinge zu einer Entscheidung drängten. Entweder mußte sie hierbleiben und sich abfinden, mit Theo, mit Karlsburg und mit ihrer Ehe, oder sie mußte gehen. Originellerweise verhalf ihr der amerikanische Captain zu einer Entscheidung.

Er hatte sich nämlich in Katarin verliebt und machte ihr auf jede erdenkliche Weise den Hof. Er kam zu Besuch, holte sie mit dem Wagen ab, er schickte Zigaretten und Lebensmittel und versuchte immer und überall, ihr zu begegnen.

Katarin ließ sich seine Verehrung ganz gern gefallen, flirtete ein wenig, ohne es ernster zu nehmen als ein reizvolles Spiel. Sie küßten sich, flüsterten sich zärtliche Dinge zu, doch Katarin dachte keinesfalls daran, dem stürmischen Eroberer mehr zu gewähren, sie hatte andere Dinge im Kopf.

In Karlsburg jedoch sprach man bald über ihre Freundschaft mit dem Ami. Man sah sie oft in seinem Wagen, und Bob war wenig geeignet, sich zu verstellen, seine Zuneigung leuchtete ihm aus allen Knopflöchern. Katarin kümmerte es wenig, was die Karlsburger redeten. Die hatten immer über sie geklatscht.

Doch als Theo von der ganzen Affäre erfuhr, machte er großes Theater. Er behauptete, schmählich betrogen und enttäuscht worden zu sein. Man habe sie in zärtlicher Umarmung mit dem Amerikaner gesehen, warf er ihr vor.

„Du hast mich in der ganzen Stadt lächerlich gemacht. Jeder

Mensch weiß, daß du ein Verhältnis mit dem Amerikaner hast. Mir lügst du vor, du seist krank und schonungsbedürftig." In dieser Tonart ging es weiter, ja, er steigerte sich in seiner Wut zu einigen recht unfreundlichen Bemerkungen.

Katarin saß ihm gegenüber und lauschte. Es gab nicht viel darauf zu sagen. Als er endlich schwieg, zitternd vor Wut, sagte sie nur kurz: „Es tut mir leid, daß du dich so aufregst. Ich dachte eigentlich, es ist dir nicht mehr so wichtig, was ich tue. Da du ja auch . . ."

„Ich ja auch", fuhr er auf. „Was ich ja auch? Willst du mir vielleicht Vorwürfe machen? Ich habe mir nie eine andere Frau gewünscht als dich. Und wenn ich manchmal mit einer anderen zusammen war, so ist es deine Schuld. Ich bin schließlich kein Mönch."

„Ich war krank."

„Das sehe ich jetzt, wie krank du bist. Du bist schon lange nicht mehr krank, du spielst es mir bloß vor, damit du ungestörter deinen Abenteuern nachgehen kannst. So warst du ja schon immer. Ich hätte es wissen müssen. Schließlich war ich ja auch nicht der erste bei dir."

„Lieber Himmel", warf Katarin ein, „das mußte ja mal gesagt werden!"

„Und wenn ich denke, wie es mit uns angefangen hat, das war bezeichnend für dich. Wenn du es allen Männern so leicht machst, dann braucht man sich über gar nichts zu wundern."

„Nun aber Schluß", rief sie ärgerlich, „das sieht dir ähnlich, daß du mir das vorwirfst! Du bist ein seltener Esel."

Einen Moment lang starrten sie sich erbittert an, dann nahm Katarin sich zusammen. „Schau, Theo", sagte sie, „wir wollen doch nicht banal werden. Wir wollen uns als zivilisierte Menschen einigen. Willst du dich scheiden lassen?"

Dieser Gedanke schien Theo zu überraschen, er sah sie erstaunt an, dann sagte er laut und heftig: „Natürlich." Aber es klang nicht recht überzeugt.

„Gut", sagte Katarin ruhig, „ich denke, daß es das beste ist. Aber wir wollen es so einrichten, daß Karlsburg keinen Spaß daran hat."

Theo war durch ihre entschiedene Haltung beeindruckt. Er hatte Tränen, Reue und Bitten erwartet, daß sie ihm nun so ruhig die Scheidung vorschlug, ließ seinen himmelhohen Zorn zusammenfallen wie einen Luftballon, in den man hineinsticht.

„Katarin", sagte er jämmerlich und legte das Gesicht in die Hände. Einige Tränen rannen durch seine Finger.

Er tat ihr leid. Sie war nicht fair gewesen. Weniger heute als am Tage ihrer Hochzeit, doch das konnte sie ihm nicht sagen, es hätte ihn erst recht verletzt.

Sie stand auf, holte die Kognakflasche und zündete zwei Zigaretten an. „Komm, Theo, laß uns nicht unnötig dramatisch werden. Ich wünschte sehr, wir könnten Freunde bleiben. Wir waren es immer, und es war unsere beste Zeit. Ich bin keine Frau für dich. Ich hab' es dir damals am Fluß schon gesagt, und ich hatte recht. Es geht hier nicht um Bob. Du irrst dich, wenn du meinst, er sei es, der uns auseinanderbringt. Er ist für mich nur so", sie schnippte mit dem Finger, „es geht mir um ganz andere Dinge. Ich will wieder arbeiten, das ist es. Und deswegen kann ich nicht mehr hierbleiben."

Theo ließ die Hände sinken und sah sie an. Schön und kühl saß sie ihm gegenüber. Dieses fremd gewordene Gesicht mit den dunklen Augen unter den hohen Brauen. Nein, er hatte sie nie besessen, nicht eine Stunde. Es gab für ihn keinen Weg zu ihr. Es war genau wie früher, sie kam und ging, man konnte sie nicht halten. Er konnte sie nicht halten.

„Du liebst den Captain gar nicht?" fragte er unsicher.

„Nein", erwiderte sie bestimmt, „nicht im geringsten."

„Ja, aber, was willst du dann eigentlich?"

„Ich will nach München. Und werde dort arbeiten."

„Das ist doch Unsinn. Nach München, in der heutigen Zeit. Wovon willst du leben?"

„Ich weiß es noch nicht." Sie hob ihr Glas und trank ihm zu. „Ich weiß, ich tu' dir weh. Aber versuch es doch anders zu sehen. Wir haben ein Stück gemeinsam gehabt. Und manchmal warst du doch glücklich mit mir, nicht? Du wirst auch ohne mich weiterleben. Im Gegenteil, du wirst eine Frau finden, die zu dir paßt und mit der du viel besser leben kannst als mit mir."

Eine Pause entstand. Dann sagte Theo, in Gedanken verloren: „Du hättest ein Kind haben müssen. Warum hast du kein Kind bekommen?"

Sie stand auf, füllte die Gläser wieder. Dann setzte sie sich zu ihm auf die Sessellehne und sah auf ihn hinab. Sie war auf einmal tieftraurig, Tränen saßen hinter ihren Augenlidern. Sie galten nicht Theo, nicht dem ungeborenen Kind, sie galten nicht einmal ihr selbst. Vielleicht weinte sie um die Unvollkommenheit der menschlichen Herzen, sie wußte es selbst nicht. – Das Leben ist zu kurz, dachte sie, um allen Gefühlen nachzugeben, um allen Menschen und Dingen gerecht zu werden. Man müßte viel mehr Zeit haben, um ein guter Mensch zu sein. Ein Leben reicht nicht aus, um sich den Luxus leisten zu können, immer und zu allen gut zu sein. Sie strich leicht über sein Haar. „Ich weiß nicht", sagte sie sanft. „Vielleicht hast du recht. Wenn ich ein Kind hätte, könnte ich nicht fortgehen. Vielleicht wäre es sogar besser für mich. Und ich würde endlich aufhören, einem Traum nachzujagen."

Theo sagte nichts mehr, still und bedrückt saß er vor ihr und blickte nicht auf. Er wußte nicht, was er denken sollte. Log sie? Sagte sie die Wahrheit? Sie tat den Amerikaner mit einer Handbewegung ab. Genau wie ihn selbst. Er dachte es mit Bitterkeit. Er war für sie nur eine Zwischenstation gewesen. Treu war sie nur dem geblieben, was sie den Traum ihres Lebens nannte.

Später sagte Katarin: „Und was soll nun werden? Soll ich gleich gehen? Wollen wir noch ein wenig warten, um den Karlsburgern kein Schauspiel zu bieten? Ich verspreche dir, daß ich den Captain nicht mehr treffe."

Theo sagte müde: „Du kannst natürlich bleiben, solange du willst." Dann stand er auf und ging hinaus.

Katarin sah ihm nach. Es ärgerte sie, daß Bob in ihren Abschied hineinverwickelt wurde. Es verkleinerte ihren Entschluß, machte ihn so alltäglich.

Sie traf Bob am nächsten Tag. In seinem Wagen fuhren sie ein Stück hinaus in die herbstliche Landschaft. Es war schon kühl, der Winter kündigte sich an.

In Bobs Wagen war es warm, das Radio spielte, und Bob selbst pfiff vergnügt vor sich hin und grinste ab und zu fröhlich zu ihr hinüber.

Du großes Kind, dachte Katarin, so sorglos und unbeschwert wie du möchte ich auch einmal leben, so ohne Probleme und quälende Gedanken.

Nun mußte sie ihm beibringen, daß sie sich nicht mehr sehen durften. Ob es ihn wohl ein wenig betrüben würde?

Es betrübte ihn sehr. Sein treuherziges Jungengesicht füllte sich mit trauriger Düsternis. Er hielt den Wagen an und wollte genau wissen, womit er diese strenge Strafe verdient habe.

„Schließlich bin ich verheiratet", sagte Katarin freundlich.

„Du wirst dich scheiden lassen und mich heiraten, honey", meinte er mit der größten Selbstverständlichkeit. „Es wird nicht mehr lange dauern, bis wir deutsche Frauen heiraten dürfen. Viele amerikanische Soldaten haben die Absicht."

„So so", sagte Katarin, „wer hat denn nun eigentlich wen erobert?"

„Du kommst mit mir nach Detroit", rief er, schon wieder fröhlich, „es wird dir bestimmt gefallen!"

„Ich zweifle nicht daran", meinte Katarin friedfertig.

„Theo kann dir nicht verbieten, mich zu sehen und zu treffen", sagte Bob, „ich liebe dich, und du bist eine erwachsene Frau, er kann nicht über dich bestimmen."

„Ich habe ihm versprochen, dich nicht mehr zu treffen, solange ich hier bin."

„Solange du hier bist?"

„Ich gehe fort von Karlsburg."

„Wieso?" fragte Bob verständnislos.

„Nach München."

„Nach München? Was tust du in München?"

„Ich will dort leben. Und arbeiten. Ich kann nicht länger in Karlsburg bleiben."

„Warum nicht?"

„Ich hasse Karlsburg. Ich fühle mich hier nicht wohl."

„Oh!" staunte Bob fassungslos. „Karlsburg ist doch hübsch."

„Ja, ich weiß, es ist sogar sehr hübsch, alt und malerisch. Ich hasse auch nicht Karlsburg an sich, ich hasse das, was es für mich verkörpert, die Enge, die Kleinbürgerlichkeit, die Fessel, verstehst du das?"

Bob verstand keineswegs, er sah sie ohne jedes Begreifen an.

„Na egal", meinte Katarin, „jedenfalls gehe ich fort."

„Und dein Mann?"

„Du hast ja eben selbst von Scheidung gesprochen. Voilà."

„Oh!" jetzt glaubte Bob zu begreifen, naiv fragte er: „Ist es, weil du mich liebst?"

Katarin lachte. „Nicht nur, darling. Dich verlasse ich ja auch."

„Du verläßt mich?"

„Freilich. Wenn ich nach München gehe..."

„Gefällt es dir in München so gut?"

„Das weiß ich noch nicht. Das hat auch damit nichts zu tun. Ich will wieder arbeiten, und das kann ich in Karlsburg nicht."

„Was willst du arbeiten?"

„Sei nicht so bekloppt", sagte sie ungeduldig auf deutsch, „Klavierspielen natürlich."

„Klavierspielen", wiederholte Bob respektvoll, aber ohne das geringste Verständnis.

„Kapierst du doch nicht, darling", beendete Katarin das Gespräch. „Fahren wir zurück."

„Und was wird aus mir?"

„Du wirst dir eben eine neue Liebe suchen müssen."

„Darling", er wandte sich ihr heftig zu und zog sie an sich. „Das kann ich nicht. Ich liebe dich."

„Das gibt sich mit der Zeit", sagte Katarin ungerührt.

„Aber ich weiß etwas", rief Bob begeistert, „ich könnte auch nach München kommen, ich werde mich versetzen lassen! Und dann können wir zusammen sein, Tag und Nacht, und poor little Theo wird uns nicht mehr stören."

Katarin mußte lachen. Er würde sich versetzen lassen, und poor little Theo würde nicht mehr stören. Fertig! Für einen richtigen Amerikaner gab es keine Hindernisse, das war schon immer Bobs Meinung.

„Ich kann dich aber in München nicht gebrauchen, darling", sagte sie freundlich. „Und nun fahr zurück."

Theos Friedfertigkeit dauerte nicht lange an. Soviel Edelmut brachte er nicht auf, um Katarins Trennung von ihm großzügig und verständnisvoll entgegenzunehmen.

Es gab noch einige häßliche Szenen, die jedoch dazu beitrugen, Katarin den Abschied zu erleichtern.

Katarins Mutter war tief unglücklich über die neue Entwicklung. Sie hatte geglaubt, Katarin hätte die alten Träume begraben. Daß sie nun das sichere Heim, die gute Ehe verließ, um wieder einem Phantom nachzujagen, das ging nicht in der Mutter Kopf hinein. Katarin stand diesem Kummer hilflos gegenüber. Es gab keine Erklärung, um der Mutter ihre Situation verständlich zu machen.

„Sie wird vermutlich sterben an der Schande, die du ihr bereitest", sagte Lenchen giftig, die sich wieder so weit erholt hatte, um lebhaften Anteil an dem Geschehnis zu nehmen. Sie hetzte und stänkerte wie früher und sorgte für Verbreitung im Städtchen.

Friedel verhielt sich diesmal ruhig. Sie war die einzige, die Katarin verstand und keine Überraschung zeigte, sie hatte wohl schon immer mit so etwas gerechnet.

In Karlsburg tuschelte man auch allerhand. Natürlich vermutete man, der blonde Captain sei der Grund, wenn die Ehe der Niemanns in die Brüche ging. Auch Major Fryer erfuhr davon. Major Fryer war ein biederer, rechtschaffener Mann, in seinem Städtchen daheim eine angesehene Persönlichkeit, seine Frau die Vorsitzende des Frauenvereins. Bob wurde gemaßregelt, und der Major beantragte seine Versetzung nach Frankfurt.

In der Woche vor Weihnachten kam es noch einmal zu einer bösen Szene zwischen Katarin und Theo. Danach sah Theo sie überhaupt nicht mehr an, er aß allein in seinem Zimmer und ging ihr aus dem Wege. Es war ein unhaltbarer Zustand, und Katarin entschloß sich von heute auf morgen, dem ein Ende zu machen.

Worauf eigentlich noch warten? Es war Winter. Zugegeben, eine denkbar ungünstige Zeit, um ihr neues Leben zu beginnen. Aber einmal mußte es ja sein.

So teilte sie Theo kurz mit, daß sie am nächsten Tag abreisen würde. Er nahm es stumm zur Kenntnis. Katarin sah ihm traurig nach. Er war stets ihr Freund gewesen, nun verlor sie ihn ganz.

Friedel brachte sie zur Bahn. Es war ein grauer kalter Tag, dünne Schneeflocken wirbelten im Wind. Als Katarin auf dem Bahnsteig stand, mußte sie an ihre erste Abreise denken, damals, vor zehn Jahren. Wie war sie voller Ungeduld und voll wilder Hoffnung in die Welt gezogen, bereit, die Sterne vom Himmel zu holen! Wie anders ging sie heute! Müde, skeptisch, zehn Jahre älter und voll Angst vor der Zukunft. Doch immer noch nicht ohne Hoffnung. Ja, das war das Wunderbare daran. Trotz allem und allem glaubte sie immer noch an ihren Stern, glaubte an sich selbst, an die Erfüllung ihrer Träume.

Die Schwestern verabschiedeten sich herzlich.

„Ich wünsche dir viel Glück, Katarin", sagte Friedel, „ich wünsche von ganzem Herzen, daß du es schaffen wirst. Schon um es allen Leuten hier zu zeigen. Und wenn es nicht geht, mach dir keine Sorgen, dann kommst du zu uns nach Amerika. Sobald es geht, heiraten wir. Vielleicht ist es drüben auch für dich leichter."

„Danke, Friedel", sagte Katarin gerührt. „Du bist lieb. Wenigstens gibt es jetzt in Karlsburg einen Menschen, der mich versteht und der es gut mit mir meint. Das ist schon ein Fortschritt."

Sie winkte aus dem Zugfenster, ihre Augen brannten von ungeweinten Tränen. Sie wollte an das Kommende denken, doch alles verschwand hinter einem Nebelschleier. Verlassen war sie, einsam wie nie zuvor, nachdem sie alle Brücken hinter sich abgebrochen hatte.

## Und wieder du, Cäcilie ...

Jolandas kleine Kammer war nicht mehr frei, als Katarin überraschend in München eintraf. Ein junger Maler, der erst vor kurzer Zeit aus der Gefangenschaft gekommen war, wohnte darin. Doch Jolanda bugsierte ihn in wenigen Tagen hinaus.

„Ich wollte ihn sowieso hinausschmeißen", sagte sie. „Er ist so laut und unordentlich. Wenn er im Bad war, schwimmt alles. Wie komme ich dazu, dem Bengel seine Sachen nachzuräumen. Und dann seine Weibergeschichten. Ich bin nicht kleinlich, aber er hat fast jeden Tag ein anderes Frauenzimmer da. Ich sehe ein, er hat vieles nachzuholen, aber es muß ja nicht gerade bei mir sein."

Übrigens bot der Maler Katarin noch an, mit ihm zusammen in der Kammer zu wohnen. Sie gefalle ihm gut. Und er suche sowieso eine feste Freundin. Was sie davon halte?

„Ich halte gar nicht viel davon", erwiderte Katarin.

„Gefalle ich Ihnen nicht?"

„Nein."

„Das ist der Dank des Vaterlandes", beschwerte er sich, ohne im mindesten gekränkt zu sein.

„Daran werden Sie sich gewöhnen müssen", meinte Katarin.

Katarin war froh, zunächst wieder bei Jolanda wohnen zu können. Auf legale Weise bekam man kein Zimmer, sie schon gar nicht, denn sie war ja unangemeldet in München, da noch immer strenge Zuzugssperre war. Die Lebensmittelkarten bezog sie weiterhin von Karlsburg. Vom Verkauf des Ringes besaß sie noch 4000 Mark, das mußte für die nächste Zeit reichen.

Bettina freute sich sehr, Katarin wiederzusehen. Sie hatte mittlerweile einen richtigen kleinen Kunstgewerbebetrieb aufgezogen und beschäftigte zwei junge Mädchen. Außerdem war sie außerordentlich tüchtig in Schwarzmarktgeschäften, so daß sie über ein ausreichendes Einkommen verfügte.

„Wenn du es bei Jolanda ein bißchen aushalten kannst", sagte Bettina, „ist es nicht das Schlechteste. Vielleicht ergibt sich gelegentlich mal etwas anderes."

„Och, es geht schon", meinte Katarin, „sie ist zwar reichlich verrückt, aber ich mag sie recht gern."

„Sie mag dich auch, fürchte ich. Das wird vermutlich Komplikationen geben."

Katarin blickte verständnislos. Bettina zögerte, dann seufzte sie. „Du bist ja schließlich alt genug."

„Was meinst du?"

„Nun ja, Jolanda ist ein großartiger Kerl. Aber sie ist manchmal ein bißchen komisch. Du verstehst schon, was ich meine."

„Aha!" sagte Katarin, aber sie verstand keineswegs.

Zunächst würde sie bei Bettina üben, die ein Klavier in der Wohnung stehen hatte.

„Ich werde dir auf die Nerven gehen", warnte Katarin, „dauernde Übungen sind kein Vergnügen."

„Mein liebes Kind", erwiderte Bettina, „meine Nerven sind allerhand gewohnt. Mir werden deine Fingerübungen sicher lieblicher klingen als das Heulen der Bomben. Und Fritz ist ja tagsüber nicht da."

Fritz arbeitete zur Zeit bei den Amerikanern, nebenbei studierte er noch die zwei restlichen Semester, die zum Diplom fehlten.

Den Silvesterabend verbrachten sie alle bei Jolanda. Eine Menge Leute versammelte sich im Atelier, Unmengen wurden getrunken, Bettina und Katarin hatten Berge von belegten Broten gemacht. Es wurde geredet, geredet und geredet. Über neue Kunst, moderne Musik, Existentialismus und Pazifismus, über die Amis und die Russen, über die Vorzüge des Kommunismus und die Nachteile des Kapitalismus und umgekehrt. Irgendwo in einer Ecke saß immer ein Pärchen, das sich küßte, und immer wieder versuchten zwei zwischen den Stühlen zu tanzen. Um zwölf Uhr riefen sie einander begeisterte Wünsche zu, fielen sich um den Hals und feierten die Zukunft, die sie sich herrlich ausmalten. Manche waren so beschwipst, daß sie nicht mehr geradestehen konnten.

An Katarins Schulter weinte ein junger Mann, fast noch ein Knabe. Er habe einen Menschen getötet, schluchzte er, einen Russen. Immer habe er in die Luft geknallt, den ganzen Krieg lang. Aber der sei ihm entgegengekommen, die Maschinenpistole in der Hand. Da habe er es mit der Angst bekommen, das Gewehr hochgerissen und abgedrückt.

„Und ich hab' ihn getroffen, denk nur. Mitten ins Gesicht. Er ist umgefallen und war tot."

„Das war halt der Krieg", versuchte Katarin ihn zu beruhigen.

„Es ist eine Sünde", schluchzte der Junge. „Du sollst nicht töten, heißt es. Was geht mich der Krieg an? Ich habe nie einen Menschen getötet, immer hab' ich in die Luft geschossen. Das sind Künstlerhände", er streckte seine Hände aus, „keine Mörderhände. Aber der – der kam gerade auf mich zu. Und ich hatte Angst. Da hab' ich ihm mitten ins Gesicht geschossen. Wie das Gesicht dann aussah! Wie ein ..."

Katarin legte ihm die Hand auf den Mund. „Sei still", sagte sie, „hier, trink. Du mußt nicht mehr daran denken."

„Du bist gut", sagte er und sah sie mit tränenfeuchten Augen dankbar an. „Du bist eine gute liebe Frau. Eine richtige Frau. Nicht so ein dummes Mädel. Ich hab' mal so ein dummes Mädel geheiratet, sie war erst achtzehn Jahre alt, das war im Krieg, weißt du, und ich dachte, ich muß sie haben. Sie war sehr süß ..." Er versank in Nachdenken und lächelte verklärt vor sich hin. „Erst hat sie mich mit einem Leutnant betrogen, mit einem Leutnant aus Preußen. Und jetzt hat sie einen Ami. Fährt im Auto und hat lauter neue Kleider. Und ich schlafe jede Nacht woanders. Und habe Hunger. Wenn sie mich sieht, dreht sie den Kopf weg. Dabei bin ich ein Künstler, und sie ist nur ein dummes Mädel. Du ahnst gar nicht, wie dumm. Wenn sie den Namen Michelangelo hört, denkt sie, das ist ein Filmstar. So dumm."

Er schüttelte trübsinnig den Kopf und rülpste zweimal vernehmlich. „Gib mir noch zu trinken."

„Ich glaube, du hast schon genug", meinte Katarin.

„Trinken kann man nie genug. Nur so läßt sich das Leben noch ertragen. Aber du bist gut. Wirst du zu mir kommen? Und bei mir bleiben? Ich will nicht immer so allein sein. Und ich werde dich modellieren. Ich war einmal Meisterschüler bei Professor Stiegenreuth, ja. Ich werde bestimmt noch ein berühmter Bildhauer. Wenn ich bloß wieder arbeiten könnte! Wenn du bei mir bist, wird es gehen. Ich werde dich modellieren. Ich glaube, du hast eine gute Figur." Und ohne weitere Umstände faßte er nach ihrer Brust und betastete sie prüfend. „Sehr gute Figur, hab' ich mir schon gedacht. Rasse, sieht man gleich", er nickte zufrieden vor sich hin.

Katarin fuhr erschrocken zurück. Doch es war vergeblich, den Jungen zurechtzuweisen, er war viel zu blau. Fritz mußte ihn später in der Nacht gewaltsam von ihr entfernen.

Und dann begann Katarin zu arbeiten. Sie übte, bis ihr der Kopf brummte und die Tasten vor ihren Augen verschwammen. Bettina mußte sie zum Essen zwingen. Für die übrige Welt blieb sie blind und taub.

Im Januar besuchte sie ein Konzert von Carsten. Die Konzerte fanden in der Aula der Münchner Universität statt, da alle Konzertsäle zerstört waren. In dem großen eiskalten Raum saßen die Menschen in Mantel und Hut, die Frauen oft in Kopftüchern und langen Hosen, sie saßen und froren. Doch der Saal war bis zum letzten Platz gefüllt.

Sie froren, sie hatten Hunger, sie mußten vielleicht nach Hause laufen oder um einen Platz in der überfüllten Straßenbahn kämpfen, dennoch kamen sie, um Musik zu hören.

Es ist ein Wunder, dachte Katarin. Dies sind also die Dinge, die unbeschadet, ohne an Glanz und an Wert zu verlieren, den Krieg überdauert haben.

Als Carsten auf dem Podium erschien, klopfte ihr Herz wild. Da war er also wieder.

Sein Blick überflog ruhig die Menge, er verbeugte sich in den lebhaften Applaus hinein, der ihn empfing. O ja, die Münchner kannten ihn schon gut!

Wie gut er aussah, groß und aufrecht wie früher, doch stattlicher geworden, die jünglingshafte Schlankheit hatte er verloren. Er nahm den Taktstock, klopfte leicht ans Pult und hob den Arm. Geliebte, vertraute Bewegung. Immer, immer hatte er es auf die gleiche Weise getan. Im Saal wurde es totenstill. Sein Kopf glänzte hell unter der Lampe. Dann setzte das Orchester ein.

Katarin hörte nicht viel von der Musik. Sie sah nur ihn, sah ihn mit hungrigen, gierigen Blicken an. Sie liebte ihn. Sie liebte ihn so unbeschreiblich, so über alles Begreifen hinaus. Alles, was sie je gefühlt hatte, war ein Nichts dagegen, war Tändelei, ein Spiel, war Bagatelle gewesen. Auch damals ihre Liebe zu ihm. Heute erst wußte sie, was Liebe wirklich sein konnte.

Mit der Zeit kam Katarin zu der Erkenntnis, daß ihr das strenge Ohr eines Lehrers trotz allem Fleiß fehlte. Ach, nur ein paar Stunden bei Anger, und sie würde spielen, wie sie nie gespielt hatte.

Sie erinnerte sich eines Namens, den sie einige Male von Anger gehört hatte. Professor Matthäi von der Münchner Akademie für Tonkunst. Anger hatte mit Achtung und Anerkennung von dem Kollegen gesprochen. Ob der ihr wohl ein paar Stunden geben würde?

Zunächst bereitete es Schwierigkeiten, den Professor überhaupt zu finden. Er unterrichte nicht mehr, hieß es, er sei Parteigenosse gewesen. Endlich erkundete sie seine Wohnung, machte sich hübsch und suchte ihn kurzerhand auf.

Die ältliche, unfreundliche Haushälterin, die ihr die Tür öffnete, wollte sie nicht zu ihm lassen. Katarin brauchte eine Menge Charme und Hartnäckigkeit, bis die Alte, etwas von „dene zudringliche Weibsleut" murmelnd, verschwand, um sie anzumelden.

Professor Matthäi erschien noch unfreundlicher und bärbeißiger als sein Hausdrachen. Er blieb sitzen, als Katarin ins Zimmer trat, sah sie kaum an und gab nur unverständliche Knurrlaute von sich.

Er war das reine Gegenteil von Anger. Nichts von Eleganz, gutem Aussehen, verbindlichem Wesen. Klein und dick war er, hatte ein rotes Gesicht, borstige graue Haare. Als Katarin ihn vor sich sah, bereute sie ihren Besuch. Er glich in nichts einem Künstler, und sie schien ihm so unsympathisch zu sein wie er ihr. Hastig und echauffiert gab sie bekannt, wer sie sei und was sie wolle.

„So so. Von Berlin", brummte er schließlich. „Was macht der Anger jetzt?"

„Ich habe keine Ahnung. Als ich ihn zuletzt sprach, beabsichtigte er, nach Österreich zu gehen. Jetzt habe ich keine Verbindung mehr zu ihm."

„So so."

„Herr Professor Anger sprach immer sehr begeistert von Ihnen, Herr Professor. Er meinte, Sie seien der beste Klavierpädagoge in München. Und deswegen bin ich gekommen."

„So so", knurrte er, „der beste. Und das Fräulein von Berlin meint, der beste sei gerade gut genug für sie."

Katarin holte Luft und begann von neuem.

Matthäi ließ sie wieder die ganze Litanei zu Ende erzählen, dann sagte er: „Ich gebe keinen Unterricht mehr. Ich bin verboten. Ich war Nazi, sagen sie. Ich darf nicht mehr."

Das habe doch mit dem Klavierspielen nichts zu tun, wandte Katarin ein.

Die Amerikaner seien anderer Ansicht.

So ging es eine Weile hin und her. Schließlich erkundigte er sich, was sie in den letzten Jahren gemacht habe. Als er hörte, daß sie lange ausgesetzt habe, geriet er unvermutet in Zorn. Was sie, Kruzifix noch mal, dann eigentlich hier wolle? Er habe die Leute gestrichen, die mal eine Zeitlang auf Kunst machten und dann wieder was anderes vorhätten. In der Kunst gäbe es nur einen Weg. Aber das seien eben die Weiber. Wenn die bloß die Hände von der Musik lassen wollten. Erst hätten sie es wichtig, aber wenn irgendein Mannsbild daherkäme, dann ließen sie Musik Musik sein und fingen an, Kinder zu kriegen.

Katarin hörte sich das geduldig an. Dann setzte sie sich einfach an den Flügel und begann zu spielen. Sie gab sich Mühe, spielte rasant und brillant. Dazwischen warf sie mal einen Blick zu ihm hinüber. Er saß noch in genau derselben Haltung da wie zuvor, kaute an seiner Zigarre. Aber offensichtlich hörte er zu.

Als sie aufhörte, sagte er zunächst nichts. Erst als sie aufstand und sich ihm einfach gegenübersetzte, meinte er: „Verschlampt. Verschlampt. Mätzchen, nichts als Mätzchen."

Katarin verlor die Hoffnung und war bereit zum Rückzug. Sie stand auf und sagte: „Ja, dann muß ich eben gehen. Schade."

„Schade, schade", wiederholte er ironisch und brummte dann: „Kommen Sie Dienstag vormittag um elf, wollen mal sehen, ob's noch was wird."

Damit war sie entlassen.

Am Dienstag war sie Punkt elf da, und er begann wirklich mit ihr zu arbeiten. Die Stunden bei Anger waren ein Kinderspiel dagegen. Matthäi ließ sie zwanzig-, dreißig-, vierzigmal eine Stelle wiederholen, er brachte Übungen und Etüden, die schlechthin unspielbar erschienen. Dabei war er von einer Grobheit und Unfreundlichkeit, daß Katarin mehr als einmal in Tränen ausbrach. Das rührte ihn gar nicht. Er brummte dann höchstens: „Verdammtes Weibervolk!" und kommandierte weiter.

Schon nach wenigen Wochen merkte sie den Erfolg. Sie spielte wieder wie in ihrer besten Zeit. Besser noch. Es gab einfach keine technische Schwierigkeit mehr für sie, ihre Gelenke waren biegsam und von eiserner Ausdauer, ihre Finger voll Beweglichkeit und harter Kraft. Sie konnte spielen, daß sie alles um sich vergaß, Hunger, Kälte, Einsamkeit und sogar Carsten.

Bettina schüttelte oft den Kopf, wenn sie Katarin abends ausgepumpt auf dem Klavierschemel fand, und meinte, so könne es nicht weitergehen. Außer Bettina, Fritz und Jolanda sprach Katarin mit keinem Menschen. Sie nahm auch nicht mehr an Jolandas Abenden teil, zog sich immer gleich in ihre Kammer zurück und sank todmüde auf das unbequeme Lager.

Ein merkwürdiges Leben. Ein hartes Leben. Und trotzdem – endlich lebte sie wieder.

Katarin war erst kurze Zeit in München gewesen, da sah sie an einer Hauswand ein Plakat „Donga Wrozek, Violinabend". Sie ging schon weiter, da stutzte sie. Donga Wrozek? War das nicht der Name, den Evas Wirtin damals genannt hatte? Sie kehrte noch mal um. Das mußte Eva sein. Sie lebte also.

Katarin besorgte sich eine Karte zu dem Konzert. Es war wirklich Eva. Wenn sie auch kaum wiederzuerkennen war. Die Frau, die auf das Podium kam, hatte kaum Ähnlichkeit mit jener Eva Tilsen, die Katarin gekannt hatte. Eine kleine, zierliche Person, apart und anmutig, mit kupferrotem Haar, in einem raffinierten Abendkleid, eine reizvolle hübsche Frau, nicht mehr vergleichbar mit der unscheinbaren, unbeholfenen Eva.

Nur ihre Ruhe und ihr Gleichmut schienen unverändert. Mit lässigem Blick überflog sie das Publikum, setzte sicher die Geige an. Daß Eva viel gekonnt hatte, wußte Katarin. Nun, Donga konnte noch mehr. Sie spielte wie der Teufel, das Spiel war ein wenig hart, aufpeitschend, elektrisierend, von einem fremdartigen Reiz, der das Publikum faszinierte.

Jetzt, Anfang März, tauchte der Name wieder auf den Plakaten auf. Donga Wrozek spielte bei Carsten das Brahms-Violinkonzert. Katarin las es mit gemischten Gefühlen. Alle hatten es geschafft, trotz ungeheurer Widerstände, nur sie, sie stand abseits.

Sie bekam keine Karte zu diesem Konzert, und irgendwie war sie fast erleichtert darüber. Denn sie empfand Neid und unglückselige Verzweiflung. Alles hatte sie verspielt durch ihr törichtes Verhalten. Nein, sie würde sich nicht darum bemühen, diese fremde Donga zu treffen. Warum auch?

Aber dann traf sie Donga eines Tages auf der Straße, ganz zufällig. Sie kam ihr entgegen, sehr elegant in einem grauen Pelzmantel, neben ihr ein junger gutaussehender Mann. Sie erkannte Katarin sofort.

„Hallo", sagte sie und blieb stehen. „Katarin! Lange nicht gesehen."

Als hätten sie sich gestern getroffen. Katarin reichte ihr befangen die Hand.

„Du bist in München, Katarin? Das wußte ich gar nicht. Wie geht es dir?"

„Danke. Es geht. Und dir?"

„Oh, ich bin zufrieden. Darf ich vorstellen, mein Mann", eine lässige Handbewegung zu ihrem Begleiter. „Was machst du? Bist du ständig hier?"

„Ja", sagte Katarin widerwillig, „seit einiger Zeit."

„Arbeitest du?"

„Ich habe wieder angefangen."

Donga sah sie prüfend an. „Bißchen verändert, wie?"

„Ich habe allerhand erlebt", erwiderte Katarin. Gleich darauf kam es ihr albern vor. Wie lächerlich, so etwas Banales zu Donga zu sagen.

„Haben wir alle", bemerkte diese gleichmütig.

„Ich war damals in Berlin bei deiner Wirtin", sagte Katarin. „Da hab' ich erfahren, was mit dir los war."

„Na, da weißt du ja Bescheid. Jetzt haben wir es hinter uns." Eine verlegene Pause entstand. Katarin wußte nicht, was sie sagen sollte. „Ich war in deinem Konzert", sagte sie schließlich.

„Warum besuchst du mich nicht mal? Was ist los mit dir?"

Katarin lachte unsicher. „Ach, weißt du . . ."

„Willst du übermorgen zu mir kommen, ja? Nachmittags zum Kaffee? Gib ihr unsere Adresse, darling."

Dongas Begleiter zog eine Karte aus der Tasche und überreichte sie mit geziertem Lächeln. – Ein richtiger Laffe, dachte Katarin.

Genaugenommen empfand Katarin keine Lust hinzugehen. Das war alles so lange her. Aber dann wies sie sich selbst zurecht. Hatte sie neuerdings Komplexe? Natürlich würde sie hingehen. Eva war immer ein guter Kamerad gewesen. Daß sie heute Erfolg hatte, war ihr wirklich zu gönnen.

Donga wohnte in einem hübschen, ruhigen Stadtviertel, in Bogenhausen, in einer reizenden kleinen Villa. Die Wohnung war für derzeitige Begriffe luxuriös eingerichtet; es war gut geheizt, alles in allem eine freundliche, behagliche Atmosphäre, wie Katarin sie lange nicht mehr gesehen hatte.

Donga, auch heute gut angezogen, nett anzusehen, mit hochhackigen Schuhen, Clips in den Ohren, sehr gepflegt, paßte in die hübsche Umgebung. Katarin staunte sie unverhohlen an. Und sogleich nach der Begrüßung entfuhr es ihr: „Wie du dich verändert hast!"

Donga lachte geschmeichelt, doch sie sagte ehrlich: „Das macht das bißchen Tünche und ein gutes Kleid. Bei den meisten Frauen ist das die ganze Schönheit. Das wußte ich schon immer. Magst du Tee oder Kaffee?"

„Kaffee, wenn es gleich ist."

Auch Donga betrachtete Katarin genau. „Du hast dich auch verändert."

„Ich bin halt älter geworden", sagte Katarin mit einem kleinen Lachen.

„Das sind wir alle", meinte Donga, „aber das ist es nicht. Du bist ernster geworden, sagen wir mal ernster zu nehmen. Ich halte das für einen Vorteil."

„Na hör mal, bin ich dir früher so kindisch vorgekommen?"

„In mancher Beziehung schon", erwiderte Donga, ihre Offenheit hatte sie jedenfalls nicht verloren.

„Und nun erzähle", forderte Donga sie auf. „Was treibst du?"

Am meisten war sie von der Tatsache überrascht, daß Katarin in Karlsburg geheiratet hatte. „So eine Unterkriech-Ehe also", sagte sie, „ausgerechnet du. Wenn ich das von jemandem bestimmt nicht erwartet habe, dann von dir. Komisch!"

„Ja, sehr komisch", wiederholte Katarin bitter, „so ist eben das Leben."

„Ach, hör auf", sagte Donga wegwerfend, „das ist der dümmste Spruch, den ich kenne. Man benützt ihn stets als Entschuldigung für eigenes Versagen. Das Leben ist das, was man daraus macht. Und du hattest doch bestimmt keinen Grund zu kapitulieren. Was hätte ich denn da machen sollen? Und jetzt willst du also wieder den Anschluß finden?"

„Ich versuche es."

„Nicht so leicht. Es wimmelt hier von Künstlern." Donga zögerte ein wenig, dann fragte sie: „Hast du Carsten schon gesprochen?"

„Nein", antwortete Katarin abweisend, „ich habe auch nicht die Absicht."

„Er weiß nicht, daß du hier bist?"

„Nein. Woher auch! Ich lege keinen Wert darauf, daß du es ihm sagst."

Donga lachte. „Sei nicht so kratzbürstig. Aber was willst du eigentlich? Karriere machen oder nicht? Carsten ist der kommende Mann."

„Er dürfte an mir kein Interesse mehr haben."

„Das ist möglich."

Katarin war bestrebt, zu einem anderen Thema zu kommen. Sie lobte die hübsche Wohnung.

„Gehört einem ehemaligen Nazibonzen. Man hat sie mir gleich 1945 zur Verfügung gestellt. Die Amerikaner, weißt du. Oben wohnt ein Schriftsteller, der auch im KZ war." Donga sagte es ruhig und gleichmütig, als handele es sich um die alltäglichste Sache der Welt.

„War es schlimm?" fragte Katarin zögernd. „Ich erfuhr es damals von deiner Wirtin. Ich wollte dich besuchen, als ich noch einmal in Berlin war."

„Natürlich war es schlimm", sagte Donga ohne Pathos. „Besonders am Anfang. Ich hatte gehofft, bis Kriegsende durchzukommen. Daß sie es dann doch herausgebracht haben . . ."

„Daß du es überhaupt so lange hingekriegt hast, war allerhand."

„Es hat auch Nerven gekostet, meine Liebe."

„Du hattest Mut."

„Mut? Ich hatte keine Wahl. Angefangen habe ich das Ganze

aus einer gewissen Todesverachtung heraus, weißt du. So wie man in eiskaltes Wasser springt und dabei gar nicht schwimmen kann. Aber komischerweise bin ich eine ganze Weile geschwommen."

Eine Pause entstand. Donga füllte die Kognakschalen. In ihren dunklen Augen stand die ganze Schwermut ihrer Rasse.

„Es kam alles nur, weil ich geigen wollte", sagte sie versonnen. „Die Geige ist mein Leben. Mein Pflegevater brachte es mir bei. Er spielte in den Kneipen in Krakau. Manchmal zum Tanz, manchmal traurige Volkslieder. Er spielte gar nicht schlecht. Und er lehrte mich, mit der Geige umzugehen, als ich noch ganz klein war. Als er merkte, daß es die Leute rührte, wenn das halbverhungerte, klägliche Kind auf dem Instrument herumkratzte, nahm er mich abends mit in die Kneipen. Er schlug mich, wenn ich einen Fehler machte, und ließ mich stundenlang üben. Eines Tages machte es mir Spaß, und ich übte von allein, ich spielte immer besser. Das Spielen wurde mein Leben, die armselige kleine Geige mein kostbarster Besitz."

„Und dann?" fragte Katarin leise.

„Dann? Ich wußte, daß ich mehr wollte. Ich wußte, daß man auch anders musizieren konnte, nicht nur in den Kneipen und Gasthäusern. Und eines wußte ich ganz bestimmt, daß ich fortwollte aus dem elenden Loch, in dem ich aufgewachsen war, fort aus dem niedrigen schmutzigen Milieu. Als die Deutschen 1939 kamen, war ich gerade siebzehn Jahre alt. Ich ahnte, was uns blühen würde, mir und meinen Leuten. Da lief ich fort. Deutsche Papiere aufzutreiben war gar nicht so schwer. Und es war auch nicht schwer, nach Deutschland hineinzukommen während des ganzen Trubels. Ich mußte nur für beides bezahlen, für die Papiere und das Hineinkommen. Um die Papiere bezahlen zu können, habe ich gestohlen, ja, schau mich nicht so an, ich habe einen Brillantring gestohlen. Bei der reichen Polin, zu der meine Mutter zum Saubermachen ging. Und für das andere habe ich mit dem Mann geschlafen, der mich nach Deutschland brachte. Ich war siebzehn, und es war das erstemal, er war ein alter, triefäugiger fetter Kerl, der stank und sich in den übelsten Spelunken herumtrieb. Ich mußte riskieren, krank zu werden. Aber ich wurde nicht krank, jedenfalls nicht auf diese Weise. Nur in meiner Seele, in meinem Herzen bin ich so geworden, wie du mich gekannt hast. Ich haßte die Menschen und vor allem die Männer. Ich liebte nur die Musik, sie war für mich alles. Und ich hätte mir das Herz aus der Brust gerissen, um zu ihr zu gelangen."

Katarin sah die schmale, aparte Frau befangen an. Es war seltsam, ja grauenhaft, sie so kalt und leidenschaftslos über dies alles sprechen zu hören.

„Dann sagte ich mir: nur nicht auffallen, nur keine Unsicherheit zeigen", fuhr Donga fort, „deswegen ging ich an die Hochschule. Dort war ich noch am sichersten. Aber frag mich nicht, wie ich das Geld zusammengekratzt habe!"

„Und wie kam dann alles heraus?"

„Der Mann, der mir die falschen Papiere verschafft hat, wurde am Ende doch geschnappt. Der Idiot trug ein Notizbuch mit Namen bei sich, und meiner war dabei."

„Und dann?"

„Dann? – KZ, Hunger, Arbeit, Prügel, das Übliche. Heute wißt ihr es ja, nicht? Was ihr angeblich nie gewußt habt."

„Sag nicht ihr", bat Katarin leise, „ich habe es gewußt. Und du weißt doch, wie ich über das alles gedacht habe."

„Ja, ich weiß. Du standest immer auf der anderen Seite. Man wird leicht ungerecht und bitter da drin."

„Verständlich."

„Es ging vorüber. Ich habe es überlebt. Bei mir war es ja gar nicht so lange, nicht einmal ein Jahr. Andere haben zehn Jahre so verbracht. Aber trotzdem – es hat genügt. Das wichtigste war, zu überleben. Ich wollte nicht sterben. Am Ende hat sich alles sehr günstig für mich ausgewirkt. Auf normalem Wege hätte ich nie so leicht Karriere gemacht. Stell dir vor, ich hab' für nächstes Jahr einen Vertrag nach Amerika."

„Nein!"

„Ja. Und die Amerikaner waren großartig zu mir. Wie gesagt, die Wohnung habe ich bekommen, ein Auto und alle möglichen Vergünstigungen."

„Verheiratet bist du auch."

„Ach, das . . ." Donga machte eine wegwerfende Handbewegung. „Das war eine Dummheit. Ein Mann, der gar nicht zu mir paßt. Das war so im ersten Rausch der Freiheit und des Erfolges. Ich wollte gleich ein großes Stück vom Kuchen haben, und da gehörte das eben auch dazu. Es war neu für mich, daß mir ein hübscher junger Mann den Hof machte. Inzwischen", sie lachte, „inzwischen habe ich andere Männer kennengelernt."

„Kein Wunder, du bist eine außerordentlich hübsche Frau geworden."

„Danke. Jedenfalls besser als früher, nicht?"

„Kaum wiederzuerkennen. Und doppelt erstaunlich nach allem, was du erlebt hast."

„Wenn man jung ist, erholt man sich schnell. Und jetzt will ich das alles vergessen."

Sie hob ihr Glas und trank Katarin zu. Sie lächelten sich an, die Fremdheit begann abzubröckeln, die alte Freundschaft wurde spürbar.

Katarin erzählte von sich, von ihrem Leben in Karlsburg, von ihren Zukunftsplänen. Plötzlich kamen sie wieder auf Carsten.

„Siehst du ihn oft?" fragte Katarin.

„Natürlich. Er ist wie früher, immer noch so ruhig und zurückhaltend, nur energischer, imponierender im Auftreten. Alle mögen ihn."

„Das war ja schon immer so."

„Ja. Und er verdient es. Gesellschaftlich ist er sehr angesehen, er kann sich kaum retten vor Einladungen. Sogar die Amerikaner reißen sich um ihn."

„Wohnt er in München?"

„Wenn er hier ist, wohnt er bei Camilla van Hoven, draußen in ihrer Villa in Großhesselohe."

„Wer ist das?" fragte Katarin eifersüchtig.

„Eine ebenso schöne wie einflußreiche Frau, alte Münchner Familie, sehr reich."

„Seine – seine Freundin?"

„Es ist anzunehmen. Obwohl – eigentlich lebt er mit Josefine von Möncken zusammen, draußen am Tegernsee. Dort war er auch, als der Krieg zu Ende ging."

„Noch eine Frau?" fragte Katarin und lachte gezwungen. „Ist er so ein Schwerenöter geworden?"

„Nun, er hat viel Erfolg bei Frauen."

„Ja, auch das war schon immer so."

„Josefine ist seine Freundin, seine Vertraute. Soweit ich unterrichtet bin, hat sie viel für ihn getan. Eine ganz bezaubernde Frau."

„So."

„Ja, Katarin, du bist selber schuld."

„Ich weiß. Reden wir lieber nicht davon."

„Möchtest du ihn nicht einmal sprechen?"

„Lieber nicht. Ich habe Hemmungen."

„Etwas ganz Neues bei dir."

„Ich bin nicht mehr die, die ich früher war."

„Das wird schon wieder", sagte Donga herzlich. „Warte nur, bis du Erfolg hast. Carsten könnte dir helfen."

„Das will ich nicht", sagte Katarin heftig, „gerade das nicht."

Sie schieden in gutem Einvernehmen.

„Du rufst mich bald einmal an", sagte Donga. „Wo wohnst du eigentlich?"

„Ach", meinte Katarin, „darüber sprechen wir lieber nicht."

In dieser Zeit erlebte Katarin ein unangenehmes Abenteuer mit Jolanda. Sie begriff nun, was Bettina mit ihren Andeutungen gemeint hatte.

Es begann damit, daß Jolanda wünschte, sie zu malen. Katarin dachte sich nicht viel dabei und willigte ein. Es zeigte sich, daß Jolanda an ein Aktbild dachte. Katarin war nicht prüde, aber es kam ihr irgendwie ein wenig lächerlich vor. Doch Jolanda bestand darauf, sie besorgte sogar Holz, um das Atelier einzuheizen und warmzuhalten.

So stand denn Katarin eines Tages auf dem Podest in Jolandas Atelier, nackt, in einer bestimmten Pose, die Jolanda gewünscht hatte.

Die Malerin betrachtete sie aufmerksam. „Gut", sagte sie, „sehr gut. Du bist zwar kein junges Mädchen mehr, aber du hast einen Körper wie eine Zwanzigjährige."

Sie begann zu malen. Hin und wieder kam sie und veränderte etwas an Katarins Haltung, zog ihr Bein vor, bog ihren Arm zurück, drehte sie in den Hüften, fuhr mit der Hand über ihren Schenkel. Katarin fühlte sich unbehaglich. Jolandas plötzlich so fremder und flackernder Blick, die hastige Gier ihrer Hände verrieten ihr, was Bettina gemeint hatte. Eine blöde Situation.

Dann begann Jolanda während des Malens Geschichten zu erzählen, drastische, recht unanständige Geschichten, die wohl den Zweck haben sollten, ihr Modell in die rechte Stimmung zu versetzen. Schließlich kam sie wieder zu Katarin und betrachtete sie aus der Nähe. „Eine Haut wie Seide", murmelte sie und strich mit den Fingerspitzen über Katarins Brüste.

Katarin sprang vom Podest herab und hüllte sich in ihren Morgenrock, sie war verwirrt und abgestoßen.

„Ich glaube, wir machen Schluß für heute", sagte sie mit betonter Harmlosigkeit. „Ich bin müde."

„Bist du müde, Herzchen? Dann hören wir auf, natürlich. Ich mach' dir einen starken Kaffee, ja? Leg dich doch hin. Nein, hier bei mir, es ist so schön warm."

Doch Katarin verließ sie mit einer kurzen Entschuldigung, lief in ihre Kammer und zog sich an. – So ein schmutziges altes Weib! dachte sie schaudernd. Lieber Himmel, was es nur alles gibt!

Am nächsten Tag wollte Jolanda weitermalen, doch Katarin

ging schon zeitig zum Üben weg und kam erst am Abend wieder. Auch den folgenden Tag machte sie es so.

Doch Jolanda drängte auf eine neue Sitzung. Da sich Katarin scheute, die Dinge beim Namen zu nennen, stand sie ihr wieder Modell, hoffend, Jolanda habe gemerkt, daß sie für diese Dinge nicht zu gewinnen war.

Es begann wie das letztemal. Jolanda war lebhaft und gesprächig, liebevoll um Katarin bemüht. Plötzlich verlangte sie, Katarin solle sich auf den Diwan legen.

„Warum?" fragte Katarin.

„Eine neue Stellung. Ein liegender Akt."

„Warum machst du nicht erst dieses fertig?"

„Es ist ja fertig. Es sind nur Skizzen, Kind. Wie ich dann das Bild mache, weiß ich noch nicht."

Katarin legte sich also auf den Diwan, und wie sie befürchtet hatte, näherte sich Jolanda und begann an ihr herumzutasten. Ihre Berührungen wurden immer eindeutiger, auch Katarin konnte nicht mehr vortäuschen, sie wisse nicht, worum es ging.

Sie wollte aufstehen, doch Jolanda sagte: „Bleib doch. Ruh dich ein wenig aus. Wir machen nachher weiter."

„Nein. Ich glaube, ich eigne mich nicht zum Modell."

„Aber du machst es großartig." Sie setzte sich auf den Rand des Diwans und ging zu deutlichem Angriff über.

Katarin stieß sie zurück und sprang auf. „Jetzt aber Schluß mit dem Unsinn!" rief sie zornig.

Jolanda war erstaunt. „Aber Kind, was hast du denn? Sei doch nicht albern. Komm."

„Faß mich nicht an. Das ist ja abscheulich."

„Komm her", lockte Jolanda, „es wird dir guttun. Du wirst sehen, ich verstehe es. Ich werde dich besser befriedigen als jeder Mann. Du mußt doch auch Verlangen haben, schließlich lebst du doch ganz allein."

„Himmel", rief Katarin empört, „danach habe ich bestimmt kein Verlangen!"

„Ich seh' ja, daß du gern möchtest", flüsterte Jolanda, „ich merk' es. Dein Körper hat es gern, wenn ich ihn berühre."

„Nicht im geringsten. Bitte, nimm Vernunft an."

„Sei keine Spießerin. Man muß auch das mal erleben. Und wenn du es erst kennst, wirst du gar nichts anderes mehr wollen. Keiner Frau, die einmal bei mir war, gefällt es noch bei einem Mann. Und es kann nichts dabei passieren, denk doch. Nicht so etwas, wie du damals erlebt hast."

Katarin stockte der Atem. Nie waren diese Geschehnisse zwischen ihnen zur Sprache gekommen. Und nun in diesem Moment? Wollte die Alte sie erpressen? Mit weit aufgerissenen Augen starrte sie die auf einmal so fremde, unverständliche Frau an.

Jolandas Hände griffen nach ihr, sie beugte sich herab und wollte Katarin küssen.

Katarin riß sich heftig los. „Nein, nein!" rief sie. „Ich kann das nicht. Bist du verrückt?"

„Komm", sagte Jolanda, „nur einmal. Versuch es einmal. Du wirst sehen..."

Doch Katarin war schon aus dem Atelier gelaufen. Halb vor Kälte, halb vor Entsetzen zitternd saß sie in ihrem Zimmer. Was für ein grauenhaftes Erlebnis! Daß es so was gab! Kein Mann hätte ihr je soviel Entsetzen einflößen können wie Jolandas Griff nach ihrem Leib.

So etwas mußte ihr passieren! Sie hätte Jolanda das letztemal schon energisch zurückweisen müssen. Und natürlich nicht mehr Modellstehen. Aber wer kam denn auf so eine Idee!

Wenn sie nur ausziehen könnte! Es schien ihr unerträglich, nun weiterhin mit Jolanda zusammen zu leben. Wenn sich diese Attacken wiederholten? Nun, sie würde der verrückten Alten keine Gelegenheit mehr geben.

Sie zog sich an und ging weg. Erst lief sie spazieren, dann ging sie, um sich abzulenken, in ein Kino.

Es war schon spät am Abend, als sie zurückkam. Aus dem Atelier kamen Stimmen, es war also wie meist Besuch da. Am liebsten hätte sie sich gleich zurückgezogen, aber es würde besser sein, Jolanda in Gegenwart anderer Leute wieder gegenüberzutreten.

Im Atelier saßen sie wie gewöhnlich bei Schnaps und Zigaretten. Es ging lebhaft zu. Auf dem Tisch lagen die Skizzen, die Jolanda von Katarin gemacht hatte. Katarin errötete vor Zorn. Jolanda hatte also die Zeichnungen herumgezeigt.

Doch die anderen schienen nichts Ungewöhnliches daran zu finden, sie lobten Katarins Körper, ein junger Mann fragte, ob sie ihm nicht auch einmal Modell stehen könne. Katarin antwortete kurz und unhöflich. Sie nahm die Skizzen und warf sie in großem Bogen auf den unordentlichen Maltisch in der Ecke.

Jolanda lachte, die anderen lachten auch und machten sich über sie lustig. Am liebsten wäre Katarin hinausgegangen, doch sie wollte die Situation nicht unnötig komplizieren. Sie war ja auf Jolanda und das Zimmer angewiesen. Also setzte sie sich auf einen Stuhl ein wenig abseits und zündete eine Zigarette an.

Nach einer Weile kam Leonhard zu ihr, er brachte ihr ein Glas Schnaps, hockte sich auf die Tischkante vor Katarin und blickte sie unverschämt lächelnd an.

Leonhard war Bildhauer, so um die Fünfzig herum, mittelgroß, mit einem guten Kopf, der sein Gepräge durch einen dekorativen Spitzbart bekam. Manche Abende sagte er gar nichts, trank nur Unmengen. Wenn er sich aber am Gespräch beteiligte, wurde es immer interessant. Manchmal kam er allein, manchmal in Begleitung einer Frau. Seit Katarin ihn kannte, war es die vierte, immer ausgesprochen hübsche, reizvolle Geschöpfe, die ihm sichtlich ergeben waren. Er behandelte sie alle gleich, mit lässiger Gleichgültigkeit, schickte sie hin und her, wenn er etwas wollte, und schilderte gelegentlich mit aller Offenheit Episoden aus seinem Liebesleben mit dem betreffenden Mädchen.

Katarin erinnerte sich an zwei bestimmte Szenen. Einmal sprach man über Aktbilder und Aktskulpturen. Fachmännisch wurden die Vorzüge und Nachteile einiger Modelle erörtert. Ein junger Maler pries in begeisterten Tönen eine gewisse Lolo. Sie sei das schönste Modell, das er bisher gemalt habe.

„Blödsinn", hatte Leonhard gesagt, „sie hat eine Figur wie eine Kuh. Ich arbeite schon lange nicht mehr mit ihr."

„Aber", rief der junge Mann eifrig, „sie hat die herrlichste Büste!"

„Wie eine Kuh", wiederholte Leonhard, „ich sagte es schon. Dir hat sie den Kopf verdreht. Ich erinnere mich, im Bett ist sie ganz gut. Aber nicht auf dem Podest. Willst du mal eine hübsche Brust sehen? Hier, schau her." Mit geübten Händen knöpfte er seiner jungen Begleiterin die Bluse auf und streifte auch das Hemdchen ab, das sie darunter trug. „Da, schau dir das an. Das ist eine Brust. Zwischen Mädchen und Frau, ohne Fehl und Tadel."

Er drehte die Kleine nach rechts und links, damit jeder sie von allen Seiten sehen konnte, erläuterte kurz die besonderen Vorzüge ihrer Figur, fuhr mit dem Finger die Linien nach und sagte dann: „Zieh dich wieder an."

Er war ganz sachlich geblieben. Katarin fand, es sei dennoch eine unmögliche Situation. Aber die anderen schienen nichts dabei zu finden. Das Mädchen, ein bildschönes, goldhaariges Ding von höchstens zwanzig Jahren, war ein wenig errötet, hatte sich aber sonst stillschweigend alles gefallen lassen.

Die andere Szene spielte sich mit Leonhards letzter Freundin ab, einer rothaarigen Hexe mit Nixenaugen. Sie hatte ein rasantes Temperament, nur trank sie manchmal ein wenig viel. So geschah es auch an einem Abend, ihre Reden wurden immer gewagter, sie poussierte mit allen anwesenden Männern. Als es Leonhard zu bunt wurde, stand er seelenruhig auf, gab ihr eine gewaltige Ohrfeige und setzte sich dann ebenso ruhig wieder nieder. Sie war still und sagte nichts mehr. Doch als sie aufbrachen, hängte sie sich zärtlich bei ihm ein.

Das war Leonhard. Katarin hatte eigentlich noch nie direkt mit ihm gesprochen, er schien sie kaum zu beachten. Wie sie ja überhaupt in diesem Kreis irgendwie fremd geblieben war, ein Außenseiter, dem es an Verständnis und Interesse fehlte. Außerdem hatte sie bald erkannt, wenn sie auch alle den Mund sehr voll nahmen und sich wichtig taten, daß es im Grunde mehr oder weniger angeknackste Existenzen waren, fast alle ein wenig verkommen. Mochte bei manchen auch der Krieg daran schuld sein, bei den meisten jedoch war es die eigene Zügellosigkeit. Sie mußte daran denken, was Anger gesagt hatte: Man wird kein Künstler, wenn man sich gehenläßt. Der wirkliche Künstler braucht mehr als jeder andere Mensch strenge Disziplin, Haltung und Selbstkontrolle.

Leonhard also saß nun bei ihr und lächelte sie an.

„Nun?" fragte er. „Wie war es auf der Insel Lesbos?"

Katarin blickte ihn wütend an. „Lassen Sie mich in Ruhe! Ihr seid ja alle Idioten!"

„Genau das", bestätigte er ruhig. „Es scheint, Jolanda hatte keinen Erfolg?"

„Wissen Sie denn von der ganzen Schweinerei? Hat sie vielleicht davon erzählt?"

Leonhard lächelte spöttisch. „Was sind Sie für ein Kind! Das weiß doch jeder. Haben Sie es nicht längst gemerkt?"

„Nein. Ich habe so etwas noch nie gesehen und gehört."

„Donnerwetter, Donnerwetter", murmelte er, „ein weiblicher Parsifal!"

„Ihr spinnt ja alle!"

„Da hast du also nur einseitige Erfahrungen gesammelt, das gefällt mir. Ich mag Frauen nicht, die auf zwei Gleisen fahren. Typisch männlich, nicht? Außerdem gönne ich Jolanda die Abfuhr. Sie hat sich ohnedies viel Zeit mit dir gelassen. Wir haben schon die ganze Zeit darauf gewartet, daß sie dich mal vorführt."

„Vorführt?"

„Ja, sie pflegte ihre Freundinnen immer vorzuführen. In voller Aktion, weißt du. War manchmal sehr komisch. Von dir hat sie nur ein paar Skizzen, ein magerer Ersatz."

Katarin starrte ihn entgeistert an. War sie denn unter lauter Verrückte geraten?

„Oh, sie versteht es", sagte Leonhard anerkennend, „wir haben schon die tollsten Szenen erlebt. Als Mann kann man da kaum mit. Na ja, ist ja auch verständlich, schließlich weiß eine Frau am besten, was ihrer Artgenossin guttut." Er kicherte in sich hinein. „Einmal war eine da, ein tolles Weib. Eine Schönheit von seltener Vo'.kommenheit. Glücklich verheiratet überdies. Die konnte ohne Jolanda nicht mehr leben. Sie kam jeden Tag. Es machte ihr gar nichts aus, wenn jemand dabei war. Bis eines Tages etwas wahnsinnig Komisches passierte. Da war ein junger Mann hier, ein Akademiestudent. Der sah das zum erstenmal, und den machte das Zuschauen so verrückt, daß er sich auf die Frau stürzte. Und Jolandas Prachtstück fand unprogrammgemäß auch daran großes Vergnügen. Das empörte Jolanda so, daß sie die Person hinausschmiß und nicht mehr empfing. Obwohl das arme Wesen wochenlang jeden Abend vor der Tür stand und Wagenladungen von Geschenken schickte. Und eine andere . . ."

„Hören Sie auf", sagte Katarin angewidert, „ich finde das ekelhaft, einfach zum Kotzen. Ich bleibe nicht mehr länger hier, ich ziehe aus."

„In letzter Zeit ist Jolanda ruhiger geworden, na ja, sie ist nun auch schon recht alt. Aber als du kamst, dachten wir gleich, daß wieder etwas fällig ist. Aber sie hat kein Glück. Die junge Dame ist unverdorben. Das passierte ihr nicht oft."

„Ich bleibe hier nicht länger", wiederholte Katarin, „ich graule mich."

„Komm zu mir", meinte Leonhard, „ich bin zur Zeit gerade frei. Du wärst mal was anderes. Bißchen schwierig vielleicht, Frau mit geistigen Ambitionen. Aber ich werde dich schon richtig behandeln."

Katarin hätte ihm am liebsten eine 'runtergehauen. „Mich braucht niemand zu behandeln", fauchte sie, „ich will mit euch Idioten nichts zu tun haben! Wenn ihr schon alle Schweine seid, ich bin es nicht."

„Großartig", er lachte aus vollem Hals, „zum Teufel, du würdest mir Spaß machen. Du hast Temperament und bist widerspenstig. So was hab' ich gern. Du solltest bei mir allerhand erleben."

„Das mag schon sein", sagte sie voll Verachtung, „aber auf diese Art von Erlebnissen lege ich nicht den geringsten Wert. Ich kann ganz andere Männer haben, wenn ich will. Aber ich pfeife darauf, ich hab' andere Sorgen."

„Ah, wirklich?" fragte er spöttisch. „Dann bist du die erste

Frau, die ich kenne, der diese Dinge nicht das Wichtigste im Leben sind."

„Woraus man genau auf die Frauen schließen kann, die Sie kennen."

„Bis jetzt hat jede gleich reagiert, auch die klügste und eingebildetste. Sie schmeißen alles andere weg, wenn es d a r u m geht. Wahrscheinlich hast du bloß noch nicht den richtigen Mann gefunden."

„Wahrscheinlich", sagte Katarin ironisch, „ich habe ja immer nur auf Sie gewartet, Verehrtester. Und nun entschuldigen Sie mich bitte."

Ohne jemandem gute Nacht zu sagen, zog sie sich in ihre Kammer zurück.

Sie lag noch lange wach und dachte über diesen abscheulichen Tag nach. Sie kam sich schmutzig und heruntergekommen vor, verlassen und ausgeliefert. – Ist das der Anfang vom Ende? dachte sie. Bin ich schon da gelandet, von wo es keinen Rückweg mehr gibt? Werde ich eines Tages Leonhards Angebot annehmen? O nie, niemals, lieber sterben!

Die Verzweiflung überfiel sie wie eine schwere, greifbare Masse, die drückend auf ihr lastete. Hier war sie nun, einsam und verlassen, ohne einen wirklichen Freund, ohne Schutz und Hilfe, so ganz auf sich selbst gestellt in dieser grauenvollen Zeit. Sie mußte heraus hier, es mußte etwas geschehen, es mußte einfach . . .

Wie ein Kind faltete sie die Hände und betete: Lieber Gott, verlaß mich nicht. Hilf mir, hilf mir doch, bitte . . .

Jolanda tat, als sei nichts geschehen. Auch Katarin sprach nicht mehr davon. Aber sie wich Jolanda aus, so gut es ging. Abends sperrte sie die Tür zu, wenn sie ins Bett ging.

Sie erzählte die ganze Geschichte Bettina, die dazu bemerkte: „Das habe ich erwartet."

„Hast du das gewußt?" rief Katarin heftig. „Dies greuliche alte Weib! Mir ekelt vor ihr."

„Das gibt's halt auch", sagte Bettina, „das Leben ist voller Widrigkeiten, man muß sich eben nach Möglichkeit fernhalten. Sie hat es bei mir auch mal versucht, ganz früher. Ich hab' sie ausgelacht, und damit war's erledigt."

„Na, ich danke", sagte Katarin, „ich kann sie gar nicht mehr anschauen. Ich bin bestimmt nicht prüde und kein Moralist, aber diese Orgien – das ist doch einfach eine Schweinerei!"

„Was für Orgien?"

Es zeigte sich, daß Bettina von den berühmten Jolanda-Abenden, von denen Leonhard erzählt hatte, nichts wußte. Sie war ehrlich entsetzt darüber.

Dann erörterten sie die Möglichkeiten, für Katarin ein anderes Zimmer zu finden. Doch das war so gut wie aussichtslos. Die meisten Leute vermieteten Zimmer nur gegen Mangelware, Stoffe, Benzin, Lebensmittel, Zigaretten, alles Dinge, die Katarin nicht auftreiben konnte.

Später rückte Bettina mit einem Geheimnis heraus. Sie erwarte ein Kind, teilte sie Katarin mit.

„Oh", staunte Katarin, „nicht möglich! Was wirst du tun?"

„Ich freue mich darüber."

„Wirklich? Jetzt in dieser Zeit?"

„Trotzdem. Ich kann die Zeit nicht ändern. Aber ich wollte immer gern ein Kind haben. So schlecht geht es uns ja nicht. Ich bin zweiunddreißig, da wird es langsam Zeit."

Katarin betrachtete Bettina nachdenklich. Was für ein klarer, sauberer Mensch! Ja, sie sollte ein Kind bekommen, es würde einen Gewinn für die Menschheit bedeuten. Und Bettina würde eine großartige Mutter sein.

„Wir müssen natürlich jetzt heiraten", sagte Bettina. „Mit dem Raum kriege ich es schon hin. Einer gilt jetzt hier als Arbeitsraum, ich lasse ihn zweckentfremden. Da ich zwei Leute beschäftige, geht das sicher durch."

Längere Zeit sprach Katarin kaum mit Jolanda. Doch eines Abends rief Jolanda nach ihr. Sie war gestürzt und hatte sich den Fuß verletzt. Katarin half ihr, machte ihr ein paar Umschläge, später saßen sie zusammen.

„Du kannst mich nicht mehr leiden, nicht wahr?" sagte Jolanda.

„Ach", Katarin machte eine unwillige Bewegung, „lassen wir das."

„Es tut mir leid, daß ich dich so erschreckt habe", sagte Jolanda. „Du kannst das eben nicht verstehen."

„Nein", erwiderte Katarin kurz, „das kann ich nicht verstehen."

Jolanda schwieg eine Weile, dann sagte sie: „Die meisten Menschen führen ein Doppelleben, sie haben ein Tag- und ein Nachtgesicht. Sie sind anders, wenn das Tier in ihnen erwacht."

„Ich glaube, damit tut man den Tieren unrecht", sagte Katarin verächtlich, „sie können niemals so ekelhaft sein wie Menschen. Und ich will nicht einsehen, warum alles, was mit körperlicher Liebe zu tun hat, animalisch und unbeherrscht sein muß. Liebe kann sehr schön sein. Durchaus menschenwürdig."

„Du bist ein Kind", lächelte Jolanda, „eine Träumerin."

„Die Liebe kann wunderschön sein", wiederholte Katarin. „Alles an ihr, einfach alles."

„Du denkst an deine erste Liebe, nicht wahr? An den Dirigenten."

„Ja."

„Du liebst ihn immer noch?"

„Ich habe immer nur ihn geliebt. Und ich werde immer nur ihn lieben."

„Immerhin hast auch du mit anderen geschlafen."

„Ja. Aber ich täte es nicht mehr."

„Na und jetzt?"

„Was und jetzt?"

„Er ist doch hier. Liebt er dich auch noch?"

„Ich habe nicht mit ihm gesprochen. Er weiß gar nicht, daß ich hier bin. Und er soll es auch nicht wissen. Es genügt mir zu wissen, daß er in meiner Nähe ist."

Jolanda lachte hohnvoll. „Bei dir piept es, mein Kind. So was ist kein Dauerzustand. Schließlich bist du noch keine achtzig Jahre alt. Schwärmst den guten Mann aus der Ferne an. Kommt dir das nicht albern vor?"

„Nicht so albern wie das, was du treibst."

Jolanda war nicht beleidigt. „Geschmacksache", sagte sie, „werde erst mal so alt wie ich."

„Wenn ich dann s o würde", sagte Katarin fest, „möchte ich lieber nicht so alt werden."

Darauf sagte Jolanda nichts mehr.


Als Katarin das nächste Konzert besuchte, traf sie in der Pause Donga, die sie mit Herzlichkeit begrüßte und ihr Vorwürfe machte, daß sie nichts von sich hören ließ. In Dongas Begleitung war eine hochgewachsene schlanke Frau, ernst, nicht mehr jung, doch von einer Würde und Schönheit, die jeden anzog.

„Das ist Maria von Plenk", sagte Donga, „meine Freundin, meine Mutter, mein guter Engel. Und das, Maria, ist also Katarin, von der ich dir erzählt habe. Sie ist heute ein Mädchen in Moll, früher war sie strahlendstes C-Dur."

Katarin lachte, aber irgendwie berührten Dongas Worte sie schmerzlich. War sie wirklich so anders geworden?

„Warum hast du nichts hören lassen?" drängte Donga.

„Ach, weißt du . . .", sagte Katarin.

„Also doch Komplexe. Höre, das paßt schlecht zu dir, komm

morgen nachmittag, ja? Und spiel mir etwas vor, ich möchte wissen, was mit deiner Arbeit los ist."

Zu dritt tranken sie am nächsten Tag Kaffee. Maria, Donga und Katarin. Dann spielte Katarin fast eine Stunde lang.

„O. K.", sagte Donga nach dem Spiel, „du bist gut in Form. Wann ist dein erstes Konzert?"

Katarin zuckte mit den Schultern. „Das wissen die Götter. Wie soll ich es finanzieren?"

„Hör zu, was ich dir sage. Du mußt jetzt irgendwie hineinkommen. Früher oder später müssen wir mit einer Geldentwertung rechnen, das sagt jeder Mensch. Dann kommen magere Zeiten. Wenn man bis dahin keinen Namen hat, ist es aussichtslos."

„Schön. Gut. Aber wie soll ich es anfangen?"

„Ich werde dir helfen. Weil es mir Spaß macht. Ich konnte dich immer gut leiden. Und du hast soviel Blödsinn gemacht in deinem Leben. Wärst du bei Carsten geblieben, wäre sicher alles gut geworden."

„Das weiß ich selber."

„Ich hab' ihm übrigens erzählt, daß ich dich getroffen habe."

„Ja?" sagte Katarin atemlos. „Was hat er gesagt?"

„Er fragte, wie es dir geht und was du machst. Ich sagte ihm, daß du wieder arbeitest. Augenscheinlich wollte er aber nicht länger über dich sprechen."

„Verständlich."

„Eben. Und nun paß auf, was ich vorhabe. Du wirst mich begleiten."

„Ich?"

„Ja. Ich habe Ende Mai ein Konzert. Mit meinem bisherigen Begleiter bin ich gar nicht zufrieden, er ist zu hölzern. Wir beide aber haben immer gut zusammen gearbeitet. Auf diese Weise kommst du wenigstens mal in den Konzertbetrieb hinein."

„Das würdest du für mich tun?"

„Klar. Und dann weiß ich noch was anderes. Du hast doch früher schon Kammermusik gemacht, nicht?"

„Ja, und sogar sehr gerne."

„Kennst du Lohse?"

„Gerhardt Lohse? Den Geiger? Nur dem Namen nach."

„Ich kenne ihn gut, er will eine Kammermusikgruppe aufziehen. Als Cello hat er Hörnany gewonnen, den kennst du ja sicher."

„Natürlich."

„Einen Pianisten sucht er noch. Ich werde dich empfehlen."

Katarin war sprachlos. „Du bist so nett zu mir", sagte sie, „ich weiß gar nicht, wie ich dazu komme. Und ich habe auch nie gewußt, daß du so – so hilfsbereit sein kannst. Es ist erstaunlich, nach allem, was du erlebt hast."

„Vielleicht gerade deshalb", sagte Donga, „man ist dann nicht mehr kleinlich. Von Natur aus bin ich eigentlich kein guter Mensch. Dazu war meine Jugend zu schwer. Und in all den vergangenen Jahren war ich böse und verbittert. Aber nun hat sich alles für mich so wunderbar gelöst. Ich habe diesen Winter in Paris gespielt, in Düsseldorf, in Wien. Denk dir, ich, die verfolgte und gejagte Donga Wrozek aus Krakau, einstmals als minderwertiges Lebewesen abgestempelt. Man hat mich gefeiert und mir Komplimente gemacht. Manchmal glaube ich, daß ich nur träume und wieder in dem dreckigen Loch in Krakau oder in der stinkenden KZ-Baracke aufwachen muß. Ach, und die Jahre in Berlin! Ihr wart alle so froh und unbeschwert. Und ich hab' täglich Angst gehabt von morgens bis abends. Und vom Abend bis zum Morgen. Ich wußte, daß es eines Tages schiefgeht. Als sie mich dann holten, war ich gar nicht überrascht. – Mein Leben ist nun zu Ende, dachte ich. Ich werde nie mehr eine Geige in der Hand halten. Aber es war nicht zu Ende. Es begann erst. Und heute bin ich berühmt. Ist das nicht wie im Märchen?"

„Ja", sagte Katarin leise, „wie im Märchen."

Sie blickte die kleine, seltsame Frau an, die mit ihrem roten Haar und dem sorgfältig zurechtgemachten Gesicht so gepflegt und hübsch aussah. Und doch hatte sie in diesem Moment viel Ähnlichkeit mit der Eva von damals.

„Ich muß dem Schicksal dankbar sein", sagte Donga, „vielleicht bin ich auch deswegen ein guter Mensch geworden. Vielleicht ist es auch nur deswegen, weil ich verliebt bin."

„Nanu?"

„Ja", lachte Donga glücklich. „Ich liebe zum erstenmal in meinem Leben. Ich wußte nicht, daß ich es kann."

„Dein Mann ..."

„Ach, mein Mann! Wir haben uns getrennt. Ich lasse mich scheiden. Das war nur so im Anfang meiner Freiheit, es zählt nicht. Aber jetzt – das ist etwas anderes."

„Wer ist es denn?"

„Ich habe ihn in Paris kennengelernt. Ein Franzose, der in Amerika lebt. Er war mit einer Handelsdelegation in Paris. Er versteht gar nichts von Musik, er kennt keine Note. Doch wenn ich spiele, hört er andachtsvoll zu und bekommt ganz weiche, verträumte Augen. Ich hab' nie so gerne gespielt und nie so gut, als wenn er dabei ist. Letzte Woche besuchte er mich hier. Und wenn ich geschieden bin, heiraten wir."

„Das sind ja tolle Neuigkeiten."

„Ja, siehst du, und weil ich so froh und glücklich bin, helfe ich dir. Du sollst auch wieder glücklich sein."

Sie umarmten sich zärtlich und waren einander nahe und vertraut.

„Was warst du früher für ein kleines Ungeheuer", lachte Katarin, „wer hätte das gedacht, daß sich ein Mensch so wandeln kann!"

„Hauptsächlich ist Maria daran schuld", sagte Donga, „sie hat mich so verändert. Ich war ein dummes, ungebildetes Ding, arrogant und unausstehlich. Aber ich habe nie einen Menschen gekannt, der mich ernstlich belehrte und dem ich wirklich vertrauen konnte."

Später, Donga fuhr Katarin im Wagen nach Hause, erzählte sie mehr von Maria. Sie kannten sich aus dem KZ. Maria von Plenk war eine Gutsbesitzerin aus Schlesien. Ihr Sohn war gefallen, ihr Mann wurde als Verschwörer des 20. Juli umgebracht. Sie selbst, die nicht nur von den Plänen ihres Mannes wußte, sondern auch tätig daran teilgenommen hatte, kam ins KZ. Dort traf sie Donga. Zuerst betrachtete Donga die stille, stolze Frau mit Mißtrauen. Maria hatte die Haltung nie verloren, selbst in der bittersten Zeit blieb sie aufrecht und uneingeschüchtert. Donga, die elend und verzweifelt, verbittert und bösartig war, fühlte sich wider Willen zu der viel Älteren hingezogen und fand bei ihr Trost und Hoffnung.

Nach Kriegsende kamen sie zusammen nach München, und Donga bat Maria, bei ihr zu bleiben.

„Sie hat mir geholfen und mich beraten", erzählte Donga, „sie hat mir erstmals im Leben echtes Selbstvertrauen gegeben. Und sie war die erste, die mir zuhörte, als ich wieder spielte. Sie versteht sehr viel von Musik. Und auch sonst – sie ist ein prachtvoller Mensch."

Diesen Eindruck hatte auch Katarin gewonnen. Sie konnte nun Dongas Wandlung verstehen. Das war es, was diesem unglücklichen Kind immer gefehlt hatte, Liebe und Vertrauen, eine mütterlich zärtliche Hand. – Alles bringt Liebe fertig, dachte Katarin, und es gibt nichts Bedauernswerteres, nichts Unglückseligeres auf der Welt als Menschen, die ohne Liebe leben müssen.

Katarin hatte Lampenfieber wie noch nie. Schon am Abend zuvor zitterte sie vor Aufregung. Und als es dann soweit war, wußte sie nicht, wie sie auf das Podium kommen sollte. Es war ihr erstes

Auftreten seit Jahren, nur gut, daß sie es nicht als Solistin absolvieren mußte, sondern nur eine Nebenrolle spielte. Die Unbekümmertheit und das Gottvertrauen ihrer jungen Jahre hatten sie verlassen.

Doch schon am Anfang des Konzertes wurde es besser. Donga, kühl und beherrscht wie immer, strahlte eine Sicherheit aus, die auch Katarin beruhigte.

Sie spielten großartig zusammen, und es wurde ein schöner, runder Erfolg. Zudem boten die beiden jungen Frauen auf dem Podium, reizvoll in ihrem verschiedenartigen Typ, einen attraktiven Anblick.

Nach dem Konzert drängte eine Menge Leute in das dunkle enge Künstlerzimmer. Alle diese Leute kamen zu Donga, keiner kannte Katarin. Donga residierte wie eine kleine Königin, sie plauderte, lachte, dankte, fand verbindliche Worte und machte manchmal auch ein hochnäsiges Gesicht. Dabei vergaß sie Katarin durchaus nicht, stellte sie immer wieder vor, nannte sie eine Studienkollegin und alte Freundin.

Einige Leute trafen sich dann noch bei Donga zu einem kleinen Imbiß. Es war bereits alles von Maria vorbereitet worden. Es gab Cocktails, Wein und Bier und eine Platte mit Sandwiches, für die derzeitigen Verhältnisse geradezu fürstlich. Die Räume waren behaglich mit weichen Sesseln und dicken Teppichen ausgestattet. Durch das breite Fenster kam vom Garten die ungewöhnlich warme Luft dieses schönen Maiabends. Der süße Duft des Flieders vor dem Haus strömte ins Zimmer, ein Duft voller Sehnsucht.

Katarin setzte sich, erschöpft und ausgepumpt von all der Aufregung und Anspannung, etwas abseits in einen Sessel, rauchte nun nach zwei Kognaks eine Zigarette und betrachtete mit zerstreuten Augen die Gesellschaft.

Jetzt erst ging ihr auf, wie geschickt Donga die kleine Gesellschaft zusammengestellt hatte. Da war ein bekannter Dirigent aus Hamburg, der zufällig für einige Tage in München weilte, da war eine berühmte Schauspielerin in Begleitung eines jungen, vielbesprochenen Regisseurs. Ein einflußreicher Pressemann befand sich unter den Gästen, zwei Herren vom Funk und noch zwei oder drei Leute, die im Kulturleben irgendeine entscheidende Rolle spielten.

Und dann war da noch Dr. Louis Hörnany, der bekannte Cellist, Katarin dem Namen nach wohl bekannt. Er war Ungar, lebte und wirkte aber seit vielen Jahren vornehmlich in Deutschland. Sein Name war schon vor dem Kriege international berühmt gewesen. Er sah sehr gut aus, nicht groß, doch schlank, von geschmeidiger

Eleganz, mit einem klugen, geistvollen Kopf, mit feurigen dunklen Augen und dekorativ weißem Haar. Und dann seine Hände, sie zogen Katarins Blick immer wieder auf sich. Schlanke, edelgeformte Hände, die sofort verrieten, daß er ein Instrument spielen mußte.

Sie freute sich sehr, als er nach einer Weile kam und sich neben sie setzte. Sie plauderten ein wenig über das Konzert. Dann fragte er nach ihrer Ausbildung und wurde lebhaft, als er Angers Namen hörte. Anger sei sein Freund, sagte er, früher hätten sie zusammen Trios gespielt.

Katarin fragte, ob er wisse, wo Anger sei. Er befinde sich immer noch in Österreich, hörte sie, in Salzburg.

„Wie ich kürzlich erfuhr", sagte Hörnany, „war er sehr krank. Er mußte sich kurz nach Kriegsende einer schweren Operation unterziehen, von der er sich noch nicht recht erholt hat."

„Oh!" sagte Katarin mit großen erschrockenen Augen. Sie war ganz blaß geworden. „Geht es ihm jetzt besser?"

„Einigermaßen, ja."

„Ich möchte ihn so gern einmal wiedersehen. Und am liebsten wieder bei ihm arbeiten. Er war für mich – ich habe ihm soviel zu verdanken."

Hörnany lächelte. „Das glaube ich. Er ist ein großer Künstler. Und die Frauen haben ihn immer geliebt."

Katarin lächelte zurück, verständnisvoll trafen sich ihre Augen. Eine Welle von Sympathie ging von einem zum anderen. Katarin hatte das Gefühl, seit Jahren keinen Menschen getroffen zu haben, der ihr auf den ersten Blick so vertraut war.

„Ich habe Hunger", sagte sie plötzlich.

„Nanu, haben Sie noch nichts gegessen?"

„Nein. Als wir kamen, war ich noch zu aufgeregt. Ich hatte nur den einen Gedanken: Gott sei Dank, es ist vorüber und es ist gut gegangen. Sie müssen wissen, es war mein erstes Auftreten seit Jahren, und ich hatte schreckliche Angst."

„Sie haben sich gut gehalten", sagte er, „man hat keine Unsicherheit gemerkt. Und nun wollen wir etwas zum Essen holen!"

Er blieb an ihrer Seite, und kurz darauf saßen sie sich wieder am alten Platz gegenüber.

„Es war interessant, euch beide zu hören", sagte Hörnany, „im Grunde paßt ihr gar nicht so gut zusammen. Donga spielte um eine reichliche Nuance härter, elektrischer. Manchmal fehlt es ihr ein wenig an Seele. Nicht an Vertiefung, Sie wissen schon, was ich meine. Sie hat Tiefe und Ausdruck, sie ist keineswegs oberflächlich. Aber ihre Seele ist scheu, widerspenstig. Vielleicht auch noch nicht sehr entwickelt. Sie hat Schmerz empfunden, aber sie verschloß ihm alle Türen und ließ ihn außen an sich niederrinnen wie Wasser. Wie kochendes Wasser vielleicht, denn es hat ihr weh getan. Aber es ist nicht in sie hineingeflossen, es hat ihr Inneres nicht verbrannt."

Katarin hörte ihm großäugig zu, sie vergaß sogar weiterzuessen. „Und ich?" fragte sie neugierig.

„Sie?" Er lächelte ein wenig, ein paar kleine, spöttische Falten erschienen in seinen Augenwinkeln und machten ihn ungemein liebenswert. „Sie sind viel jünger als Donga."

„Im Gegenteil, ich...", protestierte Katarin, unterließ aber nähere Angaben.

„Ich weiß. Vielleicht nicht an Jahren. Da mögen Sie ungefähr gleichaltrig sein. Oder Donga kann auch jünger sein. Aber im Wesen sind Sie jünger geblieben, für Eindrücke empfänglicher, heftiger reagierend. Trotz aller Erfahrung und Reife, die man wohl spürt. Erfahren und kindlich zugleich, das ist eine reizvolle Mischung. Sie glauben, Sie halten sich fest verschlossen, doch dabei sind alle Ihre Türen offen."

„Oh!" staunte Katarin und kaute nachdenklich an ihrem Sandwich.

„Alles, was Sie erlebten, hat Sie nicht hart gemacht, nicht abweisend."

„Und ich dachte...", murmelte Katarin.

„Was?"

„Ich dachte gerade, das wäre ich jetzt, hart und abweisend."

Er lachte erheitert. „Keineswegs. Sie sind ein Mensch, der am Anfang steht."

„Aber ich bin schon...", sie stockte und vollendete dann vage: „Immerhin schon Ende Zwanzig."

„Das ist wirklich ein Greisenalter", zog er sie auf. „Da kann man wohl die Abgeklärtheit eines Methusalem verlangen."

Katarin lachte nun auch. Wie er sie an Anger erinnerte! Genauso hätte auch Anger sprechen können, mit dieser versteckten Zärtlichkeit, mit diesem liebevollen Spott.

„Das wirkliche Alter hat mit der Anzahl der Jahre nichts zu tun", sagte er, „nicht einmal mit den gesammelten Erfahrungen. Sie sind eine von den Frauen, die selbst in reiferem Alter noch jung und ungestüm bleiben, wenn es vielleicht auch nicht mehr so offen zutage tritt. Für eine Künstlerin ist das auf jeden Fall ein großes Plus."

„Und das haben Sie alles aus meinem Spiel herausgehört?" wunderte sich Katarin. „Sie sind ja ein Psychologe der Musik."

„Wenn man sich das ganze Leben lang mit Musik und Musikhören beschäftigt, wird man das von selbst."

Dann sprachen sie über eine eventuelle Zusammenarbeit. Er versprach, sich für sie bei Lohse einzusetzen. Sie gefalle ihm und sie könne etwas, das habe er gemerkt. Ob sie schon einmal Kammermusik gemacht habe?

Bei dieser Gelegenheit fiel Carstens Namen, denn Katarin erzählte von dem Berliner Kammerstudio.

Hörnany sprach darauf mit aufrichtiger Anerkennung von Carsten. „Der Mann ist eine wirkliche Persönlichkeit. Ich glaube, daß er eine große Karriere vor sich hat. Ein wirklicher Künstler. Und dabei menschlich so sympathisch, ohne Pose, ohne Snobismus und ohne die Überheblichkeit, die die Herren vom Pult so oft mitbringen."

Katarin hörte mit gesenktem Kopf zu. Immer dasselbe, alle mochten Carsten, wo es auch immer sei.

„Diese Woche dirigiert er in Wien", erzählte Hörnany unbefangen, „er war sehr erfreut über dieses Engagement. Wenn er hier gewesen wäre, hätten wir ihn sicher heute in Ihrem Konzert gesehen."

Katarin begann rasch ein anderes Thema. Zu dumm, wenn sie gestehen müßte, daß sie den ehemaligen Studienkollegen noch nicht einmal getroffen hatte, seit sie hier war.

Kurz darauf machte Hörnany sie mit dem Rundfunkmann bekannt, der ihr einige freundliche Worte sagte. Es war ein hübscher Abend, er gab Katarin Selbstvertrauen und neue Hoffnung. Zum erstenmal hatte sie das Gefühl, nicht mehr außerhalb zu stehen. Und vielleicht – vielleicht würde es ein neuer Anfang ihrer Laufbahn sein.


Josefine erwartete Carstens Rückkehr in Tegernsee. Sie hatte ihn nicht nach Wien begleitet, weil sie keine Lust habe, wie sie sagte. In Wirklichkeit fühlte sie sich nicht sehr wohl. Ihre Gesundheit war nie sehr stabil gewesen, in letzter Zeit ging es ihr gar nicht mehr gut.

Die letzten Jahre waren für sie sehr anstrengend gewesen. Soweit es nur irgendwie ging, hatte sie Carsten geholfen, ihn auf seinen Reisen begleitet, die geschäftlichen Angelegenheiten für ihn geführt. Und ständig war sie dabei um sein Wohl, um seine Gesundheit besorgt. Dabei verbrauchte sie aber ihre eigenen gesunden Kräfte.

Aber es war trotzdem wundervoll gewesen. Jeder seiner Erfolge wurde auch ihr Erfolg, und jeder Tag, der ihn vorwärtsbrachte, war ein großer Tag in ihrem Leben.

Sie war glücklich und dem Schicksal dankbar, das ihrem Leben noch so viel Erfüllung schenkte. Nichts aber war so schön wie das erste Jahr, in dem Carsten bei ihr lebte, nachdem sie ihn aus dem Lazarett geholt hatte. Damals gehörte er ihr allein, er brauchte sie. Und sie gab ihm Kraft und Mut und half ihm, ins Leben zurückzufinden. Damals war er nicht nur ihr Mann, er war auch ihr Kind gewesen. Das war mehr, als die meisten Frauen je besaßen. Nun bereitete sie sich darauf vor, daß es damit zu Ende ging. Er gehörte ihr nicht mehr allein, sie hatte kein Recht darauf, ihn an sich zu fesseln. Sie war älter als er, sie war krank. Und für ihn begann jetzt der Weg nach oben.

Sie lag in der warmen Sonne auf der Terrasse ihres Hauses und dachte über dies alles nach. Carsten wußte vielleicht nicht, was er ihr bedeutete, er sollte es auch nie erfahren. Die Aufgabe, die sie in seinem Leben erfüllen konnte, hatte sie erfüllt. Mit einem Versuch, ihn festzuhalten, würde sie alles wertlos machen.

Freilich, sie wußte, daß er nicht so dachte. Für ihn war sie zu einem Bestandteil seines Lebens geworden. Sie war seine gute, vertraute Freundin, der er alles sagen konnte, mit der er alles teilte. Er wollte nun auch seinen jungen Ruhm mit ihr teilen. Dieses Geschenk durfte sie aber nicht annehmen. Die Liebe, die sie verband, wog nichts gegen ihre Freundschaft. Und diese Freundschaft galt es zu bewahren. Sie mußte den Geliebten freigeben, um den Freund zu behalten.

Oft beobachtete sie lächelnd, wie die Frauen von ihm angezogen wurden. Schöne, bedeutende Frauen waren stets um ihn, luden ihn ein, umschmeichelten ihn. Nun, Carsten war nicht mehr der reine Tor von einst. Er merkte wohl, was sich ihm bot, und Josefine merkte ihrerseits, daß es ihm oftmals nicht gleichgültig war.

Camilla van Hoven schien ihm vor allem nahezustehen. Seine Protektorin, die soviel für ihn getan hatte. Sie spielte eine große Rolle in der Gesellschaft, in ihrem Hause lernte er viele Leute kennen, die ihm nützlich werden konnten. Camilla liebte ihn wohl, das schien sicher. Und er? Josefine glaubte zu wissen, daß die Freundschaft zwischen den beiden keine rein platonische mehr war. Daher vermied sie es auch, ihn in letzter Zeit nach München zu begleiten, denn dort wohnte er bei Camilla.

Josefine war nicht eifersüchtig. Oder sie verbot sich selbst, es zu sein. Was war sie, eine alternde kränkliche Frau, gegen Camilla, die wie ein schöner Sommer strahlte. Alles war vollendet bei

Camilla, ihre Erscheinung, ihr Temperament, ihr Witz, ihr Lebensstil. Sie besaß ein großes, komfortables Haus, das sie auch heute noch allein bewohnte, denn ihre Beziehungen waren die besten. Sogar die Amerikaner drängten sich zu ihren Gesellschaften und boten ihr stets ihre Dienste an.

Josefine erinnerte sich noch gut an ihren ersten Besuch. Das war noch im Krieg gewesen. Camilla lebte damals in ihrem Landhaus in Garmisch, bis dorthin war der Ruf von Carstens Kammermusikgruppe gedrungen, die am Tegernsee halboffizielle Konzerte gab. Camilla besuchte solch ein Konzert, dann kam sie ungeniert zu Besuch. Es war ein kühler, stürmischer Tag gewesen, sie trug lange graue Hosen, eine kurze kostbare Pelzjacke. Sie fuhr auch damals noch ihren eigenen Wagen, sie erschien gepflegt, duftend, vollkommen, eine unglaubliche Erscheinung in jener Zeit. Damals lebte ihr Mann noch. Er war General und kam in den letzten Kriegstagen ums Leben. Camilla sprach freundlich und mit Anhänglichkeit von ihm, doch sie schien nicht sonderlich unter seinem Tod zu leiden. Ihren kleinen Sohn dagegen liebte sie abgöttisch und erzog ihn mit großer Sorgfalt.

Nach dem Krieg setzte sie sich mit Volldampf für Carsten ein, schließlich war es ihr Werk, daß er so bald schon in München dirigieren konnte. Und Camilla erwartete eine Belohnung dafür, erwartete seine Liebe, soviel war sicher. Sie hatte all dies nicht nur aus Begeisterung für die Kunst getan.

Dann war allerdings noch Leona da, und manchmal glaubte Josefine schon, er wäre in die Kleine verliebt. Sie hätte auch dies verstanden, denn das Mädchen war die Jugend, war der Zauber des Frühlings, war Anmut und Liebreiz in einer Person. Sie war kaum über zwanzig, mit dunklen Augen und dunklem Haar und einer Haut wie frische Blüten, ein wenig verträumt, unberührt, wie man es heutzutage selten erlebte. So etwas mußte einen Mann anziehen. Sie studierte Musik, spielte Geige, ohne jedoch beruflichen Ehrgeiz damit zu verbinden. Auch sie stammte aus guter alter Münchner Familie, der Vater war Professor, die Mutter gehörte einem italienischen Adelsgeschlecht an.

Leonas Herz war dem großen blonden Norddeutschen vom ersten Augenblick an zugeflogen. Wenn er dirigierte, versank die Welt um sie, wenn sie mit ihm sprach, hingen ihre Augen mit all dem Überschwang ihrer Jahre an ihm. Ohne Zweifel gefiel auch Carsten das junge Mädchen. Wer hätte ihrem Zauber widerstehen können, dem Zauber ihrer Jugend voll Unschuld und Reinheit, unberührt von der Schwere der Zeit.

Auch sie wäre eine Frau für Carsten, dachte Josefine auf ihrer Terrasse über dem blauen See. Warum nicht? Gerade das Beste war gut genug für ihn.

Natürlich mochte Camilla die junge Leona nicht sonderlich. Nun, das war verständlich. Wenn auch Camilla nie die Konkurrenz einer anderen Frau fürchten mußte, etwas hatte Leona ihr voraus, die zwölf bis fünfzehn Jahre, die sie jünger war.

Josefine erinnerte sich an einen Abend bei Camilla. Leona und Carsten musizierten zusammen, er am Flügel, sie mit der Geige. Sie spielten die F-Dur-Romanze von Beethoven. Es klang zauberhaft, die kleine Gesellschaft lauschte voll Entzücken. Leona hatte am Ende Tränen in den Augen vom andächtigen Spiel. Nur Camillas Miene blieb undurchsichtig, ihr Lächeln wirkte ein wenig gezwungen.

Josefine fand Carsten etwas später in einer stillen Ecke sitzen, entfernt vom Kreis der Gäste.

„Was ist denn?" fragte sie erstaunt, als sie sein trübes Gesicht sah, überschattet von einem ihr unverständlichen Leid. „Ihr habt wunderschön gespielt. Leona ist wirklich eine kleine Künstlerin."

„Ja, das ist sie", gab Carsten zu. Und schwieg wieder, abwesend und traurig.

„Fehlt dir was?" fragte Josefine und legte ihre Hand auf seine.

„Ich mußte an früher denken", sagte er dunkel.

„An früher?"

„Ja, wegen der Romanze. Geradezu kindisch."

Josefine sah ihn verständnislos an, doch dann begriff sie instinktiv. „Oh! Ist es... ist es... Katarin?"

„Wir haben das oft zusammen gespielt. Sie liebte es. Und sie gab dem Stück eine besondere Bedeutung. Für uns beide. Es ist so lange her."

Selten sprach er von Katarin, er vermied das Thema, und Josefine schloß daraus, daß er das unerfreuliche Ende dieser Liebe nie ganz verwunden hatte.

„Tut es denn noch immer weh?" fragte sie leise.

„Unsinn", sagte er und stand auf. „Pure Sentimentalität. Ich denke sonst nie daran."

Während sie langsam zu den anderen zurückgingen, sagte Josefine vorsichtig: „Ich verstehe schon, daß es dich an früher erinnert. Manchmal habe ich gedacht, Leona müßte so ähnlich sein wie Katarin. Nein?"

„Nein", sagte er entschieden. „Sie ist ganz anders. Leona ist viel weicher, viel klarer. Katarin war voller Untiefen, voller Unbedachtheit. Sie lebte immer aus dem Vollen. Aber..." Er sprach nicht weiter. Sagte nur noch einmal: „Es ist so lange her."

Das war vor einigen Monaten gewesen. Nun aber hatte Josefine diese Katarin gesehen. Die Neugier trieb sie hin, nachdem sie das Plakat von Dongas Konzert gelesen hatte.

Nein, Josefine war nicht eifersüchtig, sie war großzügig. Aber sie empfand maßlose Eifersucht auf Katarin, sie hegte einen tiefen Groll gegen sie, haßte sie geradezu. Sie allein wußte, welch tiefe Wunde dieses Mädchen dem geliebten Freund geschlagen hatte. Noch immer wurde er unzugänglich und verschlossen, wenn sie Einzelheiten aus jener Zeit aus ihm herauszulocken versuchte. Dann bekam sein Mund eine harte Linie, seine Augen wurden abweisend. „Es ist vorbei", sagte er dann, „ich habe es längst vergessen."

Überdies war Katarin ganz anders, als sich Josefine vorgestellt hatte. Freilich, sie dachte an sie als ein junges Mädchen. Die Frau auf dem Podium war kein junges Mädchen mehr, ihr Gesicht spiegelte Lebenserfahrung, ein Gesicht nicht ohne Härte, fand Josefine. Es spiegelte aber auch einen tiefen Ernst, eine Beseeltheit, die sie nicht darin vermutet hatte. Und sie war, das mußte Josefine zugeben, auf eine stolze, eigenwillige Art schön, kein Dutzendgesicht, ein kühnes Gesicht voller Geheimnisse.

Sie wußte nicht, ob Carsten es zur Kenntnis genommen hatte, daß Katarin mit Donga spielte. Daß sie sich in München befand, wußte er ja, doch er äußerte sich nicht dazu.

Einige Tage später, als er aus Wien zurückkam, gab sich die Gelegenheit, darüber zu sprechen. Sie unterhielten sich über eine kurze Nachricht von Camilla, die sie beide übers Wochenende nach Garmisch einlud. Sie erwarte interessanten Besuch aus Übersee, schrieb sie, und zwar den Manager eines großen Rundfunkorchesters, der sich für Carsten interessiere.

„Ich habe keine Lust", meinte Carsten, „ich möchte mich ausruhen. Der Betrieb bei Camilla ist immer so anstrengend."

„Aber Amerika", sagte Josefine eifrig, „die Dollars. Wenn wirklich eine Geldentwertung kommt, wäre das nicht zu verachten."

Carsten lachte erheitert. „Josi auf der Dollarjagd. Das ist eine neue Nuance. Bei euch Frauen erlebt man doch immer Überraschungen."

Aber natürlich, Amerika reizte ihn schon. Man beschloß also, wenigstens am Sonntag hinüberzufahren.

„Ich werde nicht mitkommen", sagte Josefine.

„Warum nicht?"

„Es geht auch ohne mich. Camilla hat mehr Spaß an deinem Besuch, wenn ich nicht dabei bin. Außerdem fühle ich mich nicht besonders."

„Geht es dir wieder nicht gut?" fragte er besorgt. „Bist du krank?" Er fühlte ihren Puls und legte die Hand auf ihre Stirn. „Ich bin schuld, du hast so eine unruhige Zeit mit mir gehabt. Das hört jetzt auf. Du wirst mehr hier draußen bleiben und dich erholen, ja?"

Josefine lächelte dankbar, wie gut seine Fürsorge tat! Ja, sie würde hier draußen bleiben, und nicht nur um ihrer Gesundheit willen. Aber das brauchte er nicht zu wissen.

In Wien hatte Carsten Janna gesprochen, Pitts Frau. Von ihr hatte er erfahren, daß Pitt tot war. Die kleine Tschechin war in Wien geblieben, sie wußte nicht wohin. Im Sommer 1944 war sie mit Pitt nach Wien gekommen, der damals ein Engagement an der Staatsoper antrat. Aber bald war es aus damit. Pitt, der leidenschaftliche Kriegsgegner kam zum Volkssturm. Ein dummer Zufall kostete ihm das Leben. Pitt konnte nicht mit Handgranaten umgehen, er lernte es auch nicht. Ihm graute vor diesen Mordwerkzeugen. Und weil er so ungeschickt und widerwillig war, sprengte er sich selbst mit solch einem Ding in die Luft.

Diese Nachricht hatte Carsten sehr betrübt. In den Jahren in Posen war er Pitt sehr nahegekommen, sie hatten sich gut verstanden.

Bessere Nachrichten kamen von Peter, er war aus amerikanischer Gefangenschaft zurück und bei seinen Eltern wohlbehalten eingetroffen. Viola spielte in Konstanz Theater.

Von Peter trafen vergnügte und hoffnungsvolle Briefe ein. Er habe sein Orchester komplett, und „jetzt werdet ihr mal was erleben", schrieb er, „den Herrn Generalmusikdirektor (biste noch nicht? Wirste bald) wird es vom Stuhl hauen. Echter amerikanischer Jazz, da bleibt kein Auge trocken".

„Wenn Pitt noch lebte", sagte Josefine, „wärt ihr ja alle wieder vereint. Jetzt, wo auch Katarin hier ist."

Carsten antwortete nicht.

„Ich war übrigens in dem Konzert von Donga. Katarin hat sie begleitet."

„Du warst dort?"

„Ja. Ich war neugierig. Sie hat gut gespielt."

„So", sagte er. Mehr nicht.

„Und sonst willst du nichts wissen?"

„Nein", sagte er ein wenig gereizt, „soll ich vielleicht fragen, wie sie dir gefallen hat?"

„Eben das ", erwiderte Josefine lächelnd. „Mir gefällt sie jedenfalls nicht. Ich bin voreingenommen, das weißt du ja. An sich ist
sie eine hübsche Person."

Carsten blätterte in der Zeitung. Er schien nicht zuzuhören.

Aber Josefine, bei aller Sanftmut, war eine Frau, so schnell gab
sie sich nicht zufrieden. „Möchtest du sie nicht einmal wiedersehen?"

„Nein. Wozu?"

„Ich dachte. Es wäre ja möglich."

„Ich habe kein Verlangen danach", sagte er kurz. „Aber wenn
ich sie einmal treffe, macht es mir nichts aus. Warum auch? Ich habe
nichts gegen sie."

Er hat es immer noch nicht verwunden, dachte Josefine, trotz der
vielen Jahre, die vergangen sind. Merkwürdig, wie schwer Männer
verzeihen.

Sie sprach nicht mehr davon.

Zunächst wurden Katarins große Erwartungen enttäuscht. Es
geschah nichts, was ihr Leben wesentlich veränderte. Sie wohnte
weiter bei Jolanda und litt nun im Sommer in ihrer kleinen Kammer unter der Hitze, wie sie im Winter unter der Kälte gelitten
hatte. Sie arbeitete täglich viele Stunden, nahm ab und zu eine
Lektion bei Professor Matthäi und war viel allein. Sie wartete
auf das große Wunder, das nicht kam. In ihrer Ungeduld schien ihr
die Zeit stillzustehn.

Doch dann im Hochsommer hörte sie eines Tages von Hörnany.
Er schrieb, sie möge ihn besuchen. Er wohnte gar nicht weit entfernt, ebenfalls in Schwabing, in einer hübschen kleinen Vierzimmerwohnung, die er mit seiner Schwester und deren Kindern teilte.

Er habe mit Lohse gesprochen, teilte er ihr mit, im Herbst solle
die Kammermusikgruppe gegründet werden. Termine lägen schon
fest. In Kürze, wenn Lohse wieder in München sei, werde sie ihn
kennenlernen, und dann stände nichts im Wege, daß die Sache perfekt werde.

„Es wäre herrlich", sagte Katarin, „es wäre unvorstellbar schön."

Hörnany lächelte über ihren Überschwang und fragte, ob sie
Lust hätte, eine Stunde mit ihm zu musizieren. Sie spielten zwei
Brahms-Sonaten für Cello und Klavier, und es klappte vortrefflich. Hörnany lobte sie, sie habe Einfühlungsvermögen und eine
für eine Frau seltene Präzision.

Von nun an trafen sie sich regelmäßig und spielten zusammen.
Eines Tages war Lohse dabei, hörte schweigend zu, danach kam
ohne weitere Schwierigkeiten ein Vertrag zustande. Zu dritt

arbeiteten sie nun an den Trios, feilten und probten unermüdlich, denn Lohse sagte: „Wir gehen nicht an die Öffentlichkeit, ehe wir nicht Erstklassiges zu bieten haben."

Dann entschied es sich ziemlich plötzlich, daß Katarin im September einen Klavierabend geben sollte. Sie stand schon seit längerer Zeit mit einer guten Konzertdirektion in Verbindung, dieselbe, die auch Dongas Konzerte arrangierte. Der Leiter des Unternehmens, ein noch junger, sehr aktiver Mann mit guten internationalen Verbindungen, setzte sich sehr für Katarin ein. Zunächst hatte man einen Abend im Winter geplant. Doch dann wurde ein Termin frei, und man schlug Katarin vor, sie solle einspringen. Sie schreckte zunächst zurück und erklärte, sie sei noch nicht ganz soweit.

„Wäre es nicht besser, wenn vorher ein Trioabend stattgefunden hätte", wandte sie ein, „man kennt dann meinen Namen schon."

„Im Gegenteil", sagte der Manager, „ich möchte lieber, daß man Ihren Namen schon kennt, ehe das Trio startet. Bedenken Sie, daß Sie zwei berühmte Leute als Partner haben werden. Nur keine Angst. September ist ein guter Monat. Die Saison beginnt, die Leute sind ausgehungert nach Konzerten."

Katarin lachte. Und er lachte auch. Denn eine Veranstaltung jagte die andere, selbst in den Sommermonaten war kaum eine Unterbrechung eingetreten.

Also gut. Einmal mußte es ja sein. Die Welt versank um sie, sie arbeitete nur noch, kaum daß sie mit irgend jemand sprach. Zu dieser Zeit wurde ihre Ehe geschieden, sie nahm kaum Notiz davon. Das lag alles schon so weit hinter ihr, war Vergangenheit. Gegenwart war das harte entbehrungsreiche Leben im Nachkriegs-München, war ihre Arbeit, die sie stundenlang vor dem Klavier festhielt und alles andere vergessen ließ. Bettina schimpfte, Fritz schimpfte, sogar Jolanda schüttelte den Kopf.

„Du wirst ein Gerippe sein, bis das Konzert steigt", schalt Bettina, „lieber Himmel, du übst jetzt wie eine Wahnsinnige seit Monaten und Monaten! Was du bis jetzt nicht kannst, das kriegst du bis zum Konzert auch nicht mehr hin. Es ist viel wichtiger, daß du ausgeruht bist und nicht so nervös."

„Du hast recht", sagte Katarin und übte weiter.

Und dann kam der Tag, an dem sie Carsten begegnete.

Es war schon im September, sie hatte nachmittags mit Lohse und Hörnany gearbeitet. Als sie gehen wollte, fragte Hörnany: „Wohin?"

„Ich gehe zu Bettina, ich arbeite noch zwei Stunden."

„Nichts da. Sehen Sie mal in den Spiegel. Die Leute erschrecken ja, wenn Sie auf das Podium kommen. Für heute ist Schluß. Wir trinken jetzt schön gemütlich zusammen Kaffee, und dann unternehmen wir etwas Hübsches."

Sie blieb also. Lohse verabschiedete sich nach dem Kaffee, und Hörnany entschied: „Wir machen einen Spaziergang. Ich wette, Sie haben seit Tagen keinen Baum und kein Stück Himmel mehr gesehen."

Das stimmte, sie kam kaum mehr ins Freie. Sie schlenderten in den Englischen Garten hinein, der gleich bei Hörnanys Wohnung begann, und liefen immer weiter, fast bis zum Aumeister. Es tat ihr wirklich gut. Die Luft war klar und weich, der Tag südlich warm. Man spürte noch nichts vom nahenden Herbst. Die weiten tiefgrünen Rasenflächen, die alten Bäume wirkten auf Katarin beruhigend und entspannend.

„Schön ist es hier. So weit bin ich noch nie gekommen."

„Sehen Sie, es gibt so viele hübsche Dinge in München, man muß sie nur sehen. Sind Sie denn im Sommer mal im Gebirge gewesen?"

„Nein."

„Schämen Sie sich. Die schönste Gegend haben Sie vor der Tür und machen keinen Gebrauch davon. Waren Sie wenigstens mal im Isartal? In Grünwald?"

„Kenn' ich alles nicht."

„Ist es die Möglichkeit! Hören Sie zu, mein Kind, ein Künstler darf die Verbindung zur Natur nie verlieren. Daraus holt er seine stärksten Reserven. Ein Stubenhocker und eine Großstadtpflanze verkümmern, erst recht in seiner Kunst."

„Früher bin ich immer viel spazierengegangen", verteidigte sich Katarin, „in Berlin zum Beispiel war ich so oft im Grunewald, auch im Winter."

„Und warum jetzt nicht mehr?"

„Ich muß die Tagesstunden ausnützen zum Üben. Abends, wenn Fritz heimkommt, kann ich nicht. Ich hab' doch kein eigenes Klavier. Ich weiß überhaupt nicht, wie das werden soll, wenn Bettina das Baby bekommt. Kleine Kinder müssen doch viel schlafen."

Es war schon dunkel, als sie in die Stadt zurückkamen. Katarin wollte sich verabschieden, doch Hörnany sagte: „Haben Sie denn keinen Hunger?"

„Doch, sehr."

„Heute wollen wir mal leichtsinnig sein. Wir gehen schwarz essen, in das teuerste Lokal, das zu finden ist. Wie die Schieber."

Katarin wußte natürlich von der Existenz dieser Lokale, aber sie hatte noch nie Gelegenheit gehabt, eines zu besuchen. Deswegen staunte sie auch gehörig über das, was sie zu sehen bekam. Das Restaurant war auf das eleganteste eingerichtet, ganz neu offensichtlich. Es gab sich über alle Maßen vornehm. Gewöhnliche Sterbliche kamen nicht hinein. Man mußte eingeführt sein oder gute Beziehungen haben.

Auch sie wies man zunächst ab. Es sei kein Platz mehr. Doch der herbeigerufene Geschäftsführer erkannte Hörnany, der schon zwei- oder dreimal hier gewesen war, und geleitete sie selbst zu einem kleinen Tisch, der ein wenig ungeschickt im Gang stand.

Es waren durchaus nicht alle Tische besetzt, doch stand überall ein Schildchen, das besagte, der Tisch sei bestellt. Wirklich füllte sich im Laufe des Abends das Lokal. Überall wurde ausgiebig getafelt, und Katarin sah mit staunenden Augen, was es alles gab für die, die bezahlen konnten. Sie genoß die guten Sachen, die auf den Tisch kamen, und aß mit bestem Appetit. Hörnany kannte viele der Leute, die hier saßen, und erzählte leise kleine Klatschgeschichten und Gerüchte, auf so charmante und witzige Art, daß Katarin sich köstlich amüsierte.

Als sie gerade beim Kaffee angelangt waren, geleitete der Geschäftsführer unter viel Umständen eine Gesellschaft von zwei Herren und zwei Damen herein und führte sie zu einem freigehaltenen Tisch in einer Ecke.

Katarin erkannte Carsten sofort. Er trug einen gutgeschnittenen dunklen Anzug, überragte alle um Haupteslänge, seine hellen Augen überflogen gleichgültig und flüchtig den Raum. Er sah sie nicht. Eine blonde, blendend schöne Frau setzte sich neben ihn, sehr elegant, sehr selbstsicher, es war zu erkennen, daß sie an diesem Tisch den Ton angab.

Hörnany, der mit dem Rücken zu den Eintretenden saß, erblickte sie erst, als er sich nach einer Weile umdrehte, um dem Ober zu winken. Dadurch gewann Katarin Zeit, ihre erste Erregung zu bezwingen.

„Da ist ja die Baronin Hoven", sagte Hörnany, „und Carsten."

Katarin nickte stumm.

Die Baronin hatte Hörnany auch gesehen, sie winkte ihm lebhaft zu.

„Entschuldigen Sie mich einen Augenblick", sagte er zu Katarin und ging hinüber.

Auch Carsten hatte herübergeschaut, seine und Katarins Blicke trafen sich. Am liebsten wäre sie davongelaufen.

Hörnany kam zurück und sagte: „Die Baronin läßt uns bitten,

an ihren Tisch zu kommen. Sie meint, wir sitzen ja hier nicht gerade bequem, so im Gang. Da hat sie recht."

„Aber...", begann Katarin.

„Ehrlich gestanden wäre ich lieber mit Ihnen allein geblieben. Aber es ist für Sie ganz günstig, die Baronin Hoven kennenzulernen, sie spielt hier eine große Rolle. Na, und Carsten ist ja sowieso ein alter Bekannter von Ihnen, nicht?"

„Ja, schon..."

„Gehen wir?"

„Wer ist die Baronin?" fragte Katarin, um Zeit zu gewinnen.

„Camilla van Hoven. Haben Sie je von General van Hoven gehört? Das war ihr Mann. Jetzt ist er allerdings tot. Sie ist mit Carsten liiert, man kann wohl demnächst eine Heirat erwarten."

„So", sagte Katarin mit trockenem Mund. Auch das noch! Widerstrebend folgte sie Hörnany zu dem anderen Tisch.

Die Baronin begrüßte Katarin mit großer Liebenswürdigkeit, Hörnany hatte sie anscheinend von dem bevorstehenden Konzert unterrichtet, denn sie sagte, daß sie es sich keinesfalls entgehen lassen wolle, und machte in ihrer charmanten Art noch einige freundliche Bemerkungen.

Katarin fand kaum ein paar Worte der Erwiderung. Sie war unbeschreiblich befangen und verwirrt, alles schien sich um sie zu drehen. Dies war also der große Augenblick. Wurde es dunkel? Ging die Welt unter?

Mühsam nahm sie sich zusammen, zwang sich zu einem blassen Lächeln und begrüßte die anderen Leute am Tisch, von denen sie weder den Namen hörte noch das Gesicht sah. Dann kam der Moment, sie legte ihre Hand in Carstens Hand. Ihre Hand war eiskalt und zitterte, übergroß und schwarz standen ihre Augen in dem blassen Gesicht. Sie sagte kein Wort.

„Sie sind ja alte Bekannte aus Berlin, wie ich höre", plauderte die Baronin gewandt. „Haben Sie sich lange nicht gesehen?"

„Sehr lange", erwiderte Carsten. Er schien ruhig und unbewegt, setzte sich wieder. Katarin saß ihm gegenüber neben Hörnany.

Seine Stimme. Sie hatte seine Stimme wieder gehört. Nicht viel hätte gefehlt, und sie wäre in Tränen ausgebrochen.

„Ich finde, es macht einen heute immer so froh, wenn man alte Bekannte wiedertrifft", sagte die Baronin, „man wußte ja lange nicht, wie die Freunde durch den Krieg gekommen sind und wohin es sie verschlagen hat."

„Ja", sagte Katarin läppisch.

Das war es also gewesen. Weiter gar nichts. Eine leichte Verbeugung, ihre Hand in seiner und „sehr lange" hatte er gesagt, ganz ruhig, ganz nebenbei.

Nun saß er ihr gegenüber. Sie würde ihn ansehen müssen. Nein, sie konnte ihn nicht ansehen. Und erst recht nicht mit ihm sprechen. Wie sollte sie ihn anreden?

„Da habe ich doch erst kürzlich einen alten Freund wiedergetroffen", erzählte die Baronin, „ganz überraschend. Vor dem Krieg war er..."

Während sie sprach, versuchte Katarin sich zu fassen. Die anderen blickten auf die Baronin, die lächelnd und amüsant irgendeine Geschichte erzählte. Katarin vernahm kein Wort davon. Sie drehte den Stiel ihres Weinglases, trank einige Male abwesend, ohne sich um jemanden zu kümmern. Dann wagte sie es, einen kurzen Blick auf Carsten zu werfen. Auch er lauschte der schönen Frau. Er liebte sie, hatte Hörnany gesagt. Ein kleines Lächeln lag im Mundwinkel, ein wenig spöttisch und überlegen, ein wenig zärtlich und voll Güte. Das kannte sie. Oh, das kannte sie! Geliebtes Lächeln, geliebter Mund. – Mein Lächeln, dachte sie heftig. Mein Mund.

Wie gut er aussah! Viel besser noch als früher, männlicher, stattlicher, bedeutend mit einem Wort. Für jedes Auge mußte er so aussehen, nicht nur für sie. Sein helles Haar war nicht mehr gleichmäßig blond, es war vermischt mit Grau, es machte ihn interessant. Seine Hand, die die Zigarette hielt, lag auf der Tischkante in einer ihr wohlvertrauten Haltung. So hatte er immer die Zigarette gehalten, es war unverändert. Auch die Hand. Schlank, groß, mit den beweglichen Fingern, den festen Gelenken, der Handrücken gestreckt und kräftig. Eine Hand, die Vertrauen erweckte. Die Hand, die sie einst gestreichelt und liebkost hatte. – Meine Hand, dachte Katarin.

Als sie aufsah, begegnete sie seinem Blick. Einem undurchdringlichen, nichts bedeutenden Blick, ohne Liebe und ohne Haß, ohne Anteilnahme. Sie errötete und senkte die Augen wieder.

Das Gespräch am Tisch ging weiter, man unterhielt sich über Premieren, sprach von gemeinsamen Bekannten, von einigen populären Leuten. Katarin beteiligte sich mit keinem Wort. Doch sie empfand eine heftige Abneigung gegen die schöne glänzende Frau, die so selbstsicher und charmant an diesem Tisch residierte. Unschön und langweilig mußte sie selbst daneben wirken, armselig und nicht konkurrenzfähig. Die Baronin trug ein Kleid aus schwerer Seide von raffiniertem Schnitt, das Dekolleté war verführerisch. Ein winziges schwarzes Käppchen saß auf dem dichten goldblonden Haar, das Gesicht war sorgfältig zurechtgemacht. Ihre Figur schien ein wenig üppig, die Brust voll, doch es paßte zu ihr. Sie war keine Garçonne, sondern eine Vollblutfrau von bester Rasse. Der Schmuck, den sie trug, war zweifellos echt.

Katarin trug ihr altes graues Kostüm, es war immer noch jenes aus Andrés Zeit, das sie bei dem Bombenangriff gerettet hatte. Es war aus erstklassigem Material und von einem vorzüglichen Schneider, aber immerhin war es nun schon alt. Auch entsprach es nicht der neuesten Mode, die längere Röcke vorschrieb. Sie trug keinen Hut, ihr Haar war ziemlich schmucklos zurückgekämmt, sie war lange nicht beim Friseur gewesen. Sie empfand deutlich, daß sie neben der Baronin und der anderen Frau, die ebenfalls gut angezogen war, einen ungünstigen Eindruck machen mußte. Die Zeiten, da sie gedacht hatte: Pah, dafür bin ich jünger, diese Zeiten waren vorbei. Sie war heute nicht mehr jünger.

Und ausgerechnet an so einem Tag mußte sie Carsten treffen. Diese Begegnung hätte sie sich anders gewünscht. Überhaupt, wo sie jetzt so abgehetzt und nervös war vom vielen Arbeiten. Nun saß sie hier wie ein armseliges Aschenbrödel und war zu verwirrt, den Mund aufzutun.

Hörnany musterte sie einige Male mit leichtem Erstaunen von der Seite. Er kannte sie als lebhaft und gesprächig, er wußte, daß sie Humor und Geist besaß und nie eine Unsicherheit merken ließ. Noch vorhin hatte sie in bester Laune mit ihm geplaudert und gelacht. Daß sie nun so schweigsam und unbeholfen dasaß, so ganz im Schatten der Baronin, daß sie mit Carsten, den sie doch kannte, nicht sprach, daß sie auf einmal diese Furche im Mundwinkel hatte, all das verwunderte ihn. Doch es war nicht schwer, die Zusammenhänge zu erraten. Irgend etwas lag zwischen den beiden, auch er sah nicht zu ihr hinüber. Ihre Hand, die die Zigarette hielt, schon die dritte, seit sie an diesem Tisch saß, zitterte. So war das also. Arme Kleine! Da hatte er sie heute abend in eine schöne Situation gebracht. In eine Situation, der sie offensichtlich nicht gewachsen war. Er empfand Mitleid mit ihr. Er hätte es nicht für möglich gehalten, daß sie so die Fassung verlieren könnte.

Die Baronin ihrerseits kam zu dem Eindruck, daß die Pianistin ein farbloses, langweiliges Geschöpf sei, ohne jedes Temperament. Das freute sie. Sie entdeckte gern Mängel an anderen Frauen. Alte Bekannte von Carsten? Konnte nicht weit her gewesen sein mit der Bekanntschaft. Um so besser. Sie hatte genug zu tun mit den Frauen, die ihn hier umschwärmten. Komisch, daß Hörnany an so etwas Gefallen fand, er zeigte doch sonst einen anspruchsvollen Geschmack. Trotzdem hatte sie irgendwo ein ungutes Gefühl.

Irgend etwas stimmte nicht, irgend etwas lag in der Luft. Nun, man würde von Hörnany hören, was mit dieser Person los war. Sie lächelte ihm zu und fragte nach seinem nächsten Konzert.

Hörnany erzählte von den geplanten Trio-Abenden. Carsten warf ein, daß er im Januar bei ihm das Dvořák-Cellokonzert spielen werde.

„Also, das muß ich mir vormerken", sagte die Baronin lebhaft, als ob sie nicht sowieso in jedem Konzert Carstens wäre, „aus Kammermusik mache ich mir, ehrlich gestanden, nicht sehr viel."

„Kein Wunder", bemerkte Hörnany galant, „man sagt, daß Liebe und Verständnis für Kammermusik erst in reiferen Jahren kommen, wenn man mit sich und seinen Gefühlen allein bleibt."

„Also geben Sie mir noch zehn Jahre?" fragte sie kokett.

„Mindestens das Dreifache. Fraglich nur, ob wir dann noch eine Welt haben, in der Musik gemacht wird."

„Keine Politik heute abend", rief die Baronin, „ich kann's einfach nicht mehr hören! Sagen Sie mir lieber, Carsten, wird diese aparte Polin bei Ihnen wieder einmal spielen?"

„Donga Wrozek? Nicht so bald. Zunächst geht sie einmal auf Tournee in die Staaten."

„Sie spielt fabelhaft", sagte der andere Mann, der am Tisch saß. „Und sie ist ungewöhnlich reizvoll."

Auch diesmal sagte Katarin nichts dazu. Hörnany wollte ihr ein Stichwort geben. „Frau Brugge hat sie bei ihrem letzten Konzert begleitet. Im Mai war es, glaub' ich, nicht?"

„Ja, im Mai", bestätigte Katarin.

„Davon weiß ich ja gar nichts", staunte die Baronin. „Waren Sie dort, Carsten?"

„Nein, ich war gerade in Wien. Ich hätte es natürlich gern gehört. Ich kenne ja Donga genau wie Frau Brugge von unserer gemeinsamen Studienzeit her."

Diese fremde unpersönliche Frau Brugge schnitt Katarin ins Herz. Wie albern! Warum sagte er nicht einfach Katarin? Wie das klang aus seinem Mund. Frau Brugge . . .

Tapfer blickte sie ihn an. „Ja, wir haben alle gemeinsam in Berlin studiert", sagte sie, „Donga und – und – Hans und ich. Es war eine schöne Zeit."

Sie stockte. Sie wollte eigentlich nicht nur das demonstrative Hans vorbringen, sondern zu ihm auch etwas Persönliches sagen, etwas direkt an ihn Gerichtetes, um endlich einmal den Zweifel ob du oder Sie zu beseitigen. Aber es fehlte ihr der Mut. Sollte sie ihn duzen? Vielleicht sagte er dann Sie und blamierte sie.

Doch Carsten entschied bereits darüber. Er sah sie an und sagte freundlich: „Stehst du eigentlich noch in Verbindung mit Viola?"

Katarin errötete vor Freude. „Nein", sagte sie, „schon lange nicht mehr. Du?" Jetzt hatte sie du gesagt.

„Sie sind beide in Konstanz, auch Peter ist da. Kürzlich haben sie mich am Tegernsee besucht. Demnächst will er nach München kommen."

„Ach", sagte Katarin und lächelte das erstemal gelöst. „Der Peter! Und Viola. Wie geht es ihnen?"

„Ausgezeichnet. Viola spielt in Konstanz. Peter hat ein eigenes Orchester. Du kannst es über den Sender der Französischen Zone hören."

Carsten erzählte nun, auch an die anderen gewendet, von Peter. „Weder der Krieg noch die Gefangenschaft haben ihm ein Haar gekrümmt. Er ist ein richtiges Sonntagskind. In Amerika im Gefangenenlager hat er eine Kapelle zusammengestellt, sie haben Jazz und Tanzmusik gespielt, auch Peters eigene Sachen. Den Amerikanern hat es großartig gefallen. Sie durften aus dem Lager heraus und in der Stadt spielen. Als sie entlassen wurden, begleitete ein Teil seiner Leute Peter gleich nach Konstanz, die anderen fanden sich nach und nach wieder ein. Am Bodensee sind sie schon eine Berühmtheit. Die Franzosen holten sie nach Baden-Baden. Und jetzt plant er eine Tournee durch alle großen Städte."

Die Geschichte von Peter gefiel. „Es gibt heute sowenig optimistische Leute, an denen der Krieg nichts verbogen hat", meinte die Baronin.

Katarin war niedergeschlagen. Peter und Viola mochten sie ja nicht mehr leiden.

Sie sah erst wieder auf, als Carsten sie erneut ansprach. „Dann weißt du also auch nichts von Pitt?"

„Nein. Ist er noch in Wien?"

„Er ist tot." Und er erzählte kurz, was er von Pitts Schicksal wußte. Katarin hörte mit erschrockenen Augen zu. Pitt war tot, der gute pomadige Pitt, der Kamerad so vieler Jahre.

Die anderen hatten sich einem anderen Thema zugewandt. Geschichten von toten Leuten interessierten nicht. Es waren zu viele gestorben in den letzten Jahren.

Einen Augenblick lang waren sich Katarin und Carsten in ihrem Gespräch allein überlassen. Bittend und hilflos blickte sie zu ihm hinüber.

Ich liebe dich, dachte sie, liebe dich über alles. Ich habe immer nur dich geliebt. Wenn ich es dir nur sagen könnte!

Die Baronin äußerte den Wunsch, noch tanzen zu gehen. Sie wisse eine entzückende kleine Bar.

„Ich möchte lieber nach Hause", sagte Katarin leise zu Hörnany, „ich bin dazu nicht angezogen. Und überhaupt ... Aber Sie können ruhig mitgehen, ich komme schon allein nach Haus, es macht mir nichts aus."

„Nein", erwiderte er ebenso leise, „ich komme mit. Mir ist das zu teuer. Ich kann nicht zweihundert bis dreihundert Mark für eine Flasche Sekt ausgeben."

Vor der Tür verabschiedete man sich. Die Baronin bedauerte liebenswürdig, daß sie nicht mitkamen, und bot ihnen an, sie nach Hause fahren zu lassen. Doch Katarin lehnte fast heftig ab. Nein, der Abend sei so schön, und sie hätten nur einen kurzen Weg.

Die Baronin lächelte nachsichtig, zu spät fiel Katarin ein, daß sie den Eindruck erweckt hatte, als seien sie und Hörnany eng befreundet und wollten allein sein. Nun, jetzt war schon alles egal.

So vieles hätte sie Carsten sagen mögen. „Ich möchte dich einmal allein sprechen" oder: „Hast du nicht einmal Zeit für mich?" Sie wollte fragen: „Kommst du zu meinem Konzert?" Aber sie sagte nur leise: „Auf Wiedersehen."

Der Weg nach Hause war natürlich ziemlich weit. Zu spät fiel ihr ein, daß Hörnany vielleicht ganz gern gefahren wäre. Schuldbewußt bat sie ihn, ihre Rücksichtslosigkeit zu verzeihen.

„Nein, nein", wehrte er ab, „der Abend ist wirklich schön. Für Münchner Verhältnisse ist es eine ungewöhnlich milde Nacht. Und der Mond scheint auch, sehen Sie. Ich habe lange keinen Mondscheinspaziergang mit einer hübschen jungen Dame gemacht."

„Ach!" sagte Katarin, gar nicht zu Scherzen aufgelegt, und schob ihren Arm hilfesuchend unter seinen. Sie war froh, daß er bei ihr war, denn sie war so abgrundtief traurig. Nein, es gab keinen Weg zurück. Es gab wohl nie einen Weg zurück. Sie mußte sich damit abfinden.

Aber ihr Herz klopfte eigensinnig und unvernünftig. Es hatte Sehnsucht, es hatte Heimweh. Ja, das war es. Das war es immer gewesen. Carsten war ihre Heimat. Sie hatte keine Heimat außer ihm.

Schweigend gingen sie die nachtstille Ludwigstraße entlang. Durch die leeren Fensterhöhlen der Ruinen blickte der mondhelle Himmel. Das sah hübsch aus, nicht wie Zerstörung und Vernichtung, es glich eher einem ganz besonderen Schmuck. Vor dem Gebäude der Militärpolizei stand lässig ein Posten. Die beiden Türme der Ludwigkirche stachen unversehrt, schmal und steil in den hellen Himmel. Vor der Universität blieb Katarin stehen. Dort drin, in der Aula würde Carsten wieder dirigieren.

Sie besann sich auf ihren Begleiter, der schweigend neben ihr ging, ihr schwermütiges Nachdenken nicht unterbrach, nur ihren Arm an sich geschmiegt hielt und seinen Schritt dem ihren anglich.

„Sie werden das Dvořák-Konzert spielen", murmelte sie.

„Ja", sagte er erstaunt.

„Ich möchte auch mal wieder ein großes Konzert spielen. Beethoven Es-Dur. Oder das Schumann-Konzert, das liegt mir gut. Oder das Brahms B-Dur, das ist mir das allerliebste. Kennen Sie es?"

„Natürlich. Und Sie werden das alles wieder spielen. Warum denn nicht? Noch dazu, wo Sie Carsten kennen, das ist doch viel wert." Er wollte mit dieser Bemerkung ein wenig auf den Busch klopfen und hatte Erfolg damit.

„Carsten! Carsten wird mich nie bei sich spielen lassen", rief Katarin heftig, „er haßt mich!"

„O lala", sagte Hörnany, bestürzt über diesen Ausbruch. „Nur langsam. Was ist denn los?"

„Haben Sie das denn nicht gemerkt?" fragte sie. „Er haßt mich."

„Davon habe ich nicht das geringste gemerkt. Ihr habt euch nach langer Zeit wiedergesehen, das ist immer eine etwas schwierige Situation, nicht? Aber von Haß und Abneigung war nichts zu spüren."

Katarin schüttelte eigensinnig den Kopf. „Er muß mich ja hassen." Jäh und unvermutet brach sie in Tränen aus, die Spannung der letzten Stunden war zuviel gewesen.

Hörnany war erschrocken und verlegen. „Aber Kind, was haben Sie denn? Ist es denn so schlimm?"

Er legte den Arm um sie und versuchte, sie zu trösten. Sie konnte sich lange nicht beruhigen, endlich wischte sie sich die Tränen ab, putzte energisch ihre Nase, schluckte noch einmal und sagte: „Entschuldigen Sie, es ist so blöd von mir. Aber es ist sechs Jahre her."

„Daß Sie ihn zuletzt gesehen haben?" fragte er.

„Daß ich mich hundsgemein und niederträchtig gegen ihn benommen habe", rief sie wild, „so gemein, wie man nur sein kann! Und dabei habe ich ihn geliebt. Er war alles für mich. Aber ich bin damals toll gewesen, ohne Verstand und Überlegung. Es hat seitdem keine Stunde gegeben, in der ich es nicht bereut habe. Aber ich war viel zu jung und zu dumm, um zu wissen, was er für mich war. Heute . . .", sie hob die Schultern mutlos und schwieg.

„Heute wissen Sie es. Und lieben ihn immer noch."

„Und er haßt mich. Er muß einfach."

„Das glaube ich nicht. Ich weiß ja nicht, was es zwischen euch gegeben hat, aber Carsten ist nicht der Mensch, der mit Haß und Liebe so um sich wirft. Und – Katarin, sechs Jahre sind eine lange Zeit. Besonders heutzutage. Es ist viel passiert inzwischen."

„Dann bin ich ihm gleichgültig geworden. Das ist noch schlimmer."

„Jetzt beruhigen Sie sich doch", sagte er, da er einen neuen Tränenstrom befürchtete. „Ich mache Ihnen einen Vorschlag. Wir gehen jetzt zu mir und trinken eine Tasse Kaffee. Sie sind ja ganz außer sich."

Ohne jeden weiteren Einwand folgte sie ihm, dankbar, daß sie nicht allein bleiben mußte.

Als sie in die Wohnung kamen, legte er den Finger an die Lippen. „Leise. Damit wir die Kinder nicht wecken."

Er schob sie behutsam auf das breite Sofa und begann dann das Getränk zu bereiten. „So, Kind", sagte er. „Und jetzt, wenn Sie mögen, erzählen Sie mir die Geschichte. Wenn Sie nicht mögen, dann macht es auch nichts. Ich bin nicht neugierig."

Aber Katarin mochte. Sie mußte einfach darüber sprechen.

Hörnany hörte sie schweigend an. Nur einmal schüttelte er mißbilligend den Kopf. „Ein Rumäne", sagte der Ungar tadelnd, „ausgerechnet ein Rumäne."

Als Katarin zu Ende war, rief sie ungeduldig: „Sagen Sie doch selbst, er muß mich hassen."

„Seien Sie doch nicht so dramatisch, Katarin. Daß ihr Frauen immer so gern die Gefühle übersteigert. Warum sollte er Sie denn hassen? Nehmen Sie es mir nicht übel, Katarin, aber ich glaube, Sie übertreiben ganz fürchterlich. Was ist denn schon Besonderes los? Es war eine Jugendliebe zwischen euch, gut. Sie haben sich nicht gut benommen, das kommt vor. Junge Frauen meinen stets, sie verpassen etwas, wenn sie bei einem Mann bleiben. Sie meinen, sie müßten unbedingt noch mal etwas anderes ausprobieren. Ein kluger Mann wählt sich daher seine Gefährtin nie unter den Elevinnen, es sei denn, er hat eine feste Hand und viel Zeit und Geduld. Gewiß, Carsten ist nicht oberflächlich. Es wird ihm damals Schmerz bereitet haben. Aber heute! Heute ist das lange vorbei. Denken Sie nur, was inzwischen alles passiert ist. Er hat sein Leben gelebt, Sie das Ihre. Er hat andere Frauen geliebt. Sie andere Männer. Es hat sich so viel ereignet. Wir haben Krieg gehabt, wir haben ihn verloren, die ganze Welt steht auf dem Kopf. Glauben Sie denn, daß da eine Liebesgeschichte einen so wichtigen Platz im Leben eines

Menschen einnimmt? Sie haben sich hineingesteigert, Katarin. Wenn Sie glücklich verheiratet wären, hätten Sie alles längst vergessen. So nagen Sie immerzu daran herum."

Er sah sie gütig an, sprach liebevoll wie zu einem Kind. Katarin schwieg gekränkt. Es gefiel ihr nicht, daß man ihre Verzweiflung bagatellisierte. Und es war keine landläufige Liebesgeschichte, es war mehr.

Sie schob trotzig die Unterlippe vor und bereute ihre Redseligkeit. „Bitte, behalten Sie für sich, was ich Ihnen erzählt habe", sagte sie feindselig, „ich möchte nicht, daß jemand davon erfährt."

„Sei kein Kindskopf!" lachte er, ohne eine Spur beleidigt zu sein. „Wem sollte ich es erzählen?"

„Nun, diese aufgezäumte Baronin hätte sicher ihren Spaß an der Geschichte."

„Das kann sein."

„Sie ist also seine Freundin."

„Ich weiß es nicht."

„Aber Sie haben es gesagt."

„Man spricht davon."

„Hm. – Mir gefällt sie nicht."

„Das habe ich auch nicht erwartet", sagte er lächelnd.

Sie wußte nicht, wie jung sie jetzt aussah, keineswegs wie eine erwachsene Frau, wie eine große Künstlerin, eher wie ein verheultes kleines Mädchen mit Liebeskummer.

Er setzte sich neben sie aufs Sofa und legte den Arm um ihre Schulter. „Besser?"

„Doch, ja."

Es tat gut, ihn neben sich zu wissen. Er war klug und liebevoll, und immer erinnerte er sie an Anger. Auch zu ihm hatte sie soviel Vertrauen. Sie legte den Kopf an seine Schulter und schloß die Augen, jäh überfiel sie eine tiefe Müdigkeit, der Tag war so anstrengend gewesen.

Hörnany küßte sie leicht auf die Stirn. „Müde?"

„Hm, ja." Sie hob ihr Gesicht ein wenig, wartete, daß er sie auf den Mund küssen würde. Er sollte es tun, sie wollte jetzt nicht mehr nachdenken.

Aber er küßte sie nicht. Sie neigte sich vor und küßte ihn auf die Wange. Er ließ es geschehen und fragte dann: „Ist der große Kummer vorüber?"

„Ein wenig", erwiderte sie und küßte ihn noch einmal.

Er schob sie sanft zurück. „Ich will keine Frau, die von einem anderen träumt", sagte er freundlich, aber entschieden. „Ich will dich nicht, wenn du dich nur bei mir trösten willst. Ich möchte dich nur, wenn dein schwarzes Herz auch dabei ist."

Katarin blinzelte unsicher. War es ernst mit der Ablehnung? Sie hätte so gern seinen Arm um sich gespürt, seine Lippen gefühlt. Gerade heute.

Er stand auf und meinte, es sei zu spät, sie noch nach Hause zu bringen. Sie könne hier auf der Couch schlafen, ob ihr das recht sei?

Katarin nickte.

Als sie dann im Bett lag, erwartete sie, daß er doch noch kommen werde. Aber er kam nicht. Nein, er war kein Mann für ein Abenteuer. Er war ein Mann zum Bleiben. Es müßte schön sein, bei ihm zu bleiben, bei ihm Carsten zu vergessen.

Ach! Nie würde sie Carsten vergessen können, nie.


Carsten frühstückte am nächsten Morgen mit Camilla. Durch das weitgeöffnete Fenster blitzte die Sonne über den Frühstückstisch, dem nichts von der mageren Zeit anzumerken war. Eier, Fleisch, Wurst, weißes Brot, frische Butter und duftender Kaffee standen bereit, alles serviert auf schimmerndem Porzellan.

Vor dem offenen Fenster sang ein Vogel, in dem weiten Garten blühten in leuchtenden Farben die Herbstblumen. Hier war man weit von der Stadt entfernt, kein störender Laut verdarb die Stille des Morgens.

Carsten stand am Fenster und blickte hinaus, während er auf Camilla wartete. Noch waren ihre Küsse auf seinen Lippen, ihre zärtlichen Worte klangen in seinem Ohr. Auch er hatte sie leidenschaftlich umarmt in dieser Nacht, hatte sie festgehalten und ihr schönes, glücklich strahlendes Antlitz betrachtet, nur um nicht mehr dieses blasse schmale Gesicht vor sich sehen zu müssen. Katarins Gesicht.

Hinter all seiner Ruhe war die alte Wunde wieder aufgebrochen, seine Enttäuschung, seine Scham. Josefine hatte die Wunde geheilt. Dann war der Erfolg gekommen, der Aufstieg, die Arbeit, die ihn glücklich machte, und endlich Camilla, eine Frau, um die ihn jeder beneiden mußte. Katarin und alles, was mit ihr zusammenhing, war Vergangenheit geworden, er dachte fast nie mehr daran. Es berührte ihn gar nicht mehr. Auch noch, als er von Donga Wrozek hörte, daß sie in München sei. Auch noch, als er mit Josefine über sie sprach.

Aber gestern abend! Er hätte selbst nicht zu sagen gewußt, was ihn so getroffen hatte, als er sie sah und mit ihr sprach. Vielleicht am meisten, daß sie so anders war. Die Katarin, die er kannte, war ein junges ungestümes Geschöpf, ein Mädchen, das lachte und strahlte, das mühelos eroberte und besaß. Auch ihn.

Und dann gestern abend diese veränderte Katarin. Eine ganz andere Frau. Eine Frau, ja. Kein Mädchen mehr. Eine Frau mit einem schmalen, herben Gesicht, mit Augen, die Leid und Tränen kannten, mit einem Mund, dessen lachender Bogen vergangen war, in dessen Winkeln Skepsis und Enttäuschung nisteten, mit kleinen Falten in dem einst geliebten Gesicht. Kein Kind, kein Mädchen mehr. Eine Frau. Ein Mensch. Das alles erkannte er, ohne herumrätseln zu müssen. Und er sah auch, wie seine Gegenwart sie verwirrte, wie hilflos, wie scheu ihr Blick ihm auswich. Es erweckte die widersprechendsten Gefühle in ihm. Überraschung, Neugier, Abneigung und irgend etwas Unbegreifliches, das schmerzte. Was war es nur gewesen, das ihm so weh getan hatte? Bedauern darüber, daß es jene junge, geliebte Katarin nicht mehr gab? Daß sie ein Traum geworden war, ein Stück Vergangenheit, jetzt erst unwiderruflich und endgültig?

Camilla hatte mit dem sechsten Sinn der Frauen erfühlt, daß etwas war zwischen ihm und der Fremden. Später, als sie in dem Nachtlokal saßen, unter der lauten, seltsam gemischten Gesellschaft dieser Zeit, reiche Schieber, Hochstapler, Geschäftsleute, Amerikaner und viele schöne Frauen, kam es über ihn wie eine körperliche Erschöpfung. So, als sei etwas, das ihn seit Jahren angespannt gequält hatte, plötzlich in ihm gerissen. Er fühlte sich erleichtert, ja befreit. Camilla spürte es. Sie blieb neben ihm, sie füllte immer wieder sein Glas, und er, der stets ein mäßiger Trinker gewesen war, leerte es immer wieder. Er war frei. Er war von Katarin befreit, nun endlich ganz, befreit auch von der Erinnerung und der Qual enttäuschter Liebe, auch von der Qual jener uneingestandenen Sehnsucht, die weder Josefine noch Camilla vertreiben konnte.

Aber heute war ihm Camilla näher als sonst. Er nahm sie leidenschaftlich in die Arme und küßte sie, bis ihr der Atem verging. Natürlich liebte er Camilla, er hatte es bisher gar nicht richtig gewußt. Aber jetzt stand nichts mehr zwischen ihnen, jetzt, da er endlich frei war von Katarin, von diesem dummen unwissenden Kind, das ihn einmal besessen und nicht mehr losgelassen hatte. Diese fremde, älter gewordene Frau, diese Katarin von heute, ging ihn nichts mehr an, sie war unbegehrt und ungeliebt. Camilla konnte nicht wissen, was den Mann an ihrer Seite so seltsam machte, so hungrig nach Zärtlichkeit. Sie wußte nicht, daß er nicht nur sie umarmte, daß er Katarin gleichzeitig umarmte und sich von Jahren ungelebter Liebe befreite.

Jetzt stand er am Fenster und blickte in den sonnigen Garten, liebkoste die schweren duftenden Rosen mit den Augen, hörte das Lied des Vogels und lächelte. Welch schöner Morgen!

Mit diesem Lächeln wandte er sich Camilla zu, als sie hereinkam. Sie trug ein Negligé aus blaßblauer Seide, weit und üppig geschnitten, ihr kräftiger weißer Hals stieg faltenlos aus dem tiefen Ausschnitt, man sah den Ansatz ihrer schönen vollen Büste. Sie war schön und voller Leben und wußte nichts von den Schatten des Daseins. Nichts von Nervosität, nichts von Lebensunsicherheit war an ihr. Strahlend lächelte sie ihm zu, schön und leuchtend wie dieser Morgen selbst.

Er beugte sich über sie und küßte das goldene Haar, ehe er sich an den Frühstückstisch setzte. Nun dachte er nicht mehr an Katarin, das Leben war gut und ohne Probleme an der Seite einer Frau wie Camilla.

Katarin hatte ein Vermögen ausgegeben, um sich für das Konzert ein neues Kleid machen zu lassen. Mit Bettinas Hilfe beschaffte sie den Stoff auf dem Schwarzen Markt. Silbergrauer Seidensamt, kostbares, schimmerndes Gewebe, schmiegsam fiel es an ihr herab. Das Dekolleté gab die Schultern frei, die noch immer glatt und mädchenhaft waren.

Vormittags war sie beim Friseur, der ein Kunstwerk vollbrachte. Das Haar war neu getönt worden, es trug einen sanften Mahagonischimmer, der wundervoll mit dem silbernen Grau des Kleides harmonierte. Der Friseur hatte die langen Locken hinter den Ohren zurückgenommen und am Hinterkopf zusammengefaßt, in den Ohren trug sie glatte silberne Clips.

Jolanda bewunderte sie ausgiebig, als sie fertig angezogen war. „Du siehst aus, wie aus einem Bild gestiegen", sagte sie.

Das gab Katarin Selbstvertrauen und Mut. Sie konnte es brauchen, denn die letzten Tage waren furchtbar gewesen, die Angst vor dem Konzert schnürte ihr das Herz ab. Noch am Vormittag hatte sie Professor Matthäi angerufen, ob sie nicht kommen dürfe, um ihm das Programm nochmals vorzuspielen. Er fertigte sie grob ab.

„Ich bin so unruhig", klagte sie.

„Schmarrn", erwiderte er unbeeindruckt, „hysterisches Weibsbild", und hängte auf.

Hörnany, der sich von einem Bekannten einen Wagen geliehen hatte, um sie abzuholen, stieß einen Bewunderungsruf aus, als er sie sah. Schlank und kühl stand sie in dem schimmernden Kleid vor ihm, die neue Frisur machte das Gesicht durchgeistigter, gab ihm eine verträumte, ätherische Schönheit.

„An deinem Erfolg ist kein Zweifel, mein Kind", sagte er, „ich habe dich nie so schön gesehen."

Katarin errötete vor Freude und dachte: Carsten soll da sein, er soll mich so sehen.

Nun, er war da. Eigentlich hatte er nicht vorgehabt, hinzugehen. Aber Camilla, von Neugier geplagt, was es mit dieser Katarin auf sich hatte, bestand darauf. Auch Donga hatte ihn telefonisch daran erinnert. So entschloß er sich in letzter Minute, das Konzert zu besuchen.

Katarin sah nichts von ihrem Publikum, als sie herauskam. Alles lag hinter einem Schleier, sie konnte kein Gesicht erkennen. Ihre Hände waren eiskalt, ihr Herz klopfte hoch oben im Hals.

Camilla, in der ersten Reihe, zog die Brauen hoch. Diese Frau dort oben hatte wenig Ähnlichkeit mit jener, die neulich an ihrem Tisch saß. Auch Carsten war betroffen von Katarins Erscheinung. Er hatte sie nie so gesehen, sie war immer ein lebenbejahender, moderner Frauentyp gewesen, mehr sportlich und diesseitig. Heute erschien sie ihm ganz anders, zart, vergeistigt, von einer seltsamen geheimnisvollen Schönheit, von einem fast romantischen Zauber umgeben. Seltsam, wie viele Gesichter eine Frau haben konnte.

Etwas zag und befangen begann sie. Doch wie immer überwand sie die Hemmung schnell. Als das erste, ein wenig mechanische Bemühen überwunden war, kam der Rausch über sie, der Rausch, den sie jetzt oft empfand, wenn sie spielte. Daß es sie wegtrug, daß es von irgendwoher durch ihr Herz und ihre Hände strömte, daß sie genauso Instrument war wie der Flügel, an dem sie saß. Ja, sie hatte es nun begriffen, was Anger die Seele der Musik nannte. Darum entglitt ihr auch das Publikum nicht mehr, sie hielt es fest.

Schon vor der Pause bekam sie rauschenden Applaus und mußte mehrmals aufs Podium zurück. Sie hörte es mit wilder Freude, sie spürte den Erfolg, schmeckte ihn auf den Lippen, und nichts konnte süßer sein. Nun sah sie auch Carsten, er saß in der ersten Reihe und applaudierte ebenfalls. Die Baronin neben ihm bewegte nur lässig die Fingerspitzen. Ganz hinten, am Rand, saß Professor Matthäi, er rührte keine Hand und sah bärbeißiger drein denn je.

Donga und Hörnany kamen in der Pause. „O. K.", sagte Donga, „es ist ein Erfolg, meine Liebe. Heute abend kommst du durch."

Hörnany zündete ihr eine Zigarette an und zog ein kleines Fläschchen mit Kognak aus der Tasche. „Nur einen Schluck", sagte er, „die haarigen Sachen kommen erst."

Doch Katarin hatte keine Angst mehr. Sie war ganz sicher, ganz ruhig. Ihre Fingerspitzen spürten die subtilen Debussy-Töne voraus, die folgen würden, und freuten sich darauf.

Erst gegen Ende der Pause schaute Matthäi herein. Katarin lächelte ihm strahlend zu. „Nun? Geht es?"

„Hm, es geht", brummte er. „Es könnte schlechter sein."

Donga und Hörnany lachten, der Alte verzog das Gesicht zu einer schiefen Grimasse und ging wieder.

Der zweite Teil verlief glanzvoll. Katarin übertraf sich selbst mit einer raffinierten Zuspitzung ihrer Darbietungen. Sie mußte vier Zugaben geben, und noch immer jubelte das Publikum ihr zu. Sie verbeugte sich mit glücklichem Gesicht. Eine Locke hatte sich gelöst und fiel ihr in die Stirn, ihre Wangen glühten, ihre Augen strahlten.

Danach kam eine Menge Leute zu ihr ins Künstlerzimmer, man beglückwünschte sie, redete auf sie ein, machte ihr Komplimente. Auch sie redete, lachte, war in einem Taumel.

Und plötzlich sah sie ihn. Er kam mit Camilla herein und auf sie zu. Nein, heute war sie nicht befangen und scheu. Sie lachte ihm entgegen, streckte die Hand, hörte glücklich seine freundlichen, lobenden Worte.

Sie lächelte zu ihm auf, und auf einmal war sie allein mit ihm. Die Umwelt versank. Sie spürte ein heißes Verlangen, sich in seine Arme zu werfen, bei ihm zu sein, alles zu vergessen. Carsten konnte es in ihrem Blick lesen, in ihren jäh verdunkelten Augen, an der unbeherrscht bebenden Linie ihres Mundes.

Auch ihn durchzuckte es. Alle Fremdheit, aller Groll schienen vergessen. Hier war Katarin, sie war sein, war es immer gewesen. Es war alles wie früher.

Betroffen trat er zurück. Was war das nur?

Das hatte kaum länger als eine Sekunde gedauert. Nun kam Camilla mit überschwenglichen Worten, noch mehr Leute drängten herein. Katarin redete mit vielen, doch sie wußte nicht mehr was. Alles war hinter einem dichten Nebel verborgen, nur etwas galt noch, diese eine Sekunde, dieser Blick zwischen ihnen.

Die Zeitungen brachten hervorragende Besprechungen.

„Es ist bemerkenswert", schrieb einer der Kritiker, „daß es in unserer Zeit oft Frauen sind, die eine größere künstlerische Gestaltungskraft mitbringen. Trotz aller Strapazen und Nöte, die die Frauen nicht weniger erlitten haben als die Männer, scheint ihre seelische und nervliche Substanz weit weniger angegriffen. Die nervöse Unrast, die unausgeglichene Haltung und das oft mangelnde Können der jüngeren Generation sind hauptsächlich auf männlicher Seite zu finden. Die jungen Frauen hingegen tauchen aus dem ganzen Chaos mit unzerstörter Kraft und erstaunlicher Reife auf."

Eine andere Zeitung lobte nicht nur Katarins Spiel, sondern auch ihr Aussehen. „Allein die Erscheinung der jungen Pianistin", hieß es da, „gewann ihr das Publikum, wiewohl mancher Skeptiker Bedenken haben mochte, ob soviel Schönheit und Lieblichkeit auch von dem entsprechenden musikalischen Können begleitet sein würden. Doch der Genuß war sowohl optisch wie akustisch vollkommen.

Katarin platzte bald vor Stolz. Sie schnitt alles sorgfältig aus. Auch Theo bekam eine Sendung der Besprechungen, sie schrieb dazu: „Ich schicke es Dir nicht, um anzugeben, nur damit Du mich besser verstehst. Du siehst, ganz so unrecht hatte ich nicht, es noch einmal zu versuchen."

Theo antwortete sogar mit einem kurzen freundlichen Schreiben. Auch Friedel sandte einen herzlichen Brief. Wenn wieder mal ein Konzert sei, solle Katarin es ihr doch mitteilen, sie und Hank würden dann gern nach München kommen. Die Mutter habe sich sehr gefreut und lasse grüßen. Und im übrigen solle Katarin nur ganz beruhigt sein, sie würde jedem Menschen, der ihr in die Finger geriet, die Zeitungsausschnitte zu lesen geben.

Katarin lachte. Wie nett war es doch, nun eine so sympathische und verständnisvolle Schwester zu haben.

Bettina bekam einen Sohn. Sie war nun seit einigen Monaten mit Fritz verheiratet und hatte sich unbeschreiblich auf das Kind gefreut. Es war eine schwere Geburt, sie dauerte die ganze Nacht hindurch bis zum nächsten Mittag. Als Katarin sie in der Klinik besuchte, lag sie bleich und erschöpft in den Kissen, aber ihre Augen leuchteten glücklich.

Es war ein schönes, kräftiges Kind mit Bettinas dunklem Haar und hellen Augen.

„Ein kleiner Münchner", sagte Katarin mit Rührung, „von zwei waschechten Berlinern produziert. Wenn das keine gute Sorte gibt!"

Fritz war unbeschreiblich stolz, er erzählte allen Leuten von dem Kind und schmiedete die tollsten Zukunftspläne. Katarin zog in diesen Tagen zu ihm in die Wohnung und besorgte den Haushalt, beaufsichtigte die beiden Mädchen. Zwischendurch hörte sie geduldig die langen Tiraden von Fritz an. Ob sie Michael,

Sebastian oder Clemens hübscher fände? Bettina entschied sich schließlich für Robert. Das sei ein hübscher Name, ihr Vater habe auch so geheißen. Solange das Kind klein sei, könne man es Bobby nennen, das sei sehr zeitgemäß.

Auch als Bettina von der Klinik nach Hause kam, versorgte Katarin noch für einige Zeit den Haushalt, damit sich die junge Frau von der schweren Geburt richtig erholen konnte.

Schwierigkeiten ergaben sich nur mit dem Üben. Das Kind mußte schlafen, Bettina brauchte Ruhe. Katarin machte sich Sorgen, wie das in Zukunft werden sollte. Jetzt, wo viele Konzerte vor der Tür standen, mußte sie tüchtig arbeiten.

Bettina erholte sich in erstaunlich kurzer Zeit und stillte ihr Kind selbst. Im übrigen war sie auch mit Zukunftsplänen beschäftigt. Wenn wirklich eine Geldentwertung kam, wer würde dann noch ihre Kunstgewerbe-Artikel kaufen, die hübschen bunten Puppen, die extravaganten Sofakissen, die lustigen Hausschuhchen, das drollige Kinderspielzeug? Die Leute würden dann andere Sorgen haben. Sie plante, ihre Produktion auf nützlichere Dinge umzustellen. In ihrem früheren Geschäft in Berlin hatte sie einmal einen Webstuhl besessen. Wie, wenn sie versuchen würde, wieder einen zu bekommen?

„Damit könnte man praktische Gegenstände machen", meinte sie, „handgewebte Röcke, Schals, Decken. Aber ob die Leute das kaufen werden?"

Die Materialbeschaffung bot schier unüberwindliche Schwierigkeiten. Wolle war einfach nicht zu haben, alle Textilien bekam man nur über den Schwarzen Markt zu ungeheuren Preisen. Und woher sollte sie sich einen Webstuhl beschaffen?

Bettina müßte nicht Bettina sein, wenn sie nicht auch dies fertiggebracht hätte. Sobald sie wieder auf den Beinen war, begann sie ihre Beziehungen zu mobilisieren. Fritz meinte allerdings, sie solle sich nicht unnütz den Kopf zerbrechen. Vor dem Frühjahr werde es sicher nichts mit der Geldentwertung, man werde die Bevölkerung nicht im Winter damit belasten. Später würde er dann für alle drei genug verdienen.

Alles in allem waren sie eine glückliche kleine Familie. Sie lebten vergnügt in den beiden vollgestopften Zimmern. In dem einen zeichnete und rechnete Fritz, in dem anderen arbeitete Bettina mit ihren Mädchen, der kleine Bobby lag in einem Korb, schlief oder krähte gut gelaunt und schien mit sich und der warmen, freundlichen Welt zufrieden. Keine Sirene störte seinen Schlaf, man schleppte ihn nicht in den kalten zugigen Keller. Er hatte keine

Nahrungssorgen, seine Mutter schenkte ihm im Überfluß süßes fließendes Leben, das ihn sättigte.

Katarin wunderte sich im stillen darüber. Welch geheimnisvolles Wunder war das Leben, welch unerschöpflicher Kraftquell die Natur, die immer wieder Leben schuf, ungeachtet dessen, was geschehen war. Zum Beispiel Bettina: Sie hatte soviel Schreckliches erlebt, Hunger, Angst und Not, jahrelang verbrachte sie die Nächte im Keller, aus dem Schlaf gerissen, angstvoll, dann abgestumpft. Zwei Tage war sie in Berlin unter einem zusammengestürzten Hause begraben gewesen. In panischem Entsetzen flüchtete sie dann nach München zu einer Freundin und erlebte hier das gleiche: Angst, Grauen und nächtliche Schrecken. Eines Tages kam die Freundin nicht nach Hause. Sie war unterwegs von einem Angriff überrascht worden, war in einen fremden Keller geflüchtet und dort zusammen mit 34 Menschen, darunter 22 Frauen und 7 Kinder, erschlagen worden.

Es verstörte Bettina vollends. Sie saß allein in der Wohnung, die ihr nicht gehörte. Niemand kümmerte sich um sie. Sie saß dort tagelang und wochenlang, ein armseliges, zitterndes Bündel, der Verzweiflung ausgeliefert, sie aß kaum etwas, kroch unausgezogen ins Bett, taumelte in den Keller, wenn die Sirene heulte, und wartete auf ihr Ende. Als eines Tages jemand bei ihr auftauchte, ein Blockleiter oder so etwas Ähnliches, und sie streng fragte, was sie eigentlich hier mache und warum sie nicht arbeite, bekam sie einen hysterischen Anfall. Der gutgenährte bayerische Blockwart verließ fluchtartig das Lokal und ließ auch nichts mehr von sich hören. Und wieder ging ihr einsames, verlorenes Leben weiter. Sie wartete nicht mehr, dachte an nichts. Auch nicht an einen netten blonden Jungen, der Fritz Müller hieß und mit dem sie einmal, vor undenklichen Zeiten in Berlin, befreundet gewesen war. Nicht sehr nahe, gerade so, daß sie ihn manchmal zum Tee eingeladen, daß sie sich hin und wieder einen Kuß gegeben hatten.

Eines Tages war er da. Im März 1945, als kein Mensch mehr wußte, ob Tag oder Nacht war, ob er den nächsten Tag noch erleben, ob der Krieg noch einmal ein Ende finden würde oder nicht, kam also dieser Fritz Müller. Er war allerdings nicht mehr der gepflegte nette junge Mann, der immer ein vergnügtes Wort wußte, er war schmutzig, halb verhungert, gehetzt, in einer dreckigen Uniform. Er war getürmt, wie er sagte, seine Einheit steckte irgendwo in Franken, vielleicht auch schon wieder woanders. Jedenfalls, als er sie verließ, standen die Amerikaner schon ganz nahe. Nach einem Fliegerangriff schlugen sich die meisten von ihnen in die Büsche mit stillschweigender Billigung ihres Vorgesetzten. Warum sollte noch jemand in den letzten Tagen des Krieges vor die Hunde gehen? dachte der vernünftige Offizier. Hier sei er nun also, er hätte nicht gewußt wohin, und an Bettinas Adresse habe er sich gerade noch erinnert. Ob er zunächst mal hierbleiben dürfe? Wenn man ihn erwischte, würde er erschossen.

Es war viel Fremdheit zwischen ihnen, sie war nicht mehr die junge hübsche Frau, er nicht mehr der galante junge Mann wie früher. Sie hatten sich auch gar nicht viel zu sagen. Aber es belebte Bettina, daß da jemand war, ein Mensch, der sie brauchte. Sie begann wieder zu kochen, sie sorgte für ihn. Wenn Alarm kam, blieben sie in der Wohnung. Für Fritz war es zu gefährlich, in den Keller zu gehen, im Haus lebte ein fanatischer Nazi, ein großer Held der Heimat, der streng darauf sah, daß jeder seine Pflicht tat und rechtzeitig für Vaterland und Führer den Heldentod starb.

Er wollte, daß wenigstens sie in den Keller ging, doch sie blieb bei ihm. Das Zimmer war dunkel, wie zwei verirrte Kinder saßen sie auf dem Sofa, er hatte den Arm um sie gelegt, während draußen die Bomben pfiffen und die Brände lohten.

Waren es Tage, waren es Wochen? Sie zählten nicht mit. Sie warteten nur auf das Ende.

Und dann war der Krieg eines Tages aus. Es war zwischen ihnen nicht von Liebe gesprochen worden, sie hatten einander nicht einmal umarmt, obwohl sie allein zusammen lebten. Aber trotzdem war auf einmal Liebe da. Sie wuchs zwischen ihnen täglich und stündlich, und es war eine ganz andere Liebe als damals in den sorglosen Zeiten in Berlin. Kein Spiel mehr, kein Vergnügen, es wurde eine tiefe feste Gemeinschaft, entstanden auf einem stürmischen Meer, vom Tode bedroht, von Furcht und Entsetzen begleitet.

Als die Amerikaner in München einzogen, sanken sie einander in die Arme, lachten wie die Kinder und küßten sich zum erstenmal. Die erste Nacht, in der sie keine Angst haben mußten, von einer Bombe zerfetzt zu werden, war ihre Hochzeitsnacht. Sie fanden wieder in ein menschliches Dasein zurück.

Jetzt hatten sie das Kind. Bettina, die durch eine Hölle gegangen war, wiegte das Kind im Arm, sie war gesund, blühend und glücklich.

Das alles bedachte Katarin, wenn sie Bettina und dem Kind zusah. War es nicht ein Wunder? Ein viel größeres und wirklicheres Wunder als alle Technik, aller Fortschritt der Zeit? Hatte nicht in Wahrheit Bettina, die kleine zarte Frau, alles besiegt, den Krieg, die Bomben und Kanonen, das Grauen und den Weltuntergang?

Wieder kam von Donga Hilfe. Sie bot Katarin ganz einfach an, in ihre Wohnung zu ziehen, solange sie in Amerika war. Sie könne das kleine Eckzimmer nehmen, das man sowieso bisher kaum benutzt habe. Auch Maria sei dann nicht so allein. Katarin war fassungslos. Dongas hübsche Wohnung? Das konnte nicht wahr sein.

Es war wie im Paradies. Die ersten Tage glaubte sie zu träumen. Der Wechsel von Jolandas Dachkammer in das schöne gepflegte Haus kam ihr unwahrscheinlich vor. Und der Flügel!! Endlich hatte sie wieder ein gutes Instrument zur Verfügung und konnte darauf spielen, soviel sie wollte.

Der Herbst in München war wundervoll, warm und sonnig, mit südlich blauem Himmel, nur langsam und zögernd färbte sich das Laub. Es stimmte, was man Katarin erzählte, der Herbst war in dieser sonst so rauhen und kalten Stadt die schönste Jahreszeit.

Einmal machte sie mit Hörnany den lang besprochenen Spaziergang im Isartal. Es fing damit an, daß er sie fragte, ob sie nicht einige Tage mit ihm ins Gebirge fahren wolle. Sie antwortete nicht und blickte zur Seite.

Er lächelte ironisch. „Die treue Penelope. Die Treue kommt zwar etwas verspätet, aber immerhin, sie ist gekommen."

„Ach, Unsinn!" sagte Katarin ärgerlich.

An einem schönen Nachmittag fuhren sie mit der Straßenbahn nach Grünwald. Einmal wies Hörnany nach rechts, als sie durch ein Waldstück fuhren, in dem nur vereinzelt große Villen zu sehen waren. „Dort. Großhesselohe. Hier könntest du öfters deinen Freund finden. Die Baronin hat hier ihre Villa. Was heißt Villa, es ist schon fast ein kleines Schlößchen."

Katarin erwiderte nichts darauf, preßte nur zornig die Lippen zusammen.

An der Endstation stiegen sie aus. Dies sei Grünwald, erklärte Hörnany, ein beliebtes Ausflugsziel der Münchner, halb noch Dorf, halb moderner Vorort. Es war wirklich sehr hübsch, eine alte Burg, eine schöne Kirche und dörfliche Wege, die an diesem hellen Herbstnachmittag wenig begangen waren. Sie stiegen den Weg hinab zur Isar, die breit und geruhsam das Tal durchfloß. Die große Brücke, die sich zum anderen Ufer spannte, war zerstört, traurig ragten die Pfosten ins Leere.

„Gesprengt", sagte Hörnany, „die Herren Nazis dachten wohl, die Amerikaner werden es aufgeben und schleunigst in ihre Heimat zurückkehren, wenn sie hier nicht über die Isar kommen."

Zu beiden Seiten des Tales, die Uferhänge hinauf, flammten die Wälder in den leuchtenden Farben des Herbstes. Es war ein beglückend herrliches Bild, Katarin konnte sich kaum daran satt sehen.

Sie spazierten flußabwärts, auf dem hohen Ufer entlang, unter ihren Füßen raschelte das Laub, die Sonne tanzte golden durch die Zweige. Es sei wunderschön, meinte Katarin, sie vermisse es so, wenn sie nicht gelegentlich einmal an die frische Luft komme.

„Ich will gar nicht weit laufen", erklärte sie, „keine Wanderungen, keine Ausflüge. Nur ein bißchen hinausgehen, im Freien sein, Himmel sehen, Laub und Gras riechen und Luft atmen."

Er blieb stehen. „Laub und Gras riechen, Luft atmen. Das hast du hübsch gesagt, du seltsames Mädchen."

„Bin ich ein seltsames Mädchen?"

„Ich finde schon. Kalt und heiß zugleich, mal ein Kind, mal eine Frau, und nicht so leicht zu durchschauen."

„Ach, ich bin eigentlich gar nicht kompliziert", sagte Katarin mit einer echt fraulichen Freude am Gespräch über sich selbst, „das scheint nur so. Ich bin nur so – so – ich weiß nicht, ich glaube, es kommt davon, daß ich so viele Jahre lang nicht glücklich war. Ich bin kein Mensch, der so ganz auf sich selbst angewiesen sein kann, mir fehlt ein Halt. Eine Heimat, so nenne ich es immer bei mir."

„Deine Heimat ist die Kunst", sagte er. „Was willst du denn noch? Haus, Mann und Kinder? Davor bist du ja weggelaufen."

„Es ist bei Frauen vielleicht ein wenig anders", erwiderte Katarin nachdenklich, „auch wenn man Künstlerin ist, man will trotzdem ..." Sie verstummte.

Er lachte mit gutmütigem Spott. „Man will trotzdem den Carsten haben. Nicht wahr, das ist es doch?"

Katarin wich seinem Blick aus und schob trotzig die Unterlippe vor. Seit ihrer nächtlichen Beichte damals hatten sie nie mehr davon gesprochen. Mit dem Fuß wirbelte sie das Laub auf und gab keine Antwort.

„Du bist zuviel allein", sagte er, „schließlich bist du eine Frau in den lebendigsten Jahren. Du brauchst einen Mann. Es tut dir nicht gut, so allein zu leben."

„Ich mag nicht."

„Doch, du magst schon. Das Unglück ist nur, daß du immer nur an Carsten denkst. Du meinst, du müßtest für ihn frei sein, weil er vielleicht morgen kommt und sagt: ,Alles vergeben, kehre zu mir zurück.' "

Katarin bekam eine zornige Falte auf die Stirn. „Du brauchst dich gar nicht über mich lustig zu machen. An so etwas denke ich gar nicht. Ich bin doch nicht blöd."

„Doch, du bist blöd. Was willst du eigentlich? Du sitzt da und wartest und grämst dich und vergehst vor Sehnsucht nach einem Carsten der Vergangenheit, den es heute gar nicht mehr gibt. Das sind Backfischmanieren, mein Kind."

„Das weiß ich selber", sagte sie böse, „und ich warte nicht auf ihn. Ich weiß, daß er sich nichts mehr aus mir macht."

„Na also, was hindert dich, dein Leben zu leben und die ganze Carsten-Affäre so zu sehen, wie sie wirklich ist. Ohne deine romantische Schwärmerei, die einen Halbgott aus ihm macht. Er ist ein höchst lebendiger Mann aus Fleisch und Blut. Ihm ist eine wirkliche Frau im Arm wahrscheinlich lieber als eine schuldbeladene, zerknirschte Katarin, die ihn aus der Ferne anbetet. Nun, eines Tages wird dir deine Schwärmerei zum Hals heraushängen, sei sicher. Und ebenso sicher kannst du sein, daß kein richtiger Mann dich haben will mit Carsten als stummem Begleiter, mag er auch noch so ein sympathischer Mensch sein."

Damit meinte er sich selbst, das war klar. Zweifellos hatte er sie gern. Und Katarin mochte ihn auch. Ohne diese Komplikation mit Carsten wären sie sich wohl längst nähergekommen. Jede Frau konnte glücklich sein, einen Mann wie ihn zu gewinnen. – Ich bin dumm, dachte Katarin, er hat ja recht. Ich jage einem Traum nach, ich denke an Carsten, der sich nichts mehr aus mir macht. Und hier wäre ein Mann, den man wirklich lieben könnte, kein Theo, kein André. Nein, ein überlegener, kluger, liebenswerter Mann. Wirklich, ich bin dumm.

Schweigend gingen sie weiter. Nach einer Weile fragte er: „Hast du Carsten eigentlich jetzt einmal allein gesprochen?"

„Nein", gab sie widerstrebend zu. „Ich habe ihn überhaupt nur zweimal gesehen. Damals in dem Restaurant und dann ganz kurz nach meinem Konzert."

Er schüttelte den Kopf. „Verrückt! Das paßt gar nicht zu dir. Du bist doch sonst nicht so schüchtern und ungewandt."

„Carsten gegenüber bin ich es", gestand sie. „Eigentlich früher schon, ehe ich ihn näher kannte, er hat mich immer eingeschüchtert. Allen anderen Männern gegenüber fühlte ich mich damals ganz sicher, aber bei ihm hatte ich immer den Eindruck, er nähme mich nicht ganz für voll. Anfangs natürlich nur", fügte sie eilig hinzu.

Hörnany lachte. „Da sieht man wieder einmal die Frauen. So etwas gefällt ihnen. Ihr verliebt euch immer in die männliche Überlegenheit, und wenn ihr noch so selbständig und gleichberechtigt seid. Diese Überlegenheit des Mannes zieht euch an wie die Fliegen der Leim."

„Ein poetischer Vergleich."

„Aber er trifft es. Um auf Carsten zurückzukommen, hast du nicht die Absicht, einmal mit ihm zu sprechen?"

„Natürlich. Aber wie soll ich es anfangen? Ich treffe ihn ja nie allein. Ich möchte zu gern wissen, wie seine Gedanken und Gefühle mir gegenüber sind. Aber ich kann ihn doch nicht einfach danach fragen."

„Kaum." Er sah sie an und lächelte spöttisch. „Na, brate nur weiter. Einmal wird es dir schon zu dumm werden."

Ja, es stimmte. Sie hätte Carsten so gern einmal gesprochen, in ihrer Einbildung tat sie es oft. Sie führte lange Gespräche mit ihm, in denen sie genau auseinandersetzte, wieso und warum es damals zu der törichten Geschichte gekommen war, sie brachte ihm auf diplomatischem Wege bei, was er ihr noch immer bedeutete, und stets endeten diese Traumgespräche damit, daß er sie in die Arme zog und alles gut war.

In Wirklichkeit blieb er für sie unerreichbar. Es gab einfach keine Möglichkeit, zu ihm zu gelangen. Und erst recht keine, ihn dazu zu zwingen, ihr zuzuhören.

Der erste Trioabend wurde ein großer Erfolg. Der Saal war ausverkauft, dank Lohses und Hörnanys bekannten Namen. Katarin hielt sich gut, sie war nun ausgezeichnet mit den beiden eingespielt.

Natürlich hoffte sie im stillen, Carsten werde dasein, doch sie sah ihn nicht. Dafür bekam sie nach dem Konzert anderen Besuch, Peter und Viola.

Katarins erstes Gefühl war Befangenheit, fast ein wenig Unbehagen. Soviel Zeit war vergangen. Sie wußte, ihr Bild trug in den Augen der einstigen Freunde nicht eben sehr schöne Züge.

Doch die beiden waren kaum verändert. Peter, gut aussehend und munter wie immer, wenn sich auch die Keßheit seiner jungen Jahre gemildert und zu einem ausgesprochen männlichen Charme entwickelt hatte. Aber er war obenauf wie eh und je. Er kam stracks auf Katarin zu, grinste sie fröhlich an, schloß sie dann einfach in die Arme und gab ihr einen Kuß.

Viola sah bezaubernd aus. Noch immer war sie von der gleichen zarten schwebenden Anmut und hatte noch die mädchenhafte Süße.

Am folgenden Nachmittag kam Viola zum Kaffee, Peter, der noch eine Besprechung hatte, wollte nachkommen.

Zunächst vermieden sie es, von alten Zeiten zu sprechen. Viola erzählte, wie es ihr in den letzten Jahren ergangen war. „Ich schäme mich manchmal direkt", sagte sie, „wenn ich denke, wie gut ich in der schweren Zeit gelebt habe. Als die Theater 1944 schlossen, zog ich ganz zu Peters Eltern. Und es ist mir dort so gut gegangen, ich habe zum erstenmal erfahren, was es heißt, eine Mutter und einen Vater zu haben, die einen täglich und stündlich mit Liebe umgeben."

Die Angst um Peter hatte sie mit seiner Mutter geteilt. Es war eine böse Zeit, als sie nach dem Krieg lange nichts von ihm hörten. Der ganze Schrecken der Besatzung verblaßte vor der Qual der Ungewißheit und des Wartens. Übrigens hatten sie persönlich nicht unter der Besatzung zu leiden gehabt. Peters Vater, der als Export- und Importkaufmann stets gute Beziehungen ins Ausland gehabt hatte, kam mit den Franzosen vorzüglich aus. Das schöne große Haus am Seeufer blieb von Einquartierung verschont, und es dauerte nicht lange, da kamen die Offiziere der französischen Besatzung als Gäste ins Haus.

„Es ist komisch mit den Franzosen", erzählte Viola, „auf der einen Seite haben sie schlimme Dinge getan und die Leute oft sehr ungerecht behandelt. Es sind Sachen vorgekommen, die es hier in der amerikanischen Zone sicher nicht gegeben hat. Aber wenn man ihnen persönlich näherkommt, überhaupt den Gebildeten unter ihnen, wenn sie sich geistig angesprochen fühlen, dann sind sie sehr nett. Höflich und hilfsbereit und sehr freundschaftlich."

Katarin lächelte ein wenig. Wenn sie Viola ansah, war es ihr gut verständlich, daß sich die Franzosen ihr gegenüber hilfsbereit und freundschaftlich verhielten. Wer wäre es nicht, einer so reizenden Frau gegenüber?

Dann endlich kam Nachricht von Peter, er schrieb aus amerikanischer Gefangenschaft, vergnügt und munter wie immer. Das Leben in dem Haus am Bodensee war daraufhin vollends ungetrübt.

„Wirklich", wiederholte Viola, „ich habe mich oft geschämt. Alle Menschen in Deutschland waren so unglücklich, hatten es so schwer, mußten hungern und frieren. Uns ging es gut. Papa bekam die herrlichsten Sachen aus der Schweiz, wir hatten einen großen Garten voller Obst, es fehlte uns nicht das geringste."

„Nun erzähl du", bat Viola später.

Katarin gab einen kurzen Abriß der letzten Jahre. Viola hörte teilnahmsvoll zu, schloß Katarin dann in die Arme und sagte bekümmert: „Du Arme, du hast es schwer gehabt. Und ich habe mich gar nicht mehr um dich gekümmert, nur weil ich mich damals über dich geärgert habe. Ich bin eine schlechte Freundin."

Sie waren beide sehr gerührt und liebten sich sehr. Katarin

kochte zum zweitenmal Kaffee, denn es gab ja noch soviel zu berichten. Doch der Name Carsten war zwischen ihnen noch nicht gefallen.

Endlich, es war schon dunkel, der Kaffee war ausgetrunken, im Aschenbecher häuften sich die Stummel, sagte Viola: „Carsten ist ja auch in München. Er hat Karriere gemacht."

„Ja", erwiderte Katarin.

Viola blickte unsicher zu ihr hinüber. „Seid ihr – ich meine, habt ihr euch wieder versöhnt?"

Katarin versuchte, so gleichmütig zu erscheinen wie möglich. „Wir haben weiter nichts miteinander zu tun. Ich habe ihn einige Male getroffen, ohne daß wir über die alten Geschichten geredet haben. Was früher war", sie zögerte ein wenig, „ist vorbei."

„So", sagte Viola. „Ist es vorbei? Ist nichts übriggeblieben von deiner großen Liebe?"

Katarin biß sich auf die Lippen. Warum sollte sie Viola belügen? „Ich liebe ihn mehr als je", sagte sie leise, „in Wahrheit habe ich immer nur ihn geliebt, und ich kann mir nicht vorstellen, daß mir je ein anderer Mensch soviel bedeuten wird wie er?"

„Und er?"

„Er?" Katarin hob mutlos die Schultern. „Ich weiß nichts über seine Gefühle. Aber offensichtlich macht er sich nicht mehr das geringste aus mir. Ist ja auch verständlich, nicht? Ich muß schon froh sein, wenn er mir überhaupt die Hand gibt. Und es sind so viele Frauen um ihn, reichere, schönere Frauen, was kann ich ihm noch bedeuten?"

„Ja, Katarin", sagte Viola, „du hast eine große Dummheit gemacht. Ich hatte dich gewarnt, weißt du es noch?"

„Ja, ich weiß es."

Kurz darauf kam Peter und verbesserte die etwas trübe gewordene Stimmung wieder. Es wurde ein langer und hübscher Abend, sie schwelgten in Erinnerungen an die alte Zeit.

„Was ist aus unserer Cäcilie geworden?" wollte Peter wissen.

„Sie ist mit verbrannt."

„Du hättest sie retten müssen, sie war doch unsere Schutzheilige."

„Ja, mir hat es furchtbar leid getan, daß ich sie nicht rechtzeitig eingepackt habe. Aber du weißt ja, wie das ist, man denkt nicht, daß wirklich etwas passiert, bis es dann zu spät ist."

„Sie hat uns trotzdem gut behütet."

„Ja. Bis auf Pitt."

Ungeniert und ohne Hemmungen kam Peter dann auf Carsten zu sprechen. „Weißt du noch, wie böse er wurde, wenn wir ihn den heiligen Cäcilius nannten? Dabei gibt es gar keinen besseren Spitznamen für ihn. Und mit ihm hat es die Göttin ja auch besonders gut gemeint. Du wirst sehen, er entwickelt sich zu einer internationalen Berühmtheit, ich habe eine Nase für so was. Eigentlich haben wir das ja auch immer erwartet. Ich hatte nur Angst, er wird den Krieg nicht überleben. Menschen wie ihn trifft es leicht. Es war ja auch nahe daran."

„Was war eigentlich mit ihm?" fragte Katarin und versuchte, ihrer Stimme einen möglichst unbefangenen Ton zu geben.

„Weißt du das nicht?" wunderte sich Peter. „Seid ihr denn noch immer böse miteinander?"

Katarin errötete, und Viola schüttelte tadelnd den Kopf. „Du bist ein Trampeltier", sagte sie zu ihrem Mann.

„Na, entschuldige mal", sagte Peter, „ich denke, die alten Affären sind begraben. Wir sind doch keine kleinen Kinder. Inzwischen ist beinahe die Welt untergegangen. Ich kann doch nicht ahnen, daß die beiden so kindisch sind."

„Wir sind nicht böse miteinander", sagte Katarin ruhig, „das ist nicht der richtige Ausdruck. Eigentlich sind wir gar nichts. Ich hatte bisher keine Gelegenheit, mit ihm ein persönliches Gespräch zu führen. Ich fürchte, ich bin ihm vollständig schnuppe. Er mir allerdings nicht. Und darum möchte ich jetzt endlich wissen, was mit ihm eigentlich im Krieg geschehen ist."

Viola und Peter waren genau informiert, sie hatten alles von Josefine erfahren.

„Josefine hat ihm, genaugenommen, das Leben gerettet", sagte Peter zum Schluß, „es ist zweifelhaft, ob er sich allein wieder hochgerappelt hätte. Es war nicht nur die Verwundung, er muß auch seelisch vollkommen fertig gewesen sein."

Das letzte klang wie ein Vorwurf. Jedenfalls faßte es Katarin so auf. Sie schluckte es stillschweigend hinunter. Dann sagte sie: „Er dankt es Josefine schlecht. Heute lebt er mit einer anderen Frau. Man sagt sogar, er wird die Baronin Hoven heiraten."

„Man sagt viel, wenn der Tag lang ist", meinte Peter ruhig. „Das zwischen ihm und Josefine ist wohl mehr eine Freundschaft. Und ich glaube nicht, daß sie es ihm übelnehmen wird, wenn er heiratet."

„Gott, wie edel", sagte Katarin spöttisch.

„Du wirst lachen, das ist sie auch. Sie ist ein wunderbarer Mensch. Genau der Typ, der es fertigbringt, auf ihre Liebe zu verzichten, nur damit der geliebte Mensch glücklich wird. So was gibt es."

Katarin erwiderte nichts. Ihr galten sie alle gleich, Josefine oder Camilla, jede nahm ihn ihr weg.

„Übrigens", fuhr Peter fort, „Josefine ist die Güte in Person, nur auf einen Menschen ist sie schlecht zu sprechen, und das bist du. Sie verzeiht dir nie, daß du ihrem geliebten Hans so weh getan hast."

„Nun, sie kann beruhigt sein", sagte Katarin bitter, „ich tue ihm nicht mehr weh. Und ich hab' mehr um ihn gelitten, als er je um mich leiden konnte. Und ich leide heute noch. Aber er – ihm ist es vollkommen gleichgültig, was aus mir wird. Das kannst du deiner lieben Josefine ausrichten."

„Ich werde mich hüten", meinte Peter, „denn ich glaube nicht ganz daran."

Fünf Wochen später spielte Peter mit seinem Orchester in München. Es wurde eine Sensation. Drei Tage lang war der riesige Saal des Deutschen Museums ausverkauft.

Dieses Orchester, das Peter aufgebaut hatte, war erstaunlich, es verblüffte das Publikum mit immer neuen Effekten. Und am erstaunlichsten war Peter selbst. Elegant und charmant bewegte er sich auf der Bühne, er sah attraktiv aus wie ein Filmstar. Und er konnte einfach alles. Mal spielte er eine Trompete, mal ein Saxophon, dann saß er plötzlich am Flügel oder hielt eine Geige in der Hand, der er zauberische Töne entlockte. Jedes Instrument beherrschte er mit meisterhafter Virtuosität. Bei großen Tuttis dirigierte er das Orchester, manchmal spielten nur kleine Gruppen, beispielsweise traten drei Mann vor und brachten ein dezentes Trio, dann wieder trieben die aufreizenden Klänge eines Bläser-Ensembles die Zuhörer beinahe von ihren Sitzen. Ganz still aber wurde es in dem großen Saal, wenn Viola vor das Mikrophon trat, zart und zerbrechlich in einem Traum von weißem Tüllkleid, und mit leiser brüchiger Stimme ihre kleinen Chansons sang.

Katarin, die eine Karte von Peter bekommen hatte, saß in der ersten Reihe. Allein. Auch Carsten war da, sie sah sein gutmütiges Lächeln, mit dem er Peter zunickte, als dieser ihm eine Extraverbeugung zukommen ließ, nachdem er in einer geradezu schamlosen Weise eine Jazz-Version von Carmen hingelegt hatte, an der alles dran war.

Natürlich war die Baronin wieder bei ihm. In der Pause versammelte sie einen ganzen Hofstaat um sich. Carsten nickte Katarin zu, als er sie sah, doch er kam nicht, um sie zu begrüßen, obwohl sie ganz allein dastand.

Anscheinend traut er sich nicht, dachte Katarin erbost, sie hat ihn ganz schön am Bändel, seine Baronin.

Es verdarb ihr den Abend. Sie ging gleich nach Hause, als es zu Ende war, und versuchte nicht, wie beabsichtigt, Viola und Peter noch zu treffen. Mochten sie doch unter sich bleiben, die alten Freunde, sie würde sich nicht aufdrängen. Mochten sie sich umbringen mit ihrem Carsten. Alle Liebe, alle Anteilnahme gehörten immer nur ihm. Nach ihr fragte kein Mensch, es kümmerte niemanden, wie ihr zumute war.

In den Monaten bis Weihnachten gastierte Katarin mit dem Trio in einigen anderen Städten, für Januar war ein zweiter Abend in München vorgesehen.

Weihnachten verlebte sie allein mit Maria von Plenk. Es wurde ein stiller und trübseliger Weihnachtsabend. Maria dachte verständlicherweise an ihren Mann und an ihren Sohn, sie war niedergeschlagen und traurig.

Auch Katarin litt unter ihrer Einsamkeit. Niemand, der sie in die Arme nahm unter dem Weihnachtsbaum, niemand, der ihr zärtlich in die Augen sah und ihr eine Freude machen wollte. Doppelt schwer war es, an einem solchen Tag ohne Liebe zu sein!

Schwermütig erinnerte sie sich an vergangene Weihnachtsfeste. Wie oft schon hatte sie den Heiligen Abend allein verbracht! Eigentlich waren es nur zwei Weihnachtsabende, an die sie eine schöne Erinnerung besaß. Damals, das erste Weihnachtsfest mit Carsten, und dann das Jahr darauf, zwar schon im Krieg, aber wenigstens war er noch bei ihr. Sie fand, es sei wenig für eine Frau von dreißig Jahren, wenn sie nur zwei Weihnachtsfeste hatte, an die sie gern zurückdachte.

Wo mochte Carsten heute sein? Bei Josefine? Bei Camilla? Würde er auch nur eine Minute lang an sie denken? Ach, sicher nicht!

Schweigend saßen die beiden Frauen, die junge und die ältere, vor dem kleinen Bäumchen, das Maria mit dünnen Kerzen geschmückt hatte, und warteten, bis die Lichter herabgebrannt waren. Katarin kämpfte mit Tränen, sie war so abgrundtief verzweifelt. – Ach, zum Teufel, dachte sie, ich bin nur sentimental, das ist es. André hatte das damals schon gesagt.

„Ich hole uns was zu trinken", sagte sie rauh, „ich glaube, das wird uns guttun."

Um ihren Kummer zu vergessen, trank sie viel und ausdauernd an diesem Abend. Und Maria, wohl aus demselben Grund, hielt tapfer mit.

Mit trüben Erwartungen sah Katarin dem Silvesterabend entgegen. Der würde wohl genauso trostlos verlaufen.

Doch dann gab es eine Überraschung. Am Tag vor Silvester klingelte es. Sie hörte draußen in der Diele Hörnanys Stimme. Erfreut stand sie auf, nett, daß er sie besuchen kam. Ehe sie draußen war, stand er schon im Zimmer.

„Fein, daß du kommst!" rief Katarin. „Ich bin so trostbedürftig, denn ich bin entsetzlich deprimiert."

„Dafür ist jetzt keine Zeit", lachte er, „ich komme nämlich nicht allein. Ich habe dir jemanden mitgebracht. Jemanden, über den du dich freuen wirst."

Einen Augenblick stand ihr Herz still. Carsten? Konnte es möglich sein?

„Wer? Wo?" stammelte sie und lief hinaus.

Doch es war nicht Carsten. Vor dem Spiegel richtete eine Dame gerade ihr Haar und neben ihr ...

Katarin stieß einen Jubelschrei aus. „Professor!" rief sie glückstrahlend, lief auf ihn zu und fiel ihm einfach um den Hals.

Anger schloß sie fest in die Arme und klopfte ihr gerührt den Rücken. Elisabeth stand daneben und lächelte.

Anger war alt geworden. Sein Haar war nun vollständig grau, seine Augen blickten müde. Nach Kriegsende hatte er viele Monate in der Klinik verbracht, nach einer schweren Operation, von der er sich lange nicht erholen konnte. Nun ging es ihm wieder leidlich. Er unterrichtete am Mozarteum und war für zwei Tage nach München gekommen, um alte Freunde zu besuchen.

Es gab soviel zu erzählen. Anger war allerdings schon von Hörnany über Katarins neueste Erfolge informiert worden. Es freute ihn sehr, daß sie den Anschluß wiedergefunden hatte.

„Wenn du wieder spielst, schreibst du mir", sagte er, „dann komme ich herüber. Ich muß doch mal hören, was aus dir geworden ist."

Anschaulich schilderte Katarin Professor Matthäi, was ihre Gäste sehr erheiterte.

„Trotzdem", sagte Anger, „ist er ein ausgezeichneter Lehrer. Du hättest keinen besseren finden können."

„Aber er ist lange nicht so nett wie Sie", sagte Katarin überzeugt. Anger lächelte geschmeichelt.

Elisabeth wirkte jetzt viel jünger als ihr Mann. Katarin erinnerte sich an ihre Worte: sie freue sich auf die Zeit, wenn Anger alt sein und endlich ihr allein gehören werde. Nun war diese Zeit wohl gekommen.

Plötzlich kam Katarin der Einfall, eine Silvestergesellschaft zu arrangieren. Anger sagte gern zu, auch Hörnany versprach, mit seiner Schwester zu kommen, er würde auch Lohse und dessen Frau mitbringen, die er ohnedies eingeladen hatte.

Am nächsten Tag entwickelte Katarin eine rege Tätigkeit, denn die Zeit war knapp. Doch mit Hilfe von Bettina, die noch immer die besten Schwarzmarktbeziehungen hatte, gelang es ihr, alles aufzutreiben, was sie brauchte.

Es wurde ein hübscher Abend, diesmal hatte Katarin keine Zeit, Trübsal zu blasen. Maria hatte ein vorzügliches Essen bereitet. Nach dem Essen veranstalteten sie ein kleines Privatkonzert. Katarin, Lohse und Hörnany spielten ein Schubert-Trio, Katarin gab einige ihrer Debussy-Kostbarkeiten zum besten und wurde von Anger sehr gelobt.

Um zwölf öffneten sie die Fenster, um den Glockenklang hereinzulassen. Katarin, wie immer in solchen Momenten, war bewegt und feierlich gestimmt. „Trotz allem", sagte sie, „alles ist gut, nur weil wieder Frieden ist. Ich will alles ertragen, bloß nie wieder einen Krieg."

Sie stieß mit Anger an, ihre Augen, groß und dunkel, waren voll unerfüllter Sehnsucht. „Auf das Jahr 1948", sagte sie leise, „vielleicht wird doch noch alles gut."

„Ich wünsche es dir von Herzen", sagte Anger und betrachtete sie zärtlich, „ich wünsche, daß du endlich mal zur Ruhe kommst und glücklich wirst."

Katarin hatte auf einmal Tränen in den Augen. „Lieber, lieber Professor", sagte sie. Ungeachtet der anderen umarmte sie Anger und küßte ihn auf den Mund, warm und liebevoll, Dankbarkeit im Herzen und einen Rest der einstigen, ungestillten Liebe.

Anger hielt ganz still unter ihrem Kuß. Er dachte mit leisem Bedauern daran, daß es wohl das letztemal war, vielleicht die letzte Gelegenheit, die Lippen einer schönen jungen Frau zu spüren. Und natürlich dachte er auch daran, daß es nicht das erste Mal war, daß dieser Mund ihn küßte. Sie war ihm einmal so nahe gewesen, die junge Katarin Brugge, bereit, ihm ganz zu gehören. War es töricht gewesen, auf sie zu verzichten? Heute schien es ihm so. Heute, da er wußte, daß es die letzte Begegnung mit der Liebe gewesen war.

Elisabeth sah ihnen lächelnd zu. Sie wußte mehr, als die beiden ahnten. Doch heute beunruhigte sie es nicht mehr. Niemand würde ihr mehr Ludwig Anger nehmen. Jetzt besaß sie ihn ganz und für sich allein. Im vergangenen Sommer waren es fünfundzwanzig Jahre gewesen, daß sie verheiratet waren. Sie hatte kein Wort darüber verloren, denn sie wußte, daß ein Rest der alten Eitelkeit ihn veranlaßte, solche Gedenktage zu übersehen. Es war Wunder genug, daß sie ihn behalten hatte, fünfundzwanzig Jahre lang. Es hatte viel Geduld, viel Liebe und viele heimliche Tränen gekostet. Frauen, nichts als Frauen, sie stand im Schatten, sie war oft lästig, wurde beiseite geschoben. O ja, sie mußte viel Verständnis aufbringen. So viel Verständnis, daß eine Liebe, die nicht so stark, grenzenlos und uneigennützig war wie die ihre, darüber zerbrochen und gestorben wäre.

Katarin bedeutete die letzte große Gefahr, und Elisabeth hatte es gewußt. Aber heute war sie in all ihrer Jugend und Schönheit nicht mehr gefährlich, mochte er auch noch gern ihre Lippen küssen. Er war nun alt, er war nicht mehr gesund, er brauchte Hilfe und Pflege. Und die fand er bei ihr, Elisabeth. Und er brauchte jemanden, der seine Erinnerungen teilte. Und das konnte nur sie. Selbst wenn es die Erinnerungen an andere Frauen waren. Auch daran konnte sie teilhaben. Sie wußte noch genau, wie die schlanke, rassige Amerikanerin ausgesehen hatte, die ihm durch ganz Amerika nachreiste und mit der er eines Tages nach Florida verschwand. Sie erinnerte sich an die schwedische Filmschauspielerin, mit der er einen Sommer in den Bergen verbrachte, die einen Körper wie eine junge Göttin besaß, mit dem sie sich splitternackt in den eiskalten Bergsee stürzte, ganz uninteressiert daran, wer ihr zusah. Elisabeth wurde Zeuge eines solchen Bades, denn sie war unaufgefordert gekommen, um doch vielleicht einmal eine Szene zu machen und auf ihre Rechte zu pochen. Aber nachdem sie das wunderschöne Mädchen gesehen hatte, reiste sie stillschweigend wieder ab. Sie hörte auch noch das dunkle lockende Lachen der koketten Französin, die in der weißen Villa in Cannes wohnte, in der sie ihn zurückließ, um allein nach Berlin zurückzufahren. Und die schlimmste von allen, das war die kleine zierliche Exotin gewesen, mit ihrem federnden Raubtiergang, die lange Zeit, unter dem Vorwand seine Schülerin zu sein, mit ihnen zusammen reiste.

Oft glaubte Elisabeth, sie könnte es nicht mehr ertragen. Aber er kam immer wieder zu ihr zurück und versicherte, daß sie ihn glücklich mache und daß er nur bei ihr wirklich zu Hause sei. Und so war sie geblieben, fünfundzwanzig Jahre lang, und liebte ihn immer noch.

Katarin war die letzte gewesen. Aber Elisabeth konnte sie ohne jeden bösen Gedanken betrachten, auch sie hatte ihr Anger nicht genommen, sie schon gar nicht, denn da war er bereits bequem und müde geworden.

Übrigens erfuhr Katarin von Anger endlich etwas über Luisa.

Luisa, die Schlaue, war gut durch die böse Zeit gekommen. Ihr Mann, der Major, fiel noch gegen Ende des Krieges. Als alles vorüber war, lebte Luisa still und zurückhaltend bei ihrem Vater in Hamburg, wohl wissend, daß ihre gut bekannten Verbindungen zu hohen Amtsträgern des Dritten Reiches ihr schaden konnten. Doch schon ein Jahr nach dem Krieg heiratete sie einen Österreicher, kam auf diese Art nach Wien und sang seitdem dort an der Oper. In kurzer Zeit hatte sie ihr Rollengebiet zurückerobert und feierte aufs neue Triumphe.

„Ich habe sie in Wien gehört", erzählte Anger, „sie kann etwas, daran ist kein Zweifel. Und sie ist so geschickt. Sie kennt schon wieder Gott und die Welt, die Besatzungsoffiziere aller vier Länder fressen ihr aus der Hand."

„Haben Sie Luisa besucht?"

„Sie lud mich ein. Ich besuche sie jedesmal, wenn ich in Wien bin. Sie ist reizend. Außerdem macht es mir Freude, zu beobachten, wie raffiniert sie ist. Sie ist die geborene Intrigantin, und das nützt ihr beim Theater ungeheuer, es ist fast genauso wichtig wie ihre schöne Stimme."

„Wie sieht sie aus?" wollte Katarin wissen.

„Wie immer. Ein klein wenig molliger vielleicht, aber es steht ihr gut."

„Und der Mann, den sie geheiratet hat?"

Anger winkte ab. „Der spielt keine Rolle. Sie hat ihn nur geheiratet, weil er Österreicher war und politisch Verfolgter. Das erleichterte ihren Start und machte ihre Vergangenheit schneller vergessen."

„Sie war immer ein Biest", meinte Katarin, „aber der Erfolg gibt ihr recht. Sie wird immer auf die Füße fallen."

Am folgenden Tag reiste Anger wieder ab. Doch man würde in Verbindung bleiben.

Von Carsten hatten sie nicht gesprochen.

Sie sprach überhaupt mit niemand mehr über Carsten. Auch Hörnany gegenüber vermied sie ängstlich dieses Thema. Sie kam sich lächerlich vor. Und im Grunde war sie furchtbar enttäuscht, daß Carsten nie den Versuch machte, mit ihr zusammenzutreffen. Im stillen hatte sie immer gehofft, daß doch noch etwas von seiner Liebe übriggeblieben sei. Doch er lebte für sie wie auf einem anderen Stern.

Als sie ihn das nächste Mal sah, war es schon März. Diese Begegnung verdankte sie Peters Eingreifen.

Peter und Viola kamen im Februar wieder nach München. Peter, um noch einen Abend zu geben und um einigen Funkverpflichtungen nachzukommen. Viola, weil sie ein Engagement an ein Münchner Theater hatte und in Kürze hier spielen würde.

Peter vertraute Katarin gleich nach seiner Ankunft an, daß er sich mit der Absicht trage, in München zu bleiben.

„Ich muß einfach wieder in die Großstadt", erklärte er. „Ich kann da besser arbeiten. Zumal ich eine Revue aufziehen will."

„Eine Revue?" rief Katarin staunend. „Das ist eine blendende Idee."

„Sie ist auch von mir", meinte Peter selbstgefällig. „Das wird ein tolles Ding, nach eignen Texten und eigener Musik. Da bleibt kein Auge trocken."

„Wird Viola auch mitmachen?"

„Ich glaube nicht", sagte Viola. „Peter meint, ich sei für einen Revuestar nicht rasant genug, und da wird er wohl recht haben. Außerdem möchte ich wieder mal die Julia spielen und einmal in meinem Leben auch das Gretchen. Das kann man nicht mehr, wenn man Revue gemacht hat."

„Es ist zu schade, daß man nicht mehr nach Berlin kann", sagte Peter, „keine Stadt unter dem Sternenzelt ist wie Berlin. Berlin, wie es war. Ich kenne viele große Städte, ich schenke sie alle her für Berlin. Berliner Tempo, Berliner Witz, Berlins wacher Geist, diese Menschen mit ihrem kühlen, kritischen Verstand, ihrem treffenden Mundwerk, ihrem warmen begeisterungsfähigen Herzen, nirgends sonst gibt es das."

Die beiden Mädchen seufzten. Ach, Berlin! Warum mußte gerade diese Stadt so sehr leiden, so im Innersten getroffen werden? Alle drei liebten sie die Stadt, noch im Kriegselend, noch unter dem Bombenhagel war sie stolz, lebhaft und interessant gewesen. Sie nannten sich alle drei mit Überzeugung Berliner, obwohl keiner von ihnen dort geboren war.

„Diese Vorurteilslosigkeit", sagte Peter, „wo man hinkam, lernte man Leute kennen, alle zeigten sich gastfreundlich und hilfsbereit. Wenn ich da an meine lieben Konstanzer denke!"

„Oder an die lieben Münchner", fügte Katarin hinzu.

„Ich denke, hier wird es sich jetzt ein bißchen ändern. München hat eine große Chance. Soviel Leute sind hierhergekommen, von überallher, aus allen Himmelsrichtungen, das wird die hier schon mächtig aufmöbeln. Allein die vielen Berliner hier! Neulich waren wir in einer Premiere. Prima Publikum, nette Leute. Ich habe Bekannte getroffen, Berliner. Und die hatten auch wieder Bekannte da, Berliner. Und die kannten jemanden, der stammte aus Breslau. Du wirst lachen, es waren fast keine Bayern da."

Katarin lachte wirklich. „Sag das nicht so laut. Das ist es ja, was die Hiesigen so ärgert. Alles machen die Preußen, die Zeitungen, das Theater, den Funk, sie sitzen überall, wo es interessant ist. Sie drängeln sich vor, heißt es hier, sie machen sich breit und haben eine große Klappe, wissen alles besser."

„Ach wo", widersprach Peter, „sie denken bloß rascher und packen besser zu. Und eben das, denke ich, färbt mit der Zeit ab."

„Na?" Katarin machte ein zweifelndes Gesicht. „Wie ich die Bayern kenne, wollen sie sich gar nicht ändern. Sie wollen kein Tempo, keinen Witz, keinen Schwung, sie wollen ihren alten langsamen Trott weitermachen, und sie wollen sich gar nicht spritzig unterhalten, sie wollen sich lieber bösartig anraunzen. Sie wollen auch keinen kühlen kritischen Verstand haben, sondern lieber tun und nachsagen, was der Pfarrer sagt. Und sie wollen auf keinen Fall und unter keinen Umständen die Preußen hierhaben oder an ihnen ein gutes Haar lassen."

„Aber sie sind da", sagte Peter, „und nicht zu knapp. Und mit der Zeit wird München eine Großstadt, ob die Münchner nun wollen oder nicht."

Seit Violas und Peters Besuch hatte Katarin mehr Abwechslung, sie kam öfter mal weg, ging mit den beiden aus, wurde eingeladen. Denn Peter hatte binnen kurzem ungezählte Bekannte, bei den Leuten vom Funk, vom Film, vom Theater, auch in Schieberkreisen, sogar unter den Amerikanern.

Viola lachte nur, als Katarin einmal ihre Verwunderung darüber aussprach. „Er ist und bleibt ein Hansdampf in allen Gassen", sagte sie. „Er findet sofort überall Anschluß und gewinnt alle Herzen. Ich muß auch immer darüber staunen."

„Eigentlich wundere ich mich", meinte Katarin, „daß es mit eurer Ehe so gut geht. Peter war doch noch recht jung, als ihr geheiratet habt. Er ist ja heute noch jung und ist so ein Luftikus. Und die Frauen verwöhnen ihn sicher ziemlich. Dazu noch die lange Trennung während des Krieges."

„Eben", sagte Viola, „der Krieg wirkte sich gerade für unsre Ehe ganz günstig aus. Wir waren nicht viel beisammen, das hat Peters Liebe konserviert. Und dann, ich werde dir etwas sagen, es ist für unser Glück sehr wesentlich, daß ich auch Erfolg habe. Wäre ich nur ein braves Hausmütterchen, das seinem hin und her sausenden Mann bewundernd nachblickt, wäre er schon längst auf und davon. Aber so, ich habe meinen Beruf, ich habe Erfolg, ich habe Männer um mich, die mir den Hof machen, das reizt ihn. Er weiß gut, daß ich auch ohne ihn leben kann, und das hält ihn. Männer sind nun mal komisch. Jedenfalls solche Typen wie Peter. Die dürfen nie das Gefühl haben, man sei auf sie angewiesen. Na, und wie es auf die Dauer gehen wird, muß man halt abwarten, nicht?"

„Natürlich", sagte Katarin.

„Weißt du", Viola lächelte melancholisch, „ich bin nicht ganz sicher, ob er mich nicht gelegentlich mal ein bißchen betrügt. Wenn ich gerade nicht da bin. Ohne sich viel dabei zu denken. Du kennst ihn ja. Sicher ist, daß er mich in den Kriegs- und Nachkriegsjahren betrogen hat. Es kommen heute noch regelmäßig Briefe und prachtvolle Freßpakete aus Amerika. Ich habe ihn gefragt: Ist das deine Kriegsgefangenenliebe? Da war er erst ein wenig verlegen, dann hat er mir eine Menge davon erzählt. Es sind sogar zwei Schwestern. Den Bildern nach bildhübsche Dinger. Und wie mir scheint, hat er mit beiden was gehabt, ohne daß die eine es bei der anderen merkte. Ja, so ist er."

Katarin staunte. „Mit welcher Ruhe du darüber sprichst. Das könnte ich nicht. Ich wäre eifersüchtig."

Viola machte ihr Sphinxgesicht, Katarin kannte es von früher. „Man muß die Männer verstehen lernen, wenn man mit ihnen leben will. Jedenfalls den, um den es sich dreht. Peter ist nun mal ein großes Kind, er will spielen, er will sich produzieren, er will bewundert werden. Und nicht nur von mir."

In kürzester Zeit brachte es Peter fertig, daß sie eine kleine Wohnung bekamen, obwohl in diesen Jahren kein Mensch in München, außer über tausend Umwege, erstklassige Beziehungen und gegen hohe Bestechung, eine Wohnung beschaffen konnte. Er spannte einige seiner amerikanischen Freunde mit ein, und – Hokuspokus – die Wohnung war da. In einem hübschen kleinen Haus in Harlaching, einem gepflegten Villenvorort von München. Dort herrschte bald ein munterer Betrieb. Meist war Besuch da, und immer waren es nette Leute. In der ganzen Umgebung kannte man Peter bald, sein Charme becirote alle. Die Bäckersfrau steckte ihm schmunzelnd weiße Brötchen zu, der Metzger gab ihm die Ware immer mit besonders günstigem Gewicht, und jeder bemühte sich, ihm einen Gefallen zu tun. Peter unterhielt sie dafür stets mit einer seiner amüsanten oder pikanten Geschichten.

Auch Katarin kam oft zu Besuch. Es tat ihr gut, wieder etwas unter Leute zu kommen, aus ihrem Grübeln und Arbeiten herausgerissen zu werden.

Eines Tages sprach Peter von Carsten. „Man kriegt das hohe

Tier kaum noch zu Gesicht. Ich habe ihm gestern gesagt, nächstens muß ich wohl ins Konzert gehen, um ihn einmal wieder richtig zu sehen."

Und dann wollte er plötzlich wissen, ganz ohne Umschweife, wie es denn nun eigentlich zwischen Carsten und Katarin stände, ob sie versöhnt seien.

„Gott, was heißt versöhnt", sagte Katarin. „Er lebt für mich auf einem anderen Stern. Und ich bin ihm ganz gleichgültig. Seit Herbst habe ich ihn nicht mehr gesehen. Ein vernünftiges Wort haben wir überhaupt nicht zusammen geredet."

„Das ist doch albern", stellte Peter fest, „da haben wir nun zusammen studiert, waren die besten Freunde, haben Freud und Leid und die letzten Groschen geteilt, und heute auf einmal ist das alles nichts mehr wert. Wegen eurer Liebesgeschichte. Muß deswegen eine Freundschaft auseinandergehen? Könnt ihr nicht wieder gute Freunde sein wie früher? Da habe ich große Töne gespuckt von unsrer Arbeit, die uns vereint, von Cäcilie, die unsere gemeinsame Schutzgöttin ist, und so weiter und so weiter, und heute sprecht ihr nicht mal zusammen. Du hast ein schlechtes Gewissen, und er mimt den großen Mann. Tut mir leid, find' ich albern."

Viola hörte Peters Erguß lächelnd an. Sie ahnte, was kommen würde. Was waren Männer doch für dickfellige Trottel. Sah er denn nicht, spürte er denn nicht, wie Katarin sich in Liebe und Sehnsucht verzehrte nach Carsten, daß sie nicht im geringsten wünschte, mit ihm befreundet zu sein, daß sie vielmehr seine Liebe wollte?

Peter fuhr ungehindert fort. „Also, nun machen wir Schluß mit diesem Quatsch. Die Vergangenheit ist begraben. Man entnazifiziert ja sogar Gauleiter, da wird man doch noch einem treulosen Mädchen verzeihen können. Katarin hat sich nicht fein benommen. Na ja, wir wollen es vergessen, sie hat genug mitgemacht. Carsten ist ein großer Mann geworden und wird 'ne Baronin heiraten. Soll er, wenn er will. Alles kein Grund, das Kriegsbeil nicht endlich zu begraben. Ich werde das Ding schon schaukeln."

Katarin hörte ihm mit gemischten Gefühlen zu. Sicher, Peter war der richtige Mann, so etwas zu schaukeln. Vielleicht aber würde er auch den Rest von Geheimnis und Spannung, das zwischen ihr und Carsten bestand, zerreden und zerstören. Daß sie Carsten noch liebte, auf die Idee schien er gar nicht zu kommen.

Aber Peter war gar nicht so dickfellig und dumm, wie er tat. Er hatte vor einiger Zeit schon mal den Versuch gemacht, mit Carsten über Katarin zu sprechen. Carstens betont kühle Gleichgültigkeit, sein deutlicher Widerwille, dieses Thema zu berühren, machte Peter stutzig. Angenommen, Carsten war wirklich mit dieser Sache fertig, warum sollte er dann, ein Mann von soviel Qualitäten, von großzügiger, lebenskluger Denkweise, warum sollte er dann noch den Beleidigten spielen und nicht die Basis für eine neutrale Freundschaft wiederfinden? Konnte er das nicht, dann bewies er damit nur, daß er eben nicht darüber hinweggekommen war, daß ihn noch ein Stachel quälte. Und dieser Stachel konnte nach so langer Zeit und bei Carstens Wesensart, noch dazu, wenn er die Baronin wirklich liebte, nicht nur gekränkte Eitelkeit, verletzter Stolz, es mußte ganz einfach Liebe sein.

So dachte Peter. Daß Katarin noch immer Carsten liebte, daran war kein Zweifel. Allein schon die Tatsache, daß sie jedem anderen Mann, jeder Bindung aus dem Wege ging, sprach deutlich genug. Er kannte Katarins Temperament, sie war keine Frau, die auf die Dauer ohne Liebe leben konnte und wollte.

Das Ganze war eine einfache Gleichung, fand Peter. Den beiden mußte geholfen werden. Sie hatten doch großartig zueinander gepaßt. Und die Baronin Hoven paßte überhaupt nicht zu Carsten, nach Peters Ansicht. Sie gefiel ihm nicht sonderlich, im Grunde genommen war sie eine Patrizierin, eine Herrin, sie nahm einen Mann in Besitz, verfügte über ihn, ohne ihm Aufschwung und Glück zu geben. Peter verstand genug von Frauen, er erkannte das gleich. Carsten würde niemals mit ihr glücklich werden. Was er brauchte, war eine Gefährtin, ein verständnisvoller Kamerad und eine zärtliche, leidenschaftliche Geliebte. Und in keiner dieser Rollen konnte er sich die Baronin vorstellen.

Über Katarins lang verjährte Untat dachte er heute etwas milder. Lieber Himmel, sie war so jung gewesen, unerfahren und auf einmal allein und sich selbst überlassen. Da verliebte sie sich halt in einen geschickten Charmeur. Das kam vor. Ein kleiner Seitensprung lag immer im Bereich der Möglichkeiten, bei einer Frau wie Katarin genauso wie bei einem Mann. Er brauchte nur an sich selbst zu denken. Vielleicht, dachte er, hätte sich alles anders entwickelt, wenn Carsten nicht gerade damals auf Urlaub gekommen wäre. Sicher wäre die Geschichte längst abgetan und erledigt gewesen, und er hätte nichts davon erfahren.

Nun also wollte er die Sache in die Hand nehmen. Der erste Versuch mißlang. Er lud Carsten ein, ihn abends zu einer Flasche Wein zu besuchen, bat auch Katarin zu kommen. Katarin kam, doch Carsten blieb aus.

Einige Tage später kam er unangemeldet am Vormittag rasch

vorbei, wohl auf der Fahrt in die Stadt, und entschuldigte sich. Es sei etwas dazwischengekommen.

Peter war allein. Viola hatte eine Probe und war schon früh in die Stadt gefahren. Peter, als passionierter Langschläfer, eben erst aufgestanden, lud Carsten ein, mit ihm zu frühstücken. Doch der lehnte ab, er müsse in die Oper, er habe eine Probe.

„Ist doch unerhört", schimpfte Peter, „da hat man nun einen sogenannten Freund und kommt nicht mal dazu, sich mit ihm zusammenzusetzen und ein vernünftiges Wort zu reden! Anstatt, daß du froh bist, daß wir beide noch leben und den Krieg einigermaßen überstanden haben, setzt du dich aufs hohe Roß und hast keine Zeit für mich."

„Red doch kein Blech", sagte Carsten, unwillkürlich in die burschikose Sprache ihrer jungen Jahre zurückfallend, „ich weiß nicht, wo mir der Kopf steht. Alles muß ich allein machen. Die Gastspielverhandlungen, die Verträge, die Debatten mit dem Stadtrat, mit dem Kultusministerium, mit dem Funk, dazu kommen die Proben, die gesellschaftlichen Verpflichtungen. Zum Komponieren komme ich überhaupt nicht mehr. In zehn Tagen ist Premiere in der Oper, aber die Aufführung schwimmt noch. Bis Ende Mai gehen die Konzerte. Der ganze Betrieb ist so hektisch, so nervös, es frißt einen auf. Früher hat mir Josefine sehr geholfen, aber das kann ich nicht mehr von ihr verlangen, sie fühlt sich gesundheitlich gar nicht wohl."

„Laß dir doch von deiner Baronin helfen."

„Camilla ist selbst den ganzen Tag unterwegs. Ich habe nie geahnt, was eine Frau an Zeit und Energien vertun kann für reine Äußerlichkeiten." Seine Stimme klang auf einmal gereizt und ungeduldig. „Einladungen, Reisen, Besuche, Gäste, jene Leute, diese Leute. Es geht mir manchmal auf die Nerven."

Peter hörte es mit Vergnügen. Aufmerksam musterte er den Freund. Ja, er sah nicht gut aus. Er sah müde aus, abgehetzt, das Haar war recht grau. Die beiden Furchen zwischen Nase und Mund hatten sich vertieft. Und er war doch kaum über Vierzig. Auf den ersten Blick merkte man es nicht, da schien er ruhig und gleichmäßig wie immer. Doch darunter bröckelte es leise. So wie es bröckelt, wenn ein Mensch nicht glücklich ist.

Es lag ihm auf der Zunge, von Katarin zu sprechen, doch er unterließ es. Er hatte eine bessere Idee.

„Hör zu, alter Freund. Wie wär's, wenn du dich Sonntag mal für mich frei machst? Du kommst zu uns zum Essen, und dann fahren wir ein bißchen ins Freie. Falls du es noch nicht gemerkt hast, es liegt so was wie Frühling in der Luft. Ich muß sowieso mal zum Chiemsee. Erstens kenne ich ihn nicht, und er soll sehr hübsch sein, und zweitens wohnt in Gstadt eine Frau, eine Sängerin, soll ein tolles Weib sein, wie ich gehört habe. Sie hat sich dort nach dem Krieg festgesetzt, ist aber schon wieder auf dem Sprung. Wie man mir sagte, ein Aas. Vielleicht wäre die was für meine Revue? Ich will sie mir mal ansehen. Also, wie ist es, kommst du mit?"

„Ich weiß nicht..."

„Ausrede gilt nicht. Camilla wird sich auch mal ohne dich unterhalten. Sonntag ist der Tag der alten Freundschaft."

„Also gut", sagte Carsten. „Ich komme."

Zufrieden sah Peter ihn abfahren. Nun zu Katarin. Nachdem er mit Genuß und Ausdauer gefrühstückt hatte, schlenderte er gemütlich zur Trambahn. In der Stadt traf er Bekannte, was ihn daran hinderte, noch am gleichen Tage zu Katarin hinauszufahren. Auch am nächsten Tag, es war Sonnabend, kam er einfach nicht dazu. So rief er einfach an. Katarin war nicht da, Maria kam an den Apparat. Er bat, Katarin auszurichten, sie möchte morgen auf jeden Fall und unter allen Umständen zu ihm nach Harlaching kommen, so gegen ein Uhr.

So. – Wenn Katarin sich geschickt anstellte, konnte man so tun, als komme sie zufällig. Sie würde natürlich mitfahren. Und dann müßten Katarin und Carsten hinten im Auto sitzen, dicht beieinander, und kämen nicht darum herum, miteinander zu reden. Alle Befangenheit würde mit der Zeit vergehen, er würde schon dafür sorgen.

Zu Viola sagte er auch nichts, ihre Überraschung sollte echt sein. Zunächst ging alles planmäßig. Carsten kam pünktlich zum Essen. Viola produzierte mit Peters Assistenz ein vorzügliches Essen. Zuvor bekam Carsten einen Cocktail und dann noch einen. Peter war in bester Stimmung und sorgte für Unterhaltung. Carsten entspannte sich sichtlich, geriet seinerseits ins Reden, bald waren sie vertraut wie in alter Zeit. Zum Essen gab es eine Flasche Wein, danach rauchten sie geruhsam eine Zigarette. Verstohlen schaute Peter einige Male auf die Uhr. Es wurde Zeit, daß Katarin kam. Schließlich konnte er den Aufbruch nicht länger hinauszögern.

Es war sonntäglich still in der Villenstraße, die Luft trug wirklich eine schwache Ahnung von Frühling, wenn auch ein ziemlich starker Wind wehte. Der Himmel wölbte sich in einem verwaschenen hellen Blau, ungehindert drang die Sonne durch die kahlen Zweige.

Peter hielt einen kleinen Vortrag über den Zauber des Frühlings, behauptete, an den Büschen schon einen zarten Schimmer zu sehen, was ziemlich übertrieben schien. Gründlich untersuchte er den Fall. Aber dann bot sich wirklich keine Möglichkeit mehr, die Abfahrt zu verzögern.

Carsten schlug vor, mit seinem Wagen zu fahren. „Wenn es dir nichts ausmacht, Peter, aber das Fahren ist für mich eine wohltuende Entspannung."

„Bitte, bitte. Ich laß mich gern mal spazierenfahren", sagte Peter. Umständlich stieg er in den Wagen. „Komm, Geliebte, setz dich neben mich."

„Warum denn?" fragte Viola. „Ich sitze viel lieber vorn."

Im gleichen Augenblick bog Katarin um die Ecke. Viola sah sie sofort und vollendete geschickt: „Aber wenn du willst, komme ich natürlich zu dir." Und krabbelte in den Wagen.

Erst als sie saß, stieß sie einen Überraschungsschrei aus: „Katarin!"

Carsten, der mit dem Rücken zu Katarin stand und ihr Kommen nicht bemerkt hatte, drehte sich um.

„Kat!" rief Viola lebhaft. „Nett, daß du kommst. Eine Minute später wären wir weg gewesen."

„Hallo", sagte Katarin, verwirrt durch die unvermutete Situation. Immer dieses Herzklopfen, diese weichen Knie, wenn sie Carsten sah, es war zu dumm.

Peter nahm das Wort, ehe sie etwas sagen konnte. „Na, läßt du dich auch mal wieder blicken? Wir dachten schon, du seist gar nicht mehr in München. Wäre dir ganz recht geschehen, wenn du uns nicht angetroffen hättest, du treulose Tomate."

Katarin machte den Mund auf und machte ihn wieder zu. Sie wollte sagen: Ich war doch erst Dienstag bei euch, und du hast gestern angerufen, ich soll heute kommen. – Aber dann verstand sie, errötete und gab Viola und Peter die Hand.

„Die Herrschaften kennen sich wohl", krähte Peter, „Generalmusikdirektor Carsten, anerkannt musikalisches Genie – Katarin Brugge, international berühmte Pianistin. Na, Sie müssen doch schon mal voneinander gehört haben."

Alle lachten ein wenig gezwungen. Katarin gab Carsten scheu die Hand.

„Na los, steigt ein!" rief Peter. „Es wird Abend, bis wir wegkommen."

„Was denn?" fragte Katarin. „Soll ich denn mitfahren?"

„Wenn du nun schon mal hier bist, können wir dich doch nicht auf der Straße stehenlassen. Das wäre unfein. Und überhaupt, wo es hier soviel Amis gibt, da läßt man ein junges Mädchen nicht allein durch die Gegend sausen."

„Ja, aber . . ."

„Was denn noch?" rief Peter. „Steig ein!"

„Aber ich weiß ja gar nicht. – Wo fahrt ihr denn hin?"

„Spazieren halt. Frühling suchen. Kennst du den Chiemsee?"

„Nein."

„Höchste Zeit, daß du ihn kennenlernst. Steig ein!"

Verwirrt und völlig durcheinander blickte sie zu Carsten auf.

Hätte Carsten den geringsten Verdacht gehabt, in ein abgekartetes Spiel verwickelt zu sein, Katarins ratlose Augen mußten den letzten Verdacht vertreiben. „Steig ein", sagte auch er und hielt ihr die Tür auf. Ohne ein weiteres Wort rutschte Katarin auf den Sitz, und Carsten klappte die Tür zu.

Viola warf Peter einen raschen Seitenblick zu und schnitt eine Grimasse. Sie wußte Bescheid, ehe sie Peters pfiffiges Gesicht sah.

Die Autobahn war kaum befahren, nur wenige Wagen zeigten sich am Sonntag auf den Straßen, denn man benötigte eine besondere Genehmigung für sonntägliche Fahrten. Nur die großen amerikanischen Wagen und die flinken Jeeps schossen ungehindert über das breite Band der schönen Straße.

Das Land war zunächst flach und kahl, doch dann kamen sie durch den weiten Hofoldinger Forst, einen dichten Wald, der sich bis zur Tegernseer Abbiegung hinzog. Bald präsentierte sich das herrliche Panorama der Berge vor ihren Blicken. Weit und erhaben streckte sich die Alpenkette.

Peter ließ ihnen wenig Zeit, die Landschaft zu bewundern. Sein Mundwerk stand keinen Augenblick still, alles, was er je an Drolligem erlebt hatte, alle Anekdoten, die er kannte, alle Frivolitäten, die ihm einfielen, gab er zum besten. Katarin, trotz ihrer Befangenheit, mußte lachen. Carsten, der ernst und schweigend am Steuer saß, verlor immer mehr seine Reserve. Rede und Gegenrede flogen rasch hin und her. Auch Viola, die Peters Absicht durchschaute und der Katarins Hilflosigkeit leid tat, beteiligte sich lebhaft an der Unterhaltung, zog die beiden vorn immer wieder ins Gespräch. Sie durften nicht zur Besinnung kommen.

Aber in Katarins Kopf wirbelten die Gedanken. Auch sie durchschaute Peters Plan. Ohne Zweifel, es sollte so aussehen, als sei sie zufällig gekommen. Aber er hätte sie doch vorbereiten können.

Einige Male streifte sie Carsten mit einem kurzen Blick von der Seite und betrachtete sein Profil, in das sie sich damals zuallererst verliebt hatte, dieses kühne, scharfgeschnittene Profil. Sein Blick war gerade auf die Straße gerichtet, doch er schien nicht mehr so ernst und verschlossen wie zu Beginn der Fahrt, er lachte zu Peters Scherzen, gab treffende Antworten. Es war neu für sie, ihn am Steuer eines Autos zu sehen. Er fuhr rasch und sicher, der große, gutgepflegte Wagen brummte gleichmäßig die Straße entlang. Dann betrachtete sie seine Hände, ruhig und locker lagen sie um das Steuerrad, edel geformt, schön gegliedert. Geliebte Hände.

Von seinen Händen hob sie den Blick wieder vorsichtig zu seinem Gesicht. Diesmal fing er den Blick auf, ihre Augen kreuzten sich für eine Sekunde, erschreckt die ihren, unergründlich die seinen.

„Halt mal an", rief Peter, „da kommt eine Parkstelle! Mir fällt gerade etwas ein."

Peters Einfall erwies sich als eine Flasche Kognak, die er aus seiner Aktentasche zutage förderte.

„Ach, darum hast du die Tasche mit", sagte Carsten, „ich hab' mich schon gewundert, wozu du sie brauchst."

„Da ist noch viel drin", erklärte Peter, „hat alles Vati für seine lieben Kinder mitgenommen, der liebe, gute Vati."  .

Viola schüttelte den Kopf. „Total vertrottelt", stellte sie bekümmert fest, „an so was bin ich armes Weib gebunden."

Die Flasche machte die Runde, dann bot Peter Zigaretten an. „Nun können Sie weiterfahren, Chauffeur", sagte er.

Doch schon nach kurzer Zeit verlangte er wieder, Carsten solle halten. Diesmal kam aus der Aktentasche ein Fotoapparat zum Vorschein.

„Was denn", fragte Carsten ablehnend, „du willst doch nicht etwa fotografieren?"

„Ich bewundere deinen Scharfsinn", sagte Peter.

„Ich weigere mich", sagte Carsten, „ich hasse es, fotografiert zu werden."

„Na hör mal, bei deinem Charakterkopf!"

Kein Widerspruch half. Peter begann eifrig zu knipsen, die beiden Mädchen allein, Carsten mit Viola und Katarin, dann mußte Carsten ihn und die Mädchen knipsen. Er machte einen Riesenwirbel, ließ dazwischen wieder die Flasche kreisen und sorgte dafür, daß keiner einen klaren Gedanken fassen konnte.

Dann verkündete er eine neue Idee. Sie müßten unbedingt alle vier auf ein Bild, meinte er. Den nächsten amerikanischen Wagen hielt er an, ein junger Ami mit seinem Mädchen saß darin.

In fließendem Amerikanisch redete Peter auf ihn ein, und bereitwillig kletterte der Ami heraus, um die Aufnahme zu machen.

„So, nun haken wir uns ein, alle vier. Großaufnahme. Erstes

gemeinsames Treffen nach dem Kriege. Alle vier übriggeblieben. Wenn das keine Wolke ist!"

„Du bist das unmöglichste Stück, das ich kenne", sagte Carsten etwas ärgerlich, doch er lachte dabei.

Der Amerikaner nahm seine Aufgabe sehr ernst. Er suchte lange nach dem richtigen Standort, beorderte die Gruppe nach vorn und wieder zurück und knipste schließlich mit Sorgfalt. Die ganze Zeit stand Katarin zwischen Viola und Carsten. Er hatte seine Hand lose auf ihren Arm gelegt, die leichte Berührung genügte, daß ihr Herz heftig klopfte. Einmal während der langen Vorbereitungen wandte sie ihm das Gesicht zu und versuchte ein Lächeln. Seine Hand griff ein wenig fester um ihren Arm, in seinen Augen lag auf einmal eine seltsame Weichheit. Es war so wenig, es war fast gar nichts, aber es genügte, um ihre mühsam gewahrte Fassung erneut ins Wanken zu bringen.

Als das Bild endlich zustande gekommen war, revanchierte sich Peter, indem er seinerseits den Amerikaner und sein Mädchen aufnahm, die sich bereitwilligst in Positur setzten. Dann tauschte er noch mit ihnen die Adressen aus. Es erwies sich, daß die beiden Peters Namen gut kannten und begeisterte Anhänger seiner Musik waren. Peter ließ erneut die Flasche kreisen, sie schieden als gute Freunde.

„Na, was sagt ihr dazu, wie berühmt ich schon bin?" fragte Peter mit jungenhaftem Stolz. „Ich bin sicher, deinen Namen hätten sie nicht gekannt."

„Schon möglich", lachte Carsten, „es kränkt mich wirklich tief."

Bis sie endlich am Ziel anlangten, war Peter erschöpft. Beim Aussteigen flüsterte er Viola zu, er sei am Ende seines Repertoires, immerhin sei es ein abendfüllendes Programm gewesen.

„Jetzt langt es für eine Weile", meinte Viola, „laß sie nun mal zu sich kommen."

Die tolle Frau, die Sängerin, um derentwillen man hergekommen war, war gar nicht da. Sie sei mit ihrem amerikanischen Freund nach Salzburg gefahren, hieß es. Doch wohnte in diesem Haus, es war das Landhaus eines bekannten Malers, noch einer von Peters Bekannten. Wo hatte er schon keine Bekannten?

Sie wurden aufgefordert, zum Kaffee zu bleiben. Carsten wollte zunächst nicht. Es war ihm unangenehm, zu viert bei wildfremden Menschen hereinzuschneien. Aber Peter zerstreute seine Bedenken, er habe alles dabei, was man brauche, im Gegenteil, sie könnten ihre Gastgeber noch mit ernähren. Und er zauberte aus seiner Aktentasche Kaffee, zwei Flaschen Wein und Gebäck hervor.

Man blieb also, das Gespräch war lebhaft und angeregt. Zwar konnte man noch nicht im Freien sitzen, doch eine große Glasveranda, von der Sonne herrlich durchwärmt, erwies sich als angenehmer Aufenthaltsort. Die Münchner hörten allerlei Interessantes über das Landleben in dieser friedlichen, lieblichen Gegend, in der es jedoch auch eine Menge Unruhe und Ärgernisse gab. Viele Flüchtlinge, viele Evakuierte aus den Städten waren hier angesiedelt und mußten sich oft auf schwierigste Weise durchs Leben schlagen. Die Einheimischen begegneten ihnen in den meisten Fällen unfreundlich und abweisend.

„Eigentlich komisch", meinte Katarin, „man sollte denken, wenn man in einer so hübschen Gegend lebt", sie machte eine hinausweisende Bewegung auf See und Berge, „wenn man das immer vor Augen hat, müßte man ein guter Mensch sein. Wo kommen einem hier die bösen Gedanken, der Unfrieden und die Gehässigkeit her?"

„Ja mei", erwiderte ihr Gastgeber, „die Menschen sind überall böse. Sie wären es selbst im Paradies. Sonst sind sie eben keine Menschen mehr."

Katarin äußerte nach einiger Zeit den Wunsch, ein bißchen hinauszugehen. „Wir können doch nicht die ganze Zeit drin sitzen, ich dachte, ihr wolltet an die frische Luft?"

„Aber es ist doch furchtbar nett hier", sagte Peter verwundert, „ich dachte, wir gehen jetzt zum Wein über."

„Es ist reizend hier", entgegnete Katarin, „aber ich möchte so furchtbar gern mal auf die Landungsbrücke."

Sie hatte den Steg zuvor im Vorüberfahren gesehen und empfand Lust, hinauszugehen.

Peter war sichtlich faul. „Das ist eine Idee. Geht mal ein bißchen hinunter und guckt ins Wasser. Ich warte hier auf euch."

Katarin sah Carsten und Viola an. „Mögt ihr?"

Carsten nickte. „Gern."

Viola wollte eigentlich „Ja" sagen, aber rasch überlegte sie es sich anders.

Vielleicht sollte man die beiden allein gehen lassen. Sie schüttelte mit wichtiger Miene den Kopf. „Ich möchte lieber nicht. Es ist so windig. Morgen hab' ich Probe, ich darf mich nicht erkälten."

Katarin bereute ihren Vorschlag und war bereit, ihn zurückzuziehen. Zwar hatte sie immer gewünscht, einmal mit Carsten allein zu sein, aber nun schreckte sie davor zurück.

„Also lassen wir's", sagte sie.

„Warum denn?" fragte Carsten ruhig. „Ich gehe ganz gern ein paar Schritte, wenn ich schon mal hier draußen bin."

„O. K.", meinte Peter befriedigt, „dann geht mal, meine Kinder, Papi wartet hier auf euch. Einen Augenblick, trinkt erst noch einen Schnaps, das ist gut gegen den rauhen Seewind. Und fallt mir nicht ins Wasser."

Sie lachten, beide etwas befangen, und leerten ihre Gläser. Dann gingen sie.

Nebeneinander spazierten sie das Stück zum Landungssteg, ohne ein Wort zu sagen. Katarin vergrub ihre Hände in die Manteltaschen und sah vor sich hin. Nun war sie also endlich einmal mit ihm allein. Sollte sie oder sollte sie nicht? Würde sie die einigermaßen harmonische Stimmung des Tages zerstören, wenn sie eine Aussprache herbeiführte? Andererseits, wann bot sich wieder einmal die Gelegenheit, ihn ungestört zu sprechen? Und was sollte sie ihm eigentlich sagen? Sie wußte nichts mehr von dem, was sie sich ausgedacht hatte. Es war auch so schwierig, jetzt von diesem Nachmittag hier, vom Chiemsee aus, einen Übergang nach Berlin, einen Anschluß an so lang vergangene Zeiten und Ereignisse zu finden. Besser, man ließ es. Es mußte ja nicht über alle Dinge gesprochen werden.

Wie sollte sie ihm auch begreiflich machen, was sie für ihn empfand? Sie konnte doch nicht einfach sagen, daß sie ihn liebte. So etwas sagte man nicht übergangslos, nicht zu Carsten. Es gab ja auch gar keine Worte, ihr Gefühl verständlich zu machen.

Da auch er nichts sagte, kamen sie schweigend bis hinunter zum Steg. Vor ihnen, drüben im See, lag die Fraueninsel, ein romantischer, heimeliger Anblick, mit ihren kleinen windgezausten Häusern, dem ehrwürdigen Kloster und der Kirche.

„Da möchte ich mal hinüber", sagte Katarin, „es sieht so hübsch aus."

„Ist es auch", sagte er, „du solltest im Sommer mal hinfahren."

Sie gingen auf den Steg hinaus, doch ehe sie die Spitze erreichten, stockte Carsten plötzlich. Er zuckte zusammen und blieb stehen. Verwundert sah sie zu ihm auf. Sein Gesicht war totenblaß, Schweiß stand ihm auf der Stirn, mühsam unterdrückte er ein Stöhnen.

„Was hast du?" fragte sie erschrocken und griff nach seinem Arm.

„Nichts", sagte er gepreßt, „es ist gleich vorbei." Er stützte sich auf das Geländer und schien den Atem anzuhalten.

„O Hans", rief Katarin angstvoll, „was ist denn? Kann ich dir helfen?"

Langsam kehrte die Farbe in sein Gesicht zurück. Er zog ein Taschentuch hervor und trocknete sich die Stirn. Dann versuchte er zu lächeln.

„Was ist das?" fragte Katarin drängend. „Sag es mir, bitte."

„Ich habe es jetzt manchmal. Das heißt, in letzter Zeit sehr oft. Es kommt noch von meiner Verwundung her."

„Bist du denn noch krank?"

„Es ist ein Splitter von einem Geschoß, ein ziemlich großer. Er steckt in der Hüfte. Sie haben ihn wohl damals nicht gefunden. Jahrelang habe ich nichts von ihm gemerkt."

„Und jetzt?"

„Jetzt rührt er sich. Der Arzt meint, er wandert und ist von einem Entzündungsherd umgeben."

„Du, das ist schlimm!" rief Katarin mit kindlichem Entsetzen. Er lächelte. „Nun ja, es besteht die Gefahr, daß das Hüftgelenk verletzt wird."

„Kann man das nicht wegmachen?"

„Doch, das könnte man wegmachen", wiederholte er ihre Formulierung, „man müßte es halt herausoperieren. Und vermutlich wird mir nichts anderes übrigbleiben. Denn in letzter Zeit hab' ich viel Ärger damit. Neulich kam es mitten im Konzert, ich dachte, ich müßte abbrechen."

„Das ist schrecklich", sagte sie und sah ihn ängstlich und voll Mitgefühl an. Er blickte sie flüchtig an und lächelte wieder.

„So schrecklich nun auch wieder nicht. Ich habe Schlimmeres erlebt."

„Ja, ich habe davon gehört. Du bist lange Zeit sehr krank gewesen."

Langsam ging er weiter.

„Laß uns umkehren", sagte Katarin, „es ist besser, wenn wir nicht weitergehen."

„Wenn wir schon mal hier sind, gehen wir auch noch das Stück bis nach vorn."

„Wird es dir nicht schaden?"

„Ach wo, es geht schon wieder."

Katarin folgte ihm, tief in Gedanken versunken. Sie fühlte seinen Schmerz, als sei es ihr eigener. Nicht auszudenken, daß da so ein fremdes, gefährliches Ding in seinem Körper steckte und ihn quälte. Es mußte ihm immer noch sehr weh tun, sie sah jetzt, daß er hinkte. Ach, wenn sie ihm doch bloß helfen könnte! Aber dazu hatte sie kein Recht mehr, es waren andere da, die sich um sein Wohlbefinden kümmerten.

Sie standen nun vorn und blickten auf die bewegte Wasserfläche, auf die Berge drüben über dem See und die kleine Insel im Wasser. Aber Katarin sah es kaum, sie erstickte fast an dem, was sie so gern gesagt hätte.

436

„Tut es noch weh?" fragte sie.

„Nein. Denk nicht mehr dran."

Er begann ein Gespräch, nannte die einzelnen Orte im Umkreis, sogar einige Berggipfel waren ihm dem Namen nach bekannt. Letzten Sommer war er einmal zum Baden am Chiemsee gewesen. „Das Wasser ist herrlich", sagte er, „warm und weich."

„Ich bin schon mehrere Jahre nicht mehr geschwommen", meinte Katarin schließlich, nur um etwas zu sagen.

„Wie kommt denn das?" fragte er freundlich verbindlich. „Du warst doch früher eine leidenschaftliche Schwimmerin."

„Letzten Sommer hatte ich keine Gelegenheit, hinauszufahren. Allein macht es auch keinen Spaß. Und das Jahr zuvor war ich noch zu krank."

Er stellte keine weiteren Fragen, blickte wieder auf den See hinaus.

Es war kühl und windig auf dem Steg. Katarins Haare tanzten um ihren Kopf, zerzausten sich. Das Wasser war bewegt, die kleinen kurzen Wellen trugen weiße Schaumkronen, auf denen die Sonne blitzte.

Katarin sprach sich selbst Mut zu. Nun war sie hier mit ihm allein, durch einen wunderbaren Zufall. Nein, durch Peters Hilfe. Sie durfte die Gelegenheit nicht vorübergehen lassen.

Sie ballte die Fäuste in den Taschen ihres Mantels, sah beschwörend zu ihm auf und stieß ein heftiges „Hans!" hervor.

Er löste seinen Blick aus der Ferne, sah sie an. An ihrem Gesicht, ihren Augen sah er, was kommen sollte, machte eine abwehrende Handbewegung, doch sie war nun nicht mehr aufzuhalten.

Hastig, drängend, überstürzt kamen die ersten Worte. „Ich bin froh, daß ich endlich mal allein mit dir sprechen kann. Ich wollte es, seit ich in München bin. Aber ich wußte nicht, wie ich es anfangen sollte." Sie stockte. „Ich habe dir doch soviel zu sagen."

Sein Gesicht war freundlich reserviert, seine Stimme kühl, als er entgegnete: „Wozu denn? Lassen wir die alten Geschichten begraben sein."

„Aber sie sind nicht begraben", widersprach Katarin heftig, „nicht für mich. Für mich waren sie es nie. Ich bin über all das nicht hinweggekommen, nicht eine Stunde. All die Jahre hat es mich gequält. Ich habe nichts vergessen." Leiser fügte sie hinzu: „Nicht meine Liebe zu dir und nicht die Gemeinheit, die ich dir angetan habe."

Er blickte unbehaglich drein und wollte etwas sagen, doch sie ließ ihn nicht zu Wort kommen. Sie hatte es falsch angefangen, war mit beiden Füßen in das Thema gesprungen, statt ihm vorsichtig und geschickt näherzukommen. Aber nun war es schon gleich, nun würde sie sagen, was sie auf dem Herzen hatte.

„Nein, sag nichts. Ich weiß, es war eine große Gemeinheit. Glaube nicht, daß ich es nicht gewußt habe. Damals schon. Genau wie ich wußte, daß es eine Riesendummheit ist. Und heute, ach, was heißt heute, schon kurz danach konnte ich nicht mehr verstehen, warum ich es getan habe."

Sie blickte ihn verzweifelt an, alle Not, alle erlebte Enttäuschung stand in ihren Augen. „Ich weiß selber nicht, was mit mir los war. Es überfiel mich wie eine Krankheit, wie ein Wahnsinn. Ich habe den anderen doch gar nicht geliebt, ich hab' es mir bloß eingebildet. Es – es – war etwas ganz anderes. Etwas Unverständliches."

„Aber laß das doch!" warf Carsten unwillig ein.

„Nein", rief sie erregt, „ich muß es dir sagen! Bitte, glaub mir das eine, ich bin seit damals nicht eine Stunde glücklich gewesen. Nicht eine Stunde. Du warst meine erste Liebe. Und meine einzige. Und ...", sie zögerte einen Augenblick und setzte dann tapfer hinzu, „... so ist es bis heute geblieben."

Er sagte nichts darauf. Eine Weile blieb es still auf dem Landungssteg. Der See gluckerte leise um die Bohlen. Carsten sah sie nicht an. Ihr offenes, rückhaltloses Geständnis traf ihn tiefer, als er sich selber zugeben mochte. Es hatte ihn ja damals vor allem gekränkt, daß ihre Liebe so klein gewesen war, so armselig, und so leicht beiseite geräumt werden konnte. Aber es überraschte ihn jetzt nicht, das Gegenteil von ihr zu hören. Er glaubte es ihr auch. Denn wie eng und vertraut die Bindung zwischen ihnen gewesen war, wußte er am besten.

Katarin sprach weiter, atemlos, gehetzt, entschlossen, alles zu sagen. „Es wäre nie geschehen, wenn du bei mir gewesen wärst. Der verdammte Krieg ist schuld. Ich war so jung und dumm, so unerfahren. Ach, glaub mir doch, ich war einfach zu jung damals, um richtig zu begreifen, was du für mich bist. Mir ging es auch zu gut, ich hatte keine Sorgen mehr, und, ach, ich weiß selber nicht, ich war eitel, eingebildet, es gefiel mir, von einem auffallenden Mann mit Aufmerksamkeit bedacht zu werden. Vielleicht war es auch, weil Luisa sich für ihn interessierte und ich sie ausstechen wollte. Vielleicht war es auch nur, weil er eben ein ausgesprochener Casanova-Typ war und ich wie eine dumme Gans darauf hereinfiel. Ich weiß es nicht."

Ja – so war es gewesen und so war es auch wieder nicht gewesen. Katarin wußte es wirklich nicht mehr genau. Natürlich kam noch anderes dazu, an das sie jetzt nicht mehr dachte, nicht mehr denken wollte. Eine große erotische Lockung, die nun einmal von Männern wie André ausging und die jede Frau einmal, mindestens einmal gekostet haben möchte.

Carsten unterbrach sie. „Warum erzählst du mir das alles? Du bist mir doch keine Rechenschaft schuldig. Das ist alles lange vorbei und vergessen."

„Aber es ist nicht vorbei und vergessen", widersprach sie leidenschaftlich. „Nicht bei mir. Kannst du nicht verstehen, daß ich nur eine Dummheit gemacht habe, die im Grunde gar nichts mit uns zu tun hatte? Oh, ich wünschte, du wärst einfach gekommen, hättest mir eine heruntergehauen und mich mit fortgenommen."

Er lächelte unwillkürlich. „Das ist natürlich ein probates Mittel, eine Liebe zu festigen. Sicher hat es was für sich, gewisse Frauen so zu behandeln. Ob es aber für kultivierte Leute die richtige Methode ist, möchte ich bezweifeln. Mir jedenfalls liegt sie nicht."

„Für mich wäre es aber damals richtig gewesen", beharrte sie, „ich hab' mich ja gar nicht wohl gefühlt in meiner Haut. Und ich wußte schon ganz kurz danach, daß ich es falsch gemacht habe. Aber da war es zu spät. Zu spät für uns."

„Ja, das war es", bestätigte er ruhig in abschließendem Tonfall und machte Miene, zurückzugehen.

Katarin sah ihn eindringlich an, vor Erregung hatte sie die Lippen geöffnet. „Du kannst mir nicht verzeihen, nicht wahr? Du kannst mich nur noch hassen?"

Bei diesen theatralischen Worten zog er unwillig die Brauen zusammen. „Ich hasse dich nicht. Und ich habe dir auch verziehen, wenn wir solche dramatischen Wendungen überhaupt gebrauchen wollen. Ich habe sogar vergessen. Es ist Zeit genug vergangen, ich habe viel erlebt, Dinge, die schrecklicher und wichtiger waren als das Ende einer Liebe, schlimmer als eine Frau, die einem davonläuft. Und deswegen wollen wir die alten Geschichten endgültig ruhen lassen. Du tätest mir einen Gefallen damit."

Katarin überlegte verzweifelt. Es war nicht gegen ihn anzukommen, sie rannte gegen eine Wand. Zum erstenmal kroch eisig die Erkenntnis in ihr Herz, daß er nicht mehr das geringste für sie empfand, daß das Gefühl, das sie immer noch in ihm vermutet hatte, endgültig gestorben war. Dieser Gedanke machte sie vollkommen mutlos. Lieber sollte er sie hassen, sollte sie schlagen, hier ins Wasser werfen, nur nicht diese Gleichgültigkeit. Sie konnte und wollte nicht vergessen, was zwischen ihnen war. Vor Unglück schossen ihr die Tränen in die Augen. Hilflos und ratlos blickte sie zu ihm auf.

„Ich möchte dir so gern alles erklären", murmelte sie töricht.

„Aber ich will es gar nicht wissen", sagte er, nun auch heftig. „Es ist ohnedies alles klar genug. Du hast dich damals verliebt, weil ich so lange nicht da war. Schön, es war keine richtige Liebe, es war eine Dummheit. Aber das spielt keine Rolle mehr. Nicht für mich. Viele Frauen haben ihre Männer betrogen während des Krieges, gute, glückliche Ehen sind auseinandergegangen. Das Ganze ist eine alltägliche, banale Geschichte, die in den vergangenen Jahren oft genug vorkam. Man braucht darüber keine Worte zu verlieren."

„Aber ich . . ."

„Du bist wie alle Frauen. Ich mußte mich damit abfinden. Und ich habe mich damit abgefunden, hörst du. Für mich ist die ganze Sache abgetan und erledigt. Erledigt, verstehst du!" Er sah sie jetzt fast drohend an. „Wir wollen nicht noch nachträglich ein Drama daraus machen."

Plötzlich empfand Katarin trotz all ihrer Herzensangst und Verzweiflung einen wilden jähen Zorn. Sie riß die Hände aus den Taschen, stampfte mit dem Fuß auf, und während ihr die Tränen aus den Augen stürzten, schrie sie wild und unbeherrscht:

„Aber für mich ist es nicht abgetan und erledigt! Für mich nicht! Ich habe niemals vergessen. Ich leide unter alldem, ich leide seit Jahren darunter. Es hat mein ganzes Leben vergiftet, es verfolgt mich Tag und Nacht. Du hast mich ständig begleitet, wo ich auch war. Immer warst du da und hast mich gequält und gepeinigt. Ich kann mit keinem anderen Mann leben, ich mag gar keinen anschauen. Deinetwegen muß ich immer allein sein. Weil ich dich liebe. Weil ich immer und immer und immer nur dich geliebt habe. Und ich kann es nicht mehr ertragen, ich möchte endlich einmal Ruhe finden, möchte wieder Mensch sein, ich . . ." Die Stimme versagte ihr. Getrieben von dem Verlangen, ihn zu berühren, seine Kälte, seine Ablehnung zu durchbrechen, schlang sie beide Arme um ihn und vergrub ihr tränenüberströmtes Gesicht an seiner Schulter.

Carsten stand reglos, mit steifen Armen und betroffenem Gesicht. Dieser hemmungslose Ausbruch war seinem beherrschten und gemäßigten Wesen unverständlich und peinlich. Aber es war Katarin, die so etwas fertigbrachte, Katarin, die jetzt weinend und vollkommen außer sich an seiner Brust lag. Nicht das Mädchen Katarin, das er geliebt hatte, es war eine fremde, unbekannte Frau, die ihn nichts anging, die er nicht kannte. Oder kannte er sie doch? Das, was sich eben hier abgespielt hatte, das kannte er wohl, dieses wilde Ungestüm, dieses unbeherrschte Temperament, das kannte er. Und er kannte auch den Duft ihres Haares, der auf einmal bei ihm war. Jäh und wild brach auch in ihm etwas auf, stärker als sein kühler

Verstand, mächtiger als die Kränkung, die ihm widerfahren war. Ja, sie hatte recht, nichts war vorbei und erledigt und abgetan, alles, was damals geschah, hing noch in der Luft, die Liebe, das Beisammensein, das Auseinandergehen, alles war noch da, lebendig und unvergessen, nicht nur bei ihr, auch bei ihm.

Aber diese Situation! Er spähte zum Land hinüber. Wenn jemand sie beobachtete. Oder wenn jemand auf die Brücke kam.

Er faßte sie an den Armen und schüttelte sie ein wenig. „Nimm dich doch zusammen!" sagte er, härter als beabsichtigt. „Was soll das Theater?"

Katarin zuckte zusammen. Sie löste sich von ihm, wandte sich ab und trat ans Geländer. Sie schämte sich. Großer Gott, monatelang hatte sie sich auf dieses Gespräch vorbereitet, und nun benahm sie sich wie eine Wahnsinnige, verdarb alles durch ihre Unbeherrschtheit. Ach, wie sie sich schämte! War es nicht die verkehrteste Art gewesen, mit ihm zu sprechen? Nach diesem Auftritt konnte sie ihm in Zukunft nur noch aus dem Weg gehen. Theater, hatte er gesagt. Natürlich, so mußte es auf ihn wirken. Sie grub wütend die Zähne in die Unterlippe.

Er trat neben sie ans Geländer, sie drehte ihr Gesicht weg, damit er sie nicht sehen sollte, verheult, beschämt und ratlos.

„Beruhige dich", sagte er, wieder mit freundlicher und ruhiger Stimme. „Laß uns vernünftig sein. Ich verstehe ja, daß dich das alles bedrückt hat. Wenn ich gewußt hätte, daß es dir so wichtig ist, hätten wir längst einmal darüber sprechen können. Aber ich nahm an, es sei für dich alles längst erledigt."

„Erledigt!" Sie fuhr wieder auf bei dem verhaßten Wort. „Für mich ist nichts erledigt. Für dich ist es erledigt. Es kann nicht weit her gewesen sein mit deiner Liebe, wenn du so schnell darüber hinweggekommen bist."

Er lachte gutmütig, verblüfft. „Komm, komm. Peter würde sagen: bleib auf dem Teppich. Was hätte ich denn machen sollen? Mir das Leben nehmen? Es hing sowieso nur an einem seidenen Faden. Du vergißt ganz, daß ich ja damals kein freier Mann war. Ich hatte gar nicht soviel Zeit, um mich in tiefe Verzweiflung zu stürzen."

„Du warst also gar nicht verzweifelt?" fragte sie tief erstaunt, vergaß ihr Aussehen und sah ihn an, maßlos überrascht von seinen Worten.

Er lächelte. Was für ein Kind sie war, immer noch. Er umfaßte ihre beiden Arme, zog sie zu sich heran. „Sei nicht kindisch, Katarin. Ich brauche dir nicht zu erklären, wie unglücklich ich war. Ich hatte dir doch vertraut. Ich konnte es gar nicht glauben, als Luisa mir alles erzählte."

„Ach, Luisa!" stieß Katarin unwillig hervor. „Sicher hat sie mich richtig schlechtgemacht."

„Keineswegs. Sie war sehr nett und sehr lieb zu mir. Und sie hat es mir eigentlich genauso geschildert wie du heute. Sie nannte ihn auch einen Casanova, diesen Mann, und sie nannte dich ein neugieriges, gefallsüchtiges kleines Schaf, das ihm bereitwillig in die Arme lief. Damals hatte ich natürlich kein Verständnis dafür. Heute habe ich gelernt, daß es Situationen gibt im Leben, die stärker sind als der härteste Wille. Ich weiß auch, daß du keineswegs ein willensstarkes, beherrschtes Mädchen warst. Du warst immer sehr neugierig auf das große Leben. Ich kann mir daher gut vorstellen, wie das damals war. Vielleicht wäre es wirklich nicht geschehen, wenn wir uns nicht hätten trennen müssen. Aber damals war ich vor allem gekränkt und enttäuscht, sonst hätte ich dich vielleicht wirklich zurückholen müssen. In der Praxis ist eben alles immer ein wenig anders als in der Theorie. Und wenn man liebt, ist man nie so gerecht, jedes Für und Wider sachlich abzuwägen."

Katarin hörte ihm schweigend zu. Jetzt fragte sie: „Also hast du mich geliebt?"

Ihre Gesichter waren dicht voreinander, er hielt noch immer ihre Arme umfaßt, schüttelte sie jetzt und sagte: „Das weißt du doch."

Katarin lag es auf der Zunge, zu fragen: Und jetzt? Doch sie beherrschte sich. Sie hatte schon genug Blödsinn geredet heute. Er ließ sie los. Minutenlang standen sie schweigend nebeneinander, der Faden war verlorengegangen, das Gesagte und Ungesagte, der nahe Blick in die Augen, die Berührung hatten sie beide verwirrt. Ja, auch ihn. Er gestand es sich selbst verwundert ein. Ihre Nähe, ihr verweintes, unglückliches Gesicht, der Duft ihres Haares, ach, tausend unnennbare Dinge löschten die vergangenen Jahre aus. Nein, es war Torheit, was er ihr gesagt hatte, nichts war vorbei, alles war wieder da, als sei es gestern gewesen, ihre junge Liebe, ihre Vertrautheit, ihr Verstehen, die gleichen Neigungen, die gleichen Interessen, das verschiedene Temperament, das sich doch so gut zusammenfügte, alles war wieder da, auch seine bittere Enttäuschung, sein Zorn, sein Schmerz, sieben lange Jahre konnten es nicht vergessen machen.

Es war schwer, einen Übergang zu finden. Schließlich sagte Katarin: „Ich muß entsetzlich aussehen, ich weiß gar nicht, wie ich Peter und Viola unter die Augen treten soll."

„Es ist nicht so schlimm", sagte er, „im Wind trocknen die Tränen schnell." Er lächelte, gütig, verstehend, fast wie früher.

Katarin stieg es heiß ins Herz. „O Hanno", sagte sie, flehend, beschwörend.

Carsten, als er den alten Namen hörte, den Namen ihrer vertrauten Stunden, kämpfte sekundenlang um seine Beherrschung. Er hatte plötzlich das Verlangen, sie in die Arme zu nehmen und zu küssen. Es war ein Verlangen, so heiß und unkontrollierbar, wie er es seit Jahren nicht mehr kannte. Seine Hände schlossen sich fest um das Geländer, er sah sie nicht an, um sich nicht von dieser jähen Aufwallung hinreißen zu lassen.

„Gehen wir?" fragte er ruhig.

Schweigend, wie sie gekommen waren, gingen sie den Weg zurück. Aber es war ein anderes Schweigen, beide fühlten sie, daß wohl vieles gesagt worden war, doch nicht das Entscheidende. Langsam begann es zu dämmern, der Himmel verfloß in opalfarbenen Tönen, die Berge drüben versanken im Blau. Oben auf ihren Gipfeln blitzte der Schnee noch in der Sonne.

Kurz bevor sie ins Haus traten, sagte Katarin: „Ich habe gehört, du wirst heiraten."

„So? Wer sagt das?"

„Och, alle Leute. Diese Baronin." Da er nichts sagte, fuhr sie unsicher fort, ärgerlich über sich selbst, daß sie sich zu dieser Bemerkung hatte hinreißen lassen: „Eine sehr schöne Frau. Sie spielt ja eine große Rolle in der hiesigen Gesellschaft, wie man mir sagte."

„Ja, das tut sie."

Katarin unterdrückte eine rasche zornige Aufwallung. Oh, wie sie das kannte, diese überlegene, unerschütterliche Art. Er ließ sich nicht herausfordern, auf keinen Fall provozieren. So war er immer gewesen. Und immer hatte sie sich den Kopf daran eingerannt.

Sie schluckte ihren Ärger stumm herunter. Jedes weitere Wort schien sinnlos. Wenn er sie nicht mehr liebte, wenn er die andere Frau vorzog und sie heiraten wollte, was konnte sie dagegen tun? Sie machte sich nur lächerlich mit jedem Wort, das sie sagte. Viel zuviel hatte sie schon gesagt. Aber es änderte nichts. Auch wenn er heiratete, es würde nichts an ihrer Liebe ändern. Nicht daran, daß sie sich nach ihm sehnte. Doch sie mußte froh sein, daß sie nicht mehr so fremd aneinander vorübergingen, daß wenigstens ein Rest der alten Freundschaft zurückgekehrt schien.

Und dann dachte sie: Zum Teufel, ich will seine Freundschaft nicht! Ich will ihn ganz. Ich will seine Liebe. Er soll mir gehören.

Und wenn ich ihn nicht haben kann, dann will ich ihn nie wiedersehen.

Sie sagte rasch, ohne ihn anzusehen: „Nun, ich wünsche dir auf jeden Fall, daß du glücklich wirst. Daß dich keine Frau mehr enttäuscht. Hoffentlich – ich meine, hoffentlich hast du richtig gewählt. Ich weiß ja, wie du bist – ich meine, du bist ja – es ist nicht so einfach, den richtigen Partner zu finden, wenn man ...", sie verhedderte sich rettungslos und gab es auf.

Er blieb stehen, die Hand schon auf der Klinke, und schaute sie an, lächelnd, ein wenig spöttisch und ein wenig gerührt. Dann sagte er: „Ich weiß, daß es nicht einfach ist. Aber ich weiß auch, daß mich keine Frau mehr enttäuschen kann."

Doch schon während er es aussprach, wußte er, daß es eine Lüge war. Daß er sich selbst belog. Auf seinem Gesicht lag ein leicht verwundertes Lächeln. Und plötzlich war er glücklich, ganz einfach glücklich, er hätte nicht zu sagen gewußt, warum.

Donga kam zurück, in allerbester Laune, noch hübscher als zuvor. Sie hatte neue Kleider, neue Kostüme, Mäntel, die duftigste Wäsche, die elegantesten Schuhe, die verrücktesten Hüte. Stolz und übermütig wie ein Kind breitete sie alles vor Maria und Katarin aus. Der letzte Rest ihrer stachligen Abwehr gegen die Menschen und das Dasein war verschwunden, sie hatte sich in eine glückliche junge Frau verwandelt. Ihre Tournee durch die Staaten war ein einziger Siegeszug gewesen, man hatte sie überall stürmisch gefeiert, es lagen Angebote für lange Zeit vor. Außerdem hatte sie drüben geheiratet.

Sie wollte nicht länger als drei Monate hierbleiben, nur eben ihre Konzertverpflichtungen in Europa erfüllen und dann wieder hinüberfliegen.

„Und sobald es geht, kommst du auch herüber", sagte sie zu Katarin, „ich hab' mir das schon ausgedacht. Nächsten Herbst und Winter machen wir eine Konzertreise quer durch die USA, vielleicht anschließend Südamerika. Mein Manager ist eine Perle. Du wirst meine Begleiterin sein."

„Ich?" fragte Katarin fassungslos.

„Ja, du. Mit dir kann ich prima arbeiten. Und Maria muß überhaupt für immer mitkommen. Ich brauche dich, Maria. Wir haben eine Wohnung in New York, und Jacques will noch ein Landhaus an der Küste kaufen. Ich kann mich nicht um den Haushalt und um all das kümmern. Ich muß arbeiten. Du mußt einfach mitkommen."

„Aber Donga", sagte Maria. „Was willst du mit mir? Ich bin eine verbrauchte Frau. Ich weiß überhaupt nicht, warum ich noch lebe."

„Drüben wirst du es wieder wissen. Die Menschen sind dort alle so unbeschwert, so unkompliziert. Man lebt da viel einfacher. Was willst du hier allein? Immer nur über die Vergangenheit nachgrübeln? Und ich brauche dich wirklich. Du hast mir jetzt schon so gefehlt. Und überhaupt..." Sie machte ein geheimnisvolles Gesicht, dann sagte sie, halb verlegen, halb trotzig: „Ihr könnt mich ja auslachen, aber ich will ein Kind haben. Jawohl, das will ich, ich hab' mir das immer gewünscht. Ein Kind, das glücklich aufwachsen kann, nicht so wie ich. Und ich will es bald."

Auch für Maria und Katarin hatte sie eine Menge Geschenke mitgebracht. Katarin war begeistert, endlich wieder einmal etwas Neues anziehen zu können.

Donga erzählte, daß man drüben mit ihrem Schicksal viel Reklame gemacht habe. „Mein halber Erfolg war schon das Drum und Dran", sagte sie ehrlich. „Für die Amerikaner ist es wahnsinnig romantisch, daß ich im KZ war und all das. Mein Manager hat die Geschichte mächtig ausgeschlachtet. In der Zeitung konnte ich lesen, was ich alles Schreckliches erlebt habe. Daß man mir die Hände verbrannte, damit ich nicht mehr spielen konnte, wie ich in einem dreckigen Loch bei Ratten und Schlangen lag, dem Verhungern nahe, wie ich schon halb im Gasofen war und nur durch ein Wunder wieder herauskam und lauter solche Sachen. Ich war selber neugierig, was ihm noch alles einfallen würde. Aber ich habe es natürlich nicht geduldet, ich habe dementiert, wann immer ich konnte. Es sind genug schlimme Geschichten im Umlauf. Man muß es nicht noch schlimmer machen."

„Das finde ich anständig von dir", meinte Katarin.

„Mein Manager war furchtbar böse. Jacques wollte sich totlachen und nannte mich ein rührendes kleines deutsches Schaf. Dabei bin ich gar keine Deutsche. Aber ich hab's trotzdem nicht geduldet. Ich habe nicht nur Schlechtes in Deutschland erfahren, ich kenne viele Menschen, die gut zu mir waren und die ich gern habe. Schließlich weiß ich, wie es wirklich war, denn ich habe hier gelebt. Das Gute und das Schlechte hält sich die Waage. Jedem Menschen, der es hören wollte oder nicht, erzählte ich, daß durchaus nicht alle Deutschen Nazis waren, nicht alle böse und schlecht und brutal. Das hat die Leute immer sehr verwundert. Und darüber hinaus genieße ich jetzt den Ruf, ein wahnsinnig edler Mensch zu sein."

Auch für Katarin hatte Donga eine Neuigkeit. „Übrigens habe ich einen Bekannten von dir getroffen."

„Wen denn?" fragte Katarin neugierig.

„Deinen Freund André."

„Ach! Wirklich?"

„Ja, er lebt in New York, ist Teilhaber in der Firma seines Schwiegervaters. Es geht ihm gut, er ist immer noch charmant und sieht prachtvoll aus. Aber er ist noch kälter und geleckter als früher", sagte Donga schonungslos, „mir gefällt er weniger denn je."

„Und seine Frau?"

„Kenne ich auch. Sehr fesch, sehr selbständig. Jeder von den beiden geht seinen eigenen Weg."

„Hat er nach mir gefragt?"

„Natürlich. Ich hab' mächtig angegeben. Ich sagte, du seist hier ein strahlender Stern am Musikhimmel, deine Konzerte seien stets ausverkauft. Es ginge dir prima. Er hat große Augen gemacht."

Katarin freute sich. Es war fein, vor André groß und prächtig dazustehen. In ihrem Herzen rührte sich nichts, es war, als hörte sie von einem Fremden erzählen. Es war seltsam.

„Mit der Liebe ist es komisch", sagte sie. „Wenn keine gleichen Gedanken und Gefühle da sind, kein Verstehen in den wesentlichen Dingen des Lebens, keine gemeinsame Ebene, auf der man sich begegnet, dann ist es auch gar keine Liebe. Kann gar keine sein. Was ist schon Leidenschaft, was Erotik, nebensächliche Punkte, die nur bedeutend werden, wenn sie von der Zärtlichkeit und der Güte des Herzens, vom Einklang zweier Herzen begleitet sind."

Maria lächelte. Es war gut, wenn eine Frau dies entdeckte. Und jede mußte selbst zu dieser Erkenntnis kommen, es genügte nicht, ihr davon zu erzählen. Manche freilich erfuhren es nie. Und manche wußten es und fanden den Partner nicht für die Liebe, die als Keim in ihrem Herzen bereit lag. Und manche hatten den Partner gefunden und verloren ihn, durch das Leben oder durch den Tod. Doch sie waren nicht die Ärmsten. Denn sie hatten einmal wenigstens das Wunder erlebt, das große Wunder einer wirklichen Liebe.

Zu Carstens Premiere in der Oper bekam Katarin zwei Karten zugeschickt. Sie freute sich maßlos, daß er an sie gedacht hatte.

Zusammen mit Donga ging sie erwartungsvoll hin, traf Viola und Peter. Doch Carsten sahen sie an diesem Abend nach der Vorstellung nicht. Es hieß, er fühle sich nicht wohl.

Wenige Tage darauf war Katarins zweiter Münchner Klavierabend. Wie versprochen, kam Anger, den sie rechtzeitig benachrichtigt hatte, nach München. Und als Überraschung erschien Friedel mit ihrem Hank. Sie wollte endlich mal einen von Katarins Erfolgen miterleben, sagte sie.

Der Saal war diesmal wirklich ausverkauft, so bekannt war ihr Name nun schon. Es wurde ein schöner, runder Erfolg, der sie befriedigte.

Auch bei dieser Gelegenheit sah sie Carsten nicht. Am nächsten Tag erfuhr sie aus der Zeitung, daß er krank war. Er lag in der Klinik, um operiert zu werden.

Ob es wohl der Splitter war, der ihm kürzlich solche Schmerzen bereitet hatte? Sie rief in der Klinik an und erkundigte sich nach seinem Befinden. Er war schon operiert worden, erfuhr sie, dem Patienten gehe es zufriedenstellend.

Katarin überlegte, was zu tun sei. Sie konnte ihm einen Brief schreiben, sie konnte Blumen schicken, sie konnte schließlich, dazu gehörte nur ein bißchen Mut, sie konnte ihn ganz einfach besuchen.

Aber es war wohl noch zu früh dazu. Ohnedies hatte sie mit den Besuchern viel Betrieb. Sie widmete sich Anger, solange er da war, und war viel mit Friedel und Hank zusammen.

Die beiden waren immer noch ein glückliches Paar. Der große breitschultrige Amerikaner mit seinem sympathischen Wesen war wirklich eine Eroberung, über die sich Friedel freuen konnte, bei ihm würde sie gut aufgehoben sein. Anfang des Sommers erwartete er seine Entlassung aus der Armee, dann wollten sie heiraten. Friedel gestand, daß sie den Tag herbeisehne, an dem sie Karlsburg verlassen könne. Alles ginge ihr dort auf die Nerven, am meisten die eigene Familie. Womit sie natürlich nicht die Mutter meine, sondern Lenchen und deren Anhang.

Otto war vor einiger Zeit aus der Haft entlassen worden. An seinem Wesen habe sich nichts geändert, berichtete Friedel. Er stolziere noch genauso aufgeblasen umher und sei von seiner Wichtigkeit überzeugt wie eh und je, im Gegenteil, er fühle sich jetzt obendrein als Märtyrer und habe zunächst die ganze Familie tyrannisiert mit dem Anspruch, bemitleidet und bevorzugt behandelt zu werden. Bald wurde er wieder recht aktiv. Im Lager hatte er interessante Bekanntschaften gemacht, darunter einen Fabrikanten aus dem Rheinland. Mit dem und einigen anderen arbeite er nun zusammen.

„Was heißt schon arbeiten", sagte Friedel mit verächtlich hochgezogener Nase. „Er schiebt."

Ja, wahrhaftig, Schwager Otto, der getreue Gefolgsmann seines Führers, verdiente am Unglück seines einst so hochgepriesenen Vaterlandes.

„Das ist ja reizend", meinte Katarin, „ganz reizend."

Friedel wußte sogar nähere Einzelheiten. Von dem Rheinländer bekam er Lieferungen, Rasierklingen, Scheren, Messer und ähnliches, die Sachen wurden zum Teil in Deutschland selbst vertrieben, zum größten Teil nach Österreich verschoben, sogar mit Hilfe amerikanischer Militärzüge. Es existierte ein Verbindungsmann auf dem Frankfurter Bahnhof.

„Das ist ja ein tolles Ding", wunderte sich Katarin, „ausgerechnet Otto."

„Das schlimmste ist, die Sache geht großartig", erzählte Friedel erbost, „und der Kerl verdient einen Haufen Geld damit. Du würdest dich wundern, was er schon wieder für ein lockeres Mundwerk hat."

Lenchen, so erzählte Friedel weiter, war zunächst von der Sache sehr angetan. Geld kam ins Haus, schwarze Ware, sie konnte kaufen, was ihr Spaß machte, und wieder eine Rolle spielen. Nach und nach fand sie ein Haar in der Suppe, weil nämlich Otto immer öfter auf Reisen ging und Lenchen den nicht unberechtigten Verdacht hegte, der gute Otto sei nicht nur aus Geschäftsgründen, sondern auch zu seinem Vergnügen unterwegs. Es kursierten in Karlsburg Gerüchte, daß man ihn oft in berüchtigten teueren Nachtlokalen in Frankfurt oder im Rheinland gesehen habe. Und was das tollste war, Otto, der Tugendhafte, der aufrechte deutsche Mann, er hatte seit neuestem eine Freundin.

Er konnte es sich leisten. Von Lenchen empört zur Rede gestellt, machte er nicht einmal Ausflüchte, sondern erklärte seelenruhig, jawohl, so sei es. Ob sie was dagegen habe? Jahrelang hätte er nun gelitten und sei dafür bestraft worden, daß er für sein Volk gearbeitet habe, im guten Glauben, das Richtige zu tun. Man hätte ihm beibringen wollen, daß er eine Schuld auf sich geladen habe, nur weil er seinem Land und seinem Führer gedient habe. Jetzt sei er klüger geworden, jetzt arbeite er nur noch für sich, man solle ihm künftig den Buckel herunterrutschen mit Moral, Anstand und Treue.

„Das tollste ist, er glaubt selber, was er sagt. Er ist fest davon überzeugt, daß ihm Unrecht geschehen ist. Nun rächt er sich an der Welt. Ungefähr unter dem Motto: Ihr wollt nicht, daß ich ein anständiger Mensch bin, bitte, ich kann auch anders."

„Das ist ja die Höhe!" staunte Katarin. „Und Lenchen?"

„Na, du kannst dir vorstellen, was die angibt. Erst hat sie geschimpft und Szenen gemacht, jetzt heult sie uns die Ohren voll. Otto hat ihr kühl erklärt, wenn es ihr nicht passe, bitte, sie könne sich ja scheiden lassen. Ihm sei es recht. Stell dir vor, Lenchen als geschiedene Frau. Die Haare stehen ihr vor Entsetzen zu Berge bei dem Gedanken. So etwas soll ihr passieren, nachdem sie sich die ganze Zeit in den höchsten Tönen über dich empört hat. Lieber erduldet sie alles, ehe sie sich scheiden läßt."

„Und die Kinder?"

„Die Kinder haben wenig Aufsicht. Otto kümmert sich gar nicht um sie. Anneliese hat sich zu einer richtigen Rübe entwickelt, sie hat schon einen Freund. Ach, du kannst mir glauben, ich werde froh sein, wenn ich weg bin. Ohne Hank hätte ich es gar nicht ausgehalten. Er ist einfach goldig zu mir."

„Man muß sich wundern, daß er nicht die Flucht ergriffen hat."

„Nun, er weiß von dem allem nicht viel. Und außerdem sind wir meist bei ihm. Er wohnt sehr hübsch."

„Geht denn das?"

„Sicher. In Karlsburg ist die Besatzung sehr gemütlich. Und was die Leute reden, ist mir sowieso Wurscht."

„Ist dir Wurscht", wiederholte Katarin befriedigt. „Mädchen, wie hast du dir verändert! Na, ich wünsche dir, daß es bald klappt mit deiner Auswanderung. Aber was wird dann aus Mutter?"

Das wußte Friedel auch nicht. Die Mutter litt natürlich unter all den unerfreulichen Zuständen.

„Deine Untaten sind unterdessen ganz in den Hintergrund getreten", sagte Friedel, „im Gegenteil, heute bist du die brave Tochter. Mein illegales Verhältnis zu Hank und Lenchens zerrüttete Ehe sind viel schlimmer."

„Die arme Mum, sie hat wirklich Sorgen mit uns."

„Unsinn", sagte Friedel mit einer neuen kühlen Sachlichkeit, „ihre Kinder leben und sind soweit gesund. Du machst Karriere, ich werde bald heiraten, was will sie mehr? Und was Lenchen betrifft, die hat ihre Karriere schon hinter sich. Solange Otto Geld hat, ist es halb so schlimm. Es kann natürlich passieren, daß sie ihn wieder einlochen. Was auch kein Unglück wäre."

Katarin schüttelte erstaunt den Kopf. Friedchens Entwicklung vom Karlsburger Gänschen zur modernen, realistisch denkenden Frau, das wäre direkt ein interessanter Romanstoff. Wer hätte das gedacht?

Als schließlich alle abgereist waren, faßte sie sich ein Herz. Sie wählte einen Vormittag, außerhalb der offiziellen Besuchsstunden, denn sie wollte nicht riskieren, jemanden bei ihm anzutreffen, die Baronin vielleicht oder Josefine.

Es war April, ein kühler, windiger Tag, der Himmel von jagenden Wolken bedeckt, zwischen grellem Sonnenlicht und jäher Dunkelheit schwankend.

Mit Mühe trieb sie ein Sträußchen Schneeglöckchen auf. In der Halle der Privatklinik wies man sie zunächst einmal zurück. Besuchszeit sei nachmittags. Sie komme von auswärts, sagte Katarin mit ihrem holdseligsten Augenaufschlag, sie müsse am Nachmittag schon wieder wegfahren. Ob es nicht doch möglich sei? Herr Carsten sei ihr einziger Verwandter.

Man führte sie zur Stationsschwester, einem großen vierschrötigen Wesen, dessen Augen drohend hinter der Brille funkelten. Rund und gutgenährt quoll ihr Gesicht aus der weißen Haube hervor. Katarin versuchte es wieder mit Charme und Bescheidenheit und bekam die bärbeißige Antwort, sie dürfe eine Viertelstunde hinein.

Zaghaft klopfte sie an die Tür, öffnete sie leise und trat ein.

Carsten lag im Bett und blickte ihr mit der erwartungsvollen Neugier der Kranken entgegen. Er lächelte erfreut, als er sie sah.

„Du bist es, Katarin."

Sie kam näher. Sie schluckte, Liebe und Zärtlichkeit überwältigten sie. Da lag er nun, ein wenig blaß und angegriffen, doch ohne die fremde Kühle im Blick, nicht mehr ganz so fern und unerreichbar.

„Wie geht es dir?"

„Danke. Den Umständen entsprechend ganz gut."

„War es schlimm?"

„Nicht so sehr."

Fragen hin und her, Worte, die nur verbergen sollten, was sie dachten und fühlten.

„Und da ist das jetzt 'rausgemacht worden. Tut es noch sehr weh?"

„Nein, kaum."

Fragen und Worte. Sie saß auf dem Stuhl neben dem Bett, besann sich endlich auf ihre Schneeglöckchen und streckte sie ihm hin. „Hab' ich dir mitgebracht."

„Das ist lieb von dir. Danke."

Sie sah sich um und sagte: „Es ist allerdings sehr bescheiden." Denn im Zimmer standen Massen von Blumen, in Vasen, Töpfen und Körben, wahre Prachtexemplare. Auch diese Blumen mußten über den Schwarzen Markt gekommen sein.

„Dafür ist es von dir", sagte Carsten, ein kleines zärtliches Lächeln in den Augen.

Er war ganz anders heute, alles Starre, Abweisende schien verschwunden.

„Freust du dich ein bißchen, daß ich gekommen bin?"

„Ich freue mich sehr."

„Wirklich? Ich hab' mich erst gar nicht getraut. Sicher hast du immer viel Besuch."

„Ja, ziemlich."

„Man verwöhnt dich sehr", sie wies auf die Blumen, die Teller mit Gebäck, die Flaschen mit Wein.

Er lächelte vergnügt. „Ja, beinahe, als wäre ich eine Frau."

„Na, sicher kommt das meiste von Frauen."

„Zum großen Teil."

Fragen, Worte. Törichte kleine Fragen. Was sollte man auch sonst hier sprechen? Aber Katarins Augen waren beredt, alle Liebe, die sie für ihn empfand, stand darin.

„Hübsch ist es hier", sagte sie und sah sich um. „Gar nicht wie in einer Klinik. Wenn ich denke, wie fürchterlich ich es hatte, als man mir den Blinddarm 'rausgenommen hat."

„So? Du hast keinen Blinddarm mehr?" fragte er interessiert, „das weiß ich ja gar nicht."

„Damals hatte ich ihn auch noch", sagte Katarin eifrig. „Das war erst im Sommer 1943. Es war entsetzlich. Ich lag in einem Zimmer mit acht Personen, das aber nur für vier Personen vorgesehen war. So überfüllt waren damals die Krankenhäuser. Übrigens bin ich dabei beinahe draufgegangen."

„War es so schlimm?"

„Das dämliche Ding war ganz vereitert. Es kam drei Tage, bevor ich auf Tournee gehen wollte. Stell dir vor, es wäre unterwegs passiert. Und dann kam eine Bauchfellentzündung dazu, fünf Wochen lag ich in der Klinik. Dazu die Angriffe, fast jede Nacht. In größter Eile wurden wir immer in den Keller gebracht. Manche schrien und stöhnten vor Schmerz. Dabei konnte man zusätzlich nervenkrank werden."

„Armes Kleines", sagte er. Er sagte wirklich „armes Kleines". Seine Hand legte sich über ihre beiden Hände, die sie brav im Schoß liegen hatte. Katarin verlor den Faden.

„Und dann?"

„Dann? Ja dann, ich wurde viel zu schnell entlassen. Und überhaupt – es kümmerte sich kein Mensch um mich. Es ist traurig, wenn man so krank ist und dann immer allein. Ohne Liebe." Sie schluckte. Noch nachträglich empfand sie großes Mitleid mit sich selbst.

„Hat sich denn deine Familie nicht um dich gekümmert?"

„Pöh!" Katarin schnaufte verächtlich durch die Nase. „Meine Schwester Lenchen kam nach Berlin. Lenchen, weißt du, die Nazisse. Sie wußte nichts anderes, als mir Vorwürfe zu machen. Als wenn ich schuld daran wäre, wenn der Blinddarm eitert. Siehst du, sagte sie, das kommt davon, wir haben es ja gleich gesagt, mit dir wird es ein schlechtes Ende nehmen. Glücklicherweise kam dann ein schwerer Angriff, und sie reiste angstschlotternd wieder ab."

Carsten lachte erheitert. „Und dann?"

„Dann wurde ich entlassen, viel zu früh, und mußte zu Hause noch lange liegen. Das wäre nicht so schlimm gewesen, aber man mußte ja immerzu in den Keller rennen. Vier Treppen 'rauf und 'runter. Du kannst dir vorstellen, was ich ausgestanden habe."

„Ich kann es mir vorstellen", bestätigte er ernsthaft. „Und sonst – war niemand bei dir?"

Katarin blickte ihm tapfer in die Augen. „Niemand", sagte sie. „Damals schon lange nicht mehr."

Eine Weile blieb es still. Noch immer lag seine Hand auf ihren Händen. Katarin rührte sich nicht. Sie war glücklich, voller Ruhe und Frieden, wie sie es seit langem nicht mehr kannte. Aber so war es ja eigentlich immer, wenn er bei ihr war.

Carsten brach den Bann. Er wies hinüber zum Tisch. „Schenk dir ein Glas Wein ein und iß von dem Gebäck."

„Das gehört doch dir", wehrte sie ab.

„Ich kann doch nicht das ganze Zeug allein essen. Das meiste bekommen sowieso meine Besucher. Komm, sei brav, nimm dir ein Glas."

Folgsam ging Katarin zum Tisch, nahm sich ein Glas Rotwein und ein kleines Plätzchen. Sie war viel zu bewegt, um jetzt essen zu können.

„Willst du auch?" fragte sie.

„Einen Schluck Wein, ganz gern."

Sie brachte die beiden Gläser und placierte sie vorsichtig auf dem Nachttischchen, dann setzte sie sich wieder neben ihn.

„Neulich hast du doch auch etwas von einer Krankheit erwähnt", sagte Carsten. „Was hat dir denn da gefehlt?"

„Och", sie zögerte, „das war so eine Frauengeschichte. Hat lange gedauert. Viele Monate."

„Und das war schon in Karlsburg?"

„Ja."

„Da warst du aber schon verheiratet?"

„Ja." – Sieh an, dachte sie, das weiß er also. Mit irgend jemand hat er sich demnach über mich unterhalten.

„Dann hattest du ja wenigstens Pflege und Liebe diesmal."

„Na ja", erwiderte Katarin vage. „Gewissermaßen."

Sie nahm einen Schluck Wein, knabberte an dem Gebäck. Es war ausgezeichnet, wohl selbst gebacken. Sicher von Josefine. Die würde sich schön ärgern, wenn sie wüßte, daß ich von ihren Plätzchen esse.

Betont gleichgültig sagte sie: „Jetzt bin ich übrigens geschieden."

„So?"

„Ja."

Wieder eine Pause. Katarin war gespannt, ob er weiterfragen würde. Eigentlich sah es ihm ähnlich, nichts mehr zu sagen.

Dann fragte er doch: „Und warum hast du eigentlich geheiratet?"

„Halt so. Ich wußte nicht mehr recht weiter. Theo Niemann, meinen Jugendfreund, du kennst ihn ja. Er hat mich schon immer geliebt."

„Und auf einmal hast du ihn dann auch geliebt?" Die Frage klang ganz harmlos, und Katarin fiel darauf herein.

„Wo denkst du hin?" antwortete sie eilig. „Ich habe mir nie besonders viel aus ihm gemacht." Erschrocken biß sie sich auf die Lippen. Verflixt, das klang nicht gut. Das hätte sie nicht sagen sollen.

„Und trotzdem konntest du ihn heiraten?" fragte Carsten streng. Es war der schulmeisterliche Ton, sie kannte ihn noch.

„Na ja!" Katarin schwieg. Darauf ließ sich nicht viel sagen. Wie kam man nur von diesem Thema weg? „Glücklich war ich natürlich nicht dabei", fügte sie lahm hinzu.

„Und warum mußte es sein?" beharrte er.

Nein, Carsten hatte sich nicht verändert. Wie früher fühlte sie sich als kleines Mädchen, das gescholten wird. „Der Krieg halt", sagte sie, „die schreckliche Zeit. Vielleicht war ich auch nur feige. Oder müde."

Sein Gesicht blieb undurchdringlich. Aber sie wußte natürlich, wie sehr er das mißbilligte. Er konnte sich leicht zum Richter aufspielen, dachte sie und ein wenig rebellierte sie wie früher gegen seine Überlegenheit. Er war ein Mann, bei Frauen war es nun mal anders. „Und überhaupt", setzte sie schnell hinzu, ein wenig Trotz in der Stimme, „es war ja sowieso egal. Wenn du es nicht warst, so war es mir im Grunde egal, wer es war."

Er antwortete wieder nicht. Katarin fühlte sich unsicher. Unruhig rutschte sie auf dem Stuhl hin und her. „Die Plätzchen sind ausgezeichnet, wirklich", murmelte sie. Wovon konnte man denn bloß jetzt reden?

Aber Carsten ließ nicht so schnell locker. „Und warum bist du nicht bei ihm geblieben?"

Sie zog voll Unbehagen die Schultern hoch. „Du fragst mich wie ein Richter den Angeklagten. Ich wollte eben nicht. Und ich wollte wieder arbeiten."

„Du läufst also immer deinen Männern weg", stellte er sachlich fest. „Eigentlich nicht sehr hübsch."

„Ach, Hanno, sei doch nicht so eklig. Das ist doch ganz was anderes."

Ich hätte jetzt gern eine Zigarette, dachte sie. Und wenn er nicht bald aufhört, mich zu schulmeistern, laufe ich fort. Verflixt, ich bin doch eine erwachsene Frau! Und jetzt komme ich mir vor wie ein unreifes, dummes Gör.

„Du hast dich verändert", sagte er, mehr zu sich selbst. „Aber doch nicht so sehr, wie ich erst dachte." Das sollte wohl ein Tadel sein. „Ob du wohl ein wenig klüger geworden bist?"

„Ich denke", sagte sie kleinlaut.

„Deine vielen Fehler hast du jedenfalls immer noch. Und die gleiche schwarze Seele."

Sie blinzelte unsicher zu ihm hin und hatte das dunkle Gefühl, daß sie nicht gerade den besten Eindruck auf ihn gemacht hatte. Komisch, allen Männern konnte sie etwas vormachen, nur ihm nicht.

„Ach, Hans, so schlimm bin ich gar nicht. Nicht schlimmer als andere Frauen."

Nun lachte er und betrachtete sie amüsiert. Er merkte wohl, wie unbehaglich sie sich in ihrer Haut fühlte. Nein, so sehr hatte sie sich gar nicht verändert. Hatte er nicht einmal gedacht, sie sei eine fremde, reif und ernst gewordene Frau? Wo hatte er nur seine Augen gehabt? Es war noch immer Katarin, nicht mehr so stürmisch, so gedankenlos dahinlebend, aber im Grunde doch die gleiche Katarin. „Möglich, daß die Frauen so sind", sagte er. „Aber du bist schon eine ganz besondere Mischung. Ziemlich viele Fehler und Mängel."

„Aber?"

„Es sollte kein Aber kommen."

„Och, ich dachte..."

„Was dachtest du?"

„Daß du vielleicht sagen würdest, du könntest mich trotzdem gut leiden."

„Das wollte ich eigentlich nicht sagen."

„Nein?" fragte sie enttäuscht.

„Nein."

„Ach, Hanno", sie stockte, fragte dann aber doch voller Neugier: „Magst du mich wirklich nicht mehr? Ein ganz kleines bißchen wenigstens?"

Er lächelte jetzt unverhohlen, seine hellen Augen blickten vergnügt und zärtlich. Aber zu antworten brauchte er nicht, die Schwester kam herein. Sie blieb an der Tür stehen und blickte Katarin strafend an. „Nun?" fragte sie drohend. „Eine Viertelstunde hab' ich gesagt."

„Oh", rief Katarin bestürzt, „es ist schon viel länger, nicht?"

„Das will ich meinen." Die Schwester blickte strafend von der Besucherin auf ihren Patienten.

„Laß dich nicht erschrecken von Schwester Eusebia", meinte Carsten, „sie tut nur so streng. Im Grunde ist sie die Güte in Person. Aber sie hat es nicht gern, wenn man es merkt."

Das breite Gesicht der Schwester verzog sich zu einem halb widerwilligen Lächeln. Dann blickte sie wieder drohend auf Katarin. „Ich bringe jetzt das Essen", grollte sie. „Sie müssen gehen, Fräulein", und gewichtig schritt sie aus dem Zimmer.

„Also", sagte Katarin, „dann muß ich wohl gehen. Hast du dich ein wenig über meinen Besuch gefreut?"

„Ja, sehr."

„Dann geh' ich jetzt."

Aber sie stand noch immer zögernd an seinem Bett. Es war so hübsch gewesen bei ihm, trotz der unangenehmen Fragen. „Auf Wiedersehen, Hanno. Werde bald gesund. Wie lange mußt du noch hierbleiben?"

„Ich weiß noch nicht."

„Steh nur nicht zu früh auf. Heute hat man das ja nicht mehr nötig. Soll ich – soll ich dich noch einmal besuchen?"

„Wenn du magst. Ich würde mich sehr freuen."

„Wirklich?" Einen Augenblick stand sie zögernd, doch dann beugte sie sich mit einer raschen Bewegung nieder und küßte ihn auf die Schläfe, zart, behutsam, erschrocken über ihren Mut.

Er rührte sich nicht. Doch er sah sie an, und sein Blick drang ihr bis in den Grund des Herzens. „Auf Wiedersehen", sagte sie überstürzt, „und gute Besserung." Eilig lief sie aus dem Zimmer, ohne sich noch einmal umzusehen.

Carsten sah ihr nach. Minutenlang lag er, ohne sich zu rühren, die Augen ins Leere gerichtet, ein weiches Lächeln um den Mund. Er war glücklich.

„Ich bin ein Narr", sagte er laut, „ich bin ein riesengroßer Narr." Aber auch dies änderte nichts daran, daß er sie liebte. Immer noch. Oder wieder.

Die Schwester kam mit der Suppe und betrachtete verwundert die verträumte Miene des Kranken. Wie jung sein Gesicht war, wie hell.

„O Schwester Eusebia", sagte Carsten, „das Leben ist doch schön!" Eine Welt lag darin, Geständnis und Frage, Hoffnung und Liebe, alles lag darin.

Aber Schwester Eusebia konnte trotz profunder medizinischer Kenntnisse nicht die richtige Diagnose stellen. Sie hatte niemals den Mund eines Mannes geküßt und war auch niemals zu der Feststellung gelangt, daß das Leben schön sei. Sie konstatierte nur, daß es dem Patienten doch schon erheblich besser ging. Aber der Grund dafür blieb ihr unbekannt.

Katarin ging wie auf Wolken nach diesem Besuch. Es war ein Überschwang in ihr, eine Seligkeit, die sie seit ihren Mädchenjahren nicht mehr empfunden hatte.

Es war nicht weit zum Englischen Garten. Und da sie das Bedürfnis hatte, allein zu sein, die vergangene Stunde zu überdenken, lief sie in den Park hinein. Schließlich landete sie auf dem Monopteros-Hügel und schaute auf die weite Fläche vor sich und auf die Türme Münchens, die sich drüben über den Bäumen in den Himmel reckten.

Hier stand sie nun, eine ausgewachsene, vielerfahrene Frau, und war doch glücklich und verliebt wie ein Backfisch. Nein, das stimmte nicht. Es war mehr. Jetzt erst wußte sie, daß man gar nicht richtig lieben konnte, solange man jung war, denn erst die Reife des Herzens und des Verstandes vertieften die Gefühle.

Wenn man sehr jung ist, dachte sie, hat man auch ein junges Herz, einen jungen Verstand, in denen ein großes erwachsenes Gefühl gar keinen Platz hat. Wie eine 220-Volt-Birne, die mit einer Spannung von 110 Volt brennen soll. Sie mußte über den prosaischen Vergleich lachen, doch sie fand ihn irgendwie zutreffend.

Diese Art von Liebe, die sie heute empfand, war in nichts zu vergleichen mit dem, was sie früher Liebe nannte. Gewiß, man konnte öfters verliebt sein, man konnte viele Männer umarmen, man konnte sich wohl auch einreden, Liebe zu empfinden. Aber sicher konnte man nur einmal einen Menschen so in sich aufnehmen, so sich ihm hingeben. Nicht nur den Körper. Was bedeutete schon die Hingabe des Körpers, er war leicht gegeben und leicht wieder zurückgenommen, in Wahrheit zählte nur die Hingabe des Herzens.

Der Himmel war grau, und der Wind pfiff kalt über den Hügel des Monopteros, große Tropfen begannen zu fallen. Katarin sah es nicht, spürte es nicht, sie fror nicht, ihr Herz schlug warm und war voll Frühling.

Sie glaubte sicher zu sein, daß er sie noch liebte. Und ganz bestimmt würde er sie wieder lieben, wenn sie bei ihm wäre. Und das galt es zu erreichen. Ihre lächerliche Scheu und Befangenheit ihm gegenüber würde sie nun endlich überwinden. Sie war eine erwachsene Frau, die ihre Stärke und ihre Waffen kannte. Und sie wollte mit allen diesen Waffen um ihn kämpfen, gegen die Baronin, gegen Josefine. Er gehörte ihr. Und sie gehörte ihm. So war es von Anfang an gewesen. Und er wußte es so gut wie sie.

Am nächsten Tag fuhr sie mit Lohse und Hörnany zu einigen Konzerten nach Stuttgart und Heidelberg. In Heidelberg war es schon viel frühlinghafter, die Hänge um die Stadt begannen bereits zu blühen.

Katarin war übermütig wie ein Kind, strahlend in Jugend und Schönheit. Sie trug ein neues Kostüm, das sie aus einem von Donga mitgebrachten Stoff hatte machen lassen, überdies trug sie eine neue Frisur. Die Haare waren kürzer und gelockt, es stand ihr ausgezeichnet und machte sie sehr jugendlich.

„Man könnte meinen, du seist verliebt, Katarin", sagte Hörnany.

„Vielleicht bin ich es", erwiderte sie. „Darf ich nicht auch mal?"

„Ich wünschte, du wärst in mich verliebt."

„Du hast den richtigen Augenblick verpaßt, mein Lieber", sagte sie keck.

Von ihren Begegnungen mit Carsten hatte sie ihm nicht erzählt, sie fürchtete seinen Spott. So kam Hörnany nicht auf die Idee, Carsten könne der Grund für ihre gute Laune sein.

Als sie nach München zurückkamen, rief Katarin gleich in der Klinik an und erfuhr, daß Carsten bereits entlassen sei. Von Peter hörte sie, daß er am Tegernsee war. Eifersucht plagte sie. Natürlich, er hielt sich bei Josefine auf, die durfte ihn pflegen und verwöhnen.

Und was wurde aus ihr, aus Katarin? Wann würde sie ihn wiedersehen? Mußte sie nun wieder eine Ewigkeit auf jede Begegnung warten?

Anfang Mai las sie in der Zeitung, daß auf vielfachen Wunsch hin das ausgefallene Konzert nachgeholt werde, etwa Ende Mai oder Anfang Juni, der genaue Termin werde noch bekanntgegeben.

Genau eine Woche später war es, als Carsten sie anrief. Sie war gerade damit beschäftigt, ein paar Blusen auszuwaschen. Ein Tuch um die Haare, eine große Schürze umgebunden, stürzte sie zum Telefon, als Donga sie rief.

„Wer ist es denn?" fragte sie, den Hörer schon in der Hand.

„Carsten", erwiderte Donga, als sei es die alltäglichste Sache von der Welt, daß er anrief.

„Oh!" flüsterte Katarin fassungslos.

„Ja?" sagte sie ins Telefon. „Du? Das ist nett, daß du anrufst."

„Ich möchte kurz etwas mit dir besprechen."

„Ja? Wie geht es dir denn?"

„Gut. Alles prima verheilt."

„Das ist fein. Ich hätte dir so gern mal geschrieben, aber ich wußte nicht ..."

„Was wußtest du nicht?"

„Na ja, eben so", sagte sie ausweichend, denn Donga saß neugierig auf der Tischkante und wippte mit den Beinen.

„Hör mal", sagte Carsten.

„Ja?"

„Du hast doch das Schumann-a-Moll-Konzert schon gespielt?"

„Schon oft. Noch im Krieg. Warum?"

„Ich hatte es auf dem Programm. Aber die Mavané, die für dieses Konzert verpflichtet war, kann nicht kommen, sie hat für den neuen Termin keine Zeit."

„Ja", hauchte Katarin ins Telefon, während ihr Herz bei dem ungeheuerlichen Gedanken beinahe stehenblieb.

„Ich dachte, daß du es eigentlich übernehmen könntest."

„O Hans!"

Carsten, am anderen Ende der Leitung, mußte lächeln. Es war Katarins ganzes Herz, das in diesem Ausruf lag.

„Nun?" fragte er.

„O Hans!" wiederholte Katarin. „Ich werd' verrückt."

„Nicht gleich", sagte er gutgelaunt, „erst nach dem Konzert."

„Und du willst wirklich – ich soll wirklich bei dir – ist es dein Ernst?"

„Natürlich. Morgen vormittag erwarte ich dich im Rathaus, da machen wir alles perfekt. Freitag ist Probe. In Ordnung?"

„O Hanno!" rief Katarin, mehr brachte sie nicht heraus, unfähig, das große Glück so rasch zu begreifen.

„Also dann bis morgen", sagte er. „Wiedersehen, Katarin." Und legte auf.

Katarin blieb wie angewurzelt stehen, den Hörer noch in der Hand.

Donga rutschte neugierig vom Tisch. „Na?" fragte sie.

Plötzlich schrie Katarin hellauf, fiel Donga um den Hals, wirbelte sie im Kreis herum, lachte und weinte durcheinander: „Donga! Donga! Donga!"

„Bist du übergeschnappt?" fragte Donga. „Was ist denn passiert? Was wollte er denn?"

„Ich träume, ich phantasiere. Es kann nicht wahr sein. Es kann einfach nicht wahr sein. Ich soll bei ihm spielen. Das Schumann-Konzert. Donga, es kann nicht wahr sein!"

Donga nahm es ruhiger auf. „Warum denn nicht? Du kannst es doch. Es müssen ja nicht immer Ausländer sein oder altbekannte Berühmtheiten. Der Nachwuchs muß auch mal drankommen."

Maria, die Katarins Geschrei gehört hatte, kam ebenfalls herbeigestürzt. „Um Gottes willen, Kinder, was ist denn passiert?"

„Ich spiele bei Carsten. Ich spiele mit den Philharmonikern. Es kann nicht wahr sein!"

Donga und Maria lachten. Donga sagte: „Total plemplem. Auf so was muß man doch gefaßt sein, wenn man Pianistin ist. Na, da wollen wir mal einen darauf trinken."

„O Donga! Kann ich es auch? Werde ich gut genug sein? Meinst du, er wird mit mir zufrieden sein?"

„Wenn du inzwischen nicht an Hysterie eingehst", sagte Donga, „könnte es was werden. Auf jeden Fall finde ich es wahnsinnig anständig von Carsten."

„Er ist der liebste, beste Mensch von der Welt!" rief Katarin überschwenglich.

„Natürlich", erwiderte Donga, „das wissen wir schon. Neugierig bin ich jetzt nur auf eins, nämlich, wie das weitergeht."

Katarin sah sie an. Sie wurde auf einmal ganz still. „Ja", sagte sie leise, „ich auch." Plötzlich fiel ihr etwas ein. „Aber ein Kleid. Ich brauche unbedingt ein neues Kleid."

In solchen Fällen war wie immer Bettina zuständig. Schon zwei Tage später rief sie an. „Ich habe es, Katarin. Etwas ganz Besonderes."

„Was ist es denn?"

„Georgette. Sahneweiß. Erstklassiges Material. Allerdings ziemlich teuer."

„Wieviel?"

„Er verlangt 1200. Vielleicht kann ich noch auf 1000 herunterhandeln."

„Bei wem denn?"

„Bei dem Polen, von dem wir früher immer die Schuhe gekauft haben. Es ist wirklich bildschön. Hast du soviel?"

„Eigentlich nicht. Ich muß es mir halt leihen."

„Siebenhundert kann ich dir geben."

„Dann wird es gehen. Ich komme gleich."

Der Stoff war wirklich wunderschön. Er stammte wohl noch aus Friedenszeiten, hatte irgendwo den Krieg überdauert. Vielleicht war es auch Beuteware. Duftiges, schmiegsames Gewebe in einem matten Elfenbeinton.

Bettina hielt es Katarin an. „Es würde dich großartig kleiden", sagte sie. „Man müßte es ganz schlicht verarbeiten und nur das Material wirken lassen."

„Särr kostbar", sagte der Pole und verdrehte bewundernd die Augen. „Wie fir Keenigin. Hab' ich auch gekriegt von Schloß. Geheerte sich richtige Greffin. Hat sie missen verkaufen. Schlechte Zeiten für Grafen. Kostet 1400."

„Tausend", sagte Bettina, „das reicht. Wir können Stoff haben, soviel wir wollen."

„In ganz München Sie nix finden Scheeneres", beharrte er, „wie fir Keenigin."

Nach längerem Handeln wurden sie einig. Katarin bezahlte tausend Mark und gab noch vier Schachteln Zigaretten dazu, die sie ja durch Friedel immer günstig bekam.

Von dort eilten sie gleich zur Schlacht mit der Schneiderin. Auch die mußte bestochen werden, um die kurze Frist einzuhalten.

Die Tage bis zum Konzert vergingen wie im Traum. Katarin hatte für nichts anderes mehr Zeit und Interesse.

Hörnany, als er es erfuhr, lächelte. „Na also", sagte er, „hast du es endlich geschafft. Gratuliere. Du bist eben doch ein raffiniertes kleines Stück. Hab' ich mir schon immer gedacht."

Katarin lachte nur und sagte weiter nichts. Was wußte er, was wußte irgend jemand, wie ihr zumute war?

Sie probte mit Carsten und dem Orchester. Es war ein unbeschreibliches Gefühl, als sie zum erstenmal wieder am Flügel saß und er am Pult stand. Carsten hatte kaum Arbeit mit ihr. Technisch konnte sie das Konzert im Schlaf, die künstlerische Gestaltung war reif und vollendet, er hatte seine helle Freude daran.

„Gut, mein Mädchen", sagte er, zum erstenmal nannte er sie

wieder so. „Du darfst mich nicht blamieren, schließlich habe ich dich vorgeschlagen. Die Mavané ist immerhin eine internationale Berühmtheit."

Und dann war der große Tag da. Katarin dachte früh beim Aufstehen: der wichtigste Tag meines Lebens. Sie war aufgeregt, gespannt wie eine Bogensehne, aber nicht nervös und ängstlich. Zuversicht und Begeisterung erfüllten sie. Wenn er bei ihr war, mußte alles gut gehen.

Als sie am Abend eintraf, war er schon da. Ein paar Schritte von ihr entfernt stehend, musterte er sie aufmerksam. Das Kleid war wirklich frappierend, die Sahnefarbe kleidete sie vortrefflich, zumal sie schon ein bißchen Sonnenbräune hatte.

„Das ist ein schönes Kleid", sagte er, und sie mußte lachen über diese Bemerkung aus seinem Mund. Er hatte immer wenig auf diese Dinge geachtet, also durfte man ein Kompliment in dieser Hinsicht hoch bewerten.

„Hab' ich mir extra machen lassen", sagte sie stolz. „Es kostet alles in allem 1500 Mark."

„Du lieber Himmel, hast du denn so viel Geld?"

„Hab' ich mir gepumpt. Außerdem soll es ja sowieso bald eine Währungsreform geben."

„Du bist doch noch genauso leichtsinnig wie früher."

„Na hör mal, heute m u ß t e ich doch ein neues Kleid haben. Und wie gefalle ich dir sonst?" Sie drehte kokett den Kopf mit den kurzen Locken und wendete sich nach allen Seiten.

Er lachte. „Du bist ein eitler Fratz. Aber du siehst reizend aus."

„Danke", sie faßte den weiten Rock und machte einen tiefen Knicks.

„Aufgeregt?" fragte er.

„Mittel. Es wird schon noch schlimmer."

„Warte", sagte er plötzlich, „ich hab' noch was für dein Kleid. Du solltest es eigentlich erst nachher bekommen, aber ich glaube, es wird hübsch aussehen."

Er wickelte einen Strauß langstieliger dunkler Rosen aus dem Papier. Zwei halberblühte Blumen löste er aus dem Strauß und gab sie ihr.

„Oh", rief sie überwältigt, „wie wunderbar!" Sie befestigte die Blüten am Ausschnitt. Als sie aufsah, begegnete sie seinem Blick, in dem sie zum erstenmal wieder Begehren las. Es machte sie schwindlig vor Glück.

Im Künstlerzimmer wartete sie nervös das einleitende Stück ab.

Maria war dabei und versuchte, sie durch Unterhaltung abzulenken. Donga konnte leider an diesem Abend nicht kommen, sie hatte gerade in diesen Tagen eine Konzertverpflichtung in Paris.

Dann war es soweit. Zusammen mit Carsten betrat sie das Podium, stand vor dem großen, noch schweigenden Orchester und verbeugte sich vor der dunklen Menschenmenge. Eine leise Bewegung ging durch den Saal, so liebreizend und anmutig fand man die Frau auf dem Podium. Man applaudierte freundlich.

Nun klopfte ihr Herz doch wild. – Ruhe, Ruhe, flüsterte sie sich selbst zu, nur ruhig. Sie blickte auf die Tasten, dann zu Carsten auf. Ihre Blicke trafen sich, er nickte ihr aufmunternd zu, das gab ihr Ruhe und Vertrauen.

„Lieber Gott", betete sie schnell, „laß es gut gehen. Mach, daß ich gut spiele. Bitte."

Carsten hob den Taktstock.

Ein kurzer Orchesterakkord, dann folgte schon ihr Einsatz. Kraftvoll, stark, ohne Zittern kamen die vollen absteigenden Akkorde. Nun das Orchester mit dem melodiösen romantischen Motiv, sie wiederholte es zart und ausdrucksvoll auf dem Klavier und glitt dann in die weichen dunklen Baßarpeggien hinein, sehnsüchtig übersungen von den Geigen.

Alle Angst verschwand, alle Nervosität. Es gab nichts auf der Welt als diese Musik, die ihr Herz und ihre Hände formte und schuf. Wie reich sie war, wie unendlich reich und mächtig! Hier war der Mittelpunkt der Welt. Hier wehte Gottes ewiger Schöpferatem, er ging durch sie hindurch und verwandelte sie in ein anderes Wesen, sie war nicht mehr ein Mensch des Alltags, keine Frau mit Sorgen und Nöten und Wünschen, sie war selbst eine Göttin, eine Jüngerin Cäciliens, entrückt dem Erdendasein, eine Flamme, die rein und leuchtend brannte, eine Botin zwischen dieser und jener Welt.

Carsten sah ihr hingegebenes, gesammeltes Gesicht, das in der unschuldsvollen Reinheit seines Ausdrucks schön war wie nie zuvor. Auch er sah die Flamme, die in ihr brannte, und sein Herz wurde schwer von Liebe und Sehnsucht. Sie war sein, es war alles wie früher, es gab nichts, das sie trennte, keine Schuld, kein Leid. Sie waren eins.

Weich glitt sie in das Andante hinein, ein wenig vorgebeugt nun, den Kopf wie träumend seitwärts geneigt, ganz aufgegangen in den Tönen.

Der große Saal raste vor Begeisterung, als das Klavierkonzert zu Ende war. Man klatschte, rief ihren Namen, Hand in Hand verbeugten sie sich. Katarin wandte ihm ihr leuchtendes Gesicht zu, sie drückte seine Hand, sie war nahe daran, vor Glück zu zerspringen. Fünf-, sechsmal kamen sie heraus, noch immer brauste ein Meer von Begeisterung. Wieder und wieder verbeugte sie sich, in ihrem hellen Kleid, Blumen im Arm, Glück in den Augen.

Bis der Beifall verebbt war und sie sich in dem dunklen ungemütlichen Künstlerzimmer ein paar Minuten hinsetzen konnten, hatte sie ihn bereits dreimal gefragt: „War es gut? Bist du zufrieden?"

Er nickte. „Du warst ausgezeichnet."

Während der nachfolgenden Symphonie blieb sie im Künstlerzimmer. Peter war da, Hörnany, Matthäi, noch einige andere Leute, die sie kaum kannte. Man redete auf sie ein, sie gab Antwort, ohne zu wissen, was sie sagte. Sie war wie berauscht.

Peter hatte eine Flasche Sekt, sie trank hastig, rauchte ein paar Zigaretten und wartete. Wartete auf das Ende des Konzertes, wartete auf Carsten.

Zunächst aber erschien Camilla auf der Bildfläche, beglückwünschte Katarin auf das freundlichste und lud sie zusammen mit einigen anderen Leuten zu einem kleinen Imbiß ein. Katarin war müde und ausgepumpt und hatte darum nicht viel Lust, nur den einen Wunsch, weit weg zu sein. Irgendwo allein mit Carsten.

Camilla ließ sich nichts anmerken. Daß sie Carsten verloren hatte, wußte sie bereits. Sie wußte es, ohne daß ein Wort zwischen ihnen darüber gesprochen worden war. Es war ihre erste Niederlage. Es traf sie schwer. Doch sie hatte sich vorgenommen, ein guter Verlierer zu sein. Es paßte nicht zu ihrem Stil, mit einer anderen Frau um einen Mann zu kämpfen. Daß zwischen Carsten und dieser Katarin ein Band bestand, hatte sie bald bemerkt. Ein Band, das auch sie nicht zertrennen konnte.

Auf der Fahrt zu Camillas Haus fragte Katarin abermals: „Warst du auch bestimmt zufrieden? Hab' ich das Intermezzo nicht zu unruhig genommen?"

Bei Camilla war alles vorbereitet, ein anspruchsvolles kaltes Büfett, Getränke aller Art. Viele Leute waren da. Katarin sah sich im Mittelpunkt, gefeiert und gelobt. Doch es beeindruckte sie heute wenig, sie war zu abgespannt. Sie hatte Kopfschmerzen, und sie wollte endlich mit Carsten ein ruhiges Wort sprechen, endlich seine genaue Meinung hören. Und auch ein liebes Wort von ihm, ja, das vor allem. Zum Teufel mit all den fremden Leuten!

Nicht sehr spät brach sie auf. „Ich bin sehr müde", sagte sie zu Camilla. „Sie werden das verstehen. Es war doch allerhand Aufregung für mich."

„Natürlich", entgegnete Camilla liebenswürdig. „Man muß sich an alles erst gewöhnen, auch an den Erfolg. Mein Chauffeur wird Sie nach Hause fahren."

Überraschend sagte Carsten: „Ich werde Katarin heimfahren. Auch ich möchte die Festlichkeiten für heute abbrechen."

Eine flüchtige Wolke zog über Camillas Stirn. „Kommen Sie noch einmal zurück?" fragte sie verbindlich. „Meine Gäste werden enttäuscht sein, wenn Sie beide fort sind."

Es war eine bedeutungsvolle Frage, die sie stellte, nur sie und Carsten wußten, wie bedeutungsvoll. Carsten, feig wie jeder Mann in einer derartigen Situation, zögerte mit der Antwort. Er fühlte sich in höchstem Maße unbehaglich. Warum nur hatte er die Distanz zu Camilla nicht gewahrt? Diese unverbindliche Freundschaft, die so lange zwischen ihnen bestand, wäre zweifellos besser gewesen. Sie hatte viel für ihn getan, gewiß. Doch bald war ihm klargeworden, daß die Bindung zwischen ihnen keinen Bestand haben konnte, sie waren in ihrem Wesen zu verschieden.

„Ich hatte eigentlich die Absicht", sagte er, „heute noch nach Tegernsee hinauszufahren."

„So spät noch?" fragte sie liebenswürdig verwundert.

„Ich fahre gerne nachts, Sie wissen es ja."

„Natürlich." Sie lächelte, ein kleines wehes Lächeln, über ihren Augen lag ein leichter Schleier. Und das war das einzige, was sie sich jetzt und in Zukunft erlaubte, um ihre Gefühle auszudrücken.

Auf der Heimfahrt war Katarin schweigsam und schläfrig. Nur einmal noch, zum zehntenmal, fragte sie: „War es gut?"

Er lachte. „Ja, mein Mädchen, es war sehr gut."

Sie stieß einen kleinen zufriedenen Brummlaut aus und legte ihre Hand auf seinen Arm, der das Steuer hielt.

In Bogenhausen angekommen, stieg Carsten mit aus und brachte sie zur Haustür. Und da, mit einem Schlag, wurde Katarin hellwach. – Ich darf ihn jetzt nicht fortfahren lassen, dachte sie, er muß bei mir bleiben. Ich kann diese Ungewißheit nicht länger ertragen, dieses Warten auf Begegnungen. Und er darf nicht zu Camilla zurück. Und auch nicht zu Josefine. Heute nicht.

„Komm noch ein bißchen mit herein", sagte sie.

„Jetzt noch?" fragte er ausweichend. „Es ist schon spät, und du bist müde."

„Ich bin nicht mehr müde. Nicht, wenn du bei mir bist. Und ich möchte noch ein bißchen mit dir allein sein. Wir haben kein vernünftiges Wort geredet heute abend. Und überhaupt – wir trinken noch eine Flasche Wein. Oder lieber Kaffee? Kaffee wäre ganz schön jetzt, nicht?"

„Aber..."

Sie hatte schon aufgeschlossen und schob ihn hinein. „Komm, eine halbe Stunde."

Ihre Müdigkeit war verflogen. Jetzt war er da, endlich. Niemand würde sie stören. In Dongas elegantem Salon knipste sie das Licht an, blieb dann mitten im Zimmer stehen und sah ihn erwartungsvoll an.

„Hübsch habt ihr es hier", meinte er und sah sich um.

„Alles Dongas Errungenschaften. Was denkst du, wie glücklich ich war, als ich hierher ziehen durfte. Wenn du wüßtest, wie ich das erste Jahr in München gelebt habe. Schauderhaft. Also, dann mach' ich uns eine Tasse Kaffee. Setz dich doch."

Ehe sie den Raum verließ, blieb sie stehen und schaute ihn aufmerksam an. Schlank und aufrecht stand er da, wie gut er aussah, seine breiten geraden Schultern, der helle, ausdrucksvolle Kopf. „Du siehst großartig aus", sagte sie, „der Frack kleidet dich so gut. Immer schon. Kannst du dich noch erinnern, als du deinen ersten Frack bekamst?"

Er nickte lächelnd, ganz gegen seinen Willen geschmeichelt von ihrer offenherzigen Bewunderung. „Natürlich."

„Ich war damals schon wahnsinnig stolz auf dich."

„Du Kindskopf."

„Da stehen Zigaretten. Ich bin gleich zurück."

In ihrem Zimmer prüfte sie sich aufmerksam im Spiegel, ob sie sehr abgespannt aussähe. Aber nein, keine Spur, nichts von Müdigkeit mehr, sie war beschwingt und aufs neue gespannt, diesmal galt es ihm. Heute mußte... Sie wagte nicht weiterzudenken, was heute sein mußte. Sorgfältig frischte sie ihr Make-up auf und kämmte ihr Haar.

Später saßen sie nebeneinander auf dem tiefen Sofa, der Kaffee duftete belebend, vermischte sich mit dem herben Aroma des Kognaks.

„Ich bin so glücklich heute", sagte Katarin. „Immer habe ich mir gewünscht, bei dir wieder ein Klavierkonzert zu spielen. Wirst du mich noch öfter spielen lassen?"

„Warum nicht?"

„Meinst du, dem Publikum hat es auch gefallen?"

„Ich glaube schon."

„Ich bin wahnsinnig gespannt auf die Kritiken. Wir müssen Anger schreiben, daß ich bei dir gespielt habe. Er wird lachen."

„Warum?"

„Ach, nur so! Weil er weiß, was es mir bedeutet. Und weil er mir vor Jahren schon gesagt hat . . ."

„Was hat er dir gesagt?"

„Ach . . .! Weißt du, ich erzähle es dir ein andermal."

„Warum nicht gleich?"

„Schau mich nicht so an, Hanno. Ich weiß, ich benehme mich kindisch. Aber ich – ich bin so durchgedreht heute."

„Was hat Anger gesagt?"

„Daß ich – daß du . . . Er sagte, daß der Weg zu dir zurück nur über die Musik führen könne. So was Ähnliches sagte er."

„Wann sagte er das?"

„Ach, schon vor vielen Jahren! Noch in Berlin."

„Wolltest du denn damals schon den Weg zu mir zurück?"

„Immer wollte ich es. Ich glaube, ich wollte es schon am nächsten Tag, nachdem ich fortgegangen war. Es ist dumm, nicht?"

„Sehr dumm."

„So viele schöne Jahre."

Ein kleines Schweigen entstand. Dann fragte Carsten: „Und du meinst, du hast ihn nun gefunden, diesen Weg?"

Sein Gesicht war undurchdringlich. Sie konnte nicht erkennen, was er dachte. Nein, er machte es ihr nicht leicht. Wieder zog ein Erschrecken durch ihr Herz. Bildete sie sich alles nur ein? Liebte er sie? Oder liebte er sie nicht mehr?

Sie blinzelte unsicher und wich aus. „Ich weiß nicht", murmelte sie, „ich weiß eigentlich nicht."

Warum sagte er nichts? Warum nahm er sie nicht in die Arme?

Sie wagte nicht, ihn anzusehen, und begann schnell von etwas anderem zu sprechen. Doch es dauerte nicht lange, da war sie wieder bei dem Konzert angelangt. „Wenn ich denke, wie ich in Karlsburg saß, ohne Geld, ohne Möglichkeiten. Oft war ich ganz verzagt und hatte die Hoffnung schon aufgegeben. Diese schrecklichen Zeiten! Und dann meine blödsinnige Heirat. Und alles andere, was dazukam."

Sie schwieg nachdenklich. Ja, alles, was dazukam. Ach, sie hatte tapfer gekämpft, wenn es auch manchmal schien, als müßte sie aufgeben und kapitulieren. Hätte sie damals das Kind bekommen, dann wäre dieser Tag heute nicht Wirklichkeit geworden. Ja, sie hatte richtig gehandelt. Und wenn es eine Sünde war, dann würde sie dafür bezahlen müssen, irgendwann. Aber es konnte keine Sünde sein. Sünde wäre es gewesen, ihr Leben an Karlsburg wegzuwerfen, an den bürgerlichen Alltag, sich selbst untreu zu werden. Doch Carsten durfte es nie erfahren. Er könnte es nicht verstehen. Nur wenig Menschen würden es verstehen. Es war ihr Geheimnis, ihr Preis, den sie bezahlt hatte, für das, was sie nun bekam.

„Es war ein großer Entschluß, alles aufzugeben und nach München zu kommen", fuhr sie fort, „ins Ungewisse hinein. Ich kannte ja niemanden hier. Ich wußte damals nicht, daß Donga hier war. Und nur München kam in Frage. Denn hier warst du, und ich wollte dich wiedersehen. Wenn ich auch Angst davor hatte."

„So? Hattest du Angst davor?"

„Natürlich. Ich wußte ja nicht, wie es sein wird. Vielleicht mochtest du mich gar nicht mehr leiden. Es wäre zu verstehen gewesen. Hast du eigentlich manchmal an mich gedacht, all die Jahre? Mit bösen Gedanken?"

Er saß zurückgelehnt, sie richtete sich auf und wendete ihm eifrig ihr Gesicht zu. Er sah sie ein wenig spöttisch von der Seite an. „Ich habe nicht gern an dich gedacht", sagte er.

„Siehst du, das habe ich befürchtet. Ist ja auch klar. Aber heute – nicht wahr, heute kannst du mich wieder ein wenig leiden. Ein kleines bißchen?"

Er beugte sich nun auch vor und sah ihr in die Augen. „Wirst du nicht bald aufhören, mich das zu fragen?"

„Nie", sagte sie ernst. „Es ist mir das Wichtigste auf der Welt."

Jetzt wich sie seinem Blick nicht aus. Ihre Augen, so dicht vor ihm, dunkel und schimmernd, waren voll Liebe und Sehnsucht, aber auch voll Bangnis und Bitte. Unter seinem nahen Blick wurden sie immer dunkler, immer tiefer, und wie früher schon ließen sie ihn nicht wieder los. Auch sein Gesicht war nun ernst. Nein, es nützte nichts, sich etwas vorzumachen. Sie gehörten zusammen, alles, was dazwischenlag, bei ihm und bei ihr, war nur ein Umweg gewesen.

Er legte die Hände um ihre Arme und zog sie dicht zu sich heran, sekundenlang blieben sie so, ineinander versunken, dann legte Katarin ihren Mund auf den seinen.

Es war ein langer Kuß. Er löschte Jahre der Entfernung und der Entfremdung aus. Es schien ihr erster Kuß zu sein, denn sie waren andere Menschen geworden, sie eine andere Frau, er ein anderer Mann, doch ihre Lippen waren sich vertraut, ihre Herzen erkannten sich wieder, denn es war die gleiche Frau und der gleiche Mann, die füreinander bestimmt waren.

Katarin seufzte, als sie sich voneinander lösten. Ein verwundertes, traumhaftes Lächeln kam in ihr Gesicht, und ihre Augen füllten sich mit Tränen. Sie schlang beide Arme um seinen Hals, schluchzte einmal kurz an seiner Schulter, und dann küßte sie ihn wieder, verhungert, sehnsüchtig, mit tiefer Zärtlichkeit.

„Endlich", flüsterte sie, „endlich. Ach du, du weißt ja nicht, wie es war ohne dich. Du weißt nicht, was es heißt, Jahre und Jahre Sehnsucht nach einem Menschen zu haben."

Er hielt sie fest im Arm, vergrub seinen Mund in ihrem Haar und sagte leise: „Vielleicht weiß ich es."


Am 18. Juni dieses Jahres 1948 lagen Katarin und Carsten nebeneinander auf der breiten Gummimatratze in Josefines Garten am Tegernsee. Der Tag war schön, warm und sonnig. Nachmittags hatten sie den Versuch gemacht, im See zu baden, doch es war noch sehr kalt. So wateten sie nur ein Stück ins Wasser hinein und kehrten wieder um.

„Schade", meinte Katarin. „Es ist scheußlich kalt. Der Wannsee war immer so schön warm."

„Dafür hast du hier Berge dabei."

Josefine hatte sich verhältnismäßig leicht mit der neuen Situation abgefunden. Sie hatte ja schon immer gewußt, wie sehr Carsten an dieser Katarin hing. So entschloß sie sich, Katarin in ihre Gemeinschaft aufzunehmen, denn sie wollte ihn nicht ganz verlieren. Er sollte ihr Freund bleiben. In Gottes Namen sollte eben Katarin an dieser Freundschaft teilhaben, wenn es nun mal sein Glück war. So hatte sie Katarin eingeladen, für einige Zeit mit herauszukommen.

Es waren schöne Tage. Der Sommer war zwar noch wechselvoll, manchmal warm, oft auch regnerisch und kühl, wie immer in Bayern. Aber das machte nichts. Hier draußen war es still und friedlich, hier war kaum etwas zu spüren von dem wilden Betrieb, der in München eingesetzt hatte, die Geschäftemacherei, die Spekulationen, mit denen jeder sich auf die bevorstehende Währungsreform vorbereitete. Jedenfalls merkten die drei nichts davon. Katarin war es gleichgültig. Na schön, da würde eben eine Währungsreform kommen. Man würde dann schon weitersehen. Schließlich waren schon ganz andere Dinge passiert, und es war immer weitergegangen.

Katarin und Carsten lebten nur ihrer Liebe, sie entdeckten aufs neue tausend Dinge, die sie früher aneinander geliebt hatten. Und es gab so viel, was sie sich erzählen mußten. Besonders Katarin sprühte vor Leben und Einfällen, sie gab Carsten und Josefine anschauliche Berichte über ihre Erlebnisse in den letzten Jahren. Sie erzählte von den Tourneen, von der letzten Berliner Zeit, von Karlsburg. Sie tat es mit soviel Drolerie und schauspielerischer Begabung, auch nicht ganz ohne wirkungsvollen Erfindergeist, daß ihre Zuhörer sich großartig dabei unterhielten. Freilich, es gab vieles, was sie nicht erzählte und nie erzählen würde. Es gehörte auf die dunkle Seite ihres Lebens. Auch dort stand eine ganze Menge. Aber das wollte sie nun vergessen. Sie lebte jetzt ein neues, ein schöneres Leben.

Die Kritiken über das Konzert waren großartig ausgefallen. Katarin war mit einem Schlage bekannt geworden. Ihre Konzertdirektion bemühte sich bereits eifrig, ihren jungen Ruhm zu festigen. Nächsten Winter würde sie viele Konzerte geben müssen.

Sie freute sich darüber, natürlich. Aber zunächst trat alles in den Hintergrund, angesichts der Tatsache, daß Carsten bei ihr war.

Auch er war verändert, heiter und aufgeschlossen wie nie, er schien um Jahre jünger zu sein, er lachte und scherzte mit Katarin, sie stellten kindlichen Blödsinn an, so daß Josefine oft verwundert den Kopf schüttelte. Nie hätte sie gedacht, daß Carsten so vergnügt, so übermütig sein könnte. Aber es bewies ihr, wie richtig es von ihr war, auf ihn zu verzichten. Es war nicht leicht für sie, die beiden Glücklichen zu sehen, hier in demselben Haus, in den gleichen Zimmern, in denen Carsten ihr einst allein gehört hatte. Doch sie war tapfer. Sie resignierte, aber sie tat es ohne Bitterkeit, ohne böse Gedanken.

Carsten blinzelte in die Sonne. Sie stand schon recht schräg, es wurde kühl. Er richtete sich auf und sah auf Katarin hinab. Sie lag langgestreckt, schlank und rassig mit ihren langen Beinen, nur bekleidet mit einem knappen Nichts von Badeanzug. Ihre Haut war schon braun und noch immer glatt wie Seide.

Da war sie nun wieder, sein geliebtes Mädchen, mit ihrem Lachen, ihrer Fröhlichkeit und mit einem neuen Ernst, einer neuen Innigkeit, die sie noch tausendmal schöner machten. Wenn er zurückdenken wollte an die Jahre der Bitterkeit, an den Krieg, an seine Enttäuschung, an sein Leid, es gelang kaum mehr. Sie hatte es fortgezaubert mit ihrer Liebe, mit ihrer leidenschaftlichen Hingabe, ihren tausend unermüdlichen Zärtlichkeiten.

Er mußte daran denken, was sie in der letzten Nacht gesagt hatte.

„Es hat alles sein Gutes, wenn man es auch nicht immer gleich erkennt. Wenn ich denke, wie verzweifelt ich oft war! Heute ist darum alles viel schöner. Sag selbst", sie hatte sich aufgerichtet und ihn ernsthaft angesehen, „hätten wir uns je so unbeschreiblich geliebt, so bis in die letzte Tiefe, wenn wir nicht getrennt gewesen wären? Ich hätte nie gewußt, was ich an dir habe, wenn ich nicht durch so viele einsame, bittere Stunden gegangen wäre. Und du", sie ließ sich in seinen Arm zurücksinken, „du vielleicht auch nicht." Und dann mit geschlossenen Augen murmelte sie: „Ich habe das Heimweh kennengelernt. Denn du bist meine Heimat. Ich habe keine andere außer dir. Ich habe sie in dir gefunden, nur verstand ich es damals noch nicht."

Ja, sie hatte recht. Nur scheinbar war ihre Liebe damals erloschen, irgendwo in einen Winkel hatte sie sich verkrochen und Unendliches an Spannung, an Intensität und Tiefe angesammelt. Nun war alles auf einmal da. Und das Herz, dieses unbegreifliche Menschenherz, es hatte nichts verloren an Kraft und Glauben, nichts von der Fähigkeit zu wünschen, zu hoffen, zu geben und zu vollenden. All der Kummer, den sie durchlebten, Krieg, Angst, Hunger und Elend, konnte ihnen nichts antun, nur stärker, nur tapferer waren sie geworden, bereit zum Kampf, bereit zur Liebe, zu Freude und zu Leid, bereit zum Leben.

Carsten stützte sich auf den Ellenbogen, blickte über den in der Sonne funkelnden See und dann auf das Mädchen Katarin, das neben ihm lag. Sie war viele Umwege gegangen, es gab dunkle Stunden und viele Untiefen in ihrem Leben, man konnte es in ihrem Gesicht lesen und hinter ihren Worten und ihrem Lachen hören. – Aber es macht nichts, dachte er, ich liebe sie darum um so mehr. Sie kennt nun das Leben, sie taumelt nicht mehr mit blindem Enthusiasmus darin umher. Ich werde sie nicht fragen, was geschehen ist in der Zeit, in der wir getrennt waren. Sie kann es mir erzählen, wenn sie will, oder sie kann es lassen, es macht nichts. Ich sehe, wie sie jetzt ist, und so ist sie mein, ein Stück meines Herzens, ein Teil meines Lebens.

Katarin blickte auf, sie sah ihn über sich gebeugt mit einem ernsten, nachdenklichen Gesicht.

„Hm?" brummte sie fragend und legte ihre Hand an seine sonnenwarme Wange. „Was ist?"

Er nahm die Hand und legte seinen Mund in die weiche Höhle, liebkoste mit den Lippen jeden einzelnen der Finger, diese schlanken, kräftigen, musikalischen Finger.

Ja, das kam noch dazu, das war ein Geschenk, das ihnen das Schicksal dazugab, daß er ihre Haut liebte, den Duft ihres Haares, ihre sehnsüchtigen Lippen, daß er sie begehrte mit leidenschaftlicher Inbrunst, mehr als er je eine Frau begehrt hatte, mehr auch als damals die junge Katarin. Und auch sie erwiderte diese Hingabe leidenschaftlich, auch ihre Haut, ihre Lippen verlangten nach ihm, wollten nicht nur Glück nehmen, sondern auch verschenken.

„Es wäre schade gewesen", sagte er, in seine Gedanken versunken, „wenn ich aus Rußland nicht zurückgekehrt wäre."

„Und ob das schade gewesen wäre! Ein anderer würde heute die Philharmoniker dirigieren, ein anderer eine neue Oper komponieren, ein anderer einen ehrenvollen Auftrag für die Salzburger Festspiele bekommen, ein anderer...", begierig sah sie ihn an, gespannt, ob er sagen werde, was sie erwartete.

Er enttäuschte sie nicht. „Ein anderer würde dich lieben. Ein anderer dich im Arm halten und in deine Augen sehen, einen anderen würde dein Lachen, deine Liebe glücklich machen."

„Nein", widersprach sie, „kein anderer wäre von mir je so geliebt worden. Kein anderer, niemals."

Sie richtete sich auf und schlang die Arme um seinen Hals, hielt ihn fest an sich gedrückt, sekundenlang, minutenlang. Sie liebte ihn so, daß es sie schmerzte. Sie liebte ihn so, daß sie ein anderer Mensch dadurch wurde. Sie liebte ihn mit einer Liebe, auf die ihr wildes, maßloses, leidenschaftliches, stürmisches Herz stets gewartet hatte. Sie konnte nichts dafür, dieses Herz stürzte sich in diese Liebe, vertausendfachte sie und besiegte die skeptische, erfahrene Frau Katarin, verwandelte sie aufs neue, so wie sie nie verwandelt worden war.

Schweigsam lagen sie dann wieder nebeneinander, bis Katarin leicht zusammenschauerte.

„Wir werden uns anziehen", sagte Carsten, „du erkältest dich noch. Es ist immerhin erst Juni, und wir sind im Gebirge."

Sie stand auf, streckte sich auf den Zehenspitzen und bog die Arme über den Kopf zurück. „Bin ich schon braun?" fragte sie eitel.

„Ziemlich."

„Bin ich auch schön?"

„Es geht", sagte er gewollt pomadig, „für bescheidene Ansprüche genügt's."

„Du Scheusal!" rief sie und boxte nach ihm. Doch dann hob sie stolz den Kopf und erklärte eingebildet: „Schön oder nicht schön. Ich bin ich. Das ist mehr wert."

„So ist es", sagte er und schloß die Arme um sie. „Und ganz nett anzuschauen bist du obendrein."

„Danke", erwiderte sie mit glitzernden Augen, „im Moment werde ich mich mit diesem mageren Kompliment zufriedengeben."

„Du wirst dich", sagte er und hob schulmeisterlich den Finger, „du wirst dich für den Rest deines Lebens damit zufriedengeben."

„Das werden wir erst sehen!" rief sie und lief übermütig davon.

471

„Na warte!" rief er und lief ihr in großen Sprüngen nach. Kurz vor dem Haus holte er sie ein, hob sie hoch und trug sie hinein.

Josefine hatte ihnen vom Fenster aus zugesehen. Sie lächelte ein wenig wehmütig und ein wenig amüsiert. Das war nun Carsten, der da wie ein Junge über die Wiese lief, der ernste, schwerfällige Carsten, den sie nie, nicht in seinen jungen Jahren so unbeschwert und lachend erlebt hatte. Wenn es sein Glück bedeutete, war ihr Opfer nicht zu groß gewesen. Opfer? Hatte sie ein Recht, von Opfer zu reden? Sie war die Beschenkte gewesen, einige Jahre lang hatte ihr Leben einen Sinn gehabt, zu einer Zeit, als sie sich schon mit seiner Leere abgefunden hatte. – Ich darf das nie vergessen, dachte sie, nie.

Kurz darauf kamen die beiden zu ihr, angezogen nun, beide in langen grauen Hosen, weißen Hemden, eine Jacke über die Schulter gehängt, lachend, braungebrannt, so im Einklang miteinander, als seien sie ein einziges Wesen. Josefine lächelte ihnen entgegen.

Katarin setzte sich auf eine Sessellehne und erklärte: „Ich möchte eine Zigarette und einen Kognak. Mir war doch zuletzt ein bißchen kühl."

Zu dritt saßen sie eine Weile, sprachen über dies und jenes.

„Findet ihr nicht auch, daß die beiden lange nicht kommen?" fragte Katarin dann. „Erst haben sie gesagt, sie wollen mittags hier sein, jetzt ist es schon bald Abend."

Sie erwarteten nämlich Viola und Peter, die acht Tage Ferien machen wollten. Josefine hatte ihnen im Ort ein Zimmer besorgt.

„Peter war immer unpünktlich", meinte Carsten. „Wir wollen ihnen ein Stück entgegengehen, vielleicht kommen sie gerade."

Sie trafen auf Peters Wagen kurz hinter St. Quirin. Er hatte eine Reifenpanne und natürlich, leichtsinnig, wie er war, keinen Ersatzreifen dabei. Gerade beratschlagte er mit Viola, was zu tun sei, als Katarin und Carsten, begleitet von Josefines Schäferhund, daherkamen. Carsten ging mit Peter zurück, um seinen Wagen und einen Reifen zu holen. Katarin blieb bei Viola.

„Von dir geht ein Strahlen aus", sagte Viola, „wie – wie – na, wie von einer kleinen Sonne. So glücklich?"

„Unbeschreiblich", gestand Katarin, „ich bin so glücklich, daß ich schon wieder Angst habe, denn ich denke immerzu, das kann ja nicht so bleiben, da muß doch etwas passieren."

„Beruhige dich nur", lächelte Viola, „es bleibt auch nicht so. Da muß gar nichts Besonderes passieren. Das Leben sorgt schon für Abnutzung. Die Erde dreht sich ja, nicht wahr? Und wir auch."

„Ich nicht mehr. Nicht was Männer betrifft. Ich könnte gar keinen anderen Mann mehr lieben."

„Na, vielleicht dreht sich zur Abwechslung diesmal e r. Kann man nie wissen. Im Grunde genommen fangt ihr ja erst an, das damals war nur ein kleines, harmloses Vorspiel. Jetzt beginnt der Ernst des Lebens, Katarin, der Erfolg, die Liebe, vielleicht die Ehe, alles in allem der Kampf, sich zu behaupten, das Eroberte zu bewahren. Das ist schwerer als erobern."

„Ich weiß. Aber ich habe keine Angst davor. Ich hab' mich doch bis jetzt ganz tapfer geschlagen. Ich werde es auch weiter tun."

Am Abend kam eine kleine Gesellschaft bei Josefine zusammen, ihre alten Freunde, der Apotheker, der Professor, die Ärztin Lisa, die inzwischen geheiratet hatte, ein bekannter Schriftsteller, der sich während des Krieges hierher zurückgezogen hatte.

Lange Zeit sprachen sie über die Währungsreform, deren Verwirklichung gerade vorhin im Radio verkündet worden war. Alles Geld, das sie jetzt noch reichlich in den Taschen hatten, war nunmehr wertloses Papier. Die neue Woche würden sie mit vierzig Mark beginnen. Jeder Mensch würde nur diese vierzig Mark haben, keiner mehr. Die Vorstellung hatte etwas Unheimliches, sie war nicht paradiesisch, nicht christlich, sie war erschreckend.

„Wird es denn überhaupt keine reichen Leute mehr geben?" fragte Katarin ängstlich.

Die Männer lachten aus dem Gefühl ihrer klarköpfigen Überlegenheit heraus, die Frauen empfanden ähnlich wie Katarin.

„Würde es dich denn betrüben, wenn es keine reichen Leute mehr gibt?" fragte Carsten.

„Sehr", gestand Katarin. „Ich liebe reiche Leute. Es beruhigt mich so, wenn es sie gibt. Schon darum, weil ich dann hoffen kann, auch einmal zu ihnen zu gehören. Es ist bestimmt nicht schön, wenn andere viel Geld haben und ich habe keines. Aber es ist lange nicht so schlimm, als wenn alle keines haben. Es gefällt mir, wenn es Leute gibt, die sich allen Luxus leisten können. Auch wenn ich zugucken muß. In einer Welt, in der es keinen überflüssigen Luxus mehr gibt, möchte ich nicht leben."

Die anderen lachten, und Carsten sagte: „Da sieht man wieder mal, es kann passieren, was will, die ganze Welt kann auf dem Kopf stehen, eine Frau verändert sich nicht. Katarin hat schon vor zehn Jahren davon geträumt, einmal ein Krösus zu werden."

„Und vermutlich wird sie auch weiterhin davon träumen", meinte Katarin. „Aber sagt mal im Ernst, wer wird denn nun überhaupt noch Geld haben? Die vierzig Mark sind doch gleich zu Ende. Wir werden verhungern. Was kriege ich für vierzig Mark? Ein Pfund Fleisch, nicht mal ein Viertelpfund Butter, nicht mal zehn Zigaretten."

„Nun, das wird sich eben jetzt ändern", sagte einer der Herren, „die hohen Schwarzmarktpreise werden verschwinden."

„Dann müßte der ganze Schwarze Markt verschwinden."

„Das ist ja eigentlich der Witz der ganzen Währungsreform. So-lange allerdings die Lebensmittel knapp sind ... Wie sich das ent-wickelt, muß man erst abwarten."

„Wir werden nicht lange warten müssen", sagte Peter, „es wird sich ändern in allerkürzester Zeit. Denkt ja nicht, es sei keine Ware da. Es ist alles da. Ich kenne genug Leute aus der Industrie und dem Handel, die ersticken fast in ihren Lagern. Die Ware ist auf-gestapelt und für das schlechte Geld nicht verkauft worden. Aber jetzt, wo das Geld knapp und teuer ist, kommt sie auf den Markt. Ihr werdet euer blaues Wunder erleben. Was denkt ihr denn, wo bisher die ganze Ware herkam, die man schwarz gekauft und kom-pensiert hat? Alles ist da. Es wird nicht lange dauern, meine Damen, und Sie werden sich ohne viel Umstände ein neues Kleid und neue Schuhe kaufen können. Ohne Punkte, ohne Bezugscheine, so viel und so gut, wie Sie wollen."

Das wäre schön, meinten die Damen einstimmig.

„Vorausgesetzt, Sie haben das Geld dazu. Geld wird zunächst ein rarer Artikel sein. Freilich, reiche Leute wird es geben, es wird sogar enorm reiche Leute geben, in ganz kurzer Zeit. Eben jene, die Ware verkaufen für gutes Geld, die sie für schlechteres ein-gekauft haben. Das ist das Geschäft des Jahrhunderts. Meine Lieben, da werden neue Gelddynastien gegründet."

„Und wie fängt man es an, dazuzugehören?" fragte Katarin.

„Ich würde dir empfehlen", grinste Peter, „schleunigst einen Warenhorter oder einen großen Schieber zu heiraten."

„Pfui", sagte Katarin, „das ist unmoralisch!"

„Liebes Kind", belehrte Peter sie, „Wege zum Reichtum sind noch immer unmoralisch gewesen und keineswegs sehr schön. Man macht sich Herz und Hände dabei schmutzig."

„Ich finde", sagte der Apotheker gemütlich, „wir haben jetzt genug vom Geld geredet. Wir wissen alle noch nicht, was passieren wird. Warten wir es ab. Wollen wir nicht lieber ein bißchen Musik machen?"

„Sie haben gut reden", meinte der Schriftsteller, „ein Apotheker braucht sich auch keine Sorgen zu machen, bei ihm kommt das

Geld von selber herein. Wir armen Geistesarbeiter dagegen, lieber Himmel, ich sehe schwarz! Wer wird jetzt noch Bücher kaufen? Wer in Konzerte gehen?"

Doch sie vergaßen die Probleme, als sie sich den Instrumenten zuwandten. Der Professor lauschte versunken in sein Cello hinein, reinsten Frieden, wunschloses Glück auf seinem durchfurchten alten Gesicht unter dem dichten weißen Haar.

Am Ende spielten Katarin und Carsten die F-Dur-Romanze. Zum erstenmal spielten sie das Stück wieder miteinander, und es ergriff sie, als sei es das wundervollste Werk, das je erschaffen worden war. Vor acht Jahren hatten sie es zum letztenmal zusammen gespielt.

Wie damals blickte Katarin zu ihm auf, als das Spiel zu Ende war. Ihre Blicke versanken ineinander, beide dachten sie das gleiche.

„Man sagt, alle sieben bis acht Jahre veränderten sich das Leben und der Mensch", sagte Katarin leise zu ihm, „es scheint wahr zu sein. Wir sind im Kreis gegangen und endlich wieder angekommen."

„Nicht im Kreis", sagte er, „der Weg ging vorwärts, wenn es auch streckenweise kein gemeinsamer Weg war. Jetzt vereinten sie sich wieder, die beiden Wege."

„Es konnte gar nicht anders sein", sagte Katarin. „Wie konnte ich nur je daran zweifeln?"

Es war spät in der Nacht. Durch das halboffene Fenster kam die kühle Frische der Gebirgsnacht, vermischt mit dem Duft der ersten Rosen, die in diesen Tagen aufgeblüht waren. Sie lagen nebeneinander, Carsten hatte den Arm unter ihren Nacken geschoben, Katarin schmiegte ihre Schläfe an seine Wange. Sie lagen regungslos, nun schon seit einer geraumen Weile, und genossen die Stille und das Beieinandersein, das Aneinandergeschmiegtsein ihrer Körper, das leise Atmen, das ineinanderfloß, die stumme Einheit ihrer Herzen.

Katarin konnte sich nicht entsinnen, jemals diese stillen kleinen Dinge so bewußt genossen zu haben. Sie hätte am liebsten die Zeit angehalten, um das Gefühl, das Glück dieser Stunden zu bewahren.

„Aber es ist in mir", sagte sie leise vor sich hin, „ich werde es behalten und nie vergessen."

„Was wirst du nie vergessen, mein Mädchen?"

„Das Glück. All das, was ich jetzt fühle. Fühlst du es auch?"

„Ja, ich fühle es auch."

„Ich weiß natürlich, daß es nicht so bleiben kann. Glück ist kein

Dauerzustand. Wahrscheinlich Liebe auch nicht. Aber ich glaube, man wird es niemals ganz verlieren, wenn man es einmal so besessen hat. Irgendwo in einem drin muß eine Spur bleiben. Meinst du nicht, daß man immer und immer wieder etwas davon verspüren kann?"

„Wenn man versteht, es aufzubewahren, nicht nur die Erinnerung, auch das lebendige Gefühl, wenn man immer frei ist von Bitterkeit und kleinlichen Gedanken, wenn man das fertigbringt, was auch geschieht, dann wird man immer etwas davon spüren."

„Bist du immer frei gewesen von Bitterkeit und kleinlichen Gedanken?"

„Nein."

„Ich auch nicht. Oh! Ich gar nicht. Aber ich will so werden, daß ich es kann. Es ist seltsam, früher habe ich es immer schrecklich gefunden, daß man älter wird, ich habe Angst gehabt vor dem Altwerden. Ich dachte, dann ist der Glanz des Lebens dahin, dann macht das ganze Leben keinen Spaß mehr. Aber es ist gar nicht so."

„Nein?"

„Nein. Ich finde das Leben noch viel schöner als früher. Ich kann mich über alles viel mehr freuen. Über den Frühling zum Beispiel, oder über die Natur. Und über die Musik natürlich. Und vor allem über dich und unsere Liebe. Früher glitt alles vorbei, jetzt verweilt es bei mir. Weißt du, ich möchte gar nicht mehr zwanzig Jahre alt sein, man ist so dumm und unreif. Man versäumt soviel an Eindrücken, an Genuß, an Verständnis, man ist einfach nicht fähig, alles aufzunehmen und festzuhalten. Aber alles, was ich jetzt erlebe, das kann ich festhalten, das bleibt mir. Ist das nicht schön?"

„Hm, das ist schön."

„Nicht, daß ich so bald schon alt werden möchte. Natürlich nicht. Ich bin ja eine Frau. Ich möchte möglichst lange schön und begehrenswert bleiben. Aber ich glaube, es kommt gar nicht so sehr auf das Äußere an. Der Inhalt ist noch wichtiger."

„Daß du da noch drauf gekommen bist", sagte er mit liebevollem Spott.

„Ja, ich glaube, man altert auch schneller, wenn man ein Geschöpf ohne Inhalt ist. Es ist kein Fehler, wenn man viel erlebt. Der Inhalt ist das wichtigste, auch wenn er nicht so ganz brav und ordentlich ist."

Er lachte, schloß die Arme fest um sie und beugte sein Gesicht über sie. „Davon bin ich sowieso überzeugt, daß dein Inhalt nicht brav und ordentlich ist."

„Manches Traurige und Schlimme ist auch dabei."

„Dur und Moll spielt man auf einem Instrument. Und es wäre ein unvollkommenes Instrument, wenn man es nicht könnte. Der Mensch ist nicht anders, Dur und Moll gehören in sein Leben, damit es reich und vollständig wird."

Katarin überdachte das eine Weile, dann sagte sie: „Viola hat heute gesagt, die Erde dreht sich und wir mit. Wirst du mich auch immer lieben?"

„Es könnte möglich sein."

Sie verzog das Gesicht. „Das ist keine Antwort. Du mußt es doch genau wissen."

„Weißt du es denn genau?"

„Ja", sagte sie bestimmt, „ich weiß es ganz, ganz sicher."

„Wirklich, Katarin?"

„Ja. Von mir weiß ich es. Aber ich habe natürlich trotzdem Angst. Es kann soviel passieren. Und ich weiß, daß es töricht ist, sich so unerfüllbare Dinge zu wünschen, ewige Liebe, unendliches Glück. Sag, was wird sein, wenn wir lange beieinander sind? Wird sie bestimmt bei uns bleiben, unsere Liebe? Werden wir noch so glücklich sein wie heute?"

„Wenn wir es richtig verstehen, mit der Liebe umzugehen, warum nicht? Schau, Liebe ist ein Haus mit vielen Zimmern. Güte wohnt darin, Verstehen, Verantwortung, Kameradschaft, gemeinsames Denken, bei uns noch die gemeinsame Arbeit. Dann Geduld, Nachsicht, Rücksicht und auch gute Haltung und Selbstbeherrschung. Natürlich auch Leidenschaft und Zärtlichkeit. Es ist selbstverständlich, daß in einem Zimmer die Treue wohnt, sonst fällt das Haus zusammen. Und ganz oben, in einer Dachkammer, in einer kleinen Dachkammer, wohnt das Glück. Man kann sich nicht jeden Tag in der Dachkammer aufhalten, das ist ja klar, man hat so viel Zimmer zur Auswahl, und alle müssen bewohnt werden, damit sie nicht verstauben. Aber man kommt von jedem Zimmer auf direktem Weg, und das ist das architektonische Geheimnis dieses Hauses, ganz schnell und leicht in die Dachkammer. Ganz flüchtig vielleicht nur, man geht schnell mal durch. Aber das genügt ja."

Katarin hatte mit großen Augen zugehört, wie ein Kind, dem man ein Märchen erzählt.

„Du, das ist hübsch", sagte sie, als er schwieg. „Hast du dir das selber ausgedacht?"

Er lachte und küßte sie. „Natürlich. Und jetzt mußt du schlafen, es ist spät. Morgen wollen wir segeln, alle vier, wie in alten Zeiten. Und ab Montag sind wir arme Leute mit vierzig Mark in der Tasche und fangen wieder mal von vorne an."

„Aber diesmal miteinander. Miteinander in unserem hübschen Haus mit den vielen Zimmern. Es wird Spaß machen, sie alle zu bewohnen. Eigentlich kann es uns nie langweilig werden, in Jahren und Jahren nicht. Möglicherweise entdecken wir mit der Zeit noch ein paar neue Zimmer, hm?"

„Das ist gut möglich, mein Mädchen. Und nun schlaf gut."

Sie küßten sich lange und innig. Katarin kuschelte sich eng an ihn, wühlte ihren Kopf in die Grube unter seiner Schulter, noch immer ihr Lieblingsplatz, und murmelte, schon mit geschlossenen Augen: „Wirklich ein hübsches Haus. Und Cäcilie bleibt seine Schutzheilige." Und nach einer Weile, schon halb im Schlaf: „Ich hätte nie gedacht, daß ich mich in einer Dachkammer so wohl fühlen kann."

Dann schlief sie ein. Carsten spürte ihr Gewicht in seinem Arm. Und es war ihm vertraut, als lägen keine sieben Jahre zwischen damals und heute. Er wollte noch ein wenig darüber nachdenken, doch die Bilder verwirrten sich, auch er schlief ein, so rasch und frohen Herzens, wie er in den letzten drei Wochen immer einschlief. Seit jenem Tag, als sie zum erstenmal wieder bei ihm war.

# Große Romane internationaler Bestsellerautoren im Heyne-Taschenbuch

**C. C. Bergius**

Das Medaillon
5144 / DM 5,80

Heißer Sand
5174 / DM 4,80

**William Peter Blatty**

Der Exorzist
5132 / DM 5,80

**Pearl S. Buck**

Die Töchter der
Madame Liang
5139 / DM 4,80

Die beiden Schwestern
5175 / DM 3,80

**Taylor Caldwell**

Einst wird kommen
der Tag
5121 / DM 7,80

Eine Säule aus Erz
5161 / DM 8,80

**Utta Danella**

Gestern oder die
Stunde nach Mitter-
nacht
5143 / DM 4,80

Alle Sterne vom
Himmel
5169 / DM 6,80

**Marie Louise Fischer**

Da wir uns lieben
5138 / DM 5,80

Das Herz einer Mutter
5162 / DM 4,80

**Hans Hellmut Kirst**

Aufstand der Soldaten
5133 / DM 5,80

Fabrik der Offiziere
5163 / DM 7,80

**John Knittel**

Abd El Kader
5170 / DM 5,80

**Heinz G. Konsalik**

Ein Sommer mit
Danica
5168 / DM 5,80

Die Nacht des
schwarzen Zaubers
5229 / DM 3,80

**Alistair MacLean**

Geheimkommando
Zenica
5120 / DM 3,80

Souvenirs
5148 / DM 4,80

**Daphne du Maurier**

Die Erben von
Clonmere
5149 / DM 5,80

**Leon Uris**

Mila 18
882 / DM 7,80

QB VII
5068 / DM 5,80

Preisänderungen
vorbehalten

Wilhelm Heyne Verlag · 8 München 2 · Türkenstraße 5–7

# Lady Krimi

## Krimis, um die Männer ihre Frauen beneiden

Tobias Wells
**Die alte Dame und der Mörder**
1612/DM 2,80

Jaqueline Wilson
**Das Spiel mit dem Tod**
1617/DM 2,80

Mary Westmacott
(Agatha Christie)
**Ein Frühling ohne dich**
1621/DM 3,80

Jonathan Stagge
**Frau Hiltons schöne Töchter**
1625/DM 3,80

Helen Arvonen
**Der Sommer des Unheils**
1630/DM 2,80

Mignon G. Eberhard
**Schau nie zurück**
1634/DM 3,80

Martha Albrand
**Mord im Park**
1639/DM 2,80

Mary Westmacott
(Agatha Christie)
**Singendes Glas**
1643/DM 3,80

Margaret Echard
**Erinnerst du dich, – Betsy?**
1647/DM 3,80

Elizabeth Ferrars
**Der Tod zieht ein**
1651/DM 3,80

Mary Westmacott
(Agatha Christie)
**Die Rose und die Eibe**
1655/DM 3,80

Stephan Ransome
**In dieser Nacht**
1659/DM 3,80

Jan Roffman
**Tod in der Nacht**
1663/DM 3,80

John Gill
**Der Mieter**
1667/DM 3,80

Preisänderungen vorbehalten

WILHELM HEYNE VERLAG · MÜNCHEN 2